JEFFERY DEAVER

Der talentierte Mörder

Buch

Zwei Wochen nach einem brutalen Raubmord in Manhattan ist Amelia Sachs dem vermeintlichen Täter dicht auf den Fersen. Sie folgt ihm in ein Einkaufszentrum in Brooklyn, doch gerade als sie ihrem Team den Befehl zum Zugriff geben will, ertönt ein schrecklicher Schrei. Ein Mann steckt im Getriebe einer der Rolltreppen fest, trotz Nothalt läuft der Motor der Treppe weiter und zermalmt den Körper des Gestürzten. Nur Amelia wagt sich zu ihm hinab in den Motorenschacht, doch ihre Hilfe kommt zu spät. Der von ihr verfolgte Killer kann unterdessen fliehen.

Aufgewühlt von den schrecklichen Geschehnissen, bittet Amelia ihren Partner Lincoln Rhyme um einen Gefallen: Er soll sich im Prozess wegen fahrlässiger Tötung, den die mittellose Familie des Verstorbenen anstrebt, als Berater zur Verfügung stellen. Rhyme hat sich aus dem Polizeidienst zurückgezogen, und Amelia vermisst den Austausch mit ihm schmerzlich. Gemeinsam finden sie bald schon heraus, dass es sich bei dem tragischen Ereignis keinesfalls um einen Unfall handeln kann. Sie haben es mit einem genialen Killer zu tun, der Alltagsgegenstände in Mordwaffen verwandelt. Und wenn sie seine Identität und seine Motive nicht schnellstmöglich aufdecken, werden weitere Menschen sterben.

Autor

Jeffery Deaver gilt als einer der weltweit besten Autoren intelligenter psychologischer Thriller. Seit seinem ersten großen Erfolg als Schriftsteller hat der von seinen Fans und den Kritikern gleichermaßen geliebte Jeffery Deaver sich aus seinem Beruf als Rechtsanwalt zurückgezogen und lebt nun abwechselnd in Virginia und Kalifornien. Seine Bücher, die in 25 Sprachen übersetzt werden und in 150 Ländern erscheinen, haben ihm zahlreiche renommierte Auszeichnungen eingebracht..

Die Romane der Lincoln-Rhyme-Reihe:

Der Knochenjäger · Letzter Tanz · Der Insektensammler · Das Gesicht des Drachen · Der faule Henker · Das Teufelsspiel · Der gehetzte Uhrmacher · Der Täuscher · Opferlämmer · Todeszimmer · Der Giftzeichner · Der talentierte Mörder · Der Komponist (gebundene Ausgabe)

Jeffery Deaver

Der talentierte Mörder

Thriller

Deutsch von
Thomas Haufschild

blanvalet

Die Originalausgabe erschien 2016 unter dem Titel »The Steel Kiss« bei Simon & Schuster, New York.

MIX
Papier aus verantwortungsvollen Quellen
FSC® C014496

Verlagsgruppe Random House FSC® N001967

2. Auflage

Redaktion: Dr. Rainer Schöttle
Umschlaggestaltung: www.buerosued.de
Umschlagmotiv: Richard Nixon/Arcangel Images
AF · Herstellung: wag
Druck und Einband: GGP Media GmbH, Pößneck
Printed in Germany
ISBN: 978-3-7341-0679-8

www.blanvalet.de

Für Will und Tina Anderson und die Jungs …

Der Feind befindet sich in unseren Mauern.
Gegen unseren eigenen Luxus,
unsere eigene Dummheit
und unsere eigene Kriminalität
müssen wir kämpfen.

Cicero

I

STUMPFE GEWALT

Dienstag

1

Manchmal hat man einfach Glück.

Amelia Sachs war mit ihrem kastanienbraunen Ford Torino auf Brooklyns Henry Street unterwegs. Es gab hier zahlreiche Geschäfte, und sie ließ ihren Blick beiläufig über den Verkehr und die Fußgänger schweifen, als sie auf einmal den Verdächtigen entdeckte.

Wie wahrscheinlich war *das* denn?

Das ungewöhnliche Erscheinungsbild von Täter 40 spielte dabei natürlich eine Rolle. So groß und vergleichsweise dünn, wie er war, hob er sich von den anderen Passanten ab. Das allein hätte allerdings kaum ausgereicht, um ihn hier in der Menge auffallen zu lassen. Doch als er zwei Wochen zuvor sein Opfer erschlagen hatte, war er laut einer Zeugenaussage mit einem blassgrünen, karierten Sakko und einer Baseballmütze der Braves bekleidet gewesen. Sachs hatte folgerichtig – wenngleich ohne viel Hoffnung – eine entsprechende Fahndung herausgegeben und sich dann den anderen Aspekten der Ermittlungen zugewandt… und anderen Fällen; die Detectives der Abteilung für Kapitalverbrechen hatten viel um die Ohren.

Vor einer Stunde jedoch hatte ein Streifenpolizist vom 84. Revier, der unweit der Brooklyn Heights Promenade zu Fuß seine Runde drehte, Sachs – den leitenden Detective in diesem Fall – verständigt, dass er den Verdächtigen möglicherweise gesichtet habe. Der Mord war am späten Abend auf einem verlassenen Baustellengelände verübt worden, und der Täter hatte offenbar keine Ahnung von der Zeugenaussage, denn ansonsten wäre er wohl kaum so leichtsinnig gewesen, erneut diese Kleidung zu tragen. Der uniformierte Beamte hatte den Verdächtigen im Gedränge aus den Augen verloren, aber Sachs war dennoch in die fragliche Gegend gerast und hatte Verstärkung angefordert, obwohl dieser Teil der Stadt weiträumig von zahllosen Passanten bevölkert wurde, die schon allein durch ihre schiere Menge Schutz vor Entdeckung boten. Die Chance, Mr. Vierzig hier noch aufspüren zu können, war praktisch gleich null, hatte Sachs enttäuscht bei sich gedacht.

Doch, Teufel noch mal, da vorn war er plötzlich und eilte mit langen Schritten voran. Groß, hager, grünes Jackett, Mütze, das volle Programm. Sachs konnte von hinten lediglich nicht erkennen, welches Vereinsemblem auf der Kappe prangte.

Sie hielt auf einer Busspur an, warf die NYPD-Parkerlaubnis auf das Armaturenbrett des klassischen Muscle Car und stieg aus. Ein lebensmüder Fahrradfahrer raste an ihr vorbei und verfehlte sie nur um wenige Zentimeter. Er schaute über die Schulter zurück, nicht etwa verärgert, sondern um anscheinend einen genaueren Blick auf das ehemalige Mannequin zu werfen, eine hochgewachsene Rothaarige mit entschlossener Miene und einer Waffe an der Hüfte ihrer schwarzen Jeans.

Sachs machte sich zu Fuß an die weitere Verfolgung des Killers.

Sie bekam ihn nun etwas genauer zu sehen. Der schlaksige Mann machte wirklich auffallend große Schritte, und seine langen, wenngleich schmalen Füße steckten in Joggingschuhen, die sich hier auf dem aprilfeuchten Beton deutlich besser für einen Sprint eignen würden als Amelias Stiefel mit den Ledersohlen. Ein Teil von ihr wünschte sich, der Mann wäre argwöhnischer und würde sich mal umschauen, damit sie einen Blick auf sein Gesicht werfen könnte, denn das war nach wie vor unbekannt. Aber nein, er trottete einfach in seiner seltsamen Gangart voran, die langen Arme an den Seiten und auf seiner hängenden Schulter einen Rucksack an einem der beiden Trageriemen.

Sachs fragte sich, ob darin wohl die Mordwaffe lag: der Kugelhammer mit dem auf einer Seite abgerundeten Kopf, der eigentlich Metallkanten glätten und Nieten flach klopfen sollte. Mit diesem Teil des Hammerkopfes war der Mord nämlich begangen worden, nicht mit der Nagelklaue am gegenüberliegenden Ende. Die Erkenntnis, womit man Todd Williams den Schädel eingeschlagen hatte, stammte aus einer Datenbank namens *Waffenwirkungen auf den menschlichen Körper*, ursprünglich angelegt von Lincoln Rhyme für die New Yorker Polizei und Gerichtsmedizin, genauer gesagt aus dem dortigen Abschnitt Nummer drei: *Trauma durch stumpfe Gewalt.*

Obwohl es sich um Rhymes Datenbank handelte, hatte Sachs die Analyse allein durchführen müssen. Ohne Rhyme.

Ihr Magen zog sich unwillkürlich zusammen. Amelia zwang sich, den Gedanken beiseitezuschieben.

Und rief sich erneut die Verletzungen ins Gedächtnis. Der neunundzwanzigjährige Mann aus Manhattan war auf schreckliche Weise erschlagen und ausgeraubt worden. Er hatte nach der Arbeit einen schwer angesagten Klub namens 40° Nord besuchen wollen, der – wie Sachs inzwischen wusste – nach dem Breitengrad seiner Lage im East Village benannt war.

Täter 40 – der seinen Spitznamen wiederum dem Klub verdankte – überquerte nun an einer grünen Ampel die Straße. Was für eine kuriose Statur er doch hatte. Bei mindestens einem Meter neunzig Körpergröße konnte er nicht mehr als fünfundsechzig oder siebzig Kilo wiegen.

Sachs sah, welches Ziel er ansteuerte, und ließ es über die Funkzentrale an ihre Verstärkung weitergeben: ein fünfgeschossiges Einkaufszentrum an der Henry Street. Sie folgte dem Verdächtigen hinein, hielt aber diskret Abstand.

Mr. Vierzig schwamm im Strom der Kunden mit. Die Leute in dieser Stadt befanden sich wie summende Atome stets in Bewegung, scharenweise Menschen aller Altersgruppen, Geschlechter, Hautfarben und Größen. New York funktionierte nach einem eigenen Takt, und so traf man hier ungeachtet der nachmittäglichen Stunde Geschäftsleute außerhalb ihrer Büros und Schüler außerhalb ihrer Klassenräume an, wie sie Geld ausgaben, aßen, umherliefen, sich in den Geschäften umsahen, Nachrichten auf ihren Smartphones tippten oder sich unterhielten.

Und dadurch Amelia Sachs' Zugriffsplan beträchtlich verkomplizierten.

Vierzig fuhr hoch in den ersten Stock und schritt zielstrebig weiter durch die hell erleuchteten Gänge, die so austauschbar aussahen wie in jedem beliebigen Einkaufszentrum der USA. Aus Richtung der Imbisse roch es nach Öl und Zwiebeln, und aus den offenen Türen der Kaufhäuser wehte der Duft der Parfümerieabteilungen heran. Sachs fragte sich einen Moment lang, was Vierzig hier wohl vorhatte oder kaufen wollte.

Womöglich ging es ihm um sein leibliches Wohl, denn er betrat eine Starbucks-Filiale.

Sachs stellte sich hinter eine Säule neben der Rolltreppe, ungefähr sechs Meter vom Eingang des Franchiseladens entfernt. Sie achtete sorgfältig darauf, außer Sicht zu bleiben, denn der Mann durfte keinen Verdacht schöpfen. Er bewegte sich zwar nicht auf die charakteristische, etwas hüftsteife Weise, die jedem erfahrenen Polizisten verraten hätte, dass er eine Pistole bei sich trug, aber das musste nichts bedeuten. Und falls er Sachs bemerkte und das Feuer eröffnete, konnte das zu einem Blutbad führen.

Sie warf einen schnellen Blick in das Lokal und sah, dass er zwei Sandwiches aus der Auslage nahm und dann anscheinend ein Getränk bestellte. Oder sogar zwei. Er bezahlte und verschwand seitlich aus Amelias Blickfeld, um auf seinen Cappuccino oder Mokka zu warten. Irgendwas Ausgefallenes. Gewöhnlichen Filterkaffee hätte man ihm sofort serviert.

Würde er bleiben oder gehen? Zwei Sandwiches. Erwartete er jemanden? Oder wollte er das eine jetzt und das andere später essen?

Sachs überlegte. Wo war der beste Ort für den Zugriff? Draußen auf der Straße, gleich hier im Ladenlokal oder lieber in einem der Gänge des Einkaufszentrums? Ja, alles hier war voller Leute. Die Straße draußen aber auch. Keine der Alternativen gefiel ihr so richtig.

Es vergingen einige Minuten, und er war immer noch drinnen. Sein Getränk musste inzwischen fertig sein, doch er schien nicht an Aufbruch zu denken. Ein spätes Mittagessen, vermutete Sachs. Aber allein oder in Gesellschaft?

Wodurch ein ohnehin komplizierter Zugriff noch ein ganzes Stück schwieriger werden würde.

Sie erhielt einen Anruf.

»Amelia, hier ist Buddy Everett.«

»Hallo«, sagte sie leise zu dem Streifenbeamten vom 84. Revier. Sie kannten sich gut.

»Wir sind draußen. Dodd und ich. Und drei weitere Kollegen in einem zweiten Wagen.«

»Er ist im Starbucks im ersten Stock.«

In diesem Moment verließ ein Lieferjunge die Filiale mit mehreren Pappschachteln, auf denen das Starbucks-Logo prangte, die Meerjungfrau. Das bedeutete, es gab keinen Hinterausgang und Vierzig saß in der Falle. Ja, es waren andere Kunden im Laden, die in Gefahr geraten konnten, aber weniger als in den Gängen oder auf der Straße.

»Ich will ihn mir hier schnappen«, sagte Sachs zu Everett.

»Da drinnen, Amelia? Okay.« Eine Pause. »Bist du sicher?«

Der geht mir nicht durch die Lappen, dachte Sachs. »Ja. Kommt sofort her.«

»Sind unterwegs.«

Ein schneller Blick ins Innere, dann zurück in Deckung. Sie konnte ihn noch immer nicht ausmachen. Er musste im hinteren Teil sitzen. Amelia schob sich nach rechts und dann näher auf die offene Eingangstür des Lokals zu. Wenn sie ihn nicht sehen konnte, dann er sie auch nicht.

Sie und das Team würden seitlich …

Da ließ auf einmal ein gellender Schrei dicht hinter ihr Sachs zusammenzucken. Jemand litt grässliche Schmerzen, und der Laut war dermaßen roh und schrill, dass man nicht erkennen konnte, ob die Stimme zu einem Mann oder einer Frau gehörte.

Das kam vom oberen Ende der Rolltreppe, die aus dem Erdgeschoss hierher führte.

O Gott …

Die Metallplatte, auf die man beim Verlassen der Treppe trat, war aufgeklappt, und jemand war offenbar in den laufenden Antrieb gefallen.

»Hilfe! Nein! Bitte, bitte, bitte!« Es war ein Mann. Dann verschmolzen die Worte abermals zu einem Schrei.

Kunden und Angestellte gerieten schockiert in Aufruhr. Die Leute auf der betreffenden Rolltreppe machten kehrt oder sprangen seitlich über den Handlauf. Auch von der benachbarten Treppe, die nach unten führte, sprangen einige Menschen ab und landeten unsanft auf dem Boden. Vielleicht fürchteten sie, ebenfalls verschlungen zu werden.

Sachs schaute zu dem Starbucks.

Von 40 keine Spur. War ihm die Dienstmarke oder Waffe an ihrem Gürtel aufgefallen, als er wie alle anderen in die Richtung des Tumults gestarrt hatte?

Amelia verständigte Everett über den Unfall und wies ihn an, die Funkzentrale zu benachrichtigen und alle Ausgänge im Blick zu behalten, weil Täter 40 womöglich Lunte gerochen und die Flucht ergriffen habe. Dann eilte sie zu der Rolltreppe und bemerkte, dass jemand den Nothaltknopf betätigt hatte. Die Stufen wurden langsamer und blieben schließlich stehen.

»Halten Sie das an, halten Sie das an!« Gefolgt von weiteren Schreien des Opfers.

Sachs erreichte die klaffende Öffnung. Knapp zweieinhalb Meter unter ihr steckte ein Mann mittleren Alters – fünfundvierzig oder fünfzig – im Antrieb der Treppe fest. Der Motor lief immer noch, trotz des Nothalts. Wahrscheinlich wurde der Antrieb durch den Knopf lediglich ausgekuppelt. Der arme Kerl lag auf der Seite, hing an der Taille fest und schlug auf das Getriebe ein. Die Zahnräder hatten sich tief in seinen Leib gegraben. Blut durchtränkte seine Kleidung und lief auf den Boden des Schachts. Der Mann trug ein weißes Hemd mit Namensschild; anscheinend arbeitete er in einem der Geschäfte hier.

Sachs ließ den Blick über die Menge schweifen. Es waren mehrere Angestellte und ein paar Wachleute darunter, aber niemand tat irgendetwas, um zu helfen. Entsetzte Gesichter. Einige der Leute schienen den Notruf gewählt zu haben, aber die meisten nahmen mit ihren Mobiltelefonen Fotos und Videos auf.

»Hilfe ist unterwegs«, rief Sachs nach unten. »Ich bin vom NYPD. Ich komme jetzt zu Ihnen.«

»O Gott, tut das weh!« Weitere Schreie. Sachs konnte sie in ihrer Brust vibrieren fühlen.

Die Blutung musste gestoppt werden, wusste sie. Und außer dir wird niemand einen Finger rühren. Also los!

Sie stemmte die Metallklappe weiter auf. Amelia Sachs trug keinen Schmuck außer einem Ring mit blauem Stein. Sie zog ihn sich nun vom Finger, um nicht damit zwischen die Zahnräder zu geraten. Zwar wurde das eine Getriebe durch den Körper des Opfers blockiert, aber der Antrieb der Nachbartreppe lief weiter auf Hochtouren. Sachs bemühte sich nach Kräften, ihre Klaustrophobie zu ignorieren, und machte sich an den Abstieg. Es gab eine schmale Metallleiter für die Mechaniker, aber die war voller Blut. Der Mann schien sich beim Sturz an der scharfen Kante der Luke geschnitten zu haben. Sachs hielt sich gut fest, denn falls sie abrutschte und fiel, würde sie auf dem Mann und unmittelbar neben dem zweiten Getriebe landen. Einmal verloren ihre Füße den Halt, und ihre Armmuskeln verkrampften sich, um sie vor dem Fall zu bewahren. Ihr Stiefel streifte die laufenden Zahnräder, die sofort eine Furche in den Absatz frästen und am Aufschlag der Jeans zupften. Sachs riss ihr Bein zurück.

Dann war sie unten … Moment, Moment, sagte oder dachte sie und meinte damit sowohl den Mann als auch sich selbst.

Die Schreie des armen Teufels ließen nicht nach. Sein aschfahles, verzerrtes Antlitz glänzte vor Schweiß.

»Bitte, o Gott, o Gott …«

Sachs schob sich vorsichtig an dem zweiten Getriebe vorbei und geriet auf dem Blut zweimal ins Rutschen. Dann zuckte plötzlich das Bein des Mannes unfreiwillig vor und traf sie voll an der Hüfte. Sie kippte genau auf die Zahnräder zu.

Amelia fand im letzten Moment Halt, das Gesicht nur wenige Zentimeter von dem Getriebe entfernt. Sie rutschte erneut weg. Fing sich wieder. »Ich bin von der Polizei«, wiederholte sie. »Der Krankenwagen wird jede Minute hier sein.«

»Es ist schlimm, ganz schlimm. Es tut so höllisch weh, so verdammt weh.«

»He, da oben!«, rief Amelia. »Jemand vom Personal soll dieses Ding hier abschalten! Nicht bloß die Treppe, sondern den Motor! Drehen Sie den Saft ab!«

Verflucht, wo blieb die Feuerwehr? Sachs nahm die Verletzung in Augenschein. Sie hatte keine Ahnung, was sie machen sollte. Sie zog ihre Jacke aus und presste sie gegen das zerfetzte Fleisch seines Bauchs und Unterleibs. Es half kaum, die Blutung zu stillen.

»Ah, ah, ah«, wimmerte er.

Amelia trug in ihrer Gesäßtasche ein überaus illegales, aber sehr scharfes Springmesser bei sich. Konnte sie nicht einfach die Leitung kappen? Nein, hier waren nirgendwo Kabel zu sehen. Wie kann man eine solche Maschine konstruieren und dabei nicht an einen Abschaltknopf denken? Herrje. Diese Inkompetenz machte sie rasend.

»Meine Frau«, flüsterte der Mann.

»Ganz ruhig«, redete Sachs ihm gut zu. »Es kommt alles wieder in Ordnung.« Doch sie wusste, dass das nicht stimmte. Sein Körper war schwer verstümmelt. Der Mann würde nie mehr derselbe sein, auch wenn er überlebte.

»Meine Frau. Sie ist… Können Sie ihr etwas ausrichten? Und meinem Sohn? Sagen Sie den beiden, dass ich sie liebe.«

»Das können Sie ihnen selbst sagen, Greg.« Der Name stand auf dem Schild an seinem Hemd.

»Sie sind ein Cop«, keuchte er.

»Ja, genau. Und gleich kommt der Krankenwagen…«

»Geben Sie mir Ihre Waffe.«

»Meine…?«

Wieder Schreie. Tränen liefen ihm über das Gesicht.

»Bitte, geben Sie mir Ihre Waffe! Wie lässt sie sich abfeuern? Erklären Sie es mir!«

»Das kann ich nicht tun, Greg«, flüsterte sie und legte ihm eine Hand auf den Arm. Mit der anderen wischte sie ihm den Schweiß von der Stirn.

»Es tut so weh… ich halte das nicht mehr aus.« Ein Schrei, der lauter war als die anderen. »Ich will, dass es vorbei ist!«

Sie hatte noch nie einen Blick so ohne jede Hoffnung gesehen.

»Bitte, um Gottes willen, geben Sie mir Ihre Waffe!«

Amelia Sachs zögerte, griff dann an ihre Seite und zog die Glock aus dem Holster.

* * *

Eine Polizistin.

Nicht gut. Nicht gut.

Diese große Frau. Schwarze Jeans. Hübsches Gesicht. Und, oh, die roten Haare …

Eine Polizistin.

Ich habe sie an der Rolltreppe zurückgelassen und bewege mich durch die Menschenmenge im Einkaufszentrum.

Sie hat nicht mitbekommen, dass ich sie bemerkt hatte, glaube ich, aber das hatte ich. O ja. Ich konnte sie ganz deutlich sehen. Der Schrei des Mannes, der in diese Maschine gefallen ist, hat alle anderen dazu veranlasst, sich sofort dorthin umzuwenden. Außer ihr. Sie hat stattdessen nach *mir* in dieser hübschen Starbucks-Filiale Ausschau gehalten.

Ich habe die Pistole und die Dienstmarke an ihrem Gürtel gesehen. Das war keine normale Kundin und auch keine Privatschnüfflerin, sondern ein echter Cop. Wie bei *Blue Bloods*. Sie …

Nanu? Was war das denn?

Ein Schuss. Ich verstehe zwar nicht allzu viel davon, aber ich habe auch schon mal eine Pistole abgefeuert. Und das gerade eben war zweifellos eine gewesen.

Seltsam. Ja, ja, irgendwas stimmt hier nicht. Hatte die Polizistin – nennen wir sie Rotschopf – etwa jemand *anders* verhaften wollen? Schwer zu sagen. Immerhin habe ich so einiges auf dem Kerbholz. Da wären zum Beispiel die Leichen, die ich vor einer Weile in diesem schlammigen Tümpel bei Newark versenkt habe, beschwert mit Hanteln, wie dicke Leute sie sich kaufen, sechseinhalb Mal benutzen und dann nie wieder.

In den Zeitungen hatte kein Wort davon gestanden, aber nun ja, es war schließlich New Jersey. Gewissermaßen jedermanns Friedhof. Ein Toter? Ach, das lohnt die Nachricht nicht; die Mets haben mit sieben Punkten Vorsprung gewonnen! Oder sie könnte wegen des Zwischenfalls hinter mir her sein, der sich wenig später in einer dunklen Nebenstraße in Manhattan ereignet hatte, die Klinge saust, die Kehle klafft. Oder vielleicht wegen der Baustelle hinter dem Klub 40° Nord, wo ich mal wieder einen Schädel hübsch zu Brei geschlagen habe.

Hat mich an einem dieser Orte etwa jemand beim Schlitzen oder Zertrümmern beobachtet und den Cops beschrieben?

Schon möglich. Ich bin nun mal von, tja, sagen wir ungewöhnlicher Statur.

Also sollte ich wohl lieber davon ausgehen, dass Rotschopf hinter *mir* her ist. Vorsicht ist besser als Nachsicht … Ich muss weg von hier und den Kopf einziehen, mich ein Stück ducken. Zum Glück ist es einfacher, sich zehn Zentimeter kleiner zu machen als größer.

Aber dieser Schuss? Wie passte der ins Bild? Hatte sie jemanden erwischt, der sogar noch gefährlicher war als ich? Ich muss später unbedingt die Nachrichten einschalten.

Das Gedränge nimmt immer mehr zu, die Leute haben es eilig. Die meisten achten nicht auf mich großen, dürren Kerl mit den langen Füßen und Fingern. Sie wollen bloß weg von den Schreien und dem Pistolenschuss. Die Geschäfte leeren sich, die Tische vor den Imbissen auch. Alle haben Angst vor Terroristen, vor verrückten Typen in Tarnanzügen, die die Welt in Stücke stechen, hacken oder ballern wollen, weil sie so wütend oder vollkommen übergeschnappt sind. ISIS. Al-Qaida. Milizen. Alle stehen unter Strom.

Ich biege nun ab, schiebe mich zwischen Socken und Männerunterhosen durch.

Die Henry Street, Ausgang vier, liegt direkt vor mir. Soll ich diese Tür wählen?

Erst mal überlegen. Ich atme tief durch. Nichts überstürzen. Zunächst mal sollte ich das grüne Jackett und die Mütze loswerden. Mir was Neues kaufen. Ich betrete einen Billigladen und zahle bar für einen italienischen blauen Blazer aus chinesischer Fertigung. Rumpflänge neunzig Zentimeter, Glück gehabt. Die Größe ist selten. Dazu ein Fedora-Hut, wie die Hipster ihn tragen. Der Junge hinter dem Tresen – mit Wurzeln im Mittleren Osten, wie es aussieht – tippt den Betrag in die Kasse ein, ohne von seinem Smartphone aufzublicken. Wie unhöflich. Am liebsten möchte ich ihm den Schädel einschlagen. Wenigstens schaut er mir nicht ins Gesicht. Das wiederum ist gut. Ich verstaue das alte Sakko, das karierte grüne, in meinem Rucksack. Das Jackett stammt von meinem Bruder, daher werfe ich es nicht weg. Die Baseballmütze lege ich dazu.

Der chinesische Italo-Hipster tritt wieder hinaus auf den Gang des Einkaufszentrums. Also, welcher Fluchtweg? Die Henry Street?

Nein. Das wäre unklug. Draußen werden jede Menge Cops sein.

Ich schaue mich um. Hierhin, dorthin. Ah, ein Durchgang, laut Schild *Nur für Personal* – und für mich. Der führt bestimmt zu einer Laderampe.

Ich stoße die Tür auf, als würde ich hierhin gehören, mit den Knöcheln, nicht der Handfläche (natürlich wegen der Abdrücke).

Was für ein perfektes Timing, denke ich so bei mir: die Rolltreppe mit Rotschopf direkt daneben, als die Schreie losgehen. Ich bin wirklich ein Glückspilz.

Mit gesenktem Kopf gehe ich ruhig den Korridor entlang. Niemand hält mich auf.

Oh, da am Haken hängt ja eine Baumwolljacke mit Namensschild. Ich nehme das kleine glänzende Rechteck ab und hefte es mir an die Brust. Ab jetzt bin ich der freundliche Mitarbeiter Mario. Ich sehe zwar nicht nach einem Mario aus, aber ich kann jetzt nicht wählerisch sein.

Vor mir öffnet sich eine Tür, und zwei junge Männer treten auf den Gang, einer braun, der andere weiß. Ich nicke ihnen zu. Sie nicken zurück.

Hoffentlich ist keiner von denen Mario. Oder sein bester Kumpel. Falls doch, muss ich in meinen Rucksack greifen, und wir wissen ja, was das bedeutet: entschlossene Hiebe, brechende Schädel. Ich gehe an ihnen vorbei.

Gut.

Oder doch nicht. Einer der beiden ruft: »He!«

»Ja?«, frage ich, die Hand in der Nähe des Hammers.

»Was ist denn da draußen los?«

»Ein Raubüberfall, glaube ich. Vielleicht auf den Juwelier.«

»Die waren da immer zu geizig für Sicherheitsleute. Das hätte ich ihnen vorher sagen können.«

Sein Kollege: »Die hatten doch nur billigen Scheiß. Zirkone und so. Wer würde seinen Hintern für so was riskieren?«

Ich sehe ein Schild, auf dem *Lieferungen* steht, und folge gehorsam dem Pfeil.

Vor mir kann ich Stimmen hören. Ich bleibe stehen und spähe um die Ecke. Ein kleiner schwarzer Wachmann, dürr wie ich, ein bloßes Zweiglein. Er spricht in sein Funkgerät. Ich könnte ihn mit dem Hammer mühelos zerschmettern. Könnte sein Gesicht in zehn Teile zerlegen. Und dann …

O nein. Warum ist das Leben nur so gemein?

Zwei weitere kommen hinzu. Einer weiß, einer schwarz. Beide doppelt so schwer wie ich.

Ich weiche zurück. Und dann wird es noch schlimmer. Hinter mir, vom anderen Ende des Korridors, durch den ich gerade hergekommen bin, werden ebenfalls Stimmen laut.

Womöglich Rotschopf und andere Cops, um den Bereich hier zu durchsuchen.

Und der einzige Ausgang, direkt vor mir, wird von drei Mietbullen versperrt, die nur darauf lauern, auch endlich mal Knochen brechen zu dürfen … oder wenigstens ihre Elektroschocker oder das Pfefferspray einzusetzen.

Mittendrin stecke ich und kann weder vor noch zurück.

2

»Wo ist er?«

»Wir suchen noch, Amelia«, antwortete Buddy Everett, der Streifenbeamte vom 84. Revier. »Sechs Teams. Alle Ausgänge sind abgedeckt, entweder durch uns oder den Sicherheitsdienst. Er muss hier irgendwo stecken.«

Sie wischte sich mit einer Starbucks-Serviette soeben das Blut vom Stiefel. Genauer gesagt, sie versuchte es, leider vergebens. Ihre Jacke steckte in einer Mülltüte, die sie ebenfalls von den Mitarbeitern des Kaffeeladens erhalten hatte. Das Kleidungsstück war vielleicht nicht unrettbar verloren, aber derzeit mit Blut durchtränkt, also konnte sie es kaum anziehen. Der junge Beamte musterte verunsichert die Flecke auf Amelias Händen. Auch Cops sind natürlich nur Menschen. Irgendwann gewöhnen sie sich an solche Anblicke, manche früher, andere später, aber Buddy Everett war noch jung.

Er schaute durch seine rot gerahmte Brille zu der offenen Luke der Rolltreppe. »Was ist mit …?«

»Er hat es nicht geschafft.«

Ein Nicken. Everett betrachtete Sachs' blutige Stiefelabdrücke auf dem Boden.

»Und du hast keine Ahnung, in welche Richtung er verschwunden ist?«, fragte er.

»Nein.« Sie seufzte. Zwischen dem Moment, in dem Täter 40 sie bemerkt haben *könnte* und die Flucht ergriffen hatte, und dem Eintreffen der Verstärkung waren nur wenige Minuten verstrichen. Doch das schien ausgereicht zu haben, ihn unsichtbar werden zu lassen. »Okay. Ich helfe euch bei der Suche.«

»Am besten im Keller. Das da unten ist ein echtes Labyrinth.«

»Kein Problem. Aber schickt auch Leute raus auf die Straße. Falls er mich tatsächlich gesehen hat, muss er so schnell wie möglich nach draußen gerannt sein.«

»Machen wir, Amelia.«

Der junge Beamte mit dem Brillengestell von der Farbe trocknenden Blutes nickte und ging los.

»Detective?«, erklang hinter ihr eine Männerstimme.

Sachs drehte sich um und sah einen stämmigen Latino vor sich, ungefähr fünfzig Jahre alt, mit marineblauem Nadelstreifenanzug und gelbem Hemd. Seine Krawatte war makellos weiß. Eine solche Kombination war kein häufiger Anblick.

Sie nickte.

»Captain Madino.«

Er reichte ihr die Hand. Seine dunklen Augen richteten sich unter halb geschlossenen Lidern prüfend auf sie. Es war ein irgendwie fesselnder Blick, nicht auf erotische Weise, sondern als Teil der Ausstrahlung, die einflussreichen Männern – und auch manchen Frauen – gelegentlich zu eigen war.

Madino gehörte vermutlich zum 84. Revier und hatte nichts mit dem Fall Täter 40 zu tun, der der Abteilung für Kapitalverbrechen oblag. Er war wegen des Unfalls hier, wenngleich die Polizei sich wohl bald wieder davon zurückziehen würde, sofern man nicht zu dem Schluss gelangte, dass bei der Wartung der Rolltreppe strafbare Fahrlässigkeit vorgelegen hatte, was überaus selten vorkam. Dennoch würden es Madinos Leute sein, die den Schauplatz sicherten.

»Was ist passiert?«, fragte er.

»Das kann Ihnen die Feuerwehr wahrscheinlich besser erklären als ich. Ich habe hier einen Mordverdächtigen beschattet. Ich weiß nur, dass es bei der Rolltreppe zu irgendeiner Fehlfunktion gekommen und ein Mann mittleren Alters in den Antrieb gefallen ist. Ich bin zu ihm gelaufen und habe versucht, seine Blutung zu stoppen, konnte aber nicht viel ausrichten. Er hat eine Weile durchgehalten, doch am Ende blieb nur TATF.«

Tod am Tatort festgestellt.

»Was war mit dem Nothalt?«

»Jemand hat den Knopf gedrückt, aber dadurch wird bloß die Treppe angehalten, nicht der Hauptmotor. Das Getriebe läuft weiter. Es hat sich in seinen Unterleib und Bauch gegraben.«

»O Mann.« Die Lippen des Captains wurden schmal. Er trat vor und schaute in den Schacht. Madino ließ keine Reaktion erkennen. Er hielt seine Krawatte fest, damit sie nicht nach vorn schwang und gegen den Handlauf stieß. Das Blut war bis nach dort oben gelangt. Emotionslos drehte er sich wieder zu Sachs um. »Sie waren *da* unten?«

»Ja.«

»Das muss heftig gewesen sein.« Sein mitfühlender Blick wirkte aufrichtig. »Warum haben Sie Ihre Waffe abgefeuert?«

»Wegen des Motors«, erklärte Sachs. »Er ließ sich nicht abschalten, jedenfalls konnte ich keinen Schalter finden. Und auch keine Leitung, die ich hätte durchschneiden können. Ich konnte ja nicht einfach aufstehen und nach dem Schalter suchen oder nach oben klettern, um jemand anders aufzufordern, die Stromzufuhr zu unterbrechen; ich musste weiter Druck auf die Wunde ausüben. Also habe ich dem Motor eine Kugel in die Spule gejagt, damit das Getriebe den Mann nicht vollständig in Stücke riss. Leider war es zu dem Zeitpunkt schon zu spät für ihn. Die Sanitäter sagen, er hat achtzig Prozent seines Blutes verloren.«

Madino nickte. »Immerhin haben Sie Ihr Bestes gegeben, Detective.«

»Es hat nicht gereicht.«

»Was hätten Sie denn sonst tun können?« Er blickte wieder zu der offenen Luke. »Wegen des Schusses wird es die übliche Untersuchung geben, aber nach Lage der Dinge dürfte das bloß eine Formalität sein. Machen Sie sich keine Sorgen.«

»Danke, Captain.«

Im Gegensatz zu dem, was man im Kino oder Fernsehen vorgesetzt bekommt, feuert ein Polizist seine Waffe nur selten ab und muss sich stets dafür verantworten. Er darf nur schießen, wenn er sein Leben oder das Leben eines Unbeteiligten für akut gefährdet hält oder wenn ein bewaffneter Verbrecher flieht. Dann aber muss er schießen, um zu töten, nicht um zu verwunden. Und eigentlich darf eine Glock auch nicht als eine Art Schraubenschlüssel zweckentfremdet werden, um eine wild gewordene Maschine abzuschalten.

Sobald ein Cop – ob im Dienst oder nicht – seine Waffe abfeuert, kommt ein Vorgesetzter des zuständigen Reviers an den Schauplatz des Geschehens, um die Waffe des Beamten zu sichern und zu inspizieren. Danach beruft er eine Schusswaffenkommission ein, die unter dem Vorsitz eines Captains stehen muss. Da es hier durch den Schuss keinen Toten oder Verletzten gegeben hatte, brauchte Sachs sich weder einem Drogen- und Alkoholtest zu unterwerfen noch sich für die vorgeschriebenen drei Tage beurlauben zu lassen. Und da auch kein Dienstvergehen vorlag, musste sie ihre Waffe nicht abliefern, sondern nur vorlegen, damit der Captain sie in Augenschein nehmen und sich die Seriennummer notieren konnte.

Das tat Sachs nun: Sie ließ geschickt das Magazin aus dem Griff gleiten, lud die Glock einmal durch, um die Patrone aus der Kammer zu befördern, und hob diese vom Boden auf. Dann reichte sie die Waffe an Madino weiter. Er schrieb sich die Seriennummer auf und gab die Pistole zurück.

»Ich reiche Ihnen so schnell wie möglich meinen Bericht ein«, fügte Amelia hinzu.

»Das hat keine Eile, Detective. Es dauert ohnehin eine Weile, die Kommission zusammenzutrommeln, und wie es aussieht, haben Sie gerade genug andere Dinge um die Ohren.« Madino warf noch einen Blick in den Schacht. »Gott segne Sie, Detective. Nicht viele Leute hätten sich nach dort unten gewagt.«

Sachs drückte die ausgeworfene Patrone in das Magazin, schob es zurück in die Glock und lud die Waffe durch, damit sich wieder ein Schuss in der Kammer befand. Die Streifenbeamten vom 84. Revier hatten beide Rolltreppen abgesperrt, daher eilte Amelia zu den Aufzügen, um ins Untergeschoss zu fahren und bei der Suche nach Täter 40 behilflich zu sein. Doch dann blieb sie stehen, denn Buddy Everett kam angelaufen.

»Er ist weg, Amelia. Aus dem Gebäude geflohen.« Die Augen hinter seinen Brillengläsern sahen sowohl vergrößert als auch verzerrt aus.

»Auf welchem Weg?«

»Über die Laderampe.«

»Ich dachte, die würde bewacht. Wenn nicht durch uns, dann durch den Sicherheitsdienst.«

»Der Täter stand wohl um die Ecke und hat ihnen zugerufen, der Verdächtige habe sich in einem Lagerraum versteckt. Sie sollten unbedingt ihre Handschellen, Pfeffersprays und wer weiß was noch mitbringen. Du kennst doch diese privaten Wachleute – die spielen nur zu gern mal echter Polizist. Alle dort sind Hals über Kopf zu dem Lagerraum gerannt. Und der Täter konnte seelenruhig das Gebäude verlassen. Die Überwachungskamera hat ihn aufgenommen – mit neuem, dunklem Jackett und einem Hut – wie er an der Rampe die Leiter nach unten steigt und in Richtung der Lkw-Stellplätze verschwindet.«

»Wohin genau?«

»Das hat die Kamera nicht mehr erfasst. Keine Ahnung.«

Sie zuckte die Achseln. »U-Bahnen? Busse?«

»Die Videoaufnahmen an den Haltestellen haben nichts ergeben. Wahrscheinlich ist er zu Fuß gegangen oder hat sich ein Taxi genommen.«

Um zu einem der fünfundachtzig Millionen Orte zu fahren, die in Betracht kamen.

»Ein dunkles Jackett, sagst du? Wieder ein Sakko?«

»Wir haben uns in den entsprechenden Geschäften umgehört. Niemand hat gesehen, dass jemand mit seiner Statur etwas gekauft hätte. Wir kennen also noch immer nicht sein Gesicht.«

»Können wir an der Laderampe nicht seine Fingerabdrücke von der Leiter nehmen?«

»Oh, auf dem Video sieht man, wie er vorher Handschuhe anzieht.«

Schlau. Dieser Kerl ist schlau.

»Eines noch. Er hatte seinen Kaffeebecher und die Sandwichverpackungen dabei. Falls er sie weggeworfen hat, haben wir sie jedenfalls noch nicht finden können.«

»Ich setze die Spurensicherung darauf an.«

»He, wie ist es mit Captain Weiße Krawatte gelaufen? Oh, das sollte ich wohl besser nicht laut sagen.«

Sie lächelte. »Dann habe ich es eben überhört.«

»Er malt sich bereits aus, wie er sein Büro dekorieren wird, sobald er Gouverneur ist.«

Das erklärte das gediegene Erscheinungsbild. Ein hohes Tier mit Ambitionen. Gut, wenn man so jemanden auf seiner Seite hatte.

Gott segne Sie …

»Es ist einwandfrei gelaufen. Wie es aussieht, steht er wegen des Schusswaffengebrauchs hinter mir.«

»Er ist ein anständiger Kerl. Versprich ihm einfach, dass du ihn wählen wirst.«

»Und ihr macht mit der Suche weiter.«

»Alles klar.«

Ein Inspektor der Feuerwehr kam auf Sachs zu, und sie schilderte auch ihm den Ablauf der Ereignisse bei der Rolltreppe. Zwanzig Minuten später traf aus dem riesigen Hauptgebäude der New Yorker Spurensicherung in Queens das Team ein, das dem Fall Täter 40 zugewiesen worden war. Amelia begrüßte die zwei Techniker, die sie schon von früheren Fällen her kannte – einen Mann und eine Frau, beide Afroamerikaner und Mitte dreißig. Sie wollten mit ihren schweren Rollkoffern die Treppe ansteuern.

»Nicht dorthin«, sagte Sachs. »*Das* war ein Unfall. Darum kümmern sich die Feuerwehr und das Acht-Vier. Ihr müsst euch die Starbucks-Filiale vornehmen.«

»Was hat sich denn hier zugetragen?«, fragte die Frau und ließ den Blick durch das Ladenlokal schweifen.

»Ein Kapitalverbrechen«, warf ihr Partner ein. »Hast du gesehen, was der Frappuccino kostet?«

»Unser Verdächtiger hat hier ein spätes Mittagessen eingenommen. An einem der hinteren Tische, das müsst ihr bei den Angestellten erfragen. Groß, dünn, grün kariertes Jackett, Atlanta-Baseballmütze. Viel dürfte dort nicht zu finden sein. Er hat seinen Becher und die Verpackungen mitgenommen.«

»Ich hasse es, wenn sie nicht ausgiebig ihre DNS verbreiten.«

»Das kannst du laut sagen.«

»Aber ich hoffe, dass er die Sachen irgendwo in der Nähe weggeworfen hat.«

»Kannst du das ›Irgendwo‹ irgendwie eingrenzen?«, fragte die Frau.

Beim Anblick des Starbucks-Personals war Sachs tatsächlich

eine Idee gekommen. »Eventuell. Aber das wäre nicht hier im Gebäude. Ich überprüfe das selbst, und ihr kümmert euch um den Laden hier.«

»Das habe ich schon immer so an dir gemocht, Amelia. Wir dürfen es warm und gemütlich haben, und du wagst dich hinaus in die finstere Kälte.«

Sachs beugte sich vor und zog einen blauen Tyvek-Overall aus dem Koffer, den einer der Techniker gerade geöffnet hatte.

»Der Ablauf ist wie immer, Amelia? Wir packen alles zusammen und schaffen es zu Lincoln nach Hause?«

Sachs' Miene versteinerte. »Nein, nehmt alles mit nach Queens. Ich leite den Fall vom Büro aus.«

Die beiden Techniker wechselten einen Blick und sahen dann wieder Sachs an. »Geht es Rhyme gut?«, fragte die Frau.

»Habt ihr es etwa noch nicht gehört?«, entgegnete Sachs angespannt. »Lincoln arbeitet nicht mehr für das NYPD.«

3

»Die Antwort ist da.«

Eine Pause, während die Worte von den glänzenden, verschrammten Wänden widerhallten, deren Farbe akademisch grün war. Also wie Galle.

»Die Antwort. Sie mag auf der Hand liegen, wie bei einem blutigen Messer mit den Fingerabdrücken und der DNS des Täters, versehen mit seinen Initialen und einem Vers seines Lieblingsdichters. Oder sie liegt im Verborgenen, und es gibt bloß drei unsichtbare Liganden – und was *ist* ein Ligand? Wer weiß es?«

»Ein Geruchsmolekül, Sir«, meldete sich eine zittrige männliche Stimme.

»Im Verborgenen, wie gesagt«, fuhr Lincoln Rhyme fort. »Die Antwort mag aus drei Geruchsmolekülen bestehen. Aber sie *ist* da. Die Verbindung zwischen Mörder und Opfer, die uns zu seiner Tür führen und die Geschworenen dazu bewegen kann, ihm für die nächsten zwanzig oder dreißig Jahre ein neues Zuhause zuzuweisen. Wer kann mir Locards Prinzip erklären?«

Aus der ersten Reihe ertönte eine feste Frauenstimme: »Bei jedem Verbrechen kommt es zu einem Spurenaustausch zwischen dem Täter und dem Schauplatz oder dem Opfer, meistens sogar beides. Edmond Locard, der französische Kriminalist, hat in diesem Zusammenhang von ›Staub‹ gesprochen, aber damit das gemeint, was wir heute als ›Partikelspuren‹

bezeichnen.« Die Frau neigte den Kopf und schob sich eine lange kastanienbraune Haarsträhne aus dem herzförmigen Gesicht. »Paul Kirk hat dazu geschrieben: ›Spuren können keinen Meineid begehen‹«, fuhr sie fort. »›Sie sind auch stets vorhanden. Nur wenn sie nicht gefunden, untersucht und verstanden werden, verlieren sie ihren Wert.‹«

Lincoln Rhyme nickte. Korrekte Antworten können bestätigt, sollten aber nie besonders gelobt werden; das war den Einblicken vorbehalten, die über das Grundsätzliche hinausgingen. Dennoch war er beeindruckt, denn er hatte bislang noch keine Lektüre vorgegeben, in der die Arbeit des großen französischen Kriminalisten behandelt wurde. Sein Blick schweifte mit verwunderter Miene über die Anwesenden. »Haben Sie sich alle notiert, was Miss Archer gesagt hat? Einige von Ihnen offenbar nicht. Warum nur?«

Kugelschreiber huschten über das Papier, Laptop-Tastaturen klickten, und Finger tanzten lautlos auf den zweidimensionalen Tasten von Tablet-Computern.

Dies war erst die zweite Seminarstunde der *Einführung in die Spurensicherung*, und noch waren nicht alle Gepflogenheiten etabliert. Das Gedächtnis der Studenten mochte rege und gut geschult sein, doch es war nicht unfehlbar. Außerdem nahm man eine Information durch die Niederschrift nicht nur zur Kenntnis, sondern eignete sie sich an.

»Die Antwort ist da«, wiederholte Rhyme, nun ja, professoral. »In der Kriminalistik – der forensischen Wissenschaft – gibt es kein einziges Verbrechen, das nicht gelöst werden kann. Es ist alles nur eine Frage der geistigen Beweglichkeit, Raffinesse und Anstrengung. Wie weit werden Sie gehen, um den Täter zu identifizieren? Auch diese Frage hat bereits, genau, Paul Kirk in den Fünfzigerjahren des letzten Jahrhunderts gestellt.« Er schaute kurz zu Juliette Archer. Rhyme hatte sich bisher nur ein paar der Namen gemerkt. Archers war der erste gewesen.

»Captain Rhyme?«, fragte ein junger Mann im hinteren Teil des Seminarraums, in dem etwa dreißig Studenten saßen. Ihr Alter reichte von Anfang zwanzig bis Mitte vierzig, doch die jüngeren überwogen. Der Fragesteller musste trotz seiner modischen Stachelfrisur irgendwie mit der Polizei zu tun haben. Zwar war Rhymes Rang zum Zeitpunkt seines gesundheitlich bedingten Ausscheidens aus dem Polizeidienst vor vielen Jahren kein Geheimnis – er fand sich nicht nur im Dozentenverzeichnis der Hochschule, sondern auch in Zehntausenden von Google-Treffern –, aber es war unwahrscheinlich, dass jemand, der in keiner Verbindung zum NYPD stand, ihn damit ansprechen würde.

Mit einer sachten Bewegung der rechten Hand ließ der Professor nun seinen komplizierten Elektrorollstuhl zu dem Studenten herumschwenken. Rhyme war querschnittsgelähmt und konnte unterhalb des Halses nur den linken Ringfinger und – nach mehreren operativen Eingriffen – nun auch seinen rechten Arm und die Hand eingeschränkt bewegen. »Ja?«

»Nur so ein Gedanke. Locard hat von ›Partikeln‹ beziehungsweise ›Staub‹ gesprochen?« Dabei schaute er kurz zu Archer, die vorn links in der ersten Reihe saß.

»Korrekt.«

»Könnte es denn nicht auch zu einer psychologischen Übertragung kommen?«

»Wie meinen Sie das?«

»Mal angenommen, der Täter droht dem Opfer mit Folter, bevor er es tötet. Das Opfer wird mit einem entsetzten Gesichtsausdruck gefunden. Daraus können wir ableiten, dass der Täter ein Sadist ist. Das könnte man seinem psychologischen Profil hinzufügen. Womöglich lässt sich so das Feld der Verdächtigen eingrenzen.«

»Gestatten Sie mir eine Frage«, erwiderte Rhyme. »Hat Ihnen diese Buchreihe gefallen? Harry Potter? Die Filme auch, richtig?« Normalerweise interessierte er sich nicht für kulturelle Phänomene, es sei denn, sie könnten zur Aufklärung eines Falls beitragen, was jedoch so gut wie nie geschah. An Harry Potter kam aber auch er nicht vorbei.

Der junge Mann kniff die dunklen Augen zusammen. »Ja, natürlich.«

»Aber Ihnen ist *schon* bewusst, dass es sich dabei um Fiktion handelt und das alles nicht wirklich existiert?«

»Ja, voll und ganz.«

»Und Sie werden mir zustimmen, dass Zauberer und Zaubersprüche, Voodoo, Geister, Telekinese und Ihre Theorie über den Austausch psychologischer Elemente an Tatorten nichts …?«

»… in unserer Muggel-Welt verloren haben, wollen Sie sagen?«

Einige der Studenten lachten auf.

Rhymes Augenbrauen zogen sich zu einem V zusammen, allerdings nicht wegen der Unterbrechung; er mochte es, wenn jemand frech und nicht auf den Kopf gefallen war. »Keineswegs. Ich wollte sagen, dass jede der von mir genannten Theorien erst noch empirisch bewiesen werden muss. Zeigen Sie mir objektive Studien mit mehrfach nachgewiesenen Resultaten Ihrer vorgeblichen psychologischen Übertragungen sowie einer validen Anzahl von Beispielen und Kontrollverfahren, die diese Theorie unterstützen, und ich werde sie als gültig anerkennen. An Ihrer Stelle würde ich mich aber nicht darauf verlassen. Je mehr man sich auf die eher vagen Aspekte einer Ermittlung konzentriert, desto weniger Aufmerksamkeit kann man der viel wichtigeren Aufgabe widmen. Und die wäre?«

»Die Untersuchung der Spuren.« Wieder Juliette Archer.

»Tatorte verändern sich wie ein Löwenzahn, den man anpustet. Jene drei Liganden sind als einzige übrig, wo es kurz zuvor noch Millionen gegeben hat. Ein Regentropfen kann den winzigen Fleck mit der DNS des Mörders wegwaschen, wodurch keine Chance mehr besteht, ihn anhand der CODIS-Datenbank zu identifizieren und seinen Namen zu erfahren, seine Adresse, seine Telefon- und Sozialversicherungsnummer… und seine Hemdgröße.« Lincoln Rhymes Blick schweifte quer durch den Raum. »Hemdgröße war ein Scherz.« Die Leute neigten dazu, jedes seiner Worte für bare Münze zu nehmen.

Der Hipster-Cop nickte, schien aber nicht überzeugt zu sein. Rhyme war beeindruckt. Er fragte sich, ob der Student wohl tatsächlich Nachforschungen zu dem Thema anstellen würde. Rhyme hoffte es. An der Theorie konnte eventuell etwas dran sein.

»Monsieur Locards Staub – Partikelspuren also – wird uns in einigen Wochen noch näher beschäftigen. Heute geht es zunächst mal darum, dass wir überhaupt Staub zum Analysieren erhalten. Unser Thema lautet Schutz der Beweise. So etwas wie einen jungfräulichen Tatort gibt es nicht. Er existiert einfach nicht. Ihre Aufgabe ist es jedoch, die Kontamination so gering wie möglich zu halten. Und welche Art der Verunreinigung steht an erster Stelle?« Er wartete keine Antwort ab, sondern fuhr sogleich fort. »Die durch andere Cops – oft, sogar meistens, durch Vorgesetzte. Wie halten wir die hohen Tiere, die es vor die Fernsehkameras drängt, vom Tatort fern, ohne dabei unseren Job zu verlieren?«

Das Gelächter erstarb, und das Seminar begann.

Lincoln Rhyme war im Laufe der Jahre immer mal wieder als Dozent tätig gewesen. Das Unterrichten bereitete ihm zwar kein besonderes Vergnügen, aber er glaubte fest daran, dass die Spurenanalyse unerlässlich für die Aufklärung eines Verbrechens war. Und er wollte sichergehen, dass die forensischen Wissenschaftler dem höchstmöglichen Standard genügten – *seinem* Standard nämlich. Viele Schuldige kamen frei oder erhielten milde Strafen, die der Schwere ihrer Vergehen bei Weitem nicht angemessen waren. Und manch Unschuldiger landete hinter Gittern. Vor einem Monat hatte Rhyme daher entschieden, alles in seiner Macht Stehende zu tun, um eine neue Generation von Kriminalisten angemessen in Form zu bringen.

Er hatte seine offenen Kriminalfälle abgeschlossen und sich um eine Stelle bei der John Marshall School for Criminal Justice beworben, die lediglich zwei Blocks entfernt von seinem Stadthaus am Central Park West lag. Genau genommen hatte er sich gar nicht bewerben müssen. Als er eines Abends mit einem Staatsanwalt, den er von früher kannte, bei einem Drink zusammensaß, erzählte er davon, dass er vielleicht das Metier wechseln und als Dozent arbeiten wolle. Der Mann, der nebenberuflich an der John Marshall School lehrte, trug diesen Wunsch offenbar weiter, woraufhin der Vorstand der Fakultät sich kurz darauf bei Rhyme meldete. Rhyme nahm an, dass seine Reputation ihn als guten Fang dastehen ließ, denn er würde die Aufmerksamkeit der Medien erregen, zusätzliche Studenten anlocken und dadurch vermutlich für ein deutliches Einnahmeplus bei den Studiengebühren sorgen. Man einigte sich auf zwei Seminare: diesen Einführungskurs und die *Fortgeschrittene chemische und mechanische Analyse von an Verbrechensschauplätzen häufigen Substanzen unter Einbeziehung der Elektronenmikroskopie*. Es war bezeichnend für Rhymes guten Ruf, dass die Teilnehmerliste des zweiten Kurses sich fast so schnell wie die des ersten füllte.

Die meisten der Studierenden arbeiteten bereits für die Strafverfolgungsbehörden oder strebten eine Tätigkeit dort an. Nicht nur beim NYPD, sondern auch auf Staats- und Bundesebene. Einige würden sich auf kommerzielle forensische Analysen verlegen und für Privatdetektive, Firmen und Anwälte arbeiten. Ein paar waren Journalisten und einer ein Schriftsteller, der in seinen Büchern keine Fehler begehen wollte. (Was

Rhyme durchaus begrüßte; er war selbst die Hauptfigur einer Reihe von Romanen, die auf seinen Fällen basierten, und hatte den Autor schon mehrfach auf die falsche Darstellung gewisser Aspekte der Tatortarbeit hingewiesen. »Müssen Sie denn immer so übertreiben?«)

Nachdem er den Anwesenden nun einen umfassenden Überblick über die Möglichkeiten zum Schutz eines Tatorts gegeben hatte, bemerkte Rhyme die fortgeschrittene Uhrzeit und erklärte die heutige Sitzung für beendet. Die Studenten verließen den Raum. Rhyme fuhr zu der Rampe, die von der niedrigen Bühne führte.

Als er am unteren Ende anlangte, war außer ihm nur noch eine Person anwesend.

Juliette Archer saß nach wie vor in der ersten Reihe. Die Mittdreißigerin hatte ziemlich bemerkenswerte Augen, die Rhyme schon bei der ersten Seminarstunde letzte Woche aufgefallen waren. Weder die menschliche Iris noch das Kammerwasser enthalten blaue Pigmente; der Farbton ist dem Melanin der Epithelzellen sowie der Rayleigh-Streuung zu verdanken. Archers Augen waren leuchtend himmelblau.

Er fuhr zu ihr. »Locard. Sie haben etwas ergänzende Lektüre betrieben. Mit *meinem* Buch. Dorther stammt Ihr Zitat.« Er hatte sein eigenes Lehrbuch nicht auf die Leseliste des Seminars gesetzt.

»Neulich beim Abendessen war mir eben nach einem Glas Wein und etwas zum Lesen.«

»Aha.«

»Und?«, fragte sie.

Mehr war nicht nötig. Sie bezog sich auf eine Anfrage von letzter Woche … und mehrere telefonische Nachrichten seitdem.

Ihre strahlenden Augen blieben unverwandt auf sein Gesicht gerichtet.

»Ich glaube, das wäre keine so gute Idee«, sagte er.

»Keine gute Idee?«

»Wenig hilfreich, meine ich. Für Sie.«

»Da bin ich anderer Ansicht.«

Zumindest redete sie nicht lange um den heißen Brei herum. Archer ließ das Schweigen eine Weile wirken. Dann verzog sie ihren ungeschminkten Mund zu einem Lächeln. »Sie haben mich überprüft, nicht wahr?«

»Allerdings.«

»Haben Sie mich denn für eine Spionin gehalten? Die sich bei Ihnen einschmeicheln will, um geheime Fallinterna oder so was zu stehlen?«

Der Gedanke war ihm gekommen. Dann zuckte er die Achseln, wozu er trotz seiner körperlichen Verfassung fähig war. »Bloß aus Neugier.« Rhyme hatte in der Tat diverse Dinge über Juliette Archer in Erfahrung gebracht. Die Frau besaß Master-Abschlüsse in Gesundheitswesen und Biowissenschaft. Sie hatte als Feld-Epidemiologin für die Abteilung für übertragbare Krankheiten der New York Institutes of Health in Westchester gearbeitet. Nun wollte sie sich beruflich neu orientieren und zur forensischen Wissenschaft wechseln. Zurzeit wohnte sie in Downtown SoHo, dem Loft-Distrikt. Ihr elfjähriger Sohn war ein erstklassiger Fußballer. Sie selbst hatte einige wohlwollende Kritiken für ihre Ausdruckstanzdarbietungen in Manhattan und Westchester erhalten. Vor ihrer Scheidung hatte sie in Bedford, New York, gelebt.

Nein, sie war keine Spionin.

Sie sah ihm immer noch in die Augen.

»Also gut«, sagte er, einer plötzlichen Regung folgend, was bei ihm überaus selten vorkam.

Ein förmliches Lächeln. »Danke. Ich kann sofort anfangen.«

Eine Pause. »Morgen.«

Archer wirkte belustigt und nickte verschmitzt. Als hätte sie ihren Terminvorschlag mühelos durchsetzen können, verzichte aber großmütig darauf, ihren Triumph auszukosten.

»Brauchen Sie die Adresse?«, fragte Rhyme.

»Die habe ich.«

Anstatt sich die Hände zu reichen, nickten sie einander zu und besiegelten die Vereinbarung. Archer lächelte erneut, und dann bewegte ihr rechter Zeigefinger sich zu dem Touchpad ihres eigenen Rollstuhls, eines silbernen Storm Arrow, wie auch Rhyme ihn – allerdings in Rot – bis vor ein paar Jahren benutzt hatte. »Wir sehen uns dann.« Sie wendete und fuhr den Gang entlang zur Tür hinaus.

4

Das frei stehende Haus war aus roten Backsteinen gemauert. Die Farbe ähnelte der von Buddy Everetts Brillengestell, aber auch der von getrocknetem Blut und Eingeweiden. Unter den gegebenen Umständen drängte sich der Vergleich einfach von selbst auf.

Amelia Sachs zögerte und betrachtete den warmen Lichtschein aus dem Innern, der immer wieder flackerte, wenn einer der Besucher zwischen Lampe und Fenster entlangging. Bisweilen ähnelte der Effekt einem Stroboskop, so groß war die Anzahl der Gäste in dem kleinen Haus.

Der Tod führt all jene zusammen, die sich dem Opfer oder der Familie auch nur im Entferntesten verbunden fühlen.

Sachs verharrte immer noch.

In all den Jahren als Polizistin hatte sie schon Dutzende Male eine Todesnachricht überbringen müssen. Sie war gut darin und spulte nicht bloß die Zeilen ab, die von den Psychologen auf der Akademie gelehrt wurden. (»Ihr Verlust tut mir sehr leid.« – »Haben Sie jemanden, an den Sie sich wenden können, falls Sie Unterstützung brauchen?« Bei einem solchen Skript musste man einfach improvisieren.)

Doch heute Abend lag die Sache anders. Denn Sachs konnte sich nicht entsinnen, jemals in genau dem Moment zugegen gewesen zu sein, wenn die Elektronen eines Opfers die Zellen verließen – oder, sofern man spirituell veranlagt war, der Geist aus dem Körper wich. Sie hatte im Augenblick des Todes ihre

Hände auf Greg Frommers Arm gelegt. Und so sehr sie sich am liebsten vor diesem Gang gedrückt hätte, stand sie bei dem Mann im Wort. Sie würde es nicht brechen.

Amelia schob nun das Holster weiter nach hinten und somit außer Sicht. Das schien irgendwie angemessen zu sein, obwohl sie keine rationale Erklärung dafür fand. Zuvor war sie zu ihrem Haus gefahren – ebenfalls in Brooklyn, gar nicht weit weg von hier –, um zu duschen und sich umzuziehen. Nun würde man nur noch mit Luminol und einer alternativen Lichtquelle ein Tröpfchen Blut an ihr ausfindig machen können.

Sie stieg die Vordertreppe hinauf und klingelte.

Ein hochgewachsener Mann mit Hawaiihemd und orangefarbenen Shorts öffnete die Tür. Sachs schätzte ihn auf Mitte fünfzig. Dies war natürlich nicht die offizielle Trauerfeier; die würde später kommen. Das Treffen heute Abend war die spontane Reaktion von Freunden und Verwandten, um ihre Hilfe anzubieten, Essen vorbeizubringen und von der Trauer abzulenken und sie gleichzeitig zu teilen.

»Hallo«, sagte er. Seine Augen waren so rot wie die Blumenkette um den Hals des Papageis auf seinem Bauch. Frommers Bruder? Er sah ihm jedenfalls sehr ähnlich.

»Ich bin Amelia Sachs vom NYPD. Ist Mrs. Frommer wohl in der Verfassung, sich kurz mit mir zu unterhalten?« Sie sagte dies freundlich, ohne jeden Beiklang von Beamtentum.

»Bestimmt. Bitte kommen Sie rein.«

Das Haus enthielt wenig Mobiliar, und die Stücke passten nicht zueinander und waren abgewetzt. Die vereinzelten Bilder an den Wänden sahen nach Supermarktware aus. Frommer, so wusste Amelia inzwischen, hatte als Verkäufer zum Mindestlohn in einem Schuhgeschäft des Einkaufszentrums gearbeitet. Das Fernsehgerät hier war klein, der Kabelreceiver das Basismodell. Eine Spielkonsole stand nicht dabei, obwohl es hier mindestens ein Kind geben musste – in der hinteren Ecke lehnte ein Skateboard an der Wand, verschrammt und mit Textilklebeband umwickelt. Auf dem Boden neben einem schäbigen Beistelltisch lag ein Stapel Mangas, japanische Comics.

»Ich bin Gregs Cousin Bob.«

»Es tut mir so leid, was geschehen ist.« Manchmal verfiel man eben doch in die Routine.

»Wir konnten es gar nicht glauben. Meine Frau und ich wohnen in Schenectady und sind so schnell wie möglich hergekommen.« Er wiederholte: »Wir konnten es gar nicht glauben. Dass er … na ja, bei einem solchen Unfall ums Leben kommt.« Ungeachtet des tropischen Kostüms nahm Bob plötzlich eine Achtung gebietende Haltung ein. »Jemand wird dafür bezahlen. So etwas hätte nie passieren dürfen.«

Einige der anderen Anwesenden nickten ihr zu und musterten ihre sorgfältig ausgewählte Kleidung: wadenlanger dunkelgrüner Rock, schwarze Bluse, schwarzes Jackett. Sie war wie zu einer Beerdigung angezogen, allerdings nicht speziell für diesen Besuch, sondern generell. In dunklen Sachen gibt man einfach ein schlechteres Ziel ab.

»Ich hole Sandy.«

»Danke.«

Am anderen Ende des Raumes stand ein etwa zwölfjähriger Junge bei einem Mann und zwei Frauen in den Fünfzigern. Das runde Sommersprossengesicht des Kindes war rot verweint, sein Haar völlig zerzaust. Sachs konnte sich vorstellen, dass der Junge, völlig aufgelöst durch den Tod seines Vaters, im Bett gelegen hatte, bevor die Gäste eingetroffen waren.

»Ja, hallo?«

Sachs drehte sich um. Die schlanke blonde Frau war sehr blass, was in starkem und verstörendem Kontrast zu ihrem leuchtend roten Lippenstift und der Haut unter ihren bemerkenswert grünen Augen stand. Ihr dunkelblaues Sommerkleid war zerknittert, und obwohl ihre Schuhe sich im Stil sehr ähnlich waren, stammten sie von verschiedenen Paaren.

»Ich bin Amelia Sachs von der Polizei.«

Ihre Dienstmarke zeigte sie nicht vor. Dazu bestand kein Anlass.

Sachs fragte, ob sie unter vier Augen miteinander sprechen könnten.

Schon komisch, wie viel einfacher es war, die Glock auf einen unter Drogen stehenden Straftäter zu richten, der in vierzig Schritten Entfernung mit seiner eigenen Waffe auf dich zielte, oder vom vierten in den zweiten Gang herunterzuschalten, während man mit achtzig Sachen um die Kurve schleuderte und den Drehzahlmesser in den roten Bereich trieb, damit irgendein Mistkerl nicht entwischte.

Reiß dich zusammen. Du schaffst das.

Sandy Frommer führte Sachs auf den hinteren Teil des Hauses zu, quer durch das Wohnzimmer in eine winzige Kammer, die – so sah Amelia beim Eintreten – das Zimmer des Jungen war, mit Superhelden-Postern und -Comics, herumliegenden Jeans und Pullovern sowie einem zerwühlten Bett.

Sachs schloss die Tür. Sandy blieb stehen und sah sie ängstlich an.

»Ich bin zufällig vor Ort gewesen, als Ihr Mann gestorben ist. Ich war bei ihm.«

»Ach, herrje.« Einen Moment lang wirkte sie völlig verwirrt. Dann schien sie sich wieder zu fangen. »Ein Polizist war hier, um mir Bescheid zu geben. Ein netter Mann. Er war nicht im Einkaufszentrum, als es passiert ist. Jemand hat ihn angerufen. Er war von unserem Revier hier. Vielleicht kennen Sie ihn, ein asiatischer Mann. Officer, meine ich.«

Sachs schüttelte den Kopf.

»Es war schlimm, nicht wahr?«

»Ja, das war es.« Sie konnte das Geschehene nicht beschönigen. Man hatte es bereits in den Nachrichten gemeldet. Natürlich nicht mit allen blutigen Einzelheiten, aber Sandy würde letztlich die medizinischen Berichte zu Gesicht bekommen und genau erfahren, was Greg Frommer in seinen letzten Minuten auf Erden hatte durchmachen müssen. »Ich wollte Sie nur wissen lassen, dass ich an seiner Seite war. Ich habe seine Hand gehalten, und er hat ein Gebet gesprochen. Und er hat mich gebeten, Ihnen auszurichten, dass er Sie und Ihren Sohn geliebt hat.«

Als wäre es plötzlich unendlich wichtig, ging Sandy zum Schreibtisch ihres Sohnes, auf dem ein alter Desktop-Computer stand. Daneben lagen zwei Getränkedosen, eine davon zerdrückt. Und eine leere, flache Chipstüte. Sie nahm die Dosen und warf sie in den Abfalleimer. »Ich hätte meinen Führerschein verlängern lassen müssen. Er ist nur noch zwei Tage gültig. Aber ich bin nicht dazu gekommen. Ich arbeite als Zimmermädchen. Wir haben immer so viel zu tun. Mein Führerschein läuft in zwei Tagen ab.«

Demnach würde sie bald Geburtstag haben.

»Kann Ihnen jemand hier behilflich sein, den Behördengang zu erledigen?«

Sandy hob ein weiteres Fundstück auf, eine leere Eisteeflasche, und warf auch sie in den Müll. »Sie hätten sich nicht herbemühen müssen. Das hätte nicht jeder getan.« Jedes einzelne Wort schien ihr Schmerzen zu bereiten. »Vielen Dank.« Ihr jenseitiger Blick richtete sich kurz auf Sachs, dann zum Boden. Sie legte die Pullover in den Wäschekorb, griff in ihre Jeans, brachte ein Papiertaschentuch zum Vorschein und tupfte sich die Nase ab. Sachs fiel auf, dass die Jeans von Armani war, aber ziemlich ausgebleicht und abgetragen – und das nicht auf die vorgewaschene Weise, mit der die fabrikneuen Sachen im Laden landeten. (Als ehemaliges Mannequin hatte sie nichts für solche nutzlosen Trends übrig.) Die Hose war entweder gebraucht gekauft worden oder stammte aus einer Zeit, in der die Familie besser situiert gewesen war, wie Sachs vermutete.

Damit lag sie womöglich richtig, denn sie bemerkte nun ein gerahmtes Foto auf dem Tisch des Jungen – er und sein Vater standen mit Angelausrüstung neben einem Privatflugzeug. Das Bild war einige Jahre alt, und im Hintergrund ragten die Berge Kanadas oder Alaskas auf. Ein anderer Schnappschuss zeigte die Familie auf Logenplätzen bei einem Autorennen, offenbar dem Indy 500.

»Kann ich etwas für Sie tun?«

»Nein, Officer. Oder Detective? Oder …?«

»Amelia.«

»Amelia. Was für ein hübscher Name.«

»Wird Ihr Sohn damit fertig?«

»Bryan … Ich weiß nicht, wie er das verkraften wird. Im Moment ist er wütend, glaube ich. Oder wie betäubt. Wir sind beide wie betäubt.«

»Wie alt ist er? Zwölf?«

»Ja, genau. Die letzten Jahre waren hart. Und das ist ein schwieriges Alter.« Ihre Lippe zitterte. »Wer ist dafür verantwortlich?«, fragte sie barsch. »Wie konnte so etwas passieren?«

»Das weiß ich nicht. Die Stadt wird das untersuchen. Die Leute sind sehr kompetent.«

»Wir vertrauen uns diesen Dingern an. Aufzügen, Gebäuden, Flugzeugen, U-Bahnen! Wer auch immer die konstruiert, muss doch auf die Sicherheit achten. Woher sollen *wir* denn wissen, ob sie gefährlich sind? Uns bleibt doch gar nichts anderes übrig, als uns auf sie zu verlassen!«

Sachs drückte ihre Schulter und fürchtete schon, dass die Frau gerade einen Nervenzusammenbruch erlitt. Aber Sandy fing sich schnell wieder. »Danke, dass Sie hergekommen sind, um mir das zu sagen. Das hätte nicht jeder getan.« Anscheinend war ihr nicht klar, dass sie sich wiederholte.

»Noch mal: Falls ich etwas tun kann…« Sachs drückte ihr eine ihrer Visitenkarten in die Hand. *Das* wurde einem auf der Akademie nicht beigebracht, und in Wahrheit wusste Amelia auch nicht, womit sie der Frau hätte behilflich sein können. Sie handelte hier nach Gefühl.

Die Karte verschwand in der Tasche der Jeans, die ursprünglich mal dreistellig gekostet hatte.

»Ich mache mich jetzt auf den Weg.«

»Oh, ja. Danke noch mal.«

Sandy nahm das schmutzige Geschirr ihres Sohnes, verließ vor Sachs das Zimmer und verschwand in der Küche.

Vorn beim Flur sprach Sachs erneut Frommers Cousin Bob an. »Was meinen Sie, wie hält Sandy sich?«

»Nun ja, wie man es wohl erwarten würde. Meine Frau und ich werden tun, was wir können. Aber wir haben selbst drei Kinder. Ich könnte die Garage ausbauen, hab ich mir gedacht. Ich bin ein passabler Handwerker. Mein Ältester auch.«

»Wie meinen Sie das?«

»Unsere Garage. Die ist frei stehend, Sie wissen schon. Für zwei Autos. Und mit Heizung, denn ich habe meine Werkbank da drinnen.«

»Die beiden sollen bei Ihnen wohnen?«

»Bei *irgendjemandem* müssen sie ja wohnen, und ich wüsste nicht, wer sonst in Betracht käme.«

»In Schenectady?«

Bob nickte.

»Dieses Haus gehört ihnen nicht? Es ist gemietet?«

»Richtig.« Er senkte die Stimme. »Und sie sind schon zwei Monate im Rückstand.«

»Hatte er denn keine Lebensversicherung?«

Bob verzog das Gesicht. »Nein. Die hat er sich längst auszahlen lassen. Brauchte das Geld. Wissen Sie, Greg hatte beschlossen, etwas zurückzugeben. Also hat er vor einigen Jahren seinen Job gekündigt und mit jeder Menge wohltätigem Zeug angefangen. Wegen seiner Midlife-Crisis oder was auch immer. Die Teilzeitstelle im Einkaufszentrum hat es ihm erlaubt, ehrenamtlich in Suppenküchen und Obdachlosenheimen zu arbeiten. Gut für ihn, schätze ich. Doch für Sandy und Bry war es hart.«

Sachs verabschiedete sich und ging zur Tür.

Bob begleitete sie und sagte: »Oh, aber verstehen Sie das nicht falsch.«

Sie wandte sich um und hob eine Augenbraue.

»Glauben Sie nicht, Sandy hätte es bedauert. Sie hat die ganze Zeit hinter ihm gestanden, ohne sich je zu beklagen. Und, Mann, haben die beiden sich geliebt!«

* * *

Ich gehe auf meine Wohnung in Chelsea zu, meinen Mutterleib. Mein Refugium, ein guter Ort.

Und schaue mich natürlich immer wieder nach Verfolgern um.

Niemand in Sicht, auch nicht Rotschopf, die Polizistin.

Nach dem Schreck im Einkaufszentrum bin ich Meile um Meile durch Brooklyn gelaufen, bis zu einer weit entfernten U-Bahn-Linie. Unterwegs habe ich noch eine weitere neue Jacke gekauft und gegen die bisherige ausgetauscht, ebenso die Kopfbedeckung – wieder eine Baseballmütze, aber diesmal sandfarben. Mein Haar ist blond, kurz und schütter, doch draußen bleibt es am besten bedeckt, hab ich mir gedacht.

Warum den Shoppern unnötig Stoff liefern?

Ich beruhige mich allmählich. Endlich fängt mein Herz nicht mehr bei jedem Streifenwagen an zu rasen.

Der Heimweg dauert ewig. Chelsea ist sehr, sehr weit von Brooklyn entfernt. Hab mich gefragt, woher der Name wohl stammt. Chelsea. Ich glaube, ich hab mal gehört, es sei nach einem Ort in England benannt. Es klingt jedenfalls englisch. Haben die da nicht eine Sportmannschaft, die so heißt? Oder war das bloß der Name einer Person?

Die Straße, meine Straße, die Zweiundzwanzigste Straße ist laut, aber ich hab dicke Fenster. Mein Mutterleib, wie schon gesagt. Es gibt eine Dachterrasse, und mir gefällt es da oben. Niemand sonst aus dem Haus geht dorthin, soweit ich weiß. Manchmal sitze ich da und wünschte, ich wäre Raucher, denn auf einem Hausdach zu sitzen, zu rauchen und die Stadt zu betrachten scheint mir eine intensive und ganz und gar zeitlose New-York-Erfahrung zu sein.

Ich kann von dort aus die Rückseite des Chelsea Hotels sehen. Da wohnen Berühmtheiten, also wirklich dauerhaft. Musiker, Schauspieler, Künstler. Ich sitze auf meinem Gartenstuhl, beobachte die Tauben, Wolken, Flugzeuge und ganz generell den Ausblick und lausche, ob ich die Musiker in dem Hotel mal was spielen höre, aber bis jetzt hatte ich noch nie Glück.

Nun erreiche ich den Hauseingang. Ein weiterer Blick über die Schulter. Keine Cops. Kein Rotschopf.

Ich gehe rein und die Korridore entlang. Die Wände sind dunkelblau gestrichen und … irgendwie *krankenhausig*. Mein Wort. Ist mir gerade eingefallen. Das muss ich meinem Bruder erzählen, wenn wir uns das nächste Mal sehen. Peter wird es lustig finden. Unsere Vergangenheit war ziemlich ernst, daher bemühe ich mich heutzutage um Humor. Die Gänge sind schlecht beleuchtet, und die Wände riechen, als wären sie aus altem Fleisch gemacht. Ich hätte nie gedacht, dass ich mich an einem solchen Ort wohlfühlen würde, denn ich stamme aus einer hübschen grünen Vorstadt. Diese Wohnung hatte eigentlich nur etwas Vorübergehendes sein sollen, aber sie ist mir ans Herz gewachsen. Und ich habe gelernt, dass die Großstadt sich für jemanden meiner Natur besonders gut eignet. Ich falle nicht so sehr auf. Und das ist wichtig für mich. In Anbetracht der Lage.

Hier bin ich also, im behaglichen Chelsea.

Mein Mutterleib …

Drinnen mache ich sofort das Licht an und schließe die Tür ab. Ich halte nach Spuren von Eindringlingen Ausschau, aber da sind keine. Man könnte mich wohl paranoid nennen, doch andererseits kann bei meinem Leben nicht so wirklich von Paranoia die Rede sein, oder? Ich streue den Fischen ein paar getrocknete Fischflocken ins Aquarium. Dieses Kannibalenfutter kommt mir im ersten Moment immer falsch vor. Aber ich esse selbst Fleisch, und zwar eine Menge. Obwohl ich aus Fleisch bestehe. Was also ist der Unterschied? Außerdem schmeckt es ihnen, und mir gefällt der kleine Tumult, den sie dabei veranstalten. Sie sind golden und schwarz und rot und huschen kreuz und quer umher.

Ich gehe ins Badezimmer, um zu duschen und die Angst aus dem Einkaufszentrum abzuwaschen. Und den Schweiß. Sogar an einem kalten Frühlingstag wie diesem bin ich nach der Flucht völlig durchgeschwitzt.

Ich schalte die Nachrichten ein. Ja, nach tausend Werbespots kommt eine Story über den Zwischenfall in dem Einkaufszentrum in Brooklyn. Die Fehlfunktion der Rolltreppe, der schreckliche Tod des Mannes. Und der Schuss! Ach, das ist die Erklärung. Ein Polizist wollte den Motor außer Gefecht setzen, um das Opfer zu retten. Hat nicht geklappt. War Rotschopf die betreffende Beamtin? Falls ja, alle Achtung, gute Idee.

Ich sehe eine Nachricht auf dem Anrufbeantworter – ja, altmodisch, ich weiß.

»Vernon. Hallo. Ich muss heute länger arbeiten.«

Mein Magen zieht sich zusammen. Will sie etwa absagen? Doch dann bin ich erleichtert:

»Es wird also eher acht Uhr werden. Falls das okay ist.«

Sie klingt lustlos, aber das ist immer so. Ihre Stimme hat nun mal keinen Elan. Und ich habe sie noch nie lachen gesehen.

»Sofern ich nichts von dir höre, komme ich einfach vorbei. Falls dir das zu spät ist, geht das in Ordnung. Gib mir dann nur Bescheid.«

Typisch Alicia. Immer besorgt, etwas könnte kaputtgehen, falls sie eine Störung verursacht, zu viel erbittet, gegenteiliger Meinung ist, auch wenn jeder andere es gar nicht als Widerspruch werten würde, dass jemand bloß eine Frage stellt. Oder sich über etwas wundert.

Ich kann alles mit ihr machen. Alles.

Was mir gefällt, muss ich gestehen. Ich fühle mich dadurch mächtig. Fühle mich gut. Man hat mir eine Vielzahl nicht so netter Dinge angetan. Da scheint das hier nur recht und billig.

Ich gehe zum Fenster und halte nach Rotschopf oder anderen Cops Ausschau. Nichts.

Paranoia …

Was habe ich denn alles fürs Abendessen im Haus? Suppe, Frühlingsrollen, Chili ohne Bohnen, ein ganzes Huhn, Tortillas. Dazu jede Menge Soßen und Dips. Und Käse.

Bohnenstange, Klappergestell. Ja, das bin ich. Aber ich esse wie ein Scheunendrescher.

Ich denke an die beiden Sandwiches, die ich vorhin im Starbucks gegessen habe. Das mit dem Räucherschinken war besonders lecker. Dann plötzlich der Schrei, ich drehe mich um. Sehe Rotschopf, die das Lokal beobachtet und anfangs nicht auf den Schrei reagiert, im Gegensatz zu allen anderen.

Shopper … Ich spucke das Wort verächtlich aus, jedenfalls in meiner Vorstellung.

Ich bin wütend auf sie.

So. Ich brauche etwas Trost. Ich hole meinen Rucksack von seinem Platz an der Wohnungstür und trage ihn quer durch den Raum. Dann tippe ich die Kombination in das Schloss des Spielzimmers ein. Ich habe das Schloss selbst eingebaut, was in einer Mietwohnung wahrscheinlich gar nicht gestattet ist. Als Mieter darf man kaum etwas verändern. Aber ich zahle immer pünktlich, also kommt niemand vorbei. Außerdem muss das Spielzimmer verschlossen sein, basta. Rund um die Uhr.

Der dicke Bolzen fährt zurück. Und dann trete ich ein. Das Spielzimmer ist düster, abgesehen von den hellen Halogenlampen über dem verschrammten Tisch mit meinen Schätzen. Das Licht blendet mich, denn es wird von den Metallkanten und Klingen reflektiert, die meisten aus glänzendem Stahl. Das Spielzimmer ist still. Ich habe es gut schallisoliert, mit sorgfältig zugeschnittenen und eingepassten Platten aus Holz und Akustikmaterial, sowohl die Wände als auch die von mir angebrachten Fensterläden. Jemand könnte sich hier drinnen heiser brüllen, ohne von draußen gehört zu werden.

Ich nehme den Knochenknacker, den Hammer mit dem abgerundeten Kopf, aus meinem Rucksack, reinige und öle ihn und lege ihn an seinen Platz im Regal. Dann kommt meine Neuerwerbung an die Reihe, eine Japansäge mit gezackter Klinge. Ich packe sie aus und prüfe die Schärfe mit dem Finger. Oha, oha… Meine Mutter hat mir mal erzählt, dass Gegenstände aus Japan in ihrer Jugend nicht allzu gut angesehen waren. Wie die Zeiten sich doch ändern. O Mann, dieses Ding ist wirklich eine clevere Erfindung. Wie ein überdimensionales Rasiermesser. Ich teste die Klinge erneut, und da schau her: Hab ich mir doch glatt ein Stück Haut abgeschält.

Dies ist mein neues Lieblingsstück und erhält einen Ehrenplatz im Regal. Mir kommt der absurde Gedanke, dass die anderen jetzt neidisch und traurig sind. Ich bin manchmal komisch. Doch wenn dein Leben durch Shopper völlig aus der

Bahn geworfen wurde, werden unbeseelte Gegenstände zu deinen Freunden. Ist das denn so abwegig? Sie sind viel zuverlässiger als Menschen.

Ich sehe mir noch einmal die Klinge an. Ein reflektierter Lichtstrahl trifft mich genau ins Auge, die Pupille zieht sich zusammen, und der Raum verschwimmt. Das Gefühl ist seltsam, aber nicht unangenehm.

Mir kommt plötzlich die Idee, Alicia in diesen Raum mitzunehmen. Fast schon ein Bedürfnis. Ich stelle mir vor, wie der Stahl das Licht auf ihre Haut reflektiert, so wie gerade bei mir. Eigentlich kenne ich sie gar nicht so gut, aber ich glaube, ich werde – sie herbringen, meine ich. Ein Gefühl ganz tief in meinem Bauch rät mir dazu.

Ich atme schneller.

Soll ich? Heute Abend?

Ja, sagt der Aufruhr in meiner Leistengegend. Ich sehe ihre Haut schon vor mir, wie sie sich in den auf Hochglanz polierten Metallgegenständen auf der Werkbank spiegelt.

Ich denke: Es wird irgendwann zwangsläufig geschehen.

Mach es gleich. Bring's hinter dich …

Ja, nein?

Ich bin wie erstarrt.

Es klingelt. Ich verlasse das Spielzimmer und will zur Wohnungstür.

Dann befällt mich jäh ein schrecklicher Gedanke.

Und wenn das jetzt nicht Alicia ist, sondern Rotschopf?

Nein, nein. Wäre das möglich? Rotschopf hat einen so scharfen Blick, was auf einen wachen Verstand hindeutet. Und im Einkaufszentrum *hat* sie mich ja auch aufgespürt.

Ich hole den Knochenknacker aus dem Regal und gehe zur Tür.

Ich drücke den Knopf der Gegensprechanlage. Und zögere. »Hallo?«

»Vernon, ich bin's?« Bei Alicia klingen viele Sätze wie eine Frage, so verunsichert ist sie.

Erleichtert lege ich den Hammer weg, betätige den Summer, und wenig später sehe ich auf dem Monitor Alicias Gesicht, wie es zu der winzigen Überwachungskamera über der Tür aufblickt. Sie tritt ein, und wir gehen ins Wohnzimmer. Ich rieche ihr merkwürdiges Parfüm, in dem nach meinem Empfinden ein Hauch süßer Zwiebeln mitschwingt. Es ist ganz sicher etwas anderes. Aber mir kommt es so vor.

Sie weicht meinem Blick aus. Ich rage über ihr auf; sie ist klein und schmal, wenngleich nicht so dürr wie ich. »Hallo.«

»Hi.«

Wir umarmen uns. Meine Mutter hab ich am Ende nicht mehr gern umarmt. Meinen Vater nie. Ich weiß auch nicht, warum mir das jetzt einfällt, aber es ist so.

Alicia zieht ihre Jacke aus und hängt sie selbst auf. Sie mag es nicht, wenn jemand ihr etwas abnimmt. Sie ist um die vierzig, also einige Jahre älter als ich. Sie trägt ein blaues, hochgeschlossenes Kleid mit langen Ärmeln. Ihre Fingernägel sind so gut wie nie lackiert. Es gefällt ihr, wie eine Lehrerin zu wirken. Mir ist das egal. Es ist nicht ihr Modegeschmack, der mich anzieht. Als sie noch verheiratet war, hat sie tatsächlich als Lehrerin gearbeitet.

»Abendessen?«, frage ich.

»Nein?« Schon wieder eine Frage, obwohl sie meint: Nein. Sie fürchtet, ein einziges falsches Wort, ein einziges falsches Satzzeichen könnte den Abend ruinieren.

»Hast du keinen Hunger?«

Sie schaut zum zweiten Schlafzimmer. »Es… Geht das in Ordnung? Können wir bitte Liebe machen?«

Ich nehme ihre Hand, und wir gehen durch das Wohnzimmer nach hinten. Rechts befindet sich das Spielzimmer. Links liegt das hintere Schlafzimmer mit offener Tür und dem ordentlich gemachten Bett im sanften Schimmer eines Nachtlichts.

Für einen winzigen Moment halte ich inne und schaue zum Türschloss des Spielzimmers. Sie blickt verwundert zu mir auf, würde aber nicht mal im Traum daran denken, mich zu fragen: »Stimmt was nicht?«

Ich treffe eine Entscheidung, wende mich nach links und führe sie an der Hand hinter mir her.

5

»Was war denn da los?«, fragte Lincoln Rhyme. »An dem Tatort in Brooklyn, meine ich.«

Das war seine Art, sich behutsam vorzutasten. Sachs neigte normalerweise nicht dazu, über ihre Sorgen zu sprechen, nicht mal in Andeutungen – genau wie er. Und keiner von beiden fragte je freiheraus: »Stimmt was nicht?« Doch wenn er die Frage nach ihrem Befinden tarnte, indem er sich beispielsweise nach einem Tatort erkundigte, erhielt er bisweilen die gewünschte Antwort.

»Das war ziemlich problematisch.« Und Stille.

Tja, ich hab's wenigstens versucht.

Sie befanden sich im ehemaligen Salon seines Stadthauses am Central Park West. Amelia legte Handtasche und Aktentasche auf einem Rattansessel ab. »Ich wasch mir erst mal die Hände.« Sie ging den Flur entlang zu dem Badezimmer im Erdgeschoss. Rhyme hörte, wie sie und sein Betreuer, Thom Reston, der gerade das Abendessen zubereitete, ein paar freundliche Worte wechselten.

Es duftete schon verführerisch. Rhyme tippte auf Wildfisch, Kapern, Karotten mit Thymian. Und einen Hauch Kreuzkümmel, vermutlich am Reis. Ja, nach dem Tatortunfall vor vielen Jahren, der seine Wirbelsäule am vierten Halswirbel zertrümmert und ihm die Querschnittslähmung beschert hatte, war sein Geruchssinn merklich schärfer geworden, glaubte Rhyme. Andererseits lag die Vermutung nahe; Thom bereitete dieses

Gericht fast jede Woche zu. Rhyme war zwar alles andere als ein Feinschmecker, genoss das Essen aber dennoch. Vorausgesetzt, es gab ein schönes Glas Chablis dazu. Was der Fall sein würde.

Sachs kam zurück, und Rhyme hakte nach. »Euer Verdächtiger, wie habt ihr ihn doch gleich genannt? Es ist mir entfallen.« Er war sich sicher, sie hatte es ihm erzählt. Doch sofern eine Information nicht eines von Rhymes eigenen Projekten betraf, löste sie sich oft wieder in Wohlgefallen auf.

»Täter 40. Nach dem Klub, bei dem er das Opfer umgebracht hat.« Es schien sie zu überraschen, dass er es nicht mehr wusste.

»Er konnte entkommen?«

»Ja. Spurlos. Wegen des Vorfalls bei der Rolltreppe hat Chaos geherrscht.«

Ihm fiel auf, dass Sachs nicht ihre Glock abnahm und auf das Regal nahe dem Durchgang zum Flur legte. Das hieß, sie würde nicht über Nacht bleiben. Sie hatte eine eigene Wohnung in Brooklyn und übernachtete mal hier, mal dort. Bis vor einer Weile jedenfalls. In den letzten paar Wochen hatte sie nur zweimal hier geschlafen.

Noch eine Beobachtung: Ihre Kleidung war makellos, ohne jedes Anzeichen für Schmutz oder Blut, obwohl das nach ihrem Rettungsversuch bei der Rolltreppe unvermeidbar gewesen sein musste. Da die Flucht des Täters und der Unfall sich in Brooklyn zugetragen hatten, hatte sie wohl zu Hause geduscht und sich umgezogen.

Da sie nicht vorhatte zu bleiben – weshalb war sie heute Abend überhaupt nach Manhattan gekommen?

Wenigstens zum Essen? Er hoffte es.

Thom kam herein und reichte ihr ein Glas Weißwein. »Bitte sehr.«

»Danke.« Sie trank einen Schluck.

Rhymes Betreuer war sportlich und gut aussehend wie ein

Nautica-Model. Heute trug er eine dunkle Stoffhose mit weißem Hemd und einer Krawatte in gedämpften Burgunder- und Rosatönen. Er kleidete sich besser als jeder Betreuer, den Rhyme je gehabt hatte, und mochte das auch ein wenig unpraktisch wirken, die wichtigen Details stimmten: Seine Schuhe waren robust und mit Gummisohle – um den kräftig gebauten Rhyme sicher vom Bett in den Rollstuhl oder vom Rollstuhl ins Bett heben zu können. Und aus seiner Gesäßtasche ragte ein Paar kornblumenblauer Latexhandschuhe, damit er sich auch ums Pinkeln und Kacken kümmern konnte, wie Rhyme das derb zu bezeichnen pflegte.

»Und du kannst wirklich nicht zum Essen bleiben?«, fragte Thom nun.

»Nein, vielen Dank. Ich hab schon was vor.«

Damit wäre die Frage beantwortet, doch das Fehlen einer zusätzlichen Erklärung ließ ihren Besuch hier nur umso rätselhafter wirken.

Rhyme räusperte sich und schaute zu dem leeren Glas, das auf Mundhöhe an der Seite des Rollstuhls hing. (Der Becherhalter war für Rhyme das wichtigste aller Zubehörteile.)

»Du hattest schon zwei«, sagte Thom.

»Ich hatte einen, den du in zwei *aufgeteilt* hast. Genau genommen hatte ich sogar weniger als einen, wenn ich die Menge richtig gesehen habe.« Es kam vor, dass Rhyme wegen des Alkohols oder eines Dutzends anderer Gründe Streit mit Thom anfing, aber heute war er eigentlich in guter Stimmung; das Seminar war gut gelaufen, fand er. Andererseits machte er sich Sorgen. Was war denn nur mit Sachs los? Aber, um bei der Wahrheit zu bleiben, in erster Linie wollte er einfach nur mehr Scotch.

Fast hätte er die Leier von dem anstrengenden Tag angestimmt. Aber das wäre nicht die Wahrheit gewesen. Es lag ein angenehmer Tag hinter ihm, ein ruhiger Tag. Ganz im Gegensatz zu den vielen Malen, wenn die Jagd auf einen Killer oder

Terroristen ihn halb in den Wahnsinn getrieben hatte, damals, als er noch Polizeiberater gewesen war.

»Bitte und vielen Dank?«

Thom beäugte ihn argwöhnisch. Er zögerte und schenkte ihm dann aus der Flasche Glenmorangie nach, die er, verflucht noch mal, außer Reichweite auf einem hohen Regal abstellte, als wäre Rhyme ein Kleinkind.

»Das Essen ist in einer halben Stunde fertig«, sagte Thom und verschwand wieder zu seinem köchelnden Steinbutt.

Sachs nippte an ihrem Wein und ließ den Blick über die Ausrüstung schweifen, die den viktorianischen Salon bis in den letzten Winkel ausfüllte: mehrere Computer, ein Gaschromatograph samt Massenspektrometer, Vergleichsmikroskope für ballistische Untersuchungen, Dichtegradientenzentrifugen, Fingerabdruck-Visualisierungskammern, alternative Lichtquellen und ein Rasterelektronenmikroskop. Hinzu kamen zahlreiche Untersuchungstische und Hunderte von Werkzeugen. Ein solches Kriminallabor hätte jeder kleinen oder sogar mittelgroßen Polizeibehörde zur Ehre gereicht. Viele der Instrumente wurden nun von Plastikplanen oder Baumwolltüchern verhüllt, denn sie befanden sich ebenso außer Dienst wie ihr Eigentümer. Rhyme fungierte neben seiner Lehrtätigkeit noch als Berater in diversen Zivilfällen, aber der Großteil seiner Arbeit bestand aus Artikeln für akademische und andere Fachpublikationen.

Er sah nun, wie Amelias Blick zu einer dunklen Ecke und einem halben Dutzend weißer Rolltafeln wanderte, auf denen sie früher die Erkenntnisse notiert hatten, die sich aus den von Sachs' und Rhymes einstigem Protegé, dem Streifenbeamten Ron Pulaski, gesicherten Tatortspuren ergaben. Gemeinsam mit einem weiteren Techniker aus der Zentrale der Spurensicherung waren sie die Tabellen immer wieder durchgegangen, um die mögliche Identität und den Aufenthaltsort des Täters zu ergründen, zu diskutieren und gegebenenfalls wieder zu verwerfen. Die Tafeln standen nun mit der Vorderseite zur Wand, als würden sie es Rhyme verübeln, dass er keine Verwendung mehr für sie hatte.

Dann sagte Sachs: »Ich habe die Witwe aufgesucht.«

»Witwe?«

»Sandy Frommer. Die Frau des Opfers.«

Er benötigte einen Moment, um zu begreifen, dass sie nicht von dem Mann sprach, den Täter 40 ermordet hatte, sondern von dem Unfallopfer bei der Rolltreppe.

»*Du* musstest die Nachricht überbringen?« Beamte der Spurensicherung, so wie Rhyme, bekamen kaum jemals die schwierige Aufgabe übertragen, einem Angehörigen zu eröffnen, dass ein geliebter Mensch sein Leben verloren hatte.

»Nein. Nur ... Greg, der Mann, hat mich gebeten, seiner Frau und seinem Sohn auszurichten, dass er sie liebt. Als er im Sterben lag. Ich habe es ihm versprochen.«

»Gut von dir.«

Ein Achselzucken. »Der Sohn ist zwölf. Bryan.«

Rhyme erkundigte sich nicht, wie es der Familie ging. Derartige Fragen waren lediglich hohle Phrasen.

Sachs lehnte sich an einen der Tische. Sie hielt ihr Weinglas mit beiden Händen umschlossen. Erwiderte Rhymes Blick. »Ich war dicht dran. Hatte ihn fast. Täter 40, meine ich. Doch dann kam der Rolltreppenunfall dazwischen. Ich musste mich entscheiden.« Ein weiterer Schluck Wein.

»Es war die richtige Entscheidung, Sachs. Kein Zweifel. Du konntest gar nicht anders reagieren.«

»Ich bin ihm bloß durch Zufall auf die Spur gekommen – es blieb keine Zeit, den Zugriff zu planen und ein Team zusammenzustellen.« Sie schloss die Augen und schüttelte langsam den Kopf. »Ein volles Einkaufszentrum. Es hat sich einfach keine Möglichkeit ergeben.«

Sachs war selbst ihre schärfste Kritikerin. Rhyme wusste, dass die schwierigen Umstände des improvisierten Zugriffs manch anderem als Ausrede gedient hätten, aber nicht ihr. Er wurde gerade mit eigenen Augen Zeuge davon: Sachs hob die Hand und kratzte sich an der Kopfhaut. Dann schien sie sich dessen bewusst zu werden und hörte auf. Nur um gleich darauf von vorn anzufangen. Sie war eine äußerst energische Frau, im Guten wie im Schlimmen. Beides ging bei ihr Hand in Hand.

»Hat dein Täter Spuren hinterlassen?«, fragte er.

»An seinem Sitzplatz im Starbucks gab es kaum etwas. Er hat Greg Frommers Schrei gehört und wie alle anderen sofort hingeschaut. Ich war genau in seiner Blickrichtung. Ich schätze, er hat meine Waffe oder die Dienstmarke am Gürtel gesehen und sofort begriffen, was los war. Oder zumindest vermutet. Also ist er im nächsten Moment aufgebrochen und hat alles mitgenommen. Wir konnten am Tisch einige Partikel sichern, aber er hatte nur wenige Minuten dort gesessen.«

»Und die Fluchtroute?« Auch wenn Rhyme nicht mehr für das NYPD arbeitete, so waren ihm diese naheliegenden Fragen doch in Fleisch und Blut übergegangen.

»Über die Laderampe. Ron, einige Kollegen von der Spurensicherung und ein paar Streifenbeamte vom Acht-Vier grasen die Umgebung ab. Vielleicht ergibt sich ein sekundärer Tatort. Wir werden sehen. Oh, und es tritt zu meinen Ehren eine Schusswaffenkommission zusammen.«

»Warum?«

»Ich habe einen Motor zerschossen.«

»Du …?«

»Hast du nicht die Nachrichten gesehen?«

»Nein.«

»Das Opfer hat nicht zwischen den Stufen der Rolltreppe festgesteckt, sondern ist auf die Zahnräder des Getriebes gefallen. Einen Ausschalter konnte ich nicht finden. Also habe ich die Spule des Motors zerschossen. Leider war es zu spät.«

Rhyme überlegte. »Durch den Schuss wurde niemand verletzt, also wird man dich nicht beurlauben. Ich würde sagen, in ungefähr einer Woche bekommst du den Brief über die Einstellung des Verfahrens.«

»Hoffentlich. Der Captain vom Acht-Vier ist auf meiner Seite. Solange kein Reporter auf die Idee kommt, sich mit Storys über Polizeischüsse in Einkaufszentren profilieren zu wollen, droht mir wohl keine Gefahr.«

»Ich glaube, diese journalistische Unterkategorie gibt es gar nicht«, merkte Rhyme trocken an.

»Nun ja, Madino, der Captain, konnte die Situation vorläufig schwebehalten.«

»Das Wort gefällt mir«, sagte Rhyme. »Du hast die Lage geschickt ausweichmanövert.« Seine eigene Kreation mochte er auch.

Sie lächelte.

Rhyme war froh, das zu sehen. Sachs hatte in letzter Zeit nicht viel gelächelt.

Sie kehrte zu dem Rattansessel neben Rhyme zurück und setzte sich. Das Möbelstück gab sein charakteristisches Knarren von sich, einen Laut, den Rhyme noch nie von einem anderen hölzernen Gegenstand gehört hatte.

»Du denkst dir«, sagte sie, »wenn ich mich zu Hause umgezogen habe, was der Fall ist, und heute nicht hier übernachte, was ich nicht werde…« Sie neigte den Kopf. »Wieso bin ich dann hergekommen?«

»Genau.«

Sie stellte das halb leere Weinglas ab. »Ich bin hier, um dich um etwas zu bitten. Um einen Gefallen. Deine erste Reaktion wird sein, ihn mir abzuschlagen, aber hör mich bitte bis zu Ende an. Okay?«

* * *

Ich war nicht mutig genug.

Nicht heute Abend.

Ich bin mit Alicia nicht ins Spielzimmer gegangen.

Ich habe es in Erwägung gezogen, aber mich dann dagegen entschieden.

Sie ist gegangen – sie hat hier noch nie übernachtet –, und ich liege im Bett. Es müsste so ungefähr dreiundzwanzig Uhr sein, keine Ahnung. Ich denke an vorhin zurück: wie ich den Reißverschluss auf dem Rücken von Alicias blauem Kleid öffne, dem Lehrerinnenkleid. So sittsam. Dann der komplizierte BH, nicht der Verschluss, sondern die Struktur des Stoffes. Obwohl ich das natürlich nicht so genau erkennen kann, denn wir mögen es beide dunkel.

Dann ziehe auch ich mich aus, und meine Klamotten sind im Vergleich so groß wie das Laken eines Doppelbetts. Ihre flinken winzigen Hände erinnern mich an hungrige Kolibris. So geschickt. Und dann spielen wir unser Spiel. Ich finde es großartig. Einfach großartig. Aber ich muss aufpassen. Wenn ich nicht an etwas anderes denke, ist es zu schnell vorbei. Also lasse ich die üblichen Dinge an mir vorüberziehen: ein stählerner Meißel, den ich letzte Woche gekauft habe. Was er wohl für Auswirkungen auf Knochen haben wird? Das Essen von meinem bevorzugten Lieferdienst. Die Schreie des Mannes neulich auf der Baustelle beim 40° Nord, als der Hammer seinen Schädel trifft. (Ich nehme das als Beweis dafür, dass ich kein Ungeheuer bin. Der Gedanke an das Blut und das Knacken lässt mich nicht schneller fertig werden, sondern schwächt die Erregung ein Stück ab.)

Dann finden Alicia und ich unseren Rhythmus, und alles ist gut … bis, verdammt noch mal, allen Ernstes, ich plötzlich an diese Polizistin denken muss. Rotschopf. Die Schreie bei der Rolltreppe, ich sehe sie, ihre Waffe, die Dienstmarke und so, während sie *mich* beobachtet. Dunkle Augen, fliegendes rotes Haar. Sie schaut *weg* von der Treppe und den Schreien und hat es auf mich, mich, mich abgesehen. Doch seltsam – obwohl sie mir in dem Einkaufszentrum einen Mordsschreck eingejagt hat, obwohl sie so übel ist wie der schlimmste Shopper aller Zeiten, lässt sie mich nicht langsamer werden, als ich auf der kleinen Alicia liege. Ganz im Gegenteil.

Aufhören! Hau ab!

Mein Gott, das habe ich doch nicht etwa laut gesagt?

Ein Blick auf Alicia. Nein. Sie war an dem Ort, an dem sie sich immer bei dieser Gelegenheit verliert.

Und Rotschopf wollte einfach nicht verschwinden.

Dann war es vorbei. Peng. Alicia war über das Tempo offenbar ein wenig überrascht. Nicht, dass es ihr viel auszumachen schien. Für Frauen ähnelt Sex einer Abfolge vieler verschiedener Appetithappen, wie Tapas, während ein Mann ein einzelnes Hauptgericht verschlingen will, und zwar schnell.

Danach sind wir beide eingenickt, und als ich aufgewacht bin, habe ich mich immer noch irgendwie leer gefühlt und wieder daran gedacht, mit ihr ins Spielzimmer zu gehen.

Ja?, habe ich gegrübelt. Nein?

Dann habe ich sie weggeschickt.

Mach's gut, bis bald.

Nur diese paar Worte.

Und sie ist gegangen.

Nun nehme ich mein Telefon und höre mir die Nachricht an, die mein Bruder auf der Mailbox hinterlassen hat. *»Hi. Nächsten Sonntag. Anjelika oder Film Forum? David Lynch oder* Der Mann, der vom Himmel fiel*? Du hast die freie Wahl. Nein, hast du natürlich nicht, weil ich die beiden Alternativen ausgesucht habe!«*

Ich freue mich, seine Stimme zu hören. Sie klingt einerseits wie meine und andererseits doch nicht.

Dann frage ich mich, was ich mit meiner Schlaflosigkeit anfangen soll. Ich muss für morgen eigentlich jede Menge Dinge überdenken, suche aber stattdessen in der Nachttischschublade herum. Ich hole das Tagebuch heraus und setze die Eintragungen fort. Genau genommen schreibe ich auf, was ich vom MP3-Player abspiele. Es ist stets leichter, Gedanken mündlich festzuhalten, sie wie Fledermäuse in der Dämmerung umherflattern zu lassen, ohne ihnen eine Richtung vorzugeben. Und sie erst später aufzuschreiben.

Die Passagen drehen sich um die schwierigen Tage, die in der Highschool. Wer ist nicht froh, diese Zeit hinter sich gelassen zu haben? Meine Handschrift ist nicht übel. Die Nonnen waren ganz okay, die meisten jedenfalls. Doch wenn sie etwas angeordnet haben, hast du gehorcht und viel geübt, um dir ihr Wohlwollen zu sichern.

O Mann. Was für ein Tag. Unterricht bis vier. Staatsbürgerkunde. Mrs. Hooper war mit meiner Arbeit zufrieden. Hab den geheimen Heimweg genommen. Länger, aber besser. (Warum wohl? Ist doch klar.) Vorbei an dem Haus, wo an Halloween immer künstliche Spinnweben hängen, weiter zu dem Teich, der jedes Jahr kleiner wirkt, und zu Marjories Haus, wo ich sie das eine Mal mit offener Bluse gesehen habe, was sie nie erfahren hat.

Ich habe inständig gehofft, heute unbehelligt nach Hause zu kommen, und bin mir schon fast sicher. Doch dann sind sie auf einmal da. Sammy und Franklin. Sie kommen gerade aus Cindy Hansons Haus. Cindy könnte ein Fotomodell sein, so hübsch ist sie. Sam und Frank sehen gut aus, sind genau der Typ, mit dem sie ausgehen würde. Ich wechsle nie ein Wort mit ihr. Für Cindy existiere ich gar nicht, befinde mich nicht mal auf demselben Planeten. Zwar habe ich keine Pickel, aber ich bin zu dünn, zu trottelhaft, zu unbeholfen. Das ist okay. So läuft es nun mal in dieser Welt.

Sam und Frank haben mich noch nie geschlagen oder zu

Boden geworfen und mein Gesicht in die Erde oder einen Haufen Hundescheiße gedrückt. Doch ich war auch noch nie allein mit ihnen. Ich weiß, dass sie mich schon oft komisch angeschaut haben, was auch sonst? Das hat jeder in der Schule. Wenn das jetzt Duncan oder Butler wären, würden sie sich auf mich stürzen und mich windelweich prügeln, denn es gibt hier keine Zeugen. Also rechne ich damit, dass Sam und Frank genauso sind. Zwar kleiner als ich, aber wer ist das nicht? Doch sie sind stärker, und ich kann mich nicht wehren, krieg es einfach nicht hin. Ich rudere bloß mit den Armen, hat jemand mal dazu gesagt. Sehe dabei dämlich aus. Ich habe Dad um Hilfe gebeten. Hat ihn nicht groß interessiert. Als im Fernsehen ein Boxkampf kam, hat er gesagt, ich soll ihn mir anschauen. Tolle Hilfe!

Also krieg ich mal wieder was aufs Maul.

Denn hier sind keine Zeugen.

Einen Fluchtweg gibt es nicht. Ich gehe einfach weiter. Warte auf die Fäuste. Die beiden grinsen schon. Wie die Jungs in der Schule es immer machen, bevor sie zuschlagen.

Aber sie schlagen nicht zu. Sam sagt Hallo und fragt, ob ich hier in der Nähe wohne. Zwei Blocks weiter, antworte ich. Jetzt wissen sie, dass dies ein ziemlich seltsamer Heimweg für mich ist, aber sie sagen nichts dazu.

Sam meint nur, das sei ein hübsches Viertel. Frank sagt, er würde näher an der Eisenbahnlinie wohnen, und das sei echt ätzend wegen des Lärms.

He, Kumpel, sagt Frank auf einmal. Das heute im Unterricht war spitze.

Mir fehlen die Worte. Er meint die Stunde bei Mrs. Rich. Mathe. Sie hat mich aufgerufen, weil ich aus dem Fenster geschaut habe. Das macht sie immer so, um die Leute vorzuführen. Ohne den Kopf zu wenden, habe ich gesagt: $g(1) = h(1) + 7 = -10{,}88222 + 7 = -3{,}88222$.

Ja, sagt einer der beiden. Das Gesicht von Mrs. Bitch war unbezahlbar. Du hast es ihr echt gezeigt, Mann.

Spitze.

»Wir sehen uns.« Von Sam. Und dann gehen sie einfach weiter.

Ich werde nicht verprügelt oder angespuckt. Oder Knochenmann genannt, Bohnenstange, all so was.

Nichts.

Ein guter Tag. Heute war ein guter Tag.

Ich halte den Player an und trinke einen Schluck Wasser. Dann lege ich mich neben das Kissen, das immer noch nach Alicia duftet. Anfangs habe ich nach einer Blinden gesucht. Eine ganze Weile, aber ich konnte keine finden. Die geben keine Kleinanzeigen auf. Vielleicht ist es ihnen zu riskant. Blinden Frauen wäre es egal, dass ich zu groß bin, zu dünn, das lange Gesicht, die langen Finger, die langen Füße. Dürrer Würmerfreak. Dürre Bohnenstange. Klappergestell. Also eine Blinde, das war mein Plan. Doch es hat nicht geklappt. Hin und wieder lerne ich jemanden kennen. Eine Weile läuft es so halbwegs. Dann ist es vorbei.

Es geht immer irgendwann zu Ende. Auch bei Alicia wird es so sein.

Ich denke an das Spielzimmer.

Dann mache ich mit dem Tagebuch weiter, schreibe noch zehn, zwanzig Minuten.

Das Auf und Ab des Lebens, festgehalten für die Ewigkeit. So wie bei meinen Andenken im Spielzimmer: Ich erinnere mich bei jedem von ihnen an den Spaß, den Kummer oder den Ärger, der damit verbunden ist.

Heute war ein guter Tag.

II

DIE PRAKTIKANTIN

Mittwoch

6

»Mr. Rhyme, es ist mir eine Ehre.«

Wie sollte er auf so etwas reagieren? Ein Nicken erschien ihm angemessen. »Mr. Whitmore.«

Keiner von beiden wählte den Vornamen als Anrede. Rhyme wusste jedoch, dass der des anderen Evers lautete.

Der Anwalt schien direkt aus den 1950ern zu stammen. Er trug einen dunkelblauen Gabardine-Anzug und ein weißes Hemd, dessen Kragen und Manschetten zur Härte von Plastik gestärkt waren. Seine ebenso steife Krawatte war von jener Art Blau, die ein wenig ins Violette tendierte, und dazu schmal wie ein Lineal. Aus der Brusttasche seines Jacketts ragte ein weißes Rechteck.

Whitmores Gesicht war lang und blass und dermaßen ausdruckslos, dass Rhyme im ersten Moment glaubte, er leide an Gesichtslähmung oder einer anderen Störung der Kopfnerven. Doch dann legte der Mann kaum merklich die Stirn in Falten, als sein Blick durch den Salon und über die Laborausrüstung schweifte.

Rhyme erkannte, dass Whitmore darauf zu warten schien, einen Sitzplatz angeboten zu bekommen. Rhyme kam dem nach, woraufhin der Anwalt einen nahen Stuhl wählte, den Jackettknopf öffnete, sich niederließ und die Hose glatt strich. Mit kerzengeradem Rücken. Er nahm die Brille ab, reinigte die runden Gläser mit einem dunkelblauen Tuch, steckte es dann wieder ein und setzte die Brille wieder auf.

Wenn Besucher zum ersten Mal auf Rhyme trafen, der neunzig Prozent seines Körpers nicht bewegen konnte, reagierten sie im Allgemeinen auf eine von zwei Weisen. Die meisten erstarrten regelrecht und liefen rot an. Andere rissen Witze und scherzten über seinen Zustand. Das nervte, war aber immer noch besser als die erste Reaktion.

Am liebsten waren Rhyme diejenigen, die seinen Körper ein- oder zweimal kurz musterten und dann einfach fortfuhren, wie sie es bei jedem anderen neuen Bekannten auch machen würden: Wir warten mit unserem Urteil, bis wir mehr wissen. Und genau dies tat Whitmore nun.

»Kennen Sie Amelia?«, fragte Rhyme.

»Nein, ich habe Detective Sachs noch nie getroffen. Wir haben einen gemeinsamen Freund; er war unser Klassenkamerad auf der Highschool in Brooklyn. Heute ist er ein Anwaltskollege. Sie hat ursprünglich Richard angerufen und um die Übernahme des Falls gebeten, aber er ist nicht auf Personenschäden spezialisiert und hat sie an mich verwiesen.«

Die Schmalheit seines Gesichts ließ es nur umso ernster wirken, und es erstaunte Rhyme zu hören, dass Whitmore und Sachs ungefähr gleichaltrig waren. Er hätte den Mann mindestens ein halbes Dutzend Jahre älter geschätzt.

»Als sie mich dann angerufen hat und erwähnte, dass Sie in der Angelegenheit als Sachverständiger zur Verfügung stünden, war ich überrascht.«

Rhyme entging nicht, was das bedeutete. Offenbar hatte Sachs ihn als Berater ins Spiel gebracht, bevor sie gestern Abend hier aufgetaucht war und ihm eröffnet hatte, dass dies der Grund für die Fahrt vom Haus der Witwe in Brooklyn zum Central Park gewesen sei.

Ich bin hier, um dich um etwas zu bitten. Um einen Gefallen …

»Aber ich bin natürlich auch sehr erfreut darüber. Jeder

Rechtsstreit, in dem es um Fahrlässigkeit mit Todesfolge geht, erfordert eine mühselige Beweisführung. Und ich weiß jetzt schon, dass das hier ganz besonders der Fall sein wird. Ihr Ruf eilt Ihnen voraus.« Er sah sich um. »Ist Detective Sachs hier?«

»Nein, sie arbeitet in Downtown an einer Mordermittlung. Aber sie hat mir gestern Abend von Ihrer Mandantin erzählt. Der Name ist Sandy, richtig?«

»Die Witwe. Mrs. Frommer. Sandy, ja, genau.«

»Ist ihre Situation so angespannt, wie Amelia mir geschildert hat?«

»Ich weiß nicht, was sie Ihnen erzählt hat.« Eine präzise Korrektur von Rhymes ungenauer Formulierung. Er bezweifelte, dass es Spaß machen würde, mit Whitmore ein Bier trinken zu gehen, aber es war gewiss von Vorteil, ihn als Anwalt zu haben, vor allem wenn es darum ging, die Gegenseite ins Kreuzverhör zu nehmen. »Doch ich kann bestätigen, dass Mrs. Frommer eine sehr schwierige Zeit bevorsteht. Ihr Mann hatte keine Lebensversicherung und schon seit mehreren Jahren nur eine Teilzeitanstellung. Mrs. Frommer arbeitet für eine Reinigungsfirma, aber ebenfalls nur Teilzeit. Das Paar ist verschuldet. Beträchtlich verschuldet. Es gibt zwar einige entfernte Verwandte, aber von denen verfügt keiner über nennenswerte finanzielle Mittel. Ein Cousin kann der Frau und dem Sohn vorübergehend Unterkunft gewähren – in einer Garage. Ich habe schon seit Jahren mit Fällen von Personenschäden zu tun, und ich kann Ihnen sagen, dass viele Mandanten nur mit viel Glück wieder auf die Beine kommen. Bei Mrs. Frommer ist es unbedingt vonnöten. Also, Mr. Rhyme … Verzeihung, Sie waren Captain bei der Polizei, richtig? Sollte ich Sie mit Ihrem Dienstgrad ansprechen?«

»Nein, Lincoln reicht völlig.«

»Nun, ich würde Ihnen gern unsere Situation darlegen.«

Er hatte etwas Roboterhaftes an sich. Es störte nicht, war

nur irgendwie seltsam. Vielleicht mochten die Geschworenen das.

Whitmore öffnete seine altmodische Aktentasche – auch sie war circa Mitte des letzten Jahrhunderts gefertigt – und entnahm ihr einige unlinierte weiße Blätter. Dann zog er die Kappe eines Kugelschreibers ab (Rhyme hätte eher mit einem Füllfederhalter gerechnet) und notierte mit winziger, gerade noch ohne Hilfsmittel lesbarer Schrift anscheinend das Datum, die anwesenden Personen und den Anlass des Treffens. Das Papier mochte unliniert sein, doch die Ober- und Unterlängen der Buchstaben waren so gerade ausgerichtet – wie mit dem Lineal gezogen.

Er las die wenigen Angaben ein weiteres Mal, schien zufrieden zu sein und hob den Kopf.

»Ich beabsichtige, Klage beim zuständigen New Yorker Gericht einzureichen – dem Supreme Court, wie Sie wissen.«

Ungeachtet des hochtrabenden Namens war dies die staatsweit niedrigste Instanz. Vor ihr wurden sowohl Strafprozesse als auch Zivilfälle verhandelt, und Rhyme hatte dort schon tausendmal als Gutachter der Staatsanwaltschaft ausgesagt.

»Wir werden wegen fahrlässiger Tötung zum Nachteil der Witwe Mrs. Frommer und ihres Kindes klagen.«

»Ein halbwüchsiger Junge, nicht wahr?«

»Nein, er ist zwölf.«

»Aha.«

»Und Schmerzensgeld für die erlittenen Qualen von Mr. Frommer, das seinem Nachlass zugeschlagen werden soll. Soweit ich weiß, hat er noch ungefähr zehn Minuten unter extremen Schmerzen überlebt. Wie gesagt, diese Summe fließt dem Nachlass zu und geht an die testamentarisch benannten Erben über – beziehungsweise an die vom Nachlassgericht bestimmten Personen, sofern kein Testament existiert. Außerdem werde ich Klage im Namen von Mr. Frommers Eltern einreichen, zu deren Unterhalt er im Rahmen seiner Möglichkeiten beigetragen hat. Auch das auf Basis der fahrlässigen Tötung.«

Whitmore war vermutlich der am wenigsten extravagante, wenn nicht sogar langweiligste Anwalt, den Rhyme je getroffen hatte.

»Der von mir verlangte Schadensersatz ist, offen gesagt, ungeheuer hoch. Dreißig Millionen für die fahrlässige Tötung, zwanzig Millionen für die erlittenen Qualen. So viel könnten wir niemals erzielen. Ich habe diese Beträge lediglich gewählt, um die Aufmerksamkeit der beklagten Seite zu erregen und dem Fall ein wenig Publicity zu verschaffen. Zu einem Prozess will ich es gar nicht erst kommen lassen.«

»Nein?«

»Nein. Unsere Situation ist eher ungewöhnlich. Ohne Lebensversicherung oder anderweitige finanzielle Unterstützung sind Mrs. Frommer und ihr Sohn auf eine schnelle Einigung angewiesen. Ein Verfahren könnte sich ein Jahr oder länger hinziehen. Bis dahin wären sie mittellos. Sie brauchen Geld für ihre Miete, die Ausbildung des Jungen, ihre Krankenversicherung und alle Dinge des täglichen Bedarfs. Nachdem wir der Gegenseite einen soliden Fall präsentiert haben und ich die Möglichkeit durchblicken lasse, einen beträchtlich günstigeren Vergleich zu schließen, hoffe ich auf einige Schecks, deren Beträge den Beklagten winzig erscheinen, für Mrs. Frommer aber eine ansehnliche Entschädigung bedeuten dürften, hoch genug, dass der Gerechtigkeit Genüge getan wurde.«

In einem Roman von Dickens würde dieser Mann sich wie zu Hause fühlen, dachte Rhyme. »Klingt nach einer vernünftigen Strategie. Können wir nun über die Spurenlage sprechen?«

»Einen Moment noch, bitte.« Evers Whitmore hielt sich an den von ihm geplanten Ablauf, komme, was da wolle. »Zunächst möchte ich Ihnen gern die Feinheiten der Gesetzeslage erläutern. Sind Sie mit diesem Teil des Haftungsrechts vertraut?«

Rhymes Antwort war von vornherein irrelevant, mochte sie nun Ja, Nein oder Vielleicht lauten. Anwalt Whitmore *würde* ihn damit vertraut machen.

»Nicht wirklich, nein.«

»Ich gebe Ihnen einen Überblick. Es geht dabei um den Schaden, der dem Kläger durch den Beklagten zugefügt wurde, ausgenommen durch Vertragsbruch. Beispiele dafür wären Autounfälle, Beleidigungen und Verleumdungen, Jagdunfälle, durch Lampen ausgelöste Brände, Giftstoffaustritte, Flugzeugabstürze, tätliche Bedrohungen, Körperverletzungen und sogar vorsätzliche Morde, die sowohl straf- als auch zivilrechtliche Folgen haben können.«

O. J. Simpson, dachte Rhyme.

»Wenn wir also einen Haftpflichtschaden wegen fahrlässiger Tötung und erlittener Schmerzen geltend machen wollen«, fuhr Whitmore fort, »müssen wir als Erstes unseren Beklagten finden – wer genau ist für Mr. Frommers Tod verantwortlich? Am günstigsten für uns wäre es, wenn die Rolltreppe den Schaden eigenständig verursacht hat und nicht etwa eine dritte Partei. Die Beweisführung ist wesentlich einfacher, wenn jemand Schaden durch einen Gegenstand erlitten hat, was auch immer es sein mag, ein Gerät, ein Auto, eine Droge oder eine Rolltreppe. Neunzehnhundertdreiundsechzig hat ein Richter am California Supreme Court den Klagegrund der strikten Produkthaftung geschaffen – um nicht den geschädigten Kunden, sondern den Hersteller in die Verantwortung zu nehmen, auch wenn keine Fahrlässigkeit vorlag. Bei der strikten Produkthaftung muss man lediglich nachweisen, dass das Produkt defekt war und dem Kläger einen Schaden zugefügt hat.«

»Was versteht man unter einem Defekt?«, fragte Rhyme, der widerstrebend von dem Thema gefesselt war.

»Das ist eine der Kernfragen, Mr. Rhyme. Ein Defekt liegt vor, wenn das Produkt schlecht konstruiert ist oder Mängel aufweist. Oder man hat versäumt, den Kunden angemessen vor den Risiken zu warnen. Haben Sie in letzter Zeit mal eine Kinderkarre gesehen?«

Wieso sollte ich? Rhyme lächelte matt.

Whitmore ließ sich nicht beirren. »Dann wäre Ihnen vielleicht ein Schild aufgefallen: *Vor dem Zusammenklappen der Karre erst das Kind herausnehmen*. Das habe ich mir nicht ausgedacht. Ja, natürlich heißt es strikte Produkthaftung, aber nicht ohne Wenn und Aber. Es *muss* ein Defekt vorgelegen haben. Jemand, der einen anderen mit einer Kettensäge angreift, gilt als beeinflussender Faktor. Das Opfer kann dafür nicht den Hersteller der Säge haftbar machen.

Zurück zu unserem Fall: Wen verklagen wir? Hat Midwest Conveyance, die Herstellerfirma der Rolltreppe, einen Konstruktions- oder Montagefehler begangen? Oder hat die Treppe einwandfrei funktioniert, aber das Management des Einkaufszentrums, eine Putzkolonne oder eine externe Wartungsfirma hat eine Reparatur nicht durchgeführt oder ein Instandhaltungsintervall vernachlässigt? Hat ein Arbeiter die Klappe beim letzten Mal nicht ordnungsgemäß verriegelt? Hat jemand die Klappe von Hand geöffnet, während Mr. Frommer auf ihr stand? Ist dem Generalunternehmer bei der Errichtung des Einkaufszentrums ein Fehler unterlaufen? Oder dem Subunternehmer, der die Treppe installiert hat? Was ist mit den Zulieferern der einzelnen Bauteile? Was mit dem zuständigen Reinigungspersonal? Haben die für eine externe Firma gearbeitet oder waren sie Angestellte des Einkaufszentrums? Und hier kommen Sie ins Spiel.«

Rhyme überlegte bereits, wie er am besten vorgehen würde. »Zunächst muss jemand die Rolltreppe inspizieren, die Bedienelemente, die Tatortfotos, die Partikelspuren und …«

»Ah. Ich muss Ihnen leider mitteilen, dass es da ein *winziges* Problem gibt. Nun ja, mehrere.«

Rhyme zog eine Augenbraue hoch.

»Jeder Unfall auf einer Rolltreppe, einem Rollsteig, in einem Aufzug und so weiter fällt in die Zuständigkeit des Department of Buildings und des Department of Investigation«, erklärte Whitmore.

Rhyme kannte das DOI, eine der ältesten Strafverfolgungsbehörden des Landes, gegründet Anfang des neunzehnten Jahrhunderts. Ihr oblag die Aufsicht über den öffentlichen Dienst, die Ämter und alle Privatpersonen und Firmen, die vertragliche Vereinbarungen mit der Stadt trafen oder für sie tätig wurden. Auch sein eigener Tatortunfall, der ihn zum Querschnittsgelähmten gemacht hatte, war vom DOI untersucht worden, denn er hatte sich auf einer U-Bahn-Baustelle zugetragen.

»Wir können deren Erkenntnisse für unseren Fall verwenden«, fuhr Whitmore fort, »aber …«

»Deren Bericht wird Monate auf sich warten lassen.«

»Ganz genau, Mr. Rhyme. Mindestens sechs Monate, eher ein ganzes Jahr. Jawohl. Und wir können nicht so lange warten. Bis dahin wird Mrs. Frommer obdachlos sein. Oder in der Garage ihrer Verwandten in Schenectady wohnen.«

»Das wäre also Problem Nummer eins. Was noch?«

»Der Zutritt zu der Rolltreppe. Sie wird demontiert und in einem Lagerhaus der Stadt verwahrt, solange DOI und DOB ihre Untersuchung nicht abgeschlossen haben.«

Verdammt, das allein bedeutet schon eine mordsmäßige Verunreinigung des Tatorts, dachte Rhyme sofort.

»Besorgen Sie sich eine gerichtliche Verfügung«, riet er. Es kam ihm einleuchtend vor.

»Das kann ich zu diesem Zeitpunkt nicht. Sobald ich die Klage eingereicht habe – was in den nächsten Tagen passieren wird –, kann ich zwar die Herausgabe von Beweisen verlangen, aber kein Richter wird dem stattgeben, bevor DOI und DOB fertig sind.«

Das war absurd. Die Rolltreppe war das hauptsächliche, wenn nicht sogar einzige Beweisstück in dem Fall, und sie erhielten keinerlei Zugang?

Dann fiel es ihm wieder ein: Natürlich, bei ihnen ging es um eine Zivilklage, nicht um einen Strafprozess.

»Was wir uns besorgen können, sind die Unterlagen; die Konstruktions-, Herstellungs- und Aufbaupläne sowie die Wartungsbelege der möglichen Beklagten, also des Einkaufszentrums, des Herstellers Midwest Conveyance, der Reinigungsfirma oder wer sonst noch mit der Treppe zu tun hatte. Bis wir die Kopien haben, wird es aber ein zähes Ringen geben mit immer neuen Anträgen von allen Seiten, monatelang. Nun noch das letzte Problem: Ich hatte doch erwähnt, dass Mr. Frommer nicht mehr Vollzeit gearbeitet hat.«

»Ja, wegen einer Midlife-Crisis oder so.«

»Ganz recht. Er hat eine anspruchsvolle Managementstelle aufgegeben. In den letzten Jahren hat er Jobs bevorzugt, die er abends nicht mit nach Hause nehmen musste – Auslieferungsfahrer, Telefonverkäufer, Bestellannehmer in einem Fast-Food-Restaurant, Schuhverkäufer in dem besagten Einkaufszentrum. Den größten Teil seiner Zeit hat er ehrenamtlich gearbeitet. Bei Alphabetisierungskampagnen, in Obdachlosenheimen oder Suppenküchen. Daher hat er in den letzten Jahren auch kaum etwas verdient. Einer der schwierigsten Teile unseres Falls wird sein, die Geschworenen davon zu überzeugen, dass er letztlich wieder eine einträgliche Stelle wie früher angenommen hätte.«

»Was genau hat er denn ursprünglich gemacht?«

»Er war Marketingdirektor bei Patterson Systems in New Jersey. Ich habe mal nachgesehen. Eine sehr erfolgreiche Firma, der größte amerikanische Hersteller von Einspritzanlagen. Frommer hat damals deutlich sechsstellig verdient. Sein Einkommen *letztes* Jahr betrug dreiunddreißigtausend Dollar. Entschädigungssummen werden an der Einkommenshöhe bemessen. Die Vertreter der Beklagten werden unmissverständlich darauf hinweisen, dass der Schaden – sogar falls man ihre Mandanten haftbar machen kann – nur minimal gewesen sei, denn Frommer habe ja kaum etwas verdient. Ich werde zu beweisen versuchen, dass Mr. Frommer nur eine Phase durchlaufen hat. Dass er vorhatte, wieder einen hoch bezahlten Job anzunehmen. Es kann sein, dass mir das nicht gelingt. Daraus ergibt sich Ihre zweite Aufgabe. Falls Sie glaubhaft machen können, dass der Beklagte, wer auch immer das am Ende sein wird, beim Bau der Rolltreppe oder eines ihrer Teile oder später bei der Wartung fahrlässige oder gar mutwillige Fehler begangen hat, können wir …«

»… Strafschadensersatz verlangen. Und die Geschworenen, die aufrichtig bedauern, dass sie der Witwe hinsichtlich der entgangenen Einkünfte kaum etwas zusprechen können, werden einen umso größeren Schadensersatzbetrag verhängen.«

»Gut gefolgert, Mr. Rhyme. Sie hätten Jura studieren sollen. So, damit wäre unsere Situation im Wesentlichen zusammengefasst.«

»Mit anderen Worten, ich soll herausfinden, wie eine komplexe Apparatur versagen konnte und wer dafür verantwortlich ist, ohne dass ich Zugang zu der Maschine, der zugehörigen Dokumentation oder auch nur zu Fotos oder Analyseergebnissen des Unfalls erhalte?«

»Exakt, Mr. Rhyme. Detective Sachs hat gesagt, Sie seien hinsichtlich Ihres Vorgehens bei einem derartigen Fall gemeinhin recht kreativ.«

Wie kreativ kann ich ohne die verdammten Beweise schon sein?, dachte Rhyme. Das ist doch absurd. Diese ganze Angelegenheit ist komplett …

Dann kam ihm plötzlich eine Idee. Whitmore sagte etwas, aber Rhyme hörte nicht hin, sondern wandte sich zur Türöffnung. »Thom! Thom! Wo steckst du?«

Es ertönten Schritte, und kurz darauf trat der Betreuer ein. »Ist alles in Ordnung?«

»Ja, bestens, bestens. Wieso auch nicht? Ich brauche etwas.«

»Und das wäre?«

»Ein Maßband. Und je eher, desto besser.«

7

Schon komisch.

Police Plaza Nummer eins gilt als eines der hässlichsten Behördengebäude von New York City, doch hat man von dort aus so ziemlich den besten Ausblick in ganz Downtown Manhattan – auf den Hafen, den East River, die imposante New Yorker Skyline in ihrer vollen Pracht. Im Gegensatz dazu ist die einstige Polizeizentrale an der Centre Street womöglich das eleganteste Bauwerk südlich der Houston Street, doch die Beamten damals sahen von ihren Fenstern aus nichts als Mietskasernen, Metzgereien, Fischhändler, Prostituierte, Taugenichtse und wartende Straßenräuber (die Polizisten jener Zeit waren oft Ziel von Überfällen, denn die Diebe mochten die wollenen Uniformen mit den Messingknöpfen).

Amelia Sachs betrat gerade ihr Büro in der Abteilung für Kapitalverbrechen an der Police Plaza Nummer eins und musste beim Blick aus dem fleckigen Fenster automatisch daran denken. Allerdings waren ihr sowohl die architektonische Ästhetik des Gebäudes als auch die Aussicht völlig egal. Was ihr nicht gefiel, war die Tatsache, dass sie ihre Ermittlungen von hier aus führen musste anstatt in Lincoln Rhymes Labor.

Verflucht noch mal.

Es gefiel ihr ganz und gar nicht, dass er seine Beratertätigkeit für die Polizei an den Nagel gehängt hatte, es gefiel ihr nicht im Geringsten. Sie vermisste den anregenden Meinungsaustausch, die Streitgespräche, die Kreativität der täglichen

Zusammenarbeit. Ihr Leben hatte dem Studium an einer Online-Universität geähnelt: Das Wissen mochte dasselbe sein, aber dein Verstand nahm es wesentlich schneller auf.

Und nun kamen viele Ermittlungen nicht voran, vor allem Mordfälle, die Rhymes Spezialität gewesen waren. Der Fall Rinaldo zum Beispiel war ihr vor ungefähr einem Monat übertragen worden und machte keinerlei Fortschritte. Ein Mord an der West Side, südlich von Midtown. Echi Rinaldo, ein kleiner Auslieferungsfahrer und Drogendealer, war brutal aufgeschlitzt worden. Der Tatort war eine dreckige Gasse, weshalb es jede Menge Spuren gab, die jedoch kaum weiterhalfen: diverse Zigarettenstummel, eine Joint-Klammer, an der immer noch etwas Pot klebte, Einwickelfolien, Kaffeebecher, ein Rad von einem Kinderspielzeug, Bierdosen, ein Kondom, Papierfetzen, Kassenbons und hundert andere Gegenstände des New Yorker Alltags. Keine der Finger- oder Fußspuren hatte etwas erbracht.

Der einzige andere Anhaltspunkt war eine Zeugenaussage – vom Sohn des Opfers. Gesehen hatte der Achtjährige allerdings nichts, sondern nur gehört, wie der Täter in ein Taxi sprang und eine Adresse nannte, in der das Wort »Village« vorkam. Eine Männerstimme. Eher von einem Weißen als von einem Schwarzen oder Latino. Sachs hatte all ihr Vernehmungskönnen eingesetzt, um dem Jungen weitere Erinnerungen zu entlocken, aber er war verständlicherweise sehr verstört, nachdem er seinen Vater blutüberströmt in der Gasse vorgefunden hatte. Die Überprüfung der legalen und illegalen Taxifahrer blieb ergebnislos. Und Greenwich Village erstreckte sich über Dutzende Quadratkilometer.

Sachs war überzeugt, dass Rhyme aus dem Berg von Spuren hätte folgern können, wohin genau in diesem malerischen Teil Manhattans der Täter höchstwahrscheinlich gefahren war.

Er hatte angefangen zu helfen, dann aber Nein gesagt. Und

kühl hinzugefügt, er sei nicht länger für Kriminalfälle zuständig.

Sachs strich ihren dunkelgrauen knielangen Rock glatt. Sie hatte gedacht, sie hätte als Ergänzung eine etwas hellere graue Bluse ausgewählt, und erst draußen auf dem Gehweg vor ihrem Haus gemerkt, dass es die braungraue war. Ein typischer Morgen voller Zerstreutheit.

Sie verschaffte sich einen Überblick über die aufgelaufenen E-Mails und Telefonnachrichten, stufte sie allesamt als vernachlässigbar ein, und ging den Gang entlang zu dem Konferenzraum, den sie für den Fall Täter 40 organisiert hatte.

Sie dachte wieder an Rhyme.

An das Ende seiner Beratertätigkeit.

Verflucht noch mal …

Auf dem Korridor kam ihr ein junger Detective entgegen und blickte auf einmal fragend in ihre Richtung. Ihr wurde klar, dass sie die Worte offenbar laut ausgesprochen hatte.

Sie lächelte dem Mann zu, damit er sie nicht für geistesgestört hielt, und bog in ihre kleine Einsatzzentrale ab, die über zwei gewöhnliche Tische, zwei Computer, einen Schreibtisch und eine weiße Tafel verfügte, auf der mit abwaschbarem Filzstift einige Einzelheiten des Falls notiert waren.

»Muss gleich so weit sein«, sagte der junge blonde Beamte und blickte auf. Er trug eine dunkelblaue NYPD-Uniform und saß am hinteren Tisch. Im Gegensatz zu den meisten anderen Angehörigen der Abteilung für Kapitalverbrechen war Ron Pulaski kein Detective. Aber er war der Cop, mit dem zusammen Amelia Sachs den Fall Täter 40 hatte bearbeiten wollen. Sie untersuchten nun schon seit Jahren gemeinsam Tatorte, bisher stets von Rhymes Salon aus.

Pulaski wies auf den Bildschirm. »Sie haben's versprochen.«

Gleich …

»Wie viel haben sie herausgefunden?«

»Ich bin mir nicht sicher. Mit seiner Adresse und Telefonnummer würde ich jedenfalls nicht rechnen. Aber die Spurensicherung sagt, es habe einige Treffer gegeben. Das war eine gute Idee, Amelia.«

Im Anschluss an die Katastrophe – das Wort traf sowohl auf den Tod von Mr. Frommer als auch auf die erfolgreiche Flucht von Täter 40 zu – hatte Sachs den Bereich hinter der Laderampe des Einkaufszentrums genau in Augenschein genommen und sich gefragt, wohin sie die Suchteams hier in Brooklyn schicken sollte; man kann nicht jeden Winkel abdecken. Vor allem ein Ort erregte ihre Aufmerksamkeit, nämlich ein billiges mexikanisches Restaurant, dessen Hintertür an einer Sackgasse unweit der Lieferzone lag. Es war das einzige Speiselokal der näheren Umgebung. Ihr Verdächtiger hätte auf andere, schnellere Weise fliehen können, aber Sachs konzentrierte die Suche auf diesen Ort. Ihre – womöglich weit hergeholte – Theorie lautete, dass in einem solchen Laden mit höherer Wahrscheinlichkeit illegale Einwanderer arbeiteten als anderswo. Leute also, die nicht mit Namen und Anschrift als Zeugen zur Verfügung stehen wollten.

Und genau wie vermutet hatte niemand, vom Geschäftsführer bis zum Tellerwäscher, den recht auffälligen Verdächtigen gesehen.

Was natürlich nicht hieß, dass er sich nicht dort aufgehalten hatte, denn in dem Mülleimer für die Kunden hatte das Suchteam den Becher, die Zellophanhüllen der Sandwiches sowie Servietten aus der Starbucks-Filiale gefunden, alles Gegenstände, die er auf seiner Flucht bei sich getragen hatte.

Der gesamte Inhalt des besagten Abfalleimers aus dem La Festiva war beschlagnahmt worden, mochte der Name des Restaurants nun ein echtes spanisches Wort sein oder nicht.

Und nun warteten sie auf die entsprechenden Untersuchungsergebnisse.

Sachs ließ sich auf den Stuhl fallen, den sie aus ihrem winzigen Büro hergerollt hatte. In Rhymes Labor hätten die Daten längst vorgelegen. Ein Signal ihres Smartphones meldete den Eingang einer E-Mail. Es war eine Nachricht von Madino, dem Captain beim 84. Revier. Er schrieb, der Bericht über den Schusswaffengebrauch habe weiterhin keine Eile, denn es würde wie erwartet etwas dauern, die Kommission einzuberufen. Er fügte hinzu, es hätten – genau wie sie Rhyme gegenüber befürchtet hatte – einige Reporter angerufen und sich erkundigt, ob es nicht sehr riskant sei, in einem vollen Einkaufszentrum eine Pistole abzufeuern, doch Madino habe ihnen zugesichert, die Angelegenheit werde vorschriftsgemäß untersucht. Amelias Namen habe er dabei nicht preisgegeben, und es habe auch keiner der Journalisten nachgehakt.

Rundherum gute Neuigkeiten.

Nun erklang aus Pulaskis Computer das Läuten einer Schiffsglocke. »Okay, da haben wir's. Die Ergebnisse der Spurenanalyse.«

Während er las, fasste der junge Mann sich an die Stirn und rieb kurz daran. Die Narbe war nicht lang, aber aus diesem Winkel und bei diesem Licht für Amelia gut zu erkennen. Pulaski hatte bei seiner ersten Zusammenarbeit mit Sachs und Rhyme einen Fehler begangen und war von einem überaus heimtückischen Profikiller niedergeschlagen worden. Die daraus resultierende Verletzung, die sein Gehirn, seinen Stolz und sein Aussehen in Mitleidenschaft zog, hätte beinahe seine Laufbahn beendet. Doch dank seines festen Willens, der Unterstützung durch seinen Bruder (ebenfalls ein Cop) und Lincoln Rhymes Beharrlichkeit trug er auch heute noch die blaue Uniform. Er war zwar gelegentlich verunsichert – Kopfverletzungen beeinträchtigen das Selbstvertrauen –, aber er zählte zu den klügsten und hartnäckigsten Beamten, die Sachs kannte.

Er seufzte. »Nicht gerade viel.«

»Genauer?«

»Keinerlei Partikel im Starbucks. Und aus dem mexikanischen Restaurant eine DNS-Spur vom Rand des Kaffeebechers, aber kein zugehöriger Treffer in der CODIS-Datenbank.«

Es ist nur selten so einfach.

»Außerdem keine Fingerabdrücke«, fuhr Pulaski fort.

»Was? Er hat im Starbucks Handschuhe getragen?«

»Wie es aussieht, hat er den Becher mit einer Serviette gehalten. Der Techniker der Spurensicherung hat ein Vakuum und Ninhydrin eingesetzt, aber es kam nur ein Teilabdruck zum Vorschein. Von der äußersten Fingerspitze. Zu wenig für IAFIS.«

Die nationale Fingerabdruckdatenbank war groß, benötigte zum Abgleich aber den Abdruck der Fingerkuppe, nicht nur der Spitze.

Doch erneut fragte Sachs sich: Wäre das Material von Rhyme und nicht vom Labor der Spurensicherung in Queens analysiert worden, hätte *er* einen Fingerabdruck gefunden? Das Labor in der Zentrale war auf dem neuesten Stand, aber, na ja, es war eben nicht das von Lincoln Rhyme.

»Dann haben wir einen Schuhabdruck aus dem Starbucks, vermutlich von ihm«, las Pulaski vor, »denn er hat andere Abdrücke überdeckt und passte zu einer Spur an der Laderampe und einer weiteren in dem mexikanischen Restaurant. Nicht nur vom Profil her, sondern auch von den Partikeln. Ein Reebok, Größe dreizehn. Modell Daily Cushion zwei Punkt null. Die chemische Analyse der Partikel ist auch dabei.«

Sie schaute auf den Monitor und eine Liste von Chemikalien, die ihr nichts sagten. »Und was ist das?«

Pulaski scrollte nach unten. »Wahrscheinlich Humus.«

»Erde?«

Der blonde Beamte las die beigefügte Erläuterung. »Humus ist das vorletzte Zersetzungsstadium organischer Materie.«

»Also *baldige* Erde.«

»Sozusagen. Und sie stammt von woanders. Sie passt zu keiner der Kontrollproben, die im Umkreis des Einkaufszentrums, der Laderampe und des Restaurants genommen worden sind.« Er las weiter. »Oh, das ist nicht so gut.«

»Was denn?«

»Dinitroanilin.«

»Noch nie gehört.«

»Es gibt verschiedene Verwendungen dafür, zum Beispiel in Farbstoffen und Pestiziden. Vor allem aber in Sprengstoffen.«

Sachs deutete auf die Tabelle des ursprünglichen Tatorts, der Baustelle beim Klub, auf der zwei Wochen zuvor Todd Williams von Täter 40 erschlagen worden war. »Ammoniumnitrat.«

Ein Düngemittel – und zugleich der Hauptbestandteil von selbst gebauten Bomben wie derjenigen, die 1995 das Behördengebäude in Oklahoma City zerstört hatte.

»Heißt das, Sie glauben, dass mehr dahintersteckt als ein Raubüberfall?«, fragte Pulaski langsam. »Dass der Täter, keine Ahnung, in der Nähe des 40° Nord oder der Baustelle Bombenbauteile gekauft hat und Williams es bemerkt hat?« Er wies auf den Bildschirm. »Und sehen Sie hier.« Unter den gesicherten Partikeln bei einem der Schuhabdrücke an der Laderampe des Einkaufszentrums befand sich eine geringe Menge Motoröl.

Die zweite Zutat einer Düngerbombe.

Sachs seufzte. War dieser Täter etwa ein ausgewachsener Terrorist? Denn obwohl der Mord sich auf einer Baustelle ereignet hatte, zählten diese Chemikalien nicht zu den Bestandteilen kommerzieller Sprengstoffe. »Lesen Sie weiter.«

»Wieder Phenol, wie schon am ersten Tatort.«

»Wenn es zweimal auftaucht, ist es von Bedeutung. Wofür wird es benutzt?«

Pulaski rief eine Beschreibung der Chemikalie auf. »Phenol. Ein Zwischenprodukt bei der Herstellung von Kunststoffen wie Polycarbonaten, Harzen und Nylon. Findet auch Verwendung bei der Produktion von Aspirin, Einbalsamierungsflüssigkeit, Kosmetika, Heilmitteln für eingewachsene Zehnägel.«

Vierzig hatte große Füße. Und womöglich Probleme mit den Nägeln.

»Dann dies.« Er übertrug eine lange Liste anderer Chemikalien in eine Beweistabelle auf der Tafel.

»Ganz schön viel«, stellte Sachs fest.

»Irgendeine Art von Make-up. Ohne zugehörigen Markennamen.«

»Den müssen wir herausfinden. Jemand in der Zentrale soll das übernehmen.«

Pulaski schickte die Anfrage ab.

Dann wandten sie sich wieder den Beweisen zu. »Hier haben wir einen winzigen Metallspan. Von dem Schuhabdruck in dem Gang, der zur Laderampe führt.«

»Lassen Sie mich mal sehen.«

Pulaski öffnete die Fotos.

Kaum zu erkennen – weder mit bloßem Auge noch mit Hilfe der modischen Lesebrille aus der Drogerie, die Sachs in letzter Zeit oft aufsetzen musste.

Sie erhöhte den Vergrößerungsfaktor und musterte den glänzenden Splitter. Dann loggte sie sich auf dem zweiten Laptop in eine NYPD-Datenbank für Metallpartikel ein, die, wie sich herausstellte, vor vielen Jahren von Lincoln Rhyme angelegt worden war.

Gemeinsam gingen sie die Einträge durch. »Das da sieht ähnlich aus«, sagte Pulaski über ihre Schulter gebeugt und zeigte auf eines der Bilder.

Ja, gut. Das Beispielstück stammte vom Schärfen eines Messers oder einer Schere.

»Das ist Stahl. Er bevorzugt scharfe Klingen.« Er mochte das Opfer beim 40° Nord erschlagen haben, doch das hieß nicht, dass er nicht auch andere Waffen für seine Morde einsetzte.

Es konnte allerdings auch bedeuten, dass er kürzlich am Esstisch das Tranchiermesser geschärft hatte, um dann für seine Familie das Hühnchen zu zerlegen.

»Und etwas Sägemehl«, fuhr Pulaski fort. »Wollen Sie es sehen?«

Sie betrachtete die mikroskopischen Vergrößerungen. Die Körner waren sehr fein.

»Eher vom Schmirgeln, oder?«, grübelte sie laut. »Nicht vom Sägen.«

»Keine Ahnung. Würde jedenfalls passen.«

Sie schnippte sich vor lauter Anspannung mit einem Finger gegen den Daumennagel. Zweimal. »Der Techniker in Queens hat uns nicht die Holzart mitgeteilt. Das muss noch nachgeholt werden.«

»Ich fordere es an.« Pulaski rieb sich mit einer Hand die Stirn und scrollte mit der anderen weiter durch die Ergebnisse. »Offenbar sind Hämmer und Bomben nicht genug. Will dieser Kerl die Leute auch noch vergiften? Beachtliche Mengen von Chlorkohlenwasserstoffen und Benzoesäure. Die sind giftig. Sie finden sich häufig in Insektiziden, wurden aber schon oft als Mordwaffen genutzt. Dann noch mehr Chemikalien, die …« Er zog eine Datenbank zurate. »… sich als Lack entpuppen.«

»Sägemehl und Lack. Ist er Schreiner oder Bauarbeiter? Oder jemand, der seine Bomben in Holzkisten oder hinter vertäfelten Wänden verstaut?«

Aber da in der Gegend keinerlei improvisierte Sprengsätze gemeldet worden waren, weder von Holz ummantelte noch andere, stufte Sachs diese Möglichkeit ziemlich weit unten auf der Wahrscheinlichkeitsskala ein.

»Ich will den Hersteller«, sagte Sachs. »Von dem Lack. Und außerdem die genaue Art des Sägemehls.«

Pulaski sagte nichts.

Sie schaute zu ihm und bemerkte, dass er eine Nachricht auf seinem Telefon las.

»Ron?«

Er zuckte zusammen und steckte das Telefon ein. In letzter Zeit hatte er des Öfteren geistesabwesend gewirkt. Sie fragte sich, ob wohl jemand in seiner Familie erkrankt war.

»Alles in Ordnung?«

»Sicher. Alles bestens.«

»Ich will den Hersteller«, wiederholte sie.

»Von … ach ja, von dem Lack.«

»Von dem Lack. Und die Holzart. Und die Kosmetikmarke.«

Nun nahmen sie sich die Spuren der sekundären Kategorie vor – die also vielleicht von dem Täter stammten, vielleicht aber auch nicht. Die Techniker hatten den gesamten Inhalt des Abfalleimers aus dem mexikanischen Restaurant mitgenommen, weil der Verdächtige dort womöglich nicht nur die Starbucks-Artikel weggeworfen hatte. Es gab insgesamt dreißig oder vierzig Fundstücke: Servietten, Zeitungen, Plastikbecher, benutzte Papiertaschentücher und auch ein Pornoheft, das Papa vermutlich entsorgt hatte, bevor er nach Hause zu seiner Familie gefahren war. Alles war fotografiert und registriert worden, doch laut dem Bericht aus Queens hatte sich nichts davon als relevant erwiesen.

Sachs verbrachte dennoch zwanzig Minuten damit, jedes einzelne Stück in Augenschein zu nehmen, sowohl auf den Einzelaufnahmen als auch den Weitwinkelfotos, die den Eimer zeigten, bevor der Inhalt herausgenommen worden war.

»Sehen Sie«, sagte sie. Pulaski kam näher. Sachs zeigte auf zwei Servietten aus einem Schnellrestaurant der Kette White Castle.

»Die Heimat des Slider«, zitierte Pulaski den Werbespruch. »Wofür genau steht das eigentlich?«

Sachs zuckte die Achseln. Sie wusste lediglich, dass es ein kleiner Hamburger war; den Namen konnte sie sich auch nicht erklären. White Castle war eine der ältesten Fast-Food-Ketten der USA und auf Burger und Milchshakes spezialisiert.

»Gab es darauf Fingerabdrücke?«, fragte sie.

Pulaski sah im Bericht nach. »Nein, keine.«

Wie gründlich wurde danach gesucht?, fragte sie sich und musste daran denken, dass Rhymes größte Angstgegner Inkompetenz und Faulheit waren. Sachs starrte die Servietten an. »Deutet irgendetwas darauf hin, dass sie von ihm stammen könnten?«

Pulaski vergrößerte die Weitwinkelaufnahmen. Die zerknüllten White-Castle-Servietten lagen direkt neben den Starbucks-Artikeln.

»Schon möglich. Wir wissen ja, dass unser Mann gern bei Restaurantketten einkehrt.«

Ein Seufzen. »Servietten zählen zu den besten DNS-Quellen. Der Techniker hätte sie darauf überprüfen und das Ergebnis mit den Starbucks-Spuren vergleichen müssen.«

Faul, inkompetent…

Dann legte sich ihr Ärger.

Vielleicht war er auch nur völlig überlastet. Das ewige Problem der Polizeiarbeit.

Sachs öffnete die Einzelbilder der aufgeklappten Servietten. Jede wies Flecken auf.

»Was meinen Sie?«, fragte Amelia. »Einer braun, der andere rötlich?«

»Schwer zu sagen. Falls wir sie selbst in Händen gehabt hätten, würden wir zur Sicherheit die Farbtemperatur bestimmt haben. Bei Lincoln, meine ich.«

Wem sagen Sie das?

»Ich würde bei der einen Serviette auf zwei Milchshakes tippen, Schokolade und Erdbeere. Wäre jedenfalls naheliegend«, sagte Sachs. »Und bei der anderen? *Der* Fleck da ist eindeutig Schokolade. Der andere stammt von etwas weniger Dickflüssigem, zum Beispiel einem Softdrink. Die Servietten stammen von zwei verschiedenen Besuchen. Das eine Mal hatte er zwei Shakes, das andere Mal einen Shake und eine Limo.«

»So dürr wie er ist, muss er eine prima Kalorienverbrennung haben.«

»Und noch viel wichtiger, er mag White Castle. Ist offenbar Stammkunde.«

»Mit etwas Glück wohnt er in der Nähe. Aber um welche Filiale geht es?« Pulaski ging online und ließ sich die Restaurants der Kette anzeigen. In New York gab es mehrere davon.

Amelia hatte eine Idee: das Motoröl.

»Das Öl könnte zu einer Bombe gehören. Vielleicht besucht er aber auch nur die White-Castle-Filiale in *Queens*«, sagte sie. »Die liegt nämlich am Astoria Boulevard, wo es jede Menge Autohäuser, Zubehörläden und Werkstätten gibt. Mein Dad und ich haben da samstags oft Teile besorgt und dann zu Hause am Auto herumgeschraubt. Unser Täter könnte die Ölpartikel auf dem Weg zum Mittagessen aufgenommen haben. Es ist weit hergeholt, aber ich werde mal mit dem Geschäftsführer dort sprechen. Sie rufen unterdessen das Labor in Queens an, damit jemand sich noch mal diese Servietten vornimmt. Und zwar bis ins kleinste Detail. Fingerabdrücke. Und DNS. Eventuell hat er in Begleitung eines Freundes gegessen, und die DNS seines *Kumpels* ist in CODIS gespeichert. Und bleiben Sie an dem Sägemehl dran, ich will die Holzsorte. Die sollen den Hersteller des Lacks ermitteln. Und ich will nicht die Techniker, die *diesen* Bericht erstellt haben. Rufen Sie Mel an.«

Der stille, zurückhaltende Detective Mel Cooper war der

beste Kriminaltechniker der Stadt, vielleicht sogar des gesamten Nordostens der USA. Er war außerdem ein Experte für Personenidentifizierung – anhand von Fingerabdrücken, DNS-Spuren und forensischen Rekonstruktionen. Er hatte Abschlüsse in Mathematik, Physik und organischer Chemie und war führendes Mitglied in diversen internationalen Fachverbänden. Rhyme hatte ihn von der Polizeibehörde einer Kleinstadt abgeworben und zur New Yorker Spurensicherung geholt. Cooper war stets ein Teil seines Teams.

Während Sachs sich nun die Jacke anzog und ihre Waffe überprüfte, rief Pulaski in Queens an, um Cooper um Hilfe zu bitten.

Sie war bereits an der Tür, als er auflegte und sagte: »Sorry, Amelia. Wir brauchen jemand anders.«

»Was?«

»Mel hat Urlaub. Noch die ganze Woche.«

Sie lachte unwillkürlich auf. In all den Jahren ihrer Zusammenarbeit hatte sie es noch nie erlebt, dass der Techniker sich mehr als einen Tag freinahm.

»Dann suchen Sie uns bitte jemand Gutes aus«, sagte sie, eilte hinaus auf den Korridor und dachte: Rhyme nimmt seinen Abschied, und alles geht den Bach runter.

8

»Das ist doch … ja, eindeutig, das ist eine Rolltreppe. Zumindest ein Teil davon. Der obere Teil. Und er steht mitten in deinem Flur. Aber ich schätze, das weißt du bereits.«

»Mel, komm doch rein. Es gibt viel zu tun.«

Cooper, klein, schmal und stets ein wenig lächelnd, betrat den Salon von Rhymes Stadthaus und schob sich die dunkel gerahmte Brille ein Stück höher die Nase hinauf. Seine Schritte waren kaum zu hören, denn er trug seine üblichen Hush Puppies. Außer ihnen beiden war niemand im Raum. Evers Whitmore war nach Midtown in seine Kanzlei zurückgekehrt.

Als Cooper keine sofortige Erklärung für den von einem Gerüst umgebenen Rolltreppenteil erhielt, stellte er seine Sporttasche ab, zog seine braune Jacke aus und hängte sie an einen Haken. »Ich hatte von Anfang an nicht wirklich mit einem Urlaub gerechnet.«

Rhyme hatte auf seine unnachahmliche Art vorgeschlagen, Cooper möge sich ein paar Tage freinehmen. Von seinem Hauptberuf in der Zentrale der Spurensicherung, hieß das, damit er vorbeikommen und ihm bei dem Zivilfall *Frommer gegen Midwest Conveyance* helfen konnte.

»Tja, nun. Ich weiß es zu schätzen.« Rhymes Dank fiel wie immer alles andere als überschwänglich aus. Er hatte weder sonderliches Interesse an gesellschaftlichen Umgangsformen noch ein Geschick dafür.

»Ist das…? Ich meine, ich sollte das überprüfen. Ist meine Anwesenheit hier überhaupt von den Vorschriften gedeckt?«

»Na klar ist sie das«, sagte Rhyme und musterte dabei die Rolltreppe, die bis zur Decke reichte. »Solange du nicht dafür bezahlt wirst.«

»Aha. Ich leiste also gemeinnützige Arbeit.«

»Nein, Mel, du erweist mir einen Freundschaftsdienst bei einer guten Sache. Einer edlen Sache. Die Witwe des Opfers hat kein Geld und einen Sohn zu ernähren. Er ist ein guter Junge. Vielversprechend.« Rhyme hielt das jedenfalls für wahrscheinlich. Er wusste nicht das Geringste über den jungen Frommer, dessen Vorname ihm entfallen war. »Falls wir für sie keinen Vergleich erzielen können, wird sie demnächst in einer Garage in Schenectady wohnen. Vielleicht sogar für den Rest ihres Lebens.«

»Was ist denn so schlimm an Schenectady?«

»›Garage‹ ist das Wort, auf das es hier ankommt, Mel. Außerdem ist dieser Fall eine Herausforderung. Du magst doch Herausforderungen.«

»Bis zu einem gewissen Grad.«

»Mel!«, sagte Thom und betrat den Salon. »Was machen Sie denn hier?«

»Ich wurde entführt.«

»Willkommen.« Dann verfinsterte sich die Miene des Betreuers. »Ist das zu glauben? Sieh sich das einer an.« Ein empörtes Nicken in Richtung des Gerüsts mit der Rolltreppe. »Die Böden. Ich hoffe, sie sind nicht ruiniert.«

»Es sind *meine* Böden«, sagte Rhyme.

»Und ich soll sie in deinem Auftrag tadellos in Schuss halten. Nur damit du mir mit zwei Tonnen Metall in den Rücken fällst, bildlich gesprochen.« Er sah Cooper an. »Etwas zu essen oder trinken?«

»Ein Tee wäre nett.«

»Ich habe Ihre Lieblingssorte.«

Cooper mochte Lipton's. Er hatte keinen anspruchsvollen Geschmack.

»Wie geht es Ihrer Freundin?«

Cooper lebte bei seiner Mutter, war aber mit einer hochgewachsenen, bildschönen Skandinavierin zusammen, einer Professorin an der Columbia University. Sie und Cooper waren ein preisgekröntes Turniertanzpaar.

»Es …«

»Wir sollten uns an die Arbeit machen«, unterbrach Rhyme.

Thom zog eine Augenbraue hoch und ignorierte seinen Chef.

»Gut, danke«, erwiderte Cooper. »Es geht ihr gut. Nächste Woche steht für uns der regionale Tango-Wettbewerb an.«

»Wo wir gerade bei Getränken sind.« Rhyme schaute zu der Flasche Single Malt Scotch.

»Nein«, entgegnete Thom lapidar. »Kaffee.« Und kehrte in die Küche zurück.

Wie unhöflich.

»Also, worum geht es genau?«

Rhyme berichtete ihm von dem Unfall und der Klage, die Evers Whitmore im Namen der Witwe und des Sohnes einreichen würde.

»Ah, ich verstehe. Der Unfall war in den Nachrichten. Schrecklich.« Cooper schüttelte den Kopf. »Ich bin noch nie ein Fan von diesen Dingern gewesen. Da nehme ich lieber die normale Treppe oder sogar den Aufzug, obwohl ich mich in dem auch eher unwohl fühle.«

Er ging zu einem Computerbildschirm, auf dem Dutzende Fotos des Unfallorts geöffnet waren. Sachs hatte sie aufgenommen, inoffiziell, denn sie war nicht mit der entsprechenden Untersuchung betraut. Man sah die offene Luke über dem Schacht, den Motor, das Getriebe und die Wände, alles voller Blut.

»Ist er am Blutverlust gestorben?«

»Und an der Wunde. Es hat ihn fast in zwei Teile zerrissen.«

»Hm. Ist das die echte Übeltäterin?« Cooper kehrte zu dem Gerüst zurück und nahm es genauer in Augenschein. »Kein Blut. Wurde die Treppe gereinigt?«

»Nein.« Rhyme erklärte ihm, wieso es einige Monate lang unmöglich sein würde, Zugang zu der betreffenden Rolltreppe zu erhalten. Er hoffte jedoch, anhand des Modells die Unfallursache ergründen zu können. Rhyme hatte vorgeschlagen, bei einem Fachbetrieb ein baugleiches Teilstück der Rolltreppe zu mieten. Mit dem von ihm geforderten Maßband hatte Thom sich vergewissert, dass das Ungetüm in Einzelteilen durch die Haustür passte und im Flur zusammengesetzt werden konnte. Der Mietpreis betrug fünftausend Dollar. Whitmore würde ihn seinen Anwaltsgebühren hinzufügen und am Ende mit der erzielten Schadensersatzsumme verrechnen.

Die Arbeiter hatten ein Gerüst errichtet und die obere Platte installiert – die sich geöffnet und Greg Frommer verschlungen hatte. Es waren alle Anbauteile und Scharniere vorhanden, zudem Teile des Handlaufs und die Kontrollschalter. Auf dem Boden standen der Motor und das Getriebe. Auch sie waren identisch mit den Maschinen, die das Opfer getötet hatten.

Cooper umrundete nun schweigend die Anordnung, blickte empor und berührte verschiedene Teile. »Es wird keinen echten Beweiswert haben.«

»Schon klar. Ich will lediglich herausfinden, was schiefgegangen ist und weshalb die Klappe da oben sich auf einmal geöffnet hat.« Rhyme fuhr näher heran.

Der Techniker nickte. »Ich gehe davon aus, dass die Rolltreppe zum fraglichen Zeitpunkt nach oben gefahren ist und die Luke genau in dem Moment aufging, als das Opfer drauftreten wollte. Wie weit hat sie sich denn geöffnet?«

»Laut Amelia ungefähr fünfunddreißig Zentimeter.«

»Hat sie die Spuren gesichert?«

»Nein, sie war mit der Observierung eines Verdächtigen beschäftigt und nur zufällig vor Ort. Der Kerl konnte entwischen, während sie versucht hat, das Opfer zu retten. Leider erfolglos.«

»Der Verdächtige ist ihr durch die Lappen gegangen?«

»Ja.«

»Das hat ihr bestimmt nicht gefallen.«

»Sie hat die Witwe besucht und herausgefunden, dass die Familie finanziell in der Klemme steckt. Es war ihre Idee, einen Anwalt einzuschalten. Und mich hinzuzuziehen.«

»Also, diese Zugangsluke klappt auf – ja, ich sehe gerade, da ist eine Feder. Muss ziemlich schwer sein. Das Opfer fällt in den Schacht und landet auf Motor und Getriebe.«

»Genau. Außerdem verletzt er sich an den Zähnen der Vorderkante der Luke. Das auf den Fotos ist alles Blut.«

»Verstehe.«

»Ich möchte, dass du da reinkletterst, dich umschaust und herausfindest, wie das verdammte Ding funktioniert. Wie die Klappe da oben sich öffnet, was all die Schalter, Hebel, Scharniere und Sicherheitsmechanismen bewirken. Alles. Mach Fotos. Und dann werden wir versuchen, den Ablauf der Ereignisse nachzuvollziehen.«

Cooper sah sich um. »Seit deinem Jobwechsel hat sich hier kaum etwas verändert.«

»Dann weißt du ja, wo die Fotoausrüstung liegt«, sagte Rhyme. Die Ungeduld war ihm anzuhören.

Der Techniker kicherte. »Und du bist auch noch der Alte.« Er ging zu den Regalen an der hinteren Wand des Salons und wählte eine Kamera mit Blitzlicht, die über ein Stirnband verfügte. »Ich wollte schon immer mal Bergarbeiter spielen«, scherzte er und schnallte sich das Gerät um den Kopf.

»Dann lass dich nicht aufhalten. Los jetzt!«

Cooper stieg im Inneren des Modells nach oben. Lautlose Blitze zuckten auf.

Es klingelte an der Tür.

Wer könnte das sein? Der steife Anwalt, Evers Whitmore, war zurück in seinem Büro und sprach mit Freunden und Angehörigen von Greg Frommer. Er versuchte, Beweise dafür zu finden, dass Frommer geplant hatte, in näherer Zukunft wieder als erfolgreicher Marketingmanager zu arbeiten. Dadurch könnte der Schadensersatz an dem entgangenen hohen Verdienst bemessen werden und nicht am niedrigen Einkommen der letzten Zeit.

Kam etwa einer seiner Ärzte zu Besuch? Rhymes Querschnittslähmung erforderte regelmäßige neurologische Untersuchungen sowie eine fortwährende Physiotherapie, aber heute stand keiner dieser Termine an.

Er fuhr zum Bildschirm der Überwachungskamera.

Ach, verdammt.

Rhyme war generell verärgert, wenn jemand unangekündigt vorbeikam (oder auch angekündigt, das spielte kaum eine Rolle).

Doch heute fiel die Verstimmung noch deutlich heftiger als üblich aus.

* * *

»Ja, ja«, versicherte der Mann. »Ich weiß, wen Sie meinen. Ein schweigsamer Kerl.«

Amelia Sachs sprach mit dem Geschäftsführer der White-Castle-Restaurantfiliale in Astoria, Queens.

»Sehr groß, sehr dünn. Weiß. Blass.«

Er selbst war im Gegensatz dazu ein olivhäutiger Mann mit einem runden, fröhlichen Gesicht. Sie standen drinnen am vorderen Schaufenster. Er hatte es eigenhändig geputzt, sichtlich stolz auf das Lokal, für das er verantwortlich war. Es roch stark nach dem Glasreiniger – und auch nach Zwiebeln. Lecker, dachte Sachs im Hinblick auf Letzteres. Sie hatte seit gestern Abend nichts mehr gegessen.

»Wissen Sie, wie er heißt?«

»Nein, leider nicht. Aber …« Er wandte den Kopf. »Char?«

Die Mittzwanzigerin hinter dem Tresen blickte auf. Falls sie hier regelmäßig aß, dann nur maßvoll. Die schlanke Frau nahm den Rest einer Bestellung auf und gesellte sich dann zu ihnen.

Sachs nannte ihren Namen und Dienstgrad und zeigte vorschriftsgemäß die Marke vor. Die Augen der Frau strahlten. Sie war begeistert, einen echten *CSI*-Moment zu erleben.

»Charlotte übernimmt bei uns jede Menge Schichten. Sie ist unser Fels in der Brandung.«

Die Frau wurde rot.

»Mr. Rodriguez glaubt, Sie könnten einen Kunden kennen, der häufiger hier auftaucht«, sagte Sachs. »Groß, sehr dünn. Weiß. Er könnte ein grün kariertes Jackett und eine Baseballmütze getragen haben.«

»Ja, klar. An den kann ich mich erinnern!«

»Kennen Sie seinen Namen?«

»Nein, aber man kann ihn nur schwer verwechseln.«

»Was können Sie mir denn über ihn erzählen?«

»Na ja, wie Sie selbst gesagt haben: Er ist dünn, sogar dürr. Und er isst viel. Zehn, fünfzehn Sandwiches.«

Sandwiches … Burger.

»Könnte er die nicht auch für andere Leute gekauft haben?«

»Nein, nein, auf keinen Fall! Er isst sie hier. Meistens jedenfalls. Er schlingt sie gierig hinunter. Dazu zwei Milchshakes. Wie schafft er es nur, so dünn zu bleiben? Manchmal bestellt er auch einen Milchshake und eine Limo. Wie lange sind Sie denn schon Detective?«

»Ein paar Jahre.«

»Das ist ja so cool!«

»War er jemals in Begleitung?«

»Nicht, dass ich wüsste.«

»Wie oft kommt er her?«

»Alle ein oder zwei Wochen, würde ich sagen.«

»Wohnt er hier in der Gegend?«, fragte Sachs. »Hat er mal was darüber erzählt?«

»Nein. Wir haben uns noch nie unterhalten. Er gibt bloß mit gesenktem Kopf seine Bestellung auf. Und er trägt eine Mütze.« Ihre Augen verengten sich. »Ich wette, er wollte den Überwachungskameras entgehen! Meinen Sie nicht auch?«

»Schon möglich. Könnten Sie sein Gesicht beschreiben?«

»Ehrlich gesagt, ich hab nie so darauf geachtet. Ein langes Gesicht, ziemlich blass, als würde er nicht oft rausgehen. Kein Bart, glaube ich.«

»Haben Sie gesehen, woher er gekommen oder in welche Richtung er weggegangen ist?«

Charlotte versuchte sich zu erinnern. Leider vergeblich. »Tut mir leid.« Es war ihr sichtlich unangenehm, dass sie die Frage nicht beantworten konnte.

»Hat er ein Auto?«

Die Bedienung schüttelte den Kopf. »Das kann ich wirklich nicht … Halt! Nein, er hat wahrscheinlich keines. Er geht nicht in Richtung Parkplatz weg, glaube ich.«

»Also haben Sie ihn doch mal dabei beobachtet.«

»Wissen Sie, man schaut ihm fast automatisch hinterher. Nicht, dass er ein Freak wäre oder so. Aber er ist einfach so dünn. Isst all das Zeug und bleibt dünn. Total unfair. Unsereins muss sich dafür abstrampeln, nicht wahr?«

Damit meinte sie offenbar Amelia und sich selbst. Sachs lächelte.

»Jedes Mal? Er ist jedes Mal in diese Richtung verschwunden?«

»Schätze schon. Ja, soweit ich noch weiß.«

»Hat er etwas bei sich getragen?«

»Oh, er hatte gelegentlich eine Plastiktüte dabei. Ich glaube, einmal, ja, einmal hat er sie auf den Tresen gelegt, und sie war schwer. Es klang, als wäre etwas aus Metall darin.«

»Welche Farbe hatte die Tüte?«

»Weiß.«

»Und was könnte der Inhalt gewesen sein? Irgendeine Idee?«

»Nein. Sorry. Ich wünschte *wirklich*, ich könnte Ihnen helfen.«

»Sie machen das ganz prima. Was ist mit seiner Kleidung?«

Sie schüttelte den Kopf. »Ich kann mich nur an das Jackett und die Mütze erinnern.«

»Gibt es Aufzeichnungen der Überwachungskamera?«, wandte Sachs sich an Rodriguez. Sie ahnte die Antwort.

»Die werden jeden Tag neu überspielt.«

Ja, genau wie befürchtet. Von ihrem Täter existierten keine Bilder mehr.

Sie sah wieder Charlotte an. »Sie waren eine große Hilfe.« Die nächsten Sätze galten allen beiden. »Bitte setzen Sie jeden, der hier arbeitet, davon in Kenntnis, dass wir diesen Mann suchen. Falls er noch mal hier auftaucht, wählen Sie den Notruf. Und fügen Sie dann hinzu, dass er Verdächtiger in einem Mordfall ist.«

»Ein Mordfall«, flüsterte Charlotte und wirkte dabei erschrocken und entzückt zugleich.

»Ganz recht. Ich bin Detective Fünf Acht Acht Fünf. Sachs.« Sie reichte jedem der beiden eine Visitenkarte. Die Frau sah das kleine Stück Karton an, als wäre es ein fürstliches Trinkgeld. Sie trug einen Ehering, und Sachs nahm an, dass sie sich jetzt schon auf das Tischgespräch heute Abend freute. Sachs schaute von der einen zum anderen. »Rufen Sie aber nicht mich an. Wählen Sie den Notruf und erwähnen Sie meinen Namen. Ein Streifenwagen wird wesentlich schneller vor Ort sein, als ich das könnte. Falls er hier auftaucht, müssen Sie sich verhalten wie immer. Servieren Sie ihm ganz normal seine Bestellung, und wenn er dann geht oder sich hinsetzt, verständigen Sie uns. Okay? Sie werden auf keinen Fall etwas anderes tun. Kann ich mich auf Sie verlassen?«

»Oh, absolut, Detective«, sagte Charlotte im Tonfall eines Gefreiten, der den Befehl eines Generals bestätigte.

»Ich sorge dafür, dass alle anderen Bescheid wissen«, versprach Rodriguez, der Geschäftsführer.

»Es gibt noch andere White-Castle-Filialen in der Gegend. Vielleicht ist er auch dort Kunde. Könnten Sie Ihre Kollegen entsprechend verständigen?«

»Mach ich.«

Sachs schaute aus dem frisch geputzten Fenster und ließ den Blick über die breite Straße schweifen. Sie wurde von Geschäften, Restaurants und Wohnhäusern gesäumt. Jeder der Läden könnte Waren im Angebot haben, die metallisch klangen, und sie für die Kunden in weißen Plastiktüten verstauen, damit diese sie nach Hause mitnehmen konnten … oder zum Schauplatz eines Mordes.

»He, Detective«, sagte Rodriguez. »Nehmen Sie ein paar Sliders mit. Die gehen aufs Haus.«

»Wir dürfen keine kostenlosen Mahlzeiten annehmen.« Sie sah zum Grill. »Aber ich werde mir einen kaufen.«

Charlotte runzelte die Stirn. »Nehmen Sie lieber zwei. Die sind ziemlich klein.«

Das waren sie. Aber sie waren auch verdammt gut. Genau wie der Milchshake. Amelia benötigte nur drei Minuten für ihr verspätetes Frühstück und ging nach draußen.

Dann zog sie ihr Telefon aus der Tasche und rief Ron Pulaski an. Am Festnetzanschluss im Täter-40-Konferenzraum hob niemand ab. Sie versuchte es auf seinem Mobiltelefon und landete auf der Mailbox. Amelia hinterließ eine Nachricht.

Okay, dann fange ich schon mal allein an, mich umzuhören. Sachs machte sich zu Fuß auf den Weg. Der Himmel war bewölkt, der Wind böig.

Hochgewachsener Mann, blass, dürr, weiße Tüte. Er hatte eingekauft. Zuerst die Eisenwarenhandlungen. Sägemehl, Lack.

Hämmer.

Stumpfe Gewalteinwirkung.

9

Lincoln Rhyme hatte völlig vergessen, dass Juliette Archer, seine Forensik-Studentin, heute mit ihrem inoffiziellen Praktikum anfangen würde.

Sie war der »unangekündigte« Besuch. Unter anderen Umständen hätte er ihre Gesellschaft vielleicht genossen, doch nun war sein erster Gedanke, sie so schnell wie möglich wieder loszuwerden.

Archer lenkte ihren Storm Arrow um die Rolltreppe herum und in den Salon, bremste aber wohlweislich vor dem Geflecht aus Kabeln, das den Boden bedeckte. Offenbar war sie einen solch holprigen Untergrund nicht gewohnt. Dann schien ihr klar zu werden, dass Rhyme ständig über die Leitungen fuhr, ohne dabei Schaden zu nehmen oder anzurichten, also rollte sie weiter.

»Hallo, Lincoln.«

»Juliette.«

Thom nickte ihr zu.

»Ich bin Juliette Archer, eine Studentin aus Lincolns Seminar.«

»Ich bin Thom Reston, sein Betreuer.«

»Freut mich, Sie kennenzulernen.«

Gleich darauf klingelte es erneut, und Thom ging ein weiteres Mal an die Tür. Er kehrte mit einem stämmigen Mann Mitte dreißig in den Salon zurück. Der Besucher trug einen Anzug mit hellblauem Hemd und Krawatte. Der oberste

Hemdknopf war geöffnet, die Krawatte gelockert. Rhyme hatte diesen Look noch nie verstanden.

Der Mann nickte grüßend in die Runde, sah dann aber nur Archer an. »Jule, du hast nicht auf mich gewartet. Ich hatte dich doch darum gebeten.«

»Das ist mein Bruder Randy«, erklärte sie. Rhyme erinnerte sich, dass sie vorübergehend bei ihm und seiner Frau eingezogen war, weil ihr Loft in Downtown behindertengerecht umgebaut wurde. Günstigerweise wohnte das Paar außerdem in bequemer Nähe zur John Marshall School.

»Die Rampe da draußen ist steil«, sagte Randy.

»Ich hab schon steilere geschafft«, erwiderte sie.

Rhyme wusste, dass viele Leute dazu neigten, Schwerbehinderte wie kleine Kinder zu behandeln. Das machte ihn wahnsinnig – und Archer anscheinend auch. Er fragte sich, ob sie wohl irgendwann damit zurechtkommen würde; ihm selbst war das nie gelungen.

Nun, dachte er, die Ankunft des Bruders sorgt wenigstens für Klarheit. Auf keinen Fall würden zwei Leute – noch dazu Amateure – hier herumhängen, während er und Mel Cooper sich bemühten, einen Fall gegen den Hersteller oder das Einkaufszentrum aufzubauen. Oder wer auch immer für den Tod von Sandy Frommers Mann verantwortlich sein mochte.

»Nun, hier bin ich, wie abgemacht«, sagte Archer und betrachtete das Salonlabor. »Oh, sieh an. All die Ausrüstung und Instrumente. Ein Rasterelektronenmikroskop? Ich bin beeindruckt. Macht die Elektrik des Hauses das mit?«

Rhyme reagierte nicht. Jedes Wort könnte den Aufbruch der beiden verzögern.

Mel Cooper stieg von dem Gerüst zu Boden und sah zu Archer. Sie blinzelte, weil der Strahl seiner Taschenlampe genau in ihre Augen fiel.

»Oh, bitte verzeihen Sie. Ich bin Mel Cooper.« Er nickte ihr zu, streckte aber angesichts des Rollstuhls nicht die Hand aus.

Archer stellte ihren Bruder vor. »Übrigens, Detective Cooper«, sagte sie dann. »Lincoln hat ein paar sehr nette Dinge über Sie gesagt. Er hält Sie für das Musterbeispiel eines hervorragenden forensischen …«

»Okay«, fiel Rhyme ihr flink ins Wort und ignorierte Coopers fragenden, aber erfreuten Blick. »Wir sind hier gerade mitten bei der Arbeit.«

Sie fuhr ein Stück weiter und begutachtete einige andere Geräte. »Als ich noch als Epidemiologin tätig war, haben wir auch manchmal ein GC/MS benutzt. Zwar ein anderes Modell, aber immerhin. Ist dieses hier sprachgesteuert?«

»Äh. Tja. Nein. Es wird normalerweise von Mel oder Amelia bedient. Aber …«

»Oh, es gibt eine Sprachsteuerung, die wirklich gut funktioniert. Von RTJ Instrumentation. Die sitzen in Akron.«

»Ach ja?«

»Ich wollte es nur gesagt haben. In *Forensics Today* war ein Artikel über das Freisprechlabor. Ich kann Ihnen eine Kopie zuschicken.«

»Wir haben das Heft abonniert«, sagte Cooper. »Ich bin gespannt …«

»Wie gesagt«, unterbrach Rhyme. »Unser Fall ist sehr zeitkritisch. Er kam uns ganz plötzlich dazwischen.«

»Und er hat, lassen Sie mich raten, mit einer Rolltreppe ins Nirgendwo zu tun.«

Ihr Humor irritierte ihn. »Sie hätten mich wohl lieber anrufen sollen«, sagte Rhyme. »Damit hätten Sie beide sich die Mühe erspart …«

»Moment«, stellte Archer ruhig fest. »Sie und ich hatten *gemeinsam* vereinbart, dass ich heute herkommen würde. Sie haben mir lediglich nicht den genauen Zeitpunkt mitgeteilt. Ich habe Ihnen deswegen eine E-Mail geschrieben.«

Was beinhaltete, dass es an ihm gewesen wäre, *sie* anzurufen. Rhyme versuchte einen neuen Ansatz. »Mein Fehler. Voll und ganz. Bitte verzeihen Sie mir, dass Sie sich umsonst auf den Weg gemacht haben.«

Seine dreiste Unaufrichtigkeit trug ihm einen tadelnden Blick von Thom ein. Rhyme ignorierte ihn geflissentlich.

»Wir müssen uns leider vertagen. Auf irgendwann demnächst.«

»Na dann, Jule, lass uns umkehren«, sagte Randy. »Ich hole den Van. Dann helfe ich dir die Rampe hinunter und …«

»Oh, aber es ist alles längst organisiert. Will senior hat Billy für die nächsten paar Tage. Und Button ist zum Spielen mit Whiskers verabredet. Ich habe all meine Arzttermine umgelegt. So.«

Button? Whiskers?, dachte Rhyme. O Herr im Himmel, was habe ich mir da ans Bein gebunden? »Sehen Sie, als ich in Ihren Besuch eingewilligt habe, war gerade nichts los. Ich dachte, ich könnte mich intensiver um Ihre Ausbildung kümmern. Nun aber wäre ich Ihnen kaum von Nutzen. Bei all dem Trubel. Dies ist wirklich eine *sehr* dringende Angelegenheit.«

Sie nickte, starrte dabei aber die Rolltreppe an. »Das hier hat mit dem Unfall in Brooklyn zu tun, richtig? In dem Einkaufszentrum. Ein *Zivil*fall. In der Berichterstattung schien jedenfalls niemand von einer Straftat auszugehen. Ich schätze, das bedeutet Klagen gegen eine Anzahl von Parteien. Den Hersteller, die Immobiliengesellschaft, der das Einkaufszentrum gehört, die Wartungstrupps. Und wir wissen ja, wie die drauf sind.« Sie wendete den Rollstuhl. »Denn wer schaut nicht gern *Boston Legal* oder *The Good Wife*?«

Wovon, zum Teufel, redete sie da?

»Ich halte es wirklich für das Beste …«

»Und das hier ist nur ein Modell«, sprach Archer einfach weiter. »Das Original konnten Sie nicht bekommen? Weil eine Zivilpartei keinen Zugriff darauf erhält?«

»Das Ding wurde abgebaut und beschlagnahmt«, sagte Cooper, was ihm einen bohrenden Blick von Rhyme einbrachte.

»Noch mal, es tut mir leid, aber …«

»Was ist denn so dringend?«, fragte Archer. »Wollen andere Kläger ebenfalls ein Stück vom Kuchen haben?«

Rhyme sagte nichts, sondern verfolgte, wie sie sich dem Gerüst näherte. Dabei nahm er sie genauer in Augenschein. Sie war ziemlich modisch gekleidet. Langer waldgrüner Rock mit Hahnentrittmuster, gestärkte weiße Bluse, schwarze Jacke. Um ihr linkes Handgelenk trug sie ein kunstvoll gefertigtes goldenes Armband aus irgendwelchen Runenzeichen. Der Arm war an die Lehne des Rollstuhls geschnallt. Sie steuerte den Storm Arrow mittels eines Touchpads mit ihrer rechten Hand. Das kastanienbraune Haar hatte sie heute zu einem Knoten hochgesteckt. Anscheinend hatte Archer bereits zu lernen begonnen, dass man ohne funktionsfähige Extremitäten jede potenzielle Irritation durch Haare oder Schweiß lieber vermied. Rhyme benutzte zurzeit wesentlich mehr Mückenspray – biologisch, darauf bestand Thom – als vor seinem Unfall.

»Jule«, sagte Randy. »Mr. Rhyme hat zu tun. Du solltest seine Gastfreundschaft nicht überbeanspruchen.«

Zu spät, dachte er. Doch sein Lächeln triefte vor Bedauern. »Tut mir leid. Aber so ist es für alle Beteiligten am besten. Vielleicht nächste Woche. Oder übernächste.«

Archer sah Rhyme direkt in die Augen. Er hielt ihrem Blick stand.

»Glauben Sie nicht, Sie könnten etwas Hilfe gebrauchen?«, fragte sie. »Sicher, was die Forensik angeht, bin ich ein Neuling, aber ich habe jahrelang epidemiologische Untersuchungen durchgeführt. Außerdem haben Sie in diesem Fall ja gar keine direkten Beweise vorliegen, also wird es wohl eher nicht um Fingerabdruck- und Dichtegradienten-Analysen gehen, sondern um Spekulationen hinsichtlich des technischen Versagens. So was haben wir bei der Suche nach dem Ursprung von Infektionen ständig gemacht. Spekulationen angestellt, meine ich. Ich könnte einen Teil der Lauferei übernehmen.« Ein Lächeln. »Im übertragenen Sinne.«

»Jule«, sagte Randy und wurde rot. »Wir haben doch darüber gesprochen.«

Mit »darüber« waren die Scherze über ihre Behinderung gemeint, vermutete Rhyme. Er selbst genoss es geradezu, solche Leute vor den Kopf zu stoßen, all die übertrieben Feinfühligen und politisch Korrekten – auch und vor allem diejenigen aus den Reihen der Behinderten. Er sprach in diesem Zusammenhang gern von »Krüppeln und Kriechern«.

Als Rhyme nicht auf Archers hartnäckige Bitte reagierte, verhärteten sich ihre Züge. »Doch falls Sie nicht interessiert sind, auch gut«, sagte sie kühl. »Vertagen wir uns eben auf ein anderes Mal.« Sie klang gereizt, und das bestärkte ihn nur in seiner Entscheidung. Eigensinn konnte er nun überhaupt nicht gebrauchen. Immerhin tat er ihr einen Gefallen, wenn er sie als Praktikantin akzeptierte.

»So ist es am besten, fürchte ich.«

»Ich hole den Wagen«, sagte Randy. »Und du, Jule, wartest bitte oben an der Rampe.« Er sah Rhyme an. »Vielen Dank«, versicherte er mit überschwänglichem Nicken. »Ich weiß es zu schätzen, was Sie alles für sie tun.«

»Gern geschehen.«

»Ich begleite Sie zur Tür«, sagte Thom.

»Mel, zurück an die Arbeit«, murrte Rhyme.

Der Techniker stieg wieder in das Gerüst. Die Kamerablitze gingen weiter.

»Dann bis nächste Woche im Seminar, Lincoln«, sagte Archer.

»Sie können natürlich wieder hierherkommen. Als Praktikantin. Nur eben ein andermal.«

»Sicher«, erwiderte sie matt und fuhr mit Thom hinaus auf den Flur. Gleich darauf hörte Rhyme die Tür ins Schloss fallen. Er rollte zum Monitor und beobachtete Archer dabei, wie sie – ihrem Bruder zum Trotz – mühelos die Rampe hinabfuhr und auf dem Bürgersteig hielt. Sie wandte sich um und schaute an dem Stadthaus empor.

Rhyme widmete sich den Fotos, die Amelia Sachs vom Unfallort angefertigt hatte. Nach einigen Minuten seufzte er auf.

»Thom! Thom! Ich rufe dich! Wo, zum Teufel, steckst du?«

»Etwa zweieinhalb Meter von dir entfernt, Lincoln. Und nein, ich bin nicht plötzlich taub geworden. Worauf bezieht sich denn deine höfliche Bitte?«

»Hol sie wieder her!«

»Wen?«

»Die Frau, die eben noch hier war. Vor zehn Sekunden. Wen *sonst* könnte ich wohl meinen? Sie soll zurückkommen. *Sofort.*«

* * *

Ron Pulaski stand auf einem Gehweg, der zu Trapezen und Dreiecken aus Beton zerborsten war. Sie türmten sich nun wie verkeilte kleine Eisschollen vor ihm auf. Der Maschendrahtzaun neben ihm trug eine Krone aus Stacheldraht und war mit Graffiti übersät, mit Buchstaben und Symbolen, die auf diesem Untergrund noch rätselhafter wirkten als üblich. Wer sprüht einen Drahtzaun an?, grübelte Pulaski. Vielleicht waren alle guten Hauswände und Brückenpfeiler ja schon belegt.

Er hörte seine Mailbox ab.

Amelia Sachs forderte ihn an. Er hatte sich aus dem Konferenzraum geschlichen – in der Annahme, dass sie der White-

Castle-Spur nachgehen und erst in einigen Stunden wieder nach Manhattan zurückkehren würde. Doch anscheinend war sie auf einen konkreten Hinweis gestoßen. Er hörte die Nachricht erneut ab. Und beschloss anzunehmen, dass Sachs ihn nicht sofort benötigte. Es war ja kein Notfall oder so. Er sollte ihr helfen, Erkundigungen in einer Gegend einzuziehen, in der Täter 40 vor ein paar Tagen gesehen worden war und in die er offenbar von Zeit zu Zeit zurückkehrte. Eventuell wohnte der Mann dort, kaufte dort ein.

Pulaski wollte nicht mit Sachs reden, also schickte er eine SMS. Mit den Daumen fiel eine Lüge leichter als mit der Stimme. Er werde so schnell wie möglich kommen, schrieb er. Er müsse nur kurz noch etwas außerhalb des Büros erledigen.

Das war alles.

Genau genommen war es auch gar nicht gelogen. Andererseits galt für ihn im Außendienst normalerweise: Etwas zu verschweigen ist auch eine Täuschung.

Im Augenblick war der junge Beamte jedenfalls überaus wachsam. Er befand sich hier immerhin im 33. Revier, und daher blieb ihm gar nichts anderes übrig.

Er hatte soeben den großen Bahn- und Bus-Knotenpunkt Broadway Junction verlassen und bog auf die Van Sinderen Avenue ein. Dieser Teil von Brooklyn hatte es in sich. Es war hier zwar nicht dreckiger als in anderen Ecken der Stadt, aber unglaublich chaotisch. Über den Köpfen ratterten die Züge der Canarsie- und Jamaica-Linie entlang, unter der Erde die Fulton-Street-Züge. Dazu haufenweise Autos und Lastwagen, die sich hupend und ständig die Spur wechselnd im Schneckentempo vorbeiwälzten. Auf den Gehwegen Scharen von Menschen. Und Fahrräder.

Pulaski fiel hier auf – in dieser Gegend, wo die Bezirke Ocean Hill, Brownsville und Bedford-Stuyvesant zusammentrafen, lag der Anteil von Einwohnern seiner Hautfarbe bei ungefähr zwei Prozent. Niemand drangsalierte ihn, niemand schien ihn auch nur zu bemerken, denn jeder ging seinen eigenen Belangen nach, die in New York grundsätzlich eiliger Natur zu sein pflegten. Oder die Leute waren auf ihre Mobiltelefone oder ein Gespräch mit ihren Freunden konzentriert. Wie in den meisten Vierteln befand die weit überwiegende Mehrheit der Einheimischen sich einfach nur auf dem Weg zur Arbeit oder nach Hause, traf sich mit anderen in Bars, Cafés oder Restaurants, ging einkaufen, unternahm einen Spaziergang mit den Kindern oder führte den Hund aus.

Das hieß aber nicht, dass Pulaski all diejenigen ignorieren konnte, die *womöglich* mehr als nur beiläufig interessiert waren und sich fragten, was dieser geschniegelte weiße Bengel mit dem modischen Haarschnitt und dem babyglatten Gesicht hier auf dem geborstenen Pflaster eines tiefschwarzen und -braunen Teils der Stadt wohl verloren haben mochte. Das 33. Revier, dessen Ziffern den letzten beiden Stellen der hiesigen Postleitzahl entsprachen, war statistisch gesehen der gefährlichste Teil von ganz New York City.

Nachdem Amelia Sachs das Büro verlassen hatte, hatte Pulaski einige Minuten abgewartet und sich dann umgezogen. Statt seiner Uniform trug er nun eine Jeans, Sportschuhe sowie ein olivgrünes T-Shirt unter einer abgewetzten schwarzen Lederjacke. Mit gesenktem Kopf hatte er die Polizeizentrale verlassen und einen nahen Geldautomaten aufgesucht. Es bereitete ihm fast körperliche Schmerzen, die Banknoten zum Vorschein kommen zu sehen. Scheiße, was mache ich hier bloß?, dachte er, der sich nur höchst selten und in Extremsituationen zu einer solch vulgären Ausdrucksweise hinreißen ließ.

Hänschen klein ging allein … zu den bösen Jungs hinein …

Er ließ die große Haltestelle hinter sich und ging in Richtung Broadway, vorbei an den Autowerkstätten, Baustoffhandlungen, Maklerfirmen, privaten Kreditbüros, Bodegas und billigen Schnellimbissen, deren handgeschriebene Speisekarten auf vergilbtem Papier an den Fenstern hingen. Auf die zahlreichen Geschäfte folgten Mietshäuser, zumeist drei oder vier Etagen hoch. Viele rote Backsteine, viele beige und braun gestrichene Fassaden, viele Graffiti. Am Horizont ragten die mächtigen Wohnsiedlungen von Brownsville auf, gar nicht weit entfernt. Auf dem Bürgersteig lagen Zigarettenstummel, Müll, Bierdosen, ein paar Kondome und Spritzen … und sogar Crackpfeifen, die fast schon nostalgische Gefühle wachriefen, so sehr war diese Droge aus der Mode gekommen.

Das 33. Revier …

Pulaski ging schneller.

Ein Block, zwei Blocks, drei Blocks, vier.

Verdammt, wo steckt Alpho?

Ein Stück vor ihm auf einmal zwei Jugendliche – ja, jung, aber zusammen so schwer wie vier Pulaskis –, die ihn feindselig musterten. Er trug am Knöchel seine private Waffe bei sich, eine Smith & Wesson Bodyguard. Doch falls die beiden es auf ihn abgesehen hatten, würde er längst blutend am Boden liegen, bevor er die durchschlagsstarke Automatik aus dem Holster ziehen könnte. Dann aber widmeten die zwei sich wieder ihren Joints und einer ernsthaften Unterredung, ohne ihn auch nur eines weiteren Blickes zu würdigen.

Nach zwei weiteren Blocks entdeckte er endlich den jungen Mann, nach dem er gesucht hatte. Im Büro war es ihm gelungen, einen verstohlenen Blick auf den aktuellen Lagebericht des 33. Reviers zu werfen. Dadurch hatte er eine ungefähre Vorstellung davon, wo Alpho anzutreffen sein würde. Der Junge stand gerade vor einem Delikatessen- und Telefonkartenladen namens GW, hatte ein Telefon am Ohr und rauchte – eine Zigarette, kein Dope.

GW. George Washington? Dann dachte Pulaski aus irgendeinem Grund: Geh weg?

Der dünne Latino trug ein Muskelshirt, obwohl seine Arme eindeutig keine nennenswerten Liegestütze vorweisen konnten. Die Abteilung für Straßenkriminalität hatte einige gute Fotos von ihm geschossen, daher erkannte Pulaski ihn sofort. Alpho war schon mehrere Male einkassiert, verhört und wieder freigelassen worden. Zu einer Verhaftung hatte es bisher nicht gereicht, und nach Einschätzung der Drogenfahndung war er immer noch im Geschäft. Bestimmt sogar. Man sah es ihm an. Die Körperhaltung, die Wachsamkeit, sogar während des Telefonats.

Pulaski schaute sich um. Alles im grünen Bereich.

Also, bringen wir's hinter uns. Er ging auf Alpho zu, sah ihn an und wurde langsamer.

Der junge Mann, dessen dunkle Haut einen Stich ins Graue hatte, hob den Kopf. Schien sich von seinem Gesprächspartner zu verabschieden und steckte das billige Klapptelefon ein.

Pulaski kam näher. »Hallo.«

»Hi.«

Alphos Blicke huschten wie ängstliche kleine Tiere die Straße hinauf und hinab. Erspähten keine Bedrohung. Dann richteten seine Augen sich wieder auf Pulaski.

»Hübscher Tag, oder?«

»Geht so. Kennen wir uns?«

»Alphonse, richtig?«, fragte Pulaski.

Der andere starrte ihn nur an.

»Ich bin Ron.«

»Wer hat dich geschickt?«

»Kett. Aus dem Richie's in Bed-Stuy.«

»Der ist in Ordnung. Woher kennst du ihn?«

»Einfach so«, sagte Pulaski. »Wir haben uns öfter mal unterhalten. Er wird für mich bürgen.«

Das würde Eddie Kett in der Tat, aber nicht, weil er und Ron gute Kumpel waren, sondern weil Pulaski einige Tage zuvor in seiner Freizeit einen Streit geschlichtet und dabei festgestellt hatte, dass Eddie eine Pistole bei sich trug, obwohl er das gar nicht durfte. Das Gleiche galt für die Pillen in seiner Tasche. Pulaskis Interesse war geweckt. Er hatte angedeutet, über die Waffe und das Oxycodon hinwegsehen zu können, sofern Kett ihm einen Gefallen tat und kein Wort darüber verlor. Kett hatte klugerweise eingewilligt und ihn an Alphonse verwiesen, Leumundszeugnis inklusive.

Beide Männer schauten sich nun ausgiebig um.

»Kett ist in Ordnung«, wiederholte Alphonse, um Zeit zu schinden. Auf der Straße firmierte er meistens als Alpho oder – wenn die Cops und andere Kids ihn ärgern wollten – *Alpo*, nach dem gleichnamigen Hundefutter.

»Ja, ist er.«

»Ich ruf ihn mal an.«

»Weswegen ich ihn erwähnt habe, weshalb ich hier bin – er hat gesagt, du könntest mir weiterhelfen.«

»Und wieso konnte er das nicht? Dir weiterhelfen, meine ich.« Alpho rief nicht bei Eddie Kett an. Wahrscheinlich glaubt er mir, dachte Pulaski. Man musste schon ein ziemlicher Idiot sein, um im 33. Revier aufzutauchen, ohne dass jemand für einen bürgte.

»Eddie hat nicht, was ich brauche.«

»Hör mal, Bruder, du siehst für mich nicht gerade wie ein Junkie aus. Was willst du?«

»Kein H, kein Koks. Nichts dergleichen.« Pulaski schüttelte den Kopf und sah sich abermals nach einer möglichen Bedrohung um, ob von einem Mann oder einer Frau, die waren beide gleich gefährlich.

Er hielt außerdem nach Uniformierten und Detectives in zivilen Dodges Ausschau. Irgendwelche Kollegen hätten ihm hier gerade noch gefehlt.

Aber die Gegend sah sauber aus.

»Ich hab von so einem neuen Zeug gehört«, sagte er leise. »Es ist kein Oxy, aber wie Oxy.«

»Das sagt mir nichts, Bruder. Ich hätte Gras, Koks, Speed und Meth im Angebot.« Alpho entspannte sich. Die Tarnkäufe der Bullen liefen anders ab.

Pulaski wies auf seine Stirn. »Mir ist da so 'ne Sache passiert. Hab vor ein paar Jahren mächtig was aufs Maul gekriegt. Seit einer Weile hab ich wieder diese Kopfschmerzen. Die sind zurückgekommen. Voll heftig, das kannst du mir glauben. Die sind totale Scheiße. Hast du auch manchmal Kopfschmerzen?«

»Nur wenn ich zu viel Wodka gesoffen hab.« Alpho lächelte.

Pulaski nicht. »Die sind so übel«, flüsterte er. »Ich kann meine Arbeit nicht mehr richtig erledigen. Kann mich nicht konzentrieren.«

»Was machst du denn?«

»Ich arbeite auf dem Bau. Bei einer Firma in Manhattan. Wir ziehen die Stahlgerippe hoch.«

»Mann, für die Wolkenkratzer? Scheiße, wie kriegt ihr das hin? Klettert einfach da rauf? Krass.«

»Zweimal bin ich fast abgestürzt.«

»Kacke. Aber Oxy geht einem doch auch voll auf die Birne.«

»Nein, nein, dieses neue Zeug ist anders. Es nimmt den Schmerz weg, benebelt dich aber nicht, macht dich nicht duselig, verstehst du?«

»Duselig?« Alpho hatte das Wort offenbar noch nie gehört. »Warum lässt du es dir nicht vom Arzt verschreiben?«

»Es ist kein offizielles Medikament, sondern noch ganz neu, in irgendwelchen Untergrundlabors zusammengerührt. Ich hab gehört, hier in Brooklyn könnte man es bekommen. In ganz Ost-New-York eigentlich. Jemand namens Oden steckt dahinter. Oder so ähnlich. Er stellt es entweder selbst her oder bringt es aus Kanada oder Mexiko in die Stadt. Schon mal von ihm gehört?«

»Oden? Sagt mir nichts. Und wie heißt dieses neue Zeug?«

»Catch, soweit ich weiß.«

»Es heißt Catch?«

»Ja, sag ich doch.«

Der Name schien Alpho zu gefallen. »Vielleicht weil es so stark ist, dass es dich einfach packt oder so.«

»Kann sein, keine Ahnung. Ich will jedenfalls was davon. Unbedingt, Mann. Ich brauch das Zeug. Muss endlich diese Kopfschmerzen in den Griff kriegen.«

»Tja, ich hab leider keins. Und noch nie davon gehört. Aber ich kann dir ein Dutzend normale Oxys anbieten. Für einen Hunderter.«

Das war etwas weniger als der übliche Straßenpreis. Oxy brachte ungefähr zehn Dollar pro Pille. Alpho hoffte anscheinend auf einen neuen Stammkunden.

»Ja, okay.«

Der Austausch ging schnell über die Bühne. Wie üblich. Der kleine Plastikbeutel mit den Pillen gegen eine Handvoll Zwanziger. Der Dealer zählte nach und stutzte. »Bruder, ich hab doch gesagt: *ein*hundert. Das da sind fünf.«

»Trinkgeld.«

»Hä?«

Pulaski lächelte. »Behalte die Kohle, Mann. Ich bitte dich nur, dich umzuhören. Versuch mal, dieses neue Zeug für mich aufzutreiben. Oder wenigstens etwas über diesen Oden herauszufinden und wie ich über ihn an dieses Catch komme.«

»Ich weiß nicht, Bruder.«

Ron zeigte auf Alphos Tasche. »Falls du Erfolg hast, gibt es nächstes Mal wieder Trinkgeld. Deutlich mehr. Anderthalbtausend. Oder sogar noch mehr, wenn die Info stimmt.«

Der dünne Mann packte Pulaskis Unterarm und beugte sich vor. Er roch nach Tabak, Schweiß, Knoblauch, Kaffee. »Du bist doch nicht etwa ein Scheißcop, oder?«

Pulaski sah ihm direkt in die Augen. »Nein. Ich bin ein Kerl, der dermaßen üble Kopfschmerzen kriegt, dass er manchmal überhaupt nicht hochkommt, sondern stundenlang im Badezimmer liegt und kotzt. *Das* bin ich. Sprich mit Eddie. Er wird es dir bestätigen.«

Alpho musterte ein weiteres Mal die Narbe auf Pulaskis Stirn. »Ich ruf dich an, Bruder. Lass uns Nummern austauschen.«

Jeder der beiden gab seine Nummer in das Wegwerftelefon des anderen ein. Vertrauen in Zeiten des Mobilfunks.

Dann machte Pulaski kehrt und ging mit gesenktem Kopf zurück in Richtung des Verkehrsknotenpunkts Broadway Junction.

Irgendwie komisch, dachte er. Ich hätte zu Alphonse Gravita ohne Weiteres sagen können: Ja, ich bin ein Cop, aber das macht nichts, denn das hier ist keine verdeckte Operation. Niemand – weder beim NYPD noch sonst wo – weiß etwas hiervon. Das Geld, das ich dir gegeben habe, stammt nicht aus dem Etat für Drogenankäufe, sondern von meinem eigenen Konto, obwohl Jenny und ich uns das überhaupt nicht leisten können.

Doch wenn man verzweifelt ist, ergreift man bisweilen verzweifelte Maßnahmen.

10

Nicht gut. Gar nicht gut.

Sie hat es ruiniert. Rotschopf, die Polizistin, die Shopperin.

Sie hat es mir weggenommen. Mein schönes White Castle. Sie hat es gestohlen.

Und jetzt rennt sie überall in Astoria herum und sucht nach Hinweisen – auf mich.

Ich hab wieder ein bisschen Glück gehabt, genau wie in dem Einkaufszentrum, als sie direkt neben der tödlichen Rolltreppe stand. Ich hab sie hier nämlich als Erster entdeckt, einen halben Block vom White Castle entfernt.

Rotschopf, wie sie gerade hineingeht, wie eine Jägerin.

In *mein* White Castle …

Zwei Minuten später und – falls ich sie nicht gesehen hätte –, ich wäre hungrig und voller Vorfreude zur Tür hereingeplatzt. In Gedanken schon bei den Burgern und Milchshakes. Dann hätte ich Rotschopf direkt gegenübergestanden. Sie hätte ihre Waffe schneller ziehen können, als ich an den Knochenbrecher oder die Japansäge in meinem Rucksack herangekommen wäre.

Mein Glück hat mich ein weiteres Mal gerettet.

Hat ihr Glück sie hergeführt?

Nein, nein, nein. Ich war nachlässig. Das ist der Grund.

Ich bin wütend.

Und erinnere mich: Ja, ich hab was weggeworfen, als die Shopper mich im Einkaufszentrum verfolgt haben. Ich hab das Starbucks-Zeug ein ganzes Stück vom Starbucks entfernt entsorgt, aber die müssen es irgendwie gefunden haben. Und das heißt, sie haben auch die anderen Sachen gefunden. In dem Mülleimer dieses mexikanischen Restaurants hinter dem Einkaufszentrum. Ich dachte, die Leute da würden blind und taub sein, um nicht zurück nach Juarez verfrachtet zu werden. Auf die Idee, dass Rotschopf den Abfall durchwühlen würde, bin ich nicht gekommen. Auf diese Weise muss sie eine Serviette oder einen Kassenbon aus dem White Castle gefunden haben. Mit Fingerabdrücken? Ich bin ziemlich vorsichtig. Wenn ich unterwegs bin, benutze ich möglichst nur die äußersten Fingerspitzen (denn die eignen sich kaum für Abdrücke, oh, ich hab meine Hausaufgaben gemacht), oder ich tunke Servietten hinterher in Limo oder Kaffee und verwandle sie dadurch in Brei.

Doch diesmal hab ich nicht nachgedacht.

Apropos Hände: Meine schwitzen gerade echt heftig, und die Finger – meine langen, langen Finger – zittern ein wenig. Ich ärgere mich über mich selbst, aber hauptsächlich bin ich wütend auf sie. Auf Rotschopf… Mir mein White Castle wegzunehmen und mich dazu zu bringen, bei Alicia zu schnell fertig zu sein.

Ich beobachte sie nun aus einiger Entfernung dabei, wie sie grazil die Straße hinunterläuft und ein Geschäft nach dem anderen betritt. Ich weiß, was sie gemacht hat: Sie hat im White Castle eine Bedienung oder sogar alle Bedienungen und Kunden gefragt: He, habt ihr die Bohnenstange gesehen? Die Gottesanbeterin? Das Klappergestell, den Knochenmann? Na klar haben wir das. So komisch, wie der aussieht. Kaum zu übersehen.

Nur gut, dass sie meinen Lieblingsladen, zu dem ich vor oder nach meinen Burgern oft gehe, nicht finden wird, nicht in dieser Straße, nicht in der Nähe. Er liegt eine U-Bahn-Haltestelle entfernt. Dennoch, sie könnte andere Zusammenhänge erkennen.

Ich muss mich darum kümmern.

Alles Schöne, auf das ich mich gefreut habe, hat sie mir verdorben: den für später geplanten Besuch bei meinem Bruder, den Spaß Spaß Spaß mit Alicia heute Abend, den nächsten Todesfall auf meiner Liste.

Meine Pläne haben sich geändert.

Und damit auch deine Glückssträhne, Rotschopf. Mach dich auf was gefasst.

Sie betritt eine Bodega, um Erkundigungen über die Bohnenstange einzuziehen. Ich mache mich im selben Moment auf den Weg, weiträumig um das White Castle herum, wo man nun über mich Bescheid weiß.

Mein schönes White Castle. Wo ich nie mehr hingehen kann.

Ich schiebe mir den Rucksack höher auf die Schulter. Und beeile mich.

* * *

»Sie hatten recht«, sagte Rhyme, »mit Ihren Schlussfolgerungen.«

Obwohl er sich diesen Hinweis vermutlich hätte sparen können. Juliette Archer schien ihm eine Frau zu sein, die erst dann etwas folgerte, wenn sie über eine gute – nein, *extrem* gute – Faktenbasis verfügte.

Sie rollte näher heran.

»Wenngleich nicht andere Kläger der Grund für unsere Eile sind«, fuhr Rhyme fort. »Jedenfalls nicht maßgeblich. Es geht darum, dass die Witwe und der Sohn des Opfers finanziell in der Klemme stecken.« Er erzählte ihr von dem Fehlen einer Lebensversicherung, den Schulden. Und von der Garage im New Yorker Hinterland, die ihr baldiges – womöglich langfristiges – Zuhause werden könnte.

Archer äußerte sich nicht zu Schenectady, aber ihre ernste Miene ließ darauf schließen, dass ihr die Härte der Situation bewusst war. Rhyme schilderte das zusätzliche Problem von Frommers komplizierter Erwerbsbiografie. »Der Anwalt versucht zu beweisen, dass es sich nur um einen vorübergehenden Rückgang gehandelt hat. Aber das könnte schwierig werden.«

Archers Augen leuchteten. »Falls Sie nachweisen können, dass die beklagte Partei sich in besonderem Maße mutwillig oder auch nur fahrlässig verhalten hat, könnte ein Strafschadensersatz verhängt werden.«

Vielleicht hätte auch Archer lieber Jura studieren sollen, so wie Whitmore es im Scherz zu Rhyme gesagt hatte.

Boston Legal …

»Es würde schon reichen, dass ein Strafschadensersatz *droht*«, erinnerte Rhyme sie. »Wir sind auf einen Vergleich aus, und das so schnell wie möglich.«

»Wann erhalten wir denn Zugriff auf die echte Rolltreppe und all die anderen Beweise?«, fragte Archer.

»Das könnte Monate dauern.«

»Aber reicht dieser Nachbau hier wirklich aus, um den tatsächlich Verantwortlichen zu ermitteln?«

»Wir werden sehen«, sagte Rhyme und wiederholte, was Whitmore ihm über die strikte Produkthaftung erklärt hatte – und auch über die Möglichkeit eines beeinflussenden Faktors, durch den der Hersteller aus der Haftung entlassen würde.

»Unsere erste Aufgabe lautet, die Fehlfunktion nachzuvollziehen.«

»Und einen sehr sorglosen und überaus vermögenden Beklagten zu finden«, stellte Archer trocken fest.

»Richtig erkannt. Thom!«

Der Betreuer kam.

»Bitte beschreiben Sie ihm die Natur Ihres Zustands«, wandte Rhyme sich an Archer.

Sie folgte der Aufforderung. Im Gegensatz zu Rhyme war ihre Wirbelsäule nicht durch einen Unfall verletzt worden; die Ärzte hatten bei ihr einen Tumor entdeckt, der sich um den vierten und fünften Halswirbel wand (Rhymes Bruch betraf den Wirbel Nummer vier). Archer berichtete von den Behandlungen und Operationen, die am Ende dazu führen würden, dass sie in gleicher Weise eingeschränkt war wie Rhyme, wenn nicht noch schlimmer. Ihr Leben bestand derzeit aus der Anpassung an die neuen Umstände, nicht zuletzt durch den Wechsel zu einer beruflichen Tätigkeit, die sich besser für eine Querschnittsgelähmte eignete. Und sie lernte von einem erfahrenen Patienten wie Lincoln Rhyme, worauf sie hoffen durfte und womit sie sich abfinden musste.

»Falls Sie möchten, agiere ich gern auch als Ihr Betreuer, solange Sie hier sind«, sagte Thom.

»Wären Sie so nett?«

»Mit Vergnügen«, erwiderte er.

Sie drehte sich zu Rhyme um. »Also, was kann ich tun?«

»Finden Sie heraus, welche Rolltreppenunfälle es schon gegeben hat, vor allem mit diesem Fabrikat. Laut Whitmore wäre das eventuell vor Gericht zulässig. Und besorgen Sie uns die Wartungshandbücher. Wir haben dieses Teilstück bei einem Fachbetrieb gemietet, aber noch nicht die zugehörige Dokumentation erhalten. Ich will alles darüber wissen.«

»Mal sehen, ob die Firma oder die Stadt die Inspektion ähnlicher Treppen angeordnet hat.«

»Ja, gute Idee.« Er hatte nicht daran gedacht.

»Welchen Computer kann ich benutzen?«

Rhyme wies auf ein nahes Exemplar. Er wusste, dass sie mit der rechten Hand den Rollstuhl bediente, aber eine Computertastatur wäre ein Ding der Unmöglichkeit. »Könntest du Juliette mit einem Headset ausstatten? Für Computer Nummer drei?«

»Natürlich. Kommen Sie.«

Ihr Selbstvertrauen erlitt ganz plötzlich einen Dämpfer, und zum ersten Mal, seit Rhyme sie kannte, wirkte Archer verunsichert, wahrscheinlich weil sie sich auf fremde Hilfe verlassen musste, die nicht von ihrem Bruder kam. Sie musterte den Computer, als wäre es ein streunender Hund, der sie anknurrte. Die Auseinandersetzung mit Rhyme wegen ihres Praktikums war etwas ganz anderes gewesen. Mit jemandem in vergleichbarer Lage. Hier musste sie sich nun auf einen Nichtbehinderten verlassen. »Danke. Bitte verzeihen Sie.«

»Ach, das ist doch nicht der Rede wert.« Thom setzte ihr das Headset auf und brachte ein Touchpad für die rechte Hand an. Dann fuhr er den Computer hoch. »Sie können jeden Ihrer Funde ausdrucken. Aber das machen wir nur selten. Es ist für alle einfacher, die Monitore zu benutzen.« Rhyme besaß zwar ein Umblättergerät, aber das war in erster Linie für Bücher, Zeitschriften oder Papierdokumente gedacht.

»Das dürften so ziemlich die größten Bildschirme sein, die ich je gesehen habe.« Archers gute Laune war teilweise zurückgekehrt. Sie murmelte etwas in das Mikrofon des Headsets, und Rhyme sah, wie das Fenster einer Suchmaschine sich öffnete. »Dann mache ich mich mal an die Arbeit. Als Erstes nehme ich mir die eigentliche Rolltreppe vor.«

»Soll ich Ihnen die Modellbezeichnung und Typnummer durchgeben?«, rief Mel Cooper.

»Das Modell heißt MCE-Siebenundsiebzig«, sagte Archer gedankenverloren, ohne den Blick vom Monitor abzuwenden. »Die Typnummer weiß ich auch. Sie steht auf dem kleinen Blechschild des Herstellers. Ich hab sie mir eingeprägt, als ich eben hier reingekommen bin.«

Dann sprach sie langsam die lange Ziffernfolge ins Mikrofon, und der Computer gehorchte pflichtgetreu dem Klang ihrer leisen, melodischen Stimme.

11

Mel Cooper betätigte sich mit seiner Digitalkamera nach wie vor als Technik-Paparazzo und kletterte im Innern des Gerüsts umher, das die Rolltreppe umgab.

»Wie haben die das Ding hier ins Haus bekommen?«, rief er. »Es ist riesig.«

»Sie haben das Dach abgedeckt, Löcher in alle Böden geschnitten und es per Helikopter herabgelassen. Vielleicht waren es auch Engel oder Superhelden. Ich hab's vergessen.«

»Die Frage ist doch wohl berechtigt, Lincoln.«

»Die Frage ist irrelevant. Und daher unzulässig. Was siehst du?«

»Gib mir eine Minute.«

Eilig. Sie hatten es wirklich eilig. Um Sandy Frommer zu helfen, natürlich. Aber auch, wie Archer vermutet und Whitmore bestätigt hatte, um einen Vergleich zu erzielen, bevor irgendwelche Pseudokläger auftauchten, die als Trittbrettfahrer mit abkassieren wollten. Der Anwalt hatte erklärt: »Die anderen Leute auf der Rolltreppe, die abgesprungen sind, die haben sich nur geringfügig verletzt – oder überhaupt nicht –, aber das heißt nicht, dass sie nicht klagen werden. Darüber hinaus werden Kläger auftauchen, die seelisches Leid geltend machen, weil sie zu Augenzeugen eines grauenhaften Unfalls geworden seien, der ihr Leben für immer verändert habe. Nie wieder könnten sie eine Rolltreppe betreten … Albträume, Essstörungen. Einkommensverluste wegen vorübergehender oder dauerhafter Arbeitsunfähigkeit. Ja, allen Ernstes. Es ist erlogen, wird aber passieren. Willkommen in der Welt der regressfähigen Personenschäden.«

Archer meldete sich nun von ihrem Computer zu Wort. »Die Stadt hat den Betrieb aller Rolltreppen vom Typ MCE-Siebenundsiebzig vorläufig verboten und eine Inspektion angeordnet. So steht es in der *Times*. In New York gibt es sechsundfünfzig davon, im Rest des Landes knapp eintausend. Bisher wurde noch nie eine Fehlfunktion gemeldet.«

Interessant. Rhyme fragte sich, ob das Ergebnis der Inspektion nützlich für ihren Fall sein könnte. Und wann es wohl vorliegen würde.

Dann endlich gesellte Cooper sich zu ihm und zog die SD-Speicherkarte aus der Kamera Marke Sony. Er schob sie in das Lesegerät eines Computers und öffnete den Inhalt auf einem hochauflösenden Monitor. Der große Bildschirm bot Platz für mehrere Dutzend Fotos gleichzeitig.

Rhyme fuhr näher heran.

»Das hier scheinen mir die relevanten Teile zu sein.« Der Techniker zeigte darauf. »Die Platte, die sich geöffnet hat, dient sowohl als Trittfläche am oberen Ende als auch als Zugangsluke für Wartungen und Reparaturen. Die Scharniere liegen am hinteren Ende, weg von den Stufen der Treppe. Ich schätze ihr Gewicht auf ungefähr zwanzig Kilogramm.«

»Neunzehn«, rief Archer und erklärte, sie habe die Spezifikationen in einem Installations- und Wartungshandbuch von Midwest Conveyance gefunden.

»Der Öffnungsmechanismus ist mit einer Feder versehen«, fuhr Cooper fort. »Sobald die Klappe entriegelt wird, springt sie von selbst etwa vierzig Zentimeter weit auf.«

Das stimmte mit Sachs' Beobachtungen und Fotos überein.

»Ein Arbeiter kann sie dann bis zum Anschlag hochklappen und mit einer Stange sichern – ähnlich wie bei der Motorhaube eines Autos.« Cooper zeigte dabei auf die entsprechenden Aufnahmen, die er angefertigt hatte. »Um die Luke wieder zu schließen, drücken die Arbeiter sie nach unten oder, so vermute ich, stellen sich darauf, bis eine dreieckige Halterung an der Unterseite auf einen fest angebrachten gefederten Bolzen trifft. Hier. Die Halterung drückt den Bolzen nach hinten, bis die Klappe sich vollständig geschlossen hat. Dann nämlich rastet der Bolzen von selbst in einem Loch der Halterung ein.«

»Und wie wird der Mechanismus geöffnet?«, fragte Rhyme.

»Durch einen versenkt angebrachten Druckknopf hinter dieser mit einem Schloss versehenen Abdeckung an der Seite der Rolltreppe. Der Stromkreis führt zu dem kleinen Servomotor hier, der den Bolzen zurückzieht, woraufhin die Klappe aufspringt.«

»Aha.« Rhyme überlegte. »Wieso hat das Ding sich von selbst geöffnet? Hat jemand eine Idee? Na los, raus damit.«

»Die Halterung hat sich von der Unterseite gelöst«, spekulierte Archer.

Doch auf den von Sachs geschossenen Fotos sah es ganz danach aus, dass sie sich weiterhin an Ort und Stelle befand.

»Vielleicht ist der Bolzen gebrochen«, sagte Rhyme. »Denkt an die de Havilland Comet. In den Fünfzigerjahren.«

Sowohl Archer als auch Cooper sahen ihn fragend an.

»Das war das erste in Serie gefertigte Düsenverkehrsflugzeug der Welt«, erklärte er. »Drei der Maschinen sind mitten in der Luft auseinandergebrochen, und zwar weil ein metallener Fensterrahmen dem Druck in großer Höhe nicht mehr standhalten konnte. Materialermüdung zählt zu den hauptsächlichen Ursachen technischen Versagens. Andere Gründe können beispielsweise Korrosionen, Verunreinigungen, plötzliche Temperaturschwankungen und so weiter sein. Materialermüdung tritt als Folge zyklischer Belastung auf.«

»Bei dem Flugzeug dürfte das der immer wieder neu aufgebaute Kabinendruck gewesen sein«, mutmaßte Archer.

»Ganz genau. Die ersten Modelle hatten viereckige Fenster und Türen, bei denen der Druck hauptsächlich auf den Ecken lastete. Deshalb ist man auf die ovale Form umgestiegen, die weniger Belastung und Ermüdung bedeutete. Unsere Frage hier lautet also: Hat das Öffnen und Schließen der Klappe zu einer Ermüdung des Verschlussbolzens der Rolltreppe geführt?«

Cooper vergrößerte ein Foto des Bolzens. »Der hier weist keinerlei Abnutzung auf, aber er ist ja auch neu. Ich frage mich, wie alt das Original wohl war und wie oft die Luke im Laufe der Zeit geöffnet und wieder geschlossen wurde.«

Rhyme war wieder einmal frustriert, dass ihm nicht die tatsächlichen Beweisstücke zur Verfügung standen.

Er hörte ein Rumpeln, als Juliette Archer sich ihm nähern wollte und dabei gegen einen Tisch stieß. Sie stellte sich mit ihrem Storm Arrow bisweilen noch ungeschickt an; um den neunzig Kilo schweren Rollstuhl wirklich zu beherrschen, brauchte man viel Übung.

Und sie war noch nicht lange dabei …

»Die Rolltreppe in dem Einkaufszentrum war sechs Jahre alt«, sagte sie.

»Wie haben Sie das herausgefunden?«

»In einer Pressemitteilung von Midwest Conveyance stand, sie hätten den Zuschlag für die Rolltreppen des Einkaufszentrums erhalten. Das war vor sieben Jahren. Die Bauarbeiten fanden im Jahr danach statt. Laut der Wartungsempfehlungen sollte die Treppe fünfmal im Jahr inspiziert und gefettet werden. Rechnet man ein paar Pannen und ungeplante Reparaturen hinzu, würde ich sagen, dass die Luke ungefähr fünfzigmal geöffnet und wieder geschlossen wurde.«

Rhyme betrachtete Coopers Foto des Bolzens, der in der

dreieckigen Halterung steckte und die Klappe geschlossen hielt. Der metallene Stift war nur etwa zweieinhalb Zentimeter lang, dafür aber dick. Bei so wenigen Schließvorgängen schien eine Materialermüdung unwahrscheinlich zu sein.

»Zu den Wartungsschritten gehört auch, den Bolzen auf zu starke Abnutzung zu untersuchen«, fügte Archer hinzu. »Das dürfte wohl eine Prüfung auf Materialermüdung mit einschließen.«

»Woraus besteht das Ding? Stahl?«

»Ja«, bestätigte Archer. »Alle Teile der Rolltreppe sind aus Stahl gefertigt, abgesehen von ein paar Gehäusen, die nichts mit dem Unfall zu tun hatten. Und von den Außenteilen. Die sind aus Aluminium und Kohlefaser.«

In der Kürze der Zeit hatte sie sich die Dokumente wirklich gründlich vorgenommen.

»Auch wenn der Bolzen in Ordnung war, könnte die Halterung sich gelöst haben, womöglich durch Vibrationen«, gab Rhyme zu bedenken. »Und als Folge ist der Bolzen dann nicht mehr richtig eingerastet.«

Eine Spekulation jagte die nächste.

»Von wem wurde der Verriegelungsmechanismus hergestellt?«

Archer brauchte gar nicht erst auf ihrem Bildschirm nachzusehen. »Von Midwest Conveyance selbst, nicht von einem Zulieferer.«

»Mögliche Materialermüdung beim Metall, mögliche Wartungsfehler«, fasste Rhyme zusammen. »Was käme noch in Betracht?«

»Könnte jemand versehentlich oder als üblen Scherz den Druckknopf betätigt haben?«, fragte Archer.

Cooper öffnete einige Fotos. »Hier haben wir ihn. Der Schalter befindet sich an der Außenseite der Treppe, unten neben dem Nothaltknopf.« Er zeigte darauf. »Aber hinter einer kleinen verschlossenen Abdeckung.«

»Amelia hat das überprüft«, sagte Rhyme. »Sie hat sich die Aufzeichnungen der Überwachungskameras vorgenommen und sagt, niemand habe sich auch nur in der Nähe des Schalters befunden, als die Klappe aufsprang.«

Archer neigte fragend den Kopf. »Und wo ist das Video?«

»Das Department of Investigation hat es beschlagnahmt.«

Sie schaute zu Cooper und lächelte schelmisch. »Wir beide sind Zivilisten, aber Sie sind beim NYPD, richtig?«

»Ich bin gar nicht anwesend«, erwiderte er schnell.

»Sie …?«

»Ich bin inoffiziell hier. Hab Urlaub genommen. Falls ich mir Zugang zu den offiziellen Unterlagen verschaffen würde, hätte das meine Suspendierung zur Folge.«

Rhyme musterte die Fotos. »Was sonst könnte die Ursache sein?«

»Okay«, sagte Cooper. »Niemand hat den Knopf absichtlich betätigt. Vielleicht gab es einen Kurzschluss oder ein anderes elektrisches Problem, wodurch der Servomotor aktiviert wurde, den Bolzen zurückzog und die Klappe aufspringen ließ.«

»Schauen wir uns die Verkabelung an.«

Mel vergrößerte die Bilder, die er im Innern der Rolltreppe geschossen hatte. Rhyme sah an der Innenwand des Schachtes ein Kabel, das von dem Druckknopf nach unten verlief. Es endete in einem Stecker, und der wiederum befand sich in einer der Steckdosen an der Seite des Servomotors.

»Die Verbindungen sind offen zugänglich«, sagte Cooper.

»Das sind sie in der Tat«, sagte Rhyme und lächelte kurz.

Gleich darauf lächelte auch Archer. »Ich verstehe. Ein Stückchen Metall oder Folie oder irgendein anderes leitfähiges Material könnte auf dem Stecker gelandet sein und den Stromkreis geschlossen haben, sodass der Servomotor den Bolzen zurückgezogen hat und die Luke aufsprang.« Sie nickte.

»Allerdings konnte ich keine vergleichbaren Zwischenfälle mit genau diesem Treppenmodell finden. Davon abgesehen können Rolltreppen ziemlich gefährlich werden. Meistens weil Kleidungsstücke oder Schuhe in den Mechanismus geraten. Das passiert häufiger, als man meinen möchte. Letztes Jahr sind weltweit einhundertsiebenunddreißig Menschen bei Rolltreppenunfällen ums Leben gekommen. Der schlimmste einzelne Zwischenfall hat sich vor einigen Jahrzehnten in London ereignet, ein Brand in einer U-Bahn-Station. Eine Mischung aus Schmutz und Schmierfett hat Feuer gefangen, die damals noch hölzerne Treppe geriet in Brand, und mehr als dreißig Leute sind im Rauch erstickt.«

»In Manhattan gibt es keine Rolltreppen aus Holz«, murmelte Rhyme nachdenklich.

»Ich glaube, ich hab mal eine gesehen«, warf Mel Cooper ein.

Rhyme verzog wegen der Irrelevanz das Gesicht. »Und die Fehlfunktion wurde möglich …«

»… weil Midwest Conveyance die Stecker nicht abgeschirmt hat«, vollendete Archer den Satz. »Dabei wäre das leicht möglich gewesen. Indem man sie versenkt, mit einer Abdeckung versieht. Irgendwie so was.«

»Oder sie hätten gar nicht erst Stecker benutzen, sondern Schalter und Servomotor fest verdrahten sollen«, sagte Cooper. »Vielleicht wollte die Firma Geld sparen.«

Das war der erste Hinweis auf ein womöglich rechtlich relevantes Fehlverhalten seitens des Herstellers.

»Von wem stammt …?«

Archer beantwortete die Frage, bevor er ausreden konnte. »Es ist genau wie bei dem Verriegelungsmechanismus. Sowohl der Servomotor als auch der Schalter wurden von Midwest Conveyance selbst hergestellt. Die haben eine eigene Entwicklungsabteilung für Bauteile. Als Bestandteil des Unternehmens, nicht ausgegliedert. Also können sie es nicht auf eine etwaige Tochtergesellschaft abwälzen.«

»Ich dachte, Sie wären Epidemiologin«, sagte Cooper.

»Das hab ich aus *Boston Legal.* Glauben Sie mir, die Serie ist wirklich sehr gut. *Better Call Saul* mag ich auch.«

»Ich hab früher gern *L.A. Law* gesehen«, sagte Cooper.

»Oh, die war auch toll.«

Bitte …

Rhyme grübelte darüber nach, wie eine fremde Substanz den Servomotor zum Öffnen der Klappe veranlasst haben könnte.

»Ich hab eine Idee«, sagte Archer.

»Und die wäre?«

»Sie sind Wissenschaftler. Sie mögen empirische Beweise.«

»Die sind die ranghöchste Gottheit in meinem Pantheon«, sagte Rhyme und scherte sich nicht groß darum, wie prätentiös das klang.

Sie nickte in Richtung der Rolltreppe. »Funktioniert das Ding?«

»Der Antriebsmotor, das Getriebe, der Servomotor und der Schalter sind einsatzbereit und an den Strom angeschlossen.«

»Dann schlage ich ein Experiment vor. Schalten wir das alles doch mal ein und sehen zu, dass die Klappe sich öffnet.«

Rhyme kam ein Gedanke. »Thom! Thom!«, rief er in Richtung der Küche. »Ich brauche was zu trinken.«

Der Betreuer schaute zur Tür herein. »Dafür ist es noch ein wenig zu früh, wie ich vorhin schon gesagt habe.«

»Zu früh für eine Cola?«

»Du trinkst niemals Limonade. Wir haben gar keine im Haus.«

»Aber wenn ich mich recht entsinne, gibt es hier gleich um die Ecke doch diesen kleinen Laden.«

* * *

Die beiden Eisenwarenhandlungen im näheren Umkreis des White Castle hatten nichts ergeben.

Niemand erinnerte sich an einen Kunden, auf den die Beschreibung von Täter 40 zutraf. Und in keinem der beiden Läden gab es Kugelhämmer zu kaufen. Daher hatte Amelia Sachs die letzte Stunde damit zugebracht, die anderen Geschäfte entlang der schmutzigen, vom Wind gepeitschten Gehwege dieses alltäglichen Viertels abzuklappern: die Karosserie- und Reparaturwerkstätten, die Läden für Autoteile, Telefonkarten, Perücken, Tacos oder irgendwas anderes, Dutzende von ihnen. Ein Angestellter in einer Drogerie war sich »ziemlich sicher«, einen Mann, der der Beschreibung von Täter 40 entsprach, auf der Straße gesehen zu haben, konnte sich aber weder an den genauen Ort erinnern noch an die Kleidung des Betreffenden oder an etwas, das der vielleicht bei sich getragen hatte.

Das konnte die Bestätigung für die Vermutung von Charlotte aus dem White Castle sein, dass er in diese Richtung weggegangen war. Doch sein Ziel blieb nach wie vor ein Geheimnis. Und es gab natürlich Bus- und U-Bahn-Haltestellen, die er angesteuert haben könnte, dazu Parkmöglichkeiten für ein Auto, mit dem er vielleicht hergekommen war, auch wenn er den Parkplatz des Restaurants gemieden hatte. Sachs hatte sich in den Geschäften auch nach Überwachungskameras umgeschaut, aber sie zeigten alle nicht auf den Bürgersteig, sondern nur auf die Türen, Parkplätze und Innenräume. Außerdem gab es jede Menge davon, und selbst wenn der Verdächtige einen der überwachten Läden betreten oder eine Abkürzung über einen Parkplatz gewählt hatte, standen ihr weder das Personal noch die Zeit zur Verfügung, um Hunderte Stunden von Videoaufzeichnungen zu sichten. Der Mord an Todd Williams war ein schreckliches Verbrechen, aber bei Weitem nicht das einzige schreckliche Verbrechen in den fünf Bezirken von New

York City. Bei ihrer Arbeit musste Sachs stets von Neuem abwägen und Prioritäten setzen.

Was auch für ihr Privatleben galt.

Sie zog ihr Mobiltelefon aus der Tasche und wählte.

»Amie.«

»Mom. Wie geht es dir?«

»Gut«, sagte Rose Sachs, was bei ihr gut, schlecht oder irgendetwas dazwischen heißen konnte. Die Frau war nicht allzu mitteilsam.

»Ich bin bald da«, sagte Sachs.

»Ich kann auch ein Taxi nehmen.«

Sachs kicherte. »Mom.«

»Also gut, Liebes. Ich bin dann fertig.«

Sachs überquerte die breite Fahrbahn und nahm sich auf dem Rückweg die Geschäfte der anderen Straßenseite vor.

Und landete endlich einen Treffer: bei einer privaten Taxifirma. Als sie dem schlaksigen und auffallend stark behaarten Geschäftsführer eine Beschreibung ihres Verdächtigen lieferte, runzelte der Mann sofort die Stirn und erwiderte mit ausgeprägtem nahöstlichem Akzent: »Ja, der kommt mir bekannt vor. Ein sehr dünner Mann. Mit einer großen Tüte White-Castle-Hamburger. Einer richtig großen Tüte. Und dann ein so dürrer Kerl. Lustig.«

»Wissen Sie noch, wann das war?«

Er konnte sich nicht mehr genau daran erinnern, stimmte auf Nachfrage jedoch zu, es könne ungefähr zwei Wochen her sein – womöglich der Tag, an dem Todd Williams ermordet wurde. Er wusste auch nicht mehr, welcher seiner Fahrer die Tour übernommen hatte, und es existierten keine Aufzeichnungen über die Fahrtziele, aber er versprach, seine Angestellten zu befragen und mehr herauszufinden.

Sachs sah ihn eindringlich an. »Das ist sehr wichtig. Der Mann ist ein Killer.«

»Ich fange gleich an. Versprochen.«

Sie glaubte ihm. Vor allem weil er so erschrocken ihre Dienstmarke angestarrt hatte. Wahrscheinlich waren nicht alle seine Lizenzen tadellos in Ordnung; er würde sich daher sehr bemühen, ihr behilflich zu sein, wenn sie stillschweigend darauf verzichtete, ihm die Behörden auf den Hals zu hetzen.

Sie wandte sich nach Süden und ging zurück zu ihrem Auto, das beim White Castle geparkt stand. Unterwegs überprüfte sie noch ein paar Läden, die aber von vornherein wenig vielversprechend wirkten: ein Perückengeschäft, ein Nagelstudio und eine fensterlose Werkstatt für Computerreparaturen. Als sie wieder den Gehweg betrat, nahm sie aus dem Augenwinkel eine Bewegung wahr. Das war zunächst mal nichts Ungewöhnliches, wenngleich an diesem windigen Tag nur wenige Passanten zu sehen waren. Doch es hatte sich um eine besondere Art von Bewegung gehandelt. Schnell, ausweichend. Als wolle jemand nicht bemerkt werden.

Sachs knöpfte ihre Jacke auf und schaute sich um, die rechte Hand in der Nähe der Glock. Sie befand sich auf Höhe einer Autowerkstatt, auf deren Hof kreuz und quer zahlreiche Fahrzeuge standen, von Motorrädern bis Kastenwagen. Viele von ihnen befanden sich in verschiedenen Stadien der Zerlegung. Die Person, die sich ihr genähert hatte – sofern es wirklich eine Person gewesen war und nicht ein Schatten oder vom Wind aufgewirbelter Abfall oder Staub –, hatte sich zwischen zwei der größeren Transporter geflüchtet, einen leuchtend gelben Mietlaster und einen sechs Meter langen weißen Van, dessen einziges Logo aus zwei aufgesprühten großen knallroten Brüsten bestand.

Konnte es sein, dass Täter 40 ausgerechnet jetzt zum White Castle zurückgekehrt war, sie vom Einkaufszentrum wiedererkannt hatte und ihr seitdem folgte?

Es war zwar wenig wahrscheinlich, aber auch nicht unmöglich. Sie legte ihre Hand auf die Waffe und näherte sich den Transportern. Der Schatten hatte sich in Luft aufgelöst. Sachs drang weiter auf den Hof vor und zwischen den Fahrzeugen hindurch. Der Wind ließ die Schöße ihrer Jacke flattern und riss ihr Haar dramatisch hoch. Ungünstig, wenn man schießen musste. Sie nahm ein Gummiband aus der Tasche und fasste das Haar zu einem Pferdeschwanz zusammen. Dann schaute sie sich wieder um. Die einzigen Lebewesen, die sie zu Gesicht bekam, waren Möwen und Tauben sowie eine neugierige und vorwitzige Ratte. Nein, zwei. War das die Bewegung, die sie gesehen hatte? Ein Stück Papier wehte über den Gehweg und die Fahrbahn und dann hoch in die Luft. Vielleicht war das der Übeltäter, die *New York Post* vom Vortag.

Kein Anzeichen einer Bedrohung.

Ihr Telefon summte und ließ sie zusammenzucken. Sie sah auf das Display. Dort stand Thoms Name. Wie immer, wenn er und nicht Rhyme anrief, befürchtete sie sofort, es könne schlechte medizinische Neuigkeiten geben. Sie nahm das Gespräch eilig an. »Thom.«

»Hallo, Amelia. Ich habe mich nur gefragt, ob du heute vielleicht vorbeikommst und ich dich zum Essen mit einplanen soll.«

Sie war erleichtert. »Nein, ich begleite meine Mutter zu einem Termin, und dann übernachtet sie bei mir.«

»Soll ich euch ein Carepaket machen?«

Sie lachte und wusste, es würde das leckerste Carepaket aller Zeiten sein. Aber sie hätte den ganzen Weg zu Rhyme fahren müssen, um es abzuholen, und das war heute einfach zu aufwendig. »Nein, vielen Dank. Aber ich weiß es wirklich zu schätzen. Ich …«

Ihre Stimme erstarb, denn sie hörte dort im Hintergrund jemanden reden, der vertraut klang.

Nein. Das war unmöglich.

»Thom, ist Mel bei euch? Mel Cooper?«

»Ja, ist er. Möchtest du mit ihm sprechen?«

Worauf du einen lassen kannst. »Bitte«, sagte sie höflich.

Gleich darauf: »Hallo, Amelia.«

»He, Mel. Äh, was machen Sie denn bei Lincoln?«

»Er hat mich gewissermaßen beurlaubt, wenn Sie verstehen, was ich meine. Obwohl ihm das Wort nicht zu gefallen scheint. Ich helfe ihm bei dem Fall Frommer.«

»Gottverdammt!«, sagte sie.

Schweigen.

»Ich, äh …«, setzte Cooper schließlich an.

»Bitte holen Sie Lincoln an den Apparat.«

»Oje«, flüsterte der Techniker. »Sehen Sie, Amelia, die Sache ist die …«

»Headset, nicht Lautsprecher.«

Ihr Finger verschwand in ihrem Haar und kratzte. Ein Zeichen ihrer Anspannung und Frustration. Und Wut. Rhyme. Schlimm genug, dass er sich aus dem Geschäft zurückgezogen hatte; jetzt kam er ihr auch noch auf so beschissene Weise in die Quere.

Es war ein Rascheln zu hören, als Rhyme von Cooper oder Thom das Headset aufgesetzt bekam. Die meisten seiner Telefonate liefen über die Freisprecheinrichtung und fanden praktisch in aller Öffentlichkeit statt. Sachs wollte aber nicht, dass jemand das folgende Gespräch mithören konnte.

»Sachs. Wo …?«

»Was hat Mel da verloren? Ich brauche ihn für den Fall Täter 40. Du hast ihn mir gestohlen.«

Eine Pause. »Ich habe ihn gebeten, mir bei dem Frommer-Rechtsstreit behilflich zu sein«, entgegnete Rhyme. »Es gibt hier im Labor einiges zu tun. Ich wusste nicht, dass du ihn wolltest.«

»Die Zentrale in Queens hat nachlässig gearbeitet«, schimpfte sie.

»Davon hatte ich keine Ahnung. Wie sollte ich auch? Du hast mir nichts davon erzählt.«

Du hast ja auch abgelehnt, dich weiter mit Kriminalfällen zu beschäftigen, dachte sie. »Wie konntest du ihn einfach auf einen Zivilfall ansetzen?«, fragte sie. »Ist das überhaupt gestattet?«

»Er hat sich freigenommen. Er ist nicht im Dienst.«

»Ach, Blödsinn, Rhyme. – Urlaub? Ich hab einen *Mordfall* am Hals.«

»Du warst im Einkaufszentrum dabei, Sachs. Du hast gesehen, was passiert ist. *Mein* Opfer ist genauso tot wie deines.« Lincoln Rhyme war nicht allzu geschickt darin, sich zu verteidigen.

»Mit dem Unterschied, dass deine Rolltreppe keine weiteren Morde begehen wird.«

Dazu fiel ihm kein Gegenargument ein.

»Nun, ich glaube nicht, dass ich ihn noch lange benötigen werde.«

»Was heißt das genau? Wie viele Stunden? Drück es am besten in Minuten aus.«

Er seufzte. »Wir müssen innerhalb eines Tages oder so mit einem Verantwortlichen aufwarten können.«

»Also geht es um *Tage*«, murmelte sie. »Nicht Stunden.«

Von Minuten ganz zu schweigen.

Er versuchte es auf die versöhnliche Art, obwohl ihm die Unaufrichtigkeit deutlich anzuhören war. »Ich mache ein oder zwei Anrufe. Mit wem arbeitest du bei der Spurensicherung zusammen?«

»Jedenfalls nicht mit Mel. Das ist ja das Problem.«

»Hört mal, ich …« Das kam von Mel Cooper, dem mit Sicherheit nicht entgangen war, was gerade geschah.

»Schon in Ordnung«, sagte Rhyme zu ihm.

Nein, das war es nicht. Sachs schäumte vor Wut. Sie waren

seit Jahren Partner, beruflich und privat, und hatten sich noch nie ernsthaft über Herzensangelegenheiten gestritten. Aber wenn es um die Arbeit ging, waren sie beide leicht reizbar.

»Ich bin sicher, du kannst ihm ein paar Fragen stellen. Er nickt. Siehst du? Er hilft gern weiter.«

»Ich kann ihm nicht einfach ein paar Fragen stellen. Er ist kein Mechaniker am Werkstatttresen.« Sie fügte hinzu: »Stell mich auf den Lautsprecher.«

Es klickte.

»Amelia …«, setzte Cooper an.

»Okay, Mel. Hören Sie zu. Ron wird Ihnen die Einzelheiten übermitteln. Es müssen einige Servietten auf Fingerabdrücke und DNS überprüft werden. Und wir brauchen den Markennamen eines Lacks. Und die Holzart anhand einiger Sägemehlproben.« Der nächste Satz galt eher Rhymes Ohren, obwohl es um Cooper ging. »Ich brauche jemand wirklich Gutes. So gut wie Sie.«

Diese letzte Äußerung war ziemlich kleinlich, sicher. Es war ihr völlig egal.

»Ich rufe jemanden an, Amelia.«

»Danke. Ron nennt Ihnen die Fallnummer.«

»Alles klar, kein Problem.«

Dann hörte Sachs die leise Stimme einer Frau: »Kann ich irgendetwas tun?«

»Nein«, antwortete Rhyme, »machen Sie einfach mit der Analyse weiter.«

Wer war das denn?, fragte Sachs sich.

Dann sagte er: »Sachs, hör mal …«

»Ich muss jetzt los, Rhyme.«

Sie trennte die Verbindung, würgte ihn einfach ab. Das war bisher erst ein einziges Mal vorgekommen. Sie wusste noch, wann. Vor vielen Jahren, bei ihrem ersten Fall.

In dem Moment wurde Sachs klar, dass sie sich so auf das

Telefonat konzentriert hatte – und auf ihren Ärger über Rhymes »Beurlaubung« des Technikers, den sie brauchte –, dass sie sich ihrer Umgebung nicht bewusst geblieben war: eine Todsünde für jeden Cop, vor allem wenn Hinweise auf eine akute Bedrohung vorlagen.

Dann hörte sie ein Geräusch: Schritte auf dem Kies hinter ihr, ganz nah. Sie griff nach der Glock, aber es war zu spät, um die Waffe zu ziehen. Der Angreifer konnte kaum mehr als einen Meter entfernt sein.

12

»Das hat also nicht funktioniert.« Juliette Archer sprach von dem Experiment, einen ungeschickten Kunden nachzuahmen und Cola in die Rolltreppe zu gießen, um dadurch einen Kurzschluss des Schalters auszulösen und die Klappe zu öffnen.

»Doch, hat es«, widersprach Rhyme, worauf sie und Cooper die Stirn runzelten. »Das Experiment war erfolgreich. Es hat lediglich etwas anderes bewiesen als von uns erhofft: dass Midwest Conveyance nämlich eine Rolltreppe gebaut hat, die im Hinblick auf Flüssigkeiten *keinen* Defekt aufweist.«

Der Hersteller hatte damit gerechnet, dass jemand auf dem Weg nach oben oder unten ein Getränk verschütten könnte, und die Elektronik samt Motor mit einem gewölbten Plastikschild geschützt. Die Flüssigkeit wurde in einen Auffangbehälter geleitet, der sich nicht mal in der Nähe des Servomotors zur Öffnung der Klappe befand.

»Von allen Seiten«, sagte Rhyme zu Cooper. Der Techniker sollte mit einigen Gegenständen auf den Schalter und Servomotor einschlagen, um mechanische Einflüsse zu simulieren: Besenstiel, Hammer, Schuh.

Ohne Erfolg. Die tödliche Luke öffnete sich nicht.

Archer schlug vor, der Techniker solle mehrmals hintereinander auf der Klappe herumspringen. Keine schlechte Idee, dachte Rhyme und gab Cooper die entsprechende Anweisung, allerdings mit Thom zur Sicherung unten am Gerüst, sollte der Mann abstürzen.

Keine Auswirkung. Der Bolzen rührte sich nicht, die Halterung wurde nicht freigegeben. Nichts, was sie unternahmen, öffnete die Luke – nur der dafür vorgesehene Druckknopf, der sicher versenkt hinter einer verschlossenen Abdeckung lag.

Rhyme dachte angestrengt nach.

»Wanzen!«, rief er plötzlich.

»Du kannst im Department of Investigation doch keine Mikrofone installieren, Lincoln«, wandte Cooper verunsichert ein.

»Mein Fehler. ›Wanzen‹ ist nicht korrekt, denn die stellen nur einen kleinen Teil der Ordnung der Hemiptera dar. So wie Blattläuse oder Zikaden zum Beispiel. Ich hätte mich präziser ausdrücken müssen. Es muss natürlich *Insekten* heißen. Wobei es durchaus eine *Wanze* gewesen sein könnte.«

»Oh.« Cooper war erleichtert, doch zugleich auch sichtlich verwirrt.

»Gut, Lincoln«, sagte Archer. »Eine Schabe könnte hineingelangt sein und einen Kurzschluss am Schalter oder Motor verursacht haben, ja. Midwest Conveyance hätte daran denken und engmaschige Schutzgitter einbauen müssen. Das haben sie nicht getan, also liegt ein Defekt vor.«

»Thom! Thom, wo steckst du?«

Der Betreuer erschien. »Mehr Limo?«

»Tote Insekten.«

»Du hast eine Wanze in deiner Cola gefunden? Unmöglich.«

»Schon wieder ›Wanze‹«, sagte Rhyme mit finsterer Miene.

Nach der Erklärung begab Thom sich im Haus auf die Suche – er hielt die Räume so tadellos sauber, dass er den Dachboden und den Keller mit einbeziehen musste, um ein paar lächerlich wenige tote Fliegen sowie eine vertrocknete Spinne zu finden.

»Keine Küchenschaben? Die wären mir jetzt am liebsten.«

»O bitte, Lincoln.«

»In der Seitenstraße gibt es doch dieses chinesische Restaurant… Könntest du mir nicht ein oder zwei Schaben besorgen? Die können ruhig schon tot sein.«

Thom verzog das Gesicht und machte sich auf den Weg.

Aber sogar rehydriert konnten die diversen Tierchen, die er zurückbrachte, weder den Schalter auslösen noch den Servomotor kurzschließen, wenn sie mit den Kontakten in dessen Steckdose in Berührung kamen.

Während Cooper und Archer andere Möglichkeiten erörterten, weshalb man die Rolltreppe im juristischen Sinn als defekt einstufen könnte, ertappte Rhyme sich dabei, dass er den Garderobenständer anstarrte, an dem eine von Sachs' Jacken hing. Er musste an ihre harschen Worte denken. Warum, zum Teufel, regte sie sich so auf? Sie besaß kein besonderes Anrecht auf Mel Cooper. Und woher sollte *er* wissen, dass sie Schwierigkeiten mit dem Labor hatte?

Dann ärgerte er sich über sich selbst, weil er Zeit darauf verschwendete, den Streit zwischen ihm und Sachs zu analysieren.

Zurück an die Arbeit.

Rhyme wies Cooper an, den Bolzen und die Halterung von sämtlichem Schmiermittel zu befreien. Er wollte herausfinden, ob die Verriegelung unter diesen Umständen eventuell nicht vollständig einrastete und sich durch eine zufällige Bewegung öffnen könnte. Doch auch mit trockenen Teilen funktionierte alles korrekt.

Verdammt noch mal. Was war geschehen? Whitmore hatte gesagt, das Produkt brauche gar nicht fahrlässig hergestellt worden zu sein, sondern es müsse lediglich ein Defekt vorgelegen haben. Sie mussten einen Grund finden, warum die Luke sich einfach geöffnet hatte.

»Das Ding ist gegen Insekten, Wasser und Erschütterungen geschützt«, murmelte er. »Gab es zum Zeitpunkt des Unfalls vielleicht ein Gewitter?«

Archer sah nach. »Nein. Der Himmel war klar.«

Ein Seufzen. »Okay, Mel. Trag unsere kargen Befunde in die Tabelle ein, wenn du so freundlich wärst.«

Der Techniker ging zu einer der Tafeln und machte sich an die Arbeit.

Es klingelte an der Tür, und Rhyme sah auf den Monitor. »Ah, unser Herr Anwalt.«

Kurz darauf betrat Evers Whitmore in kerzengerader Haltung den Raum. Die Knöpfe an seinem makellosen dunkelblauen Anzug waren allesamt sorgfältig geschlossen. In einer Hand trug er seine altertümliche Aktentasche, in der anderen eine Einkaufstüte.

»Mr. Rhyme.«

Er nickte. »Das ist Juliette Archer.«

»Ich bin hier Praktikantin.«

»Sie hilft uns bei dem Fall.«

Whitmore würdigte ihren Rollstuhl keines Blickes und schien sich weder darüber zu wundern, dass die Frau ebenso behindert war wie ihr Mentor, noch sich zu fragen, ob ihr Zustand die Ermittlungen voranbringen oder beeinträchtigen könnte. Er nickte ihr zum Gruß zu und wandte sich dann an Rhyme. »Mrs. Frommer hat mich gebeten, Ihnen das hier zu bringen. Als Dankeschön. Sie hat es selbst gebacken.« Er brachte aus der Einkaufstüte einen in Plastik gewickelten und mit rotem Band verschnürten Laib zum Vorschein und streckte ihn aus, als würde er Beweisstück Nummer eins der Anklage präsentieren. »Sie hat gesagt, es handle sich um Zucchinibrot.«

Rhyme war sich nicht sicher, was er von dem Geschenk halten sollte. Bis vor Kurzem hatte er in erster Linie für das NYPD, das FBI und andere Strafverfolgungsbehörden gearbeitet, von denen keiner zum Dank Backwaren verschickte. »Ja. Äh… Thom. Thom!«

Der Betreuer kam sofort. »Oh, Mr. Whitmore.« Die Abneigung gegen Vornamen schien ansteckend zu sein.

»Mr. Reston. Hier ist ein Laib Brot«, sagte der Anwalt und übergab das Corpus Delicti. »Von Mrs. Frommer.«

»Frier es am besten ein oder so«, sagte Rhyme.

»Zucchinibrot. Das riecht aber gut. Ich werde es gleich mal servieren.«

»Nicht nötig. Wir brauchen keine …«

»Selbstverständlich werde ich.«

»Nein, selbstverständlich wirst du nicht. Wir heben es für später auf.« Rhyme hatte einen guten Grund für seine Verweigerung. Er dachte daran, dass Juliette Archer nur dann etwas von dem Brot essen konnte, wenn Thom sie fütterte, und das wäre ihr peinlich. Sie konnte zwar die Finger ihrer rechten Hand bewegen, aber nicht den Arm. Die Linke mit dem kunstvollen Armband war natürlich an die Lehne des Rollstuhls geschnallt.

Archer schien jedoch genau zu begreifen, was Rhyme dachte, und sich kein Stück darum zu kümmern. »Also, ich würde gern etwas davon probieren«, verkündete sie mit fester Stimme.

Da erkannte Rhyme, dass er gegen eine seiner eigenen Regeln verstoßen und die Frau unnötig in Schutz genommen hatte. »Gut, für mich auch. Und Kaffee. Bitte.«

Thom war sichtlich erstaunt über die Meinungsänderung … und die Höflichkeit.

»Ein Kaffee wäre mir auch sehr recht. Schwarz, bitte.« Das kam von Whitmore. »Sofern es keine Umstände macht.«

»Nicht im Mindesten.«

»Besteht die Aussicht auf einen Cappuccino?«, fragte Archer.

»Das ist sogar eine meiner Spezialitäten. Und für Sie bringe ich einen Tee, Mel.« Der Betreuer verschwand.

Whitmore ging zu der Tafel und nahm sie gemeinsam mit den anderen in Augenschein.

ZIVILKLAGE WG. FAHRLÄSSIGKEIT/SCHMERZENSGELD

- Ort des Zwischenfalls: Einkaufszentrum Heights View, Brooklyn.
- Opfer: Greg Frommer, 44, Angestellter bei Pretty Lady Shoes im Einkaufszentrum.
  - Verkäufer, hat Patterson Systems als Marketingdirektor verlassen. Wir versuchen den Nachweis, dass er wieder einen ähnlichen oder anderen hoch bezahlten Job angenommen hätte.
- Todesursache: Blutverlust als Folge innerer Organverletzungen.
- Klagegrund:
  - Fahrlässigkeit mit Todesfolge/Haftpflichtschaden wegen erlittener Schmerzen.
    - Strikte Produkthaftung.
    - Leichtfertiges Verhalten.
    - Verstoß gegen implizite Garantie.
- Entschädigung: Einkommensverlust, Schmerzensgeld, eventuell Strafschadensersatz. Noch offen.
- Mögliche Beklagte:
  - Midwest Conveyance, Inc. (Hersteller der Rolltreppe).
  - Eigentümer des Grundstücks, auf dem das Einkaufszentrum steht (noch nicht ermittelt).
  - Architekt des Einkaufszentrums (noch nicht ermittelt).
  - Wartungsfirma der Rolltreppe, sofern nicht der Hersteller (noch nicht ermittelt).
  - General- und Subunternehmer bei der Installation der Rolltreppe (noch nicht ermittelt).
  - Reinigungstrupp.
  - Weitere Beklagte?
- Relevante Fakten des Unfalls:
  - Zugangsklappe hat sich spontan etwa 40 Zentimeter weit geöffnet, Opfer ist in Getriebe gefallen.
  - Klappe wiegt 19 Kilo, scharfe Zähne an Vorderkante haben zu Tod/Verletzung beigetragen.

- Klappe mit Feder versehen. Durch Schnappriegel gesichert. Hat sich aus unbekanntem Grund geöffnet.
- Schalter hinter verschlossener Abdeckung. Auf Video schien niemand den Knopf betätigt zu haben.
- Gründe für Fehlfunktion?
    - Schalter oder Servomotor wurde spontan aktiviert. Wodurch?
        - Kurzschluss? Anderes elektrisches Problem?
    - Insekten, Flüssigkeit, mechanischer Kontakt? Unwahrscheinliche Faktoren.
        - Gewitter/Blitz? Unwahrscheinlicher Faktor.
        - Bolzen/Halterung hat versagt.
        - Metallermüdung – möglich, unwahrscheinlich.
        - Mechanischer Kontakt. Unwahrscheinlich.
- Kein Zugang zu Berichten/Unterlagen des Department of Investigation oder der Feuerwehr.
- Derzeit kein Zugang zu defekter Rolltreppe (vom DOI beschlagnahmt).

Archer erklärte Whitmore, sie habe keine vergleichbaren Unfälle gefunden – und zwar bei beliebigen Rolltreppen, nicht nur denen von Midwest Conveyance. Dann schilderte Mel Cooper dem Anwalt detailliert ihre Versuche, die Klappe zur spontanen Öffnung zu bewegen, sei es nun aufgrund einer Außeneinwirkung oder eines Konstruktionsfehlers.

»Hier bei unserem Modell konnten wir jedenfalls keine der Theorien bestätigen«, sagte Rhyme.

»Das sieht nicht sehr vielversprechend aus, muss ich leider feststellen«, erwiderte Whitmore. Seine Stimme klang dabei genauso unaufgeregt, wie sie wohl auch bei durchweg positiven Neuigkeiten geklungen hätte. Rhyme wusste, dass er dennoch beunruhigt war. Der Anwalt kam ihm nicht wie jemand vor, der Rückschläge auf die leichte Schulter nehmen würde.

Rhymes Augen wanderten an dem Gerüst hoch und runter. Er fuhr näher heran, ohne den Blick abzuwenden.

Nur am Rande nahm er wahr, dass Thom mit einem Tablett eintraf: das Brot und die Getränke. Cooper, Archer und Whitmore unterhielten sich. Die monotone Stimme des Anwalts beantwortete eine Frage, die Archer gestellt hatte.

Dann Stille.

»Lincoln?«, fragte Thom.

»Das Ding ist defekt«, flüsterte Rhyme.

»Wie bitte?«, fragte sein Betreuer.

»Es *ist* defekt.«

»Ja, Mr, Rhyme«, warf Whitmore ein. »Das Problem ist nur, wir wissen nicht, *auf welche Weise* die Treppe defekt ist.«

»O doch, das wissen wir.«

* * *

»Sie haben mich ganz schön erschreckt«, herrschte Amelia Sachs ihn an. »Ich hatte mit dem Täter gerechnet.« Sie nahm die Hand vom Griff der Glock.

Die Person, die nach dem Telefonat mit Rhyme so plötzlich hinter ihr aufgetaucht war, war Ron Pulaski und nicht Täter 40 oder irgendein anderer Angreifer.

»Tut mir leid«, sagte der junge Beamte. »Sie haben telefoniert. Ich wollte nicht stören.«

»Nun, nächstes Mal machen Sie gefälligst einen großen Bogen. Oder winken. Oder sonst was… Ist Ihnen hier in den letzten Minuten jemand aufgefallen, der wie unser Verdächtiger ausgesehen hat?«

»Er ist hier?«

»Zumindest ist er Stammkunde im White Castle. Und mich hat offenbar jemand beschattet. Ist Ihnen also etwas aufgefallen?«, wiederholte sie ungehalten.

»Niemand wie er. Nur zwei Kids. Sah wie ein Drogendeal aus. Ich bin auf die beiden zu, aber sie sind abgehauen.«

Auch das könnte die Bewegung aus dem Augenwinkel gewesen sein. Staub. Eine Möwe. Der Austausch von Geldscheinen und Koks.

»Wo haben Sie gesteckt? Ich hab's im Büro und auf Ihrem Mobiltelefon versucht.« Sie fragte sich, weshalb er sich umgezogen hatte und nun Zivilkleidung anstatt der Uniform trug.

Auch er schaute sich um. »Nachdem Sie gegangen waren, habe ich einen Anruf erhalten. Ich musste nach Harlem und mit einem Informanten sprechen. Im Fall Gutiérrez.«

Sie musste kurz überlegen. Enrico Gutiérrez. Gesucht wegen eines Tötungsdelikts – eventuell Mord, wahrscheinlich eher Körperverletzung mit Todesfolge. Das war einer der ersten Fälle gewesen, in denen Pulaski bei der Abteilung für Kapitalverbrechen ermittelt hatte mit einem der anderen Detectives dort. Ein Drogendealer hatte einen anderen Drogendealer getötet, also wurde die Angelegenheit nicht mit allzu viel Nachdruck verfolgt. Sachs vermutete, dass Pulaskis Informant zufällig über etwas gestolpert war. »Dieses alte Ding?«, fragte sie. »Ich dachte, die Staatsanwaltschaft hätte längst aufgegeben, weil es die Mühe nicht wert ist.«

»Wir sollen noch mal nachfassen. Haben Sie nicht das Memo gesehen?«

Sachs schenkte den Memos, die in Police Plaza Nummer eins kursierten, kaum Beachtung. Pressemitteilungen, nutzlose Informationen, neue Verfahrensweisen, die man nächsten Monat sowieso wieder für nichtig erklären würde. Fälle wie den von Gutiérrez wiederzubeleben erschien ihr wenig sinnvoll, aber andererseits hatten darüber nicht die Detectives und Streifenbeamten zu befinden. Und wenn Pulaski bei der Polizei vorankommen wollte, musste er die Weisungen von oben beachten. Und Memos ernst nehmen.

»Okay, Ron. Aber kümmern Sie sich mehr um Täter 40. Falls unser Junge mit Düngerbomben und Giften herumspielt und nicht nur mit Hämmern, sollte unsere Priorität auf *ihm* liegen. Und gehen Sie unbedingt an Ihr verdammtes Telefon.«

»Alles klar. Verstanden. Ich werde Gutiérrez nebenher laufen lassen.«

Sie berichtete ihm, was Charlotte und der Geschäftsführer des White Castle ausgesagt hatten. »Ich habe mir danach die meisten der Geschäfte hier vorgenommen und außerdem die Hälfte der Straßen geschafft, die er zu U-Bahn-Stationen, Bushaltestellen oder Wohngebieten genommen haben könnte.« Sie nannte ihm die exakten Orte und trug ihm auf, jeweils noch ein paar weitere Blocks zu überprüfen. Sie erzählte ihm auch von der Taxifirma, wo der Täter mutmaßlich gesehen worden war. »Bleiben Sie an denen dran. Wir brauchen den Fahrer. Erhalten Sie den Druck aufrecht.«

»Ich kümmere mich darum.«

»Ich muss jetzt meine Mutter zu einem Termin begleiten.«

»Wie geht es ihr?«

»Sie hält sich tapfer. Die Operation ist in einigen Tagen.«

»Grüßen Sie sie herzlich von mir.«

Sie nickte, kehrte dann zu ihrem Torino zurück und ließ den großen Motor an. Zwanzig Minuten später erreichte sie die Straßen ihres Viertels. Die hübsche Wohngegend Carroll Gardens flößte ihr ein Gefühl der Behaglichkeit ein. In ihrer Jugend hatte es hier deutlich ärmlicher ausgesehen. Heutzutage wohnten hier vornehmlich Leute von bescheidenem Wohlstand. Ihr Geld reichte nicht aus, um sich vergleichbare Wohnungen in Manhattan leisten zu können, aber sie wollten sich auch nicht in eine der Vorstädte flüchten. Die Gentrifizierung bereitete Amelia Sachs kein Kopfzerbrechen. Sie verbrachte viel Zeit in den üblen Ecken der Stadt und war froh, dass ihr Daheim in einer gepflegten Enklave lag, wo Blumentöpfe mit Gardenien unbehelligt auf der Straße stehen konnten, Familien auf ihren Fahrrädern durch die Parks fuhren und aus zahlreichen Cafés Wohlgerüche nach draußen drangen (obwohl sie nichts dagegen gehabt hätte, die Hipster nach SoHo und TriBeCa zu verbannen).

Und siehe da: eine legale freie Parklücke. Nur einen Block von ihrem Haus entfernt. Mit ihrer NYPD-Erlaubnis konnte sie praktisch überall parken. Aber sie hatte feststellen müssen, dass das keine gute Idee war. Eines Morgens war sie zu ihrem Wagen zurückgekehrt und hatte das Wort *Polyp* auf die Windschutzscheibe gesprüht vorgefunden. Der Begriff war ziemlich altmodisch, und sie stellte sich den Verursacher als einen unglücklichen, alternden Anti-Vietnamkrieg-Demonstranten vor. Dennoch hatte die Reinigung sie vierhundert Dollar gekostet.

Sachs parkte nun also und ging die von Bäumen gesäumte Straße weiter bis zu ihrem Stadthaus, das ganz nach klassischem Brooklyn aussah: braune Backsteine, dunkelgrün gestrichene Fensterrahmen, vorn ein schmaler grüner Streifen Gras. Sie trat ein, verriegelte die Tür hinter sich, ging in den vorderen Flur und zog ihre Jacke aus. Dann nahm sie das Holster mit der Glock vom Gürtel. Sie mochte Schusswaffen, nicht nur beruflich, sondern auch als Hobby, und hatte viele polizeiinterne und private Wettbewerbe gewonnen, aber zu Hause, im Kreis der Familie, verhielt sie sich diesbezüglich diskret.

Sie legte die Glock in den Wandschrank, auf ein Regalbrett neben ihrer Jacke, und ging dann ins Wohnzimmer. »Hallo.« Sie nickte lächelnd ihrer Mutter zu, die sich soeben von der Person am anderen Ende der Leitung verabschiedete und das schnurlose Telefon hinlegte.

»Liebes.«

Die schmale, ernst dreinblickende Rose Sachs war ein Widerspruch in sich.

Sie war die Frau, die monatelang nicht mit ihrer Tochter gesprochen hatte, als diese die Laufbahn als Mannequin hinwarf, um auf die Polizeiakademie zu gehen.

Sie war die Frau, die sogar noch länger nicht mit ihrem Mann gesprochen hatte, weil sie glaubte, er habe diesen Berufswechsel unterstützt (was er nicht hatte).

Sie war die Frau, deren Launen Vater und Tochter ganze Samstage lang in die Garage vertrieben hatten, wo die zwei dann an einem der Muscle Cars herumschraubten, die sie beide so gern aufmöbelten und fuhren.

Sie war die Frau, die jede Minute für ihren Mann Herman da gewesen war, als er qualvoll an Krebs starb, und die dafür gesorgt hatte, dass es ihrer Tochter nie an etwas mangeln musste. Sie hatte an jedem einzelnen Elternabend teilgenommen, hatte notfalls in zwei Jobs gleichzeitig gearbeitet, hatte ihre eigene Unsicherheit wegen der Beziehung zwischen Rhyme und Amelia überwunden, sich schnell damit abgefunden und ihn dann sogar von ganzem Herzen akzeptiert, Rollstuhl hin oder her.

Die unveränderlichen Anstandsregeln und die Logik, anhand derer Rose ihre Entscheidungen traf, waren oftmals für niemanden nachvollziehbar. Trotzdem konnte man nicht anders, als sie für ihre stählerne Kraft zu bewundern.

Auch in anderer Hinsicht war Rose widersprüchlich. Nämlich was ihre Physis betraf. Einerseits war sie blass, weil das Blut nur zögerlich durch ihre geschädigten Adern strömte, andererseits loderte ihr Blick. Einerseits war sie schwach, andererseits mit einer kraftvollen Umarmung und einem Schraubstock von Händedruck ausgestattet. Sofern sie jemanden mochte.

»Ich hab das ernst gemeint, Amie. Du brauchst mich nicht zu begleiten. Ich bin voll auf der Höhe.«

Doch das war sie nicht. Und heute wirkte sie ganz besonders zerbrechlich, kurzatmig und anscheinend nicht mal in der Lage, ohne Hilfe von der Couch aufzustehen. Ihr Körper hatte sie verraten, so jedenfalls sah Sachs das, denn ihre Mutter war schlank, trank nur selten Alkohol und hatte nie geraucht.

»Kein Problem. Hinterher machen wir einen Abstecher zum Supermarkt. Ich bin heute noch nicht dazu gekommen.«

»Ich glaube, es ist noch was im Kühlschrank.«

»Ich muss sowieso hin.«

Rose sah ihre Tochter auf einmal durchdringend an. »Ist alles in Ordnung?«

Mochte sie auch gesundheitlich angeschlagen sein, ihr wacher Verstand war davon in keiner Weise betroffen.

»Der Fall ist kompliziert.«

»Dein Täter 40?«

»Ja.« Und es wurde nicht gerade einfacher durch die Tatsache, dass ihr Partner ihr den besten Kriminaltechniker der Stadt einfach vor der Nase weggestohlen hatte, verdammt noch mal – und das für einen Zivilfall, der nicht mal annähernd so dringend war wie ihrer. Es stimmte zwar, dass Sandy Frommer und ihrem Sohn nach dem tragischen Unfall und ohne eine Schadensersatzzahlung der zuständigen Firma eine schwere Zukunft drohte. Aber die beiden würden weder sterben noch obdachlos werden, während Täter 40 vielleicht schon seinen nächsten Mord plante. Und ihn noch heute Abend begehen würde. Oder sogar in den nächsten fünf Minuten.

Und was noch ärgerlicher war: Sachs selbst hatte Rhyme dazu gedrängt, der Witwe zu helfen, und seinen charakteristischen, zwanghaften Jagdinstinkt geweckt, der nun unerbittlich den Verantwortlichen für Greg Frommers Tod zur Strecke bringen wollte.

Deine erste Reaktion wird sein, ihn mir abzuschlagen, aber hör mich bitte bis zu Ende an. Okay?…

Sachs inspizierte gerade den Inhalt des Kühlschranks und schrieb sich eine Einkaufsliste, als es an der Tür klingelte. Der erste Ton hoch, der zweite tief.

Sie schaute zu ihrer Mutter, aber die schüttelte den Kopf.

Auch Sachs erwartete niemanden. Sie ging in den vorderen Flur, holte aber nicht ihre Waffe, weil sie annahm, dass die meisten Übeltäter nicht erst klingeln würden. Außerdem bewahrte sie eine zweite Glock, das kleinere Modell 26, in einem alten verbeulten Schuhkarton neben der Eingangstür auf, mit einer Patrone im Lauf und neun dahinter sowie einem zweiten Magazin in Griffweite. Sie nahm nun den Deckel ab und drehte den Karton in die richtige Position.

Dann sah Sachs durch den Türspion. Und erstarrte.

Mein Gott.

Sie hatte wohl unwillkürlich aufgekeucht. Ihr Herz hämmerte wie wild. Ein Blick nach unten. Sie legte den Deckel zurück auf den Karton. Dann stand sie einen Moment lang absolut still und starrte fassungslos in den golden gerahmten Wandspiegel.

Ein tiefer Atemzug, dann noch einer… Okay.

Sie entriegelte und öffnete die Tür.

Vor ihr auf dem kleinen steinernen Treppenabsatz stand ein schlanker Mann in ihrem Alter, dessen hübsches Gesicht lange keine Sonne gesehen hatte. Er trug Jeans, ein schwarzes T-Shirt und eine Denimjacke. Sein Name lautete Nick Carelli, und er und Sachs waren mal ein Paar gewesen. Bevor sie mit Rhyme zusammenkam. Sie hatten sich im Dienst kennengelernt, beide damals Cops, wenngleich in unterschiedlichen Abteilungen. Sie hatten zusammengewohnt und sogar schon von Heirat gesprochen.

Sachs hatte Nick schon seit Jahren nicht mehr gesehen. Sie konnte sich aber noch lebhaft an ihr letztes Zusammentreffen erinnern: in einem Gerichtssaal in Brooklyn. Sie hatten sich dort kurze Blicke zugeworfen, bevor die Gerichtsdiener ihn in Handschellen abführten, um ihn ins Staatsgefängnis zu überstellen, wo er seine Haftstrafe wegen Raubes und Körperverletzung anzutreten hatte.

13

»Das ist eine interessante Überlegung«, sagte Evers Whitmore, klang aber alles andere als überzeugt.

Was nicht heißen musste, dass er nicht doch begeistert war; der Mann war einfach nur so schwer zu durchschauen.

Er bezog sich auf Rhymes Theorie über den Defekt der Rolltreppe: Es sei egal, ob die Klappe sich als Folge von Metallermüdung, schlechter Schmierung, eines Kurzschlusses durch eine neugierige Schabe oder sogar durch den unbeabsichtigten Knopfdruck einer Person geöffnet hatte. Oder durch höhere Gewalt. Der Fehler stecke vielmehr in der Konstruktion – denn sobald die Luke sich aus *irgendeinem* Grund öffnete, hätten Motor und Getriebe sich sofort abschalten müssen. Eine solche automatische Abschaltung hätte Greg Frommer das Leben gerettet.

»Hätte bestimmt nicht viel gekostet«, sagte Juliette Archer.

»Das glaube ich auch«, stimmte Whitmore ihr zu. Dann neigte er den Kopf und sah sich die Rolltreppe in Rhymes Flur genauer an. »Ich habe noch eine andere Theorie. Was wiegt die Zugangsklappe?«

»Neunzehn Kilo«, antworteten Rhyme und Archer wie aus einem Mund.

»Das ist nicht besonders schwer«, stellte der Anwalt fest.

»Die Feder ist aus Bequemlichkeit da, nicht weil sie unbedingt nötig wäre«, folgerte Archer.

Rhyme gefiel auch dieser Ansatz. Zwei mögliche Angriffspunkte für ihre Klage. »Man hätte nie eine Feder einbauen dürfen. Die Arbeiter hätten die Luke entriegeln und mit einem Haken hochziehen oder einfach von Hand aufklappen können. Gut.«

Whitmore erhielt einen Anruf auf seinem Mobiltelefon, hörte eine Weile zu, stellte dann Fragen und machte sich in seiner perfekt ausgerichteten Handschrift Notizen.

Dann trennte er die Verbindung und drehte sich zu Rhyme, Archer und Cooper um. »Ich glaube, wir könnten hier etwas haben. Aber um es vollständig zu begreifen, benötigen Sie ein wenig juristisches Hintergrundwissen.«

Nicht schon wieder …

Rhyme hob dennoch mit gespielter Wissbegierde eine Augenbraue, und der Anwalt setzte zu seinem nächsten Vortrag an.

»Das Rechtssystem in den USA ist ein so kompliziertes Geschöpf wie ein Schnabeltier«, sagte Whitmore, nahm seine Brille von der Nase und reinigte sie erneut. »Teils Säugetier, teils Reptil, teils wer weiß was noch.«

Rhyme seufzte. Whitmore entging dieses Zeichen der Ungeduld; er redete einfach weiter. Letztendlich kam er auf den Punkt: Der Fall Frommer würde im Wesentlichen auf der Basis von Präzedenzfällen entschieden werden, nicht durch die direkte Anwendung von Gesetzen. Das Gericht würde sich an vergleichbaren früheren Entscheidungen orientieren, um Sandy Frommers etwaige Ansprüche gegen Midwest Conveyance zu bewerten.

Bei den nächsten Worten klang Whitmore nahezu enthusiastisch: »Miss Schroeder, meine Mitarbeiterin, hat keine Fälle gefunden, bei denen Rolltreppen wegen des Fehlens einer automatischen Abschaltung als defekt eingestuft wurden. Doch es ist ihr gelungen, mehrere Fälle auszugraben, bei denen es um schwere Industriemaschinen ging – zum Beispiel Druckerpressen und Metallstanzen. Dort wurde eine Haftbarkeit festgestellt, weil die Maschinen weitergelaufen sind, nachdem Zugangsklappen geöffnet wurden. Die Ähnlichkeiten zu unserem Fall sind groß genug, um zu argumentieren, Mr. Frommers Verletzung sei die Folge eines Konstruktionsfehlers.«

»Können wir herausfinden, ob die Rolltreppen anderer Hersteller über eine solche Art von Abschaltung verfügen?«, fragte Archer.

»Gut mitgedacht, Miss Archer. Miss Schroeder hat sich auch darum gekümmert. Ich fürchte aber, das hilft uns nicht weiter, denn Midwest Conveyance scheint die weltweit einzige Rolltreppenfirma zu sein, die ihre Produkte mit einer gefederten, von selbst aufklappenden Luke ausstattet. Miss Schroeder hat jedoch einen *Aufzug*hersteller gefunden, dessen Kabinen über eine vergleichbare Sicherheitseinrichtung verfügen – wenn die Zugangsklappe geöffnet und somit ein Arbeiter im Schacht ist, greifen automatisch die Bremsen, sollte die Kabine sich in Bewegung setzen.«

»Diesen Umstand sollten Sie unbedingt anführen«, riet Archer.

»Werde ich«, versprach Whitmore. »Ich weiß aus Erfahrung, wie man die Geschworenen unterschwellig für den eigenen Mandanten einnimmt. Also noch mal: Ich habe nicht vor, es auf einen Prozess ankommen zu lassen, sondern werde auf die genannten Fälle verweisen, wenn ich wegen eines Vergleichs auf Midwest Conveyance losgehe. Zumindest steht jetzt unsere Theorie. Eine solide Theorie, eine gute. Ich werde die nächsten paar Tage darauf verwenden, den Schriftsatz anzufertigen. Nach Einreichung der Klage werde ich die Herausgabe der relevanten Firmenunterlagen verlangen: Konstruktionspläne, eventuelle frühere Beanstandungen, Sicherheitsberichte. Mit etwas Glück finden wir ein KNA-Memo, mit dem sie sich selbst ins Knie schießen.«

Archer erkundigte sich nach der Abkürzung; offenbar ließen ihre Fernsehserienkenntnisse sie bei diesem Punkt im Stich.

Auch Rhyme hatte keine Ahnung, wofür die drei Buchstaben standen.

»Kosten-Nutzen-Analyse«, erklärte Whitmore. »Falls eine Firma annimmt, dass als Folge ihres fahrlässig konstruierten Produkts zehn Kunden ums Leben kommen werden und daraufhin zehn Millionen Dollar an Schadensersatz gezahlt werden müssen, es andererseits aber *zwanzig* Millionen Dollar kosten würde, das Problem im Vorfeld zu beheben, könnte die Firma beschließen, das Produkt trotzdem unverändert auf den Markt zu bringen. Weil es – rein ökonomisch betrachtet – so insgesamt billiger ist.«

»Firmen stellen allen Ernstes solche Berechnungen an?«, fragte Archer. »Obwohl sie dadurch diese zehn Menschen zum Tode verurteilen?«

»Vielleicht haben Sie schon mal den Namen U.S. Auto gehört. Ist noch gar nicht so lange her. Ein Ingenieur hat in einem internen Memo darauf hingewiesen, dass es bei einem sehr kleinen Prozentsatz von Fahrzeugen aufgrund von Benzinlecks zu katastrophalen Bränden kommen könne. Zur Behebung des Fehlers wäre Summe X notwendig. Die Firmenleitung kam zu dem Schluss, dass es billiger wäre, es auf Prozesse mit den überlebenden Verletzten beziehungsweise den Angehörigen der Todesopfer ankommen zu lassen und gegebenenfalls Schadensersatz zu zahlen. Und so hat sie auch entschieden. Mittlerweile gibt es die Firma nicht mehr. Das Memo kam ans Licht, und U.S. Auto hat das folgende PR-Desaster nicht überlebt. Die Moral der Geschichte lautet natürlich …«

»… die ethisch richtige Entscheidung zu treffen«, warf Archer ein.

»… derartige Entscheidungen niemals schriftlich festzuhalten«, beendete Whitmore seinen Satz.

Rhyme fragte sich, ob das als Scherz gemeint war. Doch der Mann lächelte nicht.

»Ich stelle derzeit Informationen über Mr. Frommers potenziell entgangenes Einkommen zusammen«, fuhr Whitmore fort. »In der Annahme, dass er wieder eine Führungsposition auf dem Niveau seines früheren Jobs angestrebt hätte. Damit wir entsprechend höhere Ausfallforderungen stellen können. Zu diesem Zweck werde ich beeidete Erklärungen seiner Frau und seiner Freunde zu Protokoll geben, ebenso seiner ehemaligen Kollegen. Außerdem Sachverständigenaussagen zu den Schmerzen, die er durchleiden musste. Ich möchte Midwest mit einer vollen Breitseite überrumpeln. Bei einem solchen Fall werden sie meines Erachtens alles Notwendige tun, um eine Gerichtsverhandlung zu vermeiden.«

Sein Telefon summte, und er schaute auf das Display.

»Das ist Miss Schroeder aus meiner Kanzlei. Vielleicht hat sie noch etwas Hilfreiches gefunden.« Er nahm das Gespräch an. »Ja?«

Rhyme fiel sofort auf, dass der Anwalt erstarrte. Vollständig. Weder regte sich sein Kopf, noch verlagerte er das Gewicht. Er blickte lediglich zu Boden. »Sind Sie sicher? Woher haben Sie das? … Ja, die sind glaubwürdig.« Nun endlich war seinem Gesicht eine Gemütsregung anzusehen. Und sie war nicht positiv. Er beendete das Gespräch. »Wir haben ein Problem.« Dann sah er sich im Raum um. »Können wir von hier aus eine Skype-Verbindung aufbauen? Es müsste sofort sein.«

* * *

»Hast du eine Minute?«, fragte Nick Carelli.

Amelia Sachs war noch immer schockiert. Wie seltsam, dass er nach so langer Zeit kaum anders aussieht, dachte sie. Nach all den Jahren im Gefängnis. Nur seine Körperhaltung hatte sich geändert. Mochte er auch ansonsten noch gut in Form sein, er stand gebeugt da.

»Ich ... ich, äh ...«, stammelte sie und hasste sich selbst dafür.

»Ich wollte erst anrufen. Aber dann dachte ich mir, du würdest einfach auflegen.«

Hätte sie? Natürlich. Wahrscheinlich.

»Also hab ich es darauf ankommen lassen, und hier bin ich nun.«

»Bist du ...?«, setzte Sachs an. Und dachte: Beende deine Sätze, verdammt noch mal.

Er lachte. Dieses leise, fröhliche Lachen, das sie so gut kannte. Es rief jede Menge Erinnerungen in ihr wach, war eine direkte Verbindung in ihre Vergangenheit.

»Nein, ich bin nicht ausgebrochen«, sagte Nick. »Entlassen wegen guter Führung. Einen vorbildlichen Häftling haben sie mich genannt. Die Entscheidung der Bewährungskommission war einstimmig.«

Sachs konnte endlich einen klaren Gedanken fassen. Falls sie Nick jetzt abwimmelte, würde er womöglich später wiederkommen. Hör ihn also lieber gleich an, dann hast du es hinter dir.

Sie trat nach draußen und zog die Tür zu. »Ich habe nicht viel Zeit. Ich muss mit meiner Mutter zum Arzt.«

Scheiße. Warum hab ich das gesagt? Wieso gebe ich überhaupt etwas preis?

Er runzelte die Stirn. »Was hat sie denn?«

»Ein paar Herzprobleme.«

»Ist sie ...?«

»Ich habe wirklich kaum Zeit, Nick.«

»Ja, ja, schon klar.« Er musterte sie kurz von Kopf bis Fuß. Sah ihr dann wieder in die Augen. »Ich habe von dir in der Zeitung gelesen. Du hast jetzt einen Partner. Den früheren Leiter der Spurensicherung. Ich hab ihn zweimal getroffen. Eine echte Legende. Ist er wirklich ...?«

»Er ist behindert, ja.« Schweigen.

Nick schien zu spüren, dass er so nicht weiterkam. »Hör mal, ich muss mit dir sprechen. Können wir uns heute Abend oder vielleicht morgen auf einen Kaffee treffen?«

Nein. Ein für alle Mal, endgültig, unwiderruflich, definitiv.

»Erzähl es mir jetzt.«

Wollte er Geld, eine Empfehlung für einen Job? Als verurteilter Verbrecher könnte er nie wieder als Polizist arbeiten.

»Okay, ich mach's kurz, Ame …«

Ihren alten Kosenamen zu hören tat weh.

Er atmete tief durch. »Ich schildere dir einfach den ganzen Sachverhalt. Es geht um meine Verurteilung. Die Raubüberfälle, die Körperverletzung. Du kennst alle Einzelheiten.«

Natürlich wusste sie Bescheid. Es handelte sich um schwere Straftaten. Nick hatte hinter einer Reihe von Überfällen auf Waren- und Medikamententransporte gesteckt. Bei dem letzten dieser Überfälle, bevor man ihn erwischt hatte, hatte er mit seiner Pistole einen Fahrer niedergeschlagen. Der russische Einwanderer, Vater von vier Kindern, hatte eine Woche im Krankenhaus gelegen.

Nick beugte sich nun vor und sah sie durchdringend an. »Ich bin das nicht gewesen, Ame«, flüsterte er. »Ich habe keine einzige der Taten begangen, für die ich verhaftet wurde.«

Sachs wurde rot, und ihr Herzschlag beschleunigte sich. Sie warf einen Blick durch das schmale, mit einem Vorhang versehene Fenster neben der Tür. Keine Spur von ihrer Mutter. Sie hatte sich auf diese Weise auch einige Sekunden Zeit verschaffen wollen, um das soeben Gehörte zu verarbeiten. Dann drehte sie sich wieder um. »Nick, ich weiß nicht, was du von mir erwartest. Wieso kommst du jetzt damit raus? Und was willst du hier?«

Derweil schlug ihr Herz immer noch wie wild, als wären es die Schwingen eines kleinen Vogels, den man mit beiden Händen umschlossen hielt. Konnte es wahr sein?, dachte sie.

»Ich brauche deine Hilfe. Niemand auf der ganzen Welt würde etwas für mich tun, nur du, Ame.«

»Nenn mich nicht so. Das ist vorbei. Es hat nichts mehr mit heute zu tun.«

»Verzeih. Ich mach schnell, ich erklär's dir.« Er atmete tief ein und sagte dann langsam: »*Donnie* hat diese Überfälle begangen. Nicht ich.«

Nicks jüngerer Bruder.

Das kam für Sachs völlig überraschend. Der Stille der beiden Brüder, der Kleine, sollte ein gefährlicher Krimineller sein? Ihr fiel ein, dass der Täter eine Skimaske getragen hatte und von dem Lastwagenfahrer nie identifiziert worden war.

»Er hatte so seine Probleme«, fuhr Nick fort. »Das weißt du bestimmt noch.«

»Drogen und Alkohol, das habe ich nicht vergessen.« Die beiden Brüder waren total verschieden, sahen sich nicht mal ähnlich. Donnie war ihr damals von seiner ganzen Art her fast wie eine Ratte vorgekommen, dachte Sachs nun und schämte sich für diesen unwillkürlichen Vergleich. Nick sah nicht nur besser aus, er verströmte auch Selbstvertrauen, Donnie hingegen Unsicherheit und Beklemmung – verbunden mit dem Drang, beides zu betäuben. Beim gemeinsamen Abendessen hatte Sachs oft versucht, ein Gespräch mit ihm anzufangen, hatte Witze erzählt und sich nach seinen Fortbildungskursen erkundigt, aber er hatte meistens schüchtern und ausweichend reagiert. Manchmal auch feindselig. Argwöhnisch. Amelia hatte damals geglaubt, er würde seinen älteren Bruder beneiden, weil dessen Freundin ein ehemaliges Mannequin war. Sie wusste auch noch, wie er oft auf dem Klo verschwand und dann gelöst und redselig wieder zurückkam.

»Der Abend, an dem das alles passiert ist, dieser Überfall…«, sprach Nick weiter. »Weißt du noch, du hattest Nachtschicht.«

Sie nickte. Als ob sie das jemals vergessen könnte.

»Ich bekam einen Anruf von Mom. Sie glaubte, Donnie hätte wieder mit den Drogen angefangen. Ich habe herumgefragt und gehört, er wolle sich mit jemandem in der Nähe der Third Street Bridge treffen. Um irgendein Ding zu drehen.«

Die mehr als hundert Jahre alte Brücke überspannte den Gowanus, einen schlammigen Kanal in Brooklyn.

»Ich wusste gleich, dass etwas Schlimmes geschehen würde, falls es nicht schon zu spät war. In dem Viertel? Keine Frage. Ich hab mich sofort auf den Weg gemacht. Donnie hab ich nicht gefunden, aber gleich um die Ecke stand der Laster, der Sattelschlepper. Die Türen waren offen, und der Fahrer lag am Boden. Er blutete aus den Ohren, und der Laderaum war leer. Ich habe von einem Münzfernsprecher aus den Notruf gewählt und den Überfall anonym gemeldet. Dann bin ich direkt zu Donnies Wohnung gefahren. Er war da, völlig high. Und er war nicht allein.« Er sah ihr nun mit wütendem Blick in die Augen. Sie musste nach unten schauen. »Erinnerst du dich noch an Delgado? Vinnie Delgado?«

Verschwommen. Ein Gangster in Brooklyn. Oder Bay Ridge. Nicht wirklich etabliert und schon gar keine große Nummer. Ein kleiner Dreckskerl, der sich aufführte wie der Pate persönlich, obwohl er seine krummen Geschäfte von einem schäbigen Tabak- und Zeitschriftenladen aus betrieb. Und er lebte schon lange nicht mehr, glaubte sie – er war einer größeren Bande in die Quere gekommen, und die hatte ihn exekutiert.

»Er hat Donnie dazu gebracht, für ihn zu arbeiten. Delgado und seinen Leuten dabei zu helfen, Transporte zu überfallen und die Beute bei den Hehlern und Mittelsmännern abzuladen. Und im Gegenzug sollte Donnie so viele Pillen und Koks bekommen, wie er nur wollte.«

Sachs dachte angestrengt nach. Dann wurde ihr bewusst, was sie gerade tat. Stopp, ermahnte sie sich. Wahrheit oder nicht, es war nicht ihre Sache.

»Delgado und sein Gorilla haben mir erzählt, es gäbe ein Problem. Anscheinend war eine der fünf Familien nicht glücklich über Delgados Raubzüge, vor allem nicht über den letzten, weil sie selbst ein Auge auf den Laster geworfen hatte. Weißt du noch, es war eine riesige Ladung verschreibungspflichtiger Medikamente. Delgado sagte, jemand müsse den Kopf hinhalten. Er ließ mich wählen: entweder Donnie, den er dann würde umlegen müssen, weil mein kleiner Bruder im Knast niemals dichtgehalten hätte. Oder… ich. Jemand, der die Zeit absitzen könnte, ohne den Mund aufzumachen.« Er zuckte die Achseln. »Tolle Wahl, was?«

»Warum hast du dich nicht an die OCT gewandt?«

Er lachte. Die Organized Crime Task Force des NYPD war gut – aber sie war auf große Fälle und hochrangige Mafiosi spezialisiert. Donnie Carellis Leben hätte sie vermutlich nicht retten können.

»Was hat Donnie dazu gesagt?«

»Als er wieder nüchtern war, hab ich mit ihm geredet und ihm erzählt, was Delgado gesagt hatte. Er fing an zu heulen, bekam einen Nervenzusammenbruch. Genau wie erwartet. Er war verzweifelt und hat mich angefleht, ihn zu retten. Ich sagte, ich würde es für ihn und Mom tun. Doch das sei seine letzte Chance. Er müsse clean werden.«

»Was hast du dann gemacht?«

»Ich habe einen Teil der Beute, den Donnie behalten hatte, in mein Auto geworfen, dazu etwas Geld. Dann habe ich Donnies Pistole, mit der er den Fahrer niedergeschlagen hatte, sorgfältig abgewischt und mit meinen eigenen Fingerabdrücken versehen. Zuletzt habe ich einen weiteren anonymen Anruf getätigt und behauptet, mein Nummernschild sei am Tatort gesehen worden. Am nächsten Tag wurde ich auf dem Revier verhaftet. Ich habe alles gestanden, und das war's.«

»Du hast alles aufgegeben, dein ganzes Leben? All die Jahre bei der Polizei? Einfach so?«

»Er war mein Bruder!«, flüsterte Nick barsch. »Ich hatte keine andere Wahl.« Dann wurden seine Züge weicher. »Weißt du noch, worüber wir damals gesprochen haben? Dass ich Zweifel wegen meiner Berufswahl hatte?«

Sie nickte. Die Polizeiarbeit lag ihm nicht im Blut. Im Gegensatz zu ihr selbst oder ihrem Vater … oder Lincoln Rhyme. Nick machte nur vorläufig weiter, bis sich ihm eine bessere Gelegenheit bieten würde – ein Geschäft oder ein Restaurant. Ein Restaurant hatte er schon immer gewollt.

»Ich war nicht zum Cop bestimmt. Früher oder später hätte ich sowieso aufgehört. Ich konnte die Strafe absitzen und damit leben.«

Sie dachte an damals zurück. »Und Donnie *ist* clean geworden, richtig?«

Nach Nicks Verurteilung war Sachs mit seiner Familie in Verbindung geblieben, wenn auch nicht mit ihm. Sie hatte an Harriet Carellis Beisetzung teilgenommen, und Donnie war dort und bei jedem anderen Zusammentreffen tatsächlich nüchtern gewesen. Nachdem sie Lincoln Rhyme kennengelernt hatte, war der Kontakt zu dem jüngeren Bruder jedoch eingeschlafen.

»Ja, ist er. Für eine Weile. Aber er hat nicht durchgehalten. Soweit ich weiß, hat er zwar nicht mehr für Delgado gearbeitet, aber er hat wieder mit Kokain angefangen, dann mit Heroin. Vor einem Jahr ist er gestorben.«

»O nein. Das tut mir leid. Ich wusste nichts davon.«

»Eine Überdosis. Er konnte die Sucht ziemlich gut verbergen. Man hat ihn in einem Hotel in East Harlem gefunden. Nachdem er schon drei Tage dort gelegen hatte.« Nicks Stimme stockte.

»Ich habe im Knast viel nachgedacht, Amelia. Ich war überzeugt, ich hätte das Richtige getan, und das bin ich immer noch. Ich habe Donnie zumindest ein paar weitere Jahre verschafft. Doch ich habe auch beschlossen, möglichst meine Unschuld zu beweisen. Es geht mir nicht um einen nachträglichen Straferlass oder so. Ich möchte nur ehrlich sagen können, dass ich es nicht gewesen bin. Donnie ist tot, Mom auch. Ich habe keine Angehörigen mehr, die enttäuscht sein könnten, wenn sie die Wahrheit erfahren. Delgado wurde vor Jahren umgelegt, seine Gang existiert nicht mehr. Und ich möchte, dass auch du weißt, dass ich unschuldig bin.«

Sie wusste, was nun kommen würde.

»In der Fallakte gibt es Beweise, die mich entlasten werden«, fuhr er fort. »Kontakte, Notizen der Ermittler, Adressen, all so was. Und es gibt dort draußen auch immer noch Leute, die wissen, dass ich es nicht gewesen bin.«

»Du willst die Akte.«

»Ja, genau.«

»Nick …«

Er berührte ihren Arm, schnell und nur ganz leicht. Dann zog er die Hand zurück. »Du hast jedes Recht, wieder ins Haus zu gehen und die Tür zu schließen. Und mich nie mehr sehen zu wollen. Nach allem, was ich getan habe.«

Damit war nicht nur die Straftat gemeint. Nick hatte außerdem vom Moment seiner Festnahme an jeglichen Kontakt zu ihr abgebrochen. Ja, er hatte es getan, um sie zu schützen, denn durch sein Geständnis galt er fortan als korrupter Cop. Und so jemand färbt auf alle in seiner Nähe ab. Sie, der ehrgeizige aufgehende Stern am Karrierehimmel des NYPD, hätte durch eine weitere Verbindung Schaden nehmen können.

Und nun?, fragte sie sich. Soll ich mich umdrehen und ihm die Tür vor der Nase zumachen?

»Ich muss darüber nachdenken«, sagte sie.

»Das ist alles, worum ich dich bitte.«

Sie wappnete sich für den Fall, dass er versuchen würde, sie zu umarmen oder gar zu küssen, aber Nick reichte ihr lediglich die Hand, als wären sie Geschäftspartner, die sich soeben auf einen Grundstücksverkauf geeinigt hatten. »Richte Rose meine besten Wünsche aus… falls du ihr erzählen möchtest, dass ich das war, der geklingelt hat.«

Er drehte sich um und ging weg.

Sie schaute ihm hinterher. Nach einem halben Block blickte er kurz zu ihr zurück, und auf seinem Gesicht lag dieses jungenhafte Lächeln, an das sie sich von damals noch so gut erinnern konnte. Er nickte, und dann verschwand er außer Sicht.

14

Evers Whitmore nahm vor einem von Rhymes Computern Platz und rief Skype auf.

Er gab den Namen eines anderen Benutzers ein, woraufhin die charakteristische Anwählmelodie erklang. Rhyme fuhr näher heran, damit sie beide von der Kamera erfasst wurden, deren Bild in der unteren rechten Ecke des Monitors zu sehen war.

»Juliette?«, fragte Rhyme. »Wollen Sie auch herkommen?« Sie befand sich nicht im Blickfeld der Webcam.

»Nein«, sagte sie. Und blieb, wo sie war.

Kurz darauf öffnete sich auf dem Bildschirm ein Fenster. Ein Mann mit schütterem Haar, der die Ärmel seines weißen Hemdes hochgekrempelt hatte, sah auf einige Papiere, die vor ihm lagen. Links und rechts auf seinem Schreibtisch waren stapelweise Dokumente zu erkennen.

Er hob den Kopf. »Sie sind Evers Whitmore?«

»Ganz recht. Und Sie Kollege Holbrook?«

»Ja.«

»Lassen Sie mich zunächst darauf hinweisen, dass hier neben mir Lincoln Rhyme sitzt, und zu meiner Rechten, wenngleich nicht sichtbar, Juliette Archer. Die beiden sind beratend für mich tätig.«

Cooper und Thom waren nicht anwesend. Whitmore hatte das für besser gehalten – ein NYPD-Detective und ein Zivilist ohne Verbindung zu dem Fall hätten sich störend auf diese Unterredung auswirken können.

»Ich berufe mich daher auf das erweiterte Anwaltsgeheimnis. Sind wir uns einig darüber, dass es sich auch auf diese beiden Personen erstreckt?«

Holbrook schaute zur Seite und reichte ein Dokument an jemanden weiter, von dem nur leuchtend rote Fingernägel sichtbar wurden. Dann sah er wieder in die Kamera. »Verzeihung. Was war das?«

Whitmore wiederholte seine Bitte.

»Ja, sicher«, sagte Holbrook und klang dabei ziemlich gelassen. Obwohl er der oberste Justiziar von Midwest Conveyance war, dem Hersteller der tödlichen Rolltreppe, wirkte der Mann weder defensiv noch angriffslustig. Eher desinteressiert. Und Rhyme wusste auch, warum.

Holbrooks Aufmerksamkeit richtete sich abermals auf die Kamera. »Es war mir klar, dass jemand sich im Namen Greg Frommers und seiner Familie melden würde. Sind Sie der bevollmächtigte Rechtsvertreter?«

»Der bin ich.«

»Ich habe schon von Ihnen gehört«, sagte Holbrook. »Sie haben sich einen Namen gemacht. Trans Europe Airlines, B and H Pharmaceuticals. Sie haben diese Firmen in die Knie gezwungen.«

Whitmore reagierte nicht darauf. »Nun, Kollege Holbrook …«

»Damien reicht völlig.«

Viel Glück dabei, dachte Rhyme.

»Ja«, sagte Whitmore. »Sie wissen, warum ich Sie sprechen wollte?«

»Die Pressekonferenz war vor einer halben Stunde. Ich bin davon ausgegangen, dass der Anwalt der Familie Frommer das mitbekommen und sich daraufhin bei mir melden würde.« Holbrook wandte sich an jemand außerhalb des Bildes. »Ich komme gleich. In ein paar Minuten. Bieten Sie ihnen einen

Kaffee an.« Dann zurück zur Kamera. »Haben Sie eine Theorie hinsichtlich eines Defekts?«

»In der Tat.«

»Ein Konstruktionsfehler, weil der Motor sich nicht automatisch abgeschaltet hat, als die Klappe aufsprang?«, fragte Holbrook.

Whitmore warf Rhyme einen kurzen Blick zu. »Ich möchte mich zu unserer Theorie derzeit nicht äußern.«

»Ha, guter Scherz. Ich lege noch einen drauf. Die gefederte Luke.« Der Anwalt kicherte sogar. »Die wurde von unserer Konstruktionsabteilung hinzugefügt, weil es in unserer Branche immer mal wieder Schadensersatzforderungen von Wartungstechnikern gibt, die sich beim Anheben der Klappe angeblich den Rücken verrenkt haben. Wahrscheinlich stimmt kein Wort davon … Aber wir haben zur Sicherheit trotzdem eine Feder eingebaut. Und Sie werden vermutlich herausfinden, dass unser Sicherheitsteam nach dem Unfall jede einzelne unserer Rolltreppen mit vergleichbarer Zugangsklappe aufgesucht und die Federn ausgebaut hat – noch vor der durch die Stadt angeordneten Inspektion. Ich weiß, Sir, dieser Fall dürfte Ihnen wie ein Geschenk des Himmels vorkommen. Sie hätten geltend machen können, dass unser Verhalten nach dem Unfall das Eingeständnis eines Defekts impliziere. Unter anderen Umständen hätten wir einen dicken Scheck ausgestellt. Mrs. Frommer befindet sich zurzeit in einer schwierigen Lage, da bin ich sicher. Und sie hat mein volles Mitgefühl. Aber, na ja, Sie haben die Neuigkeiten ja gehört. Tut mir leid.«

»Meine Mitarbeiterin hatte noch keine Gelegenheit, die Konkursanmeldung bei Gericht einzusehen.«

»Nach Abschnitt sieben. Vollständige Liquidation. Wir stecken schon seit einer ganzen Weile in Schwierigkeiten. Hauptsächlich wegen der Konkurrenz aus China und Deutschland. Das ist nun mal der Lauf der Dinge. Zugegeben, der Unfall des Ehemanns Ihrer Mandantin hat unsere Entscheidung beschleunigt. Aber nächsten oder übernächsten Monat wäre es ohnehin so weit gewesen.«

»Durch den Konkursantrag erhält Midwest automatisch einen Vollstreckungsaufschub«, erklärte Whitmore für Archer und Rhyme. »Das heißt, wir können sie nicht verklagen, solange wir nicht eine gerichtliche Aufhebung des Aufschubs erreichen.« Er sah wieder Holbrook an. »Ich hoffe, Sie sind so freundlich, mir mit einigen Informationen zu dienen.«

Holbrook zuckte die Achseln. »Warum sollte ich mauern? Was wollen Sie wissen?«

»Bei wem sind Sie versichert?«

»Sorry, bei niemandem. Wir sind eigenversichert.«

Machte sich da auf Whitmores Miene ein Hauch von Bestürzung breit? Rhyme war sich nicht sicher.

»Und Sie dürfen mir glauben, es existiert kein Betriebsvermögen mehr«, fuhr der Justiziar fort. »Wir haben so ungefähr eine Million Dollar Außenstände, dazu Sachanlagen im Wert von vierzig Millionen. Keinerlei liquide Mittel, keinerlei Wertpapiere. Dem stehen Verbindlichkeiten in Höhe von neunhundert Millionen Dollar gegenüber, die meisten davon abgesichert. Auch falls es Ihnen gelingen sollte, den Vollstreckungsaufschub aufheben zu lassen, und der Richter Ihnen die Einreichung der Klage gestattet *und* Sie gewinnen – wogegen, wie Sie sicherlich wissen, der Konkursverwalter mit allen Mitteln angehen wird –, dürften Sie mit der erzielten Summe am Ende nicht mal Ihre Fotokopierkosten decken können. Und das alles würde von jetzt an mindestens zwei oder drei Jahre dauern.«

»Von wem wurde denn die Wartung der Rolltreppe durchgeführt?«, fragte Whitmore.

»Leider – wenn man es von Ihrer Warte aus betrachtet – von uns. Von unserer Ersatzteil- und Serviceabteilung. Es gibt also auch keine externe Wartungsfirma, gegen die Sie vorgehen könnten.«

»Hat das Einkaufszentrum überhaupt keine Arbeiten an der Rolltreppe durchgeführt?«

»Nein, abgesehen von der Reinigung von außen. Und was die Subunternehmer betrifft, die die Treppen eingebaut haben, so wurde danach jede einzelne von unserem Sicherheitsteam sorgfältig geprüft und freigegeben. Es waren letztlich immer wir verantwortlich … Wissen Sie, Sir, es tut mir für Ihre Mandantin wirklich aufrichtig leid. Aber es gibt hier nichts für Sie zu holen. Wir sind erledigt. Ich habe mein ganzes Leben lang für Midwest Conveyance gearbeitet, war sogar einer der Firmengründer. Und ich bin bis zum Ende an Bord geblieben. Nun bin ich pleite.«

Aber nicht tot, und deine Familie auch nicht, dachte Rhyme. »Was glauben Sie, warum hat diese Zugangsluke sich geöffnet?«, fragte er.

Der Anwalt zuckte die Achseln. »Stellen Sie sich zehntausend Radachsen für Autos vor. Warum laufen alle tadellos, nur die eine nicht, die bei hundertdreißig Kilometern pro Stunde plötzlich bricht? Wieso sind zwanzig Tonnen Salat völlig harmlos, aber ein paar Köpfe vom selben Feld mit Kolibakterien kontaminiert? Und bei unserer Rolltreppe? Wer weiß? Höchstwahrscheinlich war es etwas Mechanisches an der Verriegelung. Vielleicht war die Halterung mit einer Schraube aus China befestigt, bestehend aus minderwertigem Stahl. Vielleicht entsprach der Bolzen nicht den Toleranzwerten, ist aber durch die Qualitätskontrolle gerutscht, weil der zuständige Roboter einen Softwarefehler hatte. Es könnte tausend mögliche Gründe geben. Die Welt ist nun mal nicht perfekt. Wissen Sie, manchmal bin ich regelrecht erstaunt, dass all die Dinge, die wir kaufen und benutzen und denen wir uns blindlings anvertrauen, so gut funktionieren, wie sie es tun.« Ein mattes

Lächeln. »Unsere externen Rechtsberater sind eingetroffen, und ich muss mich jetzt mit ihnen zusammensetzen. Es ist kein Trost, Sir, aber hier bei uns werden viele Leute schlaflose Nächte wegen Greg Frommer haben.«

Das Skype-Fenster wurde dunkel.

»Hat er uns Märchen erzählt?«, fragte Archer.

»Nein, das war eine akkurate Darstellung der Rechtslage.«

»Und wir können nichts tun?«

Der Anwalt machte sich in seiner mikroskopisch kleinen Handschrift Notizen, durchweg in Druckbuchstaben, wie Rhyme sah. »Ich werde die Anträge und Gerichtsunterlagen prüfen, aber da diese Informationen öffentlich zugänglich sind, dürfte er uns deswegen kaum angelogen haben. Bei einem Konkursverfahren hebt das Gericht bisweilen den Vollstreckungsaufschub auf, falls es eine externe Versicherungsgesellschaft gibt, die eine Schadensersatzforderung wie die unsere begleichen könnte. Bei einer Eigenversicherung besteht jedoch keine Chance. Die Firma ist vor Klagen vollständig geschützt.«

»Er hat angedeutet, wir könnten es mit anderen Beklagten versuchen«, sagte Archer.

»Na ja, er hat eher darauf hingewiesen, dass wir auch dort kaum eine Chance hätten«, widersprach Rhyme.

»Ich gebe noch nicht auf«, sagte Whitmore, »aber Mr. Holbrook hätte sehr davon profitieren können, die Schuld auf jemand anders abzuwälzen, und sei es nur, um den Ruf seiner Firma zu retten. Er hat aber keine diesbezügliche Möglichkeit gesehen und ich auch nicht. Das hier ist ein klassischer Fall von Produkthaftung, und wir können ihn nicht geltend machen. Ich werde Mrs. Frommer aufsuchen und ihr die Nachricht persönlich überbringen.« Der Anwalt stand auf. Schloss beide Knöpfe seines Jacketts. »Mr. Rhyme, bitte stellen Sie mir Ihre Stunden in Rechnung. Ich werde sie aus eigener Tasche begleichen. Haben Sie beide vielen Dank für Ihre Zeit und Mühe. Es wäre eine produktive Erfahrung geworden.«

* * *

Sachs, hör mal. Ich ziehe mich aus dem Geschäft zurück. Jedenfalls was Kriminalfälle anbelangt.

Nachdem sie ihre Mutter im Anschluss an den Arzttermin wieder bei sich zu Hause abgesetzt hatte, war Sachs nach Manhattan gefahren und saß an der Police Plaza Nummer eins nun allein in ihrem Konferenzraum. Sie wollte die Spuren im Fall Täter 40 neu bewerten und die inzwischen zuständige Technikerin der Spurensicherung (eine ältere Frau, die *nicht* so gut war wie Mel Cooper) dazu drängen, die benötigten Analysen abzuschließen: die Untersuchung der White-Castle-Servietten, welche Fingerabdrücke des Täters und zusätzliche DNS aufweisen konnten, sowie die Identifizierung des Sägemehls und des Lacks.

Jedenfalls hatte Sachs das vorgehabt.

Tatsächlich aber starrte sie aus dem Fenster und dachte an Rhymes Worte von vor einem Monat zurück.

Ich ziehe mich aus dem Geschäft zurück …

Sie hatte Einwände erhoben, hatte versucht, seinen eisernen Entschluss ins Wanken zu bringen. Doch er war unnachgiebig geblieben und hatte ihre Argumente einfach ignoriert, was sie rasend machte.

»Alles hat irgendwann ein Ende«, hatte ihr Vater an einem kalten, sonnigen Samstagnachmittag zu ihr gesagt, als sie beim Einbau des Austauschvergasers in ihren Camaro eine kurze Pause einlegten. »So läuft es nun mal in dieser Welt, und man findet sich besser damit ab. Bewahrt sich seine Würde und erniedrigt sich nicht.« Herman Sachs war zu der Zeit vom Dienst beim NYPD freigestellt und unterzog sich einer Reihe von Krebsbehandlungen. Sachs akzeptierte nahezu alles, was ihr ruhiger, kluger und humorvoller Vater ihr je beigebracht und zu ihr gesagt hatte, aber bei diesen beiden Punkten – dem Ende und der Akzeptanz – verweigerte sie sich vehement. Trotz der Tatsache, dass Herman Sachs die Bestätigung für zumindest den ersten Satz selbst lieferte, indem er sechs Wochen danach starb.

Vergiss es. Vergiss Lincoln. Du hast jede Menge Arbeit.

Sie wandte sich den Beweistabellen zu.

TATORT: CLINTON PLACE 151, MANHATTAN,
BAUSTELLE NEBEN 40° NORD (NACHTKLUB)

- Straftaten: Mord, Überfall.
- Opfer: Todd Williams, 29, Autor, Blogger, Gesellschaftsthemen.
- Todesursache: Trauma durch stumpfe Gewalt, vermutlich Kugelhammer (Marke unbekannt).
- Motiv: Raub.
    - Kredit- und Kundenkarten wurden noch nicht benutzt.
- Spuren:
    - Keine Fingerabdrücke.
    - Grashalm.
    - Partikel:
        - Phenol.
        - Motoröl.
    - Profil des Verdächtigen (Täter 40):
    - Hat kariertes Sakko getragen (grün), dazu Baseballmütze der Braves.
    - Männlich, Weißer.
    - Groß (1,88 bis 1,93 Meter).
    - Sehr schlank (63 bis 68 Kilo).
    - Lange Füße und Finger.
    - Gesicht unbekannt.

TATORT: EINKAUFSZENTRUM HEIGHTS VIEW, BROOKLYN

- Relevanz für den Fall: Beabsichtigte Festnahme des Verdächtigen (fehlgeschlagen).
- Zusätze zum Profil des Verdächtigen:
  - Eventuell Schreiner oder anderer Handwerker?
  - Isst große Portionen.
  - Hat Vorliebe für White-Castle-Restaurant.
  - Wohnt in oder hat anderweitige Verbindung zu Queens?
  - Erhöhter Stoffwechsel?
- Spuren:
  - DNS, kein CODIS-Treffer.
  - Partieller Fingerabdruck; unzureichend für Identifizierung.
  - Schuhabdruck, wahrscheinlich des Verdächtigen, Größe 13, Reebok Daily Cushion 2.0.
  - Erdprobe, wahrscheinlich vom Verdächtigen; enthält kristalline Aluminosilikat-Tonteilchen: Montmorillonit, Illit, Vermiculit, Chlorit, Kaolinit. Außerdem organische Kolloide. Substanz ist vermutlich Humus. Hat seinen Ursprung nicht in diesem Teil von Brooklyn.
  - Dinitroanilin (Bestandteil von Farbstoffen, Pestiziden, Sprengstoffen).
  - Ammoniumnitrat (Dünger, Sprengstoff).
    - Mit Motoröl wie am Tatort Clinton Place: Hinweis auf Bombenbau?
  - Wieder Phenol (Zwischenprodukt bei der Herstellung von Kunststoffen wie Polycarbonaten, Harzen und Nylon, Aspirin, Einbalsamierungsflüssigkeit, Kosmetika, Heilmitteln für eingewachsene Zehnägel; Verdächtiger hat große Füße – und Probleme mit den Nägeln?).
  - Talkum, Paraffinum Liquidum, Zinkstearat, Stearinsäure, Lanolin, Cetylalkohol, Triethanolamin, PEG-12 Laurate, Testbenzin, Methylparaben, Propylparaben, Titandioxid.
    - Make-up? Marke unbekannt. Analyse steht noch aus.
- Metallspan, mikroskopisch klein, Stahl, vermutlich vom Schärfen eines Messers.
  - Sägemehl. Holzart noch unbestimmt. Vom Schmirgeln, nicht vom Sägen.

- Chlorkohlenwasserstoffe und Benzoesäure. Giftig (Insektizide, Gifte als Waffen?).
- Aceton, Ether, Cyclohexan, Naturkautschuk, Zellulose (vermutlich Lack).
  - Hersteller noch unbestimmt.
- Servietten aus White-Castle-Filiale, wahrscheinlich vom Verdächtigen. Zur erneuten Untersuchung eingereicht.
  - Flecke deuten auf mehrere Getränke des Verdächtigen hin.

TATORT: WHITE-CASTLE-RESTAURANT,
ASTORIA BOULEVARD, ASTORIA, QUEENS

- Relevanz für den Fall: Verdächtiger isst hier regelmäßig.
- Zusätze zum Profil des Verdächtigen:
  - Isst 10–15 Sandwiches auf einmal.
  - Hat bei mindestens einer Gelegenheit vor seinem Besuch Einkäufe getätigt. Weiße Plastiktüte, schwerer Inhalt. Aus Metall?
  - Ging nach Norden und hat Straße überquert (in Richtung Bus/U-Bahn?). Keine Hinweise auf eigenes Fahrzeug.
  - Zeugen konnten Gesicht nicht gut erkennen, aber vermutlich kein Bart.
  - Weiß, blass, eventuell schütteres Haar oder Bürstenfrisur.
- Hat am Astoria Boulevard ein Taxi genommen, ungefähr am Tag von Williams' Ermordung.
  - Erwarten Nachricht vom Geschäftsführer der Taxifirma.

Sachs und Pulaski hatten aus den Funden gefolgert, Täter 40 könne ein Handwerker sein. Aber schleppten Handwerker spätabends ihr Werkzeug mit sich herum, vor allem ein so seltenes wie den Kugelhammer, mit dem Todd Williams erschlagen wurde? Und falls dieses Werkzeug nichts mit dem Beruf des Täters zu tun hatte, hatte er es offenbar mit Absicht gewählt und eingesteckt, um sich ein Opfer zu suchen. Doch warum? Was, zum Teufel, hast du vor, Mr. Vierzig? Wie viel Geld konnte Todd Williams schon bei sich gehabt haben, um einen Mord zu rechtfertigen? Du hast keine seiner Kredit- oder Kundenkarten benutzt und sie auch nicht verkauft, sonst wären sie inzwischen aufgetaucht. Gestohlenes Plastikgeld hat ein überaus knappes Verfallsdatum. Du hast nicht versucht, sein Bankkonto leer zu räumen. Williams war heterosexuell gewesen, jedenfalls hauptsächlich, denn laut seinem Umfeld hatte es ein paar schwule Eskapaden gegeben. Ungefähr drei Blocks von der Baustelle entfernt, auf der er getötet wurde, lag ein Klub für Freunde der härteren Gangart. Die gründliche Befragung des Personals und der Gäste hatte jedoch keinerlei Hinweise darauf erbracht, dass Williams jemals dort gewesen wäre.

Gab es andere Gründe, aus denen der Täter ihn umbringen wollte?

Williams hatte ursprünglich als Programmierer gearbeitet und später als Blogger über gesellschaftliche Themen geschrieben, aber Sachs war darunter nichts Kontroverses aufgefallen. Neben Umweltfragen widmete er sich oft dem Schutz der Privatsphäre. Nichts, was andere Leute gegen ihn aufbringen würde. Und im Hinblick auf die Bomben- und Gifttheorien – und somit eventuelle Terroranschläge –, war die Beweislage mehr als dürftig. Amelias Bauchgefühl tippte auf eine Sackgasse.

Vielleicht war das Motiv für den Mord genau jener Klassiker, der Ermittlern am wenigsten weiterhalf: Williams war Zeuge eines anderen Verbrechens geworden, und der dürre Täter – womöglich ein Profikiller, womöglich ein Einbrecher – hatte es bemerkt und ihn sich vom Hals geschafft. Und dennoch … und dennoch …

Komm schon, Rhyme …

Sie brauchte jemanden zum Ideenaustausch. Aber das kannst nicht mehr du sein, oder?

Ich ziehe mich aus dem Geschäft zurück …

Und was war mit Ron Pulaski los? Sein Verhalten in letzter Zeit war mehr als seltsam. Er hatte nicht nur die Vernunft von Rhymes Entscheidung angezweifelt, sondern ihn deswegen offen zur Rede gestellt. (»Das ist doch verrückt!« Worauf Rhyme erwiderte: »Der Entschluss steht fest, Grünschnabel. Also fangen Sie nicht immer wieder davon an. Lassen Sie es gut sein.«)

War es das, was Ron keine Ruhe ließ? Oder hatte seine Stimmung gar nichts mit Rhyme zu tun? Erneut dachte sie an einen möglichen Krankheitsfall in seiner Familie. Eventuell bei ihm selbst. Seine Kopfverletzung. Immerhin war er Ehemann und Vater und versuchte, mit dem Gehalt eines Streifenbeamten über die Runden zu kommen. O bitte nicht…

Ihr Telefon summte. Sie schaute auf das Display, und ihre Kopfhaut fing an zu kribbeln.

Nick.

Sachs nahm das Gespräch nicht an. Sie schloss die Augen.

Als das Summen aufhörte, sah sie noch einmal hin. Er hatte keine Nachricht hinterlassen.

Was tun, was tun?

Früher wäre Sachs vielleicht nach unten ins Archiv von Police Plaza Nummer eins marschiert oder nach New Jersey zum externen Aktenlager gefahren – je nachdem, wo die Unterlagen zum Fall *Das Volk von New York gegen Nicholas J. Carelli* sich befanden. Und dann hätte sie unschlüssig da unten vor der Tür gestanden oder während der ganzen Fahrt darüber nachgegrübelt, was sie machen sollte. Ja oder nein?

Heutzutage aber, da man alle Akten der letzten fünfundzwanzig Jahre eingescannt und irgendwo in einer riesigen Datenbank gespeichert hatte, fand die Grübelei hier an ihrem Schreibtisch statt, während ihr Blick über einen kleinen Ausschnitt des geschäftigen New Yorker Hafens schweifte. Sie lehnte sich zurück und starrte den Computerbildschirm an.

Gab es rechtliche Bedenken, die Akte herunterzuladen?

Nicht, dass sie wüsste. Sachs war Polizistin im aktiven Dienst und durfte daher auf alle Akten zugreifen. Bei abgeschlossenen Fällen besagte auch keine Vorschrift, dass man den Inhalt nicht mit Zivilisten teilen durfte. Und falls Nick etwas fand, das seine Unschuld bewies, konnte er damit zu ihr kommen, und sie könnte gegenüber ihren Vorgesetzten behaupten, sie habe sich die Angelegenheit aus eigenem Antrieb vorgenommen. Danach – und das stand für sie unverrückbar fest – würde sie den Fall jedoch an die Abteilung für innere Angelegenheiten übergeben und selbst in keiner weiteren Weise tätig werden.

Nein, das hier war keine Frage der Rechtmäßigkeit. Allerdings mochte so manche Idee zwar völlig legal, aber gleichzeitig unglaublich dämlich sein.

Nicks andere Option wäre, sich einen Anwalt zu suchen, der den Fall neu aufrollen und bei Gericht Akteneinsicht beantragen würde. Doch Sachs musste einräumen, dass es tausendmal einfacher für ihn wäre, die Unterlagen von ihr zu erhalten.

Aber warum musste ausgerechnet *sie* es sein, die ihm half?

Die gemeinsamen Jahre – gar nicht so viele an der Zahl, aber dafür unglaublich intensiv – zogen an ihr vorbei. Sie konnte nicht leugnen, dass die Erinnerungen sie dazu tendieren ließen, ihm die Bitte zu erfüllen. Und das war noch nicht alles. Auch falls sie ihn nicht gekannt hätte, war seine Geschichte verlockend. Sachs hatte ein paar Nachforschungen über Vincent Delgado angestellt. Im Gegensatz zu hochrangigen Mitgliedern des organisierten Verbrechens, die eher wie Geschäftsleute agierten, war Delgado ein Größenwahnsinniger, wahrscheinlich an der Grenze zum Psychotiker. Durch und durch bösartig, ein Folterer. Er hätte Donnie Carelli getötet, ohne mit der Wimper zu zucken, hätte vielleicht sogar Harriet bedroht, die Mutter der beiden Brüder, falls Nick nicht auf den Vorschlag eingegangen wäre, den Überfall zu gestehen. Ja, falls Nicks Angaben zutrafen, hatte er sich damals der

Behinderung der Justiz schuldig gemacht, aber das wäre längst verjährt. Dann wäre er heute in jeder Hinsicht unschuldig.

Ja, nein?

Was konnte es denn schaden?

Sachs schaute vom Computer wieder zu den Beweistabellen des Falls Täter 40.

Und was würdest du wohl sagen, wenn du hier wärst, Rhyme? Was würdest du mir raten?

Aber du *bist* nicht hier. Du gibst dich jetzt mit Winkeladvokaten ab.

Ihre Augen richteten sich zurück auf den Cursor.

Archivanfrage

Fallbezeichnung: Volk gegen Carelli

Fallnummer: 24-543676F

Dienstnummer des Anfragenden: D5885

Passwort: ********

Ja, nein?

Was konnte es denn schaden?, fragte sie sich erneut.

Sachs nahm die Hände von der Tastatur, schloss die Augen und lehnte sich ein weiteres Mal auf ihrem Stuhl zurück.

15

Juliette Archer und Lincoln Rhyme waren allein im Salon.

Die Unterlagen zum nun ehemaligen Fall *Frommer gegen Midwest Conveyance* – die Ausdrucke der von Sachs und Cooper geschossenen Fotos sowie der Ergebnisse von Archers Nachforschungen – lagen ordentlich aufgereiht da. Sogar bei einer Niederlage ging Mel Cooper so gründlich organisiert vor wie eine OP-Schwester.

Eine Weile zuvor, nachdem das Ende des Falls besiegelt gewesen war, hatte Rhyme sich mit einem ermutigenden Gedanken getröstet: dass er jetzt wenigstens von der Bürde befreit sein würde, hier den Mentor für seine Studentin zu geben. Mittlerweile jedoch kam ihm das gar nicht mehr so erfreulich vor. Er ertappte sich dabei, dass er zu ihr sagte: »Es gibt noch ein paar andere Dinge, bei denen Sie mir zur Hand gehen könnten, falls Sie daran interessiert sind – einige Projekte, an denen ich arbeite. Nicht so faszinierend wie ein konkreter Fall. Eher Forschungsarbeiten. Über spezifische Elemente der Forensik. Akademisches Zeug. Aber immerhin.«

Sie drehte sich mit ihrem Rollstuhl so, dass sie Rhyme ansah, und ihre Miene wirkte überrascht. »Haben Sie etwa gedacht, ich würde von hier verschwinden?«

»Nein. Ich meine ja nur.« Er hasste diese Floskel, wenn andere Leute sie benutzten, und nun, da sie aus seinem eigenen Mund kam, konnte er sie noch immer nicht ausstehen.

»Oder haben Sie es gar gehofft?« Ihr Lächeln war kokett.

»Ihre Anwesenheit war hilfreich.«

Das war sein größtes Kompliment, aber das konnte sie nicht wissen.

»Was da passiert ist, ist unfair. Dass Sandy Frommer überhaupt kein Geld bekommt.«

»Das Gleiche gilt für Sie selbst«, sagte Rhyme und wies auf den Rollstuhl. Da Juliette Archers Behinderung durch einen Tumor verursacht worden war und nicht durch einen Unfall, konnte sie keinerlei Schadensersatz geltend machen. »Ich hatte Glück. Ich habe von der Baufirma, von deren Gerüst das Rohr gefallen ist, eine große Abfindung bekommen.«

»Ein Rohr? Das war es also?«

Er lachte. »Es war Hybris. Ich war damals Leiter der Spurensicherung, aber ich konnte einfach nicht anders, als einen Tatort höchstpersönlich zu untersuchen. Ein Killer brachte Polizisten um. Ich musste unbedingt selbst nach da unten und nach Spuren graben. Ich war sicher, *ich* würde den entscheidenden Hinweis finden können, niemand sonst. Ein gutes Beispiel für das Sprichwort: Der Charakter des Menschen ist sein Schicksal.«

»Heraklit«, sagte sie mit belustigtem Blick. »Die guten Schwestern der Immaculata wären bestimmt stolz auf mich, dass ich überhaupt noch etwas von dem weiß, was sie mir beigebracht haben. Aber das Schicksal hat doch absolut nichts damit zu tun, wer man ist und was man anstellt. Denken Sie an die zahlreichen Anschläge auf Hitler. Viele davon waren perfekt geplant, und alle sind sie fehlgeschlagen. *Das* war Schicksal. Ohne lenkende Hand, ohne Gerechtigkeit. Manchmal kriegt man den Hauptgewinn. Manchmal ist man am Arsch. Doch in beiden Fällen …«

»… macht man weiter.«

Archer nickte. »Ich hätte da eine Frage.«

»Ja, es stimmt«, verkündete Rhyme in entschiedenem Tonfall. »Eine Ninhydrinlösung kann tatsächlich durch die Mischung unpolarer Lösungsmittel erstellt werden. ›Das Beweisstück wird in die Lösung getaucht und erhält danach in einer dunklen und feuchten Umgebung zwei bis drei Tage Reaktionszeit, und zwar unter Vermeidung hoher Temperaturen.‹ Das ist ein Zitat aus dem Fingerabdruck-Handbuch des Justizministeriums. Ich habe es getestet. Die Angaben sind korrekt.«

Archer schaute sich schweigend in dem Labor um, das vor Ausrüstungsgegenständen, Werkzeugen und Instrumenten aus allen Nähten platzte. Schließlich sagte sie: »Die Frage ist Ihnen unangenehm, nicht wahr?«

»Warum ich aufgehört habe, für die Polizei zu arbeiten?«

Archer lächelte. »Sie brauchen nicht darauf zu antworten. Ich war bloß neugierig.«

Er zeigte mit seiner funktionierenden Hand auf eine der weißen Rolltafeln, die ihnen in der hinteren Ecke des Raumes ihre Rücken zuwandten. »Das da war ein Fall vor etwa einem Monat«, sagte er. »Am unteren Rand steht ein Vermerk. *Verdächtiger verstorben. Ermittlungen eingestellt.*«

»Deshalb haben Sie aufgehört?«

»Ja.«

»Weil Ihnen ein Fehler unterlaufen und jemand gestorben ist?«

Betonung ist alles. Archers Kommentar endete mit einem leisen Fragezeichen; vielleicht weil sie sich das wirklich fragte. Es könnte aber auch sein, dass sie die Geschehnisse abtat und ihn dafür tadelte, dass er eine Tätigkeit aufgegeben hatte, bei der Todesfälle zum Alltag gehörten. Immerhin ist dies der *Ausgangspunkt* der meisten Mordermittlungen. In der Folge kann es zum Tod des Verdächtigen während der Festnahme kommen … oder gelegentlich auch zu einer Hinrichtung durch die Giftspritze.

Doch Rhyme lachte nur matt. »Nein. Das genaue Gegenteil war der Fall.«

»Das Gegenteil?«

Er richtete seinen Rollstuhl neu aus, sodass sie sich genau gegenübersaßen. »Mir ist kein Fehler unterlaufen. Ich hatte hundertprozentig recht.« Er trank einen Schluck von dem Glenmorangie, den Thom ihm zehn Minuten zuvor eingeschenkt hatte, und hob fragend eine Augenbraue, aber Archer lehnte das Getränk auch diesmal dankend ab. »Der Verdächtige war ein Geschäftsmann aus Garden City«, fuhr er fort. »Charles Baxter… haben Sie je von ihm gehört?«

»Nein.«

»Der Fall war in den Medien. Baxter hatte ein paar reiche Leute um ungefähr zehn Millionen Dollar erleichtert, was die meisten von ihnen, ehrlich gesagt, kaum bemerkt hätten. Mit den Stellen vor dem Komma verschiebt sich eben auch die Perspektive. Der Aufschrei war jedenfalls nicht allzu laut. Aber das haben weder die Staatsanwaltschaft noch ich zu beurteilen. Baxter hatte das Gesetz gebrochen, und die stellvertretende Bezirksstaatsanwältin holte mich mit an Bord, um das Geld aufzuspüren und die Beweise zu untersuchen – handschriftliche Aufzeichnungen, Tinte, GPS-Protokolle, mit denen wir seine Bankbesuche nachvollziehen konnten, Partikelspuren von den Orten diverser Treffen, gefälschte Personaldokumente, Erde von der Stelle, an der das Geld vergraben war. Es war ein einfacher Fall. Ich fand jede Menge gerichtsverwertbare Beweise für schweren Diebstahl, Überweisungsbetrug und mehrere weitere Anklagepunkte. Die Staatsanwältin war zufrieden, und dem Täter drohten drei bis fünf Jahre Haft. Doch manche Fragen im Zusammenhang mit den Spuren konnte ich zunächst nicht beantworten. Das hat an mir genagt. Ich habe die Analysen also fortgesetzt und immer mehr Beweise gefunden. Die Staatsanwältin sagte, das sei gar nicht nötig, denn sie habe längst genug für den beabsichtigten Schuldspruch. Aber ich konnte nicht aufhören.«

Rhyme schüttelte den Kopf und fuhr fort: »Ich fand eine minimale Menge Öl an seiner persönlichen Habe, und zwar eine Sorte, die fast ausschließlich für Schusswaffen verwendet wird. Außerdem Schmauchspuren und Drogenreste. Hinzu kamen diverse weitere Partikel, die auf eine bestimmte Gegend in Long Island City hingedeutet haben. Dort gibt es ein großes Mietlager. Der Detective, mit dem ich zusammengearbeitet habe, fand heraus, dass einer der Räume von Baxter angemietet worden war. Baxter behauptete, er habe uns nichts davon erzählt, weil dort nur persönliche Dinge gelagert seien, die nichts mit dem Finanzbetrug zu tun hätten. Wir haben uns dennoch einen Durchsuchungsbeschluss besorgt und eine nicht registrierte Faustfeuerwaffe gefunden. Dadurch stieg der Fall in eine höhere Kategorie von Straftat auf, und obwohl Baxter keine Vorgeschichte als Gewalttäter hatte und die Staatsanwältin die Sache gar nicht verfolgen *wollte*, blieb ihr keine andere Wahl. In New York bedeutet der illegale Besitz einer Schusswaffe automatisch eine Haftstrafe. Die Staatsanwaltschaft ist verpflichtet, dem nachzugehen.«

»Und daraufhin hat er sich das Leben genommen«, mutmaßte Archer.

»Nein. Er wurde nach Rikers Island ins Untersuchungsgefängnis gebracht und aufgrund der Waffe in den Zellentrakt mit den Gewaltverbrechern gesperrt. Dort ist er in einen Streit geraten und wurde von einem anderen Häftling getötet.«

Einen Moment lang herrschte Schweigen.

»Sie haben alles richtig gemacht«, stellte Archer mit analytischer, mitleidsloser Stimme fest.

»Zu richtig«, sagte Rhyme.

»Aber er hätte diese Waffe nun mal nicht besitzen dürfen.«

»Nun, ja und nein. Stimmt, die Pistole war nicht registriert und damit juristisch betrachtet illegal. Aber sie hatte seinem Vater gehört, im Vietnamkrieg. Baxter sagte, er selbst habe sie nie abgefeuert. Habe nicht mal mehr gewusst, dass sie in einer der Kisten lag, mitten zwischen anderen Andenken aus den Sechzigern. Das Waffenöl, das ich gefunden hatte, führte er auf einen Besuch in einem Sportgeschäft zurück, wo er eine Woche zuvor ein Geschenk für seinen Sohn gekauft hatte. Die Schmauchspuren konnten durchaus von einem Geldschein stammen. Für die Drogen gilt das Gleiche. Die Hälfte der Zwanzigdollarscheine in New York weist Reste von Kokain, Meth oder Heroin sowie Schmauchspuren auf. Baxter wurde nie positiv auf irgendwelche Betäubungsmittel getestet und war auch noch nie deswegen polizeilich aufgefallen. Er war überhaupt noch nie im Leben festgenommen worden.« Rhyme lächelte und war sich dabei bewusst, wie selten das bei ihm vorkam. »Und es wird noch schlimmer. Einer der Gründe für den Betrug war, dass seine Tochter eine Knochenmarkstransplantation benötigt hat.«

»Oh, tut mir leid. Aber … Sie waren selbst mal Cop. Gehört so etwas nicht zu den unvermeidlichen Begleiterscheinungen des Jobs?«

Exakt dieses Argument hatte auch Amelia Sachs angeführt. Vielleicht sogar wortwörtlich. Rhyme wusste es nicht mehr genau.

»Durchaus. Und ich bin ja auch nicht traumatisiert und liege – nun ja, sitze – in der Praxis eines Therapeuten. Aber einmal kommt der Zeitpunkt für den Ausstieg. Alles hat irgendwann ein Ende.«

»Sie *mussten* unbedingt die Lösung finden.«

»Es hat mir keine Ruhe gelassen.«

»Ich kann das verstehen, Lincoln. In der Epidemiologie verhält es sich genauso. Es gibt immer eine Frage – was für ein Virus ist das, wo schlägt es als Nächstes zu, wie soll man impfen, wer ist besonders anfällig? –, und jedes Mal war ich regelrecht besessen davon, die Antwort zu finden.« Sie habe ihren Beruf geliebt, hatte sie ihm bei ihrer Bewerbung als Praktikantin erzählt. Aber sie könne nun mal nicht mehr im Außeneinsatz arbeiten. Und die Bürotätigkeit auf ihrem früheren Gebiet sei viel zu eintönig und fade für ihren Geschmack. Die Tatortarbeit, und sei es auch nur vom Labor aus, erschien ihr da wesentlich interessanter. Genau wie Rhyme fürchtete Juliette Archer kaum etwas mehr als Langeweile.

»Ich hab mir mal Denguefieber zugezogen«, fuhr sie fort. »Eine ziemlich ernste Sache. Aber ich *musste* einfach herausfinden, warum diese Krankheit sich ausgerechnet in Maine ausbreitete. Die kommt nämlich eigentlich nur in den Tropen vor.«

»Ich weiß nicht viel darüber.«

»Wie, zum Teufel, konnten Leute in Neuengland an Denguefieber erkranken? Ich habe monatelang gesucht und schließlich den Ausgangsort gefunden: eine Regenwaldausstellung in einem Zoo. Die Opfer hatten die Ausstellung besucht. Und auch ich wurde dort von einem Moskito gestochen, war ja klar.«

Der Charakter des Menschen ist sein Schicksal …

»Es ist wie ein Zwang«, sagte Archer. »Sie mussten unbedingt den Tatort untersuchen, an dem Sie verletzt wurden, und Sie mussten herausfinden, was es mit dem Waffenöl und den Drogen auf sich hatte. Ich musste diese verfluchten Moskitos finden. Für mich gibt es nichts Schlimmeres auf der Welt als ein ungelöstes Rätsel.« Ihre auffallend blauen Augen leuchteten wieder auf. »Ich liebe Rätsel. Sie auch?«

»Meinen Sie als Spiel? Oder in echt?«

»Als Spiel.«

»Nein, damit beschäftige ich mich überhaupt nicht.«

»Ich habe festgestellt, dass sie den Geist trainieren. Ich sammle sie. Wie wäre es mit einem Versuch?«

»Nein, schon gut.« Im Klartext: auf gar keinen Fall. Sein Blick ruhte auf den Rückseiten der Tafeln. Er trank noch einen Schluck Whisky.

»Okay«, sagte Archer und ignorierte ihn. »Zwei Söhne und zwei Väter gehen angeln. Jeder von ihnen fängt einen Fisch. Sie bringen aber nur drei Fische nach Hause. Wie kann das sein?«

»Keine Ahnung. Ehrlich, ich …«

»Na los. Versuchen Sie es doch wenigstens mal.« Sie wiederholte das Rätsel.

Rhyme verzog das Gesicht, fing aber automatisch an, darüber nachzudenken. Einer der Fische ist wieder ins Wasser gefallen? Sie haben einen zu Mittag gegessen? Ein Fisch hat einen anderen verschlungen?

Archer lächelte. »Zur Lösung dieses Rätsels brauchen Sie lediglich die Informationen, die ich Ihnen in der Aufgabenstellung gegeben habe. Es kommen also weder Fischbrötchen noch erfolgreiche Fluchtversuche als Erklärungen infrage.«

Er zuckte die Achseln. »Ich gebe auf.«

»Sie strengen sich ja gar nicht an. Also gut, wollen Sie die Lösung wissen?«

»Klar.«

»Die Angler waren ein Großvater, sein Sohn und sein Enkel. Zwei Väter, zwei Söhne, aber nur drei Personen.«

Rhyme lachte unwillkürlich auf. Clever. Das gefiel ihm.

»Sobald man das Bild von vier Leuten im Kopf hat, wird man es kaum wieder los, nicht wahr? Vergessen Sie nicht: Die Antworten auf diese Rätsel sind immer einfach – vorausgesetzt, man durchschaut sie.«

Es klingelte an der Tür. Rhyme sah auf den Bildschirm der Überwachungskamera. Archers Bruder, Randy. Rhyme war ein wenig enttäuscht, dass sie nun aufbrechen würde. Thom kam, um dem Besucher zu öffnen.

»Noch eins?«, fragte sie.

»Einverstanden.«

»Was findet man am Anfang der Ewigkeit und am Ende aller Dinge?«

»Materie.«

»Nein.«

»Ein schwarzes Loch.«

»Nein.«

»Ein Wurmloch.«

»Sie raten einfach drauflos. Wissen Sie überhaupt, was ein Wurmloch ist?«

Das wusste er. Doch er hatte es nicht wirklich für die korrekte Antwort gehalten.

Und die war angeblich ganz einfach …

»Geben Sie auf?«

»Nein. Ich werde es schon noch knacken.«

Thom betrat mit Archers Bruder den Raum. Sie unterhielten sich ein paar Minuten lang höflich, aber ohne rechten Inhalt. Dann verabschiedeten sie sich voneinander, und die Geschwister machten sich auf den Weg. Mitten im offenen Türbogen des Labors hielt Archer an und drehte sich um. »Eines ist mir noch nicht ganz klar, Lincoln.«

»Was denn?«

»In Bezug auf Baxter. Hatte er in seinem Haus oder seiner Wohnung viel Platz?«

Worauf wollte sie hinaus? Rhyme rief sich den Fall ins Gedächtnis. »Ja, soweit ich weiß. Der Wert seines Zuhauses war mit drei Millionen Dollar beziffert. Warum fragen Sie?«

»Ich wundere mich, wieso er einen Lagerraum in Long Island City gemietet hat – wo die Waffe gefunden wurde. Man sollte doch meinen, er hätte die Sachen bei sich zu Hause unterbringen können. Oder wenigstens an einem Ort, der nicht so weit weg liegt. Na ja, nur so ein Gedanke. Gute Nacht.«

»Gute Nacht«, erwiderte er.

»Und vergessen Sie nicht unser Rätsel: die Ewigkeit und das Ende aller Dinge.«

Dann rollte sie außer Sicht.

* * *

Computer haben mir das Leben gerettet.

Auf mancherlei Weise. In der Highschool konnte ich bei etwas gut sein, das keine Sportart war (ich war groß genug für Basketball, aber viel zu dünn). Der Computerklub. Der Matheklub. Die Online-Rollenspiele – wo ich sein konnte, wer immer ich sein wollte. Und so aussehen, wie ich aussehen wollte, den Avataren und Photoshop sei Dank.

Und heutzutage ermöglichen die Computer mir meine Tätigkeit. Ja, ich sehe gar nicht *so* anders aus als viele Leute auf der Straße. Aber ein kleiner Unterschied reicht bisweilen schon aus. Die Leute behaupten, sie würden die Vielfalt mögen, aber das stimmt nicht – sie nehmen sie höchstens zum Anlass, um zu gaffen und zu lachen und sich überlegen zu fühlen. Daher ist ein Onlinegeschäft, wie ich es hier in der Sicherheit meines Mutterleibs in Chelsea betreibe, perfekt für mich. Ich muss mich mit niemandem treffen, mit niemandem leibhaftig sprechen, muss die Blicke nicht ertragen, die die Leute mir zuwerfen – auch wenn sie dabei lächeln.

Und ich verdiene eine hübsche Stange Geld.

Im Augenblick sitze ich an meinem – genau – Computer und trauere meinem White Castle nach. Am Küchentisch. Ich tippe noch etwas ein. Lese die Ergebnisse meiner Suche. Gebe eine weitere ein. Zack, zack, da sind die nächsten Antworten. Ich mag das Geräusch der Tasten. Irgendwie befriedigend. Ich hab mal versucht, es zu beschreiben. Es ist anders als bei einer Schreibmaschine oder einem Lichtschalter. Am ehesten würde ich es mit dem Geräusch dicker Regentropfen auf einer straffen Zeltplane vergleichen. Peter und ich waren als Kinder ein halbes Dutzend Mal zum Camping, zweimal davon mit unseren Eltern (aber das war nicht so toll; Dad hat sich im Radio ein Spiel angehört, Mom hat die ganze Zeit geraucht und in ihren Zeitschriften geblättert). Peter und ich hatten trotzdem unseren Spaß, vor allem, wenn es regnete. Dann brauchte ich nämlich nicht schwimmen zu gehen, was mir immer peinlich war. Wegen der Mädchen, ihr wisst schon. Und all der durchtrainierten Jungen.

Tapp, tapp, tapp.

Komisch, wie sich mit der Zeit alles zu verbessern scheint. Manche Leute sagen: Oh, ich wünschte, ich wäre zu dieser oder jener Zeit geboren worden. Bei den alten Römern, Queen Victoria, in den Dreißiger-, den Sechzigerjahren. Doch ich bin froh über das Hier und Jetzt. Über Microsoft, Apple, HTML, WLAN und den ganzen Rest. Ich kann in meinem Zimmer sitzen, mir meinen Lebensunterhalt verdienen, gelegentlich eine Frau ins Bett bekommen und einen Knochenknackerhammer zur Hand nehmen. Und ich kann das Spielzimmer mit allem ausstatten, das mir Befriedigung verschafft.

Danke schön, all ihr Computer. Ich liebe eure Regentropfen-Tastaturen.

Und tippe noch etwas mehr.

Okay. Computer haben mir das Leben gerettet, indem sie mir eine Beschäftigung ermöglicht haben, bei der ich in Sicherheit vor all den Shoppern da draußen bin.

Und sie werden mir auch jetzt wieder das Leben retten.

Denn ich bringe gerade so viel wie möglich über Rotschopf in Erfahrung, die eigentlich Amelia Sachs heißt und Detective Third Grade beim New York City Police Department ist.

Vorhin wäre es mir fast gelungen, das Problem auf andere Weise zu lösen. Ich hätte ihr beinahe den Schädel zertrümmert. In der Nähe vom White Castle hatte ich schon die Hand in meinem Rucksack fest um den herrlichen Hammerstiel geschlossen. Er ist so glatt wie der Knöchel eines Mädchens. Und mich angeschlichen. Aber dann ist ein Kerl aufgetaucht, der sie kannte. Offenbar auch ein Cop, einer, der für sie arbeitet, wie es aussah. Ein kleiner weißer Junge, dünn wie ich – okay, nicht ganz – und kleiner, aber er sah nicht ungefährlich aus. Und natürlich trug er eine Waffe und ein Funkgerät bei sich.

Also habe ich mich damit begnügt, mir das Nummernschild von Rotschopfs hübschem Auto zu notieren.

Die hilfreichen Informationen, die ich nun über sie erhalte, können sich wirklich sehen lassen. Tochter eines Cops, Lebensgefährtin eines Cops – nun ja, ehemaligen Cops. Lincoln Rhyme, eine echte Berühmtheit. Ein Invalide, so wird er oft genannt. Im Rollstuhl. Damit hätten wir etwas gemeinsam. Genau genommen bin ich zwar nicht behindert. Aber die Leute glotzen mich auf die gleiche Weise an wie ihn, schätze ich.

Ich tippe und tippe immer weiter. Meine Finger sind lang und groß, meine Hände stark. Eine Tastatur hält bei mir höchstens ein halbes Jahr, dann ist sie kaputt. Und da sind meine Wutanfälle noch nicht mal mit eingerechnet.

Tippen, lesen, Sachen notieren.

Mehr und mehr über Rotschopf. Fälle, die sie gelöst hat. Schießwettbewerbe, die sie gewonnen hat (*das* werde ich mir sehr gründlich merken, glaubt mir).

Und jetzt werde ich doch allmählich wütend … Ja, man kann White-Castle-Burger auch im Supermarkt kaufen. Das werde ich machen. Aber es ist nicht dasselbe, wie das Restaurant zu betreten. Die Fliesen, der Geruch nach Fett und Zwiebeln … Ich kann mich noch gut an die Filiale bei uns zu Hause erinnern. Eine Cousine, Lindy, war aus Seattle zu Besuch. Achte Klasse, genau wie ich. Ich war noch nie mit einem Mädchen ausgegangen und tat so, als wären wir nicht verwandt, stellte mir vor, ich würde sie küssen und sie mich. Mittags sind wir ins White Castle gegangen. Ich hab ihr ein Geschenk überreicht, für ihr glänzendes blondes Haar, damit es trocken bleibt: einen Regenschutz aus durchsichtigem Plastik, ordentlich zusammengefaltet in einer Hülle, fast wie eine Straßenkarte, dunkelblau und mit einem chinesischen Muster darauf. Lindy hat gelacht und mich auf die Wange geküsst.

Ein guter Tag.

Das hat White Castle für mich bedeutet. Und Rotschopf hat es mir weggenommen.

Ich könnte platzen vor Wut, könnte sie mit bloßen Händen …

Ich bin zu einer Entscheidung gelangt. Eher zu einer Schlussfolgerung, denn es gab nicht viel zu entscheiden. Ich habe einfach keine andere Wahl. Und wie aufs Stichwort klingelt es plötzlich an der Tür. Ich zucke vor Schreck zusammen. Speichere die Datei im Computer, räume die Ausdrucke weg. Dann drücke ich den Knopf der Gegensprechanlage.

»Vernon, ich bin's?«, sagt/fragt Alicia.

»Komm hoch.«

»Ist das auch wirklich okay?«

Mein Herz pocht wie wild beim Gedanken an das, was passieren wird. Aus irgendeinem Grund schaue ich zur Tür des Spielzimmers. »Ja«, sage ich in die Gegensprechanlage.

Zwei Minuten später steht sie draußen vor der Wohnungstür, wie die Kamera mir verrät. Sie ist allein (und nicht etwa mit Rotschopfs Pistole im Rücken, wie ich mir gut vorstellen könnte). Ich lasse sie herein, schließe und verriegele die Tür. Ich muss unwillkürlich an eine steinerne Grabplatte denken, die sich über eine Gruft schiebt.

Es gibt kein Zurück.

»Hast du Hunger?«, frage ich.

»Nicht wirklich.«

Ich hatte welchen, aber er ist verflogen. In Anbetracht dessen, was nun folgt.

Ich will ihr die Jacke abnehmen, doch dann fällt es mir ein, und ich lasse sie die Jacke selbst aufhängen. Heute trägt sie ihre dicke, hochgeschlossene Lehrerinnenbluse. Sie blickt zu den huschenden Fischen.

Rot und schwarz und silbern.

Die Frage ist wie eine pulsierende Schwellung in meinem Gehirn, genau an der Stelle, an der ich jemandem den Schädel einschlagen würde.

Will ich das wirklich tun?

Mein Zorn auf Rotschopf dringt aus meinen Poren und brennt auf der Haut.

Ja, ich will.

»Was?«, fragt Alicia und sieht mich skeptisch an. Ich muss es wohl laut ausgesprochen haben.

»Komm mit.«

»Äh, geht es dir gut, Vernon?«

»Aber ja«, flüstere ich. »Hier entlang.«

Wir gehen zur Tür des Spielzimmers. Alicia betrachtet das komplizierte Schloss. Ich weiß, dass es ihr schon früher irgendwann aufgefallen ist. Und dass sie neugierig ist. Was will er da drin verstecken?, dürfte sie sich gefragt haben. Was ist in diesem Zimmer, dieser Höhle, dieser Krypta? Doch natürlich sagt sie kein Wort.

»Mach die Augen zu.«

Da zögert sie.

»Vertraust du mir?«, frage ich sie.

Nein. Aber was kann sie schon tun? Sie schließt die Augen. Ich nehme ihre Hand. Meine zittert. Nach einem Moment erwidert sie den Druck. Unser Schweiß vermischt sich.

Dann führe ich sie hinein. Die stählernen Klingen reflektieren das Halogenlicht und blenden mich. Aber nicht Alicia. Sie hält weiterhin brav die Augen geschlossen.

* * *

Es war kurz vor Mitternacht. Lincoln Rhyme lag im Bett und konnte nicht einschlafen.

Er hatte die letzte Stunde über *Frommer gegen Midwest Conveyance* nachgedacht. Whitmore hatte angerufen und ihm in seinem ernsten, nun ja, *langweiligen* Tonfall mitgeteilt, er habe keine weiteren potenziellen Beklagten ausfindig machen können. Justiziar Holbrook habe die Wahrheit gesagt: Die Reinigungstrupps könnten das Öffnen der Luke unmöglich verursacht haben. Ferner habe der von Whitmore beauftragte Privatdetektiv unterdessen mit den Arbeitern gesprochen, die die Rolltreppe für das Department of Investigation abgebaut hatten. Diese hatten bestätigt, dass die Abdeckung vor dem Schalter nicht nur *ge*-schlossen, sondern auch *ver*-schlossen gewesen war. Sachs behielt also recht: Niemand konnte den Knopf gedrückt und so den Unfall verursacht haben, weder versehentlich noch vorsätzlich.

Damit hatte der Fall sich endgültig erledigt.

Rhymes Gedanken wanderten zu Amelia Sachs.

Heute Nacht fehlte sie ihm ganz besonders. Wenn sie hier war, konnte er ihren Körper an seiner Seite natürlich kaum spüren, aber er fand schon allein ihren gleichmäßigen Atem tröstlich, dazu den Duft ihres Shampoos und ihrer Seife (für Parfüm hatte sie nicht viel übrig). Die Stille im Raum kam ihm nun irgendwie bedrückend vor, und sie wurde noch verstärkt durch den Geruch nach Reinigungsmitteln, Möbelpolitur und dem Papier der Bücher in dem nahen Wandregal.

Er dachte an ihren heutigen Streit zurück.

Es hatte zwischen ihnen schon immer Auseinandersetzungen gegeben. Doch diesmal war es anders gewesen. Das konnte er ihr anhören. Aber er verstand den Grund nicht. Cooper war überaus fähig. Aber die Spurensicherung des New York Police Department verfügte über zahlreiche hervorragende Kriminaltechniker und Analytiker, deren Fachwissen sich auf Hunderte von Gebieten erstreckte, von Handschriften über Ballistik zu Chemie und der Rekonstruktion sterblicher Überreste … Sachs hätte jeden einzelnen von ihnen anfordern können. Und, Teufel noch mal, sie war selbst eine Expertin auf dem Gebiet der forensischen Analyse. Sie mochte es vorziehen, wenn jemand anders den Gaschromatographen und das Massenspektrometer oder das Rasterelektronenmikroskop bediente, aber diese Geräte hatte auch Rhyme stets den Fachleuten überlassen.

Vielleicht machte ihr noch etwas anderes zu schaffen. Ihre Mutter, vermutete er. Roses Operation ließ ihr bestimmt keine Ruhe. Ein dreifacher Bypass bei einer Frau in dem Alter? In der Medizin mochten heutzutage zwar wahre Wunder möglich sein, aber wenn man sich vor Augen führte, wie unglaublich komplex und verwundbar unser Organismus war, kam einem jede einzelne unserer Stunden wie ein kostbares Geschenk vor.

Da *Frommer gegen Midwest Conveyance* nun nicht mehr relevant war, würde Mel Cooper morgen wieder zur Arbeit in Queens erscheinen. Und Sachs würde ihn nach Belieben um Unterstützung bitten können.

Allmählich wurde Rhyme schläfrig. Er dachte an Juliette Archer und daran, wie ihr künftiges Leben wohl aussehen würde. Sie schien alles Notwendige mitzubringen, um fundierte forensische Arbeit leisten zu können, aber im Augenblick galt Rhymes Sorge etwas anderem: ihrem Umgang mit der Behinderung. Sie hatte ihren Zustand noch längst nicht vollständig akzeptiert. Und bis es so weit war, stand ihr ein langer und dunkler Weg bevor. Falls sie überhaupt jemals bereit sein würde, ihn auch einzuschlagen. Rhyme konnte sich noch gut an seine eigenen frühen Kämpfe erinnern, die zu massiven Selbstmordgedanken geführt hatten. Letztlich hatte er das Leben gewählt. Archer war noch sehr weit von dieser inneren Konfrontation entfernt.

Wie würde sie sich entscheiden?

Und was würde er von ihrer Entscheidung halten?, fragte Rhyme sich. Würde er sie bedingungslos unterstützen oder sie gegebenenfalls von ihrer Wahl abhalten wollen?

Doch dieser Punkt lag noch Jahre in der Zukunft. Höchstwahrscheinlich würden Rhyme und sie dann gar keinen Kontakt mehr haben. Und so grimmig diese Überlegungen auch sein mochten, sie ließen ihn immer schläfriger werden.

Ungefähr zehn Minuten später riss er plötzlich die Augen auf und sein Kopf hob sich vom Kissen, als er in seinen Gedanken ein weiteres Mal Archers leise Altstimme hörte. Was findet man am Anfang der Ewigkeit und am Ende aller Dinge?

Rhyme lachte laut auf.

Den Buchstaben »e«.

III
EXPLOIT
Donnerstag

16

Es ist Morgen, ein Morgen in Chelsea. Chelsea-Licht fällt durch die offenen Fensterläden herein.

Ich bin im Spielzimmer und setze mal wieder die Tagebucheintragungen fort. Schwester Mary Frances' Sorgfalt zeigt sich in meiner wohlgeformten Schrift auf dem dicken Papier.

Wir haben heute Alien Quest gespielt. Ziemlich lange, wir alle drei. Sam und Frank und ich. Die beliebten Jungs und ich! Sams Vater hat Geld. Er verkauft irgendwelches Medizinzeug. Ich weiß nicht, was genau, aber die Firma zahlt gut und stellt ihm sogar ein Auto zur Verfügung! Daher hat Sam alle Spiele und alle zugehörigen Plattformen.

Komisch, auch bevor ich den beiden an jenem Tag vor Cindys Haus zufällig begegnet bin, weil ich den anderen, den sicheren Heimweg gewählt hatte, hatten sie mir noch nie das Leben schwer gemacht. Doch das hieß natürlich nicht, dass sie Zeit mit mir verbringen wollten. Aber ES IST SO! Sie sind die A-Mannschaft – ha, also jetzt nicht auf Sport bezogen, obwohl auch das zutrifft. Ich meine die Oberschicht, die Angesagten, die Top-Kategorie. Sie sehen gut aus, sind cool, könnten jedes Mädchen haben, jederzeit. Aber sie wollen lieber mit mir abhängen.

Tye Butler, Dano, deren Freunde, eine Art Mischung aus Gothic und Redneck – ja, sogar in Manhasset, Long Island –, DIE sind es, die mich herumschubsen und anglot-

zen und Bohnenstange und Pissfreak und so zu mir sagen. Sam hat mitbekommen, dass Butler mal wieder irgendwas gesagt hat, und da ist er zu ihm gegangen und hat ihn aufgefordert: Lass Griffith in Ruhe. Und das hat Butler dann.

Allzu oft sehe ich sie nicht. Sam und Frank. Der Sport, die Mädchen. Aber dadurch fühlt es sich nur umso wertvoller an. Die beiden fragen mich: He, Griffith, was geht ab? Und das ist der Hammer, denn sie benutzen meinen Nachnamen, wie es die Coolen machen. He, Griffith, willst du eine Cola? Dann vergehen wieder ein paar Tage oder eine Woche, wo wir uns nicht sehen.

Richtig ernsthaft unterhalten kann ich mich mit ihnen nicht. Natürlich nicht. Ich würde gern mal darüber reden, wie es ist, anders zu sein, sich anders zu fühlen. Aber das kann ich mit niemandem. Dad? Ja, genau. Wenn gerade mal kein Sport läuft. Also nie. Mom? Manchmal. Aber sie kapiert es nicht. Sie backt und hat ihre Freundinnen und ihre Handarbeit und ihr Essen, und ab halb sieben kannst du es sowieso knicken. Mein Bruder ist in Ordnung, aber der hat genug eigene Dinge um die Ohren.

Mit Sam und Frank reden?

Ich habe mich dagegen entschieden. Es würde mehr schaden als nützen, befürchte ich.

Ich räume das Tagebuch und den MP3-Player weg. Dann strecke ich mich, stehe auf, gehe zum Futon und betrachte Alicias Körper. Bleich, wirklich bleich. Der Mund ein Stück geöffnet, die Augen geschlossen.

Hübsch, sogar inmitten all der Sauerei und der zerwühlten Laken.

Neben dem Bett steht eine Bandsäge, ein wirklich heftiges Stück Technik. Wenn es die schon im Mittelalter gegeben hätte, hätten die Leute in Scharen dem Teufel abgeschworen. Zipp, zapp, Finger ab.

Oder was anderes.

Eine Stimme lässt mich zusammenzucken. »Vernon.«

Ich drehe mich um. Alicia rührt sich. Blinzelt im Sonnenlicht.

Sie setzt sich auf, blinzelt erneut und streckt sich ebenfalls. »Guten Morgen«, sagt sie, schüchtern und vorsichtig.

Das hat sie noch nie zu mir gesagt. Sie hat ja auch noch nie hier übernachtet.

Und sie ist zum ersten Mal im Spielzimmer. Was noch nie jemand durfte – und was ich lange Zeit für völlig unmöglich gehalten hätte.

Jemanden in mein Heiligtum zu lassen, jemandem mein *wahres* Ich zu enthüllen, war schwierig, so unglaublich schwierig. Ich könnte es nie richtig erklären, aber es war, als würde ich damit alles aufs Spiel setzen. One-Night-Stands, vögeln bis zum Umfallen, das ist einfach. Aber eine Frau beispielsweise zu einer Kunstausstellung mitzunehmen und ihr Gemälde zu zeigen, die dir unglaublich viel bedeuten – das ist so riskant. Was ist, wenn sie lacht oder gelangweilt aussieht, was ist, wenn sie zu dem Schluss kommt, dass ihr so gar nichts gemeinsam habt?

Und nur noch weg will?

Doch gestern Abend, als Alicia ins Spielzimmer kam und auf mein Kommando die Augen geöffnet hat, war sie regelrecht entzückt. So hatte ich sie noch nie erlebt. Ihr Blick schweifte über die Werkbank, die Sägen, die Werkzeuge, die Hämmer, die Meißel. Auch über meine Neuerwerbung, die rasiermesserscharfe Japansäge mit den winzigen Zacken. Mein Lieblingsstück. Mein Kind. Es war wunderbar, wie die blauweißen Reflexionen von all den Stahlflächen Alicias blasse Stirn und Wangen aufleuchten ließen.

Aber am meisten gefesselt war sie von dem, was ich mit diesen Werkzeugen erschaffen habe.

»Die hast du *gemacht*?«, hat sie gestern Abend gefragt.

»Ja«, antwortete ich unschlüssig.

»Oh, Vernon, das sind ja echte Kunstwerke.«

Als ich das hörte, war mein Leben einen Moment lang großartig.

Ein guter Tag …

Und im Anschluss sind wir beide sehr, sehr beschäftigt gewesen und dann schnell eingeschlafen. Nun am Morgen möchte sie mehr von meiner Arbeit sehen.

Bevor ich mich abwenden oder ihr einen Bademantel reichen kann, steigt Alicia aus dem Bett. Und das bedeutet für sie ungefähr die gleiche Überwindung, die es mich gekostet hat, sie in dieses Zimmer zu lassen. Denn nun, im Licht, steht sie nackt vor mir, und ich kann ihre Narben deutlich erkennen. Dies ist das erste Mal, dass sie mir gestattet, alles zu sehen. Die hochgeschlossenen Kleider oder Blusen verdecken es, wenn sie angezogen ist. Der BH aus dickem Stoff und der hoch sitzende Slip, wenn sie sich halb entkleidet hat. Und wenn wir im Bett sind, ist das Licht sehr stark gedämmt oder ganz aus. Nun aber sehe ich jeden Zentimeter ihres Körpers im grellen Sonnenschein: die Schnitte an Brust und Oberschenkel, die verbrannte Leistengegend, die Stelle, an der ihr Armknochen die blasse Haut durchstoßen hat, als er dermaßen brutal verdreht wurde.

Ich fühle mit dieser Frau – wegen der äußeren und auch ihrer inneren Narben, die alle auf ihren Ehemann zurückgehen. Vor vielen Jahren war das, eine schreckliche Zeit. Ich möchte sie wieder zusammenfügen, sie wieder perfekt machen, den Arm richten, den ihr Mann verdreht hat, die Verbrennung von ihrem Unterleib tilgen, die Narbe auf der Brust verschwinden lassen. Doch ich habe nur meine stählernen Werkzeuge, und mit denen kann ich höchstens das Gegenteil meiner guten

Absichten bewirken: Fleisch schneiden und zermalmen und aufplatzen lassen.

Eines aber kann ich immerhin tun, nämlich über die Narben hinwegsehen, was mir überhaupt nicht schwerfällt, und ihr zeigen – was gerade ziemlich eindeutig ist –, wie sehr ich sie begehre. Und vielleicht gibt es ja doch einen Weg, zumindest die *inneren* Narben zu heilen.

Alicia sieht mir in die Augen und lächelt beinahe. Dann wickelt sie sich in eines der Laken, die wir beide befleckt haben, und verhält sich damit so, wie es jedes normale Paar beim Aufstehen machen würde. Sie geht zu den Regalen und betrachtet erneut die Miniaturen, die ich mit meinen vielen Werkzeugen anfertige.

Ich baue fast nur Möbelstücke. Keine Spielzeuge, keinen primitiven Mist aus Plastik oder grobem Holz, das von chinesischen Kindern zusammengeleimt wurde. Sondern detailliert ausgearbeitete, hochwertige Ware, nur eben winzig, winzig, winzig. Ich arbeite Tage an einem Stück, mitunter Wochen. Fertige an einer Drehbank für Modellbauer Stuhlbeine an, sorge mit einer feinen Säge für gerade Fugen, lackiere Kommoden, Tische und Kopfteile für Betten zehnmal hintereinander, damit sie so glatt und satt und dunkel werden wie ein stiller Teich im Herbst.

»In den Fachwerkstätten in High Point findet man auch nichts Besseres«, sagt Alicia. »In North Carolina, du weißt schon. Wo die echten Möbel gemacht werden. Vernon, das ist großartig.« Und ihre Miene verrät mir, dass sie es auch so meint. »Du hast mir erzählt, du würdest Sachen übers Internet verkaufen, eBay und so. Ich dachte, du wärst einfach ein Zwischenhändler, der Dinge günstig einkauft und für einen höheren Preis wieder anbietet.«

»Nein, das wäre nichts für mich. Ich mag es, Dinge zu erschaffen.«

»Du solltest sie nicht ›Dinge‹ nennen. Sie sind mehr als das. Sie sind Kunstwerke«, wiederholt sie.

Kann sein, dass ich rot werde. Keine Ahnung. Und einen Moment lang möchte ich sie in den Arm nehmen und küssen, aber nicht wie sonst, wenn ich sie packe und ihren Finger schmecke, ihren Mund, ihre Brustwarze oder ihren Schoß. Ich möchte einfach nur mit meinen Lippen ihre Schläfe berühren. Vielleicht fühlt Liebe sich so an, aber davon verstehe ich nichts, und ich möchte nicht über das Jetzt hinausdenken.

»Eine beachtliche Werkstatt.« Sie schaut sich um.

»Mein Spielzimmer. So nenne ich es.«

»Warum hast du mir nicht verraten, was genau du machst? Du hast immer so geheimnisvoll getan.«

»Weil …« Ich zucke die Achseln. Wegen der Shopper, lautet natürlich die Antwort. Wegen der Tyrannen, der Grobschlächtigen, der Leute, die aus Spaß andere erniedrigen. Vernon Griffith sitzt in seinem dunklen Kämmerlein und macht Spielzeuge … Wieso sollte man sich mit so einem Freak überhaupt abgeben? Ich will jemanden, der sich geschmackvoll kleidet, der cool ist und gut aussieht.

Ich beende den Satz nicht.

»Wer kauft so etwas?«

Ich muss unwillkürlich lachen. »Am meisten zahlen die gediegenen Familienväter. Anwälte, Ärzte und Manager, die alles für ihre kleinen Mädchen tun würden und denen nichts zu teuer ist.« Ich weiß, dass sie die Stücke nicht zu schätzen wissen – nicht mal diejenigen, für die ich einen Tausender verlange. Für diese Männer besteht da kein Unterschied zu einem gegossenen Stück Polyurethan. Und ich bezweifle, dass sie sich an den Gesichtern ihrer Kinder erfreuen, wenn diese das Päckchen öffnen (wenngleich ich vermute, dass auch den Kleinen die Geschenke ziemlich egal sind). Nein, was die Geschäftsleute in erster Linie wollen, ist, vor den Nachbarn damit zu protzen. »Oh, seht nur, was ich für Ashleigh habe anfertigen lassen. Aus echtem Teakholz.«

(Und bin mir auch stets der Ironie der Situation bewusst, dass Eltern für ihre kleinen Lieblinge eine Kommode kaufen, die von denselben Händen und mit denselben Werkzeugen gefertigt wurde, die Schädel zertrümmert und zarte Kehlen durchgeschnitten haben.)

Die meisten Käufer aber mögen meine Ware, die Bewertungen sind erstklassig.

»Oh, sieh an. Du machst auch historische Stücke.« Sie steht vor einem Katapult, einem Belagerungsturm, einem mittelalterlichen Bankettisch und einer Streckbank (einer meiner beliebteren Artikel, was ich irgendwie amüsant finde).

»Dafür darf ich mich wohl bei *Game of Thrones* bedanken. Ich habe auch viele Elben- und Ork-Gegenstände gemacht, als die *Hobbit*-Filme herausgekommen sind. Mittelalterkram ist okay, solange er von mir selbst gestaltet wurde. *Die Tribute von Panem* habe ich angedacht und wieder verworfen – wegen der möglichen Markenzeichen- und Copyright-Probleme. Bei Disney muss man auch vorsichtig sein. Und bei Pixar. Ach, das musst du dir ansehen.«

Ich ziehe ein Buch aus meinem Regal, halte es hoch. *The Nutshell Studies of Unexplained Death.*

»Was ist *das* denn, Vernon?« Sie schmiegt sich an mich, und ich spüre ihren Körper, während ich in dem Buch blättere.

»Es gab mal eine Frau in Chicago, die Tochter eines Millionärs. Schon vor langer Zeit. Sie ist neunzehnhundertzweiundsechzig gestorben. Frances Glessner Lee. Je von ihr gehört?«

»Nein.«

»Eine interessante Persönlichkeit. Sie hat nicht auf reiche Erbin gemacht und sich oberflächlich die Zeit vertrieben, sondern war von Verbrechen fasziniert, hauptsächlich von Mordfällen. Sie hat teure Dinnerpartys für die Polizei gegeben, und sie hat so viel wie möglich über Ermittlungsarbeit gelernt. Aber das hat ihr nicht gereicht. Also hat sie sich mit den Einzelheiten berühmter Mordfälle vertraut gemacht und die Tatorte als Dioramen nachgebaut – du weißt schon, wie Puppenstuben. Jedes noch so winzige Detail war perfekt.«

Das Buch enthält Fotos ihrer Miniaturschauplätze, die Namen wie »Dreizimmerwohnung« oder »Das rosafarbene Badezimmer« tragen. An jedem Ort gibt es die Puppen eines oder mehrerer Mordopfer einschließlich der zugehörigen Blutflecke, allesamt an genau den gleichen Stellen wie an den wirklichen Tatorten.

Ich muss plötzlich an Rotschopf denken. Miss Shopperin Amelia Sachs. Wie ich herausgefunden habe, ist sie auf die Untersuchung von Tatorten spezialisiert.

Zwei Gedanken: Das Buch würde ihr vermutlich gefallen. Und: Ein Miniaturdiorama, in dem ein Abbild ihres wohlgeformten Körpers auf dem Boden ihres Schlafzimmers liegt. Mit zerschmettertem Schädel, das rote Haar noch röter von all dem Blut.

Wir lachen über einige der erstaunlichen Einzelheiten, die Lee bei ihrer Arbeit berücksichtigt hat. Ich stelle das Buch wieder zurück ins Regal.

»Möchtest du eine haben?«, frage ich.

Sie dreht sich zu mir um. »Eine was?«

Ich zeige auf die Regale. »Eine Miniatur.«

»Ich … ich weiß nicht. Sind die denn nicht alle schon in deinem Angebot gelistet?«

»Ja. Aber die Käufer können warten. Welche möchtest du? Eine bestimmte?«

Sie beugt sich vor, und ihr Blick fällt auf einen Kinderwagen.

»Der ist ja traumhaft schön.« Sie lächelt zum zweiten Mal.

Es gibt zwei Exemplare. Das eine ist eine Auftragsarbeit, das andere habe ich gebaut, weil ich einfach gern Kinderwagen anfertige. Ich weiß gar nicht, wieso. Babys und Kinder sind nicht, waren nie und werden nie Teil meines Lebens sein.

Alicia zeigt auf die Auftragsarbeit. Das hochwertigere Exemplar. Ich nehme es und gebe es ihr. Sie berührt es vorsichtig und wiederholt: »Der Wagen ist perfekt. Jedes einzelne Teil. Sieh nur, wie die Räder sich drehen! Er ist sogar gefedert!«

»Das Baby muss es doch bequem haben«, sage ich.

»Danke, Vernon.« Sie küsst mich auf die Wange. Dann wendet sie sich ab, lässt das Laken zu Boden fallen, legt sich aufs Bett und blickt zu mir empor.

Ich überlege. Eine Stunde mehr oder weniger macht praktisch keinen Unterschied.

Außerdem kommt es mir großzügig vor, der Person, die ich heute töten werde, ein wenig mehr Zeit auf Gottes Erde zu gestatten.

* * *

»Ich will, dass dieses verdammte Ding von hier verschwindet«, wandte Rhyme sich barsch an Thom und wies auf die Rolltreppe.

»Dein Beweisstück A? Und wie stellst du dir das vor? Das sind fünf Tonnen Metall.«

Rhyme ging dieses Monstrum wirklich auf die Nerven. Es erinnerte ihn daran, dass es, nun ja, durchaus Beweisstück A hätte sein *können*, aber niemals sein *würde*.

Thom suchte nach den Unterlagen, die mit der Rolltreppe geliefert worden waren. »Ruf doch bei Whitmore an. *Mister* Whitmore. Er hat das alles arrangiert.«

»Ich habe ihm schon eine Nachricht hinterlassen. Er hat bisher nicht zurückgerufen.«

»Tja, Lincoln, meinst du nicht, es wäre besser, ihm das alles zu überlassen? Oder soll ich wirklich bei Craigslist nach ›Abbaudiensten für Rolltreppenteilstücke‹ suchen?«

»Was ist Craigslist?«

»Wir lassen den Anwalt die ursprüngliche Firma verständigen. Die Leute wussten wenigstens, was zu tun war. Die Böden haben tatsächlich keine Kratzer abbekommen. Eine echte Überraschung.«

Es klingelte an der Tür, und Rhyme stellte erfreut fest, dass Juliette Archer eingetroffen war. Und zwar allein, ohne Bruder im Schlepptau. Er nahm an, dass sie darauf bestanden hatte, am Bordstein abgesetzt zu werden und die »gefährliche« Rampe allein zu bewältigen. Ohne Babysitter.

Er fragte sich, welche Aufgabe er ihr übertragen könnte. Es stand gerade nichts allzu Aufregendes an. Eine wissenschaftliche Untersuchung für eine Kriminalistikschule in München, ein Aufsatz über Massenspektrometrie für eine amerikanische Fachzeitschrift, ein Thesenpapier über die Partikelgewinnung aus Rauch.

»Guten Morgen«, sagte sie, rollte in den Salon und lächelte Thom zu.

»Willkommen zurück«, begrüßte sie der Betreuer.

»Sprechen Sie zufällig Deutsch?«, fragte Rhyme.

»Nein, leider nicht.«

»Auch gut. Dann müssen wir eben etwas anderes für Sie finden. Ich glaube, ein paar der Projekte sind nicht ganz so langweilig.«

»Langweilig oder nicht, ich nehme gern, was ich kriegen kann. Und verzeihen Sie mir das unklar zugeordnete Adjektiv.«

Er kicherte. Stimmt, das »langweilig« in ihrer Antwort hätte sich auch auf ihre Person beziehen können. Grammatik, Zeichensetzung und Syntax waren bisweilen ernst zu nehmende Gegner.

»Frühstück, Juliette?«, fragte Thom.

»Ich habe schon gegessen, danke.«

»Lincoln? Hast du dich entschieden?«

Rhyme fuhr näher an die Rolltreppe heran. »Ich würde sagen, keines der Einzelteile wiegt mehr als fünfundvierzig Kilo. *Jeder* könnte das Ding auseinandernehmen. Aber wir sollten wohl tatsächlich lieber …« Seine Stimme erstarb schlagartig.

Thom stellte noch eine Frage.

Rhyme hörte nicht hin.

»Lincoln? … Was … O Mann, wenn Blicke töten könnten. Ich habe dich bloß gefragt, was du zum Frühstück möchtest.«

Er ignorierte den Betreuer, rollte bis unmittelbar zu dem Gerüst vor und musterte die tödliche Zugangsluke sowie – darunter gelegen – den Schalter und den Servomotor der Verriegelung.

»Wie lautet Regel Nummer eins für Konstrukteure?«, flüsterte er.

»Ich habe keine Ahnung. Was willst du zum Frühstück?«

»Effizienz«, fuhr Rhyme fort. »Ein Gerät sollte nicht mehr Bauteile umfassen …«

»… als notwendig sind, um die gewünschte Funktion zu gewährleisten«, beendete Archer seinen Satz, jedenfalls mehr oder weniger.

»Genau!«

»Aha«, sagte Thom. »Nun aber: Pfannkuchen, Bagel, Joghurt? Alle drei?«

»Gottverdammt noch mal.« Das galt aber Rhyme selbst, nicht seinem Betreuer.

»Was ist denn, Lincoln?«, fragte Archer.

Ihm war ein Fehler unterlaufen. Und nichts brachte Lincoln Rhyme mehr in Rage als das. Er machte auf der Stelle kehrt und raste zum nächstgelegenen Computer. Dort öffnete er die von Mel Cooper geschossenen Nahaufnahmen aus dem Inneren der Rolltreppe. Ja, er hatte recht.

Wie, zum Teufel, hatte ihm das entgehen können?

Genau genommen war es ihm gar nicht *entgangen*. Er hatte es bemerkt, aber unverzeihlicherweise nicht wirklich beachtet. Er wusste sogar noch genau, was er über das Kabel des Schalters gedacht hatte:

Es endete in einem Stecker, und der wiederum befand sich in einer der Steckdosen an der Seite des Servomotors…

Einer der Steckdosen.

»Schauen Sie sich den Servomotor an, der den Bolzen zurückzieht«, wandte er sich an Archer. »Rechte Seite.«

»Ah«, sagte sie und klang dabei selbst ein wenig verärgert. »Da sind *zwei* Steckdosen.«

»Richtig.«

»Wir haben die gesehen. Mehrmals sogar.« Archer schüttelte den Kopf.

Rhyme blickte finster drein. »Ja, das haben wir.«

Es gab keinen Grund für eine zweite Steckdose an dem Motor, es sei denn, man schloss etwas daran an – und zwar wahrscheinlich einen zweiten Schalter.

Jedenfalls bei dem Modell hier vor ihnen. Hatte das entsprechende Bauteil der Unfalltreppe ebenfalls zwei Steckdosen besessen? Er stellte Archer diese Frage.

Sie wies darauf hin, dass Amelia Sachs am Tatort doch einige inoffizielle Fotos gemacht habe.

»Guter Gedanke.« Er öffnete die Dateien.

»Lincoln?«, versuchte Thom es erneut. »Frühstück?«

»Später.«

»Jetzt.«

»Irgendwas. Mir egal.« Er und Archer starrten die Fotos an. Doch sie erhielten keine Antwort auf ihre Frage. Die Winkel waren ungünstig, und im Schacht gab es viel zu viel Blut an den Wänden, um die Einzelheiten deutlich erkennen zu können.

»Gab es einen zweiten Schalter?«, fragte Rhyme leise.

»Falls ja, hatte er womöglich eine Fehlfunktion«, sagte Archer. »Und mit etwas Glück wurde er nicht von Midwest Conveyance, sondern von einer anderen Firma hergestellt. Einer Firma mit viel Geld.«

»Wo würde dieser andere Schalter denn sein? Geht das aus der Dokumentation hervor?«

Archer sah in den Dateien nach, die sie heruntergeladen hatte, konnte aber nichts finden. »Und nun?«

»Was meinen Sie? Die Rolltreppen in dem Einkaufszentrum in Brooklyn, wo der Unfall passiert ist, sind doch vermutlich alle gleich, oder?«

»Das nehme ich an.«

»Wie wäre es hiermit? Whitmore heuert einen Privatdetektiv an – er kennt bestimmt ein Dutzend. Der Kerl rammt irgendwas zwischen die Stufen einer der Rolltreppen und bringt sie so zum Stillstand.« Rhyme nickte. Die Idee gefiel ihm. »Man wird sofort einen Reparaturtrupp holen. Wenn der dann die Klappe öffnet, könnte Whitmores Mann aus der Nähe Bilder vom Innern des Schachtes schießen.«

Thom hatte mitgehört und runzelte die Stirn. »Im Ernst, Lincoln? Glaubst du nicht, das geht zu weit?«

Rhyme war immer noch sauer. »Ich denke vor allem an Sandy Frommer und ihren Sohn.«

»Darf ich vorher etwas ausprobieren?«, fragte Juliette Archer.

Er freute sich schon auf die Sabotage. Doch er fragte: »Was denn?«

* * *

»Hallo?«

»Spricht dort Mister Holbrook?«

»Ja. Und wer sind Sie?«, erklang die Stimme aus dem Lautsprecher von Rhymes Festnetzanschluss.

»Ich heiße Juliette Archer und arbeite für die beiden Männer, mit denen Sie gestern über Skype gesprochen haben, Evers Whitmore und Lincoln Rhyme.«

Der Justiziar benötigte einen Moment, um sich alles ins Gedächtnis zu rufen. »Ach, wegen des Falls. Der Anwalt und der Berater. Wegen des Schadensersatzes. Greg Frommer.«

»Ganz recht.«

»Ja, ich glaube, Ihr Name wurde auch erwähnt. Sie sind die andere Beraterin?«

Rhyme beobachtete ihr schmales Gesicht. Sie hatte die blauen Augen zu Boden gerichtet. Und konzentrierte sich sehr.

»Ja, bin ich.«

»Nun, wir sind immer noch bankrott«, murmelte der Mann zynisch. »Es hat sich nichts geändert. Wie gesagt, falls Sie den Vollstreckungsaufschub aufheben lassen wollen, nur zu. Der Konkursverwalter wird sich dagegen wehren, und Sie dürften vermutlich damit scheitern, aber lassen Sie sich nicht davon abhalten.«

»Nein, ich rufe wegen etwas anderem an.« Archer klang nun genauso gereizt wie tags zuvor, als Rhyme sie zunächst weggeschickt hatte, anstatt sie als Praktikantin zu akzeptieren.

Er fragte sich, worauf sie hinauswollte.

»Und das wäre?«, fragte Holbrook.

»Sie waren so freundlich, uns an andere mögliche Beklagte zu verweisen, rechneten aber nicht mit einem Erfolg.«

Der Mann wurde hörbar vorsichtiger. »Ja, genau, ich hielt es für wenig wahrscheinlich. Immerhin lag die Verantwortung bei Midwest Conveyance. Das habe ich eingeräumt. Und es tut mir leid, dass wir Ihrer Mandantin – der Witwe – nicht helfen können.«

»Wenig wahrscheinlich«, wiederholte sie seine Worte. »Aber Sie haben nicht auf die eine Firma hingewiesen, die dennoch als Beklagte in Betracht kommen könnte.«

Schweigen.

»Sie wissen, von wem ich spreche, nicht wahr?«

»Was genau wollen Sie andeuten, Miss Archer?«

»Dass Sie uns nichts von dem zweiten Schalter erzählt haben, mit dem sich die Luke öffnen lässt.«

»Ein zweiter Schalter?« Sein Tonfall verriet, dass er offenbar Zeit schinden wollte.

»Ganz recht, Mr. Holbrook. Wer stellt ihn her? Wie funktioniert er? Wir müssen das wissen.«

»Da kann ich Ihnen wirklich nicht weiterhelfen, Miss Archer. Ich muss jetzt los.«

»Wussten Sie, dass Lincoln Rhyme, der andere Berater in diesem Fall, unzählige Male mit dem NYPD und …«

»Wir fallen nicht in deren Zuständigkeit.«

»… und dem FBI zusammengearbeitet hat?, wollte ich fragen.«

»Hier liegen keine Bundesvergehen vor. Und die Vertraulichkeitsvereinbarungen gestatten es mir nicht, über Firmen zu reden, mit denen wir vertraglich verbunden sind.«

»Sie haben soeben bestätigt, dass es einen zweiten Schalter gibt, der die Luke öffnen konnte.«

»Ich … Nun, ich beende jetzt dieses Gespräch. Ich werde auflegen und …«

»… und sobald Sie das getan haben, rufe ich Sandy Frommer an und schlage vor, dass sie und ihr Anwalt eine Pressekonferenz darüber abhalten sollten, wie unkooperativ Midwest Conveyance sich bei der Suche nach demjenigen verhält, der die wahre Verantwortung für den Tod ihres Mannes trägt.

Ich schätze mal, man wird von ›Vertuschung‹ reden, und das dürfte sich beim Konkursgericht eher nachteilig auswirken. Die Gläubiger könnten auf die Idee kommen, Ansprüche auf das Privatvermögen der Firmenleitung geltend zu machen.«

Ein Seufzen.

»Gehen Sie in sich. Wir reden von einer Witwe mit Kind. Ich habe Ihnen geglaubt, als Sie sagten, es tue Ihnen leid. Nun fassen Sie sich ein Herz und verraten Sie uns bitte, von wem der zweite Schalter hergestellt wird.«

»Lesen Sie gern in Ihrer Freizeit, Miss Archer?«

Sie runzelte die Stirn. Ein Blick zu Rhyme. »Hin und wieder schon.«

Rhyme hörte das Rascheln von Papier.

»Ich selbst bin ein großer Fan von *Entertainment Weekly*. Und von *Fly Fishing Today*. Aber ich nehme mir auch die Zeit für *Industrial Systems Monthly*. Die März-Ausgabe hat mir besonders gut gefallen. Die Seiten vierzig und einundvierzig.«

»Was …?«

»Alles Gute, Miss Archer. Sollten Sie mich noch mal anrufen, werde ich das Gespräch nicht annehmen.«

Er legte auf.

»Gut«, sagte Rhyme. »Haben Sie das bei *Boston Law* gelernt?«

»*Boston Legal*«, korrigierte sie ihn. »Nein, ich hab improvisiert.«

Rhyme war bereits online. Er fand eine digitale Version der Zeitschrift, die Holbrook erwähnt hatte, und scrollte zu den genannten Seiten. Es handelte sich um die Werbeanzeige eines Produkts der Firma CIR Microsystems. Der Text war ziemlich technisch gehalten, und Rhyme verstand auf den ersten Blick kein Wort davon. Das Foto zeigte einen kleinen grauen Kasten, aus dem Kabel ragten. Das Ding hieß DataWise5000.

»Was ist das denn?«, fragte Rhyme.

Archer schüttelte den Kopf, ging ebenfalls online und zog Google zurate. »Aha«, sagte sie kurz darauf. »Hören Sie sich das an. Es ist ein Smart-Controller.«

»Ich glaube, den Begriff habe ich schon mal gehört. Fahren Sie fort.«

Sie las eine Weile. »Diese Dinger stecken in allem Möglichen«, erklärte sie dann. »In Beförderungstechnik wie Aufzügen und Rolltreppen, aber auch in Autos, Zügen, Industrie- und Baumaschinen sowie medizinischen Apparaten. Außerdem in Hunderten von Haushaltsgeräten: Öfen, Heizungen, Beleuchtungssystemen, Sicherheitsvorrichtungen, Türschlössern. Man kann mit seinem Telefon oder Computer, egal ob Tablet oder Desktop, von jedem Ort aus mit diesen Kästchen kommunizieren. Und die jeweiligen Produkte fernsteuern.«

»Ein Wartungstechniker könnte also versehentlich ein Signal geschickt haben, und die Luke hat sich geöffnet? Oder es waren zufällige Funkwellen?«

»Das wäre möglich. Ich bin gerade bei Wikipedia. Und … O Mann.«

»Was?«

»Hier ist ein Eintrag über CIR Microsystems, den Hersteller des Controllers.«

»Und?«

»Der Chef des Ladens, Vinay Parth Chaudhary, wird der neue Bill Gates genannt.« Sie sah Rhyme an. »Und der Firmenwert liegt bei achthundert Milliarden Dollar. Lassen Sie uns Evers Whitmore anrufen. Ich glaube, wir sind wieder im Spiel.«

17

Die Zentrale der Spurensicherung hatte sich im Fall Täter 40 noch nicht wieder gemeldet, nicht zu dem Lack, nicht zu dem Make-up und auch nicht zu dem Sägemehl. Gleiches galt für etwaige Partikel- oder DNS-Spuren an den White-Castle-Servietten.

Doch zumindest die Taxifirma ließ von sich hören.

»Ich hab's.« Ron Pulaski hielt einen Notizblock hoch. Sachs saß gegenüber von ihm im Konferenzraum an der Police Plaza Nummer eins. Der junge Beamte las vor: »Der Fahrer heißt Eduardo. Er erinnert sich an den Verdächtigen, hat ihn beim White Castle eingesammelt, auf der anderen Straßenseite. Der Mann hatte eine Tüte voller Burger dabei und hat sie während der Fahrt gegessen. Ein Dutzend oder mehr. Und er hat Selbstgespräche geführt, mit seltsam monotoner Stimme. Ein dürrer Kerl, hat die ganze Zeit nach unten geschaut. Irgendwie unheimlich. Und es war am Tag des Mordes.«

»Hat der Fahrer ihn sich genau angesehen?«

»Nicht wirklich. Nur: schlaksig, dürr, groß. Grünes Jackett, Atlanta-Baseballmütze.«

»Wieso hat er nicht mehr von ihm erkannt?«

»Das Glas war schmutzig. Sie wissen schon, die Trennscheibe. Aus Plexiglas.«

Er fügte hinzu, der Fahrer habe den Verdächtigen in Downtown Manhattan abgesetzt, ungefähr vier Blocks vom Schauplatz des Mordes entfernt.

»Um welche Zeit?«

»Gegen achtzehn Uhr.«

Stunden vor dem Mord. Was hatte er in der Zwischenzeit gemacht?, fragte sie sich.

»Der Fahrer musste ein paar Anrufe erledigen und ist daher an der Ecke stehen geblieben«, erklärte Pulaski. »Aus diesem Grund konnte er den Verdächtigen noch etwa eine Minute lang beobachten. Unser Mann ist zu keinem der Häuser in unmittelbarer Nähe der betreffenden Kreuzung gegangen, sondern einen Block weit bis zur nächsten Querstraße. Der Fahrer hätte ihn auch dort absetzen können, aber vielleicht wollte der Täter ja nicht beim Betreten eines bestimmten Hauses gesehen werden.« Der junge Beamte ging online und rief einen Stadtplan auf – aus der Vogelperspektive, wie Amelia sah. Eine Satellitenansicht.

Pulaski deutete auf ein bestimmtes Gebäude. »Nach der Beschreibung des Fahrers muss es das hier sein.« Er wechselte den Anzeigemodus. Die Straßenansicht zeigte ihnen ein nicht sehr großes, sandfarbenes Haus.

»Eine kleine Fabrik, Büros, ein Lager?«

»Nach Wohnungen sieht es jedenfalls nicht aus.«

»Schauen wir es uns aus der Nähe an«, sagte Sachs.

Sie machten sich auf den Weg zu Amelias Auto. Zehn Minuten später schlängelten sie sich durch den dichten Verkehr. Sachs fuhr hochtourig in niedrigen Gängen und wechselte so aggressiv wie immer von Spur zu Spur.

Dabei fragte sie sich, was sie wohl vor Ort in Erfahrung bringen würden.

Manchmal kam man auf diese Weise bei den Ermittlungen ein kleines Stück weiter, manchmal war es Zeitverschwendung.

Und manchmal landete man direkt vor der Haustür des Täters.

* * *

Mel Cooper war zurück in Rhymes Salon am Central Park West.

Sorry, Amelia, dachte Rhyme. Nach der Entdeckung des potenziellen neuen Verantwortlichen brauche ich Mel dringender als du. Streiten können wir uns später.

Evers Whitmore war ebenfalls anwesend.

Die drei Männer blickten in den dunkleren Teil des Raumes, wo Juliette Archer vor einem Computer saß und ihn mit Sprachkommandos steuerte.

»Hoch drei Zeilen. Rechts zwei Wörter. Markieren. Ausschneiden ...«

Ein Leben ohne Tastenkürzel zehrt wirklich an der Geduld, dachte Rhyme. Als Querschnittsgelähmter kam man sich bisweilen wie im neunzehnten Jahrhundert vor. Alles dauerte länger. Er selbst hatte es mit Augensteuerung probiert, mit Stimmerkennung und mit einem Laserpointer an seinem Ohr, der bestimmte Teile des Bildschirms aktivierte. Letztlich war er zu der altbewährten Methode zurückgekehrt, nämlich mit seiner Hand einen Joystick oder ein Touchpad zu bedienen. Das mochte unbeholfen und langsam sein, aber es ähnelte am ehesten dem normalen Vorgehen, und Rhyme beherrschte es inzwischen sehr gut. Archer musste erst noch herausfinden, welche Methode für sie die beste war.

Nach einigen Minuten gesellte die Frau sich in ihrem Rollstuhl zu den anderen. Auf dem nahen Hauptmonitor waren die Ergebnisse ihrer Arbeit zu sehen, aber sie fasste die wesentlichen Punkte zusammen, ohne einen Blick auf die Bildschirme zu werfen.

»Okay. CIR Microsystems, Vinay Chaudharys Firma, ist der landesweit führende Hersteller von Smart-Controllern, mit jährlichen Einnahmen von zwei Milliarden Dollar.«

»Oh, das ist hilfreich«, stellte Whitmore mit seinem üblichen Understatement fest.

»Bei dem Controller handelt es sich im Prinzip um einen kleinen Computer mit WLAN-, Bluetooth- oder Mobilfunkverbindung. Er wird im Innern der Maschinen oder Geräte montiert, die er steuert. Eigentlich ist es ganz einfach. Nehmen wir als Beispiel einen Backofen. Der Controller ist per Internet mit dem Cloud-Server des Herstellers verbunden. Der Eigentümer hat auf seinem Smartphone eine App, um von überall auf der Welt mit dem Ofen zu kommunizieren. Er loggt sich in den Server ein und kann dem Controller sowohl Signale senden als auch welche von ihm empfangen – um den Ofen ein- oder auszuschalten. Der Hersteller ist auf einem separaten Kanal ebenfalls mit dem Gerät verbunden, um Daten zu sammeln: Nutzungsinformationen, Diagnosewerte, Wartungstermine, Störungen – er kann sogar benachrichtigt werden, wenn die Lampe im Ofen durchbrennt.«

»Hat es mit dem DataWise5000 in der Vergangenheit irgendwelche Probleme gegeben?«, wollte Cooper wissen. »Ist der Controller etwa aktiv geworden, obwohl er gar nicht sollte?«

»Bisher habe ich nichts finden können, aber das war auch bloß Google-Roulette. Geben Sie mir etwas mehr Zeit, und ich forsche gründlicher nach.«

»Warum genau also ist unsere Luke aufgesprungen?«, grübelte Rhyme. »Hat ein zufälliges Signal aus dem Einkaufszentrum den Controller zum Öffnen veranlasst? Oder kam der Befehl aus der Cloud? Oder hatte der DataWise einen Kurzschluss und hat die Klappe von sich aus geöffnet?«

Archer blickte vom Computer auf. »Ich hab hier was. Sehen Sie sich das an. Ein zwei Monate alter Blog-Eintrag. *Social Engineering Second-ly.* Mit »second« ist hier offenbar nicht die zweite Stelle, sondern die Sekunde gemeint. Sekündlich aktualisiert, soll das wohl heißen. Im Gegensatz zu »Monthly« oder »Weekly«, wie viele Zeitschriften heißen. Passt irgendwie nicht so ganz.«

»Man kann auch *zu* clever sein«, sagte Rhyme.

Er und die anderen lasen:

BEQUEMLICHKEIT = TOD?
DIE GEFAHREN DES INTERNETS DER DINGE (IDD)

Wird die Trägheit der Konsumenten unser aller Ende bedeuten?

Von selbsttätig aufschäumender Seife zu portionskontrollierten Mahlzeiten mit genau eingehaltener Kalorienzahl, die pünktlich zum Abendessen frei Haus geliefert werden – die Industrie vermarktet immer mehr Produkte, mit denen sie eine Entmündigung des Kunden bewirkt. Die Rechtfertigung lautet, man wolle den vielbeschäftigten Berufstätigen und Familien beim Sparen von Zeit und – in manchen Fällen – Geld helfen und ihnen das Leben erleichtern. In Wahrheit stellen viele dieser Angebote lediglich verzweifelte Versuche dar, die Taschen von Firmen zu füllen, die mit einer fast vollständigen Marktsättigung konfrontiert sind oder sich mit ihren Marken nicht mehr von denen der Konkurrenz abheben können.

Doch die Bequemlichkeit hat eine dunkle Seite.

Ich meine das sogenannte Internet der Dinge, kurz IdD.

Tausende von Geräten, Werkzeugen, Heiz- und Klimaanlagen, Fahrzeugen und Industrieprodukten sind mit internen Steuerungskomponenten ausgestattet, die dem Benutzer einen Zugriff aus der Ferne ermöglichen. Manche davon gibt es schon seit einigen Jahren, zum Beispiel Sicherheitssysteme, deren Videokameras genau genommen Mini-Computer mit Verbindung zu Ihrem WLAN- oder Mobilfunkanbieter sind. Von unterwegs können Sie sich auf einer – vermeintlich sicheren – Internetseite einloggen und ein Auge auf den Babysitter haben oder sich vergewissern, dass gerade keine Einbrecher in Ihrem Wohnzimmer wüten.

In letzter Zeit nimmt die Verbreitung solcher vernetzten Geräte exponentiell zu.

Sie helfen uns beim Sparen und machen unser Leben so viel angenehmer.

Heutzutage können Sie Ihren Backofen von einem anderen Ort aus einschalten, auf dem Heimweg schon mal die Heizung aufdrehen, Ihre Tür anweisen, sich für eine Stunde zu entriegeln, wenn der Klempner erwartet wird (und ihn mit Ihrer Überwachungskamera bei der Arbeit beobachten!), Ihr Auto bei Minustemperaturen im Voraus anlassen … Wie bequem! Was kann denn daran schon falsch sein?

Wer könnte etwas dagegen haben?

Nun, ich zum Beispiel.

Lassen Sie mich auf zwei Gefahren hinweisen:

ERSTENS: SIND IHRE DATEN SICHER?

Die meisten Smart-Controller verbinden die Geräte in Ihrem Haus mit Cloud-Servern, die von den jeweiligen Herstellern betrieben werden. Diese »versichern« Ihnen zwar, Ihre Privatsphäre sei wichtig, aber gleichzeitig sammeln all diese Firmen Daten über die Leistung ihrer Produkte und das Nutzungsverhalten der Kunden, oftmals ohne deren Wissen. Diese Informationen werden routinemäßig an Datensammler weiterverkauft. Man bemüht sich zwar in einem gewissen Ausmaß um Anonymisierung, aber nicht sehr gründlich: Letzte Woche hat ein Dreizehnjähriger aus Fresno sich die Namen, Adressen und Kreditkartennummern aller Besitzer eines mit einem Smart-Controller ausgestatteten Heizkessels der Firma General Heating besorgt. Um an diese Daten zu kommen, hat er sechs Minuten benötigt.

ZWEITENS: IST IHR LEBEN SICHER?

Noch beunruhigender ist es, wenn eine Fehlfunktion des Smart-Controllers zu einer Gefahr für Leib und Leben führt. Denn er steuert alle Eigenschaften des Geräts und sammelt keineswegs nur Daten. Theoretisch ist es also möglich, dass ein Warmwasserbereiter das Signal erhält, die Temperatur auf neunzig Grad zu erhöhen, WÄHREND SIE UNTER DER DUSCHE STEHEN! Und falls es in Ihrem Haus brennt, könnte der Controller alle Türen verriegeln und sich weigern, die Feuerwehr zu verständigen. Oder er meldet dort einfach einen Fehlalarm und lässt Sie und Ihre Familie einen qualvollen Tod sterben.

Die Hersteller behaupten, so etwas sei undenkbar, denn man habe Schutzvorrichtungen eingebaut: Netzwerkschlüssel, Verschlüsselungen, Passwörter.

Doch meine Wenigkeit hat kürzlich einen dieser Controller gekauft. Den DataWise5000 von CIR Microsystems, eines der am weitesten verbreiteten Modelle, das in nahezu allen Arten von Geräten eingesetzt wird, von Warmwasserbereitern bis zu Aufzügen und Mikrowellen. Es war mir möglich, eine Fehlfunktion auszulösen. Dazu habe ich den Kontroller einfach mit zufälligen Funksignalen bombardiert. Wäre das Gerät in einem Auto, einem medizinischen Apparat, einem Ofen oder einer gefährlichen Industriemaschine installiert gewesen, hätte diese Fehlfunktion katastrophale Folgen haben können.

Fragen Sie sich selbst: Ist Bequemlichkeit das Leben Ihrer Kinder wert?

»Bingo«, sagte Archer lächelnd.

»Wir könnten anführen, der Controller sei defekt, weil man ihn nicht vor zufälligen Signalen abgeschirmt habe«, stellte Whitmore etwas gelassener fest.

»Wer hat das gepostet?«, fragte Rhyme. »Wir sollten mit ihm sprechen.«

In dem Blog fanden sich nur wenige persönliche Informationen und keine Adresse.

»Rodney«, sagte Rhyme.

»Wer?«, fragte Archer.

»Sie werden sehen.«

Er schaute zu Cooper, der wissend lächelte und nach dem Regler am Festnetztelefon griff. »Ich dreh schon mal die Lautstärke herunter.«

Trotzdem hämmerte brachiale Rockmusik in den Salon, als kurz darauf jemand am anderen Ende an den Apparat ging.

»Noch etwas leiser«, bat Rhyme. Cooper tat ihm den Gefallen.

»Hallo?«, fragte der Angerufene.

»Rodney! Geht das auch ohne Musik?«

»Klar. Hallo, Lincoln.« Der dröhnende Bass verwandelte sich in ein Flüstern, erstarb aber nicht vollständig.

Rodney Szarnek war ein leitender Detective bei der erstklassigen NYPD-Abteilung für Computerkriminalität. Er konnte auf eine beeindruckende Festnahmequote verweisen und half anderen Ermittlern bei den Computerfragen ihrer Fälle. Leider mochte er die schlimmste Musik der Welt.

Rhyme teilte ihm mit, dass er auf den Lautsprecher gelegt war, und berichtete dann, dass der Smart-Controller einer Rolltreppe eine Fehlfunktion gehabt und einen grausamen Todesfall verursacht haben könne. »Aber die Anfrage ist nicht offiziell, Rodney.«

»Wie meinen Sie das?«

»Es ist ein Zivilfall. Mel Cooper ist zwar hier, aber nur, weil er sich Urlaub genommen hat.«

»Jetzt bin ich verwirrt.«

»Ich arbeite nicht mehr für das Department, Rodney«, sagte Rhyme geduldig.

»Nein!«

»Doch.«

»Aber wenn Sie aufgehört haben, warum haben Sie nicht aufgehört? Ich frage nur, weil wir gerade dieses Gespräch führen.«

»Ich habe mich von *Kriminal*fällen zurückgezogen. Derzeit bin ich als Berater für eine Zivilsache tätig.«

Eine Pause. »Oh. Nun ja. Dann kann ich Ihnen leider nicht wirklich behilflich sein. Sie verstehen schon. Ich wünschte, ich könnte.«

»Ja, das ist mir klar. Ich möchte Sie lediglich fragen, wie wir die Identität und Adresse eines Bloggers herausfinden können, der über diese Controller geschrieben hat. Wir möchten mit ihm reden und ihn vielleicht als Sachverständigen anheuern. Tun Sie einfach so, als würden Sie und ich auf einer Cocktailparty miteinander plaudern.«

»Tja, wie findet man jemanden online? Ganz einfach. Starten Sie eine WhoIs-Suche. W-H-O-I-S. Schicken Sie die .com-

oder .net-Adresse da durch. Er könnte sich natürlich hinter einem Datenschutzservice verstecken. Die sind dafür da, dass wütende Exfrauen oder -männer nicht herausfinden können, wo die Zielperson wohnt.«

Rhyme schaute zu Cooper, der bereits an der Tastatur saß und dann auf das Ergebnis wies. Rhyme las vor. »Da steht Privacy Plus, Neuseeland.«

»Ja, das ist genau so eine Servicefirma. Und für Neuseeland kriegen Sie keinen Gerichtsbeschluss. Sie sind am Arsch.«

»Aber wir können es uns nicht leisten, am Arsch zu sein, Rodney«, sagte Rhyme ruhig. »Lassen Sie uns noch mal gründlicher nachdenken.«

Szarnek räusperte sich. »Nun, theoretisch ... Gehört? The-o-re-tisch? Um einen Datenschutzservice zu umgehen, könnte man sich ein Programm herunterladen und installieren – natürlich auf einem USB-Stick, den man hinterher verbrennt. Ein Programm wie, nur so als Beispiel, HiddenSurf. Dann würde man das Programm starten und auf russischen Websites nach einem anderen Programm suchen, das *Ogrableniye* heißen könnte. Das ist russisch für ›Raubüberfall‹. Sehr subtil, unsere slawischen Freunde, nicht wahr? *Ogrableniye* ist ein Hacker-Code. Total illegal. Schrecklich. Ich bin strikt dagegen. Denn man kann damit, sagen wir mal, in eine Servicefirma in ... äh ... zum Beispiel Neuseeland eindringen und die Wohnanschrift einer Person herausfinden, deren Internetadresse man kennt.«

»Wir sollten jetzt lieber auflegen, Rodney.«

»Das finde ich auch. Aber wie können wir auflegen, wenn wir beide doch gar nicht miteinander gesprochen haben?«

Die Musik wurde wieder laut, und sie trennten die Verbindung.

»Hat jemand all das mitgeschrieben?«, fragte Rhyme. »Wir müssen ...«

Archer blickte von ihrem Computerbildschirm auf. »Eine schlechte und eine gute Nachricht.«

»Was?«

»Ich bin seinen Anweisungen gefolgt. Die schlechte Nachricht lautet, dass hier schon die ersten russischen Porno-Spam-Mails eintrudeln. Und die gute Nachricht ist: Ich habe die Adresse des Bloggers.«

18

»Es gibt in dieser Stadt einfach zu viele Menschen«, sagte Ron Pulaski. Dann schien er den Kommentar zu bedauern, weil der Täter, hinter dem sie her waren, ja in gewisser verdrehter Weise auf die Bevölkerungssituation einging.

Der junge Beamte meinte in Wahrheit, dass zu viele Leute einfach bei Rot über die Straße liefen und dass die Ampeln heute generell nicht auf seiner und Amelia Sachs' Seite waren.

Sie jedoch ließ sich von keinem der beiden Umstände beeindrucken. Ja, der Verkehr war zäh, aber sie kamen auf ihrem Weg stetig voran – von der Police Plaza Nummer eins zu der Kreuzung, an der Täter 40 aus dem Taxi gestiegen war, einige Stunden bevor er Todd Williams mit seinem wenig eleganten, aber wirkungsvollen Werkzeug erschlagen hatte. Sachs bediente sich einer Fahrweise, die sie als »berührungsloses Stupsen« bezeichnete; sie fuhr auf die kreuzenden Fußgänger zu und gab sich möglichst geistesabwesend, sodass die fraglichen Personen jähe Angst um die eigene Sicherheit bekamen und zur Seite sprangen.

Endlich verließen sie den Bereich von Downtown, der im 19. Jahrhundert unter dem Namen Five Points bekannt gewesen war, damals die gefährlichsten paar Quadratkilometer der Vereinigten Staaten. Heutzutage ging es hier viel friedlicher zu, obwohl – wie manche Leute zynisch behaupteten – die Zahl der Gangster nicht abgenommen hatte; das New Yorker Rathaus stand nämlich auch in diesem Viertel.

Zehn Minuten später entdeckten sie das Privattaxi an der Lower East Side, die sich in manchen Teilen zu einer Hipster- und Künstlergegend verwandelte. Nicht jedoch hier. Hier herrschten baufällige Geschäftsgebäude vor, und es gab viele leere Grundstücke.

Während des Telefonats, bei dem sie dieses Treffen verabredet hatten, hatte der Fahrer gesagt: »Sie mich sehen schon von Weitem. Weißer Ford, strahlend sauber. Gerade komme aus Waschanlage.« Den Akzent hatten sie nicht einordnen können.

Sachs umkurvte einige Abfallhaufen am Straßenrand und hielt in einer freien Parklücke. Sie und Pulaski stiegen aus. Der kleine dunkelhäutige Fahrer verließ sein Taxi und gesellte sich zu ihnen. Er trug Jeans und ein blaues Real-Madrid-Fußballtrikot.

»Ich bin Detective Sachs. Das ist Officer Pulaski.«

»Hallo, hallo.« Er schüttelte ihnen überschwänglich die Hände. Manche Leute werden angesichts der Polizei nervös, andere argwöhnisch und wiederum andere – die wenigsten – führen sich auf, als würden sie Rockstars treffen.

Eduardo hier wollte offenbar Charlotte aus dem White Castle den Rang streitig machen.

»Also, ich gern helfe. Gern.«

»Prima. Das wissen wir zu schätzen. Erzählen Sie mir von dem Mann.«

»Er sehr groß und sehr dünn. Komisch, wissen Sie?«

»Irgendwelche …?«

»… auffällige Merkmale?«, platzte es aus ihm heraus.

»Ja.«

»Nein, nein, konnte nicht viel sehen. Mütze auf. Braves. Das Team, kennen Sie?«

»Ja, kennen wir.« Pulaski ließ den Blick über die leere Straße schweifen. Lagerhäuser, kleine Büros. Keine Wohnungen, keine

Läden. Er widmete sich wieder seinem Notizblock, auf dem er festhielt, was der Mann ihnen zu sagen hatte.

»Sonnenbrille er auch getragen.«

»Haarfarbe?«

»Heller, ich glaube. Aber die Mütze. Wissen Sie?«

»Und seine Kleidung?«

»Grünes Jackett, gelb-grün. Dunkle Hose. Und ein Rucksack. Oh, und eine Tüte.«

»Eine Tüte?«

»Plastik. Als ob er hätte gekauft etwas, und die tun es in Tüte. Er schaut in Tüte mehrere Male, während ich fahre ihn.«

Auch Charlotte hatte eine Tüte erwähnt.

»War ein Logo auf der Tüte?«

»Logo?«

»Der Name eines Geschäfts oder ein Bild? Ein Smiley-Gesicht zum Beispiel?«

»Emoji! Nein.«

»Wie groß war die Tüte?«, fragte Sachs.

»Nicht groß. Erdbeeren.«

»Er hatte Erdbeeren?«, wunderte Pulaski sich.

»Nein, nein. Ich meine, ungefähr Größe wie Schale Erdbeeren. Ist eingefallen mir gerade. Oder Blaubeeren oder Salatdressing oder große Dose Tomaten. So groß«, sagte Eduardo strahlend. »Genau.«

»Haben Sie eine Ahnung, was in der Tüte gewesen ist?«

»Nein. Höre aber Metall. Klick, ein Klick. Oh, und diese Burger. Hat gegessen ganz viele, viele. Ein Dutzend White Castle vielleicht.«

»Hat er telefoniert?«

»Nein. Aber er irgendwie geredet mit sich selbst. Hab ich gesagt schon am Telefon. Ich nicht gut konnte hören. Zuerst ich sage: ›Wie bitte, Sir?‹ Weil ich denke, er mich meint. Aber er sagt: ›Nichts, schon gut.‹ Ich meine, er gesagt *etwas.* ›Nichts‹

war, was er gesagt. Wissen Sie? Und dann er still. Schaut nur aus Fenster. Nicht zu mir. Konnte also Narben nicht sehen. Sie mögen immer Narben. Die Polizei. Auffällige Merkmale. Aber hab keine gesehen.«

»Hatte er einen Akzent?«, fragte Pulaski.

»Ja.«

»Welchen?«

»Amerikanischen«, antwortete Eduardo, und das war nicht ironisch gemeint.

»Und hier haben Sie angehalten? An dieser Kreuzung?«

»Ja, ja. Ich dachte, Sie sehen wollen, wo genau.«

»Wollen wir. Hat er bar bezahlt?«

»Ja, ja, anders geht nicht bei uns, wissen Sie?«

»Und haben Sie eventuell noch die Scheine, die er Ihnen gegeben hat?«

»Wegen Fingerabdrücke!«

»Genau.«

»Nein.« Der Fahrer schüttelte energisch den Kopf.

»Sie haben hier gewartet und gesehen, wie er in eines der Gebäude gegangen ist?« Pulaski blickte von seinem Notizblock auf.

»Habe ich, ja. Ich zeige Ihnen.« Er deutete die Straße hinauf. »Kann man erkennen gerade noch, das da. Beige.« Er rang der Farbe tatsächlich zwei Silben ab.

Es war das fünfgeschossige Haus, das sie schon aus der Anzeige der Satelliten- und Straßenansicht kannten. Von hier aus war nur ein schmaler Streifen sichtbar; die Vorderseite lag zur Querstraße hin. Eines der beiden Nachbargrundstücke war unbebaut, und auf dem anderen stand ein halb abgerissenes Gebäude.

»Ich mich erinnere, weil ich dachte, wen er besuchen will, war vielleicht nicht zu Hause«, fuhr Eduardo fort, »oder nicht da, und dann dieses Viertel? Hier keine gelbe Taxis unterwegs, also er will zurück nach Queens, und ich kann machen zweite Fahrt. Aber ich gesehen, dass er durch Hintertür hineingeht. Da ich bin weggefahren, wissen Sie?«

»Wir danken Ihnen für die Hilfe.«

»Er ein Killer?« Eduardo grinste fröhlich.

»Er wird in Zusammenhang mit einem Mordfall gesucht, ja. Falls Sie ihn noch mal sehen oder er bei Ihrer Firma in Queens vorbeikommt, wählen Sie den Notruf und nennen Sie meinen Namen.« Sachs gab ihm eine ihrer Visitenkarten. »Versuchen Sie auf keinen Fall selbst, ihn aufzuhalten.«

»Nein, ich anrufe Sie, Officer Detective.«

Er fuhr los, und Sachs und Pulaski gingen auf das besagte Gebäude zu. Nach einem halben Block blieb Amelia abrupt stehen.

»Was ist denn?«, flüsterte Pulaski.

Sie kniff die Augen zusammen. »Welche Straße ist das? An der das Haus liegt?«

»Keine Ahnung.« Er nahm sein Smartphone und lud eine Karte. »Die Ridge Street.« Der junge Beamte runzelte die Stirn. »Woher kenne ich die? … Oh, verdammt.«

Sachs nickte. »Ja. Da hat Todd Williams gearbeitet.« Sie hatte die Büroadresse des Opfers in Erfahrung gebracht, seine Schritte vom Tatort hierhin zurückverfolgt und dabei nach Spuren gesucht. Sie hatte sich außerdem bemüht, den anderen Büromietern des heruntergekommenen Gebäudes irgendwelche Informationen zu entlocken. Es gab nur drei oder vier Parteien – der Rest des Hauses stand leer –, und niemand hatte mit etwas Hilfreichem aufwarten können.

»Die beiden haben sich gekannt. Der Täter und Williams. Nun, das ändert alles.«

Es handelte sich also keineswegs um einen Raubüberfall oder einen Zufallsmord.

»Der Täter ist vier Stunden vor dem Mord hier eingetroffen«, grübelte Sachs. »Ist er in dem Gebäude geblieben? Falls ja, was hat er gemacht? Oder sind sie zusammen woandershin gegangen?«

Es ergaben sich noch weitere Fragen: Kam Täter 40 häufig in diese Gegend? Wohnte er hier in der Nähe?

Sie sah sich die Straße genauer an. Die noch genutzten Gebäude wiesen nur vereinzelte Wohnungen auf, der Rest schienen Lagerräume und Großhandelsfirmen zu sein. Es würde vermutlich nicht lange dauern, alle abzuklappern. Sachs könnte ein Team des örtlichen Reviers anfordern.

Sie sah einen Obdachlosen, dünn und bleich, der eine Mülltonne durchsuchte.

»Hallo«, sagte Sachs und kam näher. »Darf ich Ihnen eine Frage stellen?«

»Haben Sie.« Sein dunkles Gesicht legte sich in Falten.

»Verzeihung?«

Er wühlte weiter in der Tonne. »Sie haben mir soeben eine Frage gestellt.«

Sie lachte. »Ist das hier Ihre Gegend?«

»Was, wenn nicht?« Er fand ein halbes Sandwich und steckte es in seine Einkaufstüte. »Okay, ich mach nur Spaß. Ich übernachte in dem Heim die Straße hinauf. Oder unter der Brücke. Kommt drauf an.« Seine Hände, der Nacken und die Waden, die nicht von der dreckigen Kleidung verdeckt wurden, waren ziemlich muskulös.

»Haben Sie vor einigen Wochen gesehen, wie ein auffallend großer und dünner Mann das Gebäude da betreten hat? Oder zu irgendeinem anderen Zeitpunkt?«

»Nein.« Er ging zur nächsten Mülltonne.

Sachs und Pulaski folgten ihm. »Sind Sie sicher?«, fragte Pulaski. »Wollen Sie sich das Haus nicht noch mal ansehen?«

»Nein. Sie haben Ihre Frage falsch gestellt.«

Sachs wartete.

»Sie haben mich gefragt, ob ich gesehen habe, dass er *das Gebäude betreten* hat. Nein, hab ich nicht. Sie haben mich aber nicht ganz allgemein gefragt, ob ich *ihn* gesehen habe. Das habe ich nämlich.«

»Okay, wo haben Sie ihn gesehen?«

»Schon viel besser. Er hat genau da gestanden.« Er zeigte in die Richtung, in die sie gingen, auf die andere Seite der Kreuzung. »Ein dürrer Kerl, aber gegessen hat er wie ein... Bierkutscher? Nein, die fluchen. Schlote rauchen. Er hat jedenfalls was gegessen, richtig gierig. Erst wollte ich ihn anhauen, ob er mir was abgibt. Aber der war komisch. Hat mit sich selbst geredet. Mach ich aber auch. Ha! Und die Art, wie er gegessen hat – so richtig gierig. Mampf, mampf, mampf. Ich hätte nichts bekommen.«

»Wann war das?«

»Vor einer Weile.«

»Das heißt? Eine Woche, ein paar Tage?«

»Fragen Sie genauer.«

»Was meinen Sie mit ›vor einer Weile‹?«, versuchte Sachs.

»Zehn, fünfzehn.«

»Tage?«

»Minuten. Er war eben noch da.«

Herrje.

Sachs knöpfte ihre Jacke auf und suchte die Straße ab. Auch Pulaski griff nach der Waffe und schaute sich um.

»War er in irgendeine Richtung unterwegs?«, fragte sie.

Und wehe, du hast wieder was an der Frage auszusetzen.

»Nein, er hat einfach da gestanden. Ich hab weiter in den Tonnen gekramt, und das war alles. Danach hab ich ihn nicht mehr gesehen. Und jetzt ist er über alle Berge. Oder bei den sieben Zwergen. Oder sonst wo.«

Pulaski drückte die Sendetaste des Mikrofons an seiner Schulter und forderte Verstärkung an. Noch bevor Sachs ihn daran erinnern konnte, fügte er hinzu: »Ohne Blaulicht und Sirene. Der Verdächtige hat uns vielleicht noch nicht bemerkt. Kommen.«

»Verstanden. Ende«, ertönte die verrauschte Antwort.

Sachs notierte sich den Namen des Obdachlosen und die Adresse des Heims, in dem er manchmal übernachtete. Sie dankte ihm und bat ihn, nun lieber von hier zu verschwinden. Am liebsten hätte sie ihm einen Zwanziger gegeben, aber falls er irgendwann vor Gericht zu diesem Fall aussagen musste, würde die Verteidigung ihn fragen, ob die Polizei ihn bezahlt hatte.

»Gehen Sie lieber zurück in die Unterkunft. Da ist es sicherer.«

»Jawohl, Ma'am. Ja, Sir, Officer, Sir.«

Er ging los.

»Oh, he, sehen Sie mal«, sagte Ron Pulaski.

Der Mann drehte sich langsam um. Pulaski zeigte auf etwas, das ein kleines Stück entfernt von ihnen lag. Es war ein Zwanzigdollarschein.

»Haben *Sie* den verloren?«, fragte Pulaski.

»Ich? Ha.«

»Wenn wir ihn aufsammeln, müssen wir das melden. So viel Papierkram.«

»Quatsch.«

Sachs spielte mit. »Doch, so sind die Vorschriften.«

»Nehmen Sie ihn ruhig. Wer was findet, darf's behalten«, ermunterte Pulaski ihn.

»Na dann. Die halben Sandwiches liegen nicht ohne Grund in der Tonne. Würden sie schmecken, hätte man sie aufgegessen.« Er fischte den Schein mit seinen langen, sehnigen Fingern von der Straße und steckte ihn ein.

Sachs nickte Pulaski zu als Lob für die gute Tat. Sie selbst war gar nicht auf die Idee gekommen, sich für die milde Gabe eines kleinen Tricks zu bedienen.

Der Mann schlenderte davon und sprach leise mit sich selbst.

»Wie lange? Was glauben Sie?«, fragte sie.

»Bis die Verstärkung eintrifft? Acht, neun Minuten.«

»Er kann noch nicht weit weg sein. Lassen Sie uns den Boden nach Schuhabdrücken absuchen. Mal sehen, ob wir seine Größe dreizehn entdecken und ihr folgen können.«

Und so fingen sie mit einem ungefähren Gitternetz an, um eine Spur zu finden. Das dauerte seine Zeit, denn sie blickten immer wieder auf und sahen sich nach einer etwaigen Bedrohung um.

Nur weil Täter 40 noch niemanden erschossen hatte, hieß das nicht, dass er nicht irgendwann einen Versuch wagen würde.

19

Thom hatte Evers Whitmore und Lincoln Rhyme vor dem Haus abgesetzt, das von Juliette Archer als Büroadresse des Bloggers ermittelt worden war. Dann war er weitergefahren, um den behindertengerechten Van einige Blocks entfernt auf einem Parkplatz abzustellen.

Der Anwalt drückte nun ein weiteres Mal den Klingelknopf, auf dem *Social Engineering Second-ly* stand. Das Büro lag in der obersten Etage.

Noch immer meldete sich niemand.

»Wir könnten weitersuchen«, schlug Whitmore vor. »Es muss noch andere Leute geben, die sich mit dem DataWise beschäftigt haben.«

Doch Rhyme wollte den Verfasser des Artikels, den Archer gefunden hatte. Er wollte genau wissen, mit welcher Art von Funksignalen die Fehlfunktion ausgelöst worden war.

Ein Sachverständiger …

Der perfekte Kandidat.

Whitmore sah sich auf den leeren Straßen um. »Oder wir können ihm eine Nachricht hinterlassen.«

»Nein«, sagte Rhyme. »Er würde sich niemals mit uns in Verbindung setzen. Wir wissen jetzt, wo er arbeitet. Lassen Sie uns später zurückkommen. Wir können …«

»Was war das?«, fragte Whitmore auf einmal.

Auch Rhyme hatte das Scharren von Sohlen auf dem Kopfsteinpflaster gehört. Gleich um die Ecke, wie es schien.

Whitmore ließ auch bei dieser Gelegenheit kaum Emotionen erkennen, aber Rhyme entnahm seinem untypisch hektischen Blick, dass der Anwalt besorgt war.

Rhyme war es ebenfalls.

Die Schritte hatten geklungen, als schleiche sich jemand an.

»Ich habe noch nie Kriminalfälle bearbeitet«, sagte Whitmore, »aber man hat im Rahmen meiner Arbeit trotzdem schon zweimal auf mich geschossen. Beide Male haben die Täter mich verfehlt, und vielleicht war es ja nur als Einschüchterungsversuch gedacht. Aber es war dennoch eine unangenehme Erfahrung.«

Auch auf Rhyme war schon geschossen worden, und er konnte es Whitmore nachfühlen.

Wieder ein Scharren.

Von wo? Rhyme hatte keine Ahnung.

»Mir wurde auch schon mal eine kopflose Ratte mit der Post geschickt«, fügte Whitmore hinzu. »Der Kopf kam eine Woche später, verbunden mit der Empfehlung, ich möge eine bestimmte Klage zurückziehen.« Er wurde hörbar nervöser.

»Aber das haben Sie nicht.« Rhyme musterte die Straße und die Gebäude. Statistisch betrachtet war dies keine allzu gefährliche Gegend, aber falls ein Straßenräuber ein Auge für günstige Gelegenheiten hatte, musste dieses Paar ihm auffallen: ein schmaler, kleiner Anzugträger und ein Krüppel.

»Nein, der Fall war solide«, sagte Whitmore. »Ich habe die Ratte im Labor untersuchen lassen. Es wurde menschliche DNS daran gefunden. Daraufhin hat mein Privatdetektiv sich Proben aller am Fall Beteiligten besorgt. Die Ratte erwies sich als Geschenk des Bruders der Beklagten.« Whitmore sah sich erneut um, schaute nach oben. Ein dunkles Fenster schien ihn besonders zu beunruhigen, wenngleich Rhyme ihm hätte versichern können, dass Scharfschützen nicht gerade auf Platz eins der Gefährderliste standen.

»Die meisten Leute hätten gewusst, dass man als Bruder einen ziemlich naheliegenden Verdächtigen abgeben würde. Er aber schien zu glauben, er könne damit durchkommen. Ich habe ihn wegen vorsätzlicher Erzeugung emotionaler Bedrängnis verklagt. In Wahrheit habe ich mich gar nicht so bedrängt gefühlt, aber ich war ein glaubwürdiger Zeuge. Die Geschworenen hatten Mitleid mit mir. Ich habe ausgesagt, ich hätte Albträume über Ratten gehabt. Das stimmte zwar, aber der gegnerische Anwalt hat versäumt, mich zu fragen, wann. Zuletzt war das nämlich im Alter von acht Jahren gewesen. Mr. Rhyme, haben Sie auch gerade wieder dieses Geräusch gehört?«

Er nickte.

»Sind Sie bewaffnet?«, fragte der Anwalt.

Rhymes Miene schien zu besagen: Sehe ich vielleicht so aus, als könnte ich besonders schnell ziehen?

Dann noch mehr Schritte, sie kamen näher.

Rhyme neigte den Kopf nach rechts. »Das kommt von da«, flüsterte er.

Sie blieben einen Moment lang still. Aus der bezeichneten Richtung ertönte nun ein metallisches Klicken.

Lud der Kerl seine Pistole durch?

Würde er sie nur überfallen oder gleich umlegen und dann ihre Leichen ausplündern?

Sie mussten hier weg. Sofort. Rhyme wies mit dem Kopf zur entgegengesetzten Seite, und Whitmore nickte. Rhymes Rollstuhl war schnell. Das Kopfsteinpflaster würde ihn zwar ordentlich durchschütteln, aber sie konnten zügig eine der belebten Nord-Süd-Avenues erreichen.

Er flüsterte dem Anwalt Thoms Telefonnummer zu. »Benachrichtigen Sie ihn. Er soll uns einen Block nördlich von hier treffen, am Broadway.«

Whitmore schickte eine SMS und steckte das Telefon wieder

ein. Mit einiger Anstrengung zog er den schweren Rollstuhl über die Bordsteinkante.

»Er ist nah«, flüsterte Rhyme. »Los, schnell.«

Sie eilten los entlang der Fassade des Gebäudes.

Als sie die Ecke erreichten, machten sie schlagartig halt.

Denn sie starrten in die Mündung einer Pistole.

»O Gott«, keuchte Whitmore.

Lincoln Rhyme reagierte nicht ganz so erschrocken. »Sachs! Was zum Teufel machst du denn hier?«

20

Rhyme verfolgte, wie seine Partnerin ihn und Whitmore mit verblüfftem Stirnrunzeln einige Sekunden lang musterte und dann die kantige österreichische Pistole zurück in das Polymerholster schob, wo sie mit einem Klicken einrastete.

Das Stirnrunzeln verschwand. Sachs wandte den Kopf und rief: »Ron! Alles klar!«

Es näherten sich weitere Schritte. Rhyme sah Pulaski um die Ecke biegen und ebenfalls seine Waffe einstecken. »Lincoln!« Dann ein neugieriger Blick auf den Anwalt.

Rhyme stellte die Anwesenden einander vor.

»Und was machen Sie hier?«, fragte Pulaski.

»Das wollte ich auch gerade fragen, Grünschnabel.«

Schon bald waren alle schlauer. Rhyme und Sachs erklärten jeweils, welche Umstände sie hier nach Lower Manhattan in die Ridge Street geführt hatten. Wie sich herausstellte, war Todd Williams nicht nur das Opfer des Täters, den Sachs seit einigen Wochen jagte, sondern zugleich auch der Blogger, der den Artikel über die Gefahren des Controllers vom Typ DataWise5000 gepostet hatte. Da Rhyme an dem Kriminalfall nicht beteiligt war, hatte es für Sachs keine Veranlassung gegeben, Williams' Namen zu erwähnen.

Sie erklärte, sie sei mit Pulaski einer Spur gefolgt: Der Verdächtige habe sich von Queens aus mit einem Taxi herfahren lassen und laut Auskunft des Fahrers dieses Gebäude durch die Hintertür betreten, ungefähr vier Stunden vor Williams' Tod.

»Dieser Williams hat in seinem Blog einen Text über die Risiken eines speziellen WLAN-Smart-Controllers veröffentlicht«, sagte Rhyme. »Wir glauben, dass dieses Gerät in der Rolltreppe eine Fehlfunktion hatte, wodurch wahrscheinlich die Luke aufsprang. Da die Witwe nicht den Hersteller der Rolltreppe verklagen kann – die Firma hat Konkurs angemeldet –, ziehen wir in Erwägung, den Hersteller des Controllers verantwortlich zu machen. Wir hatten gehofft, Williams könnte uns als Sachverständiger vor Gericht unterstützen oder uns zumindest mehr über den Controller verraten. Nun jedoch …«

»Denkst du, was ich denke?«, fragte Sachs.

»Ja. Dein Täter liest Todds Blog über den Controller und kommt auf die Idee, das Ding könnte eine pfiffige Mordwaffe abgeben – warum auch immer. Er nimmt Kontakt mit Todd auf und trifft sich hier mit ihm. Dann lässt er sich erklären, wie er den Controller hacken kann.«

Sachs übernahm. »Er schlägt vor, diesen Klub zu besuchen, 40° Nord. Doch kurz bevor sie dort eintreffen, zerrt er Todd auf das Baustellengelände und tötet ihn mit dem Hammer. Er lässt es wie einen Raubüberfall aussehen und verübt die Tat lieber dort als hier, damit Williams' Büro nicht im Fokus der Ermittlungen landet.«

»Ich verstehe nicht ganz, Mr. Rhyme«, sagte Whitmore.

»Amelia hat den Verdächtigen in das Einkaufszentrum in Brooklyn verfolgt«, sagte Rhyme. »Bislang ist sie davon ausgegangen, dass der Rolltreppenunfall nur zufällig zur selben Zeit passiert ist.«

»Doch das war kein Zufall«, fügte Sachs hinzu. »Wie es aussieht, wusste Täter 40, wie man den Controller hackt, und hat die Luke absichtlich aufspringen lassen.«

»War das ein Ablenkungsmanöver, damit er fliehen konnte?«, fragte Pulaski. »Als er bemerkt hat, dass Sie ihn verfolgt haben?«

Rhyme schüttelte den Kopf über so viel Unlogik.

»Woher hätte er in der Situation denn plötzlich wissen sollen, dass in der Rolltreppe ein DataWise-Controller eingebaut war?«

Der junge Mann wurde rot. »Oh, natürlich. Ich hab nicht nachgedacht. Er muss es im Voraus geplant haben. Er war in diesem Einkaufszentrum, um mit der Rolltreppe einen Mord zu verüben – entweder an einem Zufallsopfer oder gezielt an Frommer.«

Pulaskis Funkgerät erwachte knisternd zum Leben. Er trat ein Stück beiseite, um die Nachricht entgegenzunehmen.

»Der Täter wurde vor etwa zwanzig Minuten hier gesehen«, erklärte Sachs für Rhyme und Whitmore. »Wir haben Verstärkung angefordert. Deshalb hatten wir auch unsere Waffen gezogen; wir haben euch auf der anderen Seite des Gebäudes gehört und gedacht, ihr könntet *er* sein.«

Der junge Beamte gesellte sich wieder zu ihnen. »Je ein Wagen sucht die Straßen östlich und nördlich von hier ab, und ein weiterer kommt her. Bislang hat noch niemand den Täter gesichtet.«

»Ist er vielleicht sogar im Haus?«, fragte Rhyme.

»Ein Obdachloser hat ihn da drüben an der Kreuzung stehen gesehen«, sagte Sachs und zeigte auf die Stelle. »Falls der Verdächtige hier entlanggegangen wäre, hätte der Zeuge das vermutlich mitbekommen.«

»Nur aus Neugier …«, sagte Whitmore. »Warum sollte er hierher zurückkommen?«

»Womöglich wohnt er in der Nähe«, entgegnete Rhyme. Zwar war dies hauptsächlich ein Geschäftsviertel, aber es gab hier auch mehrere alte Mietskasernen und neuere – das heißt fünfundsiebzig oder achtzig Jahre alte – Apartmenthäuser.

»Oder er fürchtet, dass er seine Spuren vielleicht nicht gut genug verwischt hat, und wollte sich vor Ort noch mal vergewissern. Dann hat er uns bemerkt und die Flucht ergriffen.« Sie blickte an dem Haus empor. »Ron, schauen Sie mal nach, ob eingebrochen wurde.«

Er umrundete das Gebäude. »Die Fenster sind alle heil. Aber die Hintertür könnte geknackt worden sein. Zumindest gibt es Kratzspuren.«

Rhyme konnte den beschleunigten Herzschlag nicht in seiner Brust spüren, wohl aber den heftigen Puls an seiner Stirn. »Du hast gesagt *vergewissern*, Sachs. Er könnte auch hergekommen sein …«

»… um Spuren zu vernichten!« Sie wirbelte herum.

Genau in diesem Moment hörte man aus dem Innern des Hauses einen dumpfen Laut wie eine Verpuffung. Was für eine Art Brandsatz Täter 40 auch immer gelegt hatte, es musste sich um ein ziemlich großes Exemplar handeln. Binnen weniger Sekunden drangen Rauch und Flammen aus den Kellerfenstern, die durch die Druckwelle geborsten waren.

Rhyme atmete etwas Qualm und Asche ein und fing an zu husten. Er versuchte, mit seinem Rollstuhl zurückzusetzen. Evers Whitmore wollte helfen und trat einen Abfalleimer aus dem Weg. Ron Pulaski forderte per Funk die Feuerwehr an.

Und Amelia Sachs nahm einen losen Pflasterstein, rannte zur gläsernen Haustür und zertrümmerte sie. Dann drehte sie sich zu Rhyme um. »In welcher Etage ist das Büro des Bloggers?«, rief sie.

»Sachs, nein!«

»Welche *Etage*?«

»Ganz oben«, erwiderte er immer noch hustend.

Sie sprang ins Innere, nur knapp vorbei an den gezackten Scherben, die die Türöffnung umgaben wie die Zähne eines Hais.

* * *

Sie geht rein?

Tja. Da hab ich wohl Glück gehabt.

Meine kleine Polizistin, Rotschopf, die Diebin des White Castle, hat keine Ahnung, dass im Untergeschoss soeben ganze zwanzig Liter niederoktaniges Benzin in Flammen aufgegangen sind. Ein wahres Feuermeer. Das Gebäude, trocken wie eine kalifornische Kiefer, wird dem nicht lange widerstehen.

Und *sie*? Wird sie es schaffen?

Ich wollte eigentlich direkt wieder nach Hause, nach Chelsea, und dort in ein Internetcafé, um ein paar E-Mails zu verschicken. Doch dann habe ich mich entschieden zu bleiben. Ich schaue hier gerade im vierten Stock aus dem Treppenhausfenster eines leer stehenden Gebäudes – gegenüber, einige Häuser weiter die Straße herunter. Keine schöne Wohngegend, aber eine prima Aussicht. Ich drücke mich geduckt an die Wand, um die Ereignisse weiter zu verfolgen.

Hier können sie mich nicht sehen, keiner von denen.

Glaube ich jedenfalls.

Nein, niemand sieht her. Es sind mehrere Streifenwagen unterwegs, aber die achten nur auf die Fahrbahnen und Gehwege. Die glauben, ich sei längst weg. Denn wer würde schon hierbleiben?

Nun, *ich* würde. Um herauszufinden, wer genau hinter mir her ist. Und zu verfolgen, wer dank meiner Hinterlassenschaft geröstet wird oder erstickt. Die Rauchschwaden sind schon ziemlich dick. Und werden immer dicker. Bekommt Rotschopf noch Luft? Kann sie die Hand vor Augen erkennen?

Jetzt höre ich Sirenen. Die Feuerwehr, die sich lautstark einen Weg bahnt. Ich liebe dieses Geräusch; es ist wie eine Trompete, die von Schmerz und Kummer kündet.

Falls alles wie geplant verläuft, werden sämtliche hübschen kleinen Spuren, die ich schlampigerweise in Todds Büro hinterlassen habe, sich buchstäblich in Rauch auflösen. Ich weiß aus Frances Lees Tatort-Puppenstuben, wie verräterisch Spuren sein können – man muss sich ja nur anschauen, wie zielsicher Rotschopf mir meine heiß begehrten Sliders weggenommen hat.

Feuer ist am besten.

Alles verbrennt zu Asche, zu Staub, zu öligem Plastik-Qualm.

Und Rotschopf?

Ich persönlich habe brennenden Knochen ja nie viel abgewinnen können. Das ist nicht befriedigend. Sie zu zertrümmern ist besser. Doch was Rotschopf angeht: Hauptsache, sie ist weg. Das Haar verbrennt, die Haut, das Fett, dann die Knochen. Von mir aus. Solange sie nur verschwindet. Und wenn sie dabei ein wenig leiden muss, hätte ich auch nichts dagegen.

Die Rauchfahne kringelt sich wie ein gewaltiger schwarzer Schweineschwanz. Hilfe naht. Aber das Feuer ist schneller.

Ich bin nicht allzu nah dran, aber auch nicht sehr weit weg. Vielleicht kann ich Rotschopf schreien hören.

Die Wahrscheinlichkeit ist nicht hoch – aber man wird ja noch hoffen dürfen.

21

Rauch ist feucht, Rauch ist schuppig, Rauch ist eine Kreatur, die in deinen Körper gleitet und dich von innen stranguliert.

Amelia Sachs kniff die Augen zusammen und arbeitete sich durch die weißen, dann braunen, dann schwarzen Schwaden die Treppe ins oberste Geschoss empor, während das Haus zugleich am Feuer in seinen Eingeweiden starb.

Sie musste es unbedingt bis in das Büro des Bloggers schaffen. Wenn der Täter derartige Anstrengungen unternahm, seine Spuren zu tilgen, gab es dort auf jeden Fall etwas zu finden. Etwas, das auf ihn oder auf zukünftige Opfer verwies.

Los, spornte sie sich an, würgte, spuckte und sprach das Wort dann laut aus.

Die Tür war natürlich abgeschlossen – weswegen der Mörder das Feuer im Keller gelegt hatte, denn da kam er einfacher hin als in den Raum, den er zerstören wollte. Sachs testete die Tür mit der Schulter. Nein, auf diese Weise ging es nicht. Um eine Tür gewaltsam zu öffnen, benutzt man entweder eine Brechstange, eine Ramme oder eine Schrotflinte mit besonderer Munition (um die Angeln wegzuschießen; beim Schloss funktioniert es nicht). Aber die meisten Holztüren lassen sich nicht eintreten.

Daher musste Sachs sich etwas anderes einfallen lassen. Während der Rauch und die Hitze weiter zunahmen, lief sie zum Korridorfenster und trat es ein. Im Gegensatz zur Haustür, die gezackte Scherben hinterlassen hatte, zerbarst das Fenster in zahllose kleine Bröckchen, sodass nur der leere Rahmen blieb. Kühle Luft strömte an Sachs vorbei. Sie atmete tief durch und freute sich über den Sauerstoff, doch das schlagartig ansteigende Tosen hinter ihr machte Sachs jäh klar, dass sie hiermit auch das Inferno zusätzlich anfachte.

Sie sah hinaus und nach unten. Das umlaufende Sims war nicht breit, aber ausreichend. Und das Bürofenster des Bloggers lag nur anderthalb oder zwei Meter neben der Öffnung, in die Sachs sich nun rittlings setzte. Dabei sog sie die saubere Luft gierig in ihre schmerzende Lunge. Sie schaute zu Boden. Da war niemand. Sie befand sich hier auf der Rückseite des Gebäudes, nicht vorn, wo Rhyme und die anderen warteten und die Feuerwehr hoffentlich gleich anfangen würde, die Flammen zu löschen.

Ja, sie hörte die Sirenen. Und schickte ihnen ein stummes Stoßgebet entgegen: Geht das nicht schneller?

Sie sah über die Schulter. Der Rauch wurde immer dichter.

Und wieder musste sie husten und würgen. Gott, tat ihre Brust weh.

Also, raus auf das Sims.

Sachs hatte Angst vor Enge, nicht vor Höhe, wollte aber dennoch nicht unbedingt fünfzehn Meter abstürzen und auf rutschigem Kopfsteinpflaster landen. Das Sims war gute zwanzig Zentimeter breit, und bis zu Williams' Büro musste sie keine zwei Meter zurücklegen. Ohne Schuhe ginge das besser, aber sie würde auch das Bürofenster eintreten müssen und dadurch den Zimmerboden mit Rasierklingen übersäen. Sie behielt die Schuhe an.

Los. Die Zeit drängt.

Ihr Telefon summte.

Drangehen war gerade etwas schwierig …

Sie stieg hinaus, mit dem Gesicht zur Außenwand, und hielt sich dabei am Fensterrahmen fest. Dann verlagerte sie ihr

Gewicht auf die Zehen und schob sich langsam nach rechts. Ihre Finger suchten Halt in den Mauerfugen. Die Hände verkrampften sich.

Irgendwo im Gebäude ächzte etwas. Eine tragende Struktur gab allmählich nach.

Was für eine blöde Idee war das hier eigentlich?

Kein guter Zeitpunkt für diese Frage.

Ein Meter, dann noch einer und sie erreichte Williams' Fenster. Drinnen war es bereits ein wenig verraucht, aber man konnte noch alles deutlich erkennen. Sie hielt sich an beiden Seiten des Rahmens fest, holte mit einem Bein aus und trat zu. Die Scheibe zerbrach in tausend Stücke; das meiste davon fiel auf den Boden des winzigen, halbdunklen Büros.

Hineinzukommen war jedoch schwieriger als gedacht. Wegen des Schwerpunkts ihres Körpers. Wenn Sachs beim Bücken Kopf und Schultern senkte, schob ihr Hintern sich hinaus ins Leere, und sie kippte nach hinten.

Nein, so nicht …

Zumindest konnte sie sich gut am Rahmen festhalten – an den Stellen, wo kein Glas mehr hing. Sie versuchte es seitwärts, neigte sich nach rechts, schob das linke Bein ins Innere und verlagerte dann ihr Gewicht darauf. Sachs tastete mit der Hand hinein und stieß auf eine Metallfläche, wohl von einem Aktenschrank. Glatt, kein Griff. Es war das Seitenteil des Möbelstücks. Ihr fiel eine Fernsehdokumentation über Freikletterer ein, bei der die Bergsteiger noch die winzigsten Felsspalten ausgenutzt und mit ihrem vollen Gewicht nur an den Fingerspitzen gehangen hatten. Amelia schob ihre Hand zur Rückseite des Aktenschranks, klemmte die Finger zwischen Metall und Wand und zog sich hinein.

Dann war sie im Gleichgewicht zwischen drinnen und draußen, ein paar Zentimeter lang.

Los jetzt!

Sachs kippte hinein und fiel auf den mit Scherben übersäten Boden.

Keine Schnitte. Nun ja, jedenfalls nichts Ernstes. Ihr Knie – das früher, bis zu der Operation, von Arthritis geplagte Gelenk – tat weh. Nun also wieder, als Folge des Sturzes. Sachs stand auf und testete es. Alles funktionierte noch. Sie schaute zu der Rauchfahne, die unter der Tür eindrang. Es war ziemlich heiß hier. Konnten die Flammen sich so schnell ausgebreitet haben, dass sie schon die Eichendielen unter Amelias Füßen rösteten?

Sie hustete. Fand eine ungeöffnete Flasche Mineralwasser, schraubte den Deckel ab und trank. Spuckte abermals aus.

Dann ließ sie den Blick in die Runde schweifen und sah drei Aktenschränke sowie Regale voller Papier in Form von Zeitschriften, Zeitungen, Ausdrucken und Broschüren. Alles überaus brennbar. Eine hastige Durchsicht ergab, dass es sich zumeist um Artikel über Themen wie die Gefahren des Datensammelns, die Verletzung der Privatsphäre durch die Regierung und Identitätsdiebstahl handelte. Zu den Smart-Controllern, von denen Rhyme und Whitmore gesprochen hatten, fand sie auf Anhieb nichts. Auch fiel ihr nichts ins Auge, das auf das Mordmotiv von Täter 40 oder etwaige von ihm hinterlassene Spuren hingewiesen hätte.

In einer der Ecken züngelten Flammen unter einer Fußleiste hervor und griffen auf ein Bücherregal über. Auf der anderen Seite des Raumes streckte das Feuer sich nach einem Karton und setzte ihn ohne jede Verzögerung in Brand.

Das Gebäude ächzte erneut, und die Tür fing an, Lack zu schwitzen.

Dann ließ ein anderes Geräusch sie zusammenzucken: Das Fenster auf der Vorderseite, genau gegenüber demjenigen, durch das sie eingestiegen war, zerbarst nach innen. Im Bruchteil einer Sekunde zog Amelia ihre Glock, allerdings weitgehend aus einem Reflex heraus. Sie wusste, dass von dem Eindringling keine Gefahr ausging, sondern dass er die Rettung war, auf die sie die ganze Zeit gezählt hatte. Sachs nickte der New Yorker Feuerwehrfrau zu, die lässig am Ende der ausgefahrenen Leiter stand, mehr als ein Dutzend Meter über dem zugehörigen Einsatzfahrzeug und rund einen halben Meter vom Fenstersims entfernt.

»Detective, das Haus wird einstürzen«, rief die Frau. »Sie müssen sofort hier raus.«

Falls Sachs eine Stunde Zeit gehabt hätte, wäre ihr bei einer genaueren Untersuchung der Dokumente womöglich etwas Relevantes in die Hände gefallen, das Aufschluss über das Motiv des Täters, seine früheren und zukünftigen Opfer oder seine Identität gab. Nun blieb ihr jedoch nur eines übrig. Sie schnappte sich den Laptop, zog das Stromkabel ab und durchtrennte die Leitung zum externen Monitor mit ihrem Springmesser, weil keine Zeit zum Abschrauben des Steckers blieb.

»Lassen Sie das Ding hier!«, rief die Feuerwehrfrau durch ihre Maske.

»Geht nicht«, erwiderte Sachs und eilte zum Fenster.

»Sie brauchen aber beide Hände!« Es war inzwischen so laut, dass sie schreien mussten. Das Gebäude stöhnte, als seine Knochen brachen.

Doch Sachs behielt den Computer im Arm und stieg mühsam hinaus auf die Leiter, wo sie sich nur mit der rechten Hand festhielt. Ihre Beine legten sich um den seitlichen Holm und eine Sprosse. Ihr kam es vor, als würden sämtliche Muskeln ihres Körpers einen Krampf erleiden. Aber sie klammerte sich fest.

Der Mann, der unten die Leiter steuerte, schwenkte sie von der Fassade weg. Das Büro, in dem Sachs sich nur Sekunden zuvor noch befunden hatte, war plötzlich voller Flammen.

»Danke!«, rief sie. Die Frau konnte es wegen der Geräuschkulisse entweder nicht hören oder war sauer, dass Sachs ihre Warnung ignoriert hatte. Sie reagierte jedenfalls nicht.

Die Leiter wurde eingefahren. Sechs Meter über dem Boden gab es einen Ruck, und Sachs musste den Computer loslassen, um nicht selbst abzustürzen.

Der Laptop krachte auf den Gehweg und platzte auf. Tasten und kleine Plastikstücke wurden in alle Richtungen verstreut.

* * *

Eine Stunde später saßen Lincoln Rhyme und Juliette Archer an einem der Untersuchungstische. Mel Cooper war auch zugegen, und Evers Whitmore stand in einer Ecke des Labors und führte auf zwei Mobiltelefonen zwei Gespräche gleichzeitig.

Sie warteten auf die Spuren aus dem ausgebrannten Gebäude, von dem nicht mehr viel übrig war. Es war zu einem Haufen aus schwelenden Steinen und geschmolzenem Plastik, Glas und Metall zusammengestürzt. Sachs hatte einen Bagger für Ausgrabungen angefordert, und Rhyme hoffte, dass vielleicht noch Teile des Brandsatzes geborgen werden konnten.

Ron Pulaski hatte den Laptop zur NYPD-Abteilung für Computerkriminalität an der Police Plaza Nummer eins gebracht. Sie alle hofften, dass Sachs' wahnwitzige Aktion nicht völlig vergeblich gewesen war. Rodney Szarnek würde herausfinden, ob es noch etwas zu retten gab.

Die Haustür öffnete sich, und eine weitere Person betrat den Salon. Amelia Sachs' Gesicht hatte Rußflecken, ihr Haar war zerzaust, und sie trug zwei Verbände, mit denen ihre Schnittverletzungen versorgt worden waren.

Rhyme hatte anfangs noch wesentlich schlimmere Folgen befürchtet. Er war auch nicht glücklich darüber, dass sie ihn ignoriert und sich in solche Gefahr begeben hatte. Aber zwischen ihnen beiden existierte schon seit Jahren eine unausgesprochene Übereinkunft. Sachs ging oft an ihre Grenzen, so war nun mal ihre Persönlichkeit.

Wenn du in Schwung bist, kriegt dich keiner …

Das stammte von Amelias Vater und war zum Motto ihres Lebens geworden.

Sachs brachte eine kleine Transportbox mit. Sie enthielt Spuren aus dem Gebäude, allerdings nur sehr wenige, wie häufig nach einem Brand.

Sie bekam einen Hustenanfall. Tränen liefen über ihre Wangen.

»Sachs, bist du okay?«, fragte Rhyme. Sie hatte eine Untersuchung in der Notaufnahme verweigert und war vor Ort geblieben, um den Schauplatz in Augenschein zu nehmen, sobald die Feuerwehr ihn freigab. Rhyme, Whitmore und Thom waren unterdessen in sein Haus am Central Park zurückgekehrt.

»Nur ein bisschen Rauch. Kein Problem.« Sie hustete schon wieder. Dann sah sie lächelnd Mel Cooper an. »Sie sehen wie jemand aus, der für das NYPD arbeitet.«

Der Techniker wurde rot.

Sie übergab ihm die Box, und Cooper warf einen Blick auf die Tüten darin.

»Das ist alles?«

»Das ist alles.«

Er ging zum Gaschromatographen, um mit der Analyse anzufangen. Sachs wischte sich etwas aus den Augen und schaute dann zu Juliette Archer. Rhyme fiel ein, dass die beiden sich noch nicht kannten. Er stellte sie einander vor.

»Ich habe schon viel von Ihnen gehört«, sagte Archer.

Sachs nickte ihr grüßend zu und streckte natürlich nicht die Hand aus. »Sie sind die Praktikantin, von der Lincoln sprach.«

Rhyme war sich ziemlich sicher, dass er Sachs nie von Archers Rollstuhl erzählt hatte. Genau genommen bezweifelte er sogar, dass seine Studentin überhaupt jemals zur Sprache gekommen war. Weder ihren Namen noch ihr Geschlecht meinte er erwähnt zu haben.

Sachs warf Rhyme einen kurzen, unergründlichen Blick zu, vielleicht vorwurfsvoll, vielleicht nicht. Dann sagte sie zu Archer: »Es freut mich, Sie kennenzulernen.«

Whitmore beendete seine beiden Telefonate. »Detective Sachs«, sagte er, »geht es Ihnen auch wirklich gut?«

»Es ist nichts, ehrlich.«

»Als ich den Anruf bekam und gefragt wurde, ob ich diesen Schadensfall übernehmen würde, hätte ich nicht mal im Traum mit einem solchen Verlauf gerechnet«, sagte der Anwalt.

»Dein Fall und unser Fall sind also ein und derselbe«, wandte Rhyme sich an Sachs.

»Könnte mich mal jemand aufklären?«, bat Mel Cooper, der beim Gaschromatographen und dem Massenspektrometer stand.

Rhyme erklärte ihm, dass auch Täter 40 auf Todd Williams' Blog gestoßen war und beschlossen hatte, ihn um Hilfe bei einem DataWise-Controller zu bitten – allerdings mit der Absicht, das Gerät als Waffe zu verwenden. »Wir können davon ausgehen, dass er behauptet hat, er wolle Williams dabei unterstützen, die Gefährlichkeit dieser Dinger publik zu machen. Nieder mit der digitalen Gesellschaft, dem Kapitalismus, Schwachsinn in der Art.« Rhyme nickte in Richtung des Blogeintrags, der noch immer auf einem der Monitore zu lesen war. »Williams bringt ihm daraufhin bei, wie man das System hackt, und wird dadurch entbehrlich. Der Täter ermordet ihn.«

»Er ist nicht nur entbehrlich, sondern wird zu einer Gefahr«, fügte Archer hinzu. »In einem Medienbericht über den Rolltreppenunfall könnte der Controller erwähnt werden. Williams würde sofort wissen, wer dahintersteckt.«

Rhyme nickte. »Amelia folgt ihm in Brooklyn bis in das Einkaufszentrum, wo er mit dieser Methode zum ersten Mal töten will.«

»Woher wissen wir, dass es das erste Mal ist?«, fragte Archer.

Eine vernünftige Frage. »Williams wurde erst vor wenigen Wochen ermordet«, sagte Rhyme, »und ich kann mich an keine Nachrichtenbeiträge über irgendwelche verdächtigen Unfälle dieser Art erinnern. Wir finden vielleicht noch mehr, aber vorläufig sollten wir davon ausgehen, dass die Rolltreppe sein erster Versuch gewesen ist. Aber ist es auch sein einziger? Oder hat er weitere geplant?«

»Und warum?«, fragte der Anwalt. »Was ist sein Motiv? Einen Mord auf diese Weise zu begehen stelle ich mir sehr aufwendig vor.«

»Und sehr riskant«, fügte Rhyme im selben Moment hinzu, in dem Archer sagte: »Und viel gefährlicher für ihn.« Der Kriminalist lachte auf. »Nun, wir kennen den Grund nicht, und er kann uns auch relativ egal sein. Wenn wir den Täter fangen, können wir ihn ja fragen. Und wann erfahren wir endlich mehr über den Computer?«

»Ron hat gesagt, im Laufe der nächsten Stunde.«

»Wo, zum Teufel, steckt der Grünschnabel eigentlich?«, murmelte Rhyme. »Ist er in diesem Fall Gutiérrez unterwegs?«

»Ja, soweit ich weiß.«

»War Gutiérrez das Opfer oder der Täter?«

»Letzteres«, sagte Sachs. »Ich weiß nicht, warum man die Ermittlungen wieder aufgenommen hat.«

»Nun, wir werden auch so zurechtkommen …«

Sachs' merkte auf.

»Meinst du das ernst?«

»Was?« Er verstand nicht, worauf sie hinauswollte.

»›*Wir* werden zurechtkommen.‹ Wirst du uns helfen? Es ist jetzt ein Kriminalfall.«

»Natürlich werde ich.«

Sie lächelte.

»Mir bleibt gar keine andere Wahl«, sagte Rhyme. »Sobald wir den Täter erwischen, kann Sandy Frommer *ihn* verklagen.«

Rhyme erinnerte sich daran, was Whitmore über beeinflussende Faktoren gesagt hatte. Nicht der Controller war die Ursache von Greg Frommers Tod, sondern der Umstand, dass Täter 40 das Gerät *gehackt* hatte. Als würde jemand die Bremsleitung eines Wagens durchschneiden, um den Fahrer zu töten. Dafür konnte man nicht den Autohersteller belangen.

Ein Blick zu dem Anwalt. »Sandy *wird* ihn doch verklagen können, oder?«

»Natürlich. Wie bei O. J. Simpson. Mit etwas Glück ist der Täter vermögend.«

»Ich kehre nicht aus dem Ruhestand zurück, Sachs. Aber unsere Pfade verlaufen eine Zeit lang nebeneinander.«

Ihr Lächeln verschwand. »Verstehe.«

Mel Cooper war mit der ersten Probe fertig. »Vom Ausgangspunkt des Feuers?«, fragte er Sachs.

»Genau.«

Eine Brandstiftung hinterlässt charakteristische Spuren und Ausbreitungsmuster. Am Ursprungsort der Flammen lassen sich für gewöhnlich die besten Hinweise auf den Täter finden.

Cooper las vom Monitor des GC/MS ab. »Spuren von Wachs, niederoktanigem Benzin – zu wenig, um es einem bestimmten Hersteller zuordnen zu können –, Baumwolle, Plastik und Streichhölzern.«

»Eine Kerzenbombe.«

»Richtig.«

Das war ein simpler improvisierter Brandsatz. Man brauchte nur ein Gefäß mit Benzin und benutzte eine Kerze als Lunte.

Auch die anderen Bestandteile waren nur in so geringen

Mengen vorhanden, dass Cooper sie nicht zurückverfolgen konnte, genau wie Rhyme erwartet hatte.

Sachs erhielt einen Anruf und musste erst husten, bevor sie ihn annehmen konnte. »Hallo?« Sie hörte zu und nickte. »Danke.«

Das waren keine guten Neuigkeiten, so viel konnte Rhyme erkennen.

Sie beendete das Gespräch und erklärte dann für alle Anwesenden: »Die gründliche Befragung der gesamten Umgebung hat nichts erbracht. Niemand hat den Täter gesehen. Er muss gleich, nachdem er den Brandsatz gelegt hatte, wieder verschwunden sein.«

Ein Achselzucken. Auch damit hatte Rhyme gerechnet.

Gleich darauf klingelte das Festnetztelefon. Auf dem Display stand Rodney Szarneks Name.

Ah, hoffen wir das Beste.

»Abheben«, befahl Rhyme.

Die Rockmusik war zurück. Aber nur ganz kurz. Noch bevor Rhyme etwas sagen konnte, drehte der Beamte die Lautstärke herunter.

»Lincoln.«

»Rodney, Sie sind auf den Lautsprecher gelegt … Hier ist ein ganzer Haufen Leute, wir haben keine Zeit für einen namentlichen Appell. Konnten Sie Todd Williams' Computer retten?«

Der Mann blieb im ersten Moment stumm – aus Überraschung, glaubte Rhyme. »Na klar. Ein solcher Sturz macht doch nichts aus. Sie können einen Computer aus dem Flugzeug werfen, und die Daten überstehen das. Denken Sie an die Flugschreiber.«

»Was haben Sie für uns?«

»Wie es aussieht, haben dieser Williams und Ihr Täter sich noch nicht lange gekannt. Ich habe ein paar entsprechende E-Mails gefunden und schicke sie Ihnen jetzt.«

Nur Sekunden später traf eine verschlüsselte E-Mail ein. Sie lasen die erste der angehängten Dateien.

```
Hallo, Todd. Ich habe Ihr Block gelesen
und bin derselben Meinung, das die Gesell-
schaft auf keinem guten Weg ist und Elek-
tronick und die digitale Welt alles fiel
gefährlicher machen, als nötig währe. Es
muss eine Möglichkeit geben, das System zu
ändern. Natürlich geht es immer um Geld,
genau wie Sie sagen, und ich würde gern
versuchen, Ihnen zu helfen. Können wir uns
treffen?
                                      H. V.
```

»Ah«, sagte Archer. »Wir haben seine Initialen.«

»Vielleicht«, warnte Rhyme. »Fahren Sie fort, Rodney.«

»Der Täter hat ein anonymes E-Mail-Konto benutzt und sich von einer nicht zurückverfolgbaren IP-Adresse aus eingeloggt. Die beiden haben ein Treffen für den Tag des Mordes vereinbart.«

Cooper überflog die E-Mail. »Einer der Schlauesten ist er nicht. Achtet auf all die Fehler. ›Block‹ mit ›ck‹ statt mit ›g‹, ›dass‹ mit nur einem ›s‹, ›Elektronick‹ auch mit ›ck‹ und ›währe‹ mit ›h‹. Und dann das Homonym. ›Fiel‹ mit ›f‹ statt mit ›v‹.«

»Ein *Homofon*«, korrigierte Rhyme. »Gleicher Klang, unterschiedliche Schreibweise und Bedeutung. Homonyme sprechen sich gleich, werden gleich geschrieben, bedeuten aber etwas anderes.«

Archer gab das klassische Beispiel: »Schloss – ein Gebäude und eine Verriegelung.« Dann fügte sie hinzu: »Aber ich halte ihn nicht für dumm. Ich glaube, er täuscht es nur vor. Die Fehler sind nur im ersten Satz. Und er schreibt die Anrede immer richtig mit großem Anfangsbuchstaben.«

»Stimmt«, pflichtete Rhyme ihr bei. »Außerdem ist die komplette Zeichensetzung korrekt. Sie haben recht, er tut nur so, als ob.«

»Kommen wir zum wichtigsten Fund«, warf Szarnek ein. »Und zum *beunruhigendsten.*«

»Und der wäre, Mr. Szarnek?«, fragte Whitmore.

»Todd war vor dem Mord stundenlang online – ich nehme an, während seines Treffens mit dem Täter. Dabei hat er zwei Dinge getan. Zunächst mal hat er bei einem professionellen Datensammler eine Datenbank gekauft. Er hat sich zu diesem Zweck als Werbeagentur ausgegeben – indem er das Benutzerkonto einer echten Agentur gehackt hat – und behauptet, er benötige die Informationen für eine Marktanalyse. Es war eine Aufstellung aller Produkte, in denen Controller vom Typ DataWise5000 gefunden werden können.«

»Wie viele sind es?«

»Eine Menge. Ungefähr achthundert verschiedene Produkte, und allein in den Nordosten der USA, darunter der Großraum New York, wurden fast drei Millionen solcherart ausgestatteter Geräte geliefert. Einige davon können keinen wirklichen Schaden anrichten, falls eine dritte Partei die Kontrolle übernimmt: Computer, Drucker, Lampen. Andere hingegen können tödlich sein: Autos, Züge, Aufzüge, Defibrillatoren, Herzmonitore, Schrittmacher, Mikrowellengeräte, Herde, Elektrowerkzeuge, Brennöfen, Kräne – sowohl die großen Dinger auf den Baustellen als auch die am Hafen. Ich schätze, der Anteil potenziell riskanter Produkte liegt bei sechzig Prozent. Dann hat Todd noch eine zweite Datenbank erworben: die mit den Käufern der Produkte. Manche sind Herstellerfirmen wie Midwest Conveyance, die diese Controller verbauen. Andere sind Einzelpersonen, die sich fertige Geräte angeschafft haben. Namen und Adressen. Auch hier wieder mit Schwerpunkt New York und Nordosten.«

»Solche Informationen sind einfach so verfügbar?«, fragte Archer.

Wieder eine Pause. Diesmal vielleicht vor Erstaunen. »Das kommerzielle Sammeln von Daten, Miss…«

»Archer.«

»Sie machen sich keine Vorstellung, was diese Firmen über Sie wissen. Nehmen wir an, Sie kaufen sich einen solchen intelligenten Backofen. Diese Tatsache landet bei einem der Datensammler, und sofort erhalten Sie Postwurfsendungen mit Werbung für andere vernetzte Haushaltsgeräte, denn durch den ersten Kauf haben Sie sich als prinzipiell interessiert erwiesen. Der Täter kann nun einfach diese Liste durchgehen und sich ein gefährliches Produkt heraussuchen, in dem der DataWise steckt, zum Beispiel die Rolltreppe. Er hackt den Controller und wartet – sofern er einen Rest Skrupel besitzt –, bis keine Kinder oder schwangeren Frauen nach oben fahren, und dann drückt er einfach den Knopf.«

»Aber wie hat er den Controller gehackt?«, fragte Sachs. »Das kann doch nicht so simpel sein.«

Diesmal gab es keine Pause. Nur ein Lachen. »Nun. Okay. Hinsichtlich des Internets der Dinge – übrigens ein Begriff, den ich zutiefst verabscheue, aber er ist nun mal da… Darf ich Ihnen einen kurzen Überblick geben?«

»Kurz ist das entscheidende Wort, Rodney.«

»Intelligente Produkte – von einfachen Lampen bis zu den gerade von mir erwähnten – sind mit drahtlosen Fernsteuerungen versehen.«

Rhyme erinnerte sich an die Ausführungen in Williams' Blog.

»Diese Steuerungscomputer folgen speziellen Protokollen – nennen wir sie Regeln –, die bestimmen, wie sie mit der Cloud und auch miteinander in den lokalen Netzwerken kommunizieren. Die meistverbreiteten Protokolle heißen ZigBee und Z-Wave. Der DataWise-Controller und auch einige andere Hersteller nutzen Wi-Swift. Die Protokolle sind verschlüsselt, damit nur legitime Benutzer und Geräte Zugriff erhalten, aber es gibt eine Schwachstelle, nämlich den Moment, wenn der Ofen oder die Webcam versucht, sich mit dem Netzwerk zu verbinden. Hacker können durch gezielte Überwachung auf diese Weise an den Netzwerkschlüssel gelangen. Zu allem Überfluss sind die Hersteller – bitte seien Sie nicht schockiert – gierig! Neue Software erfordert Entwicklungszeit, und das verträgt sich nicht mit den immer kürzeren Produktzyklen. Je länger es dauert, ein Gerät auf den Markt zu bringen, desto mehr steigt die Gefahr, dass ein Konkurrent schneller ist. Daher wird meistens die existierende Software einfach weiterbenutzt – und ich meine wirklich steinalte Software. Aus der Zeit der Dinosaurier. Im Kern handelt es sich um frühe PC- und Mac-Betriebssysteme sowie etwas Open-Source-Code; solche Spielereien wie Solitaire und PaintShop lässt man dabei natürlich weg. Die Software ist wesentlich anfälliger für Sicherheits-Exploits, als wenn die Firma ein von Grund auf neues und auf die jeweiligen Produkte zugeschnittenes Programm für den Smart-Controller entwickeln würde.«

»Ein Exploit?«, fragte Whitmore. »Was ist das?«

»Eine Schwachstelle finden und ausnutzen. Erinnern Sie sich an den Kühlschrank-Hack von vor einer Weile? Das war irre. Eine ganze Produktreihe intelligenter Kühlschränke lief mit einer alten PC-Software. Hacker verschafften sich Zugriff darauf und verwandelten den Controller in einen Spambot. Kühlschränke auf der ganzen Welt haben daraufhin Penis-Verlängerungs-E-Mails und Vitaminangebote an Millionen von Adressen verschickt. Die Besitzer der Geräte haben es nie erfahren.«

»Könnten nicht schon die Hersteller dieser Smart-Controller einen Schutz vor Hackern einbauen?«, fragte Archer.

»Nun, sie bemühen sich jedenfalls. Sie verschicken ständig Updates mit neuesten Sicherheitsvorkehrungen. Haben Sie schon mal Ihren PC hochgefahren und mussten warten, bis Windows sich aktualisiert hatte? Das geschieht meistens aus Gründen der Sicherheit. Manchmal muss man die Updates selbst installieren, manchmal passiert es automatisch, zum Beispiel auch bei Google. Für gewöhnlich ist dann erst mal Ruhe … natürlich nur, bis irgendein Hacker einen neuen Exploit findet.«

»Kann man ihn zurückverfolgen, während er online ist und das Produkt unter Kontrolle hat?«, fragte Rhyme.

»Schon möglich. Da müssen Sie den Hersteller des Controllers fragen.«

»Das werden wir, Rodney. Vielen Dank.«

Sie beendeten das Gespräch.

»Ich lasse jemanden in der Zentrale die Kontaktdaten der Herstellerfirma besorgen«, sagte Sachs, trat beiseite und telefonierte kurz. »Sie melden sich so schnell wie möglich bei uns«, sagte sie dann.

In diesem Moment gaben drei Smartphones im Salon gleichzeitig einen Laut von sich: das von Sachs, von Whitmore und von Cooper.

»Aha«, sagte Sachs beim Lesen der Nachricht. »Wie es aussieht, haben wir unser Motiv.« Das Display des Telefons beleuchtete ihr Gesicht.

»Und?«, fragte Rhyme.

»Meine Mitarbeiterin hat mir einen Text geschickt«, sagte Whitmore. »Wahrscheinlich ist es der gleiche wie Ihrer, Detective Sachs. Er wurde auf den Onlineseiten mehrerer Tageszeitungen gepostet und ist ein Bekennerschreiben zu dem Rolltreppenvorfall.«

»Ich lege es auf den Hauptmonitor«, sagte Cooper. Alle schauten hin.

> Eure Gier nach Dingen, nach materiellem Besitz, nach Plunder jeglicher Art wird euer aller Tod sein! Ihr habt die wahren Werte aufgegeben und dabei eure kostbare »Kontrolle« verloren. Genau das passiert nämlich, wenn ihr nicht sorgsam mit euren Daten umgeht. Ihr habt die Liebe eurer Angehörigen und Freunde zurückgewiesen, um euch der Sucht des Konsums hinzugeben. Ihr müsst immer mehr und mehr zusammenraffen, aber schon bald werden eure Besitztümer EUCH besitzen und mit einem kalten, stählernen Kuss zum Teufel schicken.
>
> Der Hüter des Volkes

Rhyme wies darauf hin, dass die E-Mail, die der Verdächtige an Todd Williams geschickt hatte, mit den Initialen *H. V.* unterzeichnet war.

»Ist das echt?«, fragte Cooper.

Erstaunlicherweise gab es häufig Schuldbekenntnisse von Leuten, die mit dem jeweiligen Verbrechen nicht das Geringste zu tun hatten.

»Ich halte es für sehr wahrscheinlich«, sagte Rhyme.

»Und warum?«, fragte Archer.

»Zum einen wegen der passenden Initialen, zum anderen, weil er das Wort »Kontrolle« in Anführungszeichen gesetzt hat. Er spielt auf den Smart-Controller an, der nirgendwo in den Medien erwähnt wurde. Nur der Täter kann davon wissen.«

»Mal sehen, ob er das schon mal gemacht hat«, sagte Sachs,

ging online und startete eine Suche. »Beim NCIC findet sich nichts«, teilte sie nach einigen Minuten mit. Das National Crime Information Center speichert Haftbefehle und Profilinformationen zu Zehntausenden von Verdächtigen aus den gesamten USA und einigen Auslandsstaaten. Sachs fügte hinzu, in der Boulevardpresse habe es keine Berichte über Aktivisten gegeben, die vergleichbare Anschläge verübt hätten. Auch der Begriff »Hüter des Volkes« werde nirgendwo erwähnt.

Rhyme bemerkte, dass Juliette Archer zu einem der anderen Computer gefahren war. »Ich hab's«, rief sie.

»Was?«, fragte Rhyme gereizt, weil es ihn ärgerte, dass es keine neuen Hinweise auf den Täter gab, der womöglich schon die nächsten Opfer ins Visier nahm.

»Die Controller-Firma, CIR Microsystems.« Sie rollte zurück zu den anderen und nickte in Richtung des Bildschirms, vor dem sie gerade noch gesessen hatte. »Ich habe die direkte Durchwahl des Firmenchefs, Vinay Chaudhary.«

»Wie haben Sie die denn herausgefunden?«, fragte Sachs und klang wenig begeistert, dass eine Amateurin schneller gewesen war als die Kollegen vom NYPD.

»Ich hab bloß mal Detektiv gespielt«, erwiderte Archer.

»Lasst uns mit ihm sprechen«, sagte Rhyme.

Sachs tippte die Nummer in ihr Telefon und bekam offenbar Chaudharys Assistentin an den Apparat. Nachdem sie ihr Anliegen geäußert hatte, wirkte sie überrascht. Rhyme folgerte, dass sie nun mit dem Chef höchstpersönlich sprach. Wie es schien, hatte er nichts gegen eine Unterredung einzuwenden, er habe nur im Moment keine Zeit, erklärte Sachs, nachdem sie die Verbindung getrennt hatte. In einer Dreiviertelstunde könne er jedoch zur Verfügung stehen.

Wahrscheinlich nachdem er seine Anwälte um sich geschart hatte – wie Siedler, die eine Wagenburg errichteten, sobald oberhalb auf den Klippen die Feinde auftauchten.

22

»Was haben wir, Sarge?«, erklang die Frage klar und deutlich im Headset des Beamten.

Der vermeintliche Klempner-Van, in Wahrheit ein Überwachungsfahrzeug der Drogenfahndung, stand genau gegenüber der Bar, und Sergeant Joe Reilly hatte einwandfreie Sicht auf den Innenraum. »Die beiden sitzen da, plaudern und trinken Bier. Völlig unbeschwert.« Reilly hatte Bauch und graue Haare und machte diesen Job schon seit Jahren; anfangs hatte der Funk noch gerauscht, als würde jemand Wachspapier zerknüllen. Ein Wunder, dass sie damals auch nur eine einzige koordinierte Razzia hinbekommen hatten. Heutzutage war alles digital und hochauflösend, als würde der Kollege des Zugriffteams in diesem heruntergekommenen Viertel in Brooklyn hier im Auto warten und nicht ein Stück die Straße hinauf.

Reilly war nicht allein. Neben ihm, an der Kamera, saß eine spröde und ziemlich dralle junge Afroamerikanerin, die sich hervorragend mit den elektronischen Augen und Ohren auskannte, wenngleich sie für den Geschmack des Sergeants zu stark parfümiert war.

»Tragen sie Waffen?«, fragte die Stimme in seinem Ohr. Das taktische Team befand sich einen halben Block von Richie's Bar in Bedford-Stuyvesant entfernt und hatte ihm hoffentlich die gewünschte Calzone besorgt. Ohne Spinat. Nur Schinken und Käse. Punkt. Dazu eine Limo. Light.

Reilly nahm das Monitorabbild der zwei Biertrinker genauer

in Augenschein. Die Kollegin schüttelte den Kopf. »Zumindest nicht sichtbar«, meldete der Sergeant.

Was nichts zu bedeuten hatte. Die beiden Männer konnten trotzdem bis an die Zähne bewaffnet sein.

»Und sie sind nur zu zweit?«

Sonst hätte ich ja drei oder vier oder sonst was gesagt, je nachdem.

»Ja.« Reilly streckte sich. Hoffentlich war das alles keine Zeitverschwendung. Der Tipp besagte, irgendein hochrangiges Arschloch aus der Dominikanischen Republik würde sich bei Richie's mit einem der einheimischen Dealer treffen. Womöglich ging es um was Großes. Doch der DomRep-Typ verspätete sich, und die kleine Ratte – dünn und zappelig – hing mit einem Unbekannten ab, einem Weißen, ziemlich jung und ebenfalls eher fahrig.

Der Beamte am Funkgerät trank einen großen Schluck von irgendwas. »Wann sollte der dicke Fisch hier sein?«

Der dicke Fisch... Der Dominikaner zählte nicht nur zu den Anführern der Gang, er wog auch mehr als hundertvierzig Kilo.

»Vor einer halben Stunde.« Reilly sah auf die Uhr. »Vierzig Minuten.«

»Der kommt nicht mehr«, murmelte der Cop. Jetzt kaute er eindeutig.

Reilly schätzte, dass der Besucher nicht etwa kalte Füße bekommen hatte, sondern als dominikanischer Drogenlieferant einfach viel zu sehr beschäftigt war.

»Könnte der Unbekannte nicht doch zu der DomRep-Bande gehören?«

Reilly lachte. »Nur wenn sie inzwischen gezwungen sind, Chorknaben anzuheuern. Weiße Chorknaben. Und so hart sind die Zeiten nun auch wieder nicht.«

»Eine Ahnung, wer der Typ sein könnte?«

»Nein. Er ist blond, eins achtzig und so schlank, dass ich kotzen könnte.« Reilly zoomte das Gesicht des Mannes heran. »Irgendwie sieht der komisch aus.«

»Was heißt das?«, fragte der andere Cop zwischen zwei Bissen.

Scheiße, ich will meine Calzone.

»Nervös.«

»Weil er Lunte gerochen hat?«

»Ich sitze in einem verkackten Klempner-Van in einer Straße in Brooklyn, die voller Läden für Sanitärzubehör ist. Und die Kameralinse ist etwa so groß wie der Pimmel Ihrer Katze.«

»Ich hab keine Katze.«

»Nein, er hat uns nicht bemerkt. Er fühlt sich einfach nur unwohl in dieser Gesellschaft.«

»Wer würde das nicht?«

Guter Punkt. Alphonse Gravita – alias Alpho oder eher noch Alpo, wuff, wuff – war ein echter Schmierlappen. Diese Mikrobe von einem Dealer hatte bisher das Glück gehabt, einer Verurteilung zu entgehen, aber nun wollte er hoch hinaus und sein Straßengeschäft, das er von einem Minimarkt in Ocean Hill aus betrieb, nach Bed-Stuy und Brownsville ausweiten.

»Achtung.« Reilly richtete sich auf.

»Ist der DomRep-Typ eingetroffen?«

»Nein, aber Alpo und sein Kumpel … Moment, da geht was vor sich.«

»Was?« Das Kauen hatte aufgehört.

»Sieht wie eine Transaktion aus … Aufziehen!« Die Aufforderung galt der parfümierten Kollegin neben ihm.

Die Beamtin zoomte auf Weitwinkel, um mit der Kamera alles zu erfassen, das zwischen Alpo und dem Blonden ablief. Alpo sah sich um und kramte in seiner Tasche. Der Blonde ebenfalls. Dann traf Handfläche auf Handfläche.

»Okay, wir haben eine Übergabe.«

»Und was war es?«

»Ein hübsches Bündel Scheine. Aber das Produkt konnte ich nicht erkennen. Konnten Sie?«

»Nein, Sir«, antwortete die Beamtin. Reilly musste bei dem Parfüm an Gardenien denken, obwohl er keine Ahnung hatte, wie Gardenien rochen oder auch nur aussahen.

»Ihre Entscheidung, Sarge«, funkte der andere Cop.

Reilly überlegte. Sie hatten soeben einen illegalen Drogenkauf beobachtet und könnten mit zwei Festnahmen nach Hause fahren. Aber vielleicht war es klüger, sich Blondie in einiger Entfernung allein zu krallen und Alpo vorläufig im Spiel zu belassen. So hätten sie wenigstens ein Arschloch einkassiert, wenn sie schon nicht den DomRep-Wichser in Handschellen zum 73. Revier schleifen konnten. Womöglich wusste der weiße Junge ja was über den Dominikaner. Sie könnten den nervösen Bengel gründlich in die Mangel nehmen, bis er anfing zu reden.

Oder sie unternahmen gar nichts – ein so großer Deal war das hier nun auch nicht gewesen. Der Blonde könnte unbehelligt verschwinden, und sie würden weiter auf den dicken Fisch hoffen.

»Sitzen die beiden immer noch einfach da?«, fragte der Typ vom Zugriffteam.

»Ja.«

»Holen wir sie uns?«

»Nein, ich will die Alpo-Verbindung zu unseren DomRep-Freunden nicht gefährden. Vielleicht holen wir uns den Blonden, wenn er von hier aufbricht. Aber erst mal warten wir.«

»Der DomRep-Typ hat jetzt schon fünfzig Minuten Verspätung.«

Reilly traf eine Entscheidung.

»Okay. Ich sag Ihnen gleich, was wir machen. Aber vorher hätte ich noch eine Frage: Habt ihr mir die Calzone bestellt?«

* * *

»Wir wissen, dass er wieder zuschlagen wird«, sagte Lincoln Rhyme. »Ich will, dass alle Reviere und Feuerwachen benachrichtigt werden. Die sollen uns jeden *vermeintlichen* Unfall mit einem Gerät melden. Unverzüglich. Sofort. Auf der Stelle. Wie auch immer ihr die Dringlichkeit betonen wollt.«

Mel Cooper sagte, er werde sich darum kümmern, und zückte sein Telefon auf die gleiche Art und Weise, wie er den kleinen Revolver ziehen würde, der an seiner Hüfte kaum auffiel.

Sachs erhielt eine Nachricht und sah auf ihr Telefon. »Die Smart-Controller-Firma. Sie wollen mit uns reden.«

»Oder uns persönlich mitteilen, wie unkooperativ sie sein werden«, sagte Archer.

Was die Ermittlungsarbeit anging, lernte sie ziemlich schnell, dachte Rhyme und rief nach Thom, damit er eine Skype-Verbindung herstellte.

Die Anwählmelodie erklang, und gleich darauf öffnete sich das Fenster des Programms.

Eine Wagenburg war das nicht gerade. Nur zwei Personen von CIR Microsystems waren zu sehen und einer davon musste Vinay Parth Chaudhary höchstpersönlich sein, folgerte Rhyme, denn der Mann sah sowohl südasiatisch als auch autoritär aus. Er trug ein kragenloses Hemd und eine Brille mit modischem Metallgestell.

Der andere war ein fahlgesichtiger, stämmiger Mann Mitte fünfzig. Vermutlich ein Anwalt. Er trug einen Anzug, aber keine Krawatte.

Die beiden saßen in einem aseptisch anmutenden Büro: ein ansonsten leerer Tisch mit zwei Monitoren, die das Paar einrahmten. An der Wand hinter ihnen hing ein abstraktes Gemälde, kastanienbraun und blau. Nein, erkannte Rhyme, das war direkt auf die Wand gemalt. Eine stilisierte Abbildung des Logos der Firma.

»Ich bin Amelia Sachs, Detective beim NYPD. Wir haben

vorhin miteinander gesprochen. Das hier ist Lincoln Rhyme, ein forensischer Berater, der an unserem Fall mitarbeitet.« Sie waren nur zu zweit. Wie schon zuvor war Rhyme der Ansicht, dass die Firma auf eine größere Anzahl Leute verschreckt reagieren könnte, auch wenn sie nicht länger als Beklagte infrage kam.

»Ich bin Vinay Chaudhary, Generaldirektor und Hauptgeschäftsführer, und dies ist Stanley Frost, unser leitender Justiziar.« Seine Stimme war freundlich und ruhig. Fast ohne Modulation. Er fühlte sich nicht bedroht. Aber Rhyme nahm an, dass Männer mit einem Vermögen von vierzig Milliarden Dollar generell schwer einzuschüchtern waren.

»Es geht um eine Straftat, die mit einem unserer Produkte zusammenhängt?«, fragte Frost.

»Ganz recht. Mit Ihrem Controller DataWise5000 Smart. Eine Person hier in New York City hat vorsätzlich ein Signal an eines dieser Geräte geschickt, das in einer Rolltreppe der Firma Midwest Conveyance verbaut war. Dadurch öffnete sich eine Zugangsluke am oberen Ende, ein Mann fiel hinein und kam ums Leben.«

»Ich habe natürlich von dem Vorfall gehört«, sagte Chaudhary. »Aber ich wusste nicht, dass er mutwillig herbeigeführt wurde. Wie schrecklich. Ich möchte aber betonen, dass wir Midwest Conveyance ausdrücklich geraten haben, den DataWise einzig zu Diagnose- und Wartungszwecken sowie zur Notabschaltung zu nutzen. Nicht zum Öffnen der Luke.«

»Wir können das durch die entsprechende Korrespondenz belegen«, warf Frost, der Anwalt, ein.

»Zudem wurden die Midwest-Conveyance-Controller schon vor Jahren eingebaut«, fuhr Chaudhary fort. »Wir haben der Firma seitdem vierzig oder fünfundvierzig Sicherheitsupdates geschickt, die den Zugriff eines Hackers verhindert hätten. Falls diese Updates aber nicht sofort installiert wurden, können wir es auch nicht ändern.«

»Es geht hier nicht um Ihre etwaige Haftung«, sagte Rhyme. »Wir sind hinter dem Hacker her, nicht hinter Ihnen.«

»Wie war doch gleich Ihr Name, Sir?«, fragte Chaudhary.

»Lincoln Rhyme.«

»Ich glaube, ich habe schon von Ihnen gehört oder gelesen. Im Fernsehen oder in der Zeitung.«

»Kann gut sein. Nun, dieser Täter hat sich die nötigen Informationen für den Zugriff auf den Controller bei jemandem besorgt, der im Internet darüber geschrieben hatte.«

Chaudhary nickte. »Sie meinen vermutlich das Blog *Social Engineering Second-ly.*«

»Korrekt.«

»Tja, der Blogger hat ein frühes Modell benutzt und absichtlich keines der Sicherheitsupdates heruntergeladen und installiert. Andernfalls hätte er bei dem DataWise niemals eine Fehlfunktion auslösen können. Doch das hat er in seinem Blog wohlweislich verschwiegen. Es ist ja auch weitaus spektakulärer, den Lesern zu suggerieren, jeder beliebige Dreizehnjährige könne sich einen Exploit zunutze machen. Die unterstellten Fehlfunktionen und Verletzungen der Privatsphäre dürften dem Blog eine Vielzahl von Klicks eingebracht haben. Dabei bietet der DataWise wesentlich weniger Angriffspunkte als neunzig Prozent aller Konkurrenzprodukte.«

»Wir arbeiten mit einer Gruppe White-Hats zusammen, Hackern mit ethischen Prinzipien«, fügte Frost hinzu. »Sagt Ihnen der Begriff etwas?«

»Wir können es uns denken«, sagte Sachs.

»Diese Mitarbeiter versuchen den ganzen Tag lang, die DataWise-Server zu hacken, die von unseren Kunden genutzt werden. Beim geringsten Anzeichen für einen Exploit verschicken wir sofort einen Patch. Falls dieser Blogger die Updates berücksichtigt hätte, wäre sein Zugriffsversuch fehlgeschlagen. Was sagt er denn dazu?«

»Ich fürchte, unser Verdächtiger hat ihn ermordet, sobald er erfahren hatte, wie man in das System eindringt«, erklärte Sachs.

»Nein!« Chaudhary keuchte tatsächlich auf.

»Leider doch.«

»Oh, das tut mir wirklich sehr leid. Wie furchtbar.«

»Die Person, nach der wir suchen, verfügt über eine Aufstellung der Produkte, in die Ihr Controller eingebaut wurde«, fuhr Rhyme fort. »Und er hat eine Liste mit den Privat- und Firmenkunden, die die entsprechenden Geräte gekauft haben. Eine sehr lange Liste.«

»Wir sind schon seit Jahren erfolgreich am Markt.«

Der Anwalt sah Chaudhary an und sagte zwar nichts, wollte ihm aber vielleicht signalisieren, dass er besser keine Hinweise auf den Wert der Firma gab, auch wenn es hier nicht um die unmittelbare Haftung ging.

»Schon gut«, beruhigte Chaudhary ihn. »Ich möchte behilflich sein.«

»Ferner besteht Grund zu der Annahme, dass der Täter weitere Anschläge dieser Art plant und somit noch jemanden töten könnte«, fügte Rhyme hinzu.

»Vorsätzliche Morde?« Der Firmenchef runzelte die Stirn. »Aber warum denn nur?«

»Man könnte ihn als Terroristen bezeichnen«, sagte Sachs. »Sein Feindbild ist der Konsumismus. Oder sogar der Kapitalismus insgesamt. Er hat eine diesbezügliche E-Mail an die Presse geschickt. Sie dürften die Meldungen mühelos finden können. Er nennt sich selbst den Hüter des Volkes.«

»Ist er ein Irrer?«, fragte Chaudhary.

»Wir wissen nicht, was er ist«, erwiderte Rhyme ungeduldig. »Kommen wir zum Grund unseres Anrufs. Ich hätte da einige Fragen. Zunächst mal: Ist es möglich, seinen Aufenthaltsort zu ermitteln, wenn er die Kontrolle über ein Gerät übernimmt? Wie es aussieht, hält er sich ganz in der Nähe auf, damit er alles verfolgen und genau entscheiden kann, wann er den Controller aktiviert. Und, nächste Frage, könnte man auch seine Identität feststellen?«

»Im Prinzip ist eine Rückverfolgung möglich«, antwortete Chaudhary. »Aber das legt jeder Hersteller individuell fest – die Webcam-Firma, die Ofenfabrik, das Autowerk. Wir können das von hier aus nicht. Wir stellen lediglich die Controller her und programmieren die zugehörige Software. Der Hacker dringt über die Cloud-Server unserer Kunden in das jeweilige System ein. Falls man aber im Voraus wüsste, welches Einzelgerät er angreifen wird, könnte die Herstellerfirma seinen Aufenthaltsort zurückverfolgen. Zumindest solange er keine Proxy-Server benutzt hat, um ins Netz zu gehen. Die wären eine zusätzliche Barriere. Und für all das blieben Ihnen nur Sekunden, da er sich nach dem Hack sofort ausloggen und seinen Computer ausschalten dürfte. Was seine Identität angeht, wird er bestimmt so schlau sein, auf Prepaid-Telefone, unregistrierte Tablets, anonyme Proxy-Server oder virtuelle private Netze zurückzugreifen. Das lernt man als Hacker schon im ersten Grundkurs.«

Das war ernüchternder, als Rhyme gehofft hatte. »Also gut«, sagte er. »Eines noch: Gibt es eine Sicherheitsmaßnahme, die Sie ergreifen könnten, um ihm den Zugriff zu verwehren?«

»Natürlich. Wie soeben erläutert – die Hersteller der intelligenten Öfen, Klimaanlagen, Medizingeräte oder Rolltreppen müssten einfach nur die Sicherheitsupdates installieren, die wir ihnen zuschicken. Ich weiß aus dem Blog, wie dieser… wie war sein Name?«

»Todd Williams.«

»Wie er bei dem Exploit vorgegangen ist. Ja, es gab eine Schwachstelle. Sobald wir davon wussten, haben wir sie innerhalb eines Tages behoben und die Patches verschickt. Das war vor mindestens einem Monat.«

»Warum sollte Midwest Conveyance auf eine Installation verzichtet haben?«

»Manchmal sind die Firmen schlicht zu faul. In anderen Fällen gibt es geschäftliche Gründe. Ein Update erfordert einen Neustart und oft eine Änderung am Code. Dadurch ist die ganze Cloud eine Weile offline. Das haben die Kunden nicht so gern. Sobald die Leute sich an eine Komforteigenschaft gewöhnt haben, wollen sie nicht mehr davon lassen, nicht mal für eine kurze Unterbrechung. Das Licht ferngesteuert ausschalten, falls Sie es vergessen haben, bevor Sie in den Urlaub gefahren sind? Den Babysitter in Echtzeit im Auge behalten? Vor zehn Jahren war das unmöglich, und man hat es daher auch nicht vermisst. Doch heutzutage? Wer sich ein intelligentes Produkt kauft, erwartet, dass es dauerhaft funktioniert. Sonst wechselt er zur Konkurrenz.«

»Aber Sie sagten doch, es dauert nicht lange.«

Chaudhary lächelte. »Die Psychologie der Konsumenten ist ein faszinierendes Thema. Enttäuschungen bleiben im Gedächtnis. Loyalitäten wechseln innerhalb von Millisekunden. Also, Mr. Rhyme und Detective …«

»Sachs.«

»Ich muss jetzt an einem Meeting teilnehmen. Aber zuvor werden wir all unseren Kunden einen weiteren Link zu den Sicherheitsupdates schicken und sie dringend ermahnen, die Patches *unbedingt* zu installieren. Es könnten Menschenleben davon abhängen.«

»Danke«, sagte Sachs.

»Ich wünsche Ihnen viel Glück. Falls wir behilflich sein können, lassen Sie es uns bitte wissen.«

Das Fenster der Webcam schloss sich. Und Rhyme und Sachs riefen die anderen wieder in den Raum und berichteten ihnen von der Unterredung mit Chaudhary, die vielleicht dazu beitragen würde, einige der zukünftigen Anschläge von Täter

40 zu vereiteln, doch leider keine neuen Erkenntnisse für die Suche nach ihm erbracht hatte.

Rhyme schaute zu der Tabelle, die er, Archer und Whitmore für den Fall Midwest Conveyance angelegt hatten. »Ich möchte unsere Erkenntnisse abgleichen, Sachs, damit wir einen besseren Überblick bekommen.«

Um nicht die Tafeln aus dem Konferenzraum an der Police Plaza Nummer eins hier ins Labor transportieren zu müssen, rief Sachs einen Kollegen in der Abteilung für Kapitalverbrechen an und bat ihn, die Tabellen mit seinem Telefon zu fotografieren und ihnen die Bilder per E-Mail zu schicken. Nach wenigen Sekunden trafen sie ein.

Dann übertrug Sachs die Angaben zu den diversen Tatorten auf die Tafel hier vor Ort und fügte hinzu, was sie durch Williams' Computer erfahren hatten. Das Team nahm die Einträge in Augenschein.

Rhyme beobachtete, wie Sachs die Tafel anstarrte und mit ihrem rechten Zeigefinger und Daumen zwanghaft den Ring mit dem blauen Stein drehte. »Uns fehlen immer noch die Angaben zu dem Sägemehl, dem Lack und den DNS- und Fingerspuren von den Servietten«, murmelte sie kopfschüttelnd. »Die Spurensicherung in Queens hat sich nie bei uns gemeldet.« Dabei warf sie Rhyme einen kühlen Blick zu, als wäre die Verzögerung seine Schuld. Was in gewisser Weise zutraf, räumte er ein, denn er hatte Cooper entführt.

»Lass mich mal die Vergrößerung des Sägemehls sehen«, bat Rhyme.

Sachs ging online, loggte sich in die sichere Datenbank der Spurensicherung ein und öffnete nach Eingabe der Fallnummer die gewünschten Bilder.

Rhyme sah genau hin. »Mahagoni, würde ich sagen. Mel?«

Der Techniker warf einen kurzen Blick darauf. »Ja, mit neunundneunzigprozentiger Sicherheit.«

»Ach, Sachs, du hattest recht. Mea culpa, weil ich ihn dir vor der Nase weggeschnappt habe.« Es war als Scherz gemeint, aber sie reagierte nicht. »Und auch mit dem Schmirgeln liegst du richtig«, fuhr Rhyme fort. »Diese Partikel stammen nicht vom Sägen. Ich tippe auf feine Holzarbeiten.« Sie schrieb es auf. »Was den Lack angeht, muss ich passen«, fügte Rhyme hinzu. »Dazu gibt es keine Datenbank. Wir müssen einfach das Ergebnis der Analyse abwarten. Und worum geht es bei den Servietten?«

Sachs erzählte ihm von der White-Castle-Spur. »Ich weiß nicht, warum zum Teufel es so lange dauert, die DNS festzustellen und nach Fingerabdrücken zu suchen.« Sie nahm ihr Telefon und rief in Queens an. Nach einem kurzen Gespräch trennte sie die Verbindung.

»Es dauert so lange, weil sie die Dinger nicht finden können«, teilte sie mit finsterer Miene mit.

»Wie bitte?«, fragte Cooper.

»Jemand dort hat die Servietten verlegt. Wie es scheint, wurden sie falsch registriert. Man sucht danach.«

Das konnte eine gewaltige Aufgabe sein, wusste Rhyme. Die Asservatenkammer bestand aus mehreren großen Räumen, die Hunderttausende von Beweismitteln enthielten. Als würde man eine Nadel in einem Nadelhaufen suchen, hatte jemand das mal beschrieben.

»Nun, wer auch immer dafür verantwortlich war, sollte gefeuert werden«, schimpfte er.

Er überflog erneut die Tabelle, vor allem die neuen Einträge. Täter 40 hatte entweder viel Glück oder war sehr umsichtig. Die Spuren deuteten bisher weder darauf hin, wo er wohnte oder arbeitete, noch wo er das nächste Mal zuschlagen könnte, immer vorausgesetzt, er hatte einige der Partikel beim Ausspähen eines neuen Opfers aufgenommen.

TATORT: CLINTON PLACE 151, MANHATTAN, BAUSTELLE NEBEN 40° NORD (NACHTKLUB)

- Straftaten: Mord, Überfall.
- Opfer: Todd Williams, 29, Autor, Blogger, Gesellschaftsthemen.
- Todesursache: Trauma durch stumpfe Gewalt, vermutlich Kugelhammer (Marke unbekannt).
- Motiv: Raub.
    - Kredit- und Kundenkarten wurden noch nicht benutzt.
- Spuren:
    - Keine Fingerabdrücke.
    - Grashalm.
    - Partikel:
        - Phenol.
        - Motoröl.
    - Profil des Verdächtigen (Täter 40):
    - Hat kariertes Sakko getragen (grün), dazu Baseballmütze der Braves.
    - Männlich, Weißer.
    - Groß (1,88 bis 1,93 Meter).
    - Sehr schlank (63 bis 68 Kilo).
    - Lange Füße und Finger.
    - Gesicht unbekannt.

TATORT: EINKAUFSZENTRUM HEIGHTS VIEW, BROOKLYN

- Straftat: Mord, Flucht vor der Festnahme.
- Opfer: Greg Frommer, 44, Angestellter bei Pretty Lady Shoes im Einkaufszentrum.
    - Verkäufer, hat Patterson Systems als Marketingdirektor verlassen. Wir versuchen den Nachweis, dass er wieder einen ähnlichen oder anderen hoch bezahlten Job angenommen hätte.
- Todesursache: Blutverlust als Folge innerer Organverletzungen.
- Mordmethode:

  - Täter 40 hat Controller CIR DataWise5000 gehackt und Luke per Fernsteuerung geöffnet.
  - Gespräch mit CIR Geschäftsführung.
    - Zurückverfolgung des Signals: nur durch die einzelnen Hersteller machbar. Schwierig.
    - Wahrscheinlich keine Möglichkeit der Identifizierung.
    - Gefahr eines unbefugten Zugriffs kann minimiert werden, wenn Firmen Sicherheitsupdates installieren. CIR verschickt entsprechende Warnung.
- Spuren:
  - DNS, kein CODIS-Treffer.
  - Partieller Fingerabdruck; unzureichend für Identifizierung.
  - Schuhabdruck, wahrscheinlich des Verdächtigen, Größe 13, Reebok Daily Cushion 2.0.
  - Erdprobe, wahrscheinlich vom Verdächtigen; enthält kristalline Aluminosilikat-Tonteilchen: Montmorillonit, Illit, Vermiculit, Chlorit, Kaolinit. Außerdem organische Kolloide. Substanz ist vermutlich Humus. Hat seinen Ursprung nicht in diesem Teil von Brooklyn.
  - Dinitroanilin (Bestandteil von Farbstoffen, Pestiziden, Sprengstoffen).
  - Ammoniumnitrat (Dünger, Sprengstoff).
    - Mit Motoröl wie am Tatort Clinton Place: Hinweis auf Bombenbau?
  - Wieder Phenol (Zwischenprodukt bei der Herstellung von Kunststoffen wie Polycarbonaten, Harzen und Nylon, Aspirin, Einbalsamierungsflüssigkeit, Kosmetika, Heilmitteln für eingewachsene Zehnägel; Verdächtiger hat große Füße – und Probleme mit den Nägeln?).
  - Talkum, Paraffinum Liquidum, Zinkstearat, Stearinsäure, Lanolin, Cetylalkohol, Triethanolamin, PEG-12 Laurate, Testbenzin, Methylparaben, Propylparaben, Titandioxid.
    - Make-up? Marke unbekannt. Analyse steht noch aus.
  - Metallspan, mikroskopisch klein, Stahl, vom Schärfen eines Messers?
  - Sägemehl. Mahagoni. Vom Schmirgeln, nicht vom Sägen.
  - Chlorkohlenwasserstoffe und Benzoesäure. Giftig (Insektizide, Gifte als Waffen?).

    - Aceton, Ether, Cyclohexan, Naturkautschuk, Zellulose (vermutlich Lack).
        - Hersteller noch unbestimmt.
    - Servietten aus White-Castle-Filiale. Wurden bei der Spurensicherung verlegt.
- Zivilklage wegen Greg Frommers Tod:
    - Fahrlässigkeit mit Todesfolge/Haftpflichtschaden wegen erlittener Schmerzen.
        - Strikte Produkthaftung.
        - Leichtfertiges Verhalten.
        - Verstoß gegen implizite Garantie.
- Entschädigung: Einkommensverlust, Schmerzensgeld, Strafschadensersatz.
- Beklagter: Täter 40.
- Relevante Fakten des Unfalls:
    - Zugangsklappe hat sich spontan etwa 40 Zentimeter weit geöffnet, Opfer ist in Getriebe gefallen.
    - Klappe wiegt 19 Kilo, scharfe Zähne an Vorderkante haben zu Tod/Verletzung beigetragen.
    - Klappe mit Feder versehen. Durch Schnappriegel gesichert. Hat sich aus unbekanntem Grund geöffnet.
    - Gründe für Fehlfunktion?
        - Beeinflussender Faktor – Täter 40 hat den DataWise-Controller gehackt.
- Derzeit kein Zugang zu Berichten/Unterlagen des Department of Investigation oder der Feuerwehr.
- Derzeit kein Zugang zu defekter Rolltreppe (vom DOI beschlagnahmt).

TATORT: WHITE-CASTLE-RESTAURANT,
ASTORIA BOULEVARD, ASTORIA, QUEENS

- Relevanz für den Fall: Verdächtiger isst hier regelmäßig.
- Zusätze zum Profil des Verdächtigen:
    - Isst 10–15 Sandwiches auf einmal.
    - Hat bei mindestens einer Gelegenheit vor seinem Besuch Einkäufe getätigt. Weiße Plastiktüte, schwerer Inhalt. Aus Metall?

- Ging nach Norden und hat Straße überquert (in Richtung Bus/U-Bahn?). Keine Hinweise auf eigenes Fahrzeug.
- Zeugen konnten Gesicht nicht gut erkennen, aber vermutlich kein Bart.
- Weiß, blass, eventuell schütteres Haar oder Bürstenfrisur.
- Hat am Astoria Boulevard ein Taxi genommen, ungefähr am Tag von Williams' Ermordung.
- Erwarten Nachricht vom Geschäftsführer der Taxifirma.
- Firma hat den Zielort gemeldet.

TATORT: RIDGE STREET 348, MANHATTAN

- Straftat: Brandstiftung.
- Opfer: Keine.
- Relevanz für den Fall: Täter 40 hat auch Greg Frommers Tod verursacht, indem er vorsätzlich die Zugangsluke der Midwest-Conveyance-Rolltreppe im Einkaufszentrum Heights View, Brooklyn, geöffnet hat. Hat Bekanntschaft von Todd Williams gesucht und erfahren, wie man Smart-Controller vom Typ DataWise5000 hackt, wodurch der Rolltreppenunfall ausgelöst wurde.
- Am Abend von Williams' Tod hat der Täter zwei Listen von ihm erhalten:
  - Datenbank aller Produkte, in denen die Controller sich finden.
  - Kunden, die einige dieser Produkte erworben haben.
- Zusätze zum Profil des Verdächtigen:
  - Hat Manifest unter dem Namen »Hüter des Volkes« gepostet. Inlandsterrorist, attackiert übermäßigen Konsumismus.
  - Nachricht lässt sich nicht zurückverfolgen.
  - Absichtliche Rechtschreibfehler. Wahrscheinlich ist er intelligent.
- Spuren:
  - Selbst gebauter Brandsatz.
  - Wachs, niederoktaniges Benzin, Baumwolle, Plastik, Streichhölzer. Kerzenbombe. Bestandteile nicht zurückverfolgbar.

* * *

So. Hier wohnt sie also.

Rotschopf.

Amelia Sachs, die Shopperin.

Die Shopperin, die mir leider nicht den Gefallen getan hat, in Todd Williams' Büro zu verbrennen.

Ich bin auf der anderen Straßenseite, gegenüber von ihrem Haus in Brooklyn, und trage einen Arbeiteroverall, um keine Aufmerksamkeit zu erregen. Ein langer, langer Werktag neigt sich dem Ende entgegen, und ich bin müde (auch wenn ich hier gerade verkleidet bin, die Erschöpfung ist echt). In einer Hand halte ich einen Kaffee, in der anderen ein Mobiltelefon und tue so, als würde ich Textnachrichten lesen. In Wahrheit habe ich überprüft, wie meine Tirade gegen den Konsumismus von den Medien aufgenommen wurde. Ich habe sogar ein paar Likes bekommen!

Nun schaue ich mir Rotschopfs Stadthaus genau an. Eine Shopperin. Ja, das ist sie, und sie wird dafür die Konsequenzen tragen müssen, aber ich bin nicht mehr ganz so wütend (die White-Castle-Burger aus der Tiefkühlabteilung sind nicht schlecht). Außerdem kommt Rotschopf mir nicht wie eine Sadistin vor. Eher wie eine Shopperin mit Herz. Die Sorte Mädchen, die mir bei meiner Bitte um ein Rendezvous nicht ins Gesicht gelacht und mich verspottet hätte. Sie wäre errötet und hätte mit ihrem hübschen Gesicht auch weiter so freundlich gelächelt. »Tut mir leid, ich hab schon was vor.«

Eine Shopperin mit Herz…

Wenn ich Rotschopfs Leben zerstöre, werde ich also vermutlich Mitleid empfinden. Aber das ist nur so ein Nebengedanke, und ich besinne mich wieder auf das Wesentliche.

Nettes Zuhause, wirklich. Altes Brooklyn. Klassisch. Amelia *Sachs.* Deutscher Name, schätze ich. Sie sieht nicht deutsch aus, aber wenn ich jetzt so darüber nachdenke, weiß ich eigentlich gar nicht, wie eine Deutsche aussehen würde. Jedenfalls hat sie keinen geflochtenen blonden Zopf und auch keine arisch blauen Augen.

Ich habe hin und her überlegt, was ich ihretwegen unternehmen soll. Rotschopf besitzt keine Geräte, in denen ein Controller vom Typ DataWise5000 steckt. Zumindest nicht, dass ich welche finden könnte. Sie steht auf keiner der Zauberlisten, die Todd so hilfsbereit für mich besorgt hat, bevor seine Knochen geknackt wurden. Natürlich kann ein Produkt, sobald es erst mal verkauft wurde, wie ein Korken im Ozean umhertreiben und letztlich in der Küche, Garage oder guten Stube einer völlig anderen Person auftauchen. Doch ich habe Rotschopfs Haus nach Signalen gescannt, wie Todd es mir gezeigt hat, und obwohl ich ein paar einsame kleine Geräte gefunden habe, die mit ihrem drahtlosen Signalfeuer verzweifelt nach einem Netzwerk suchen, kann keines davon mir dabei helfen, die Shopperin in einen Haufen zertrümmerter Knochen und verkohlten Fleisches zu verwandeln.

Ich trinke einen Schluck Kaffee, allerdings nicht wirklich, und schaue auf das Telefon, allerdings nicht wirklich … Ich tue so als ob. Ich wirke normal – ein ungeduldiger Arbeiter, der am Ende des Tages darauf wartet, abgeholt zu werden.

Doch ich bin gar nicht ungeduldig.

Ich könnte stundenlang hier ausharren.

Was sich auszahlt. Denn nur dreißig Minuten später sehe ich etwas Interessantes.

Und mir wird klar, dass ich dadurch das letzte Stück des Puzzles erhalte, mit dessen Hilfe ich mein Rotschopf-Problem lösen kann.

Also gut, denke ich, trinke aus und stecke den zerdrückten Becher in die Tasche (diese Lektion habe ich gelernt!). Es wird Zeit. Wir haben etwas zu erledigen.

23

Ron Pulaski verließ Richie's Bar durch die Vordertür. Er fühlte sich gut, fast schon beschwingt.

Draußen wandte er sich mit gesenktem Kopf und eiligen Schrittes nach Süden.

Was da in seiner linken Hosentasche steckte, war winzig, kam ihm aber vor wie zehn Pfund Gold. Er schob beiläufig die Hand in die Tasche, nur um noch mal diese Erleichterung zu verspüren. Danke, Gott.

Und danke auch dir, schickte er eine Nachricht an den Kerl, mit dem er noch vor einer Minute ein Bier getrunken hatte: Alpho (Pulaski benannte ihn nicht gern nach dem Hundefutter, auch Kriminelle wie er verdienten ein Mindestmaß an Respekt). Er hatte Pulaski genau das besorgt, was er brauchte. Oh, yeah!

Er könnte …

»Verzeihung, Sir. Bitte bleiben Sie stehen. Und nehmen Sie die Hand aus der Tasche.«

Pulaski erstarrte abrupt. Sein Gesicht wurde heiß, sein Herz raste. Er wusste, dies war kein Überfall, sondern etwas anderes. Der Tonfall, die Wortwahl. Er drehte sich um und sah zwei kräftige Männer in Jeans und Jacke, gewöhnlicher Straßenkleidung, aber ihm war sofort klar, um wen es sich handelte – nicht namentlich, aber beruflich: Undercover-Cops aus einem Zugriffteam. Jeder der beiden trug seine goldene Dienstmarke an einer silbernen Kette um den Hals.

Scheiße …

Er zog langsam seine Hand aus der Tasche und zeigte beide Handflächen, um nicht bedrohlich zu wirken. Er kannte sich aus; er war schon Hunderte Male an deren Stelle gewesen.

»Ich gehöre zum NYPD und arbeite bei der Abteilung für Kapitalverbrechen«, sagte Pulaski. »Ich trage eine Waffe in einem Knöchelholster, und meine Marke ist in meiner Jacke.« Er bemühte sich, selbstsicher zu klingen. Doch seine Stimme zitterte. Sein Herzschlag gab keine Ruhe.

Die beiden runzelten die Stirn. »Okay«, sagte der Größere, ein Kahlkopf, und trat vor. Sein Partner behielt die Hand in der Nähe der Waffe. »Wir wollen nicht, dass jemand verletzt wird, das verstehen Sie sicher«, sagte Glatze. »Ich bitte Sie daher, sich umzudrehen und beide Hände an die Wand zu legen.«

»Natürlich.« Widerworte waren nicht ratsam. Pulaski fürchtete, er müsse sich übergeben. Er atmete tief ein. Okay, reiß dich zusammen. Er bekam sich in den Griff. Mehr oder weniger.

Die Beamten – sie rochen nach einer Sondereinheit – nahmen ihm Waffe und Dienstmarke ab und behielten sie vorerst bei sich. Ebenso seine Brieftasche. Pulaski wollte erst etwas sagen, verkniff es sich aber.

»Okay. Drehen Sie sich um.« Das kam von dem anderen der beiden – blonde Haare, Stachelfrisur. Er inspizierte die Brieftasche. Dann behielt er sie zusammen mit der Waffe und der Dienstmarke in der linken Hand.

Die beiden Beamten verzogen sich mit Pulaski in einen nahen Hauseingang, der vom Gehweg aus nicht einsehbar war. Ah. Sie hatten Richie's überwacht, wahrscheinlich sogar Alphonse, und warteten auf die Ankunft einer Kontaktperson. Und sie wollten nicht alles verderben, indem sie sich entdecken ließen.

»Sarge, wir haben ihn«, sprach Glatze in sein Mikrofon.

»Die Sache ist nur, er ist ein Cop. Abteilung für Kapitalverbrechen … Ich weiß … Finde ich gleich heraus.« Er neigte den Kopf. »Pulaski? Führen Sie hier einen verdeckten Einsatz durch? Ihre Abteilung spricht sich nämlich immer mit uns von der Drogenfahndung ab, daher sind wir nun etwas verwirrt.«

»Nein, ich bin nicht dienstlich hier.«

»Was haben Sie gekauft?« Glatze schien gern das Reden zu übernehmen. Er stand dicht vor Pulaski. Sein Atem roch nach Pizza. Knoblauch und Oregano. Er schaute auf Pulaskis Hosentasche.

»Nichts.«

»Hören Sie, Mann, wir haben alles auf Video.«

Scheiße. Der Klempner-Van auf der anderen Straßenseite. Gute Wahl, das musste er ihnen lassen. Es gab in diesem Block ein Dutzend Läden für Sanitärzubehör. Ein Holztransporter, ein Imbisswagen, ein Heizungsmonteur … die wären aufgefallen. Ein Klempner aber nicht.

»Es ist nicht, was Sie glauben.«

»Doch, es *ist*, was wir glauben, Pulaski. Und wir können nichts machen. Es wurde gefilmt und muss gemeldet werden«, sagte der blonde Partner, dem es offenbar unangenehm war, einen Kollegen für den Erwerb von Drogen hochzunehmen. Doch das würde ihn nicht davon abhalten. Keinen der beiden. Blondie schien dabei nur etwas weniger Genugtuung zu empfinden als sein Partner.

»Sie stecken bis zum Hals drin, Pulaski. Geben Sie uns, was Sie gekauft haben. Falls es nur eine geringe Menge ist, wird es schon nicht so schlimm. Sie können mit dem Staatsanwalt und der Gewerkschaft bestimmt etwas aushandeln.«

Die zwei befürchteten wohl, Pulaski könne ein Lockvogel sein – der mit voller Absicht vor ihren Augen einen Deal durchzog, um dann zu versuchen, Glatze und Blondie zu einem kollegialen Gefallen zu überreden. Und sobald sie ihn laufen ließen, würde die Abteilung für innere Angelegenheiten stattdessen *sie* einkassieren. Also mussten sie ihn wie jeden anderen Käufer behandeln.

»Ich habe keine Drogen gekauft.«

Sie erwiderten nichts.

»Durchsuchen Sie mich.«

Die beiden wechselten einen Blick. Dann machte Blondie sich ans Werk, und zwar gründlich. Die beiden waren keine Anfänger.

»Sarge«, sprach Glatze in sein Mikrofon. »Er hat nichts dabei... Verstanden.« Er nahm den Finger vom Knopf. »Okay, was für eine Scheiße läuft hier ab, Pulaski?«

»Zeig ich Ihnen.« Er deutete auf einen Stapel gefalteter Zettel, die Blondie ihm aus der Tasche gezogen hatte. Der Beamte gab sie ihm. Pulaski klappte ein kleines Stück Papier auf und reichte es zurück.

»Was ist das?«

»Ich war letzten Monat in Geldschwierigkeiten und habe dringend zweitausend gebraucht. Jemand hat mir Alpho empfohlen. Der wiederum hat die Verbindung zu einem Verleiher hergestellt. Heute habe ich die letzte Rate gezahlt. Und dafür meinen Schuldschein zurückbekommen.«

Die Cops lasen den Zettel.

Sich einen Betrag zu Wucherzinsen zu leihen ist nicht illegal, solange dadurch nicht Geld gewaschen werden soll – wenngleich ein Polizist damit vermutlich gegen einige Behördenvorschriften verstößt.

»Es ging nicht um Drogen, Sarge, sondern um geliehene Kohle«, sprach Glatze ins Mikrofon. »Er hat sie zurückgezahlt und seinen Schuldschein ausgelöst... Ja... Mach ich.«

»Officer, ist Ihnen überhaupt klar, wie ungeheuer dämlich das war?«

»Ach ja? Wie dämlich ist es denn, Geld für einen Freund zu

borgen, der Krebs hat und sein Bein verliert, weil er nicht versichert ist?« Aus seiner Angst war Wut geworden, und Pulaski beschloss, bei der erfundenen Geschichte aus dem Vollen zu schöpfen.

Das schien die beiden zu beeindrucken. Glatze fing sich als Erster. »Sie hätten uns hier den ganzen Einsatz versauen können. Ihr Junge dahinten, *Alpo*, sollte sich mit einem hohen Tier aus der Dominikanischen Republik treffen. Falls der Kerl aufgetaucht wäre und Sie als Cop erkannt hätte, was wäre dann wohl passiert? Er könnte in bewaffneter Begleitung gekommen sein.«

Pulaski zuckte die Achseln.

»Hat er was von einem Dominikaner gesagt?«

»Nein. Wir haben über Sport geredet – und darüber, was einem droht, wenn man die zwanzig Prozent Zinsen nicht aufbringen kann. Meine Pistole und Marke, bitte. Und die Brieftasche.«

Pulaski nahm alles entgegen, ging in die Knie und verstaute die kleine Waffe im Holster. Dann stand er wieder auf. »Ist noch was?« Keine Antwort. Pulaski sah ihn einen Moment lang an, wandte sich dann wortlos ab und ging weg.

Falls er vorhin geglaubt hatte, sein Herz würde schnell schlagen, dann hatte er jetzt eine Art Maschinengewehr in der Brust.

Mann, Mann, Mann … ein Schweineglück hast du gehabt, dachte er. Obwohl es eigentlich kein Glück gewesen war. Sondern Vorbereitung. Zuvor an jenem Tag hatte Alpho ihn angerufen und gesagt, es gäbe Neuigkeiten über Oden, den Mann, der Pulaski mit der neuen Sorte Oxy versorgen könne. »Catch oder wie auch immer das Zeug heißt.« Sie wollten sich bei Richie's treffen, und Pulaski würde ihm zweitausend Dollar für die Information bezahlen.

Doch nachdem Pulaski den Computer von Todd Williams

an der Police Plaza Nummer eins abgeliefert hatte, brach ihm mit einem Mal der Angstschweiß aus. Was wäre, wenn ein Freund oder Kollege ihn mit Alpho sprechen sah? Er brauchte einen glaubwürdigen Vorwand. Beim ersten Mal hatte er Pillen von dem Mann gekauft, aber das würde er nicht noch mal machen.

Dann war ihm aus irgendeinem Grund die Sache mit dem Schuldschein eingefallen. Nicht schlecht. Er kritzelte ihn selbst aufs Papier. Als Alpho ihm den Zettel mit der Oden-Info gab, verstaute Pulaski ihn in derselben Tasche wie den Schuldschein. Einer forensischen Untersuchung würde die Fälschung nicht standhalten … schon allein, weil nur Pulaskis Fingerabdrücke darauf waren, ganz zu schweigen von der Handschriftenanalyse. Doch er nahm an, dass die Drogenfahnder nicht lange über ihn nachdenken würden. Sie wollten nur zurück zu ihrer Pizza und der Falle, die sie dem Dominikaner gestellt hatten.

Er zog nun Alphos Notiz hervor und prägte sich die Adresse sowie alle weiteren Angaben ein. Dann schloss er die Augen und sagte alles ein Dutzend Mal leise auf. Schließlich entsorgte er den Zettel in einem Gully.

Es war schon spät. Lincoln und Amelia mussten sich fragen, wo er blieb. Und auch er selbst war neugierig, ob Williams' Computer Informationen über Täter 40 enthalten hatte. Doch als er sein Telefon einschaltete, war da keine Nachricht. Er schrieb Amelia, er würde direkt nach Hause fahren – der Fall Gutiérrez habe mehr Zeit beansprucht als gedacht. Falls sie jedoch etwas benötige, solle sie ihn anrufen.

War sie sauer? Höchstwahrscheinlich. Aber er konnte es nicht ändern.

Pulaski wollte erst ein Taxi heranwinken, doch dann wurde ihm schmerzlich bewusst, wie viel von seinem Geld er gerade an Alpho übergeben hatte. Also war doch wieder die U-Bahn angesagt. Er ging zurück zur Haltestelle Broadway Junction, um die komplizierte Heimreise zu Frau und Kindern anzutreten. Und fühlte sich schmutzig, besudelt. Sogar der Anblick ihrer sanften, lächelnden Gesichter würde ihm heute kein großer Trost sein.

* * *

Amelia Sachs hielt mit ihrem Torino am Bordstein und schaltete den Motor aus. Saß einen Moment lang da und las die hinterlassenen Nachrichten. Dann steckte sie das Telefon ein, stieg aber immer noch nicht aus.

Nachdem sie von Rhymes Haus aufgebrochen war, hatte sie noch zwei Dinge zu erledigen. Zunächst mal hatte sie sich mit einem Reporter von einer der großen New Yorker Tageszeitungen getroffen und ihn mit weiteren Informationen zu der Geschichte rund um den Hüter des Volkes versorgt. Als Teil der Berichterstattung würde er die Liste aller Produkte veröffentlichen, die den besagten Smart-Controller enthielten – wenngleich nur in der Online-Ausgabe, denn die Aufstellung war so lang. Sachs hatte auch wiederholt, was Chaudhary gesagt hatte: dass die Hersteller davor zurückscheuten oder zu faul waren, die vorhandenen Sicherheitsupdates zu installieren. CIR Microsystems wollte die Firmen zwar erneut anschreiben, aber Sachs war zu der Ansicht gekommen, ein diesbezüglicher Artikel in den Medien könne für zusätzlichen Druck sorgen und sie zum Handeln zwingen.

Der Reporter hatte sich für den Tipp bedankt und versprochen, Amelias Namen nicht zu nennen, da sie sich das Gespräch nicht von ihren Vorgesetzten hatte genehmigen lassen. Dann war er aufgebrochen, um weiter zu recherchieren und seine Story zu schreiben.

Danach hatte Sachs einen kurzen Zwischenstopp an der

Police Plaza Nummer eins eingelegt und war nun hier auf ihrer zweiten Mission unterwegs – in Little Italy, das immer weiter schrumpfte, seit von Norden die Hipster und von Süden die chinesischen Restaurants und Andenkenläden in das Viertel drängten. Sachs stieg aus dem Wagen, nahm ihre Aktentasche und ging nach Süden. Dann wurde sie langsamer und blieb schließlich stehen, als sie die Silhouette des Mannes im Fenster eines Cafés vor ihr erkannte.

Es gab diesen Laden schon ewig, eine klassische italienische Konditorei wie direkt aus einem Film der 1940er-Jahre. Der Name war Antonios (nur der erste Eigentümer hatte so geheißen; die Familie oder der Schildermaler hatte offenbar keinen Wert auf einen Apostroph gelegt, wie ihn die englische Sprache gefordert hätte). Sachs gefiel es hier besser als in den drei oder vier anderen noch bestehenden Bistros in der südlichen Mitte von Greenwich Village, die sich alle tapfer gegen die großen Kaffeeketten behaupteten.

Sie trat nun ein, und eine Glocke oben an der Tür klingelte fröhlich. Sofort stieg ihr der Duft von Kaffee, Zimt, Muskat und Hefe in die Nase.

Ihre Augen blieben auf Nick Carelli gerichtet, der soeben durch ein iPad scrollte.

Nach einem Moment ging Amelia zu ihm. »Hallo«, sagte sie.

»Hallo.« Er stand auf und sah ihr in die Augen. Keine Umarmung.

Sie nahm Platz und legte sich die Aktentasche auf den Schoß. Eine defensive Geste, so wie Verdächtige im Verhör manchmal die Arme vor der Brust verschränkten.

»Was darf ich dir bestellen?«, fragte Nick.

Er trank schwarzen Kaffee, und sie musste an einen kalten Sonntagmorgen denken, an dem Nick und sie dienstfrei gehabt hatten. Amelia trug ein Pyjama-Oberteil, er die Pyjama-Hose, und sie brühte zwei Tassen Kaffee auf, schüttete das kochende Wasser durch einen Handfilter, was so klang, als würde jemand Zellophan zerknittern. Dann trank sie ihren sofort, während er seine Tasse für ein paar Minuten in den Kühlschrank stellte, weil er lauwarme Getränke mochte, keine heißen.

»Nichts. Ich kann nicht bleiben.«

Wirkte er enttäuscht? Ja, glaubte sie.

»Neumodischer Kram.« Er zeigte lächelnd auf das iPad.

»Es hat sich viel verändert.«

»Ich glaube, ich bin im Nachteil. Muss man nicht ungefähr dreizehn Jahre alt sein, um ein solches Ding zu beherrschen?«

»Höchstens«, sagte Sachs und musste sich ein weiteres Mal eingestehen, dass Nick wirklich gut aussah. Sogar noch besser als beim letzten Mal. Nicht so ausgezehrt. Aufrechter, die gebeugte Haltung war verschwunden. Und er hatte sich die Haare schneiden lassen. Er wirkte insgesamt attraktiver als in jüngeren Jahren, als er Amelia immer ein wenig zu dünn vorgekommen war. Die grauen Haare zwischen den schwarzen Strähnen halfen. Und weder die Jahre noch das Gefängnis hatten etwas an seinem jungenhaft funkelnden Blick ändern können. Dieser Übermut steckte einfach in ihm. Sachs hatte damals geglaubt, er habe die Raubüberfälle nicht etwa eiskalt geplant und durchgezogen, sondern sei mit den falschen Leuten zusammengeraten und habe sich dazu hinreißen lassen, mal was völlig Verrücktes zu machen, ohne die Konsequenzen zu bedenken.

»So. Bitte sehr.« Sie öffnete die Aktentasche und reichte ihm drei dicke Mappen mit insgesamt etwa achthundert Blatt Papier. Die Unterlagen zu seinem Fall und den zugehörigen Ermittlungen. Sie hatte das Material vor Jahren überflogen – eigentlich wollte sie nicht, konnte dann aber doch nicht widerstehen. Dabei hatte sie erfahren, dass zum Zeitpunkt der Taten mehrere vergleichbare Räuberbanden im Stadtgebiet ihr Unwesen trieben. Nicks Verhaftung war eine von sieben im Zeitraum von nur drei Monaten. Einige der anderen Täter waren ebenfalls Cops. Falls Nick allein gehandelt hätte, wäre die Akte längst nicht so dick. Vor allem, wenn er es auf eine Absprache mit der Staatsanwaltschaft angelegt hätte. Er blätterte nun durch eine der Mappen, lächelte und berührte Amelias Arm.

Nicht ihre Hand. Das wäre unangemessen gewesen. Nur ihren Unterarm. Trotzdem verspürte sie durch den Stoff hindurch auf einmal das gleiche Kribbeln wie damals. Und wünschte, es wäre nicht so gewesen. Wünschte es aufrichtig.

Er musste etwas gemerkt haben. Auf jeden Fall sah er sie den Blick abwenden. Nick nahm die Hand von ihrem Ärmel.

»Du musst aufpassen«, warnte sie ihn. »Triff dich mit niemandem, der vorbestraft ist. Dein Bewährungshelfer hat dich darauf hingewiesen.«

»Falls jemand mir helfen kann und das Risiko oder auch nur der Anschein besteht, er könne Dreck am Stecken haben, werde ich nur über einen Freund oder Mittelsmann Kontakt zu ihm aufnehmen. Versprochen.«

»Nimm das nicht auf die leichte Schulter.«

Sie stand auf.

»Und du hast wirklich keine Zeit für ein schnelles Abendessen?«

»Ich muss nach Hause zu meiner Mutter.«

»Wie geht es ihr?«

»Gut genug für die Operation.«

»Ich weiß nicht, wie ich dir danken soll, Amelia.«

»Beweise deine Unschuld«, sagte sie. »*So* kannst du mir danken.«

24

Polizeiarbeit bestand überwiegend aus Papierkram, wusste Nick Carelli.

Man wollte Festnahmen und hasste sie zugleich, denn sie gingen mit zahllosen Formularen und Vermerken einher, in dreifacher, vierfacher, fünffacher Ausfertigung.

Jetzt aber erwies es sich als gut für ihn, dass in seinem Fall sowohl die Abteilung für innere Angelegenheiten als auch die regulären Detectives wirklich ihre Hausaufgaben gemacht und ihm Papier in rauen Mengen hinterlassen hatten. Wahrscheinlich weil er für sie ein korrupter Cop gewesen war und das die beste Art Täter ist. Wenn man einen von denen ans Kreuz nagelt, steht man eine Weile im Rampenlicht. Und neben der Aufmerksamkeit der Medien und der Bewunderung der Öffentlichkeit winkt eine Beförderung.

Nick saß in seiner Wohnung an einem Tisch, dessen zu kurzes Bein er schon seit seiner Rückkehr mit einem gefalteten Stück Papier hatte ausgleichen wollen. Er kämpfte sich durch die Unterlagen, die Amelia ihm gebracht hatte, Seite für Seite. Und suchte nach dem Schlüssel zu seiner Rettung.

Dabei trank er Kaffee, schwarz und lauwarm. Nicht heiß, nicht kalt. Dazwischen. Er kannte den Grund selbst nicht, aber so hatte er seinen Kaffee schon immer getrunken. Er wusste noch, wie Amelia den Kaffee damals – vor den Kapselmaschinen – immer von Hand aufgegossen hatte. Das war eine seiner Lieblingserinnerungen, ein frostig kalter Morgen, und sie teilten sich den hässlichsten Pyjama der Welt, beige gestreift. Ihre Zehnägel blau lackiert. Seine blau vor Kälte.

Er hatte nun schon mehrere Becher Kaffee getrunken, seit er hier vor den Akten saß, die Ame – nein, Amelia – ihm gebracht hatte. Wie viele Stunden waren das jetzt? Er wollte es gar nicht wissen.

Plötzlich stieg ihm ein Duft in die Nase, der ihn um Jahre zurückversetzte. Er neigte den Kopf, atmete tief ein. Ja, eindeutig. Und woher? Er nahm eine der Mappen. Amelia hatte sie in der Hand gehalten. Sie benutzte nur selten Parfüm. Aber sie hatte eine Vorliebe für bestimmte Lotionen und Shampoos mit charakteristischem Duft. Genau so einen roch er jetzt. Eine Handcreme, Guerlain, wenn er sich recht erinnerte. Erstaunlich, dass er den Namen noch wusste.

Mit einiger Mühe schob er die Erinnerungen beiseite und widmete sich wieder den Unterlagen. Blatt für Blatt.

Eine zähe Stunde verstrich. Dann noch eine. Nick wurde immer müder und beschloss, eine spätabendliche Joggingrunde einzuschieben. Nur noch fünf Minuten.

Doch er fand, wonach er so verzweifelt suchte, schon nach zwei.

O Gott. O Herr im Himmel!

Er las gerade einen Bericht, der während der umfassenderen Ermittlungen zur Verwicklung von Polizisten in die Raubüberfälle zusammengestellt worden war. Das Datum lag knapp ein Jahr nach seinem Haftantritt. Beigefügt war die Fotokopie der handschriftlichen Notizen eines Detectives. Die Schrift war nur schwer zu entziffern – offenbar hatte der Beamte einen Bleistift benutzt.

23.2. befr. albert constanto olizeil. ermittl. 44-3452 –
operation take back. ac nicht in raubüberfälle verwickelt,
aber vorstrafen wg. drogenver gebührl. verhalten vor

gericht, 1 fallen gelassen plus herabstufung auf niederes vergehen. ac gibt an, gehört zu haben: in flannigan's bar, ansprechpartner für diebesgut, stets im hintergrund, mehrfach abgesichert   weiß »alles« in bk, weißer, mitte fünfzig, vorname fängt mit j an, verheiratet   nanci,   »j« ist der schlüssel, sagt ac.

Ganz sicher ist er der Schlüssel, dachte Nick Carelli. Zumindest für meine Mission. Flannigan's war einer *der* Treffpunkte des organisierten Verbrechens. Dieser geheimnisvolle »J«, der in BK – Brooklyn – damals so gut vernetzt war, dürfte die Verantwortlichen der Raubüberfälle bestens gekannt haben. Und falls er und seine Frau Nanci nicht direkt weiterhelfen konnten, würden sie Nick vermutlich eine Kontaktperson nennen können. Carelli blätterte die restlichen Seiten durch, weil er auf eine besser leserliche Abschrift der Notizen hoffte, doch leider fand sich nichts dergleichen. Und auch keine weiteren Informationen über die Suche nach diesem »J« und seiner Frau.

Dann sah er auch, warum.

Ein NYPD-Memo gab das Ende der Operation Take Back bekannt. Der Commissioner lobte die Beamten für den starken Rückgang der Raubüberfälle und die Enttarnung der darin verwickelten korrupten Polizisten. Viele der Täter und ihrer Komplizen säßen hinter Gittern; andere, bei denen es nicht für eine Verurteilung gereicht habe, seien wenigstens aus dem Geschäft gedrängt worden. Der wahre Grund für das Ende der Operation ergab sich hingegen aus mehreren anderen Memos, in denen die Bildung diverser Antiterror- und Antidrogeneinheiten angekündigt wurde. Das NYPD verfügte, wie immer, nur über begrenzte Ressourcen, und gestohlene Fernsehgeräte verlieren ziemlich an Bedeutung, wenn auf einmal Möchtegern-al-Qaida-Anhänger aus Westchester Anschläge auf Synagogen und den Times Square vorbereiten.

Nun, aus Carellis Sicht waren das gute Neuigkeiten. Sie bedeuteten nämlich, dass J und Nanci mit etwas Glück noch auf freiem Fuß waren und in der Lage sein würden, ihm zu helfen.

Im ersten Moment wollte er zum Hörer greifen und Amelia mitteilen, dass es sich ausgezahlt hatte, ihm das Material zu überlassen. Doch dann entschied er sich dagegen. Er hatte vorhin schon mal angerufen, und sie war nicht drangegangen. Und das würde sie auch jetzt nicht tun, spürte er. Außerdem wollte er eigentlich mit etwas Greifbarerem aufwarten können, und er musste diesen J ja immer noch ausfindig machen und zur Mitarbeit überreden. Erschwerend hinzu kam Nicks schlechter Leumund. Ehemaliger Cop *und* ehemaliger Sträfling. Das bedeutete, dass viele Leute auf beiden Seiten des Gesetzes wenig geneigt sein würden, Nick behilflich zu sein.

Ein Gespräch mit Amelia würde zudem all die Gefühle wieder aufwühlen, und das war wohl keine so gute Idee.

Oder doch?

Er sah sie wieder vor sich, das lange rote Haar, ihr Gesicht, die vollen Lippen. Sie schien während seiner Haft kaum gealtert zu sein. Er erinnerte sich daran, wie er neben ihr aufwachte und aus dem Radiowecker der Sprecher ertönte: »Sie sind auf der Gewinnerstraße … Geben Sie uns zweiundzwanzig Minuten, und wir bringen Ihnen die Welt ins Haus.«

Schwelgen kannst du später, riss er sich barsch zusammen. Setz deinen Hintern in Bewegung. Du hast viel zu erledigen.

25

Ihre erste bedeutende Auseinandersetzung.

Über etwas Kleines. Doch ein wesentlicher Grundsatz forensischer Arbeit lautet, dass eine Kleinigkeit den Ausschlag dafür geben kann, ob ein Mörder weitere Taten begeht oder keine einzige mehr.

»Es ist *Ihre* Datenbank«, sagte Juliette Archer zu Rhyme. »Sie haben sie zusammengestellt.« Ein Zugeständnis, gewissermaßen. Doch dann fügte sie hinzu: »Aber das ist schon ein paar Jahre her, nicht wahr?«

Sie waren im Salon. Außer ihnen war nur Mel Cooper anwesend. Pulaski war zu Hause, Sachs ebenfalls, zusammen mit ihrer Mutter.

Cooper hielt einen Filzstift in der Hand und schaute mit seiner unendlich geduldigen Miene von Rhyme zu Archer. Er wartete darauf, dass die beiden sich einigen würden. Bisher vergebens.

»Meiner Erfahrung nach nehmen geologische Veränderungen etwas Zeit in Anspruch«, erwiderte Rhyme. »Millionen von Jahren, wenn ich mich nicht irre.« Ein subtiler, aber bissiger Angriff auf ihre Position.

Es ging um eine simple Frage, und sie hatte mit dem Humus zu tun – dem aus Zersetzung entstandenen Boden –, den Sachs an einem der Tatorte gefunden hatte. Aufgrund der Zusammensetzung glaubte Rhyme, dass der Humus aus Queens stammen musste, und wegen der großen Menge Dünger und

Unkrautvernichter (bei denen auch er nicht von einer Bombe oder einem Giftanschlag ausging) rechnete er mit einer gepflegten, weitläufigen Rasenfläche wie beispielsweise bei einem Countryclub, einer teuren Hotelanlage, einem großen Anwesen oder einem Golfplatz.

Archer hielt Queens für eine zu starke Eingrenzung, obwohl Rhymes Bodendatenbank, die er, jawohl, vor vielen Jahren für das NYPD angelegt hatte, bei den von Sachs gefundenen Partikeln auf den östlichen Teil genau dieses Bezirks verwies, an der Grenze zum Nassau County.

»Ich gebe zu, dass die Probe *ursprünglich* aus Queens stammen könnte«, erklärte Archer. »Aber heutzutage gibt es doch tonnenweise Gärtnereien.«

»Tonnenweise?« Rhyme wiederholte das ungenaue Wort mit spöttischem Unterton.

»Viele«, korrigierte Archer sich. »Die Erde könnte an ein Grundstück in Westchester geliefert worden sein, wo sie die Pestizide und den Dünger aufgenommen hat. Oder an einen Golfplatz auf Staten Island, wo man damit einen Sandkasten angelegt hat, oder wie die Dinger heißen …«

»Jedenfalls heißen sie nicht Sandkästen«, sagte Rhyme.

»Wie auch immer, die Golfplätze beauftragen eine Landschaftsgärtnerei, und die bestellt Erde in Queens und lässt sie nach New Jersey, Connecticut oder in die Bronx liefern«, entgegnete sie. »Unser Täter könnte die Partikel im Bergen County aufgenommen haben, wo er wohnt oder arbeitet. Vielleicht ist er dort Schreiner in einem vornehmen Countryclub.«

»Vielleicht. Aber das Risiko gehen wir ein«, sagte Rhyme. »Am wahrscheinlichsten ist, dass unser Täter den Humus in Queens aufgenommen hat.«

Archer ließ nicht locker. »Lincoln, wenn wir Epidemiologen eine medizinische Untersuchung durchführen, um einer ansteckenden Krankheit auf die Spur zu kommen, gibt es keinen größeren Fehler, als voreilige Schlüsse zu ziehen. Kennen Sie meine Myopie-Studie?«

Was hat unser Fall denn mit Kurzsichtigkeit zu tun?, dachte Rhyme. »Die ist mir wohl entgangen.« Seine eigenen Augen waren mit scharfem Blick auf die Flasche Single Malt Whisky fokussiert, die er leider nicht erreichen konnte.

»Vor einigen Jahren ist einer Handvoll Ärzte aufgefallen, dass Kinder, die bei eingeschaltetem Licht schliefen, mit größerer Wahrscheinlichkeit an Myopie erkranken würden«, fuhr Archer fort. »Daraufhin entwickelten sie Programme, um die Schlafgewohnheiten der Kinder zu modifizieren, indem sie das Licht im Zimmer veränderten oder die Kinder in Therapie schickten, falls sie Angst im Dunkeln hatten. In diese Kampagnen zur Bekämpfung der Myopie wurde viel Geld gesteckt.«

»Und?«

»Die Forscher hatten sich eine von Anfang an falsche Prämisse in den Kopf gesetzt, nämlich dass eingeschaltetes Licht zu Myopie führt.«

Trotz seiner Verärgerung wurde Rhyme neugierig. »Aber das war nicht der Fall?«

»Nein. Myopie ist genetisch bedingt. Die *Eltern* mit ausgeprägter Myopie ließen wegen *ihrer eigenen* Augenprobleme das Licht in den Zimmern ihrer Kinder öfter brennen als normalsichtige Eltern. Die Lampen haben keine Myopie verursacht, sondern waren eine *Folge* der Myopie. Diese falsche Prämisse hat die Forschung um Jahre zurückgeworfen. Ich will nur sagen, falls wir in unserem Fall zu sehr davon ausgehen, dass der Täter eine Verbindung nach Queens hat, werden wir andere Möglichkeiten gar nicht mehr in Betracht ziehen. Wissen Sie, wie schwer es ist, etwas wieder aus dem Kopf zu bekommen, wenn es sich erst einmal festgesetzt hat?«

»Hoffentlich nicht so schwer wie beim Kanon von Pachelbel. Den kann ich nämlich wirklich nicht ausstehen.«

»Ich finde ihn toll.«

»Wir wissen aber mit Sicherheit, dass es eine Verbindung nach Queens gibt, nämlich die White-Castle-Burger und die dortige Taxifirma. Und wahrscheinlich einige Läden, in denen er einkauft. Die Plastiktüte, erinnern Sie sich?«

»Das ist der Westteil von Queens. Am East River. Die Erde und der Dünger stammen aber aus einer Gegend viele Meilen weiter östlich. Ich sage ja nicht, wir sollten Queens *ignorieren;* nur weniger Bedeutung sollten wir ihm beimessen. Lassen Sie uns einen Blick auf die Orte im Großraum New York werfen, an die Erde aus Queens geliefert wurde, das ist alles. Er könnte die Partikel in der Bronx oder in Newark, New Jersey, aufgelesen haben.«

»Oder in Montana«, pflichtete Rhyme ihr in dem kühlen, sardonischen Tonfall bei, den er so sehr mochte. »Lassen Sie uns ein Dutzend Streifenbeamte zusammentrommeln und jeden in Helena befragen, ob jemand sich bei einer Landschaftsgärtnerei im Osten von Queens einen Gartenzwerg gekauft hat.«

Mel Cooper war mit seiner Geduld nun doch am Ende. »Was soll ich an die Tafel schreiben?«

»Schreib hin, dass der Humus aus Queens stammt, aber der Täter ihn in Montana aufgenommen haben könnte«, sagte Rhyme. »Nein, lass uns lieber alphabetisch vorgehen. Alabama, Alaska, Arizona, Arkansas …«

»Lincoln, es wird spät«, drängte Cooper.

Rhyme sah Archer an. »Reicht es Ihnen, wenn wir Queens mit einem Fragezeichen versehen?«

»Zwei Fragezeichen«, entgegnete sie.

Lächerlich. Gab diese Frau jemals klein bei? »Also gut. Zwei gottverdammte Fragezeichen.«

Cooper schrieb es hin.

»Und vergiss nicht den ›gepflegten Rasen‹«, sagte Rhyme. Archer schien keine Einwände zu haben.

In Wahrheit hatte er großen Spaß daran. Die Diskussion, das Hin und Her, war ein wesentlicher Bestandteil der Tatortarbeit. Er und Sachs hatten das ständig gemacht.

Thom erschien in der Tür. »Lincoln.«

»Oh, den Tonfall kenne ich. Gewöhnen Sie sich lieber daran, Juliette: Er ist der Betreuer mit der eisernen Faust. Zähnchen putzen, Pipi machen und ab in die Heia.«

»Du warst heute zu lange auf«, sagte Thom. »Und dein Blutdruck ist seit einiger Zeit recht hoch.«

»Er ist hoch, weil du mich ständig *hetzt*, um meinen Blutdruck zu messen.«

»Wie auch immer«, sagte der Betreuer mit aufreizender Fröhlichkeit, »wir können es uns nicht leisten, dass er so hoch ist. Nicht wahr?«

Da hatte er leider recht. Der körperliche Zustand eines Querschnittsgelähmten geht mit diversen Beschwerden einher, die lebensbedrohlich werden können. Wund gelegene Stellen, die eine Sepsis nach sich ziehen, Atemprobleme, Blutgerinnsel und der Hauptgewinn: eine autonome Dysregulation. Wenn eine eigentlich geringe Irritation – etwa eine volle Blase – nicht behoben wird, weil das Gehirn sich ihrer nicht bewusst ist, versucht der Körper, das eigenständig zu regeln, und nimmt gewisse Änderungen vor. Oft verlangsamt sich dabei der Herzschlag, woraufhin zum Ausgleich der Blutdruck steigt. Und das kann zu Schlaganfällen oder zum Tod führen.

»Okay«, sagte Rhyme und ergab sich in sein Schicksal. Normalerweise hätte er sich länger gewehrt, aber er wollte für Archer kein schlechtes Beispiel abgeben. Ihr drohten die gleichen Gefahren, und sie musste das Risiko einer Dysregulation unbedingt ernst nehmen.

»Mein Bruder wird sowieso jede Minute hier sein«, sagte sie. »Wir sehen uns morgen.« Sie fuhr in den vorderen Flur.

»Ja, ja, ja«, murmelte Rhyme und überflog die Beweistabellen. Was sagt uns das alles?, dachte er. Wo schlägst du das nächste Mal zu, Täter 40? Und wo wohnst du?

In Montana, Alabama, Westchester … der Bronx?

Oder doch in *Queens*?

* * *

»Was würdest du zu einem Schnaps sagen? – Nichts, ich würde ihn trinken.«

Nick sprach zu dem Rücken eines Mannes, der an einer Theke saß.

Freddy Caruthers drehte sich nicht um, sondern hielt den Blick weiterhin auf den Fernsehschirm gerichtet, der über den teuren Flaschen hing. Sie befanden sich in einem halbwegs gehobenen Pub in Park Slope, Brooklyn. »Verdammt, die Stimme kenne ich doch. Nein. Das kann nicht sein. Nick?«

»Hallo.«

Nun drehte Freddy sich doch um, musterte Nick von oben bis unten und zögerte höchstens eine halbe Sekunde lang, bevor er ihn umarmte.

Der Mann sah irgendwie wie eine Kröte aus.

Allerdings wie eine freundliche, fröhliche Kröte mit einem breiten Grinsen in ihrem Krötengesicht.

»Mann, Mann, Mann. Ich hab schon gehört, dass du draußen bist.« Er wich ein Stück zurück und nahm ihn mit einer Armeslänge Abstand erneut in Augenschein. »Verdammt.«

Freddy und Nick kannten sich schon ewig. Sie waren zusammen zur Schule gegangen, einer öffentlichen Schule, denn in Sandy Hook gab es keine Privatschulen, jedenfalls nicht für sie. Nick war der gut Aussehende, der Sportler. Freddy – damals wie heute einen Meter siebenundfünfzig groß – konnte keinen Schläger schwingen oder einen Pass fangen, und einen Korbleger brachte er erst recht nicht zustande. Doch er hatte andere Fähigkeiten. Du brauchtest einen Aufsatz? Er schrieb ihn dir. Kostenlos. Du wolltest wissen, ob Myra Handleman schon eine Verabredung für den Abschlussball hatte? Er verriet dir den Namen des Kerls und gab dir Tipps, wie du Myra davon überzeugen konntest, dem anderen abzusagen und stattdessen mit dir zu gehen. Du brauchtest Hilfe bei einem Test? Freddy konnte irgendwie im Voraus die Fragen herausfinden (es ging das Gerücht um, er würde nachts in die Büros der Lehrer einbrechen – einige sagten, in einem Ninja-Outfit –, aber Nick nahm an, dass Freddy sich einfach nur erstklassig in die Gedankengänge der Lehrer versetzen konnte).

Nicks Ruf basierte auf seiner beeindruckenden Punktzahl beim Baseball und seinem Einsatz als Klassensprecher – und auf seinem Aussehen, klar.

Freddy war das anders angegangen, hatte das System feinfühlig manipuliert, so wie Amelia die Nadelventile eines Vergasers justieren würde. Es hieß, Freddy habe öfter als jeder andere seines Highschool-Jahrgangs eines der Mädchen flachgelegt. Nick bezweifelte das, doch er wusste noch, dass Freddy mit der traumhaften Linda Rawlins, einen Kopf größer und schön wie ein Fotomodell, zum Ball gegangen war. Nick hingegen war zu Hause geblieben und hatte sich im Fernsehen ein Spiel der Mets angesehen.

»Also. Was treibst du so, Mann?«, fragte Nick und setzte sich. Er winkte dem Barkeeper und bestellte ein Ginger Ale.

Freddy hielt sich an einer Flasche Bier fest. Light.

»Ich bin Berater.« Freddy lachte. »Na, ist das nicht eine tolle Berufsbezeichnung? Ha! Im Ernst. Das klingt, als wäre ich Auftragskiller oder so'n Scheiß. Aber es ist eher wie bei *Die Höhle der Löwen*.«

Nick schüttelte den Kopf. Das sagte ihm nichts.

»Eine Fernsehsendung über Geschäftsgründer. Ich bringe Unternehmer mit Investoren zusammen. Kleinbetriebe. Ich habe Armenisch gelernt und…«

»Du hast *was*?«

»Armenisch. Das ist eine Sprache.«

»Das weiß ich. Aber warum?«

»Es gibt hier viele Armenier.«

»Wo?«

»In New York. Ich knüpfe Kontakte zwischen armenischen Geschäftsleuten und Geldgebern. Die sind nicht bloß Armenier, sondern alles Mögliche. Viele sind Chinesen.«

»Du sprichst…?«

»*Ni hau!*«

»Super.« Sie klatschten ab.

Freddy verzog das Gesicht. »Mandarin ist sauschwierig. So, und du hast also deine Zeit abgesessen und bist wieder draußen. Das ist gut. Sag mal, ich hab gehört, dein Bruder ist gestorben. Tut mir wirklich leid.«

Nick sah sich um und atmete tief durch. Dann erzählte er Freddy leise von seinem Bruder und seiner eigenen Unschuld.

Die Krötenaugen verengten sich. »Kein Scheiß, Mann?… Das ist echt heftig.«

»Donnie hat nicht gewusst, worauf er sich einlässt. Du kanntest ihn doch, er war wie ein kleines Kind.«

»Wir haben immer gedacht, er hat ein paar Probleme, klar. Aber es hat niemanden gestört. Er war eben ein wenig anders als die anderen. Nichts für ungut.«

»Kein Thema«, sagte Nick und trank einen Schluck.

»Delgado. Das überrascht mich nicht. Ein Scheißkerl. Ein echt mieser Scheißkerl. Er hat bekommen, was er verdient hat.«

»Du hast Donnie immer gut behandelt«, sagte Nick.

»Und er hätte den Knast tatsächlich nicht überstanden.«

Freddy zupfte an dem feuchten Etikett seiner Bierflasche herum. »Du hast das Richtige getan. Alter, ich weiß nicht, ob ich das gekonnt hätte.« Er grinste. »Mein Bruder ist ja auch ein Arschloch. Für den hätte ich keinen Finger krumm gemacht.«

Nick lachte laut. »Doch nun muss ich mein Leben wieder in den Griff kriegen. Ich habe einige Jahre verloren. Ich will irgendwas auf die Beine stellen, einen Laden eröffnen.«

»Such dir 'ne Freundin, Nick. Ein Mann braucht eine Frau in seinem Leben.«

»Oh, das ist schon in Arbeit.«

»Gut für dich. Und du kannst immer noch Vater werden.«

»Du hast die Zwillinge, richtig?«

»Und noch zwei dazu. Die Zwillinge sind Jungen. Außerdem haben wir ein vier- und ein fünfjähriges Mädchen. Meine Frau hat gesagt, nun sei es aber genug. Aber wofür sonst hat Gott uns erschaffen, oder? Brauchst du Geld? Ich kann dir was leihen. Nicht viel. Zehn-, zwölftausend.«

»Nein, nein, vielen Dank. Ich hab ein bisschen was geerbt.«

»Was, echt?«

»Aber du könntest mir einen Gefallen tun, Freddy.«

»Welchen?«

»Ich habe herausgefunden, dass es jemanden gibt, der mehr über die von Donnie begangenen Überfälle wissen könnte. Vielleicht war er der Hehler, vielleicht nur eine Art Mittelsmann. Oder er hat sogar den ganzen Job finanziert. Ich hoffe jedenfalls, er kann bestätigen, dass nicht ich es gewesen bin. Ich muss ihn finden.«

»Wer ist es?«

»Das ist das Problem. Ich habe nur ein paar Anhaltspunkte. Ich könnte zwar versuchen, mich in der alten Gegend umzuhören, aber du weißt schon …«

»Klar, niemand würde dir trauen. Die würden dich für einen Spitzel halten oder so.«

»Ja, das auch. Aber in erster Linie darf ich nicht mit dem Typen gesehen werden, falls er tatsächlich darin verwickelt war.«

»Ach, Scheiße, na klar. Die Sache mit den Bewährungsauflagen.«

»Genau.«

»Du möchtest, dass *ich* mich für dich umhöre?«

Nick hob beide Hände. »Du kannst jederzeit ablehnen.«

»Nick, du darfst mir glauben, viele von uns haben dich damals für unschuldig gehalten. Die Leute dachten, irgendein anderer Cop hätte dir was angehängt, weil du nicht mitspielen wolltest. Alle haben dich gemocht. Du warst unser Goldjunge. Natürlich helfe ich dir.«

Nick klopfte Freddy gegen den Oberarm und spürte, wie ihm Tränen in die Augen stiegen. »Das werd' ich dir nie vergessen, Mann.«

»Was für eine Art Laden willst du denn eröffnen?«

»Ein Restaurant, hab ich beschlossen.«

»Gut. Das bedeutet viel Arbeit. Aber man kann damit auch viel Geld verdienen. Ich habe ein paar armenische Restaurant-Deals vermittelt. Hast du schon mal armenisch gegessen?«

»Nein, noch nie. Glaube ich jedenfalls.«

»Das würde dir schmecken. Aus Vorderasien, du weißt schon. Meistens geht es bei mir um Schuhgeschäfte, Kleidung oder Telefonläden, manchmal aber auch um Restaurants.«

»Mein Anwalt sieht sich nach einem geeigneten Lokal um.«

»Und dieser Typ?« Freddy trank tatkräftig sein Bier aus und bestellte sich noch eines.

»Der Kerl, von dem ich geredet habe? Ja. Der hängt im Flannigan's rum. Damals zumindest.«

»Oh, dann hat er bestimmt Beziehungen zur Unterwelt.«

»Denke ich auch. Sein Vorname fängt mit J an. Und er hat eine Frau namens Nanci.«

»Das ist alles? Mehr hast du nicht?«

»Leider.«

»Nun, es ist immerhin ein Anfang. Ich werde sehen, was ich tun kann, Mann.«

»Ich schulde dir was. Irgendwie mache ich es wieder gut.«

»Ach, schon in Ordnung, Kumpel.« Freddy lachte. »Weißt du noch, damals in der Highschool? Wenn wir ins Shea Stadium gegangen sind oder hoch in die Bronx gefahren? Dieses Gefühl am Anfang der Saison? Du …«

»O Mann, ich weiß genau, was du meinst. Du steigst vor dem Spiel die Stufen hoch, gehst ins Stadion, durch den Tunnel zu den Tribünen, und dann liegt plötzlich das gesamte Spielfeld vor dir, als hätte Petrus die Himmelspforte aufgestoßen.«

»Und all diese Gerüche. Nasser Beton, Popcorn, Bier, das Gras.«

»Und auch Dünger, glaube ich.«

»Daran hab ich noch nie gedacht. Ja, Dünger vermutlich auch. Weißt du, Nicky Boy, vielleicht wird es doch nicht so schwierig sein, diesen J und seine Lady zu finden … Wie hieß sie doch gleich?«

»Nanci. Mit i am Ende.«

»Nanci. Während du im Knast warst, haben sich sogenannte Datensammler etabliert.«

»Was ist das?«

»Kurz gesagt: Du kannst deine Suche durchführen und dabei auf dem Hintern sitzen bleiben.«

»Ich hab bisher Google benutzt.«

»Das ist ein Anfang. Aber es gibt noch mehr. Professionelle Dienstleister. Du investierst ein paar Scheine, und die finden alles für dich heraus. Kein Scherz. Mit etwas Glück erfährst du seinen Namen, seine Adresse, wo er zur Schule gegangen ist, was für einen Hund er hat, wie groß Nancis Titten sind und wie lang sein Schwanz ist.«

»Im Ernst?«

Freddy runzelte die Stirn. »Okay, das mit den Titten und dem Schwanz ist eher unwahrscheinlich, aber nicht *unmöglich*. Die Welt hat sich verändert, mein Freund. Die Welt hat sich verändert.«

IV

DER HÜTER DES VOLKES

Freitag

26

Um 00.30 Uhr trank Abe Benkoff einen letzten Schluck Brandy und schaltete die gestreamte Folge *Mad Men* zehn Minuten vor dem Ende ab. Er mochte die Serie – er arbeitete selbst in der Werbung, bei einer der großen Agenturen in Midtown, allerdings an der Park Avenue, nicht an der Madison –, doch ohne Ruth machte das Anschauen nur halb so viel Spaß. Er würde die Episode für übermorgen aufsparen, wenn Ruth aus Connecticut von ihrer Mutter zurückkam.

Benkoff war achtundfünfzig Jahre alt und saß auf seinem ledernen Liegesessel im Wohnzimmer des Ehepaars in Murray Hill. Die meisten Gebäude hier waren alt, doch er und Ruth hatten das Glück gehabt, eine Vierzimmerwohnung in diesem Haus zu ergattern, das erst vor sechs Jahren gebaut worden war. Der Verkäufer hatte es eilig gehabt. Und Abe war bei WJ&K Worldwide gerade zum Partner befördert worden, was mit einer Sondervergütung einherging. Das war die Anzahlung gewesen. Damit war die Wohnung immer noch teurer, als sie es sich eigentlich hätten leisten können. Aber die Kinder waren aus dem Haus, und Ruth hatte gesagt: »Lass es uns machen.«

Und das hatten sie.

Die Bleibe war ziemlich repräsentativ. Und nicht nur er konnte zu Fuß ins Büro gehen, sondern auch Ruth, die bei einem Verlag am Times Square arbeitete.

Abe und seine Frau hatten Zehntausende in das Dekor und

die Ausstattung investiert, in rostfreien Stahl, Glas und Ebenholz. Die Küche war State of the Art – ein Begriff, den Abe keinem seiner Werbetexter durchgehen lassen würde, obwohl er den Raum angemessen beschrieb: der Herd, der Backofen und die anderen Haushaltsgeräte hatten Fronten aus gebürstetem Metall.

Heute Abend jedoch hatte Abe nur die Mikrowelle benutzt, um sich General Tsos Hühnchen aus dem Hunan Host aufzuwärmen, ein Stück die Straße hinauf. Kalorientechnisch war das zwar keine so gute Wahl, aber es lag ein anstrengender Tag hinter ihm, er war spät nach Hause gekommen, und ihm hatte schlicht der Antrieb gefehlt – oder die Lust –, sich irgendwas Gesundes zu kochen.

Ob General Tso wohl aus der Provinz Hunan stammt?, dachte Benkoff, erhob sich ächzend von dem Sessel und sammelte das Geschirr ein. Und falls nicht, würde er es anstößig finden, dass ein Restaurant mit Wurzeln in dieser Region ihn einfach vereinnahmt?

Oder wurde das Hunan Host gar von Taiwanern, Koreanern oder einem geschäftstüchtigen Paar aus Laos geführt?

Alles eine Frage des Marketings, wusste Abe Benkoff nur zu gut. Ein Restaurant namens Cambodian Star hätte vermutlich Fragen aufgeworfen und Gäste abgeschreckt. Oder Pol Pot Express, dachte er lächelnd und tadelte sich gleichzeitig für die Geschmacklosigkeit.

Er trug sein Glas, die Teller und das Besteck in die Küche, hielt alles kurz unter fließendes Wasser und verstaute es dann im Geschirrspüler. Abe entfernte sich ein paar Schritte, hielt inne und kehrte dann zurück, um alles so anzuordnen, wie Ruth es machen würde. Sie räumten den Geschirrspüler unterschiedlich ein. Er glaubte, er hatte recht, zumindest beim Besteck – die spitzen und scharfen Enden nach unten –, aber es war den Streit nicht wert. Es war, als wolle man einen Wähler der Demokraten von den Republikanern überzeugen und umgekehrt.

Nachdem Abe geduscht hatte, zog er sich einen Pyjama über, schnappte sich ein Buch aus der Ablage über der Toilette und legte sich ins Bett. Dort stellte er den Wecker auf sechs Uhr dreißig, weil er vor der Arbeit noch in den Fitnessklub wollte. Dann lachte er leise in sich hinein und änderte die Weckzeit auf sieben Uhr dreißig. Benkoff schlug Seite dreißig des Thrillers auf, las fünf Absätze, klappte das Buch zu, löschte das Licht, drehte sich auf die Seite und schlief ein.

Genau vierzig Minuten später schreckte Abe Benkoff keuchend hoch und setzte sich auf.

Er war schlagartig hellwach, schwitzte und rang nach Luft. Der Geruch im Schlafzimmer war unverkennbar.

Gas!

Der Raum war voller Erdgas! Dieser Gestank nach faulen Eiern. Irgendwas mit dem Herd stimmte nicht. Raus hier! Wähl den Notruf. Aber zuerst raus hier.

Er hielt den Atem an, streckte den Arm instinktiv zur Nachttischlampe aus und schaltete sie ein.

Dann erstarrte er, mit den Fingern noch am Schalter. Bist du irre? Doch entgegen seiner Befürchtung setzte die Lampe das Gas nicht in Brand und sprengte auch die Wohnung nicht in Stücke. Die eisige Panik ließ etwas nach. Offenbar brauchte es mehr als eine Glühbirne. Mit zitternder Hand schaltete er die Lampe wieder aus, bevor sie heißer wurde.

Okay, dachte er und stand auf. Die unmittelbare Gefahr droht nicht von einer Explosion – jedenfalls noch nicht. Aber du wirst ersticken, falls du es nicht nach draußen schaffst. Schnell. Er streifte seinen Bademantel über, da wurde ihm schwindlig. Abe fiel auf die Knie und atmete langsamer. Dicht über dem Boden stank es zwar immer noch, aber nicht ganz so schlimm. Erdgas schien leichter als Luft zu sein, und hier unten konnte er besser atmen. Nachdem er sich etwas erholt hatte, stand er auf.

Er nahm sein Telefon und ging durch die dunkle Wohnung. Die Fenster waren drei Meter hoch und hatten keine Gardinen oder Vorhänge, daher drang genug Licht von außen rein. Seine Frau hatte darauf bestanden, und obwohl er etwas mehr Privatsphäre bevorzugt hätte, dankte er ihr nun im Stillen dafür. Andernfalls wäre er im Dunkeln bestimmt gestolpert und hätte eine Lampe oder ein Möbelstück umgestoßen, wodurch Metall gegen Stein geschlagen … und einen Funken hervorgebracht hätte, der ausreichte, um das Gas zu entzünden.

Benkoff ging vorsichtig durch den Flur bis zum Wohnzimmer.

Der Geruch wurde stärker. Was, zum Teufel, war passiert? Ein Rohrbruch? Nur hier oder auf der ganzen Etage? Oder sogar im ganzen Haus? Er musste an ein Ereignis in Brooklyn denken, wo eine Gasexplosion zum Einsturz eines fünfgeschossigen Gebäudes und zum Tod von sechs Menschen geführt hatte.

Der Schwindel nahm wieder zu. Würde er das Bewusstsein verlieren, bevor er die Wohnungstür erreichte? Er musste an der Küche vorbei, in der sich der Gasanschluss befand. Die Konzentration würde dort am höchsten sein. Vielleicht sollte er eines der Fenster im Arbeitszimmer öffnen – er stand gerade genau davor –, um etwas frische Luft zu bekommen.

Nein, geh einfach weiter. Du musst hier raus, das ist am wichtigsten!

Und ruf jetzt noch nicht die Feuerwehr. Das Telefon könnte das Gas entzünden. Geh weiter. Schnell, schnell.

Die Benommenheit wurde immer schlimmer.

Was auch immer geschah, er war so unglaublich froh, dass Ruth nicht zu Hause war. Zum Glück hatte sie beschlossen, nach ihren Geschäftsterminen noch in Connecticut zu bleiben.

Hab vielen Dank, richtete er seine Worte an einen nicht näher bezeichneten Gott. Abe Benkoff war seit zwanzig Jahren nicht mehr zur Synagoge gegangen. Das würde er ab nächsten Freitag ändern, dachte er – sofern er es hier rausschaffte.

Er torkelte weiter den Flur entlang zur Wohnungstür. Dabei stolperte er, ließ das Telefon fallen, nahm es wieder auf und kroch erneut auf allen vieren. Draußen würde er sofort die Tür hinter sich ins Schloss ziehen, den Feueralarm auslösen, um die Nachbarn zu warnen, und dann den Notruf wählen.

Noch sechs Meter, noch drei.

Hier vorn in einiger Entfernung vom Herd waren die Schwaden nicht ganz so dicht. Noch anderthalb Meter, dann würde er in Sicherheit sein.

Benkoff war eigentlich ein Wort- und Zahlenmensch, ein Mann der gehobenen Geschäftswelt. Nun wurde er zum Soldaten, der nur noch ans Überleben dachte. Ich werde es schaffen. Verdammt noch mal, ich muss hier raus!

27

Lincoln Rhyme wurde durch sein summendes Telefon geweckt.

Ein Blick zur Uhr: *6:17.*

»Kommando, Telefon, Abheben«, befahl er schläfrig. »Ja?« Das galt dem Anrufer.

»Rhyme, er hat wieder zugeschlagen.«

»Täter 40?«, fragte er Amelia Sachs.

»Ja.«

»Was ist passiert?«

»Eine Gasexplosion in Murray Hill. Wie es aussieht, hat er einen Herd sabotiert – eines der Produkte auf der Liste, die Rodney gefunden hat.«

»Und das Opfer stand auf der zweiten Liste, der mit den Käufern?«

»Ja. Die neue Küche wurde vor zwei Jahren eingebaut. Die Kaufinformationen waren mit abgespeichert.«

Rhyme drückte den Rufknopf, um Thom zu verständigen.

»Das Opfer heißt Abe Benkoff, achtundfünfzig Jahre alt, leitender Angestellter einer Werbeagentur«, fuhr Sachs fort und hielt kurz inne. »Rhyme, er ist verbrannt. Ron besorgt uns Hintergrundinformationen zu seiner Person, ich fahre jetzt hin, um mir den Tatort vorzunehmen.«

Sie beendeten das Gespräch. Rhyme rief Mel Cooper an und bat ihn zurück in sein Stadthaus, um die von Sachs gesicherten Spuren sofort analysieren zu können.

Thom trat ein, es folgte die morgendliche Routine, und zehn Minuten später war Rhyme unten im Salon. Dort näherte er sich den Beweistabellen aus einem ungewohnten Winkel und nahm sie so gewissermaßen neu in Augenschein. Hatten sie – *hatte er* – etwas übersehen, das ihnen einen Hinweis auf den Anschlag gegeben hätte?

Murray Hill …

Ein moderner Herd …

Eine Gasexplosion …

Von den Spuren früherer Taten halbwegs fundiert auf zukünftige Verbrechen schließen zu wollen, war stets ziemlich weit hergeholt. Es setzte voraus, dass der Täter die Anschlagsorte auskundschaftete, dort zufällig Partikel aufnahm und sie an anderen Orten hinterließ, wo sie gefunden wurden. Die meisten Serientäter waren nicht so hilfsbereit.

Täter 40 folgte jedoch einer merkwürdigen Agenda und nutzte eine so eigentümliche Waffe, dass ihm wohl kaum etwas anderes übrig blieb, als ein, zwei oder noch mehr Tage Vorbereitungszeit zu investieren, damit der jeweilige Mord gelang.

Benkoffs Tod könnte sich als eine Art Gegenstück zum Fall des Betrügers Baxter erweisen, dessen Ermordung zu Rhymes Rückzug geführt hatte. Bei Baxter hatte es zu viele Spuren gegeben, und Rhyme war zu penibel gewesen. Bei Täter 40 war ihm womöglich ein Hinweis *entgangen*, der auf Abe Benkoffs Wohnung als zukünftigen Anschlagsort verwiesen hätte. Im Augenblick empfand Rhyme das gleiche zermürbende Gefühl der Leere, das er bei der Nachricht vom Tod des Geschäftsmanns verspürt hatte, das gleiche Unbehagen und, okay, Schuldgefühl, das zu seiner Entscheidung geführt hatte, die Laufbahn als forensischer Kriminalist zu beenden.

Dies bestätigte ihn nur in seiner Entscheidung. Er konnte es kaum erwarten, diesen Fall abzuschließen. Und wieder ins Zivilleben zurückzukehren.

Sein Telefon klingelte erneut.

Ein Blick auf das Display.

»Hallo?«

»Ich hab die Nachrichten gesehen«, sagte Juliette Archer. »Das Feuer in Murray Hill. Die Fehlfunktion eines Herds. War das unser Mann?«

»Es sieht so aus. Ich wollte Sie gerade anrufen. Haben Sie Zeit?«

»Ich bin sogar schon unterwegs.«

* * *

Ich denke über Schmerz nach.

Und frühstücke im Bett, gleich nach dem Aufwachen, hier in Chelsea. Ich habe ein Sandwich gegessen – ein Bologna-Sandwich, um genau zu sein; sehr unterbewertet heutzutage – und bin gerade beim zweiten.

Es ist sechs Uhr fünfzig.

Nach all der Arbeit letzte Nacht bin ich müde. Hab versucht, länger zu schlafen, konnte es aber nicht. Bin viel zu aufgeregt.

Schmerz …

Im Zuge meiner jüngsten Aktivitäten habe ich mich mit dem Thema beschäftigt und erfahren, dass man verschiedene Arten von Schmerz unterscheidet. Neuropathisch bedeutet zum Beispiel, dass ein Nerv getroffen oder angestoßen wird (wer schon mal mit seinem Musikantenknochen den Türrahmen erwischt hat, weiß, wovon ich hier rede). Nicht notwendigerweise unerträglich. Eher kurz und heftig, dann aber weniger schlimm.

Eine andere Art nennt man psychogenisch oder somatoform. Dieser Schmerz wird durch Umweltfaktoren, Stress und einige physiologische Stimuli ausgelöst. Beispielsweise Migräne.

Doch am häufigsten trifft man im Alltag auf den nozizeptiven Schmerz. Lustiges Wort, finde ich, für den Moment, wenn der Hammer nicht den Nagel, sondern mit voller Wucht deinen Daumen trifft. Die diversen Unterkategorien geben Kennern wie mir eine hübsche Bandbreite an die Hand. Ich denke an Todd Williams: stumpfe Gewalteinwirkung. Oder die Zerteilung mittels einer Säge (diese Methode habe ich kurze Zeit davor angewandt). Eine weitere: Alicias Speichenknochen, der sich durch ihr Fleisch bohrt, als ihr vom Whisky benebelter Ehemann ihr den Arm verdreht und daran zieht.

Und dann gibt es noch den thermalen nozizeptiven Schmerz. Das kann Kälte bedeuten, ja. Aber Hitze ist natürlich schlimmer. Kälte betäubt. Feuer lässt dich schreien und schreien und schreien.

Ich hatte ziemlich gute Sicht auf die letzten paar Minuten meines Opfers. Die ganze Zeit lang, von der anderen Straßenseite aus, auf der Dachterrasse eines kaum gesicherten fünfgeschossigen Gebäudes ohne Aufzug. Durch die großen Fenster seiner Wohnung konnte ich ihn mühelos im Blick behalten. Als er aufgewacht ist und idiotischerweise die Nachttischlampe eingeschaltet hat – da bin selbst ich kurz erschrocken. Ich musste befürchten, dass nicht genug Gas ausgeströmt war, um meine Absicht in die Tat umzusetzen.

Doch dann wollte er zur Tür gehen und musste plötzlich kriechen.

Da war ich mir sicher, dass die Gasmenge ausreichen würde. Ich kam mir selbst ein wenig pervers vor, dass ich den Schalter erst umgelegt habe, als die Wohnungstür keine zwei Meter mehr vor ihm lag und die Sicherheit zum Greifen nah schien.

Nur dass sie das natürlich zu keinem Zeitpunkt war.

Ein simpler Befehl durch die Cloud, und der Herd der Marke CookSmart Deluxe erwachte zum Leben. Für elftausend Dollar darf man ja wohl eine kurze Reaktionszeit erwarten.

Mein Opfer verwandelte sich in einen zuckenden, wankenden Schatten in den Flammen, der sich auch dann noch rührte, als der Rauch ihn einhüllte. Einmal kurz bekam ich ihn noch zu sehen, wie er zitternd auf den Rücken rollte und Hände und Beine sich zur Boxerhaltung hoben. Dann nur noch Rauch, endloser Rauch.

Wenigstens hat er sich auf dem schicken Herd manch leckeres Essen gekocht.

Nachdem die Arbeit erledigt war, bin ich überaus zufrieden hierher zurückgekehrt, um etwas zu schlafen.

Der Hüter des Volkes wird später ein weiteres Schreiben an die Presse richten und daran erinnern, dass übermäßiger Konsumismus eine schlimme Sache ist. Bla, bla, bla. Dein Manifest muss weder besonders wohlformuliert noch scharfsinnig ausfallen, nachdem du jemanden verbrannt hast. Bilder sagen mehr als tausend Worte.

Ich rolle mich aus dem Bett und bleibe im Pyjama erschöpft auf der Bettkante sitzen. Ein neuer geschäftiger Tag liegt vor mir.

Ich habe Pläne für einen weiteren armen Shopper.

Nozizeptiver Schmerz …

Auch mit Rotschopf habe ich etwas vor. Ich weiß nun alles, was ich über ihre Gewohnheiten wissen muss, glaube ich. Das wird prima. Ich werde mit Sicherheit eine Menge Spaß haben.

Noch bleibt mir etwas Zeit, also gehe ich ins Spielzimmer.

Wenn ich eine Miniatur in Angriff nehme, zeichne ich zuerst einen Entwurf. Dann konzentriere ich mich auf jedes der Einzelteile. Beine, Schubladen, Aufsätze, Rahmen – was auch immer es ist. Die schwierigsten Aufgaben kommen als erste an die Reihe, die einfacheren zuletzt. Beine aus dem achtzehnten Jahrhundert zu schnitzen ist zum Beispiel unglaublich kompliziert. Lang und dünn, dabei komplex, mit Wölbungen und Verdickungen und Bögen, auch abgewinkelt. Ich lasse sie aus

Holzblöcken zum Vorschein kommen. Dann wird mit Klinge und Sand sorgfältig geglättet. Am Schluss zusammengebaut. Im Augenblick habe ich ein edwardianisches Bett vor mir, gedacht für die kleine Tochter eines Anwalts aus Minneapolis. Seinen Beruf kenne ich, weil auf dem Scheck, den er meiner Firma ausgestellt hat, das Kürzel »Esq.« hinter seinem Namen steht. Ich hätte den Auftrag beinahe nicht angenommen, weil Alicia mir erzählt hat, welchen Kummer ihr die Anwälte nach der Situation mit ihrem Ehemann bereitet haben. Dabei traf sie keinerlei Schuld, also hätte sie auch nichts zu befürchten gehabt, sollte man meinen. Aber nein. Und zwar dank der Anwälte. Doch ich muss meinen Lebensunterhalt verdienen, und es würde sie nicht stören, glaube ich. Wie dem auch sei, ich habe ihr nichts davon erzählt.

Nun blicke ich durch das Vergrößerungsglas und stecke die winzigen Zapfen in die winzigen Löcher. Ich weiß, dass alles passen wird, denn ich habe zweimal nachgemessen. Ein Scherz. Das sagt man halt so. In Wahrheit messe ich vor dem Zuschneiden ein Dutzend Mal nach.

Möbelstücke können dich etwas fürs Leben lehren.

Nach einer Stunde ist das Bett fast fertig, und ich betrachte es eine Weile im ringförmig angeordneten Licht auf der Unterseite der Lupe. Ich neige dazu, immer noch mehr nachbessern zu wollen, doch ich halte mich zurück. Viele Stücke wurden ruiniert, weil der Kunsthandwerker nicht wusste, wann er aufhören musste (eine Lektion fürs Leben, wie gesagt). Ich aber weiß, wann es genug ist. In ein paar Tagen, wenn der Lack längst getrocknet und poliert ist, werde ich das kleine Bett in Luftpolsterfolie und Schaumstoffflocken verpacken und es versenden.

Während ich nun letzte Hand anlege, schalte ich den MP3-Player ein. Ich höre mir den Eintrag erst mal nur an. Ins Tagebuch schreiben werde ich ihn später.

Ein wirklich interessantes Frühjahr. Ich hab ihnen in Mathe geholfen, obwohl sie sich gar nicht so dumm angestellt haben, für Sportler jedenfalls, ich war überrascht. Frank und Sam. Es heißt ja, ich sei total schlau, weil ich eine Bohnenstange und ein Computerfreak bin, aber das stimmt nicht. Ich bin nicht auf den Kopf gefallen, und Mathe liegt mir. Naturwissenschaften und Computer auch. Andere Dinge überhaupt nicht.

Wir sitzen bei Sam zu Hause, essen Pizza, trinken Limo, da kommt sein Vater herein, sagt Hallo zu mir und ist echt nett. Er fragt, ob ich Baseball mag, was natürlich nicht der Fall ist, weil mein Vater stundenlang rauchend vor der Glotze hockt und sich die Spiele ansieht, anstatt mit uns zu reden. Doch gerade weil mein Vater stundenlang rauchend vor der Glotze hockt und sich die Spiele ansieht, vor allem die mit St. Louis oder Atlanta, weiß ich genug über die Sportart, um nicht wie ein Idiot zu klingen (und ich kann einen Knuckleball werfen, ha!!! Wenn auch keinen allzu guten). Ich kenne die Namen von einigen der Spieler. Und ein paar Statistiken.

Frank kommt vorbei, wir unterhalten uns, und Sam sagt, lasst uns eine Abschlussparty veranstalten, und zuerst glaube ich, er hat sich vertan, weil ich ja dabeisitze und in der Schule noch nie zu irgendeiner Party eingeladen wurde, abgesehen von der des Matheklubs und der des Computerklubs, und die zählen nicht wirklich als Partys. Außerdem bin ich erst in der elften Klasse. Doch Frank sagt, eine Party sei eine prima Idee, und dann sieht er mich an und sagt, ich würde für die Musik verantwortlich sein, und fertig. Was bedeutet, dass ich nicht nur eingeladen bin, sondern eine wichtige Aufgabe habe.

Die Musik könnte sogar der wichtigste Teil von allen sein. Ich weiß es nicht so genau – denn, ja, ich war noch nie auf einer Party. Aber ich werde gute Arbeit leisten.

Ich schalte den Player ab und bin voller Tatendrang. Ich setze mich an meinen Computer, logge mich nacheinander in mehrere virtuelle private Netze ein, begebe mich dann nach Bulgarien und von dort in eines der Arschistans und besorge mir einen Proxy-Server.

Ich lehne mich zurück und schließe die Augen. Nachdem ich den Hüter des Volkes heraufbeschworen habe, fange ich an zu tippen.

* * *

Nick Carellis Mobiltelefon summte. Sein Anwalt.

Als er in den Knast gegangen war, hatte es so etwas wie eine Kennung des Anrufers kaum gegeben. Heutzutage war sie Standard, und Nick hielt sie für die wichtigste Erfindung der letzten hundert Jahre.

»Hallo, Sam.«

»Nick. Wie geht's? Kommen Sie gut zurecht?«

»So halbwegs.«

»Sicher. Nun ja. Ich habe einen Laden gefunden, den Sie sich ansehen können. Die Anschrift und einige Stichpunkte habe ich Ihnen gemailt. Das alles ist noch vorläufig und bedarf einer eingehenden Prüfung. Es handelt sich um eine Randlage, dafür wird der Preis Ihnen keinen Herzinfarkt bescheren. Je näher Sie den Heights und den Hipstern kommen, desto größer der Umsatz, aber Sie könnten sich den Einstieg nicht leisten.«

»Großartig, Mann. Vielen Dank. Warten Sie kurz. Ich werfe gleich mal einen Blick darauf.«

Nick ging online und sah die Adresse – eine solide Ecke in Brooklyn, Arbeiter und untere Mittelschicht – sowie den Namen des Eigentümers. »Ist er jetzt da?« Nick verspürte wieder dieses Kribbeln. Vor lauter Ungeduld. Er musste an Amelias Motto denken: Wenn du in Schwung bist, kriegt dich keiner …

»Ja, ist er. Ich habe gerade mit seinem Anwalt gesprochen.« Dann verstummte Sam kurz. »Hören Sie, Nick, sind Sie sich auch wirklich sicher?«

»Diesen Vortrag haben Sie mir doch schon mal gehalten.«

»Das habe ich, ganz recht. Es wäre nett gewesen, wenn Sie mir zugehört hätten.«

»Ha, ha.«

»Restaurants sind eines der größten Geldgräber aller Zeiten. Dieses hier, okay, erwirtschaftet einen passablen Überschuss und hat zahlreiche Stammkunden. Ich weiß das. Ich war da. Es existiert seit zwanzig Jahren, genießt also ein gewisses Ansehen. Doch Sie haben noch nie einen Betrieb geleitet.«

»Das kann ich lernen. Vielleicht kann ich den bisherigen Eigentümer anheuern, noch eine Zeit lang als Berater an Bord zu bleiben. Er hat ein Interesse daran, dass der Laden erfolgreich weiterbesteht.« Das Angebot sah vor, dass der Mann den Kaufpreis sowie einen Anteil der zukünftigen Gewinne erhalten würde. »Nicht nur aus finanziellen, sondern auch aus sentimentalen Gründen, meinen Sie nicht?«

»Klar, das ist gut möglich.«

»Ich bin nicht mehr der Jüngste, Sam. Ich muss in meinem Leben endlich etwas auf die Reihe bekommen. Ach, und was ist mit der anderen Sache, um die ich Sie gebeten habe?«

»Ich habe es dreifach überprüft. Absolut nichts deutet auf kriminelle Aktivitäten hin, weder beim Eigentümer noch bei seinen Angehörigen oder dem Personal. Niemand dort ist vorbestraft. Auch bei den Finanz- und Landesbehörden liegt nichts vor. Zwei Geschäftsprüfungen wurden glänzend bestanden. An der Schanklizenz arbeite ich noch.«

»Gut. Danke, Sam. Jetzt bin ich richtig aufgeregt.«

»Nick. Machen Sie langsam. Sie klingen, als wollten Sie heute noch den Vertrag unterschreiben. Möchten Sie nicht wenigstens mal die Lasagne probieren?«

28

Amelia Sachs betrat das Stadthaus. Und brachte ausgesprochen wenige Spuren mit, fand Rhyme. Zwei Boxen mit einem halben Dutzend Beweismitteltüten aus Papier und Plastik.

Dieser verfluchte Täter und seine Vorliebe für Feuer verwandelten all die schönen Beweise in Asche. Das Schlimmste, was einem Tatort zustoßen konnte, war eine Überflutung; dicht dahinter rangierte ein Brand.

Sachs übergab alles an Mel Cooper, der einen Laborkittel über seiner beigefarbenen Kordhose und dem kurzärmeligen weißen Hemd trug, dazu eine Chirurgenhaube und Handschuhe. »Ist das alles?«, fragte er und schaute zur Tür, vielleicht weil er damit rechnete, dass die Spurensicherung noch weiteres Material anliefern würde.

Sachs verzog das Gesicht. Da kam nichts mehr hinterher.

»Wer war er?«, fragte Juliette Archer. »Das Opfer.«

Ron Pulaski zog seine Notizen zurate. »Ein achtundfünfzigjähriger Etatdirektor aus der Werbebranche. Ziemlich hohes Tier. Abe Benkoff. Er hat hinter so manchem berühmten Fernsehwerbespot gesteckt.« Der junge Beamte zählte einige davon auf. Rhyme, der noch nie viel Fernsehen geschaut hatte, konnte zwar mit den Spots nichts anfangen, kannte aber natürlich die Auftraggeber: Lebensmittelfirmen, Kosmetikproduzenten, Autohersteller, Fluglinien. »Die Feuerwehr sagt, bis zum endgültigen Bericht dauert es eine Woche, aber inoffiziell bestätigen sie: Bei dem kombinierten Herd und Ofen der Firma Cook-

Smart ist es zu einem Gasleck gekommen. Das Ding hat oben sechs Brenner, darunter einen elektrischen Ofen. Mit Hilfe des DataWise kann man das Gerät fernsteuern – sowohl den Herd als auch den Ofen. Der eigentliche Zweck besteht im Abschalten; falls man weggeht und plötzlich Zweifel bekommt, ob man daran gedacht hat. Doch es funktioniert auch umgekehrt. Wie es aussieht, hat der Täter zunächst die elektrische Zündung der Brenner deaktiviert und dann das Gas aufgedreht. Angesichts des Ausmaßes der Explosion nimmt die Feuerwehr an, dass das Gas ungefähr vierzig Minuten lang ausgeströmt sein muss. Und dann hat der Täter die elektrische Zündung einfach wieder aktiviert und ausgelöst. Daraufhin ist alles in die Luft geflogen. Benkoff war nur noch anderthalb Meter von der Wohnungstür entfernt. Er hat wohl versucht zu fliehen. Das Gas muss ihn aufgeweckt haben.«

»War sonst noch jemand in der Wohnung?«, fragte Archer.

»Nein. Seine Frau ist auf Geschäftsreise, und die beiden Kinder sind erwachsen und wohnen nicht mehr bei den Eltern. Von den Nachbarn wurde niemand verletzt.«

Sachs legte auf einer der Tafeln eine Tabelle für diesen Tatort an.

Ihr Telefon summte. Sie nahm das Gespräch an. Es dauerte nicht lange. »Wieder ein Reporter«, sagte sie achselzuckend zu Rhyme. »Wegen meiner Pressemeldung hinsichtlich der Sicherheitsupdates, die CIR den Kunden zur Verfügung stellt. Die Story nimmt Fahrt auf.« Das freute sie. Sachs brauchte nicht länger anonym zu bleiben, sondern war nun mit offiziellem Segen die Ansprechpartnerin zum Thema »Smart-Controller als Waffen«. Anscheinend wurde immer mehr publik, dass von Produkten mit DataWise5000-Controllern besondere Gefahr ausging. Und die Leute reagierten.

»Auch falls die Firmen sich nicht zwingen lassen sollten, die Chaudhary-Patches zu installieren, können wir immerhin darauf hoffen, dass die Kunden die Artikel lesen und die Geräte vom Internet oder sogar vom Strom trennen«, fügte Sachs hinzu.

Rhymes Computer signalisierte einen RSS-Feed mit einer neuen Meldung. »Er hat ein weiteres Kapitel seines Manifests geschickt.«

Guten Tag!

Ihr habt eine weitere Lektion erhalten.

Meinem Empfinden nach sind die Menschen anfangs unschuldig. Das hat irgendein Philosoph mal gesagt, ich weiß nicht, wer. Einer der berühmten. Wir werden schuldlos und rein geboren: Nicht von Natur aus wollen wir überflüssige Dinge besitzen, ein besseres Auto haben, einen größeren Whirlpool, einen Fernseher mit höherer Auflösung. EINEN TEUREREN HERD!!! Man muss uns das erst beibringen. Aber beibringen ist nicht das richtige Wort. Das richtige Wort lautet, wir werden INDOKTRINIERT. Es sind die Hersteller, die Marketingfachleute, die Werbeagenturen, die uns fortwährend einhämmern, dass wir immer noch größere und bessere Dinge kaufen sollen, ohne die wir angeblich nicht leben können.

Ja, denkt mal darüber nach. Denkt an eure Besitztümer. Was davon ist wirklich lebensnotwendig? Kaum etwas. Schließt die Augen. Geht in Gedanken durch euer Zuhause. Nehmt einen Gegenstand, seht ihn euch an. Woher habt ihr ihn? War es ein Geschenk? Von einem Freund? Die FREUNDSCHAFT ist wichtig, nicht ihr Unterpfand. Werft das Ding weg. Das macht ihr mit einem Gegenstand pro Tag.

Und was noch wichtiger ist: Kauft nichts mehr hinzu - abgesehen von grundlegenden Dingen wie Kleidung und einfacher Nahrung! Kaufen ist ein Akt der Verzweiflung und eine Sucht.

Ihr BRAUCHT kein Haushaltsgerät, das so viel kostet, wie eine vierköpfige Familie im Jahr für Lebensmittel benötigt. Nun, ihr ZAHLT einen Preis dafür… im wahrsten Sinne des Wortes.

Der Hüter des Volkes

»Vollidiot«, murmelte Mel Cooper.

Was eine treffende Diagnose war.

»Wenn er die Leute behüten will, weshalb tötet er sie?«

»Er tötet nur die mit den teuren Produkten«, erklärte Rhyme.

»Ich kann diese Unterscheidung nicht nachvollziehen«, sagte Archer und las die Tirade noch einmal sorgfältig durch. »Die philosophische Annahme der Tabula rasa bedeutet, er muss von John Locke gehört haben. Er macht sich mal wieder dümmer, als er ist.«

»Das ist ja nichts Neues bei ihm«, stellte Rhyme fest. »Okay, kommen wir zu den Beweisen. Wo hast du sie gefunden, Sachs?« Offenbar stammten sie von zwei verschiedenen Orten, sonst hätte sie sie nicht auf zwei Boxen aufgeteilt.

»Zunächst habe ich in Benkoffs Wohnung eine schnelle Gitternetzsuche durchgeführt. Da der Täter eine Fernsteuerung benutzt hat, brauchte er das direkte Umfeld des Opfers nicht zu betreten. Die Listen verraten ihm, wer ein Produkt mit Smart-Controller besitzt. Ich habe trotzdem ein paar Proben genommen. Nur für den Fall, dass er in Benkoffs Küche war, um einen Brandbeschleuniger hinzuzufügen.«

»Guter Einfall«, sagte Rhyme. »Vielleicht hat er sich nicht darauf verlassen, dass das Erdgas genug Schaden anrichten würde. Mel, nimm dir das als Erstes vor.«

Die Beweismitteltüten waren jeweils mit einem Glassinstreifen versehen, auf dem Sachs den Ursprungsort – in diesem Fall das entsprechende Zimmer der Wohnung – vermerkt hatte. Der Inhalt bestand aus einem Häuflein Asche.

Cooper fing mit der chromatographischen und spektrometrischen Analyse an. Während die Maschine lief und er sich die ersten Ergebnisse notierte, fuhr Sachs fort: »Dann ist mir seine Vorgehensweise eingefallen – dass er den Tatort im Blick haben musste, um das Opfer und den Zeitpunkt abzupassen.«

»Und denken Sie an Rodneys Kommentar, er könne einen Rest Skrupel besitzen«, fügte Archer hinzu. »Vielleicht wollte er sichergehen, dass beispielsweise keine Kinder zu Besuch sind. Oder dass keine ärmeren Leute geschädigt werden. Diejenigen, die keine der teuren Produkte kaufen.«

»Kann sein«, sagte Sachs, doch Rhyme erkannte, dass sie nicht daran glaubte. Er selbst übrigens auch nicht. Täter 40 schien sich nicht groß um ethische Bedenken zu scheren. »Ich glaube, es ging ihm in erster Linie darum, das Opfer zu beobachten. Und ich habe die Stelle gefunden, von der aus man einen ungehinderten Blick in die Wohnung der Benkoffs hat. Das Dach auf der anderen Straßenseite. Ein Anwohner hat kurz nach der Explosion einen großen, dünnen Mann aus dem Haus kommen gesehen: einen Weißen mit Rucksack. Er wirkte wie ein Arbeiter, trug einen Overall und eine Baseballmütze. Ich habe ein paar Proben von der Stelle genommen, an der er vermutlich gestanden hat.«

»Wie hat er sich Zugang zu dem Haus verschafft?«, fragte Rhyme.

»Er hätte die Feuertreppe nehmen können, das wäre auch unauffälliger gewesen. Aber er hat sich für die Vordertür entschieden.«

»Und die Türschlösser?«, fragte Archer und nahm damit Rhyme mal wieder das Wort aus dem Mund.

»Es ist ein altes Haus mit alten Schlössern. Die lassen sich leicht öffnen. Es wurde weder ein Fenster zerschlagen, noch gibt es nennenswerte Werkzeugspuren. Ich habe im Treppenhaus ein paar Proben genommen, aber …« Sie zuckte die Achseln.

»So steht es auch in Lincolns Buch«, sagte Archer. »Intelligente Täter wählen Routen mit viel Verkehr, auf denen demzufolge die Chance, verwertbare Spuren zu sichern, logarithmisch abnimmt. Deshalb hat er den Weg durch den normalen Hauseingang und das Treppenhaus gewählt.«

Eine offensichtliche und daher überflüssige Feststellung, dachte Rhyme im Hinblick auf seine eigenen Worte. Er hatte stets bedauert, die Stelle im Text belassen zu haben. »Was genau haben wir denn vom Dach?«, fragte er ungeduldig.

»Zunächst mal ein Stück Glas«, antwortete Archer. Sie war zum Untersuchungstisch gefahren und musterte eine Beweismitteltüte aus durchsichtigem Plastik, die nur Staub zu enthalten schien.

»Schütte die Probe mal aus, Mel.«

Der Techniker tat es.

»Ich kann noch immer nichts erkennen«, murmelte Rhyme.

»Es sind zwei, nein, drei Splitter«, sagte Archer.

»Haben Sie Adleraugen?«

Archer lachte. »Gott hat mir gute Fingernägel und ein perfektes Sehvermögen mitgegeben. Das ist aber auch schon so gut wie alles.«

Und sie verschwieg, was der Herr ihr wieder genommen hatte.

Mit Hilfe einer Lupe fand Cooper die Glasstücke und legte sie unter ein Mikroskop, dessen Bild auf einen der Monitore übertragen wurde. »Fensterglas, oder?«, fragte Archer.

»Ganz recht«, bestätigte Rhyme. Er hatte im Laufe der Jahre Tausende von Glasproben analysiert – von Splittern, die durch Schüsse, fallende Körper, Steine und Autounfälle hervorgerufen worden waren bis hin zu großen Scherben, die man vorsätzlich und mit viel Liebe zu Messern umfunktioniert hatte. Die Bruchlinien und polierten Seitenflächen der winzigen Stücke, die Sachs eingesammelt hatte, ließen keinen Zweifel an der Herkunft. Sie stammten vom Fenster eines Hauses, nicht etwa eines Autos, denn Sicherheitsglas unterschied sich sehr deutlich hiervon. Rhyme wies darauf hin.

»Da in der oberen rechten Ecke.« Cooper zeigte auf die Stelle. »Eine Verunreinigung.«

Es schien eine kleine Blase zu sein. »Das Glas ist alt«, sagte Rhyme. »Und billig, würde ich sagen.«

»Denke ich auch. Fünfundsiebzig Jahre? Oder sogar noch älter.«

Modernes Fensterglas war praktisch makellos.

»Vergleiche das mit den Kontrollproben. Wo sind sie, Sachs?«

Sie zeigte auf einige Umschläge; darin waren Proben enthalten, die sie auf dem Dach in einiger Entfernung vom Aufenthaltsort des Täters genommen hatte. Cooper machte sich an einen mikroskopischen Vergleich.

»Okay … Keine weiteren Glassplitter.«

Von dem Brandanschlag auf Todd Willams' Büro konnten die Scherben nicht stammen – der Täter war dort durch die Hintertür eingedrungen. Und auch im Keller hatte er keine Scheibe zerbrochen. Wo also hatte er die Partikel aufgenommen?

»Gibt die Probe noch etwas her?«

Cooper musste abwarten, bis er die Funde durch das GC/MS schicken konnte. Das Gerät war noch mit der Asche beschäftigt, die Sachs eingesammelt hatte. Nach einigen Minuten lag das Ergebnis vor. Cooper überflog die Liste. »Kein Brandbeschleuniger.«

»Vermutlich ist er also nicht eingebrochen und hat Benzin oder Kerosin in der Wohnung verteilt.«

»Das war ohnehin nicht wahrscheinlich«, sagte Archer.

»Wie kommen Sie darauf?«, fragte Sachs.

»Durch mein Bauchgefühl. Dieser Täter scheint mir geradezu stolz darauf zu sein, den Controller als Mordwaffe einzusetzen. Es wäre … keine Ahnung, unelegant, Benzin hinzufügen zu müssen.«

»Kann sein«, sagte Sachs.

Rhyme war Archers Meinung, sagte aber nichts.

»Schick jetzt die anderen Proben durch. Von dem Aussichtspunkt auf dem Dach.«

Ungefähr eine halbe Stunde lang fütterte Cooper das GC/MS mit den diversen Spuren. Der Gaschromatograph separierte die Komponenten, das Massenspektrometer identifizierte sie. Rhyme sah ungeduldig dabei zu. Schließlich listete Cooper die Ergebnisse auf:

»Dieseltreibstoff, Marke unbekannt. Zwei Erdproben, deren Zusammensetzung auf die Küstenregion verweist – Connecticut, den Hudson River, New Jersey und Westchester County.«

»Nicht auf Queens mit zwei Fragezeichen?«, warf Rhyme trocken ein. Archer lächelte. Sachs bemerkte es und wandte sich wieder der Tafel zu, auf der sie die Funde in die Tabelle eintrug.

Cooper fuhr fort. »Außerdem diverse Getränke: zunächst mal Sprite und Coca-Cola, letztere sowohl normal als auch light, und zwar in verschiedenen Stadien der Verdünnung, was bedeutet, dass sie aus einem Glas oder Becher mit Eis getrunken wurden und nicht direkt aus einer Dose oder Flasche. Dann Weißwein mit hohem Zuckeranteil. Typisch für billige Sorten, ob nun als Schaumwein oder ohne Kohlensäure.«

Im Salon machte sich Stille breit, nur der abkühlende Gaschromatograph gab tickende Geräusche von sich. Das Gerät setzte die Proben Temperaturen aus, die etwa fünfzig Grad Celsius über dem Siedepunkt des jeweils am wenigsten flüchtigen Elements lagen. Mit anderen Worten: einem Inferno.

Sachs erhielt einen Anruf und trat beiseite, um ihn anzunehmen. Mit gesenktem Kopf stand sie eine Weile in einer Ecke des Salons. Schließlich nickte sie und war sichtlich erleichtert. Sie beendete das Gespräch. »Die Schusswaffenkommission wurde einberufen.« Rhyme erinnerte sich – es ging um die Kugel, die Sachs in den Motor der Rolltreppe gejagt hatte in der Hoffnung, Greg Frommer noch das Leben retten zu können. »Madino – der Captain – sagt, es sei eine gute Zusammensetzung. Streifenbeamte und Detectives mit Straßenerfahrung. Ich muss noch meinen Bericht einreichen, und das dürfte genügen, sagt er.«

Rhyme freute sich für sie. Beim NYPD gab es dermaßen viele Vorschriften und Formalitäten, dass sie sich als regelrechte Arbeitshindernisse erweisen konnten.

»Hier ist noch etwas«, sagte Cooper. »Gummi, Ammoniak und eine Faser, vermutlich von einem Papierhandtuch.« Er las eine lange Liste von Chemikalien vor.

»Glaserkitt«, sagte Rhyme beiläufig.

»Das wissen Sie einfach so?«, fragte die Praktikantin mit Blick auf die zahlreichen Bestandteile.

Er erklärte, vor Jahren habe er mal einen Fall bearbeitet, bei dem eine Frau die Halsvene ihres Mannes durchtrennt hatte, und zwar mit der scharfen Kante einer kleinen Scheibe, die sie zuvor aus dem Kassettenfenster des Wohnzimmers gelöst hatte. Sie zog ihm die Kante über den Hals, als er schlief, und er verblutete schnell. Dann säuberte sie die Scheibe und setzte sie wieder in das Fenster ein, wobei der Glaserkitt zum Einsatz kam. (Ihre bizarre Strategie sah vor, dass es keine Mordwaffe geben würde, die man zu ihr zurückverfolgen konnte. Der Plan ging daneben, denn sie versäumte es, die Kittpartikel von ihrer Bluse zu entfernen. Die Beamten brauchten ganze fünf Minuten, um die entsprechende Scheibe zu finden; ein Luminol-Test bestätigte die Anwesenheit von Blut.)

Sachs erhielt noch einen Anruf. Und reagierte seltsam. Ihr Blick huschte vom Fenster zum Boden und von dort zur Rokoko-Decke. Was hat das zu bedeuten?, fragte Rhyme sich.

Sie trennte die Verbindung und verzog das Gesicht. Dann ging sie zu Rhyme. »Es tut mir leid. Meine Mutter.«

»Geht es ihr gut?«

»Ja. Aber ein Test wurde vorgezogen.« Ihre Miene blieb besorgt.

Er wusste, dass sie hin- und hergerissen war zwischen dem Fall und ihrer einzigen nahen Verwandten.

»Sachs, fahr hin«, sagte er.

»Ich …«

»Na los. Du musst.«

Sie eilte ohne ein weiteres Wort aus dem Salon.

Rhyme blickte ihr hinterher, schwenkte den Rollstuhl dann langsam herum, wobei der Motor leise aufjaulte, und nahm die herausfordernden Tafeln in Augenschein.

TATORT: 35. STRASSE OST 390, MANHATTAN,
(ORT DER BRANDSTIFTUNG)

- Straftat: Brandstiftung/Mord.
- Opfer: Abraham Benkoff, 58, Etatdirektor einer Werbeagentur, weithin bekannt.
- Todesursache: Verbrennungen/Blutungen.

- Mordmethode:
  - Gasleck bei CookSmart-Deluxe-Herd-&-Ofen, ausgestattet mit DataWise5000-Controller.
  - Kein Brandbeschleuniger.
- Zusätze zum Profil des Verdächtigen:
  - Dunkle Kleidung, Baseballmütze.
  - Beobachtet Tatort, um sicherzustellen, dass nur das erwachsene Opfer getötet wird?
  - Weitere Botschaft vom »Hüter des Volkes«:
    - Spielt erneut seine Intelligenz herunter.

TATORT: 35. STRASSE OST 387, MANHATTAN,
(AUSSICHTSPUNKT DES TÄTERS)

- Spuren:
  - Glassplitter. Fensterglas, alt.
  - Xylol, Toluol, Eisenoxid, Kieselgel, Dioctylphtalat und Talk (Glaserkitt).
    - Sein Beruf? Vermutlich nicht.
  - Fasern von Papierhandtuch.
  - Ammoniak.
  - Gummifragmente.
  - Dieseltreibstoff.
  - Zwei Erdproben, beide aus Küstenregion.
    - Connecticut, Westchester County, New Jersey.
  - Limonaden, unterschiedlich verdünnt, mehrere Quellen.
  - Weißwein, hoher Zuckeranteil. Typisch für billigen Schaumwein.

Auch Archer las die Einträge sorgfältig durch. »Mehr Fragen als Antworten«, murmelte sie.

Willkommen in der Welt der Forensik, dachte Lincoln Rhyme.

29

Sweeney Todd, tja, *das* war eine echte Herausforderung gewesen.

Joe Heady, ein Schreiner beim Whitmore Theater am Times Square, dachte an die erfolgreiche Neuaufführung des Sondheim-Stücks vor einem Jahr zurück. Er und die anderen Kulissenbauer und Elektriker hatten einen echten Friseurstuhl konstruieren müssen – echt in dem Sinne, dass der Stuhl auf Knopfdruck aufklappte und den Kunden in die Grube darunter rutschen ließ, nachdem der teuflische Barbier aus der Fleet Street ihm die Kehle durchgeschnitten hatte.

Es hatte Monate gedauert, bis der Stuhl einwandfrei funktionierte – und das herrlich gruselige Bühnenbild fertig war, das ausgezeichnet zur Stimmung eines Dickens-Romans gepasst hätte.

Aber die Kulisse für das aktuelle Stück? Ein Kinderspiel. Geradezu langweilig.

Heady trug einige Kanthölzer aus gewöhnlichem Kiefernholz in die Werkstatt hinter dem Theater an der Sechsundvierzigsten Straße und ließ sie auf den Betonboden fallen. Für *dieses* Stück sollte er ein großes Labyrinth bauen, damit eine Ratte – eine sechzig Zentimeter große *holografisch projizierte* Ratte – darin an mehreren Stellen der Handlung umherlaufen konnte. Es ging um irgendeine Familienzusammenkunft mit viel Streit und einem Haufen anderen Scheiß. In den etwas mehr als zwei Stunden wurde nicht eine einzige Kehle durchgeschnitten. Heady hatte das Skript gelesen und fand, ein wenig mehr Blut – wörtlich gemeint – hätte dem Stück gutgetan.

Doch die Bühnenbildnerin wollte ein Labyrinth, und sie würde ein Labyrinth bekommen.

Heady war ein kräftiger Mann mit buschigem schwarzgrauem Haar. Er ordnete nun die Hölzer in der Reihenfolge an, in der er sie zersägen würde, und richtete sich steifbeinig wieder auf. Er ächzte sogar. Mit seinen einundsechzig Jahren hatte er vor einer Weile den Ruhestand in Angriff genommen und war mit seiner Frau aus Detroit hergezogen, nach sechsunddreißig Jahren in der Montagehalle. Den Kindern und Enkeln in Jersey näher zu sein war großartig. Bis zu einem gewissen Punkt. Doch Heady war noch nicht bereit, seine Werkzeuge an den Nagel zu hängen, und sein Schwiegersohn hatte ihm diesen Job vermittelt. Eigentlich war Heady gelernter Mechaniker, doch ein Handwerker ist ein Handwerker, und das Theater heuerte ihn vom Fleck weg als Schreiner an. Er liebte die Arbeit. Das einzige Problem: Holz wog wesentlich mehr als noch vor zwanzig Jahren. Komisch, was es alles gab.

Auf einem nahen Tisch breitete er nun den Bauplan für das Labyrinth aus, zog ein stählernes Maßband vom Gürtel und einen Bleistift aus der Tasche – einen altmodischen Bleistift, den er mit einem Klappmesser anspitzte –, und legte beides neben den Plan. Dann setzte er seine Lesebrille auf und nahm die Zeichnung prüfend in Augenschein.

Das hier war eines der hübscheren Theater am Broadway und definitiv eine der besten Kulissenwerkstätten in Manhattan. Sie war groß, maß achtzehn mal achtzehn Meter, und an ihrer Südwand lagerte mehr Bauholz, als die meisten Holzhandlungen vorrätig hatten. An der Westwand gab es Kästen voller Kleinteile (Nägel, Muttern, Schrauben, Federn, Unterlegscheiben, Dichtungsringe, was auch immer), Hand- und Elektrowerkzeuge, Werkbänke, Farben und eine kleine Küchenecke. In der Mitte waren die stationären Elektrowerkzeuge am Boden verankert.

Das Wetter heute war angenehm, und das riesige Doppeltor – groß genug für die Anlieferung auch der ausladendsten Requisiten – war zur Sechsundvierzigsten Straße hin geöffnet. Eine Brise wehte herein und trug Gerüche mit sich, die Heady mochte: Autoabgase, Parfüm von wer weiß woher, Holzkohlerauch der Nuss- und Brezelverkäufer. Der Verkehr war chaotisch, und Leute in jedwedem denkbaren Kleidungsstil strömten konstant auf dem Gehweg vorbei und verteilten sich in alle Richtungen. Mit Motown hatte er sich nie so richtig anfreunden können. Doch hier war er zu einem überzeugten Manhattaner konvertiert, obwohl er in Paramus wohnte.

Und auch seinen Job mochte er sehr. An schönen Tagen wie diesem, bei offenem Tor, blieben Passanten manchmal stehen und warfen neugierige Blicke auf die Handwerker bei der Arbeit. Besonders stolz war Heady aber, als ihn eines Tages jemand zum Tor rief. Der Schreiner rechnete mit einer Frage zu einem Werkzeug oder der Kulisse, an der er gerade arbeitete, und war erstaunt, als der Mann ihn um ein Autogramm bat. Der Fremde hatte das Bühnenbild der Neuaufführung von *Der König und ich* so sehr gemocht, dass er sich von Heady das Programmheft signieren ließ.

Heady erhitzte nun etwas Wasser in der Mikrowelle, rührte Instantkaffee von Starbucks hinein und nippte an dem schwarzen Gebräu, während er sich die nächsten Arbeitsschritte notierte. Er schaute zur Werkbank, um sich zu vergewissern, dass der Gehörschutz bereitlag. Der war nämlich unverzichtbar, wenn eines der Geräte in der Mitte der Werkstatt zum Einsatz kam.

Die riesige Tischsäge der Marke Ayoni war der jüngste Neuzugang hier. Der Kulissenbau am Broadway besteht zum größten Teil aus Schreinerarbeiten, es wird gesägt, gehämmert und geschraubt. Die Ayoni war dabei ein vielfältiges Hilfsmittel. Sie wog knapp hundertfünfzig Kilogramm, und die Kanten ihrer kreisrunden Sägeblätter waren scharf wie ein Haigebiss. Die stählernen Blätter waren austauschbar; sie unterschieden sich in ihrer Dicke sowie in der Länge und Form der Zähne. Die dickeren mit den größeren Zähnen waren für die gröberen Arbeiten gedacht, die dünneren mit der feineren Zahnung für den präzisen Zuschnitt. Diese gefährlichen Scheiben liefen mit nahezu zweitausend Umdrehungen pro Minute und heulten dabei so laut wie ein Düsentriebwerk.

Die Riesensäge zerteilte auch das dickste Holz so mühelos wie ein Blatt Zeitungspapier und besaß einen Computerchip, auf dem die Einstellungen und Abmessungen der letzten fünfzig Einsätze gespeichert waren.

Um die Kanthölzer für den Unterbau des Labyrinths zurechtzuschneiden, hob Heady nun ein schweres, grob gezahntes Blatt von einer Halterung an der Wand. Bevor er es gegen das aktuell montierte Blatt der Ayoni austauschen konnte, musste er sie jedoch abschalten. Die Säge war fest mit der Stromversorgung des Theaters verbunden, denn der Motor – der beachtliche sechs Kilowatt leistete – benötigte 220 Volt und jede Menge Ampere.

Der Hersteller empfahl, die gesamte Anlage mit dem Hauptschalter vom Netz zu nehmen, bevor man ein Blatt wechselte, doch hier im Theater machte das keiner der Arbeiter, weil der Hauptschalter im Keller lag. Die Ayoni Corporation schien mit solchen Umständen gerechnet zu haben, denn die Säge verfügte über zwei eigene Schalter. Einer regelte die Stromzufuhr des gesamten Geräts, mit dem anderen schaltete man die Drehung des Blatts ein und aus. Der erste Schalter lag etwas ungünstig am Sockel der Säge, aber Heady würde sich beim Blattwechsel niemals nur auf Schalter Nummer zwei verlassen. Dieses Werkzeug war gefährlich wie eine Guillotine. (Er hatte von einem Unfall gehört, bei dem jemand neben einer laufenden Ayoni gestolpert war und instinktiv nach einem Halt gegriffen hatte. Dabei traf sein Unterarm das Sägeblatt und wurde auf halber Strecke zwischen Handgelenk und Ellbogen glatt abgetrennt. Der arme Kerl verspürte für gute zehn Sekunden keinen Schmerz, so schnell und sauber war der Schnitt.)

Daher griff Heady nun nach unten und legte den Schalter um.

Nur um sicherzugehen, betätigte er dann Schalter Nummer zwei; es rührte sich nichts. Heady stellte ihn zurück auf »Aus«. Dann hielt er das montierte Blatt mit der linken Hand fest, nahm einen Steckschlüssel in seine Rechte und fing an, die Muttern zu lösen, mit denen das Blatt an der Halterung befestigt war. Er war froh, dass er sich vorher noch einmal vergewissert hatte; sollte die Säge nämlich nun anlaufen, würde sie ihm nicht nur die Finger der linken Hand abtrennen, sondern mit dem Steckschlüssel auch die Rechte zu Brei schlagen.

Zweitausend Umdrehungen pro Minute.

An der Leistungsfähigkeit der Säge bestand kein Zweifel; sie machte allen Schreinern hier das Leben wesentlich leichter. Doch Heady musste einräumen, dass er sich nicht darauf freute, die nächsten paar Stunden damit zuzubringen, die Sägeblätter zu wechseln und das Holz für das Labyrinth zurechtzuschneiden.

Um die Wahrheit zu sagen, dieses Ding jagte ihm eine Heidenangst ein.

* * *

Die Kellnerin flirtete mit ihm.

Mitte dreißig, schätzte Nick. Mit einem hübschen, herzförmigen Gesicht und tiefschwarzem Haar, das sie fest zusammengebunden hatte. Ihre Locken schienen es kaum erwarten zu können, den Fesseln zu entkommen. Auch ihr Kleid saß eng. Mit tiefem Ausschnitt. Das zählte zu den Dingen, die er ändern würde, falls er das Restaurant übernahm. Er mochte es ein wenig familienfreundlicher. Auch wenn die alten Säcke aus der Nachbarschaft sich womöglich an Hannahs Anblick erfreuten.

Er lächelte zurück, aber nicht so wie sie, sondern höflich und formell, und fragte nach Vittorio. Sie verschwand, kehrte zurück und sagte, er käme in ein paar Minuten. »Nehmen Sie Platz, trinken Sie einen Kaffee.«

Sie versuchte einen weiteren Flirt.

»Schwarz, bitte. Und einen Eiswürfel.«

»Einen Eiskaffee?«

»Nein, eine Tasse heißen Kaffee mit einem Eiswürfel darin.«

Nick setzte sich in die Nische am Fenster, zu der Hannah ihn brachte, und ließ den Blick durch das Restaurant schweifen. Nicht schlecht, dachte er. Es gefiel ihm auf Anhieb. Das Linoleum würde verschwinden müssen – da hatten zu viele Absätze ihre Spuren hinterlassen –, und ebenso die Tapete. Die Wände würden stattdessen einen Anstrich bekommen, eventuell dunkelrot. Es gab hier jede Menge Fenster und genügend Licht, da konnte der Raum eine solche Farbe vertragen. Und Nick würde einige Gemälde aufhängen. Vom alten Brooklyn, falls möglich sogar genau von dieser Gegend.

Nick liebte den Bezirk. Viele Leute wussten nicht, dass Brooklyn bis 1898 eine eigene Stadt gewesen war; erst dann wurde es eingemeindet und zu einem Teil von New York. Brooklyn hatte sogar zu den größten Städten des Landes gezählt (und war noch immer der größte der fünf Bezirke). Nick würde nach Ansichten vom Flussufer und dem Prospect Park suchen. Oder auch nach Porträts einiger berühmter Einheimischer. Walt Whitman zum Beispiel, der durfte nicht fehlen. »Auf der Brooklyn-Fähre«, sein berühmtes Gedicht – gut, also auch den Druck einer Fähre. Amelias Vater – ebenfalls aus Brooklyn – hatte ihm erzählt, dass George Washington und die Kolonialtruppen hier gegen die Briten angetreten waren (und verloren hatten, doch ein zugefrorener Fluss ermöglichte ihnen den sicheren Rückzug nach Manhattan). George Gershwin. Und Mark Twain hatte seine Romanfigur Tom Sawyer angeblich nach einem heldenhaften Feuerwehrmann aus Brooklyn benannt. Nick würde sich Bilder von ihnen allen besorgen. Vielleicht in Form von schwarzweißen Federzeichnungen. Die waren cool. Die hatten Klasse.

Al Capone, der auch aus Brooklyn stammte, würde aber definitiv nicht dabei sein.

Jemand näherte sich, und Nick stand auf.

»Vittorio Gera.« Ein dicker Mann, dessen olivfarbene Haut zugleich kränklich wirkte. Sein Anzug war ihm eine Nummer zu groß, und Nick fragte sich, ob der Grund für den Verkauf des Restaurants wohl seine angegriffene Gesundheit sein mochte. Wahrscheinlich. Das perfekte graue Haar war ein Toupet.

»Nick Carelli.«

»Ein Italiener. Woher stammt Ihre Familie?«

»Aus Flatbush.«

»Ha!«

»Und ursprünglich mal aus Bologna«, fügte Nick hinzu.

»Wir haben italienische Speisen auf der Karte.«

»Ich habe gehört, die Lasagne soll gut sein.«

»Ist sie auch.« Gera setzte sich. »Aber haben Sie schon jemals eine schlechte Lasagne gegessen?«

Nick lächelte.

Die Kellnerin brachte den Kaffee. »Möchtest du auch etwas?«, fragte sie Gera.

»Nein, danke, Hannah.« Sie ging wieder.

Der Mann verschränkte die abgearbeiteten Hände und senkte den Kopf. »Also, ich bin Vito.«

»Nun, Vito, ich interessiere mich für Ihren Laden.«

»Kennen Sie sich denn mit Restaurants aus?«

»Ich esse in ihnen. Schon mein ganzes Leben lang.«

Jedenfalls größtenteils …

Der dicke Mann lachte. »Das ist nicht für jeden das Richtige.«

»Ich möchte es gern versuchen. Das wollte ich schon immer. Ein Anlaufpunkt für die Nachbarschaft. Wo die Leute mal abschalten können. Freundlich. Einladend. Und was auch immer die Wirtschaft macht, essen müssen die Menschen dennoch.«

»Das stimmt. Aber es bedeutet harte Arbeit. Wirklich harte Arbeit.« Er musterte ihn von oben bis unten. »Sie scheinen mir aber jemand zu sein, der davor nicht zurückschreckt.«

»Das sehen Sie richtig. Also, mein Anwalt hat mir die Eckpunkte des Deals geschickt, und ich halte sie für angemessen. Was den Preis betrifft – ich habe etwas Geld geerbt. Nach dem Tod meiner Mutter …«

»Das tut mir leid.«

»Danke. Und ich rede derzeit mit einigen Banken. Die Größenordnung stimmt schon so ungefähr. Wenn wir beide noch ein wenig verhandeln, können wir uns sicher einigen.«

»Klar – Sie zahlen, was ich verlange, und wir sind uns einig.« Das war nur halb scherzhaft gemeint. Es ging hier ums Geschäft.

Nick lehnte sich zurück. »Vorher muss ich Ihnen noch etwas sagen.« Er klang selbstsicher.

»Bitte.«

»Ich hab im Knast gesessen.«

Vito beugte sich vor und sah Nick durchdringend an, als hätte der gerade behauptet: Meine Haut ist aus Plastik, schauen Sie nur.

Nick ließ Vito dabei nicht aus den Augen und lächelte freundlich. »Wegen bewaffnetem Raubüberfall und Körperverletzung. Ich bin es aber nicht gewesen. Ich habe in meinem ganzen Leben noch keine Straftat verübt. Und ich arbeite daran, meine Unschuld zu beweisen. Im Augenblick sieht es ganz gut aus. Vielleicht kann ich Ihnen den Beweis schon in ein paar Tagen zeigen, vielleicht auch erst etwas später. Aber ich hoffe aufrichtig, dass es keine Auswirkungen auf unsere Übereinkunft hat.«

»Sie sind es nicht gewesen.« Das war keine Frage, sondern eine Aufforderung.

»Nein. Ich habe versucht, jemandem zu helfen, und bin in die Fänge des Systems geraten.«

»Als ehemaliger Sträfling werden Sie keine Schanklizenz für alkoholische Getränke bekommen. Die machen aber ein Drittel unserer Einnahmen aus.«

»Mein Anwalt arbeitet daran, bei der Stadt eine Ausnahmegenehmigung zu erwirken. Er ist zuversichtlich, dass es klappt. Und falls ich entlastet werde, ist es sowieso kein Problem.«

»Ich weiß nicht, Nick. Da gibt es noch etwas anderes zu berücksichtigen. Ich habe dieses Restaurant zwanzig Jahre lang geführt und mir einen gewissen Ruf erworben.«

»Sicher, das verstehe ich.« Nick klang nicht nur zuversichtlich, er war es auch. »Aber mein Anwalt sagt, ich kann bei Gericht einen Straferlass erwirken, eine vollständige Ehrenrettung.«

»Ich muss bald verkaufen, Nick.« Vito hob beide Hände. »Meine Gesundheit macht mir zu schaffen.« Er schaute quer durch das Lokal, in dem ungefähr dreißig Gäste saßen. Ein Mann bat soeben um die Rechnung. Gera wies einen der Kellner darauf hin.

»Die Aushilfskräfte sind ein Problem«, sagte er. »Die Leute kommen und gehen und tauchen nicht auf oder sind unhöflich zu den Gästen. Sie stehlen. Und Sie sind dann gezwungen, sie zu entlassen. Sie sind Vater und Lehrer zugleich, Sie wissen schon, *Schulleiter*, die ganze Zeit. Während die versuchen, Sie zu berauben.«

»Das glaube ich gern. Wie in jedem Geschäft. Man muss den Überblick behalten. Ich habe mir gedacht, ich könnte Sie vielleicht für eine Weile als Berater anheuern.«

»Ich weiß nicht. Meine Gesundheit. Meine Frau und unsere Tochter kümmern sich um mich. Das Kind zieht wieder bei uns ein. Meine ältere Tochter. Ich muss aufpassen. Aber es gibt professionelle Berater für das Gastgewerbe. Die sind zwar nicht billig, in Ihrem Fall aber vielleicht hilfreich.«

»Ich weiß. Aber denken Sie darüber nach, Vito. Ich würde Sie gern auf Honorarbasis beschäftigen. Sie bräuchten nicht mal hier aufzutauchen. Stattdessen würde ich Sie zweimal pro Woche oder so besuchen.«

»Sie sind ein netter Kerl, Nick. Und Sie hätten mir Ihre Vergangenheit auch verschweigen können. Immerhin bewerben Sie sich hier nicht als Burgerbrater, und ich muss Ihre Referenzen überprüfen. Hätten wir uns geeinigt und Sie wären zur Vertragsunterzeichnung erschienen, hätte mich nur Ihr Scheck interessiert. Aber Sie waren aufrichtig. Dennoch muss ich nun erst darüber nachdenken.«

»Ich habe nichts anderes erwartet. Und, Vito – was Ihre Preisvorstellungen angeht?«

»Ja?«

»Das könnte ich hinkriegen.«

»Sie verhandeln nicht gerade geschickt.«

»Ich erkenne etwas Gutes, wenn ich es sehe. Okay, denken Sie in Ruhe darüber nach. Aber darf ich um einen Gefallen bitten?«

»Und der wäre?«

»Verkaufen Sie nicht an einen anderen Interessenten, ohne mich vorher noch einmal anzuhören«, sagte Nick. »Bitte geben Sie mir diese Chance.«

Ein prüfender Blick. »Na gut. Ich werde es Sie wissen lassen. Ach, und – Nick?«

»Ja, Vito?«

»Es hat mir gefallen, dass Sie sich nicht an Hannah herangemacht haben. Meine jüngere Tochter.« Er nickte in Richtung der schwarzhaarigen Kellnerin in dem knappen Kleid. »Das spricht zu Ihren Gunsten. Ich werd's mir überlegen, Nick, und mit meiner Familie darüber sprechen. Dann gebe ich Ihnen Bescheid.«

Die Männer reichten sich die Hände.

»Eine Frage hätte ich noch, Vito.«

»Gern, mein Sohn. Welche?«

Nick lehnte sich zurück und lächelte.

30

»Ich weiß nicht, Amie.«

Sachs schenkte ihrer Mutter Tee ein und sah sie fragend an.

Sie waren von Roses Röntgen- und EKG-Termin zurückgekehrt – als Teil der Vorbereitungen auf den Eingriff in einigen Tagen – und saßen in der sonnigen Küche von Amelias Stadthaus in Carroll Gardens. Rose wohnte eigentlich nur sechs Blocks entfernt, aber wenn Termine anstanden, war es einfacher, sie blieb hier bei ihrer Tochter. Auch die Praxis ihres Arztes und das Krankenhaus, in dem die Bypass-Operation vorgenommen werden würde, lagen hier ganz in der Nähe. Und nach der OP würde sie sich hier erholen.

»Wegen *Nick*, meine ich.« Rose nahm den NYPD-Souvenir-Becher mit dem Tee und gab einen Schuss Sahne hinzu. Für sich selbst hatte Sachs einen Becher Kaffee von Starbucks mitgebracht. Der Becher war jetzt halb leer und der Kaffee lauwarm – genau wie Nick ihn mochte. Sie erhitzte ihn in der Mikrowelle und nahm gegenüber von Rose Platz.

»Das war ein echter Schock, als er so plötzlich vor mir stand.« Sachs musterte ihre Mutter, die Bluse, Rock und Strümpfe trug, dazu eine dünne Goldkette, passend zu ihrem dünnen Hals. Wie immer hatte sie sich für ihren Arzttermin fein gemacht, als wolle sie in die Kirche gehen. »Ich bin mir immer noch nicht sicher, was ich davon halten soll.«

»Wie hat ihm die Haft denn so gefallen?« Rose hatte im Alter einen Sinn für Humor entwickelt.

»Wir haben nicht darüber geredet. Es bestand keine Veranlassung. Uns verbindet nichts mehr. Er ist wie ein Fremder. Ich würde ja auch nicht mit einem Verkäufer oder jemandem auf der Straße persönliche Dinge erörtern. Warum also mit ihm?«

Sachs merkte, dass sie viel zu übereifrig und hastig sprach. Auch Rose schien das nicht zu entgehen.

»Ich hoffe nur, er findet sich zurecht«, sagte Sachs und wechselte das Thema. »Jetzt muss ich zurück zu Lincoln. Einen solchen Täter hatte ich noch nie.«

»Ist er ein Terrorist? So nennen ihn die Medien. Und hast du diesen Bericht auf MSNBC gesehen? Die Leute meiden Rolltreppen und Aufzüge. Ein Mann hat in einem Bürogebäude in Midtown einen Herzinfarkt erlitten, nachdem er zehn Etagen im Treppenhaus hochgestiegen war, weil er sich nicht in den Aufzug getraut hat.«

»Nein, davon habe ich nichts mitbekommen. Ist er gestorben?«

»Nein.«

Ein weiteres Opfer, das man Täter 40 hätte zurechnen können.

»Was wünschst du dir zum Abendessen?«, fragte Sachs. »Halt, kommt Sally heute vorbei?«

»Nicht heute Abend. Da spielt sie Bridge.«

»Möchtest du auch hin? Ich kann dich zu ihr fahren.«

»Nein, mir ist nicht danach.«

Sachs dachte zurück an die Zeit, als ihre Eltern das Königspaar des örtlichen Bridgeklubs gewesen waren. Damals sah die Welt noch ganz anders aus … alle tranken ständig Cocktails, jeder Zweite rauchte wie ein Schlot, und die letzten Spielrunden eines jeden Abends arteten in nichts als Albernheiten aus, weil die Leute völlig benebelt von Gin und Whisky waren. (Sachs hatte diese Partynächte genossen; sie konnte sich dann immer hinausschleichen und mit den Kids aus der Nachbarschaft abhängen oder sich mit dem Wagen sogar eine Spritztour oder ein Wettrennen erlauben. Amelia Sachs war alles Mögliche gewesen, nur kein braves Mädchen, das räumte sie selbst ein.)

Es klingelte an der Tür. Sachs ging hin und warf einen Blick nach draußen.

Oh.

Sie öffnete die Tür einen Spalt.

»Hallo«, sagte sie zu Nick Carelli. Ihre Stimme musste zurückhaltend geklungen haben. Er lächelte verunsichert.

»Ich bin auf Verdacht hergekommen. Hab deinen Wagen gesehen.«

Sie wich zurück, und er trat ein. Er trug schwarze Jeans, ein hellblaues Anzughemd und ein marineblaues Sportsakko. Für Nick Carellis Verhältnisse war er damit festlich gekleidet. Er hatte eine große Einkaufstüte dabei, und Amelia roch Knoblauch und Zwiebeln.

»Ich kann nicht bleiben«, sagte er und reichte ihr die Tüte. »Ich wollte dir und Rose nur was zu Mittag vorbeibringen.«

»Du hast nicht angerufen.«

»Nein. Ich war ganz in der Nähe. In einem Restaurant.«

»Tja.« Sachs schaute nach unten. »Danke, aber …«

»Die beste Lasagne der Stadt.«

Das »aber« hatte sich nicht auf das Essen bezogen. Sie war sich nicht sicher, was er damit bezweckte. Sie sah die Tüte an.

Nick senkte die Stimme. »Gestern Abend hatte ich einen Durchbruch. In den Akten, die du mir gegeben hast, bin ich auf eine Spur gestoßen. Auf einen Kerl, der wahrscheinlich bestätigen kann, dass ich nichts mit den Überfällen zu tun hatte.«

»Wirklich? Das war in den Akten?« Nur um irgendwas zu sagen. Sein überraschender Besuch hatte sie aus dem Konzept gebracht.

»Es sind noch ein paar Nachforschungen erforderlich. Ich komme mir vor, als wäre ich wieder als Cop unterwegs.«

Dann runzelte sie die Stirn. »Nick, ist der Mann ein Verbrecher?«

»Keine Ahnung. Kann sein. Aber ich hab es dir ja schon gesagt, ein alter Schulfreund von mir kümmert sich um die Einzelheiten. Ich kann mich auf ihn verlassen, und er ist sauber. Hatte noch nie Probleme mit dem Gesetz.«

»Das freut mich, Nick.« Ihre Miene wurde weicher.

»Äh, Ame … Amelia, hör mal, ist deine Mutter da?«

Eine Pause. »Ja, ist sie.«

»Kann ich kurz Hallo sagen?«

»Ich glaube, das ist keine so gute Idee. Du weißt doch, sie ist nicht auf der Höhe.«

»Aber um Hallo zu sagen, reicht es noch, Amie«, erklang hinter ihr eine Stimme.

Sie wandten sich um und sahen – im Gegenlicht der großen Fenster auf der Rückseite des Hauses – die dünne Gestalt im Flur stehen.

»Hallo, Rose.«

»Nick.«

»Mom …«

»Du hast etwas zu essen mitgebracht?«

»Nur für euch beide. Ich kann nicht bleiben.«

»Wir zwei Ladys essen gewöhnlich nicht zu Mittag«, sagte Rose langsam. Und Sachs fragte sich, ob ihre Mutter zum Angriff übergehen würde. Doch Rose fügte hinzu: »Wir zwei Ladys pflegen zu später Stunde zu dinieren. Also heben wir uns das Essen für heute Abend auf.« Rose sah das Logo auf der Tüte. »Vittorio's. Den Laden kenne ich. Ein gutes Restaurant.«

»Lasagne, Kalbspiccata, Salat, Knoblauchbrot.«

Ein weiterer Blick auf die schwere Tüte. »Und wer sind die fünf anderen, die mit uns essen, Nick?«

Er lachte. Sachs versuchte es.

»Komm ins Wohnzimmer. Ich bin kräftig genug für eine Unterhaltung, aber ich kann nicht lange stehen.«

Sie drehte sich um.

O Mann. Das ist alles so unwirklich. Sachs seufzte und folgte den beiden. Sie bog in die Küche ab, verstaute das Essen im Kühlschrank und überlegte, ob sie Nick einen Kaffee anbieten sollte. Doch es würde zu lange dauern, das Getränk erst aufzubrühen und dann wieder auf die von ihm gewünschte Temperatur abzukühlen. Sie wollte, dass es bei einem kurzen Besuch blieb. Als sie das Wohnzimmer betrat, saß Rose auf ihrem Sessel und Nick auf einer Ottomane vor der Couch, als würde ein Möbelstück ohne Rückenlehne die knapp bemessene Dauer seines Aufenthalts unterstreichen. Sachs verharrte einen Moment lang, holte dann einen Stuhl vom Esstisch, stellte ihn neben ihre Mutter und setzte sich. Mit geradem Rücken, leicht vorgebeugt. Sie fragte sich, was ihre Freundin aus Kalifornien, Kathryn Dance, wohl aus dieser Haltung und der damit verbundenen Botschaft gefolgert hätte. Dance war eine Ermittlerin, die auf die Analyse von Körpersprache spezialisiert war.

»Amie hat mir von deinem Bruder erzählt und dass du die Verantwortung für seine Verbrechen übernommen hast. Und dass du versuchst, deine Unschuld zu beweisen.«

Rose hatte noch nie ein Geheimnis darum gemacht, was man ihr erzählte. Sachs hatte schon oft bei sich gedacht, wie gut es war, dass ihre Mutter praktisch keine Ahnung von den sozialen Medien hatte. Rose wäre ansonsten der Knotenpunkt für eine Million Internetgerüchte geworden.

»Das ist richtig. Ich habe ein paar Anhaltspunkte gefunden. Ich hoffe, sie erweisen sich als stichhaltig. Falls nicht, suche ich trotzdem weiter. Rose, Amelia hat mir erzählt, dass du vorübergehend hier wohnst. Das war einer der Gründe für meinen Besuch, nicht nur das Essen. Ich wollte mich entschuldigen. Bei euch beiden.«

Der Blick der Frau bohrte sich in seine Augen. Nick hielt ihm stand, das musste man ihm lassen. Auf Sachs wirkte er völlig ruhig, so wie jemand, der sich endlich einer schweren und schmerzhaften Last entledigen konnte.

»Es ist mir noch nie etwas so schwergefallen, wie damals den Kontakt zu Amelia abzubrechen … und zu dir. Und euch nicht die Wahrheit über Donnie zu erzählen. Aber ich durfte nicht riskieren, dass etwas von den tatsächlichen Umständen publik werden würde. Amelia kann dir die Einzelheiten berichten, falls sie dich interessieren, aber ich bin überzeugt, dass dieser Kerl, mit dem Donnie sich eingelassen hatte, dieser Mann, der eine Gang angeführt hat – eine Bande …«

»Ich weiß, was eine Gang ist. Mein Mann war sein Leben lang Polizist.«

»Sicher. Verzeihung. Nun, dieser Kerl … Er hätte Donnie umgebracht, falls ich mich nicht schuldig bekannt hätte. Gegen mich lagen so gut wie keine Beweise vor. Ich habe befürchtet, falls ich mich jemandem anvertrauen würde, könnte die Abteilung für innere Angelegenheiten oder die Staatsanwaltschaft zwei und zwei zusammenzählen und meine Täuschung durchschauen. Bis zu Donnie wäre es dann nur ein kleiner Schritt gewesen. Er war …« Nicks Stimme stockte. Er räusperte sich. »Er war noch ein halbes Kind und konnte nicht auf sich aufpassen. Viel zu naiv, ihr wisst schon. Er ist einfach in die Sache hineingestolpert und hat sich mit den falschen Leuten eingelassen.« Nicks Augen schienen feucht zu sein.

»Er war ein guter Junge«, sagte Rose langsam. »Ich wusste nicht, dass er Probleme hatte.«

»Er wollte von den Drogen loskommen, aber … so eine Sucht ist hart. Ich hätte mehr tun müssen. Ich habe ihm zwar mehrmals einen Therapieplatz besorgt, aber dann die Sache nicht gründlich genug verfolgt.«

Rose Sachs war noch nie jemand gewesen, der anderen die

Hand hielt und irgendwas Tröstendes vorlog. Sie nickte nur schmallippig. Im Klartext: Ja, Nick, du hättest mehr tun müssen. Dann wärst du nicht ins Gefängnis gegangen. Und Donnie würde vielleicht noch leben. Und du hättest meiner Tochter nicht das Herz gebrochen.

»Rose, du willst vielleicht nichts mehr mit mir zu tun haben.« Ein mattes Lächeln, ein Blick zu Amelia. »Das gilt für euch beide, schätze ich. Und ich kann das völlig verstehen. Ich wollte nur, dass ihr wisst … Ich musste mich entscheiden; zwischen meinem Bruder auf der einen Seite und euch beiden und Dutzenden weiterer Leute auf der anderen. Beinahe hätte ich es nicht getan. Ich hätte ihn fast den Wölfen zum Fraß vorgeworfen, doch dann habe ich den anderen Weg gewählt. Es tut mir leid.« Er stand auf und streckte die Hand aus.

Rose nahm sie langsam. »Danke, Nick«, sagte sie. »Eine Entschuldigung fällt manchen Leuten sehr schwer. Nun bin ich ein wenig müde.«

»Sicher. Ich mache mich auf den Weg.«

Sachs begleitete ihn zur Tür.

»Ich weiß, du hast nicht damit gerechnet. Aber ich musste es tun. So wie Donnie, als einen der zwölf Schritte. Er musste die Runde machen und alle um Verzeihung bitten.« Er zuckte die Achseln. »Oder er hätte es tun müssen, wenn er so weit gekommen wäre.«

Und dann umarmte er sie. Nur kurz. Aber sie fühlte seine Hand zittern, als er sie auf ihren Hals legte – oben im Nacken, genau an der Stelle von Lincoln Rhymes Wirbelverletzung. Sachs wich zurück. Und erwog einen Moment lang, ihn nach Einzelheiten zu dieser mysteriösen Spur zu fragen, die er gefunden hatte. Doch sie entschied sich dagegen.

Es geht dich nichts an, ermahnte sie sich.

Sie schloss die Tür hinter ihm. Dann kehrte sie ins Wohnzimmer zurück.

»Das war seltsam«, sagte Rose. »Wenn man vom Teufel spricht.«

Amelia wunderte sich über die Wortwahl ihrer Mutter. Dann wärmte sie ein weiteres Mal ihren Kaffee auf, trank aus und warf den Pappbecher weg.

»Ich weiß nicht.« Die ältere Frau schüttelte den Kopf.

»Ich glaube ihm, Mom. Er würde mich nicht anlügen.«

»Oh, ich neige auch dazu, ihm zu glauben. Ich halte ihn für unschuldig. Das habe ich nicht gemeint.«

»Sondern?«

»Nick ist zu dem Schluss gelangt, dass er damals einen Fehler begangen hat. Er hätte dich an die erste Stelle setzen müssen.«

»Er leistet Abbitte, ja. Warum ist das ein Problem?«

»Wieso hat er ausgerechnet *dich* um Hilfe gebeten?«

Eine Fangfrage. Sachs hatte ihr nichts von Nicks Bitte erzählt. Auch nichts davon, dass sie die zwar legale, aber moralisch fragwürdige Entscheidung getroffen hatte, die Unterlagen seines Falls herunterzuladen und ihm auszuhändigen. Sie hatte Rose lediglich berichtet, dass er behaupte, unschuldig zu sein, dass Sachs ihm glaube und dass er daran arbeite, es zu beweisen.

»Gibt es nicht eine Prozedur – Anwälte, Untersuchungskommissionen –, wenn jemand seine Unschuld unter Beweis stellen will?«

Sachs sprach aus, was ihre Mutter eigentlich meinte: »Mom, Nick wird sein Leben führen und ich meines. Das ist alles. Wahrscheinlich werde ich ihn nie wiedersehen.«

Rose Sachs lächelte. »Ich verstehe. Könnte ich bitte noch etwas Tee haben?«

Sachs ging in die Küche und kehrte kurz darauf mit einem frischen Becher Tee zurück. Als sie ihn ihrer Mutter reichte, summte ihr Telefon. Sie zog es aus der Tasche und warf einen Blick auf das Display. »Rhyme?«, meldete sie sich.

»Wir haben einen Treffer, Sachs. In Echtzeit. Täter 40 befindet sich am Times Square. Vielleicht ist er gerade hinter seinem nächsten Opfer her. Mach dich auf den Weg. Näheres folgt, sobald du im Auto sitzt.«

31

Sachs raste zum Times Square. In Manhattan auf dem FDR Expressway in Richtung Norden.

Der Verkehr war gar nicht so schlimm … die Fahrer schon.

Sie wechselten ständig die Spur; Sachs in ihrem Torino ebenfalls. Das Resultat eines Fehlers bei diesem Ballett würde eine Kollision mit einem Geschwindigkeitsüberschuss von etwa fünfundsechzig Kilometern pro Stunde sein. Potenziell blutig und knochenbrechend, wenn nicht sogar tödlich.

Ein Anruf. Sie drückte den Knopf des Lautsprechers. »Leg los.«

»Wir haben Folgendes, Sachs. Bist du da? Was war das? Dieses Geräusch.«

»Hab runtergeschaltet.«

Es hatte geklungen, als würde ein Flugzeug die Düsentriebwerke bei der Landung auf Schubumkehr stellen.

»Wir haben Folgendes«, fing Lincoln Rhyme noch einmal an. »Ich bin noch mal die Tabellen durchgegangen. Du hattest an einem der Tatorte Make-up gefunden. Wir konnten es identifizieren: StarBlend Theaterschminke. Dazu die Erde aus Connecticut, Westchester und New Jersey in nur zwei Fußabdrücken des Täters. Dieseltreibstoff. Limonade in Bechern und billiger Wein oder Schaumwein.«

»Touristen im Theaterviertel: Busse von auswärts und Pausengetränke!«

»Genau. Entweder lebt oder arbeitet er am Times Square,

geht gern ins Theater… oder hat dort einen weiteren Anschlag vorbereitet und dabei die Partikel aufgenommen.«

»Was ist der Treffer, von dem du gesprochen hast?«

»Sobald Archer und ich erkannt hatten…«

»Archer?«

»Juliette. Die Praktikantin.«

»Oh.« Die Frau im Rollstuhl mit den wunderschönen Augen und perfekten Fingernägeln. Dass er sie bei ihrem Nachnamen nannte, hatte Sachs verwirrt.

Der Verkehr ließ etwas nach, und sie gab wieder Gas.

»Sobald wir erkannt hatten, dass es um das Theaterviertel geht, habe ich beim COC angerufen.«

Das Community Observation Center des NYPD war in einem riesigen fensterlosen Raum an der Police Plaza Nummer eins untergebracht. Hier saßen Dutzende von Beamten vor Monitoren, die mit den zweihunderttausend städtischen Überwachungskameras New Yorks verbunden waren. Das waren zu viele Bildquellen, um in der ganzen Stadt nach einem Verdächtigen Ausschau zu halten, und auch Algorithmen halfen nicht weiter, wenn man die Gesichtserkennung nicht mit einem Porträt des Verdächtigen füttern konnte. Die Angaben »groß und dünn, vermutlich mit Baseballmütze und Rucksack« reichten nicht aus.

Doch da die Spuren auf ein ziemlich begrenztes Gebiet verwiesen, das zudem mit sehr vielen Kameras ausgestattet war, hatte einer der Beamten sich auf den Times Square und dessen nähere Umgebung konzentriert und vor zehn Minuten eine Person entdeckt, die der Beschreibung von Täter 40 entsprach.

»Wo genau?«

»Broadway und Zweiundvierzigste, in Richtung Norden. An der Fünfundvierzigsten Straße West hat er ein Geschäft betreten und ward nicht mehr gesehen. Vielleicht ist er durch den Hinterausgang verschwunden. Westlich des Broadway nimmt die Kameradichte stark ab. Bis jetzt konnten sie ihn jedenfalls nicht wiederfinden.«

Sachs wich einem Tanklaster aus, der unerwartet die Spur wechselte, und musste den Torino abfangen. Puh. Das war gerade noch mal gut gegangen.

»Mel hat in Midtown North angerufen«, fuhr Rhyme fort. »Ein halbes Dutzend Leute sind zu der Kreuzung unterwegs. Die ESU ebenfalls.« Rhyme konnte keine Einsatzkräfte anfordern, Mel Cooper als Detective hingegen schon, auch wenn er eigentlich Kriminaltechniker war. »Pulaski fährt mit einem Team zur Zwölften und Vierundvierzigsten.«

Das erste Team würde mit Sachs nach Westen vorstoßen, Ron Pulaski und seine Leute nach Osten, eine Zangenbewegung.

»Ergeben sich aus den Spuren noch andere Hinweise auf sein Ziel? Irgendwas Genaueres?«

Keine Antwort.

Rhyme sprach gerade mit jemand anderem. Wahrscheinlich Cooper.

Nein, Sachs hörte die Stimme einer Frau. Juliette Archer.

Dann gab es eine Pause.

»Rhyme?«, fragte Sachs.

»Was?«

»Ich habe gefragt, ob sich anhand der Spuren eingrenzen lässt, wo er sich aufhält oder wohin er unterwegs ist.«

»Manches konnten wir nicht zuordnen. Die Glassplitter. Den Fensterkitt. Die Papierhandtücher. Das alles könnte von sonst woher eingeschleppt worden sein. Der Humus stammt aus Queens, jedenfalls *ursprünglich mal.*« Sie wunderte sich, weshalb er das so betonte. »Wir haben hier auch Dünger und Pestizide«, fuhr er fort, »aber rund um den Broadway in Midtown dürfte es eher wenig Weideland geben. Spekulationen sind ja in Ordnung, aber sie sollten nicht in wilde Raterei ausarten. Nein, wir müssen es derzeit bei einer Großfahndung belassen.«

»Such weiter«, sagte sie. »Ich melde mich, wenn ich vor Ort bin.«

Sachs trennte die Verbindung, bevor er etwas erwidern konnte, nahm die nächste Ausfahrt und bog in Richtung Westen ab.

Kreuzungen … diese verfluchten Kreuzungen.

Sie trat Kupplung und Bremse und kniff die Augen zusammen, weil das pulsierende Blaulicht auf dem Armaturenbrett sie irritierte.

Sachs hieb mit einer Hand auf die Hupe, schaltete mit der anderen herunter und packte dann mit beiden wieder das Lenkrad.

Rechts frei, links frei. Los! Los!

Das alles wiederholte sich ein halbes Dutzend Mal, und lediglich zweimal zwang der hektische Manhattaner Verkehr sie halb auf den Bordstein, wenngleich bei drei oder sogar vier Gelegenheiten nur Zentimeter fehlten, und sie hätte ein Fahrzeug gerammt, das ihr plötzlich in die Quere kam.

Interessant, dachte sie, als sie kurz mal freie Fahrt hatte. Täter 40 hielt sich im alten Zuständigkeitsbereich ihres Vaters auf. Herman Sachs war rund um den Times Square viele Jahre lang Streife gelaufen, hauptsächlich an der »Deuce«, wie die Zweiundvierzigste Straße genannt worden war, bevor sie sich in den heutigen Disney-Themenpark verwandelt hatte. Sachs vermisste das alte Milieu, die Pornoläden, halbseidenen Etablissements und Spelunken, und ihrem Vater hätte das alles wohl auch gefehlt.

Ihr Telefon summte.

Hochschalten, Telefon? Sie entschied sich für das Samsung und gegen den vierten Gang und ließ das Getriebe jammern. »Sachs.«

»Amelia. Hier ist Bobby Killow von der Streife des Midtown North. Captain Rhyme hat mir Ihre Nummer gegeben. Es geht um Ihren Täter.«

»He, Bobby, ich kann mich noch gut an Sie erinnern.«

Killow war ein rundlicher, tatkräftiger junger Streifenbeamter beim Revier Midtown North, mit dem Sachs vor ihrer Zeit als Detective gelegentlich zusammengearbeitet hatte. Wahrscheinlich hatte er sich nicht groß verändert, nur das »jung« mochte nicht mehr so ganz zutreffen. »Was gibt's?«

»Ich bin auf der Sechsundvierzigsten und hab mich mal umgehört. Einige Leute glauben, ihn gesehen zu haben. Innerhalb der letzten fünf Minuten.«

Die Sechsundvierzigste Straße verlief von Fluss zu Fluss, mitten durch das Herz des Theaterviertels.

»Wo genau?«

»Ein paar Eingänge westlich des Broadway. Er hat einen Andenkenladen betreten und sah irgendwie verdächtig aus, sagt die Zeugin. Hat aus dem Fenster gestarrt, als würde er verfolgt. Die Worte der Verkäuferin. Als es wieder sicher schien, sagt sie, ist er rausgegangen und in Richtung Westen verschwunden.«

»Ich … oha.«

»Was war das denn?«

Das war ein Motorroller gewesen, dessen Fahrer, so leichtsinnig wie die in Rom, einfach mal auf ihre Spur gewechselt war, um herauszufinden, wer gewinnen würde: ein Ford Torino oder ein klappriges Vespa-Imitat.

Sachs hatte den schleudernden Wagen passabel abfangen können, war aber fast unter einem Mülltransporter gelandet. Dann beschleunigte sie wieder mit quietschenden Reifen.

»Bobby, wie lautet die Beschreibung des Verdächtigen?«

»Dunkelblauer oder schwarzer Anorak, kein Logo, Jeans, Baseballmütze, entweder rot oder grün – tolle Augenzeugen. Dunkler Rucksack.«

»Okay, ich bin in fünf Minuten da.«

Genau genommen dauerte es nur drei. Sie hielt mit einer Vollbremsung an der Ecke Broadway und Sechsundvierzigste Straße genau neben drei Midtown-North-Streifenwagen. Und nickte Bobby Killow zu. Ja, so engelsgleich wie immer. Sie kannte auch mehrere der acht anderen Beamten, die in der Nähe standen, und begrüßte sie.

Die Geier sammelten sich bereits: Touristen, die mit ihren Mobiltelefonen eifrig Fotos schossen.

Da summte ihr eigenes. Ron Pulaski rief an.

»Hallo, Ron. Wo sind Sie? In Position?«

»Ja, Amelia.« Der junge Polizist erklärte, er befinde sich mit vier Streifen- und sechs ESU-Beamten an der Sechsundvierzigsten Straße, unweit des Hudson River.

»Wir sind am Broadway. Ihr geht auf breiter Front nach Osten und wir nach Westen, aufeinander zu.« Sie gab ihm die aktuelle Täterbeschreibung und fügte hinzu, der Mann könne durchaus hier wohnen oder arbeiten. In dem Fall würden Nachbarn, Verkäufer oder Kellner ihn aufgrund seines auffälligen Erscheinungsbilds höchstwahrscheinlich wiedererkennen.

»Falls er hier nur ein Opfer auskundschaften wollte und sonst keine weiteren Verbindungen hat, sieht die Sache natürlich anders aus. Lassen Sie uns hoffen, dass wir ihn finden, bevor es zu spät ist.«

Sie beendeten das Gespräch, und Sachs instruierte die Beamten, die vor ihr standen. Sie erklärte, sie könnten nicht sicher sein, auf wen der Täter es abgesehen hatte. Sie wüssten lediglich, dass die Person sich in der Nähe eines fernsteuerbaren Geräts aufhalten und der Täter einen Sabotageversuch per Smartphone oder Tablet unternehmen würde.

»Wir wissen auch nicht, ob er eine Schusswaffe trägt«, fuhr Sachs fort. »Aber er hat bereits einmal einen Hammer als Waffe benutzt.«

»Er ist der Rolltreppenkiller, richtig?«

»Stimmt.«

»Was für andere Arten von Produkten könnte er denn angreifen?«

Sie erzählte ihnen von Abe Benkoffs Herd. Und rief sich die lange Liste ins Gedächtnis, die Todd Williams für Täter 40 heruntergeladen hatte. »Das könnten Haushaltsgeräte sein, Warmwasserbereiter, Küchenzubehör, Schwermaschinen, Werkzeuge oder auch Autos. Und medizinische Apparate. Aber er legt es auf spektakuläre Effekte an, um Aufmerksamkeit zu erregen. Falls Sie etwas sehen, das Sie bei lebendigem Leibe kochen oder zerquetschen könnte, rechnen Sie damit, dass ein Controller eingebaut ist und unser Täter im nächsten Moment den Knopf drücken wird.«

»Mein Gott«, flüsterte einer der Beamten. »Deine Frau und die Kinder sind in der Küche und backen Kekse? Und der Ofen könnte explodieren?«

»Ganz recht. Lassen Sie uns anfangen.«

Als sie nach Westen aufbrachen, murmelte einer der Männer: »Ich frage mich, warum er sich ausgerechnet diese Gegend ausgesucht hat.«

Für Sachs lag die Antwort auf der Hand. Es gab hier Hunderte von Geschäften, Restaurants und Unterhaltungsbetrieben, über denen riesige hochauflösende Videowände aufragten und die Passanten und Touristen zum Kaufen, Kaufen, Kaufen aufforderten oder zumindest verleiten wollten.

Für jemanden, dessen erklärter Feind der Konsumismus war, stellte der Times Square quasi das beste Jagdrevier der Welt dar.

32

Auf der Suche.

Sachs und ihre Leute teilten sich in zwei Gruppen auf und machten sich auf beiden Straßenseiten in Richtung Westen auf den Weg.

Ihre Vorgehensweise war simpel: Sie fragten sich durch, ob jemand einen großen dünnen Mann mit Baseballmütze, dunkler Jacke, Jeans und Rucksack gesehen habe. Dabei kamen sie nur langsam voran, denn auf dem Gehweg drängten sich zahllose Passanten und Verkäufer.

Außerdem durften sie natürlich ihre Eigensicherung nicht vernachlässigen.

Sie hielten nach allem Ausschau, das sich gegen sie wenden könnte. Konnte er den Motor dieses Wagens explodieren oder in Flammen aufgehen lassen? Konnte er den Müllaster urplötzlich in Bewegung setzen? Und was war mit der städtischen Infrastruktur? Dicht unter ihren Füßen strömten Millionen von Volt und Tonnen von hocherhitztem Dampf.

Überall gab es Geräte.

Das lenkte ab.

Sachs erzielte keine Treffer, aber einer der Beamten meldete über Funk eine eventuelle Sichtung – vor etwa zehn Minuten habe ein Mann, auf den die Täterbeschreibung zutreffe, am Bordstein gestanden und auf sein Tablet geschaut. Zwischen der Siebten und Achten Avenue. Sonst habe er nichts gemacht; er sei dem Zeugen – Eigentümer eines Andenkenladens im Theaterviertel – einfach nur wegen seines ungewöhnlichen Erscheinungsbilds aufgefallen.

»Hat er gesehen, wohin der Verdächtige gegangen ist?«

»Nein, Ma'am«, sagte der Beamte.

Frustriert schaute sie sich um.

»Vielleicht ist das sein Zielgebiet. Wir treffen uns dort.«

Wenige Minuten später fanden sich alle an der bezeichneten Stelle ein und setzten die Suche von dort aus fort. Niemand sonst hatte ihn gesehen, also ging es weiter in Richtung Westen. Langsam. Sie schauten in die Restaurants, Geschäfte, Autos und Laster, Theaterfronten und Bühneneingänge. Nichts.

Ron Pulaski meldete sich vom anderen Ende der Sechsundvierzigsten Straße und konnte ebenfalls nicht mit einer Sichtung aufwarten. Er und seine Leute drangen weiter nach Osten vor. Mittlerweile lagen noch etwa achthundert Meter zwischen den beiden Suchteams.

Als Sachs sich der Achten Avenue näherte, sah sie ein Theater und genau gegenüber eine große Baustelle. Der Wind trug ein unangenehmes Geräusch mit sich – das Heulen eines großen Elektrowerkzeugs. Es wurde mit jedem Schritt lauter und schriller und tat in den Ohren weh. Sachs nahm zunächst an, dass es von der Baustelle kam – ein Hochhaus. Dutzende von Arbeitern schweißten und hämmerten das Stahlskelett in Form. Doch nein, der Lärm drang auf der anderen Straßenseite aus einem großen offenen Doppeltor. Der Bereich lag hinter einem Theater; es war eine Werkstatt, sah sie nun, wo ein Schreiner soeben Holz zuschnitt, um daraus wahrscheinlich die Kulisse für ein zukünftiges Stück zu bauen. Zum Glück trug der Mann einen klobigen Gehörschutz aus Plastik – so wie Sachs ihn auf der Schießbahn aufsetzte. Der immense Lärm der Kreissäge konnte ungeschützte Ohren dauerhaft schädigen. Wenn der Mann mit dem Sägen fertig war, würden sie sich bei ihm nach dem Verdächtigen erkundigen.

Zunächst aber traten Sachs und die Beamten in ihrer Begleitung durch die Öffnung in dem hohen Sperrholzzaun, der die Baustelle umgab. Das Gebäude hier würde einmal dreißig oder vierzig Etagen hoch sein. Das Stahlgerüst und die Bodenplatten schienen fast fertig zu sein, aber es gab bisher kaum Zwischenwände. Am Boden standen überall schwere Maschinen und Stationen für Werkzeuge und Material. Sachs fragte einen dürren kleinen Arbeiter, der eine unangezündete Zigarette im Mund hatte, nach dem Bauführer oder Vorarbeiter. Der Mann ging, um ihn zu holen.

Kurz darauf watschelte ein dicker Mann mit Bauhelm herbei. Er war eindeutig nicht erfreut.

»Hallo«, sagte Sachs und nickte dem Mann zu, der eine gewisse Autorität ausstrahlte. Sie zeigte ihre Dienstmarke vor.

Anstatt auf sie zu reagieren, runzelte er die Stirn und wandte sich an einen anderen, jüngeren Arbeiter, allerdings nicht an denjenigen, der ihn geholt hatte. »Hast du die gerufen? Noch hatte ich nicht gesagt, dass du es melden sollst.«

»Ich hab niemanden gerufen, Boss.«

»Also – wer war das?«, rief der Mann – Boss –, ließ den Blick über die Arbeiter im näheren Umkreis schweifen und kratzte sich an seinem dicken Bauch, der das karierte Hemd einer ernsthaften Belastungsprobe unterzog. Es klaffte zwischen den Knöpfen auseinander, und Haare drangen hervor.

Sachs wagte eine begründete Schlussfolgerung. »Jemand *wollte* die Polizei rufen?«

»Ja, aber …«, sagte er und suchte weiter nach dem Missetäter.

Sein Assistent sagte zu Sachs, während er auf den Boss wies: »Iggy – er ist Iggy – wollte sichergehen, dass es auch wirklich einen Grund gibt, Sie wissen schon. Nicht bloß falschen Alarm. Die Firma mag keine Cops, Verzeihung, *Polizeibeamte* auf einer Baustelle. Macht keinen guten Eindruck, Sie verstehen.«

»Was war denn das angebliche Problem? Was wollte jemand melden?«

Iggy war mental wieder bei ihnen. »Unbefugtes Betreten. Wie es aussieht, hat jemand sich auf das Gelände geschlichen. Wir sind uns aber nicht sicher und wollten uns erst vergewissern. Bevor wir anrufen. Das hätten wir nämlich. Aber erst mal wollten wir nachsehen. Um nicht Ihre Zeit zu verschwenden.«

»War der Mann sehr groß und sehr dünn? Mit dunklem Anorak und Jeans? Und einer Baseballmütze?«

»Keine Ahnung? Suchen Sie den? Warum?«

»Könnten Sie bitte herausfinden, ob das der Mann war?«, bat Sachs gereizt.

»Ja, schätze schon.«

»Ja, Sie schätzen, das war er? Oder ja, Sie schätzen, Sie können es herausfinden?«

»Äh, was?«

Sachs starrte ihn an. »Der Mann wird in Zusammenhang mit einem Mordfall gesucht, Iggy. Wenn Sie also so freundlich wären …« Begleitet von einer auffordernden Geste.

»He, Cly!«, rief Iggy.

Ein anderer Arbeiter kam zu ihnen und versteckte eine Zigarette hinter dem Rücken. Diese war angezündet.

»Ja?«

»Es geht um das Arschloch, das du gesehen hast.«

Sachs wiederholte die Beschreibung.

»Das ist er.« Die Augen des Rauchers richteten sich kurz auf seinen Boss. »Ich hab die nicht gerufen, Iggy«, versicherte er kleinlaut. »Du wolltest nicht, dass jemand die ruft. Ich war das nicht.«

Scheiße. Sachs nahm ihr Funkgerät vom Gürtel und befahl ihren restlichen Leuten und Pulaskis Team, sie sollten sich so schnell wie möglich auf der Baustelle einfinden.

»Wissen Sie, wohin er gegangen ist?«, fragte sie Cly.

»Vielleicht nach oben. Er war in der Nähe vom westlichen Aufzug.« Er deutete auf das imposante Stahlgerüst des Gebäudes.

»Sind da oben Leute, die ihn sehen könnten?«, fragte Sachs. Von hier unten aus konnte sie dort keine Arbeiter erkennen.

»Wir machen die Stahlarbeiten«, sagte der Vorarbeiter, was wohl bedeuten sollte, dass da oben *natürlich* weitere Leute waren.

»Fragen Sie mal nach, ob er denen aufgefallen ist.«

Iggy gab seinem Stellvertreter oder dessen Stellvertreter eine entsprechende Anweisung. Der Mann zückte sofort sein Walkie-Talkie und machte sich ans Werk.

»Wie könnte er das Gelände wieder verlassen haben?«, fragte Sachs den Vorarbeiter. Der knapp zweieinhalb Meter hohe Sperrholzzaun wurde von Stacheldraht gekrönt.

Iggy rieb den Bauhelm, als würde er sich am Kopf kratzen. »Es gibt Zugänge an der Siebenundvierzigsten. Oder hier, aber das ist die Haupteinfahrt, da hätte man ihn vermutlich bemerkt. Und das hat niemand, sonst hätte er's mir gesagt.«

Sachs schickte zwei Streifenbeamte in Richtung der Siebenundvierzigsten Straße. »Ach, und weisen Sie Ihre Männer an, nicht die Aufzüge zu benutzen«, sagte sie zu Boss Iggy.

»Zu Fuß können die aber nicht runter …«

»Er könnte die Aufzüge sabotiert haben.«

Der Mann bekam große Augen. »Herrje. Echt jetzt?«

Iggys Adjutant beendete ein Funkgespräch und meldete: »Er könnte auf einer der unteren Etagen gewesen sein. Ein großer Kerl. Keiner wusste, ob er zu einem Subunternehmer gehört oder so.«

Dieser Ort war ein ideales Ziel. Die Schienen der Aufzugkabinen verliefen an der Außenseite eines Gerüsts. Sachs nahm an, dass es nicht schwierig war, mit Hilfe des DataWise-Controllers die automatischen Bremsen auszuschalten. Die Arbeiter würden mit mehr als hundertfünfzig Kilometern pro Stunde auf dem Boden aufschlagen.

»Schaltet die Aufzüge ab, alle auf einmal«, rief Iggy. »Und sagt den Jungs da oben, dass sie abwarten müssen, bis die Dinger überprüft worden sind.«

Gut. Das würde … Doch dann hielt Sachs inne. Halt. Nein. Verdammt, was ist nur mit dir los? Nein, nein, alles falsch. Natürlich! Denk an seine Vorgehensweise. Er wird nicht hier auf der Baustelle zuschlagen; er ist hier, damit er sein Opfer *beobachten* kann. Er nutzt das Hochhaus als Aussichtspunkt. Genau wie bei Benkoff; der Täter war nicht in der Wohnung, sondern auf der anderen Straßenseite gewesen. Und wie im Starbucks, wo er die Rolltreppe im Blick behalten hatte, als die Luke aufsprang, um Greg Frommer zu verschlucken.

Okay. Worauf könnte er es von hier aus abgesehen haben?

Dann wurde sie sich jäh der Stille bewusst.

Die kreischende Tischsäge in der Theaterwerkstatt gegenüber hatte aufgehört. Sachs machte kehrt und lief zu der Öffnung im Baustellenzaun. Von dort aus konnte sie sehen, dass der Schreiner in der Werkstatt mit einer Hand das gefährlich wirkende Sägeblatt festhielt und mit der anderen einen Steckschlüssel ansetzte. Die Säge sah neu und modern aus.

Und war garantiert mit einem DataWise5000 ausgestattet.

Er war die Zielperson! Täter 40 wartete, bis der Mann die Säge abgeschaltet hatte, um das Blatt zu wechseln. Und obwohl der Schreiner sich in Sicherheit wähnte, würde die Maschine gleich wieder anlaufen und ihm die Hand abtrennen oder das ungesicherte Blatt in seinen Bauch oder Unterleib schleudern – oder vielleicht auch auf die Straße, wo es Passanten treffen könnte.

Sachs lief los und hielt mit erhobener Hand den Verkehr an. »Weg von der Säge!«, rief sie in Richtung des offenen Werkstatttors. »Weg da! Das Ding startet!«

Doch er trug noch immer den Gehörschutz.

Sachs erreichte den Eingang der Werkstatt. »Halt!« Keine Reaktion.

Die Säge und das nächste Opfer von Täter 40 waren noch immer zwölf Meter weit weg. Da bemerkte Amelia, dass die Stromleitung, die zu der Säge verlief, nur wenige Schritte neben ihr aus der Wand kam. Es gab jedoch keinen Stecker; das Kabel verschwand einfach in einer Bohrung.

Keine Zeit. Der Täter saß irgendwo oben in dem Rohbau, hatte sie gesehen und würde sich in diesem Moment in den Controller der Säge hacken, um sie einzuschalten und dem ahnungslosen Handwerker die Hand abzutrennen. Rechts von ihr stand eine Werkbank, auf der unter anderem ein großer Bolzenschneider lag. Die Griffe bestanden aus Holz – und das leitete keinen Strom, oder? Sachs war sich nicht sicher, ob das auch für die 220 Volt galt, die die Säge zweifellos benötigte.

Doch ihr blieb keine andere Wahl.

Sie nahm das Werkzeug, setzte die scharfen Schneiden zu beiden Seiten des Stromkabels an und drückte die Griffe zusammen. Dann schloss sie die Augen, um sich vor dem Funkenregen zu schützen.

33

Ich dränge mich so schnell wie möglich durch die Menschenmenge, um mich von dem Theater abzusetzen – und von denen, die mich aufhalten wollten, mich ins Gefängnis werfen, mich von Alicia trennen. Und von meinem Bruder. Von meinen Miniaturen.

Shopper! Gottverdammte Shopper.

Und natürlich Rotschopf.

Die schlimmste Shopperin von allen. Ich bedauere es zutiefst, dass ich zunächst zu ihren Gunsten entschieden hatte. Ich hasse sie, hasse sie, hasse sie jetzt.

Allerdings muss ich gestehen, dass ich nicht überrascht gewesen bin, nicht vollständig jedenfalls, als sie auf der Baustelle aufgetaucht ist, während ich im zweiten Stock stand, um die Todeszone im Blick zu behalten – die Werkstatt hinter dem Theater.

Dennoch: Wie hat sie das angestellt? Wie konnte sie den Anschlag vorausahnen?

Nein, nein, mit einer Ahnung hatte das nichts zu tun.

Die Polizei geht heutzutage raffiniert vor. Mit all dieser wissenschaftlichen Ausstattung. DNS und Fingerabdrücke und so was. Vielleicht haben sie irgendwas gefunden, das ich irgendwo hinterlassen habe. Spuren von meinem ersten Besuch hier, um den heutigen Anschlag vorzubereiten. Oder ich wurde womöglich gesehen. Ich falle auf, könnte man sagen. Bohnenstange. Knochenmann …

Verdammt.

Ich gehe nun mit gesenktem Kopf nach Westen, geduckt, um meine Größe zu kaschieren.

Soll ich die Verkleidung anbehalten? Ich habe auf der Baustelle einen Helm und eine Arbeitsjacke gestohlen, bevor ich mich im zweiten Stock ans Werk gemacht habe. Keine Ahnung, ob Vernon der Stahlarbeiter jemandem aufgefallen ist. Doch ich beschließe: Es ist besser, das Zeug bald loszuwerden. Auf einer Toilette in der U-Bahn-Station? Nein – in den Stationen gibt es Überwachungskameras. Die Polizei wird dort alles sorgfältig im Blick behalten. Geh zu Macy's auf die Kundentoilette und stopf die Sachen in einen Abfalleimer.

Dann kaufst du eine neue Jacke. Und natürlich einen Hut. Eventuell wieder einen Fedora wie ein Hipster. Mein kurzer blonder Haarschnitt hebt sich ziemlich ab.

Und dann kehre ich schnell in mein Spielzimmer zurück. In den Mutterleib. Zu den huschenden bunten Fischen. Ich brauche Trost. Alicia soll vorbeikommen. Wenn ich sie darum bitte, kommt sie vorbei.

Vernon, ich bin's?

Ich blicke über die Schulter. Niemand folgt mir. Ich …

Autsch.

Meine Seite tut weh. Ich bin mit jemandem zusammengestoßen. Im ersten Moment habe ich Panik, weil ich ihn für einen Cop halte, der mir Handschellen anlegen will. Aber nein. Ein gut aussehender Mann mit sportlicher Statur – der Kleidung nach Mr. Einflussreicher Geschäftsmann – kam aus einem Starbucks nach draußen und hat dabei in sein Bluetooth-Headset gesprochen.

Jetzt herrscht er mich an: »Herrje, du dürres Arschloch. Pass gefälligst auf, wo du hinläufst.«

Ich kann ihm nur ins Gesicht starren. Es ist rot vor Wut. Das Wort »Schlaganfall« kommt mir in den Sinn.

Ansonsten sieht er aber gut aus, wirklich gut. Kleine Nase, hübsche Augenbrauen, muskulöser Körperbau. Er hält seinen kostbaren Starbucks-Becher in meine Richtung, nicht wie bei einem Toast, sondern wie eine Waffe, die er am liebsten abfeuern würde. »Hättest du den auf mich geschüttet, wäre das für dich so richtig teuer geworden, du *Walking-Dead*-Wichser. Dieses Hemd kostet mehr, als du im Monat verdienst. Ich bin Anwalt.« Dann geht er weg und spricht in sein Telefon. »Tut mir leid, Schatz. Irgend so ein dürrer Freak, so ein Aids-Gestell, glaubt, er hätte den Gehweg für sich gepachtet. Ich mache mich jetzt auf den Heimweg. Bin in zwanzig Minuten da.«

Mein Herz rast, wie es das nach einer Konfrontation mit einem Shopper immer tut. Er hat meinen Tag ruiniert, meine ganze Woche.

Ich will nur noch schreien, will heulen.

Der Macy's-Plan ist mir jetzt egal. Ich nehme den Helm ab, ziehe die Jacke aus und werfe beides in einen Abfalleimer. Die fleischfarbenen Baumwollhandschuhe ebenfalls. Dann setze ich die St.-Louis-Mütze wieder auf. Nein, nimm eine andere, denke ich bei mir. Und suche in meinem Rucksack nach der schlichten schwarzen von Nike. Ab auf den Kopf damit.

Will schreien, will heulen …

Doch allmählich legen diese Gefühle sich wieder, so wie meistens, und weichen einem starken Verlangen.

Schmerzen zuzufügen. Gewaltige Schmerzen zuzufügen.

* * *

Die Funken waren nicht sonderlich beeindruckend gewesen.

Ein winziger orangefarbener Blitz, weniger als einen Zentimeter groß, begleitet von einem bescheidenen Rauchwölkchen. Wäre das eine Filmszene gewesen, hätte der Regisseur bestimmt »Cut« oder »Noch mal« gerufen oder was auch immer die sagen und den Pyrotechniker vom Team für die Spezialeffekte angewiesen, den Feuerregen zu verzehnfachen.

Immerhin geschah noch etwas: Die Hauptsicherung wurde ausgelöst, und die Werkstatt, wenn nicht sogar das gesamte Theater, war ohne Strom. Sachs trug weder einen elektrischen Schlag noch eine einzige Funkenverbrennung davon.

Der Schreiner hatte sich zu ihr umgedreht und starrte sie erschrocken an. Sachs hielt ihre Dienstmarke hoch und bedeutete ihm, sich zur Seite zu begeben, damit man ihn von draußen nicht mehr sehen konnte, denn der Aufenthaltsort des Täters war weiterhin ungeklärt. Der Mann nahm den Gehörschutz ab und fing an, Fragen zu stellen. Sachs gebot ihm mit erhobenem Finger Einhalt und schaute sich sorgfältig in der Werkstatt um. Dann ermahnte sie sich, dass das Theater vermutlich, aber nicht zwingend der Anschlagsort war, und wies die anderen Beamten der Suchteams an, die nähere Umgebung und vor allem die Baustelle zu durchkämmen, von der sie zumindest wussten, dass er sie betreten hatte.

Einige Minuten später summte ihr Telefon. Es war Killow, ihr rundlicher, freundlicher Kollege von der Streife. »Amelia, ich bin auf der Baustelle. Der Assistent des Vorarbeiters hat einige Männer aufgetrieben, die unseren Verdächtigen gesehen haben. Er war hier – zweiter Stock, Südseite. Jemand hat gesehen, wie er abgehauen ist.«

Zweiter Stock, Südseite. Mit perfektem Blick auf den Schreiner und die Säge.

»Verstanden. Wohin ist er geflohen?«

»Moment.« Gleich darauf meldete er sich zurück. »Auf die Siebenundvierzigste Straße. Mit brauner Arbeitsjacke und Bauhelm. Die Suche läuft noch.«

»Alles klar. Halten Sie mich auf…«

Ron Pulaskis Stimme ertönte aus dem Funkgerät. »Er wurde gesichtet. Jemand hat ihn an der Ecke Achtundvierzigste und

Neunte gesehen, unterwegs in Richtung Norden. Wir nehmen die Verfolgung auf. Das ist vorerst alles.«

»Bleiben Sie an ihm dran, Ron. Die Jacke und den Helm ist er inzwischen losgeworden, da bin ich mir sicher. Achten Sie auf groß, achten Sie auf dünn. Und er wird immer noch den Rucksack bei sich haben – darin sind sein Hammer oder andere Waffen sowie das Gerät, mit dem er den DataWise manipuliert. Ein Telefon oder ein Tablet.«

»Geht klar, Amelia. Machen wir.«

Zum Teufel noch mal. Das war *so* gottverdammt knapp gewesen. So knapp. Ihre Zähne mahlten wie Mühlsteine aufeinander, und ihr linker Zeigefinger grub sich in die Nagelhaut des linken Daumens. Es tat weh. Hör damit auf!, schimpfte sie mit sich selbst. Und hörte nicht auf. Elende nervöse Angewohnheiten.

Killow hatte unterdessen die Telefonverbindung getrennt, und der Schreiner verschwand nach unten. Die Lichter gingen wieder an, und der Mann kam zurück. Sie erfuhr, dass er Joe Heady hieß, und erkundigte sich, ob ihm jemand, auf den die Beschreibung des Täters zutraf, im oder beim Theater aufgefallen sei.

Er überlegte kurz. »Nein, Ma'am«, sagte er dann. »Noch nie. Was hat das alles zu bedeuten?«

»Es ist ein Mörder auf freiem Fuß, der seine Opfer mit Hilfe von Geräten umbringt. Er hat zum Beispiel eine Rolltreppe sabotiert ...«

»Das, worüber im Fernsehen berichtet wurde?«, fragte der Schreiner.

»Genau. Und einen Herd. Er hat Gas ausströmen lassen und dann angezündet.«

»Oh, ja, davon habe ich auch gehört. Meine Güte.«

»Der Mann hat eine Methode gefunden, sich in die Smart-Controller zu hacken und die Produkte zu übernehmen. Er war gegenüber auf der Baustelle und hat Sie beobachtet, glauben wir. Wahrscheinlich wollte er die Säge wieder einschalten, während Sie das Blatt festgehalten haben.«

Heady schloss kurz die Augen. »Das Ding wäre gestartet mit meiner Hand auf dem Blatt? O Gott. Zweitausend Umdrehungen pro Minute. Es schneidet durch Holz wie durch Butter. Ich hätte die Hand verloren. Und wäre wohl verblutet. Was für eine kolossale Scheiße ... Entschuldigen Sie die Ausdrucksweise.«

»Kein Problem«, sagte Sachs.

Während Sie sich Notizen machte, klingelte abermals ihr Telefon. Es war Pulaski. »Entschuldigung, ich muss drangehen«, sagte sie zu Heady. Er nickte und ging in die Küchenecke der Werkstatt. Sie beobachtete, wie er eine Tüte Starbucks-Instantkaffee auf die Arbeitsplatte legte und einen Becher Wasser in die Mikrowelle stellte. Seine Hände zitterten sichtlich.

»Wir haben ihn verloren, Amelia«, sagte Pulaski. »Die Suche wurde hoch bis zur Zweiundfünfzigsten und runter bis zur Vierunddreißigsten ausgeweitet. Bislang ohne Erfolg.«

Sie seufzte. »Geben Sie mir Bescheid.«

»Natürlich, Amelia.«

Sie legte auf. Heady drehte sich zu ihr um. »Aber warum ich? Ich meine, ist das eine Gewerkschaftssache? In Detroit war ich mein Leben lang in der Autogewerkschaft, und hier bin ich ebenfalls gleich eingetreten. Aber heutzutage geht doch niemand mehr auf Gewerkschafter los.«

»Es geht nicht um Sie persönlich. Der Mann ist eine Art Terrorist. Er nimmt die Besitzer oder Benutzer moderner Geräte aufs Korn, um seine Ansicht zu verbreiten, dass wir uns zu sehr von den Dingern abhängig machen und zu viel Geld für sie ausgeben. Glaubt er jedenfalls. Warum ausgerechnet dieses Theater? Wer weiß? Vielleicht wegen all der zügellosen Vergnügungsbetriebe am Times Square.« Sie lächelte matt. »Vielleicht weil ihm die Broadway-Karten zu teuer sind.«

Heady schaute auf den laufenden Timer der Mikrowelle und dann wieder zu Sachs. »Da wäre nur eine Sache.«

»Ja?«

Er wies auf die Säge. »Sie sagen, er hat sich in diesen Controller gehackt oder so?«

»Genau.«

»Nun, die Säge hat aber bloß einen Ein/Aus-Schalter. Sie lässt sich nicht fernsteuern.«

»Aber man kann ein Diagnoseprogramm hochladen, richtig?«

»Nein. Es gibt einen kleinen Chip, der ein paar Einstellungen speichert. Das ist alles.«

Das Signal der Mikrowelle ertönte. Heady ging hin und streckte die Hand nach dem Griff aus.

Sachs runzelte die Stirn.

Nein!

Als er die Klappe der Mikrowelle öffnete, hechtete Sachs nach vorn und riss Heady um. Sie stürzten beide auf den Betonboden der Werkstatt. Im selben Moment explodierte der Keramikbecher im Innern der Mikrowelle und schleuderte eine Wolke aus kochend heißem Dampf sowie zahllosen Splittern nach draußen.

34

»Bei dir alles klar, Mann?«, fragte Freddy Caruthers.

Nick kehrte zur Couch zurück, nachdem er dem kleinen Kerl die Tür geöffnet hatte. Freddy sah gerade besonders krötenhaft aus.

Im Fernsehen lief eine Gerichtsshow. »Ich hätte selbst nicht geglaubt, dass ich mir so etwas mal ansehen würde«, sagte Nick. »Aber ich finde diese Shows alle klasse. Discovery Channel. A and E. Als ich ins Gefängnis gegangen bin, gab es fünfzig Kanäle. Heute sind es siebenhundert.«

»Aber nur zehn davon taugen was. Ich schaue bloß ESPN und HBO. Und *Big Bang Theory*. Das ist witzig.«

Nick schüttelte den Kopf. »Kenne ich nicht.«

»Du hast mir nicht geantwortet.«

»Was hast du denn gefragt?«

»Ob bei dir alles klar ist.«

»Es gibt gute und beschissene Tage. Und alles dazwischen. Heute ist ein weniger beschissener Tag.«

»Das wäre ein guter Titel für ein Selbsthilfebuch. *Weniger beschissene Tage für Anfänger.*«

Nick lachte. Und ging nicht näher darauf ein. Er erklärte nicht, dass die schlimmsten Tage die waren, an denen er einfach nicht verwinden konnte, dass das Leben ihm übel mitgespielt hatte, wo doch nichts davon seine Schuld war. Wie unfair. Darüber hatte er oft mit Dr. Sharana gesprochen, dem Gefängnistherapeuten. »Das Leben ist nicht fair.«

»Ja, manchmal schon. Lass uns aber lieber darüber sprechen, wie du dein Leben auf die Reihe bekommst.«

»Du hast nie hinter Gittern gesessen«, sagte er zu Freddy. »Die Haft macht etwas mit dir, nimmt dich irgendwie aus der Zeit. Als liefe in deinem Bauch oder Hirn oder sonst wo eine Uhr, und jemand legt den Schalter um, und das Leben erstarrt. Dann kommst du raus und, mein Gott, was für ein Chaos. Der dichte Verkehr, die Menschenmassen.« Er zeigte auf den Fernseher. »Oder einfach nur das Programm. All diese Sender, wie schon gesagt. Alles. Es kann zu viel werden. Wie ein zu fettes Gemisch im Vergaser.«

Das ließ ihn innehalten, denn es erinnerte ihn an Amelia Sachs, die eine Meisterin darin war, Vergaser einzustellen und sogar den widerspenstigsten Choke ihrem Willen zu unterwerfen.

»Das erinnert mich an ein Buch, das ich als Junge gelesen habe«, sagte Freddy.

»Ein Buch?«

»Ist lange her. *Ein Mann in einer fremden Welt*. Ein Außerirdischer kommt auf die Erde. Nicht im Zuge einer Invasion oder so, um Leute mit einer Strahlenpistole zu erschießen. So eine Geschichte war das nicht. Wie dem auch sei, dieser Außerirdische konnte sein Zeitempfinden ändern. Du gehst zum Zahnarzt, stellst auf Beschleunigung, und die Behandlung dauert nur wenige Sekunden. Und wenn du gerade Sex hast, verlangsamst du die Zeit.« Freddy lachte. »*Das* könnte ich auch gut gebrauchen, das Verlangsamen. Gelegentlich jedenfalls.«

»Das war in dem Buch?«

»Nicht der Zahnarzt oder der Sex. Es war ein anspruchsvolles Buch. Science-Fiction, aber anspruchsvoll.«

»*Ein Mann …*«

»*… in einer fremden Welt*.«

Nick gefiel die Grundidee. »So ähnlich fühlt es sich an, seit ich draußen bin, ja. Als würde alles schneller laufen. Das kann einem ganz schön Angst einjagen. Ich hab in den Jahren viel gelesen, aber von dem Buch habe ich noch nie gehört. Ich werd's mir besorgen. Möchtest du ein Bier?«

Freddy sah sich im Zimmer um. Nick hielt es so ordentlich wie seine Zelle. Sauber. Blitzblank. Akkurat. Es war auch ungefähr so karg wie die Zelle. Er wollte sich bei Gelegenheit einen Wagen leihen und zu Ikea fahren. Im Knast hatte er davon geträumt, dort einkaufen zu gehen. Dann schaute Freddy auf die Uhr. »Wir müssen bald los. Aber für ein Bier reicht es noch.« Er wirkte erleichtert, dass das ernste Thema vorläufig vom Tisch zu sein schien.

Nick holte zwei Flaschen Budweiser, öffnete sie, setzte sich und reichte eine weiter.

»Hattet ihr im Knast Alkohol?«, fragte Freddy.

»Man konnte illegal gebrannten Schnaps kriegen. Teuer. Und wirklich, wirklich schlecht. Wahrscheinlich sogar giftig.«

»Und der wurde direkt dort gebrannt, nicht eingeschmuggelt?«, fragte Freddy. Das schien ihn zu faszinieren.

»Ja, soweit ich weiß. Die meisten Insassen waren aber auf Oxycodon oder Percocet aus. Pillen lassen sich mühelos reinbringen. Oder man kauft sie direkt von einem der Aufseher.«

»Halt dich bloß von den Dingern fern.«

»Weiß ich. Ich wurde mal wegen einer Kleinigkeit zusammengeschlagen. Hab einiges abbekommen, unter anderem einen gebrochenen Finger. Der Arzt auf der Krankenstation hat gesagt, er könne mir ein paar Tabletten besorgen. Ich habe abgelehnt. Er war überrascht. Ich glaube, er wollte, dass ich ihn bezahle.«

Die Fernsehrichterin hielt jemandem eine Standpauke. Nick schaltete das Gerät aus. »Also, wer ist dieser Kerl, der mir weiterhelfen kann?«, fragte er.

»Er heißt Stan Von. Ich kenne ihn nicht gut, aber man hat sich für ihn verbürgt.«

»Von. Was ist er, Deutscher?«

Und wieder dachte er an Amelia.

»Keine Ahnung. Vielleicht Jude. Oder doch Deutscher. Ich weiß es nicht.«

»Wo treffen wir ihn?«

»In Bay Ridge.«

»Und er kennt die Namen? J und Nanci?«

»Das weiß ich nicht mit Sicherheit. Aber er hat gesagt, er könne dir die richtige Richtung weisen.«

»Und er wird nicht polizeilich gesucht und ist auch nicht vorbestraft, ja?«

»Genau. Ich hab's überprüft.«

»Sonst darf ich ihn nämlich nicht treffen.«

»Er ist sauber«, versicherte Freddy.

»Und keine Waffen.«

»Das habe ich ihm eingeschärft. Gründlich.«

Nick wusste, wie das Leben lief, sowohl im Knast als auch draußen. »Und was will er als Gegenleistung?«

»Ein Essen.«

»Ein … Ist das ein Code oder so?«

Freddy zuckte die Achseln. »Nein, ein Abendessen.«

»Das ist alles?« Nick war überrascht. »Ich hatte mit fünf Scheinen gerechnet.«

»Nein, sein Boss schuldet mir ein paar Gefallen. Du kannst dein Geld also stecken lassen. Aber manche Kerle erwarten zumindest eine Geste, wenn sie was für einen tun, und da bietet sich ein intimes Essen doch geradezu an.« Nick warf ihm einen irritierten Blick zu, und Freddy kicherte. »Nein, ich mach nur Spaß. Ein Essen ist doch immerhin ein nettes Dankeschön.« Er trank den letzten Schluck Bier. »Oder wer weiß, vielleicht ist er bloß hungrig.«

* * *

»Brennt bloß ein bisschen. Der Rest ging über mich hinweg.«

Sachs beantwortete damit Rhymes Frage nach ihrem Befinden und zeigte hier im Salon nun ihren linken Arm vor. Der Dampf aus der Mikrowelle hatte die Haut gestreift, die daher leicht gerötet war. Für die Behandlung – offenbar mit einer Salbe – hatte Sachs den Ring mit dem blauen Stein abgenommen. Sie schien sich nun daran zu erinnern, zog den Ring aus der Tasche und steckte ihn behutsam wieder auf. Dann beugte sie die Finger. Und nickte. »Bestens.« Der Verband an ihrem Unterarm war nicht groß.

»Also, was genau war da los?«, wandte Sachs sich an Juliette Archer, die soeben per Sprachbefehl ein Telefonat beendet hatte. Sie wussten natürlich, dass der Täter die Leistung der Mikrowelle beträchtlich erhöht hatte, doch weder Rhyme noch Sachs konnten sich die explosiven Folgen erklären.

»Ich hatte gerade einen Fachmann des Mikrowellenherstellers am Apparat«, erwiderte die Praktikantin. »Seiner Ansicht nach hat unser Täter den DataWise dazu benutzt, die interne Steuerung zu umgehen und die Wattzahl gewaltig zu steigern, auf das Vierzig- oder Fünfzigfache. Die Flüssigkeit im Becher wurde dadurch überhitzt. Als der Mann dann die Klappe geöffnet hat, drang wesentlich kältere Luft ein, sodass sowohl die eigentliche Flüssigkeit als auch die Feuchtigkeit in der Keramik, die naturgemäß stets vorhanden ist, sich schlagartig in Dampf verwandelt haben. Dadurch ist der Becher wie eine Handgranate explodiert.«

Archer nickte in Richtung Monitor. »Der Effekt lässt sich auch mit einer nicht modifizierten Mikrowelle erzielen, nur dauert es viel länger, etwas zu überhitzen. Kurz gesagt, unser Täter hat fünfzehn Minuten massive Mikrowellenstrahlung in sechzig Sekunden gepackt.«

Rhyme hatte nicht geahnt, wie gefährlich ein solch alltägliches und weitverbreitetes Gerät werden konnte.

Sachs erhielt eine Textnachricht auf ihrem Telefon. »Er hat seine nächste Botschaft gepostet.« Nach ein paar Tastenanschlägen erschien eine E-Mail auf dem Bildschirm vor ihnen.

Guten Tag! Werden euch allmählich die ÜBLEN Folgen eurer zügellosen Lust auf Bequemlichkeit klar? Von nun an geht ihr jedes Mal, wenn ihr eine Suppe oder einen Kaffee aufwärmen wollt, das Risiko ein, von zweihundertfünfzig Grad heißem Dampf verbrüht und von tödlichen Keramik- und Glassplittern durchbohrt zu werden! Wird es die Mikrowelle bei euch zu Hause sein? Oder im Büro? Oder im Studentenwohnheim eures Sohnes?

Seht ihr endlich, dass ich euch nichts anderes antue, als ihr Mutter Erde antut? Kennt ihr die Auswirkungen, die eure obszöne Liebe zu DINGEN auf die Atmosphäre hat? Auf das Wasser? Denkt nur an all die Mülldeponien. Ihr injiziert Gifte in unsere Umwelt.

Wie ihr kauft, so werdet ihr ernten.

Bis morgen verbleibe ich

Der Hüter des Volkes

Die Botschaft gab nichts her, außer dass der Mann weiterhin so tat, als wäre er von eher schlichtem Gemüt, folgerte Rhyme.

Und außer dem Kern des Gefasels: Es waren weitere Anschläge geplant.

»Eine explodierende Mikrowelle«, sagte Mel Cooper. »Das dürfte einiges Aufsehen erregen.«

Es war bereits in vollem Gange.

Seit dem ersten Artikel – verfasst von dem Reporter, mit dem Sachs gesprochen hatte –, waren viele Zeitungen und Fernsehsender auf den Zug aufgesprungen und untersuchten die Gefahren, die das Internet der Dinge mit sich brachte. Einige Autoren und Fachleute vertraten die Ansicht, dass die Verkäufe der entsprechenden Geräte schon bald drastisch einbrechen, die Reklamationsfälle zunehmen und die Kunden sich schlicht weigern würden, Produkte zu benutzen, die ihnen gefährlich werden konnten.

Rhyme, Sachs und das Team mochten die eine oder andere potenzielle Zielperson schützen können, doch auch Täter 40 war in seinem Kampf gegen den Konsumismus teilweise erfolgreich.

Sachs und Rhyme sprachen noch einmal mit Vinay Chaudhary von CIR Microsystems und erfuhren, dass jeder einzelne Firmenkunde noch einmal den Sicherheitspatch erhalten hatte, nach dessen Installation niemand mehr in das jeweilige Netzwerk eindringen und die Kontrolle über die damit verbundenen Produkte übernehmen könne. Darüber hinaus hatte der Firmenchef höchstpersönlich per Memo oder Anruf die Wichtigkeit dieses Updates betont.

Außerdem würde der Code all seiner zukünftigen Controller so modifiziert sein, dass sie von CIR automatisch auf dem neuesten Sicherheitsstand gehalten werden konnten.

»Was haben wir sonst noch?«, fragte Rhyme mit Blick auf die Beweismitteltüten, die Sachs vom Times Square mitgebracht hatte.

»Einen Tatort mit ausgiebigen Kontaktspuren«, erwiderte sie. Gemeint war die Stelle, an der Täter 40 nach der Umprogrammierung der Mikrowelle das Baugrundstück verlassen hatte. Sie lag auf der anderen Seite des Geländes, an der Siebenundvierzigsten Straße, und er hatte dort mit einem Brecheisen das Vorhängeschloss einer Kette aufgestemmt. Bei der

Tatortarbeit ist von ausgiebigem Kontakt die Rede, sobald der Täter an einem Ort mehrere oder zeitaufwendige Handlungen vornimmt. Beispielsweise wenn ein Opfer oder Polizeibeamter mit dem Verdächtigen in ein Handgemenge gerät, wenn ein Mörder eine Leiche zerstückelt (was Zeit und Anstrengungen erfordert) oder ein Flüchtiger gut gesicherte Türen oder Fenster aufbricht.

»Fingerabdrücke?«

»Ungefähr hundert«, sagte Sachs, aber sie hatte die Spuren bereits bei IAFIS überprüft. Es hatte ein paar Treffer gegeben, doch die bezogen sich auf lange zurückliegende Festnahmen wegen minderer Vergehen, und die zugehörigen Personen waren Angestellte der Baufirma oder Lieferanten.

»Fußspuren?«

»Ja. Eine passt zu seinen bisherigen. Wir haben ein paar Partikel daraus gesichert.«

»Was genau?« Rhyme fuhr zu Mel Cooper, der die Probe soeben unter dem Lichtmikroskop begutachtete. Bei geringer Vergrößerung. Rhyme hatte festgestellt, dass Neulinge in Kriminallaboren häufig den Fehler begingen, von Anfang an eine hundertfache Vergrößerung einzustellen. Damit erkannte man meistens nicht das Geringste. Faktor fünf oder höchstens zehn reichte völlig aus. Falls man dann doch noch feinere Details benötigte, griff man auf das Rasterelektronenmikroskop zurück.

»Mehr Sägemehl«, verkündete Cooper.

»Es stammt von der Stelle, an der er gestanden hat, unterscheidet sich aber von den groben Partikeln, die man sonst auf der Baustelle findet«, erklärte Sachs. »Es ist deutlich feiner. Ganz ähnlich wie die Mahagoni-Spur an dem früheren Tatort. Wieder vom Schmirgeln. Doch es ist eine andere Holzart.«

Rhyme nahm sie auf dem Monitor in Augenschein. »Walnuss, würde ich sagen. Nein, ich bin mir sogar sicher. Die Zellstruktur und Farbtemperatur. Fünftausend Kelvin.«

Cooper stimmte zu.

»Haben Sie auch die Theaterwerkstatt untersucht?«, wandte Archer sich an Sachs.

»Nein.«

Rhyme beobachtete, wie Sachs die Frau kurz musterte, vor allem das goldene Runenarmband an ihrem linken, an die Lehne des Storm Arrow geschnallten Handgelenk. Sachs' Blick richtete sich wieder auf die Beweistabelle.

Eine Pause. »Er hätte die Werkstatt vorher durchaus betreten können«, sagte Archer dann. »Um das genaue Modell der Mikrowelle in Erfahrung zu bringen. Wir wissen doch, dass er zuvor schon im Theaterviertel gewesen ist.«

»Eine Untersuchung war nicht notwendig«, sagte Sachs geistesabwesend, während sie das Sägemehl begutachtete.

Archer schaute von Sachs zu Rhyme. »Meinen Sie nicht …?«, setzte sie an und stellte damit Sachs' Entscheidung infrage.

»Die Werkstatt ist mit Überwachungskameras ausgestattet, deren Aufzeichnungen zwei Tage aufbewahrt werden«, erwiderte Amelia. »Die New Yorker Theater haben nämlich ein Problem mit Souvenirdieben. Ich habe bei der Sicherheitsfirma eine Überprüfung veranlasst. Der Täter war auf keiner der noch existierenden Aufnahmen zu sehen … und der Boden wird jeden Abend gewischt.«

»Oh. Ich …«

»Es war eine absolut zulässige Frage«, sagte Sachs. »Und in einer perfekten Welt mit unbegrenzten Mitteln hätte ich eine Untersuchung durchgeführt. Aber man muss Prioritäten setzen.«

Rhyme hätte vermutlich trotzdem eine Untersuchung der Werkstatt angeordnet. Doch Sachs hatte recht, was die begrenzten Mittel anging. Und er würde sich hier nicht mit einer der Frauen gegen die andere verbünden.

»Mel? Hast du noch was?«, fragte Rhyme.

Cooper hatte weitere Partikel gefunden und untersuchte sie. »Mehr Glassplitter, wahrscheinlich von derselben Quelle wie zuvor, und mehr Glaserkitt.«

»Und was ist das da? In der winzigen Plastiktüte?«

»Irgendein Teilchen ...«

»Mal sehen.«

Cooper legte es auf einen Objektträger und schob es unter das Mikroskop. Das Abbild auf dem Monitor erinnerte an eine undurchsichtige Fischschuppe. Ein Krümel Sägemehl klebte daran. »Ich kann es mit dem Gaschromatographen versuchen«, sagte Cooper. »Aber das Stück ist zu klein, um etwas davon für das Gericht zurückzubehalten.«

»Wir haben bereits mehr als genug Beweise gegen ihn«, sagte Rhyme. »Aber zunächst mal müssen wir ihn finden.« Er nickte Mel Cooper zu. »Verbrenn es.«

Cooper schickte die Probe durch das GC/MS. Kurz darauf las er das Ergebnis ab. »Ammoniumthiocyanat, Dicyandiamid, Harnstoff, Kollagen.«

»Irgendein Klebstoff«, sagte Rhyme. »Ich wette, er wird bei Holzarbeiten verwendet.«

»Ganz recht«, bestätigte Cooper, nachdem er die Mengenverhältnisse der gefundenen Substanzen mit einer Datenbank abgeglichen hatte. »Flüssiger Lederleim, Marke Bond-Strong. Hauptsächlich für Musikinstrumente gedacht, findet aber auf allen Gebieten der Holzbearbeitung Verwendung.«

Archer beugte sich mit regloser Miene vor und betrachtete die Beweismitteltüten. »Ein Instrumentenbauer? Oder was sollen wir davon halten?«

Rhyme hatte so seine Zweifel. »Das ist ein seltenes Hobby oder Handwerk. Und falls doch, wäre er vermutlich außerdem Musiker. Aber wir haben keinerlei andere Partikel gefunden, die in diese Richtung weisen würden. Kein Harz von Saiten, kein Pferdehaar von Geigen- oder Cellobögen – und die verlieren haufenweise Haare, nebenbei bemerkt. Kein Schmiermittel für die leichtere Gangbarkeit. Kein Filz von Stegen. Keine abgelösten Hornhautzellen aufgrund der Benutzung eines Griffbretts oder einer Klaviatur.«

»Sind Sie selbst Musiker, Lincoln?«, fragte Archer. »Beziehungsweise waren Sie mal einer?«

»Ich hab noch nie ein Instrument angerührt.«

»Woher wissen Sie dann all das?«

»Es zahlt sich aus, möglichst viele Fälle zu studieren und aus ihnen zu lernen. So minimiert man nämlich die Zeit, die man sonst bräuchte, um etwas zu recherchieren. Und das kann den Unterschied zwischen einer Verhaftung des Täters und der Untersuchung seines nächsten Tatorts bedeuten. In diesem Fall neige ich eher zur Möbelschreinerei und ähnlichen Feinarbeiten. Aber: Hobby oder Beruf? Das kann ich nicht sagen. Und was genau stellt er her mit all dem Lack, Klebstoff, Sandpapier und exotischen Hölzern? Mach weiter, Mel.«

»Ein Stückchen Pflanze«, rief er. »Stängel oder Blatt.«

Rhyme warf einen Blick darauf und lachte. »Andererseits kann man sich noch so gewissenhaft bemühen, Archer, und weiß trotzdem ums Verrecken nicht, was man gefunden hat. Schick ein Bild der Zellstruktur und Farbtemperatur an die Forschungsdatenbank der Horticultural Society.«

Cooper fertigte Bilddateien an und sandte sie per E-Mail ab. »Die Bestimmung wird ungefähr einen Tag dauern«, las er kurz darauf die Antwort vor.

»Mach denen Dampf«, verlangte Rhyme. »Es ist dringend, geht um Leben und Tod … Die Doktorarbeit über Venusfliegenfallen muss gefälligst warten. Das hier hat Priorität.«

Cooper schickte eine E-Mail hinterher und wandte sich dann wieder den Tüten zu. »Okay, was anderes. Ein Fragment aus schwarzem, flexiblem Plastik mit einer Aufschrift. Zu klein, um sie lesen zu können.«

»Auf den Bildschirm damit.«

Rhyme erkannte sofort, dass es sich um die Ummantelung eines Stromkabels handelte. »Unser Freund hat Elektroarbeiten durchgeführt. Die Isolierung wurde mit einer Rasierklinge durchtrennt. Meinst du nicht auch, Sachs?«

Doch sie las gerade eine Textnachricht auf ihrem Mobiltelefon.

»Demnach ist er kein Profi«, sagte Archer.

»Wie kommen Sie darauf?«

»Ein Profi würde eine Abisolierzange benutzen, keine Klinge. »

»Guter Gedanke. Aber sagen wir lieber *mutmaßlich* kein Profi. Vielleicht hatte er sein Werkzeug gerade nicht zur Hand und musste sich mit einem Teppichmesser behelfen. Oder sollen wir Amateur mit zwei Fragezeichen hinschreiben?«

Archer lächelte. Cooper wollte den Eintrag vornehmen und fing mit einem A an. »Das war ein Scherz«, sagte Rhyme.

Er betrachtete die Tabelle. Sie enthielt noch immer zu viele Rätsel. Rhyme beschloss, sich etwas fachmännische Hilfe von außen zu holen, und ließ die Text- und Bilddateien des Falls auf einen sicheren Server hochladen. Dann schickte er den Link an den Mann, der ihm vorschwebte. Die Antwort ließ nicht lange auf sich warten.

Wenn's denn sein muss. Morgen.

Die lakonische Art amüsierte Rhyme, aber er wartete nur ungern. »Na gut, alte Schlafmütze«, schrieb er zurück.

Und dachte: Einem geschenkten Gaul... Doch dann erschoss er das Pferd, bevor er das Klischee zu Ende denken konnte. Und drehte sich mit seinem Rollstuhl dem Eingang zu, denn er erkannte Ron Pulaski, der sich soeben mit seinem Schlüssel selbst hereingelassen hatte, an dessen Schritten.

»Wo sind Sie gewesen, Grünschnabel? Haben Sie diesen Gutiérrez schon verhaften können?«

»Ich musste einer Spur nachgehen. Das hätte vielleicht noch warten können, aber ich hielt es für besser, so schnell wie möglich mit dem Typen zu sprechen. Dann wäre das zumindest geklärt. Und ...«

»Gut, gut, gut. Amelia hat gesagt, Sie haben die Suche am Times Square geleitet. Was haben Sie gefunden?«

»Der Täter ist auf der Rückseite der Baustelle entwischt.«

»Das wissen wir schon. Erzählen Sie mir was Neues.«

»Er hat eine braune Arbeitsjacke getragen wie viele dort auf dem Bau. Und einen Helm. Aber er muss beides entsorgt haben. Wir haben alles abgesucht, konnten die Sachen aber nicht finden. Und niemand, auf den seine Beschreibung zutrifft, wurde gesehen. Auch die Kameras der U-Bahn-Stationen oder beim COC haben ihn nicht erfasst. Ich glaube, er hat einen Bus nach Norden oder Süden genommen. Im Sitzen fällt seine Größe nicht so auf. Ich habe der Nahverkehrsbehörde ein Memo geschickt. Die werden alle Fahrer befragen, ob der Verdächtige ihnen aufgefallen ist. Manche der Busse sind mit Kameras ausgestattet, und auch diese Bilder werden überprüft.«

»Gut. Was sagen die Bauarbeiter?«

»Einige von denen haben ihn gesehen, aber außer groß und dünn ist ihnen nichts im Gedächtnis geblieben. Er hatte offenbar einen Tablet-Computer dabei.«

»Seine Waffe. Damit hat er die Mikrowelle sabotiert.« Rhyme fuhr zurück und nahm sich wieder die Beweistabelle vor. »Alle mitdenken. Was kommt euch in den Sinn? Die Antwort ist da.« Ihm fiel auf, dass Archer ihn lächelnd ansah. Dann begriff er. Mit genau diesen Worten hatte er neulich die Seminarstunde begonnen. »Lasst sie uns finden.«

TATORT: 46. STRASSE WEST 438 & BAUSTELLE GEGENÜBER

- Straftat: versuchter Anschlag.
- Opfer: Joe Heady.
  - Schreiner, Gewerkschaftsmitglied. Broadway. War bis vor einigen Jahren Elektriker und Automechaniker in Detroit. Wurde nur leicht verletzt.
- Anschlagsmethode: Täter hat Mikrowelle gehackt, ausgestattet mit DataWise5000-Controller.
- Spuren:
  - Sägemehl. Walnuss. Vom Schmirgeln, nicht vom Sägen.
  - Flüssiger Lederleim, Marke Bond-Strong. Hauptsächlich für Musikinstrumente gedacht, findet aber auf allen Gebieten Verwendung.
  - Glassplitter, vermutlich von derselben Quelle wie zuvor.
  - Erneut Glaserkitt.
  - Pflanzenfragment. Zur Analyse eingereicht. Erwarten Ergebnis.
  - Ummantelung eines Stromkabels, durchtrennt mit Rasierklinge.
- Zusätze zum Profil des Verdächtigen:
  - Mutmaßlich kein professioneller Elektriker.
  - Möbelschreiner oder Instrumentenbauer (vermutlich Ersteres).
  - Hat Arbeitsjacke und Bauhelm getragen und später vermutlich weggeworfen.
  - Weitere Botschaft vom »Hüter des Volkes«.

35

Ein kühler Frühlingsabend.

Angenehm. Nick Carelli und Freddy Caruthers gingen in Bay Ridge die Vierte Avenue hinunter. Vorbei an einem Geschäft für Yogazubehör und einem Schottenrockverleih. Nick stutzte und sah noch mal hin. Tatsächlich. Der Laden hieß »Rent-Your-Kilt«.

Von hier aus konnte man ein kleines Stück der Verrazano-Brücke sehen, das obere Ende der Pylone. Ein fantastisches Bauwerk. Nach seiner Verhaftung hatte Nick daran gedacht, sich dort durch einen Sprung das Leben zu nehmen. Aber Denken und Tun sind zwei völlig verschiedene Dinge. Sein Bruder und seine Mutter hätten das niemals verwinden können. Und nachdem seine Anwandlung verflogen war, hatte er sich geschämt, es auch nur in Erwägung gezogen zu haben.

»Da.« Freddy streckte den Arm aus.

Einen Block entfernt. Das Bay View Café. Es sah ganz nett aus, aber das Schild log; man konnte die Bucht von dort aus nicht sehen. Die Fenster wiesen nach Osten, also genau in die entgegengesetzte Richtung, und boten keinerlei Ausblick auf irgendein Gewässer – ob nun Hafenbecken, Ozean, Entwässerungskanal oder Tümpel.

»Die sollten es das No View Café nennen.«

»Was?«, fragte Freddy. Dann begriff er. »Der ist gut. Ha.«

Im Innern war es sauber. Nicks Blick schweifte über die Wirtin, die Registrierkasse, die Lage der Küche und ihrer Zugangstüren, die Tafel mit den Tagesgerichten, das Bedienpersonal – und ob es so wirkte, als würden die Leute Englisch als erste, zweite oder dritte Sprache beherrschen. Oder gar nicht. Wo die Vorräte gelagert wurden. An der hinteren Wand waren große Dosen Tomatensoße aufgestapelt. Waren sie leer und nur als Dekoration gedacht?

Nick wusste, er musste noch viel über das Gastronomiegewerbe lernen. Trotzdem hatte er dabei ein gutes Gefühl. Er hoffte wirklich, Vittorio Gera würde sich letztlich für ihn entscheiden.

Freddy berührte Nicks Arm und führte ihn zu einer Nische im hinteren Teil, wo ein dünner Kerl in Jeans, schwarzem T-Shirt und braunem Sakko saß und ein Bier aus der Flasche trank. Das geeiste Glas, das die Kellnerin ihm gebracht hatte, benutzte er nicht. Kondenswasser lief daran hinab.

»Stan? Ich bin Freddy.«

»Hallo.«

»Das ist Nick.«

Sie reichten sich die Hände. Nick nahm gegenüber von dem Mann Platz, dessen dichtes schwarzes Haar eine Wäsche und einen Friseurbesuch hätte gebrauchen können. Seine rechte Handfläche war voller Schwielen, hatte Nick bei der Begrüßung gespürt. Was machte er wohl beruflich? Seine Knöchel waren rot. Vielleicht boxte er; die Muskeln dafür hatte er jedenfalls. Nick der Cop hatte solche Beobachtungen stets ganz automatisch gemacht. Nick der Häftling auch. Mittlerweile war er keines von beidem mehr, doch dieser Instinkt leistete ihm weiterhin gute Dienste.

Nick rutschte beiseite, damit Freddy sich neben ihn auf die Bank setzen konnte. Doch der sagte: »Ich muss telefonieren. Könnte fünf oder zehn Minuten dauern. Ihr kommt ja auch allein klar.«

»Weißt du schon, was du essen willst?«, fragte Nick.

»Mir egal. Einen Burger. Bestellt schon mal. Wartet nicht auf mich.« Er zog sein Mobiltelefon aus der Tasche, ging in den vorderen Bereich des Restaurants und tippte dabei eine Nummer ein. Als die andere Person an den Apparat ging, lächelte er. Manche Leute machen das. Sie lächeln oder runzeln die Stirn beim Telefonieren, obwohl der andere sie doch gar nicht sehen kann.

»So, du und Freddy kennt euch schon lange, ja?« Von studierte die Speisekarte, als müsse er sie für einen Test auswendig lernen.

»Seit der Schule.«

»Schule.« Vons Stimme klang so, als hielte er das für reine Zeitverschwendung. »Fährst du Auto, Nick?«

»Ich … Meinst du beruflich?«

Ein Lachen. »Nein, einfach nur, ob du Auto fährst.«

»Ich kann fahren. Hab aber derzeit keinen Wagen.«

»Ja?«

»Ja.«

Von lachte erneut, als wäre das die lustigste Sache der Welt.

»Was fährst du denn?«, fragte Nick.

»Ach, alles Mögliche.« Und dann widmete Von sich wieder der Speisekarte.

Auch Nick warf einen Blick darauf und fragte sich, was wohl am schnellsten serviert werden würde. Er wollte das hier möglichst zügig hinter sich bringen. Nicht wegen Vons bizarrer Persönlichkeit. Na gut, zum Teil doch. Hauptsächlich aber, weil sein Bauchgefühl ihm sagte, dass ungeachtet aller Recherchen, die Freddy angestellt haben mochte, Stan Von und dessen Boss durchaus keine gesetzestreuen Mitbürger waren und einer oder beide vorbestraft sein könnten. Das brachte Nick in große Gefahr, denn es bedeutete einen Verstoß gegen seine Bewährungsauflagen. Er wollte Von nicht direkt danach fragen, denn falls dieser mit Ja antwortete, würde Nick gegenüber seinem Bewährungshelfer nicht länger behaupten können, er habe nicht die geringste Ahnung gehabt.

Am besten, er besorgte sich die Info über J und Nanci, zahlte dem Kerl das beste Steak auf der Karte und hielt ansonsten die Klappe, um ihn ohne Verzögerung aufessen zu lassen. Dann nichts wie weg von hier.

Doch trotz aller Dringlichkeit mussten natürlich gewisse Rituale befolgt werden. Die Männer plauderten über Sport, über die Gegend, über das Geschäft und sogar über das verdammte Wetter. Von lachte immer wieder über Dinge, über die es absolut nichts zu lachen gab. »Wo früher das Klubhaus der Knights war, ziehen die heute einen Wolkenkratzer hoch. Ist das zu glauben, Kumpel?« Und dann gluckste er zweimal.

Nick winkte der Kellnerin. »Wir sind so weit.«

Von bestellte einen Salat mit extra Thousand-Island-Dressing und ein Parmesanhuhn.

Nick wollte einen Burger. »Nicht durchgebraten.«

Von grinste ihn erstaunt an. »Hast du keinen Schiss vor Würmern und so?«

Nick riss sich zusammen. »Nö, hab ich nicht.«

»Na dann.«

»Keine Fritten«, sagte Nick.

Von riss die Augen auf und lehnte sich zurück. »Du bist doch irre. Die sind hier super. Die besten. Ach, was sage ich, die allerbesten.«

»Dann nehme ich sie doch«, sagte Nick.

»Das wirst du nicht bereuen, Kumpel. Bring ihm auch einen Salat. Er braucht einen Salat. Mit dem gleichen Dressing.« Grinsend sah er Nick an. »Das machen die hier selbst. Es ist so verdammt gut, es sollte *Two*-Thousand-Island-Dressing heißen.«

Nick lächelte kühl zurück und bestellte das Gleiche für Freddy. »Und zwei Bier.«

»Für mich auch noch eins, Lucy«, sagte Von, obwohl auf dem Namensschild der Frau *Carmella* stand, und klopfte gegen die Bierflasche. Die Kellnerin fand es nicht lustig. Sie drehte sich um und ging.

»Danke, dass wir uns treffen konnten«, sagte Nick.

»Mein Boss ist Freddy noch was schuldig. Übrigens …« Von senkte die Stimme. »Ist dir schon mal aufgefallen, dass er wie ein Frosch aussieht?«

»Nein, noch nie.«

»Tut er aber. Wie dem auch sei, ich helfe gern. Nur weiß ich nicht, wie hilfreich es sein wird.«

»Kennst du das Flannigan's?«

»Ich hab da letzten Monat gearbeitet. Hast du handwerklich was drauf?«

»Es geht. Elektro- und Klempnerarbeiten krieg ich hin.«

»Klempner?« Ein Lachen. »Ich bin der beste Trockenbauer aller Zeiten und hab für den alten Flannigan eine Zwischenwand eingezogen. Eine so gute Arbeit hat er noch nie gesehen, hat er gesagt und mir einen Bonus gezahlt. Echt grandios. Aber egal, danach bin ich ein paarmal als Gast da gewesen. Hab einige der Leute kennengelernt, die Barkeeper, die Bedienungen.« Diesmal senkte Von nicht die Stimme. »Die sind in Ordnung. Die sind welche von uns, wenn du verstehst. Nicht aus irgendwelchen anderen Ländern, wie man sie sonst überall sieht.« Er nickte in Richtung Lucy/Carmella.

Nick verspürte plötzlich das dringende Bedürfnis, sich die Hände zu waschen.

»Wie gesagt, ich hab die Leute dort kennengelernt. Ich finde schnell Anschluss, bin nicht auf den Mund gefallen. Das hab ich von meinem Vater. Jedenfalls, ich hab ein wenig herumgefragt und zwei und zwei zusammengezählt. In Bezug auf die Dinge, die Freddy wissen wollte. Und dann hab ich eine Liste zusammengestellt. Der Kerl, nach dem du suchst, ist vielleicht dabei. Die Namen fangen alle mit J an. Von einer Nanci hab ich nichts gehört. Aber die haben alle irgendeine Schlampe, mit der sie verheiratet sind oder die sie vögeln. Ha, oder sogar beides. Hier.« Er griff in die Tasche, um einen Zettel hervorzuziehen. Dabei klaffte sein Sakko auseinander.

O gütiger Gott. Nick keuchte tatsächlich auf.

Von trug eine Waffe.

Nick sah den hölzernen Griff eines kleinen Revolvers. Wahrscheinlich ein 38er.

Das war gar nicht gut. Freddy hatte versichert, der Kerl würde auf keinen Fall bewaffnet sein.

Womöglich hatte Von es vergessen. Oder gelogen.

Nick nahm das schmutzige Stück Papier entgegen.

»Alles in Ordnung, Kumpel?«

Nick konnte nichts sagen. Er schaute sich um. Niemand sonst hatte die Waffe bemerkt.

»Ja. Hab nur den ganzen Tag noch nichts gegessen. Ich verhungere.«

»Ah, sehr gut, dann kann's ja losgehen.« Die Salate kamen, beide ertränkt in Dressing. Und Nick hatte nicht den geringsten Appetit.

Von sah ihn an und sagte mit lauter, wirklich sehr lauter Stimme: »Guten Tag, Mrs. Fischer, ich möchte mit Ihrer Tochter fischen gehen.« Dann ahmte er eine weibliche Stimme nach. »Ich heiße nicht Fischer, sondern Vogel.«

Carmella hatte es gehört; Nick wusste, dass der Witz an sie gerichtet war.

Und wieder mit Vons normaler Stimme: »Na, so direkt wollte ich nicht werden.« Er brach in brüllendes Gelächter aus. »Was ist mit dir, Lucy? Heißt du auch Vogel?«

Die Kellnerin wurde rot und lächelte verlegen.

Nick fing an, den Salat hinunterzuschlingen.

»Langsam, Kumpel. Du wirst dich noch verschlucken…

Hast du gesehen? Sie hat es nicht kapiert. Wahrscheinlich spricht sie kaum unsere Sprache. Das meine ich mit *denen.*«

Verdammt, ich sitze einem Kerl mit Waffe gegenüber. Nein, einem Idioten mit Waffe.

Hoffentlich geht das gut.

Nick aß ein paar Gabeln voll schauderhaft schmeckendem Salat und überflog die Namen, die Von ihm mitgebracht hatte. Jackie, Jon, Jonny. Es waren insgesamt zehn.

»Nicht unbedingt eine präzise Auswahl«, sagte Von mit vollem Mund. Einige Tröpfchen Dressing spritzten auf den Tisch.

»Nein, Mann, das ist gut. Ich weiß es zu schätzen.« Hinter manchen der Namen standen Adressen, teils privat, teils geschäftlich. Nichts davon sprang ins Auge. Er würde noch weitere Nachforschungen anstellen müssen, aber damit hatte er ohnehin gerechnet.

»Laut meinen Jungs – und Mädels – hängen diese Typen im Flannigan's ab«, fuhr Von fort. »Oder haben das früher getan. Sie sind alle ziemlich verschwiegen, was ihren Lebensunterhalt angeht. Tolle Eigenschaft. Verschwiegenheit. Verstehst du, was ich meine?«

»Klar, keine Sorge.«

Mehr Salat, hastig hinuntergewürgt.

»Du bist mir aber wirklich ein verfressener Hundesohn«, sagte Von. Dann wieder dieses irre Kichern.

»Ja, wie schon gesagt, ich hab Hunger.« Kauen, schlucken, bitte nicht kotzen. Und hinterher kam ja noch der verfluchte Hamburger.

Nick schob den Zettel in die Hosentasche.

Und sah plötzlich jemanden draußen.

Einen Mann in einem schlecht sitzenden grauen Anzug, blauem Hemd mit Button-down-Kragen und Krawatte. Bürstenfrisur. Er kam gerade zu Fuß an dem Restaurant vorbei und schaute beiläufig zum Fenster hinein. Dann blieb er stehen, kniff die Augen zusammen, beugte sich vor und sah genauer hin.

Nein … o nein … Bitte nicht.

Nick starrte nach unten auf seinen Salat.

Ein weiteres Stoßgebet.

Und noch eines.

Es wurde nicht erhört.

Die Tür ging auf, schloss sich wieder, und er hörte nicht nur, sondern spürte, wie der massige Mann in ihre Richtung ging. Genau zu ihrer Nische.

Scheiße.

Es spielte keine Rolle, ob Nick hinschauen würde oder nicht; der Mann kam sowieso zu ihnen. Dann vermutlich lieber hinschauen – das würde weniger schuldbewusst wirken. Er machte es und studierte die Miene des anderen, wobei er selbst möglichst neutral dreinblickte. An den Namen konnte er sich nicht erinnern. Nicht, dass es von Bedeutung gewesen wäre. Er kannte den Beruf des Mannes.

»Tja, wenn das nicht mein alter Freund Nick Carelli ist.«

Er nickte.

Von musterte den Neuankömmling von oben bis unten.

»Was machst du so, Nick? Die haben dich rausgelassen, was? Was ist passiert? Hast du den Aufsehern mit deinen hübschen kleinen Lippen nicht länger die Schwänze gelutscht?«

Von schluckte einen riesig großen Bissen Salat hinunter und sagte: »Verpiss dich, Arschloch. Wir …«

Die goldene NYPD-Dienstmarke hielt ungefähr dreißig Zentimeter vor Vons Gesicht. »Ihr *was*?«

Von, dem schon allein für die Waffe mindestens ein Jahr Gefängnis drohte, auch falls er tatsächlich keine Vorstrafen haben sollte, gab Ruhe und widmete sich wieder seinem Salat. »Tut mir leid, Mann, das wusste ich nicht. Sie wollen ihm bloß ein bisschen Dampf machen. Was meinen Sie mit ›rausgelassen‹?«

Von wusste natürlich genau, worum es ging. Er wollte bloß so unbedarft wie möglich wirken.

Doch Detective Vince Kall – Nick war der Name doch noch eingefallen – ignorierte Von und wandte sich wieder seinem eigentlichen Ziel zu. »Du hast mir noch nicht geantwortet. Was machst du hier, Nicky Boy?«

»Komm schon, Vince. Mach mal halblang …«

»Oder ich könnte dir eine dritte Gelegenheit geben, die Frage zu beantworten.«

»Ich esse mit einem Freund zu Abend.«

»Weiß dein Bewährungshelfer davon?«

Nick zuckte die Achseln. »Falls er mich fragt, erzähle ich ihm alles, was er wissen will. Das mache ich immer so. Wir essen hier nur. Warum gehst du mir auf den Sack?«

»Du frischst alte Freundschaften wieder auf?«

»Hör mal, ich mache keinen Ärger. Ich hab meine Zeit abgesessen. Jetzt bin ich wieder ein normaler Bürger.«

»Nein, korrupte Cops sind niemals wieder normale Bürger. Einmal schlecht, immer schlecht. Wie eine Hure. Sie mag ihre Beschäftigung aufgeben, aber sie wird immer jemand sein, der sich für Geld hat in den Arsch ficken lassen. Hab ich nicht recht?«

»Ich will bloß Arbeit finden, mir etwas aufbauen und mein Leben fortsetzen.«

»Wie geht es dem Kerl, den du bei deinem letzten Überfall zusammengeschlagen hast, Nick? Ich hab gehört, er hat einen Hirnschaden zurückbehalten oder so.«

»Komm schon, bitte.« Nick wollte Kall gegenüber nichts von seiner Unschuld erwähnen. Ein solcher Cop würde ihm ohnehin nicht glauben, sondern nur noch mehr in Rage geraten.

Kall sah Von an, der sich viel zu sehr auf seinen Salat konzentrierte.

»Und wer ist dein kleiner Freund hier? Wie heißt du?«

Von schluckte. Das Schuldbewusstsein war ihm ins Gesicht geschrieben. »Jimmy Shale.«

»Womit verdienst du deine Brötchen, Jimmy?«

»Dürfen Sie mich das fragen?«

»Ich kann fragen, welche Wichsvorlage du abends bevorzugst. Ich kann fragen, wohin dein Freund am liebsten von dir geküsst wird. Ich kann fragen …«

»Ich erledige Bauaufträge.«

»Für wen?«

»Für diverse Firmen.«

»Die meisten Typen, die ich frage, geben mir eine präzise Antwort. Die sagen Helmsley oder Franklyn Development. Du aber faselst hier von irgendwelchen Leuten.«

»Tja, Officer …«

»Detective.«

Von lehnte sich zurück und betrachtete Kall mit eiskaltem, herausforderndem Blick. »Tja, Officer Detective, ich habe nun mal eine ganze Reihe von Auftraggebern. Weil *ich* gut in meinem Job bin und viele Leute mich wollen. Und es gefällt mir nicht, wie Sie mit mir reden.«

»Ach ja? Und weshalb sollte deine Zufriedenheit mir am Herzen liegen, Jimmy?«

Bisher hatte Nick als schlimmsten Ausgang befürchtet, der Cop könnte Vons Waffe finden und ihn verhaften. Dann würde Nicks Bewährungshelfer von diesem Treffen erfahren, worauf eine Anhörung folgte und Nick durchaus wieder im Knast landen könnte. Doch es konnte noch viel schlimmer laufen: Von würde beschließen, dass Kall ihm zu sehr auf die Nerven ging, und dem Cop mit seinem Revolver entweder eins überziehen oder dem Bullenarschloch sogar fünf stumpfnasige 38er-Projektile in den Wanst jagen. Nein, *vier* in den Wanst und *eines* ins Gesicht, nur für den Fall, dass der Kerl eine schusssichere Weste trug.

»Hör mal, Vince«, versuchte Nick, »wir sollten uns alle ein bisschen beruhigen, okay? Ich …«

»Halt's Maul, Carelli.« Er beugte sich zu Von vor. »Du, Arschloch, lass mich einen Ausweis sehen oder so.«

»Ausweis. Ausweis. Natürlich.« Von hatte wieder dieses irre Grinsen im Gesicht, wischte sich den fettigen Mund mit der Serviette ab und legte sie wieder auf seinen Schoß. Dann griff er in seine Jacke. »Ein Ausweis. Kommt sofort.«

Ja, er würde den Revolver ziehen. Kall war tot.

Und damit auch Nick.

Er schätzte den Winkel ab. Von hier hinten in der Nische konnte er Von nicht in den Arm fallen, um ihm die Waffe zu entreißen. Und Kall zu warnen würde belegen, dass Nick von dem Revolver gewusst hatte.

Von richtete sich auf, die Hand unter der Jacke.

Genau in diesem Moment ertönte an Kalls Gürtel eine verrauschte Stimme.

»An alle Einheiten. Zehn-Dreißig. Carjacking im Gange. Vierte Avenue Vierhundertachtzehn, Bay Ridge. Zwei Verdächtige, männlich, schwarz, Mitte zwanzig, vermutlich bewaffnet. Silberner Toyota. Neues Modell. Kennzeichen noch unbekannt.«

»Scheiße.« Der Cop sah aus dem Fenster. Die Adresse lag praktisch direkt gegenüber.

Er riss das Funkgerät vom Gürtel. »Detective Sieben Acht Sieben Fünf. Bin in direkter Nähe des Zehn-Dreißig. Bay Ridge. Schicken Sie Verstärkung. Kommen.«

»Roger, Sieben Acht Sieben Fünf. Zwei Funkstreifen sind unterwegs. Geschätzte Ankunft in vier Minuten. Kommen.«

Den Rest konnte Nick nicht mehr hören, denn der Detective lief bereits zum Ausgang, die Hand an der Waffe. Er rannte zur Tür hinaus, bog nach links ab und verschwand außer Sicht.

Freddy trat mit gesenktem Kopf ein, bevor die Tür wieder zufiel. Er lief zu der Nische und warf zwei Zwanziger auf den

Tisch. »Los, Jungs, raus hier. Sofort!« Von und Nick sprangen beide auf und folgten Freddy durch die Küche und zur Hintertür hinaus in eine stinkende Gasse voller Müll.

»Hier entlang.«

»Hast du diesen Überfall gemeldet?«, fragte Nick. »Warst du das?«

»*Irgendwas* musste ich ja tun. Die Situation sah nicht gut aus. Wir müssen uns beeilen. Er dürfte in spätestens fünf Minuten merken, dass alles nur ein Bluff war.«

»Die werden dein Telefon zurückverfolgen«, sagte Von.

»Ein anonymes Prepaid-Teil. Herrje, glaubst du, ich bin von gestern?«

Sie durchquerten einen Hinterhof und gingen weiter nach Westen. »Haltet nach einem Privattaxi Ausschau«, sagte Freddy. »Keines mit Taxameter, unbedingt privat. Was, zum Teufel, war da eben los?«

»Der Cop hat mich erkannt«, sagte Nick. »Dann wollte er mir ein wenig einheizen. Wäre auch kein Problem gewesen ... Nur leider trägt unser Freund hier eine Kanone.«

»Na und?«, herrschte Von ihn an.

»*Was?*«, rief Freddy wütend. »Ich habe Art gesagt: keine Waffen. Punkt. Mein Mann hier ist frisch aus dem Knast.«

»Art hat mir nichts davon erzählt. Spinnst du? Ich soll mich in Bay Ridge mit irgendeinem Fremden treffen. Ich bin doch nicht blöd.«

»Nun, du bist blöd genug, um für die Knarre ein Jahr in Rikers aufgebrummt zu kriegen. Wie würde dir das denn gefallen?«

»Schon gut, schon gut.«

»Hat er deinen Namen erfahren?«, fragte Freddy.

»Nein«, erwiderte Nick an Vons Stelle. »Aber er wird nach dir suchen. Er hat dich gesehen, Von. Und er weiß, wer ich bin. Wirf den Revolver weg. Jetzt gleich. Ins Wasser.«

»Diese Dinger kosten Geld.«

»Nein«, sagte Freddy. »Ich traue dir nicht. Her damit. Ich erledige das.«

»Mann …«

»Muss ich erst Art anrufen?«

»Scheiße.« Er hielt Freddy die Waffe hin. Der nahm sie mit einem Taschentuch entgegen.

»Ist das Ding kalt?«, fragte Freddy.

»Ja, ja, es kann nicht zurückverfolgt werden.«

»Hast du die Liste, Nick?«, fragte Freddy.

»Ja.«

»Danke dafür, Von«, sagte Freddy. »Aber nun trennen sich unsere Wege.«

»Ich hab mein Essen nicht bekommen.«

»O Gott.«

Von verzog das Gesicht und machte sich auf dem dunklen Bürgersteig allein auf den Weg.

»Ich gehe direkt zur Bucht und entsorge das Teil.« Freddy klopfte gegen seine Tasche.

»Danke, Mann … Du bist der Beste.«

»Sieht die Liste gut aus?«

»Sie ist ein passabler Anfang. Ich muss nur noch ein paar Nachforschungen anstellen.«

»Nun, du warst ja mal Detective. Das dürfte ein Kinderspiel für dich sein.«

»Danke, Freddy. Mann, ich schulde dir was. Und wie.« Ein mattes Lächeln.

Freddy hob wie zum Salut die Hand an die Stirn und brach dann nach Westen zum Ufer auf, wo er den Revolver in der Meerenge versenken würde. Wenig später fand Nick ein Privattaxi; hier in den Randbezirken traf man sie häufiger an, weil es weniger gelbe Konkurrenz gab. Er setzte sich auf die Rückbank und atmete tief durch. Dann summte sein Telefon, und er geriet kurz in Panik, weil er dachte, der Detective aus dem Restaurant ließe nicht locker und würde ihn zum Verhör nach Downtown zitieren. Doch ein Blick auf das Display beruhigte ihn.

Wenngleich er auch jetzt ein Gefühl im Bauch verspürte, nur eben ein ganz anderes als noch Sekunden zuvor.

Er nahm das Gespräch an.

»Amelia. Hallo.«

36

Rhyme und Archer saßen in ihren Rollstühlen vor den Beweistabellen. Sie waren allein.

Die Spekulationen, das Rätselraten, die Mutmaßungen hatten mehrere Stunden angedauert – mehrere äußerst unproduktive Stunden –, bevor das Team für diesen Tag Schluss machte. Pulaski und Cooper waren weg. Sachs stand im Flur und telefonierte leise. Rhyme fragte sich, mit wem wohl. Sie wirkte ernst. Die Untersuchung wegen des Schusswaffengebrauchs in dem Einkaufszentrum schien weitgehend zu ihren Gunsten zu verlaufen. Was sonst könnte es sein?

Sie beendete das Gespräch und kam zurück in den Salon, ohne ein Wort darüber zu verlieren. Sie zog auch nicht die Glock vom Gürtel – würde also abermals in Brooklyn übernachten. Sachs nahm ihre Jacke von einem Haken.

»Ich mach mich mal lieber auf den Weg.«

Sie schaute zu Archer, dann wieder zu Rhyme und schien etwas sagen zu wollen.

Rhyme zog eine Augenbraue hoch. Was bei einem wortkargen Mann wie ihm so viel hieß wie: »Sprich mit mir. Was ist los?«

Sachs überlegte einen Moment lang. Dann entschied sie sich dagegen, nahm ihre Handtasche, hängte sie sich über die Schulter und nickte den anderen zum Abschied zu. »Bis morgen früh.«

»Bis dann.«

»Gute Nacht, Amelia«, sagte Archer.

»Gute Nacht.«

Sachs verließ das Labor. Rhyme hörte, wie die Haustür sich öffnete und wieder schloss.

Er wandte sich erneut Archer zu. War sie eingeschlafen? Ihre Augen waren geschlossen. Dann öffneten sie sich.

»Frustrierend«, sagte sie.

Rhyme sah zur Tafel. »Ja. Offene Fragen. Viel zu viele. Dieses Rätsel ist nicht so einfach zu lösen.«

»Haben Sie unseres denn gelöst?«

»Der Buchstabe ›e‹.«

»Ohne zu schummeln? Nein, mogeln würden Sie nicht. Sie sind Wissenschaftler. Der Weg zur Lösung eines Problems ist der wichtigste Teil, die eigentliche Antwort fast schon sekundär.«

Das stimmte.

»Aber ich habe eben nicht den Fall gemeint«, fügte sie hinzu. »Ich bin ganz allgemein frustriert.«

Vom Leben als Behinderte, meinte sie. Und sie hatte recht. Alles dauert länger, die Leute behandeln dich wie ein Schoßtier oder ein Kind, und so viele Bereiche des Lebens sind dir nicht mehr zugänglich – in jeglicher Beziehung, nicht nur im Hinblick auf obere Etagen und Toiletten: Liebe, Freundschaft, Berufe, für die du ansonsten perfekt geeignet gewesen wärst. Die Liste lässt sich endlos fortsetzen.

Rhyme war vorhin nicht entgangen, wie sie sich mit dem Telefon abgemüht hatte, um ihren Bruder zu bitten, sie abzuholen. Die Sprachsteuerung hatte ihre Befehle einfach nicht akzeptieren wollen. Also hatte sie notgedrungen ihre rechte Hand benutzt, um verärgert die Nummer mit Hilfe des Touchpads einzutippen. Ihr Runenarmband hatte bei jeder einzelnen Ziffer leise geklimpert, und als sie endlich fertig war, zitterte ihr Unterkiefer.

»Man gewöhnt sich an vieles«, sagte er. »Man lernt dazu, man plant voraus, man wählt den Weg, der die wenigsten Hindernisse verspricht. Man sollte sich nicht unnötigen Herausforderungen aussetzen. Die meisten Geschäfte sind für Rollstühle zugänglich, und mit der Zeit weiß man, wo die Gänge zu eng sind oder irgendwas in den Weg ragt, und dann meidet man diese Läden. Solche Sachen halt.«

»Viel zu lernen«, sagte sie. Dann schien sie sich bei dem Thema unwohl zu fühlen. »Oh, Lincoln. Sie spielen Schach.«

»Früher mal. Ist schon lange her. Wie haben Sie das erkannt?« Er besaß kein Schachbrett. Wenn er spielte, dann online.

»Sie haben Vukovics Buch.«

The Art of Attack. Rhyme schaute zum Bücherregal. Der Titel stand am hinteren Ende, bei den privaten Bänden, nicht den forensischen. Von seinem Platz aus konnte er die Schrift auf dem Buchrücken nicht entziffern. Dann fiel ihm ein, dass Archer mit einem perfekten Sehvermögen – und schönen Fingernägeln – gesegnet war.

»Mein Exmann und ich haben während unserer Ehe oft gespielt«, sagte sie. »Am liebsten Blitzschach. Dabei hat jeder Spieler nur zwei Minuten zur Verfügung.«

»Pro Zug?«

»Nein, für die gesamte Partie.«

Sieh an, sie war nicht nur eine Rätselmeisterin, sondern begeisterte sich auch für eine anspruchsvolle Form von Schach. Ganz zu schweigen von der Tatsache, dass sie sich auf dem besten Weg befand, eine verdammt gute Kriminalistin zu werden. Rhyme hätte sich keine interessantere Praktikantin wünschen können.

»So habe ich noch nie gespielt. Ich überlege gern in Ruhe.« Das Spiel fehlte ihm. Es gab niemanden, mit dem er es spielen konnte. Thom hatte nicht die Zeit dazu, Sachs nicht die Geduld.

»Wir haben auch manchmal mit Zugbegrenzung gespielt«, fuhr Archer fort. »Unser Ziel war, die Partie in höchstens fünfundzwanzig Zügen zu entscheiden. Andernfalls hatten wir beide verloren. Falls Sie also mal spielen möchten … Ich kenne sonst niemanden, der ein guter Gegner wäre.«

»Vielleicht. Irgendwann mal.« Er betrachtete die Beweistabellen.

»Mein Bruder kann frühestens in einer Viertelstunde hier sein.«

»Hab ich mitbekommen.«

»Also«, sagte Archer mit neckischem Unterton. »Ich kann zwar nicht zwei Spielfiguren hinter meinen Rücken halten, damit Sie die Farbe wählen, aber ich werde nicht betrügen: Ich denke mir eine Zahl zwischen eins und zehn. Gerade oder ungerade?«

Rhyme sah sie an und begriff im ersten Moment nicht, was sie meinte. »Oh, ich habe seit Jahren nicht mehr gespielt. Und ich habe auch gar kein Schachbrett.«

»Wer braucht ein Brett? Können Sie sich eines vorstellen?«

»Sie spielen im Kopf?«

»Na klar.«

Tja … Er blieb stumm.

»Gerade oder ungerade?«, ließ sie nicht locker.

»Ungerade.«

»Es war die Sieben. Sie gewinnen die Farbwahl.«

»Dann nehme ich Weiß«, sagte Rhyme.

»Gut. Die Defensive ist mir lieber … Ich lerne gern so viel wie möglich über meinen Gegner. Damit ich ihn fertigmachen kann.«

Das goldene Runenarmband stieß gegen das Touchpad, als sie mit ihrem Rollstuhl näher heranfuhr und einen knappen Meter vor Rhyme stehen blieb.

»Ohne Zeitlimit, einverstanden?«, fragte er.

»Ja. Aber das Spiel muss innerhalb von maximal fünfundzwanzig Zügen mit Matt oder Remis enden – in welchem Fall Schwarz gewinnt. Ansonsten …«

»… verlieren wir beide.«

»Korrekt. Okay« – sie schloss die Augen – »ich sehe das Brett. Sie auch?«

Rhyme musterte weiter ihr Gesicht, die Sommersprossen, die schmalen Augenbrauen, das leichte Lächeln.

Sie öffnete die Augen. Er wandte schnell den Blick ab, machte die Augen zu und lehnte den Kopf gegen die Stütze des Rollstuhls. Das Schachbrett stand so deutlich vor ihm wie der Central Park an einem klaren Frühlingsnachmittag wie dem heutigen. Er überlegte kurz. »Bauer e2 nach e4.«

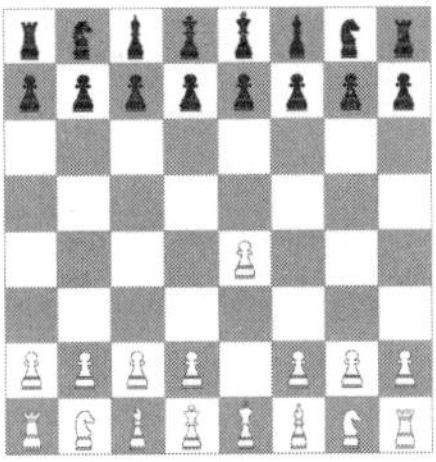

»Schwarzer Bauer e7 nach e5«, sagte Archer.

Rhyme stellte es sich vor:

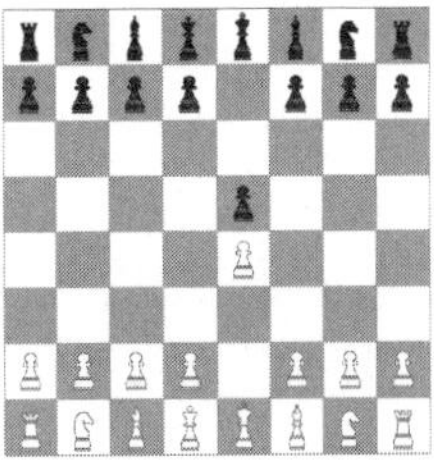

Und reagierte mit: »Weißer Königsspringer nach f3.«

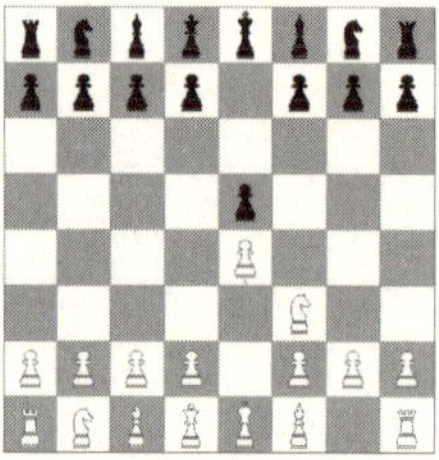

Archer: »Schwarzer Damenspringer nach c6. Haben Sie alles gut im Blick?«

»Ja.«

Prima, sie ließ sich nicht lange bitten, stellte Rhyme erfreut fest. Keine Unsicherheit. Kein Zögern und Zaudern. »Weißer Königsläufer nach c4«, sagte er.

»Schwarzer Damenspringer nach d4«, gab Archer sofort zurück.

Ihr Springer wurde nun von Rhymes Läufer und Bauern eingerahmt.

Wie viele Züge waren das jetzt?, fragte er sich.

»Sechs Züge«, sagte Archer und antwortete ihm damit unwissentlich.

»Weißer Königsspringer schlägt schwarzen Bauern auf e5«, sagte er.

»Ah, ja, ja.« Dann sagte Archer: »Schwarze Dame nach g5.« Sie stellte ihre stärkste Figur mitten auf das Feld. Ungeschützt. Rhyme war versucht, die Augen zu öffnen, um ihre Miene zu sehen. Doch er konzentrierte sich lieber.

Und erkannte eine Gelegenheit. »Weißer Königsspringer schlägt schwarzen Bauern auf f7«, sagte er. Damit geriet ihr Turm in Bedrängnis. Und ihr König konnte ihm nichts anhaben, denn sein Läufer hielt ihm den Rücken frei.

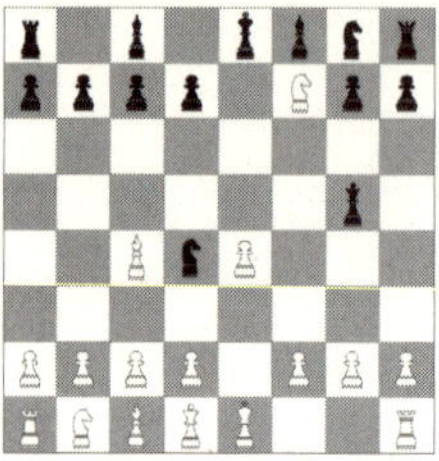

»Schwarze Königin schlägt weißen Bauern auf g2.«

Rhyme runzelte die Stirn. Er würde seine Taktik in der oberen rechten Ecke des Feldes aufgeben müssen, denn ihre forschen Züge brachten seine Basis in Gefahr – und dabei hatten die meisten seiner Figuren sich noch nicht mal vom Fleck gerührt.

»Weißer Königsturm nach f1«, sagte er.

Und Archer erwiderte schwungvoll: »Schwarze Königin schlägt weißen Bauern auf e4. Schach.«

Mit weiterhin geschlossenen Augen erkannte Rhyme nun genau, worauf das hinauslief. Er kicherte. Und sagte, was er musste: »Weißer Königsläufer nach e2, um das Schach aufzuheben.«

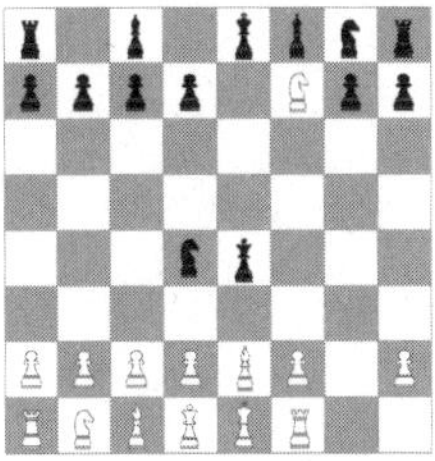

Es war keine Überraschung mehr, als Juliette Archer entgegnete: »Schwarzer Damenspringer nach f3. Schachmatt.«

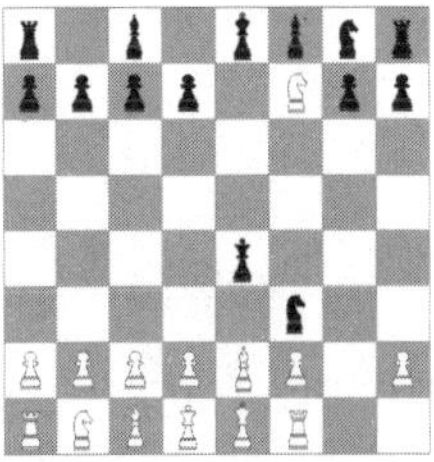

Rhyme musterte das Spielfeld, das vor seinem inneren Auge stand. »Vierzehn Züge, glaube ich.«

»Stimmt«, bestätigte Archer.

»Ist das ein Rekord?«

»O nein, ich habe schon mal in neun Zügen gewonnen. Und mein Exmann in acht.«

»Das war eine elegante Partie.« Lincoln Rhyme präsentierte sich als guter Verlierer, war innerlich aber fest entschlossen, möglichst nie wieder einer zu sein. »Gewähren Sie mir bald mal eine Revanche?«

Nachdem er geübt hatte.

»Sehr gern.«

»Doch nun – ist die Bar geöffnet! Thom!«

Sie lachte. »Sie bringen mir Forensik bei. Sie bringen mir bei, ein produktiver Krüppel zu sein. Aber ich glaube, Sie bringen mir auch ein paar schlechte Angewohnheiten bei. Ich passe.«

»Aber Sie müssen doch nicht fahren«, sagte Rhyme. »Nun ja, wie man's nimmt.« Er wies auf den Storm Arrow, dessen Motor sie mit bis zu flotten elf Kilometern pro Stunde über den Asphalt sausen ließ.

»Ich behalte trotzdem lieber einen klaren Kopf. Ich sehe heute Abend noch meinen Sohn.«

Thom schenkte Rhyme einen Glenmorangie ein und sah fragend Archer an, die ihren Kopf schüttelte. Es klingelte an der Tür. Das war Archers Bruder, der alle fröhlich grüßte, als Thom ihn in den Salon geleitete. Er schien ein netter Kerl zu sein. Ein Kumpeltyp, der vermutlich nicht so ganz auf Rhymes Wellenlänge lag, seiner Schwester aber den Halt bot, den sie in ihrem neuen Dasein als Behinderte brauchen würde.

Sie fuhr in Richtung Ausgang los. »Bis morgen früh«, verabschiedete sie sich mit denselben Worten wie zuvor Sachs.

Er nickte.

Dann verschwand sie außer Sicht, gefolgt von ihrem Bruder.

Die Haustür schloss sich. Und Rhyme wurde sich plötzlich der drückenden Stille des Raumes bewusst. Er fühlte sich seltsam. »Hohl« war das Wort, das ihm als Erstes dazu einfiel.

Thom war bereits wieder in der Küche. Rhyme hörte Metall gegen Metall stoßen, Holz gegen Keramik, Töpfe, die mit Wasser gefüllt wurden. Aber keine menschliche Stimme. Es sah Rhyme eigentlich nicht ähnlich, aber diesmal konnte er seiner Einsamkeit nichts abgewinnen.

Er trank einen Schluck Scotch. Der Duft von Knoblauch stieg ihm in die Nase, von Fleisch und einem Schuss Wermut in der Pfanne.

Und noch etwas. Ein echter Wohlgeruch. Behaglich, tröstlich. Ah, Sachs' Parfüm.

Doch dann fiel ihm ein, dass sie keines trug – weshalb sollte man bei einem potenziellen Schusswechsel dem Gegner Hinweise auf die eigene Position geben? Nein, der Duft musste natürlich von Juliette Archer stammen.

»Essen ist fertig«, rief Thom.

»Bin unterwegs«, sagte Rhyme, fuhr aus dem Salon und erteilte dem Controller dabei den Befehl, das Licht auszuschalten. Er fragte sich, ob die sprachgesteuerte Beleuchtung seines Stadthauses wohl zufällig mit einem DataWise5000 ausgestattet war.

37

»Nur auf einen schnellen Drink.«

»Liebling, nein.«

»Bloß für zwanzig Minuten«, beharrte ihr Ehemann. »Arnie sagt, er hat einen neuen Scotch. Von der Isle of Skye. Von der Sorte hab ich noch nie was gehört.«

Wenn Henry einen Scotch nicht kannte, dann wollte das was heißen.

Sie hatten zu Abend gegessen, und er hatte Ginnie tatsächlich mit einem Kompliment zu ihrem Hühnerfrikassee überrascht, jedenfalls in gewisser Weise: »Viel besser als letztes Mal, Schatz!« Nun spülte sie das Geschirr ab.

»Na, geh schon«, sagte sie.

»Carole wollte, dass du auch mitkommst. Die beiden glauben allmählich, du magst sie nicht.«

Gut erkannt, dachte Ginnie. Während Henry und sie an der Upper East Side nur Zugezogene waren, hatten Arnie und Carole in diesem blasierten Viertel ihr ganzes Leben verbracht. Ginnie empfand diese Nachbarn von derselben Etage als arrogant und prätentiös.

»Ich möchte wirklich nicht. Ich muss hier noch sauber machen. Und dann muss ich etwas für die Arbeit vorbereiten.«

»Nur eine halbe oder Dreiviertelstunde.«

Das war doppelt so viel wie noch vor wenigen Sekunden.

Natürlich steckte mehr dahinter als ein simpler Besuch bei Nachbarn. Arnie leitete ein kleines technisches Start-up-Unternehmen, und Henry wollte ihn als Mandanten für seine Anwaltskanzlei gewinnen. Ihr Mann gab das zwar nicht zu, aber für sie war es offenkundig. Sie wusste auch, dass er sich gern von ihr begleiten ließ, wenn er Leute wie Arnie für sich einnehmen wollte – und zwar nicht, weil sie so klug und witzig war. Den wahren Grund hatte er mal einem Anwaltskollegen verraten, nicht ahnend, dass Ginnie in Hörweite stand: »Mal ehrlich, wenn ein eventueller Mandant noch unentschlossen ist, für wen wird er sich entscheiden? Für den Kerl, dessen Frau er am liebsten vögeln würde.«

Jetzt auf einen Drink zu den Bassetts zu gehen war das absolut Letzte, was Ginnie tun wollte. Sie müsste dann vermutlich auch diesen Scotch probieren. Doch wie teuer die Whiskys auch waren, für Ginnie schmeckten sie alle wie Spülmittel.

»Trudy ist doch gerade erst eingeschlafen.« Die Zweijährige schlief oft unruhig und manchmal gar nicht, ungeachtet der Uhrzeit. Heute jedoch hatte sie pünktlich um neunzehn Uhr Ruhe gegeben.

»Wir haben das Kindermädchen.«

»Trotzdem, du weißt doch, ich lasse sie nicht gern allein.«

»Fünfundvierzig Minuten, eine Stunde. Nur um Hallo zu sagen. Und um einen Schluck zu trinken. Wusstest du übrigens, dass Whiskey mit ›e‹ Bourbon und irischen Whiskey meint und ohne ›e‹ Scotch? Wer hat sich so was ausgedacht?«

Henry konnte schwafeln wie ein Weltmeister.

»Wirklich, können wir nicht für diesmal verzichten, Liebling?«

»Nein«, antwortete Henry entschieden. »Ich habe schon zugesagt. Also geh und zieh dir schnell was Schickes an.«

»Es sind doch bloß Drinks«, sagte Ginnie und schaute an sich hinunter auf das Sweatshirt und die Jeans. Dann erst wurde ihr bewusst, dass sie nachgegeben hatte.

Henry wandte ihr sein markantes Gesicht zu (ja, ja, sie *wa-*

ren das perfekt aussehende Paar). »Ach, tu mir den Gefallen, ja, Schatz? Bitte. Das kleine blaue Ding.«

Gaultier. Ding.

Er zwinkerte ihr verführerisch zu. »Du weißt doch, was mir gefällt.«

Ginnie ging ins Schlafzimmer, zog sich um und warf einen Blick auf ihre kleine Tochter, die immer noch schlief und mit ihren goldenen Ringellöckchen wie ein Engel aussah. Dann ging sie leise zum Fenster, das auf eine ruhige Nebenstraße wies, eine Etage tiefer. Sie hatte zwar vorhin schon einmal nachgesehen, vergewisserte sich nun aber erneut, dass das Fenster verriegelt war, und zog die Vorhänge zu. Seltsamerweise wachte Trudy mitunter vom Gurren einer Taube auf, die auf dem Fensterbrett saß, ließ sich von einer Feuerwehrsirene und dem extralauten Warnhorn aber nicht aus der Ruhe bringen. Ginnie wollte ihrer Tochter am liebsten einen Kuss geben oder ihre Wange berühren. Doch das Mädchen hätte dadurch aufwachen und das spontane Treffen verzögern können. Henry würde darüber gar nicht glücklich sein.

Andererseits wäre ein waches Kind eine Ausrede für Ginnie, nicht mitzukommen.

Ja, nein?

Doch sie brachte es nicht fertig, ihre Tochter als Mittel zum Zweck zu benutzen. Aber sie lächelte in sich hinein; es *war* ein guter Plan gewesen.

Fünf Minuten später standen sie auf dem schwach beleuchteten Korridor und klingelten bei den Bassetts. Die Tür ging auf. Wangen drückten sich an Wangen, Luftküsse wurden ausgetauscht, Hände geschüttelt, Nettigkeiten geäußert.

Carole Bassett trug Jeans und T-Shirt. Ginnie sah erst ihr Kleid und dann Henry an, doch ihm entgingen der bohrende Blick und die zusammengepressten Lippen. Die Männer bogen zur Bar ab, wo der Zaubertrank wartete, und Carole schien sich – Gott sei Dank – daran zu erinnern, dass Ginnie nur Wein trank, und drückte ihr ein Glas Pinot gris in die Hand. Sie stießen an, tranken einen Schluck und gingen ins Wohnzimmer, von dem aus man eine Ecke des Central Park sehen konnte. (Es wurmte Henry, dass die Bassetts, die noch nicht lange in diesem Haus wohnten, genau zu dem Zeitpunkt eingezogen waren, als dieses besonders schöne Apartment frei wurde. Die meisten Fenster von Henrys und Ginnies Wohnung lagen zur ordinären Einundachtzigsten Straße hin.)

Die Männer gesellten sich zu ihnen.

»Ginnie, möchtest du nicht mal probieren?«

»Natürlich möchte sie. Sie liebt Scotch.«

Und Palmolive ist meine Lieblingsmarke. Dicht gefolgt von Fairy Ultra. »Ich hab schon einen Wein. Das würde den Geschmack verderben.«

»Bist du sicher?«, fragte Arnie. »Der kostet achthundert pro Flasche. Und das auch nur, weil mein Dealer mir einen Sonderpreis gemacht hat. Und was für einen.«

»Wir haben von ihm einen Pétrus für nur tausend Dollar bekommen«, sagte Carole leise und mit weit aufgerissenen Augen.

Henry lachte auf. »Willst du mich verarschen?«

»Hand aufs Herz.«

Ginnie bemerkte, dass ihr Mann genau die Stelle von Caroles Körper ansah, auf die sie nun ihre Hand legte. Es war nur ein T-Shirt, ja, aber es saß eng und bestand aus dünner Seide.

»Der Pétrus?«, rief Arnie. »Der war himmlisch. Mir ist fast einer abgegangen.« Er tat so, als sei er über seine eigenen Worte schockiert. »Hört euch das an: Wir haben den Platzanweiser im Romance *bestochen*, damit wir die Flasche einschmuggeln konnten. Das mit dem Korkgeld ist bei denen nämlich überhaupt nicht geregelt, wisst ihr?«

»*Ich* wusste es nicht«, sagte Ginnie mit gespieltem Erstaunen. »O mein Gott.«

»Ich weiß«, fügte Arnie hinzu. »Und das bei einem solchen Restaurant.«

Sie alle setzten sich, und das Gespräch streifte mehrere Themen. Carole erkundigte sich nach Trudy und den für sie geplanten Schulen (was gar nicht so absurd war, wie es schien, hatte Ginnie gelernt; hier in Manhattan mussten die Eltern sich schon sehr früh um die Ausbildung ihrer Kinder kümmern). Die Bassetts waren mit Anfang dreißig noch einige Jahre jünger und fingen gerade erst an, über Kinder nachzudenken.

»Nächstes Jahr klingt gut«, sagte Carole. »Um schwanger zu werden, meine ich. Das dürfte zeitlich halbwegs passen. In der Firma tritt eine neue Regelung zum Mutterschaftsurlaub in Kraft. Ein Freund von mir aus der Personalabteilung hat mir den Hinweis gegeben. Er sagte, er dürfe eigentlich nichts verraten, aber ich sollte lieber noch warten, bevor ich schwanger werde.« Sie lachte verschlagen. »Fast wie eine Art *Insider*handel!« Dabei achtete sie auf Ginnies Gesicht, um abzulesen, ob diese den schlüpfrigen Witz auch begriff.

Hab's kapiert. Wie unsagbar lustig. Ha, ha.

»Auf den Wein muss ich dann wohl verzichten«, sagte Carole. »Das wird schwer.«

»Keine Angst, es sind ja nur achtzehn Monate.«

»Achtzehn?«, fragte Carole.

»Vergiss das Stillen nicht.«

»Oh. Das. Na ja. Heutzutage ist das doch eher eine von mehreren Optionen, oder?«

Die Männer redeten übers Geschäft und Washington und starrten dabei die ganze Zeit ihre Gläser an, als wäre die bernsteinfarbene Flüssigkeit darin so etwas wie Einhornblut.

Carole stand auf und sagte, sie wolle mit einem neuen Druck aus ihrer »Lieblingsgalerie« in SoHo angeben. Ginnie fragte sich: Wie viele Galerien hat sie denn?

Sie waren erst wenige Schritte gegangen, als eine Männerstimme erklang.

»Hallo! Na, Kleine?«

Alle erstarrten. Sahen sich um.

»Du bist mir aber eine niedliche kleine Petunie.«

Die Baritonworte kamen aus dem Lautsprecher von Ginnies Telefon, das auf dem Couchtisch lag. Sie lief sofort hin. Ihr Weinglas fiel zu Boden und zerbarst in hundert Teile.

»Es war nicht das Waterford, keine Sorge«, sagte Archie.

»Was ist das?«, fragte Carole und zeigte auf das Smartphone.

Es war, was Henry und Ginnie das »Kindermädchen« nannten – in Wahrheit ein modernes Babyfon. Das Mikrofon befand sich neben Trudys Bettchen und war so empfindlich, dass man damit sogar den Atem und Herzschlag des Kindes überwachen konnte.

Und natürlich leitete es etwaige Stimmen im Raum weiter.

»Du kommst jetzt mit mir, kleiner Schatz. Ich kenne jemanden, der dir ein ganz neues Zuhause schenken möchte.«

Ginnie kreischte.

Sie und Henry rannten zur Tür, rissen sie auf und liefen den Korridor hinunter, gefolgt von den Bassetts. »Hast du das verdammte Fenster verriegelt?«, herrschte Henry seine Frau an.

»Ja, ja, ja!«

»Schlaf schön weiter, Kleines.«

In Ginnies Kopf wirbelte ein Tornado. Tränen liefen ihr übers Gesicht, und das Herz in ihrer Brust vibrierte. Sie hob das Telefon und drückte die Taste STIMME der Überwachungs-App. Dann rief sie ins Mikrofon des Zwei-Wege-Systems: »Die Polizei ist schon hier, du Hurensohn. Rühr sie ja nicht an. Ich bring dich um, wenn du sie anrührst.«

Es gab eine Pause, vielleicht weil der Eindringling erst jetzt das Überwachungsgerät entdeckte. Er kicherte. *»Die Polizei? Wirklich? Ich schaue hier aus Trudys Fenster und kann keinen* *einzigen Cop sehen. Nun muss ich aber los. Tut mir leid, aber Ihre Kleine schläft noch, also werde ich an ihrer Stelle auf Wiedersehen sagen. Mach's gut, Mommy. Mach's gut, Daddy.«*

Ginnie kreischte erneut. »Los!«, schrie sie dann ihren Mann an. »Los! Mach die Tür auf!«

Henry fummelte ungeschickt mit den Schlüsseln herum. Ginnie riss sie ihm aus der Hand und schob ihn beiseite. Sie entriegelte die Tür, stieß sie auf, bog kurz in die Küche ab, um das erstbeste große Messer aus dem Holzblock zu ziehen, stürmte zum Zimmer ihrer Tochter, öffnete die Tür und schaltete das Licht ein.

Trudy bewegte sich ein wenig bei all dem Lärm. Aber sie wachte nicht auf.

Henry folgte seiner Frau eine Sekunde später, und sie beide suchten das kleine Zimmer ab. Hier war niemand. Das Fenster war immer noch verriegelt. Und der Wandschrank war leer.

»Aber ...«

Sie reichte das Messer an ihren Mann weiter, hob ihr Kind aus dem Bett und schloss es fest in die Arme.

Arnie und Carole waren direkt hinter ihnen. Beim Anblick des kleinen Mädchens wirkten sie sichtlich erleichtert.

»Ist er hier?«, fragte Carole mit zitternder Stimme und schaute sich um.

Doch Arnie, der Hightech-Unternehmer, schüttelte den Kopf und nahm das Überwachungsgerät, das neben Trudys Bettchen stand. »Nein, ist er nicht. Er könnte hundert Meilen weit weg sein. Er hat sich in den Server gehackt.« Er stellte das Gerät zurück auf den Tisch.

»Also könnte er uns jetzt hören?«, rief Ginnie, griff danach und schaltete es aus.

»Das reicht nicht immer, um die Verbindung zu unterbrechen«, sagte Arnie und zog den Stecker aus der Wand. »Die Leute machen das, um dir Angst einzujagen. Wenn es eine Kamera gibt, nehmen sie manchmal Fotos oder Videos der Kinder auf und stellen sie ins Netz.«

»Wie krank muss man sein, um so etwas zu tun?«

»Das kann ich dir nicht beantworten. Ich weiß aber, dass es sehr viele von diesen Gestörten gibt. Soll ich die Polizei verständigen?«

»Das übernehme ich«, sagte Ginnie. »Lasst uns jetzt bitte allein.«

»Schatz, wirklich«, sagte Henry mit Blick auf seine Freunde.

»Bitte!«, wiederholte sie barsch.

»Natürlich. Es tut mir ja so leid«, sagte Carole und umarmte Ginnie mit offenbar aufrichtiger Besorgnis.

»Und macht euch keine Gedanken wegen des Weinglases«, fügte Archie hinzu.

Nachdem die beiden gegangen waren, nahm Ginnie wieder das Messer zur Hand und kontrollierte mit der weiterhin schlafenden Trudy auf dem Arm jedes einzelne Zimmer der Wohnung. Henry begleitete sie. Ja, alle Fenster waren verriegelt. Es hatte keinen herkömmlichen Einbruch gegeben.

Dann setzte Ginnie sich im Schlafzimmer aufs Bett, wischte sich die Tränen aus dem Gesicht und wiegte innig ihre Tochter. Sie blickte auf und sah, dass ihr Mann drei Ziffern in das Mobiltelefon eintippte.

»Nein.« Sie stand halb auf, nahm ihm das Telefon ab und trennte die Verbindung.

»Was machst du da?«, fragte er verblüfft.

»Es wird gleich klingeln«, sagte sie. »Die Notrufzentrale wird wissen wollen, warum der Anruf abgebrochen wurde. Sag ihnen, du hättest versehentlich die Kurzwahltaste mit dem Notruf gedrückt.«

»Und weshalb sollte ich das tun?«

»Wenn ich als Frau mit ihnen spreche, werden sie befürchten, es ginge um häusliche Gewalt, und vielleicht trotzdem jemanden schicken. Also musst du ihnen sagen, es sei ein Irrtum gewesen.«

»Bist du verrückt?«, tobte Henry. »Wir *wollen*, dass die jemanden schicken. Wir wurden gehackt. Dieses Arschloch hat uns den Abend ruiniert.«

»Die Polizei wird *nicht* zu hören bekommen, dass wir unsere Tochter allein gelassen haben, um mit zwei Idioten überteuerten Alkohol zu trinken, bloß weil du einen neuen Mandanten willst!«

Das Telefon klingelte. Im Display wurde keine Kennung angezeigt. Ginnie reichte ihm das Gerät. Und starrte ihm wütend in die Augen.

Er seufzte. Und nahm das Gespräch an. »Hallo?«, meldete er sich freundlich. »Oh, das tut mir wirklich leid. Der Notruf liegt bei mir auf der ersten Kurzwahltaste. Ich hab sie versehentlich gedrückt und wollte eigentlich meine Mutter anrufen. Die ist auf der Zwei … Ja, ich bin Henry Sutter …« Er nannte die Adresse, anscheinend als Antwort auf eine weitere Frage. »Bitte verzeihen Sie vielmals … Aber danke, dass Sie nachhaken, ich weiß es zu schätzen. Gute Nacht.«

Ginnie holte Trudys Bettchen und zog es mit einer Hand hinter sich her ins Gästezimmer. »Ich schlafe heute Nacht hier.«

»Ich glaube, wir sollten …«

Sie machte die Tür zu.

Ginnie legte ihre Tochter zurück ins Bett und hätte beinahe gelächelt, weil die Kleine die ganze Aufregung vollständig verschlafen hatte. Dann streifte sie das Tausend-Dollar-Kleid ab und schleuderte es wütend in die Ecke. Sie legte sich hin, ohne zuvor Feuchtigkeitscreme aufzutragen oder sich die Zähne zu putzen. Als sie das Licht ausschaltete, war ihr klar, dass sie im Gegensatz zu ihrer Tochter noch lange nicht einschlafen würde. Falls überhaupt.

Doch das ging in Ordnung. Es gab viel zu bedenken. Vor allem musste sie sich überlegen, was sie morgen zu dem Anwalt sagen würde, mit dem sie schon zweimal über eine eventuelle Scheidung gesprochen hatte. Bis heute Abend war sie sich noch unschlüssig gewesen. Morgen würde sie ihn anweisen, so schnell, unnachgiebig und schonungslos wie möglich vorzugehen.

38

Das war unprofessionell, schätze ich.

Aber manchmal macht man Sachen für sich selbst. Weil es sein muss.

Ich entferne mich von dem Café an der Upper East Side, ganz in der Nähe von Henry und Virginia Sutters Apartment. Ich war auf der anderen Straßenseite. *Das* war vielleicht ein Haus, das dürft ihr mir glauben. Ich kann mir gar nicht vorstellen, wie es sein muss, in einer solchen Umgebung zu wohnen. Wahrscheinlich würde es mir auch gar nicht gefallen. Dort wohnen nur schöne Menschen. Ich wäre nicht willkommen. Eine Bude voller Shopper.

Ich musste es um meinetwillen tun.

Eigentlich war es ganz simpel, Rache an dem Shopper zu nehmen. Ich bin Henry einfach nach Hause gefolgt, nachdem wir vor dem Starbucks am Times Square zusammengestoßen waren.

Hättest du den auf mich geschüttet, wäre das für dich so richtig teuer geworden, du Walking-Dead-Wichser. Dieses Hemd kostet mehr, als du im Monat verdienst. Ich bin Anwalt…

Sobald ich seine Adresse kannte, habe ich sie mit den Führerscheinfotos der Zulassungsstelle abgeglichen. Und dann kannte ich auch seinen Namen. Mr. Henry Sutter. Verheiratet mit Virginia. Im ersten Moment war ich aufgeschmissen, denn laut meiner Liste besaßen sie kein Gerät, in dem ein CIR DataWise5000 eingebaut war. Doch dann habe ich einen Blick auf Facebook geworfen. Henry und Ginnie, so ihr bevorzugter Kosename, hatten dort allen Ernstes Fotos ihrer zweijährigen Trudy gepostet. Was für Narren … aber gut für mich. Babys in der Großstadt bedeuten das Vorhandensein eines Babyfons. Und, jawohl, ein einfacher Scan des Hauses erbrachte die IP-Adresse und einen Markennamen. Ich konnte einen Exploit an der Schnittstelle zum Netzwerk nutzen, habe auf meinem Tablet ein Programm namens Pass Breaker gestartet, war im nächsten Moment drinnen und konnte Trudys leisen Atem hören. Dann habe ich mir überlegt, wie ich Mom und Dad einen gewaltigen Schreck einjagen würde.

(Es eröffnet zudem eine Vielzahl neuer Möglichkeiten. Ich muss mich ja nicht auf den DataWise5000 beschränken. Je mehr Optionen, desto besser.)

Ich gehe weiter, regelrecht beschwingt, vorbei an einer U-Bahn-Station. Bis Chelsea ist es noch weit, aber ich muss mich auf Schusters Rappen beschränken (das hat die Mutter meiner Mutter immer gesagt, obwohl ich glaube, dass sie weder jemals einen leibhaftigen Rappen gesehen noch mehr als die paar Schritte vom Auto zum Supermarkt zu Fuß zurückgelegt hat). Ich mache mir Sorgen, man könnte mich erkennen. Diese verdammten Überwachungskameras an jeder Ecke.

Was gönne ich mir denn heute zum Abendessen?, überlege ich. Zwei, nein, drei Sandwiches. Danach werde ich an meiner neuen Miniatur arbeiten, einem Boot. Die mache ich normalerweise nicht. Es gibt jede Menge Modellbauspezialisten dafür (so wie für Flugzeuge und Eisenbahnen – die steigende Vorliebe für Transportmittel hat die Branche gewaltig anwachsen lassen). Doch Peter hat gesagt, dass er Boote mag. Also fertige ich ein Warren Skiff für ihn an, ein klassisches Ruderboot mit Zwillingsriemen.

Später kommt Alicia vielleicht vorbei. Sie ist seit einer Weile aufgewühlt, weil die Vergangenheit ihr keine Ruhe lässt. Die

Narben – die inneren Narben – tun ihr weh. Ich tue, was ich kann, um ihr zu helfen. Doch manchmal weiß ich nicht mehr weiter.

Dann denke ich wieder an den Spaß, den ich gerade hatte, und rufe mir sein hübsches Gesicht ins Gedächtnis, wie es mich vor dem Starbucks höhnisch anstarrt.

Walking-Dead-Wichser …

Tja, Henry, kein schlechter Spruch. Clever. Aber mir fällt ein noch besserer ein.

Er fängt an mit: Wer zuletzt lacht …

* * *

»Hallo.« Amelia Sachs betrat Nick Carellis Wohnung. Sparsam möbliert, aber sauber und ordentlich. »Du hast einen Fernseher?«

Als sie zusammen waren, hatten sie keinen besessen. Es gab zu viel anderes zu tun.

»Ich habe mir ein paar Krimiserien angeschaut. Guckst du die auch?«

»Nein.«

Es gab immer noch zu viel zu tun.

»Die sollten eine Serie über dich und Lincoln drehen.«

»Es gab tatsächlich mal eine Anfrage. Er hat abgelehnt.«

Sie stellte den großen Umzugskarton ab, den sie mitgebracht hatte. Er enthielt einige von Nicks Sachen aus ihrer gemeinsamen Zeit: Jahrbücher, Postkarten, Briefe, Hunderte Familienfotos. Sie hatte ihn angerufen und gefragt, ob er diesen Fund aus ihrem Keller haben wolle.

»Danke.« Er öffnete den Karton und verschaffte sich einen kurzen Überblick. »Ich dachte, all das hier wäre für immer verloren. He, sieh mal.« Nick hielt ein Foto hoch. »Unser erster Familienurlaub. Bei den Niagarafällen.«

Die Eltern und die beiden Brüder standen vor dem klassischen Wasserfall, über dessen Gischt sich ein Regenbogen wölbte. Nick war ungefähr zehn, Donnie sieben.

»Wer hat es aufgenommen?«

»Andere Touristen. Weißt du noch, damals? Man musste Fotos zum Entwickeln abgeben.«

»Und wenn man sie abgeholt hat, war man immer ganz angespannt. Waren sie auch alle scharf und richtig belichtet?«

Er nickte. Und wühlte weiter. »O Mann!« Er nahm ein Programmheft.

New York City
Polizeiakademie
Abschlussfeier

Am unteren Rand stand das Datum. Darüber das Siegel: *Ausbildungszentrum. Wir schulen die Besten.*

Sein Lächeln erstarb.

Sachs dachte an ihre eigene Abschlussfeier zurück. Das war in ihrem Leben die erste von zwei Gelegenheiten gewesen, bei der sie weiße Handschuhe getragen hatte. Ereignis Nummer zwei wurde dann die Gedenkveranstaltung des Police Departments nach dem Tod ihres Vaters.

Nick legte das Heft zurück und betrachtete es einen Moment lang versonnen. Dann klappte er die Kartonlaschen zu. »Ein Glas Wein?«, fragte er.

»Gern.«

Er ging in die Küche und kam mit einer Flasche Wein sowie einer Dose Bier zurück. Dann schenkte er ihr ein Glas Chardonnay ein.

Eine weitere Erinnerung an ihr gemeinsames Leben, ausgelöst durch den Geruch und das Geräusch, mit dem Metall gegen Glas stieß. Ihre Finger streiften sich.

Peng…

Amelia knallte die Erinnerung ab. In letzter Zeit hatte sie in ihrem Gedächtnis reichlich herumgeballert.

Sie tranken jeder einen Schluck, und er führte Amelia durch die Wohnung, wenngleich es nicht viel zu sehen gab. Er hatte ein paar Möbel aus dem Mietlager geholt. Sich einige Dinge von seinen Cousins geliehen und eine Handvoll preiswerter Anschaffungen getätigt. Ein paar Bücher standen herum. Mehrere Kartons mit Unterlagen. Und dann waren da noch die Fallakten von *Das Volk von New York gegen Nicholas J. Carelli.* Die vielen Dokumente lagen auf dem Küchentisch ausgebreitet.

Sachs musterte die gerahmten Fotos seiner Familie. Es gefiel ihr, dass sie offen auf dem Kaminsims standen. Amelia hatte damals viel Zeit mit seinen Eltern verbracht und sich in ihrer Gesellschaft immer wohlgefühlt. Sie musste an Donnie denken. Er hatte in Brooklyn gewohnt, nicht weit von Nick. Nach seiner Verhaftung hatte Sachs sich bemüht, mit den Carellis in Verbindung zu bleiben, vor allem mit Nicks Mutter. Doch nach und nach wurden die Treffen seltener und schliefen letztlich ganz ein. Wie so oft, wenn das verbindende Element zwischen zwei Menschen wegfällt – oder hinter Gittern landet.

Nick schenkte ihr Wein nach.

»Nur ganz wenig. Ich muss noch fahren.«

»Wie gefällt dir der Torino im Vergleich zu dem Camaro?«

»Der Chevy war mir lieber, aber er ist in einer Schrottpresse gelandet.«

»Wie ist das denn passiert?«

Sachs erzählte ihm von dem Täter, der bei einer Datensammelfirma gearbeitet und seine Opfer umfassend ausgespäht hatte – darunter auch sie selbst. Den wunderschönen Camaro SS abschleppen und verschrotten zu lassen war für ihn so simpel gewesen, wie sich die Schuhe zuzubinden.

»Hast du ihn erwischt?«

»Haben wir. Lincoln und ich.«

Es gab eine Pause. Dann: »Darf ich was sagen? Ich habe mich gefreut, Rose wiederzusehen. Aber ich bin mir nicht sicher, ob sie mir geglaubt hat, was meinen Bruder anging. Und was wirklich passiert ist.«

»Doch, wir haben später noch darüber gesprochen. Sie hat dir geglaubt.«

»Nach dem, was du vorher erzählt hattest, hätte ich erwartet, sie würde kränker aussehen. Aber sie hat sich gut gehalten.«

»Es gibt Frauen, die gehen erst aus dem Haus, wenn sie sich zurechtgemacht haben. *Daher* kommt ihre rosige Gesichtsfarbe. Von Maybelline.«

Nick trank einen Schluck Bier. »Und *du* glaubst mir doch auch, oder?«

Sachs neigte den Kopf.

»Was Donnie und all das betrifft. Du hast dich nie dazu geäußert.«

Sachs lächelte. »Wenn ich dir nicht glauben würde, hätte ich dir nicht die Akte gegeben. Und ich wäre jetzt nicht hier.«

»Danke.« Nick senkte seinen Blick auf den Teppich, dessen Nutzungsspuren Sachs auf die Absätze einer schwergewichtigen Person zurückführte, die ihre Beine ausgestreckt hatte. Sie erinnerte sich, wie oft sie und Nick damals auf der Couch gesessen hatten – ja, auf genau dieser Couch. Der Schonbezug war zwar inzwischen weg, aber sie erkannte die Form eindeutig wieder. Nick stellte nun den Karton mit seinen Sachen beiseite. »Wie läuft dein Fall? Mit dem Kerl, der all die Geräte sabotiert. Was ich, nebenbei bemerkt, ziemlich krank finde.«

»Der Fall? Der zieht sich. Dieser Täter ist gerissen.« Sie seufzte. »Diese Smart-Controller stecken heutzutage überall. Unser Fachmann von der Abteilung für Computerkriminalität sagt, in ein paar Jahren werden wir von fünfundzwanzig Milliarden dieser intelligenten Produkte umgeben sein.«

»Intelligent?«

»Mit dem Internet verbunden und fernsteuerbar. Herde, Kühlschränke, Boiler, Alarmsysteme, Haustechnik, medizinische Apparate. Alle mit WLAN- oder Bluetooth-Verbindungen ausgestattet. Er kann sich in einen Schrittmacher hacken und ihn abschalten.«

»Mein Gott.«

»Du hast ja gesehen, was mit der Rolltreppe geschehen ist.«

»Ich nehme seitdem die normale Treppe.« Wie es schien, meinte Nick das in vollem Ernst. »Ich habe in der Zeitung einen Artikel über diesen Kerl gelesen. Und darüber, dass die Firmen ihre Server aktualisieren sollen oder so. In der Cloud. Um ihn auszusperren. Nicht alle befolgen das. Hast du das auch gelesen?«

Sie lachte. »Ich bin sogar dafür verantwortlich.«

»Was?«

»Ich habe einem Reporter einen Tipp gegeben. Es gibt ein Sicherheitsupdate, das es dem Täter unmöglich machen wird, die Controller zu hacken. Aber offenbar installieren es manche der Hersteller nicht.«

»Mir ist gar keine Pressekonferenz im Präsidium aufgefallen.«

»Nun, ich habe auch nicht unbedingt in offiziellem Auftrag gehandelt. Es hätte zu lange gedauert, den Dienstweg einzuhalten.«

»Manche Dinge ändern sich eben nie.«

Sie hob zustimmend ihr Weinglas.

»Ist er ein Terrorist? Ist das seine Motivation?«

»Es sieht jedenfalls danach aus. Eine Art Ted Kaczynski.«

Nach einem Moment fragte Nick: »Wie geht es ihm?«

»Wem?«

»Deinem Freund. Lincoln Rhyme.«

»So gut, wie man es unter den gegebenen Umständen erwarten darf. Risiken gibt es immer.« Sie beschrieb ihm manche davon, darunter die potenziell tödliche autonome Dysregulation, den rapiden Anstieg des Blutdrucks, der zu Schlaganfall, Hirnschäden und Exitus führen konnte. »Aber er achtet auf sich. Er treibt Sport …«

»Was? Wie geht das denn?«

»Es heißt FES. Funktionale elektrische Stimulation. Elektroden an den Muskeln …«

»Wie bei *Fifty Shades of Grey* … Oh, Verzeihung. Das hätte mir nicht rausrutschen dürfen.« Er schien sogar rot zu werden, was Nick Carelli sonst so gar nicht ähnlich sah.

Sachs lächelte. »Lincoln hat nur wenig Ahnung von Popkultur, aber falls er das Buch oder den Film kennen würde, würde er wahrscheinlich lachen und sagen: ›Und ob.‹ Er nimmt seinen Zustand mit viel Humor.«

»Ist das schwer für dich?«

»Für mich? O ja. Ich hab den Film mit einer Freundin gesehen. Er war echt schlecht.«

Nick lachte.

Sie entschied sich, nicht länger über Rhyme und sich selbst zu sprechen.

Sachs stand auf, goss sich noch etwas Wein ein, trank einen Schluck und genoss die Wärme, die sich in ihrem Gesicht ausbreitete. Sie sah auf ihr Mobiltelefon: einundzwanzig Uhr. »Was hast du gefunden?« Sie zeigte auf die Fallunterlagen.

»Einige gute Anhaltspunkte. Belastbar. Aber es liegt noch viel Arbeit vor mir. Schon komisch, es ist genauso schwierig, die eigene Unschuld zu beweisen, wie es früher schwierig war, einen Täter zu überführen. Ich hätte es mir einfacher vorgestellt.«

»Bist du auch vorsichtig?«

»Mein Kumpel – der, von dem ich dir erzählt habe – übernimmt den größten Teil der Lauferei. Mir wird schon nichts zustoßen.«

Das hatte man damals bei der Polizei auch immer über ihn gesagt. Ihm werde schon nichts zustoßen, er sei kugelsicher. Nick war nicht nur ein guter Cop gewesen, er hatte oft auch viel riskiert, um unschuldige Opfer zu retten.

In der Hinsicht waren er und Sachs sich sehr ähnlich.

»Möchtest du …?«, setzte er an.

»Was?«

»Etwas essen? Oder hast du schon?«

Sie zuckte die Achseln. »Ich könnte was vertragen.«

»Da gibt es nur ein Problem. Ich hab es nicht mehr in den Bioladen geschafft.«

»Hast du schon *jemals* in einem Bioladen eingekauft?«

»Ein Mal. Ich wollte unbedingt acht Dollar für einen Obstsalat ausgeben.«

Sie lachte.

»Ich hab ein Tiefkühlcurry im Gefrierfach«, fuhr er fort. »Von D'Agostino. Ist nicht schlecht.«

»Glaub ich, aber ich möchte wetten, es schmeckt noch besser, wenn man es vorher erhitzt.« Und damit schenkte sie sich das nächste Glas Wein ein.

* * *

Was *ist* das bloß für ein Geräusch?

Der sechsundsechzigjährige und bald in Rente gehende gelernte Drucker stand auf dem Korridor seines Mietshauses, einem jahrzehntealten Durchschnittsbau, wie er typisch für diesen schmucklosen Teil von New York City war. Nach ein oder zwei Drinks im Sadie's hielt er sich nicht mehr ganz sicher auf den Beinen. Es war fast Mitternacht. Er hatte gerade gedacht, dass Joey aus der Bar zwar ein Blödmann war mit seinen politischen Ansichten, aber er fing wenigstens nicht an, einen zu beschimpfen, wenn man ihm sagte, man stimme bei der Wahl für diesen oder jenen. Es hatte Spaß gemacht, mit ihm zu streiten.

Nun jedoch verblasste seine Erinnerung an den Abend und die vier oder fünf Drinks, die es vielleicht doch gewesen sein mochten. Er blieb stehen und lauschte dem Geräusch, das aus der Nachbarwohnung drang.

Edwin Boyle neigte sich ein Stück in Richtung der Tür.

Fernsehen.

Das musste der Fernseher sein.

Doch sogar mit den neuen Geräten und Lautsprecheranlagen klang Fernsehen anders als das hier. Es war nicht dasselbe. Live blieb live. Und das hier *war* live.

Außerdem waren Sexszenen im Fernsehen oder in Filmen entweder kurz und bündig (und meistens mit Musik unterlegt) oder übertrieben heftig wie in Pornos.

Das hier war echt.

Boyle musste grinsen. Lustig.

Er kannte den Kerl, der hier wohnte, nicht besonders gut. Der Typ schien in Ordnung zu sein, wenn auch ziemlich still. Nicht die Sorte, die im Sadie's am Tresen saß und über Politik oder sonst was redete. Er strahlte die Art von Ruhe aus, die Privatdetektive an sich hatten. Zumindest im Kino. Der Drucker hatte noch nie einen Privatdetektiv kennengelernt.

Jetzt flüsterte die Frau etwas. Der Rhythmus wurde schneller.

Auch der Mann sagte was.

Und Boyle dachte sich: Wenn ich das jetzt aufnehme, an wen könnte ich es schicken?

Ha, auf jeden Fall an den versauten Tommy an der Schneidemaschine. An Ginger in der Buchhaltung – die redete ständig über Sex und flirtete andauernd. Und an José aus der Buchhaltung, der für die Eintreibung der Außenstände zuständig war.

Boyle holte sein Smartphone aus der Tasche, stellte sich dicht vor die Tür seines Nachbarn und zeichnete die Geräusche auf. Dabei lächelte er die ganze Zeit.

Wer sonst hätte Spaß daran?

Ach, das musste er sich noch überlegen. Heute Nacht würde er es aber auf keinen Fall mehr verschicken – nicht nach den paar Stunden im Sadie's. Am Ende würde er es noch versehentlich seiner Exfrau oder seinem Sohn zusenden. Morgen, bei der Arbeit.

Schließlich wurden sein Nachbar und dessen Freundin noch schneller, und dann war es vorbei – mit einem langen Seufzer, der von ihr oder von ihm stammen konnte. Womöglich existierte er auch nur in Boyles Fantasie.

Er schaltete die Aufnahmefunktion seines iPhones aus, wich zurück und torkelte zu seiner Wohnung. Dabei versuchte er sich daran zu erinnern, wann er selbst das letzte Mal flachgelegt worden war. Doch es fiel ihm nicht mehr ein – dank der sieben oder acht Drinks. Es musste aber irgendwann während der letzten Präsidentschaft gewesen sein.

V

SCHACH …

Samstag

39

Acht Uhr morgens.

Amelia Sachs gähnte. Sie war müde und hatte Kopfschmerzen. Die Nacht war, gelinde gesagt, unruhig verlaufen. Nein. Turbulent.

Eine Stunde zuvor hatte sie Nicks Wohnung verlassen und befand sich nun im Konferenzraum an der Police Plaza Nummer eins, wo sie zum zweiten Mal binnen weniger Tage die Unterlagen eines Falls sichtete, der nicht der ihre war.

Beim ersten Mal war es um Nick gegangen.

Und nun das hier, eine weitaus dünnere Akte, die nichts mit ihm zu tun hatte.

Es war zwar noch früh, aber sie hatte die Dokumente seit dem Herunterladen aus dem Archiv bereits dreimal gelesen. Und nach Aspekten gesucht, die ihren Verdacht widerlegen würden. Ohne Erfolg.

Sie schaute aus dem Fenster.

Dann wieder auf die Akte, die sich vollkommen unkooperativ zeigte.

Keine Entlastung, keine Rettung.

Gottverdammt noch mal.

Jemand kam zur Tür herein.

»Ich hab Ihre Nachricht erhalten und bin so schnell wie möglich hergekommen«, sagte Ron Pulaski.

»Ron.«

Pulaski trat näher. »So leer wirkt der Raum ganz anders.« Er sah sich um. Die Tafel mit der Beweistabelle stand in der Ecke, doch die Aufzeichnungen waren unvollständig, seitdem die Fälle von Sachs und Rhyme sich als ein gemeinsamer Fall herausgestellt hatten und die Ermittlungen nicht mehr von hier aus geleitet wurden. Grelles Sonnenlicht fiel in spitzem Winkel herein.

Pulaski wirkte verunsichert. Das kam öfter vor – meistens wegen der Kopfverletzung. Die hatte ihm das Selbstvertrauen geraubt und auch, ja, einen kleinen Teil seiner kognitiven Fähigkeiten, was er aber durch seine Hartnäckigkeit und sein gutes Gespür mehr als wettmachte. Immerhin lagen die Lösungen der meisten Fälle von vornherein auf der Hand; die Polizeiarbeit hatte mehr mit Schweiß als mit den Schlussfolgerungen eines Sherlock Holmes zu tun. Doch heute? Sachs wusste, was auf dem Spiel stand.

»Setzen Sie sich, Ron.«

»Gern, Amelia.« Er warf einen Blick auf die Akte, die aufgeschlagen vor ihr lag. Und nahm Platz.

Sie drehte die Mappe um und schob sie zu ihm herüber.

»Was ist das?«, fragte der junge Beamte.

»Lesen Sie. Den letzten Absatz.«

Er überflog die Zeilen. »Oh.«

»Der Fall Gutiérrez wurde vor sechs Monaten abgeschlossen«, sagte sie. »Weil Enrico Gutiérrez an einer Überdosis gestorben ist. Wenn Sie schon lügen, Ron, könnten Sie dann nicht wenigstens vorher die Fakten überprüfen?«

* * *

Das Telefon weckte ihn.

Mit einem Summen, keinem Klingeln oder Trillern, und erst recht nicht mit einem Musikstück.

Es summte einfach vor sich hin, wie es da auf seinem Kaufhausnachttisch lag. Der Traum half, denn er hatte dafür gesorgt, dass Nick nicht tief schlafen konnte. Im Knast hatte er immer von der Freiheit geträumt, und hier draußen träumte er ständig von seiner Zelle. Daher blieb er auch im Schlaf stets angespannt und fand nie richtig zur Ruhe.

»Hallo? Äh, hallo?«

»Ja, hallo. Ist dort Nick?«

»Ja, ja.«

»Ich habe Sie doch hoffentlich nicht geweckt, oder?«

»Wer spricht denn da?«

»Vito. Vittorio Gera. Aus dem Restaurant.«

»Oh, na klar.«

Nick schwang die Füße aus dem Bett und setzte sich auf. Rieb sich die Augen.

»Hab ich Sie geweckt?«, fragte Gera erneut.

»Ja, haben Sie. Aber das ist schon in Ordnung. Ich muss sowieso aufstehen.«

»Ha, Sie sind ehrlich. Die meisten Leute hätten Nein gesagt. Aber man erkennt es doch immer. An der verschlafenen Stimme.«

»Klinge ich denn verschlafen?«

»Ein wenig. Hören Sie, wo wir gerade bei Ehrlichkeit sind, komme ich lieber gleich auf den Punkt, Nick. Ich werde das Restaurant nicht an Sie verkaufen.«

»Hat jemand Ihnen ein besseres Angebot gemacht? Ich kann vielleicht mitgehen. Wovon reden wir?«

»Es geht nicht ums Geld, Nick. Ich möchte einfach nicht an Sie verkaufen. Tut mir leid.«

»Wegen der Vorstrafe? Weil ich im Knast gesessen habe?«

Gera seufzte. »Ja, Sie haben's erfasst. Ich weiß, Sie haben gesagt, Sie seien unschuldig. Und wissen Sie was? Ich glaube Ihnen sogar. Sie kommen mir nicht wie ein Gauner vor. Trotzdem würde es sich herumsprechen. Sie wissen doch, wie das läuft. Auch wenn es nur Gerüchte oder Lügen sind. Ich hoffe, Sie verstehen.«

»Das tue ich, Vito. Okay. Wenn es denn so sein soll. He, Sie hatten immerhin das Rückgrat, mich selbst anzurufen. Es war nicht Ihr Anwalt, der sich bei meinem Anwalt gemeldet hat. Manch anderer hätte lieber diesen Weg gewählt. Ich weiß das zu schätzen.«

»Sie sind ein guter Kerl, Nick. Ich weiß, Sie werden Ihren Weg finden. Irgendwie kann ich das spüren.«

»Sicher. Ach, Vito?«

»Ja?«

»Bedeutet das, ich kann nun mit Ihrer Tochter ausgehen?«

Eine Pause.

Nick lachte. »Keine Angst, das war nur ein Scherz, Vito. Ach, und übrigens, das Essen, das ich neulich mitgenommen habe … Meine Freunde haben gesagt, es sei die beste Lasagne ihres Lebens gewesen.«

Wieder eine Pause. Vermutlich schuldbewusst. »Sie sind in Ordnung, Nick. Sie kommen schon klar. Alles Gute.«

Er legte auf.

Mist.

Nick stand seufzend auf und ging steifbeinig zu der Kommode, auf der achtlos hingeworfen seine Hose lag. Er zog sie an, nahm ein frisches T-Shirt und kämmte sich die Haare. Mehr oder weniger.

Amelia Sachs hatte die Wohnung vor einer Stunde verlassen; die Schritte und das Schließen der Tür hatten ihn kurz geweckt.

Er ging nun in die Küche und dachte weiter nur an sie, während er eine Kanne Kaffee kochte, sich eine Tasse davon eingoss und am Küchentisch wartete, dass sie abkühlen würde. Doch als sein Blick dort auf die Akten fiel, die Amelia ihm gegeben hatte, verblassten die Bilder von Sachs und die Enttäuschung über den geplatzten Restaurantkauf. Stattdessen erinnerte er sich an seine Tage als Cop.

Genau wie damals wechselte sein Hirn in einen anderen Modus, sobald er neue Ermittlungen in Angriff nahm. Als würde man einen Schalter umlegen, zack, von einem Moment auf den anderen. Nick wurde dann besonders argwöhnisch, siebte alle Informationen gründlich durch und sortierte die glaubhaften aus. Das fiel ihm nicht schwer.

Und was noch wichtiger war, sein Verstand vollführte Sprünge. Total verrückte Sprünge. So nagelte er die Täter fest.

»Sie haben mir erzählt, Sie seien raus nach Suffolk gefahren.«

»Genau, Detective Carelli. Dort bin ich gewesen und habe meinen Freund besucht. Sie haben doch mit ihm gesprochen, und er hat es Ihnen bestätigt.«

»Das ist für Hin- und Rückfahrt eine Strecke von hundertachtzig Kilometern.«

»Und?«

»Als ich Sie angehalten habe, war Ihr Tank fast voll.«

»Noch einmal: Und? Ich habe unterwegs getankt.«

»Sie fahren einen Turbodiesel. Entlang der Strecke, die Sie angegeben haben, führt keine der Tankstellen Diesel.«

»Oh. Ah. Ich will meinen Anwalt sprechen.«

Diese plötzliche Eingebung – die Tankstellen anzurufen und auf Dieselzapfsäulen zu überprüfen – war eines jener Dinge, die ihm einfach so einfielen.

Damals Detective, heute Detective.

Er nahm sich die J-Liste vor, die Namen der Leute, die laut Von Stammgäste im Flannigan's waren – und von denen einer ihm zu einer Kehrtwende seines bisherigen Lebens verhelfen konnte. Zumindest hoffte Nick es inständig.

Jack Battaglia, Queens Boulevard Auto and Repair
Joe Kelly, Havasham General Contracting, Manhattan

JJ Steptoe
Jon Perone, J&K Financial, Queens
Elton Jenkins
Jackie Carter, You Stor It Self Storage, Queens
Mike Johnson, Emerson Consulting, Queens
Jeffrey Dommer
Gianni »Johnny« Manetto, Old Country Restaurant Supply, Long Island City
Carter Jepson jr., Coca-Cola-Vertrieb

Nick hatte noch nie von ihnen gehört. Nur bei Mr. Dommer vermutete er, dass der eine schwere Kindheit gehabt haben dürfte. Wer fast genauso hieß wie der Serienmörder Jeffrey Dahmer, war von den anderen Kindern mit Sicherheit gnadenlos gequält worden.

Der Cop-Verstand lief auf allen Zylindern, aber das reichte nicht. Er benötigte Input, weitere Informationen. Daher machte Nick sich an die Arbeit und ging online, um die Namen zu überprüfen. Am Anfang standen Google, Facebook und LinkedIn. Er loggte sich auch auf der Personen-Suchseite ein, die Freddy ihm genannt hatte. Herrje, war das viel auf einmal. Früher hätte er Wochen benötigt, um all das zu finden, nicht nur ein paar Stunden. Und es erstaunte ihn auch, wie viel die Leute von sich preisgaben. Einer der Männer, JJ Steptoe, hatte bei Facebook ein Foto von sich gepostet, auf dem er Pot rauchte. Ein Link verwies auf ein YouTube-Video von Jepson in der Karibik, wie er sturzbetrunken umhertorkelte und in einen Pool fiel. Dann kletterte er heraus und erbrach sich.

Was die Frau von »J« anging, Nanci, hatte Nick kein Glück, bei keinem von ihnen.

Doch vielleicht war Mr. »J« längst von Nanci geschieden. Oder Nanci war eine Freundin, nicht die Ehefrau. Es gab vermutlich Möglichkeiten, das herauszufinden, zum Beispiel Programme beim NYPD, die Beziehungen zwischen Personen aufzeigten, die weder verheiratet noch verwandt waren. Falls »J« im Knast gesessen hatte, existierten womöglich Aufzeichnungen darüber, dass er dort von einer Nanci besucht worden war.

Aber Nick hatte keinen Zugriff auf derartige Hilfsmittel, und er würde ganz bestimmt nicht Amelia bitten, für ihn zu suchen. Er wollte sein Glück nicht überstrapazieren.

Also ging er die Daten durch, die er heruntergeladen hatte. Nick hatte gehofft, »J« würde irgendwie mit den Strafverfolgungsbehörden zusammenhängen und daher damals von den Überfällen gewusst haben. Doch das traf auf keinen der zehn Männer zu. Die nächstbeste Kategorie war jemand mit Verbindungen zur Unterwelt (auch wenn Nick dann bei der Kontaktaufnahme unglaublich vorsichtig sein musste). Aber auch hierzu fand er nichts. Jenkins war mal festgenommen worden – wegen eines minderen Vergehens und schon vor langer Zeit. Zwei andere hatten im Zentrum ziviler Ermittlungen gestanden – im einen Fall durch die Börsenaufsicht, im anderen durch die Steuerfahndung –, aber das war auch schon alles.

Nick lehnte sich zurück und trank einen Schluck lauwarmen Kaffee. Ein Blick auf die Uhr. Die Arbeit hatte drei Stunden gedauert. Und eine Tonne Informationen erbracht, aber nichts konkret Hilfreiches.

Okay. Streng dich an. Denke wie ein Detective. Sicher, die Liste könnte nutzlos sein, weil Stan Von einfach irgendwelche Leute aufgeschrieben hat, um sich sein viel zu dick paniertes Parmesanhuhn zu verdienen. Doch du hast nur diese Liste, also mach das Beste daraus. So wie früher, als dir der dürftigste Hinweis von der Straße genügt hat. Vertrau auf deinen Riecher.

Er beschloss, einen genaueren Blick auf die Firmen zu werfen, bei denen diese Männer arbeiteten; konnten manche eventuell mit Überfällen oder gestohlener Ware zu tun haben? Vons

Liste hatte diesbezüglich Lücken, aber Nick vermochte die meisten davon zu füllen. In erster Linie boten sich Transport- und Großhandelsunternehmen an, doch es war keines dabei. (Battaglias Laden erwies sich als Gebrauchtwagenhandel mit Reparaturwerkstatt.) Jackie Carter besaß die Franchisefiliale einer Mietlagerkette, immerhin eine Möglichkeit. Jon Perones J&K Financial Services interessierte Nick besonders; als Geldverleiher konnte diese Firma an vielerlei schmutzigen Geschäften beteiligt sein. Und Johnsons Beratungsgesellschaft? Wer weiß, was die auf dem Kerbholz hatten?

Nick trank einen großen Schluck abgestandenen Kaffee. Und hielt mitten in der Bewegung inne. Er stellte die Tasse ab, beugte sich vor und starrte die Liste an. Dann lachte er. O Mann. Wie konnte ich das übersehen? Wie zum Teufel konnte ich das übersehen?

Er las: Jon Perone, J&K Financial, Queens.

Fi NANCI al.

»Nanci« war weder Ehefrau noch Freundin, sondern ein Teil des Namens seiner *Firma*. Die verblassten Aufzeichnungen des damaligen Detectives trugen die Schuld an diesem Irrtum.

Nick stand schlagartig unter Strom, so wie er sich früher immer gefühlt hatte, wenn es bei Ermittlungen einen solchen Durchbruch gab.

Okay, Mr. Perone, wer genau sind Sie? Er hatte keinerlei Anzeichen für kriminelle Aktivitäten gefunden. Perone schien ein aufrechter, gesetzestreuer Geschäftsmann zu sein, der sich kirchlich engagierte und der Gesellschaft großzügig etwas zurückgab. Nick musste trotzdem vorsichtig sein. Falls Perone tatsächlich in irgendwelche Unterweltdinge verwickelt war, durfte Nick auf keinen Fall mit ihm in Verbindung gebracht werden. Er hatte das Versprechen nicht vergessen, das er Amelia gegeben hatte.

Falls jemand mir helfen kann und das Risiko oder auch nur

der Anschein besteht, er könne Dreck am Stecken haben, werde ich nur über einen Freund oder Mittelsmann Kontakt zu ihm aufnehmen …

Er nahm sein Telefon und rief Freddy Caruthers an.

40

Ron Pulaski starrte die Akte Gutiérrez an, die zwischen ihm und Amelia Sachs auf dem Tisch lag.

Nervös rutschte er hier im Konferenzraum auf seinem Stuhl herum.

Verdammt. Warum hatte er sich nicht vergewissert, ob Gutiérrez überhaupt noch am Leben war? Die Antwort lautete: weil er geglaubt hatte, niemand würde sein Verhalten hinterfragen.

Tja, falsch gedacht.

Verdammt.

»Ron. Reden Sie mit mir. Was ist hier los?«

»Haben Sie die Abteilung für innere Angelegenheiten informiert?«

»Nein. Noch nicht. Natürlich nicht.«

Doch er wusste, dass sie ihn sofort melden würde, sollte sie zu dem Schluss gelangen, er habe ein Verbrechen begangen. Darauf konnte man sich bei Amelia verlassen. Regeln und Vorschriften legte sie bisweilen großzügig aus. Aber ein Verstoß gegen das New Yorker Strafgesetzbuch ging zu weit. Und musste geahndet werden.

Also lehnte er sich zurück, seufzte und erzählte ihr die Wahrheit. »Lincoln sollte nicht aufhören.«

Sie sah ihn verwundert an und begriff nicht, worauf er hinauswollte.

Er konnte es ihr nicht verdenken. »Wirklich, das sollte er nicht. Es ist einfach falsch.«

»Das sehe ich auch so. Aber was hat das mit dieser Sache zu tun?«

»Alles. Lassen Sie mich erklären. Sie wissen, was passiert ist. Er ist im Fall Baxter zu weit gegangen.«

»Die Umstände sind mir bewusst. Was …?«

»Lassen Sie mich ausreden. Bitte.«

Schon komisch, dachte Pulaski. Amelia Sachs ist genauso schön wie gestern, aber nun strahlt sie etwas Eisiges aus. Er konnte ihrem bohrenden Blick nicht standhalten und schaute an ihr vorbei aus dem Fenster.

»Ich habe mir die Akte Baxter vorgenommen. Ich habe sie tausendmal gelesen, jede einzelne Aussage, jede forensische Analyse, alle Notizen der Ermittler. Wieder und wieder. Und ich bin auf etwas gestoßen, das keinen Sinn ergibt.« Pulaski beugte sich vor, und ungeachtet der Tatsache, dass seine Tarnung aufgeflogen und seine Mission gefährdet war – denn von Rechts wegen müsste Amelia sie sofort unterbinden –, fühlte er sich weiterhin wie ein Jäger, der sein Wild noch nicht zur Strecke gebracht hatte. »Baxter war ein Krimineller, ja. Aber er war bloß ein reicher Mann, der andere reiche Männer betrogen hat. Letztlich also war er harmlos. Seine Waffe war ein Andenken. Sie war nicht geladen. Die Schmauchspuren konnten ganz andere Ursachen haben.«

»Das alles weiß ich, Ron.«

»Aber Sie wissen nichts von Oden.«

»Von wem?«

»Oden. Ich bin mir nicht sicher, wer er ist, ob schwarz oder weiß oder wie alt, aber er steht in irgendeiner Verbindung mit den Gangs im Osten New Yorks. Sein Name findet sich in den Notizen eines der Detectives, die gegen Baxter ermittelt haben. Baxter und Oden waren dicke Freunde. Ich habe mit dem Detective gesprochen. Er hat die Spur nie weiterverfolgt, weil Baxter getötet und der Fall zu den Akten gelegt wurde. Weder die Bandeneinheit noch die Drogenfahndung haben je von Oden gehört. Er ist ein Rätsel. Aber ich habe mich auf der Straße umgetan und mindestens zwei Leute gefunden, die etwas mit dem Namen anfangen konnten. Er hat etwas mit einer neuen Droge namens Catch zu tun. Sagt Ihnen das was?«

Sie schüttelte den Kopf.

»Vielleicht ist er derjenige, der sie aus Kanada oder Mexiko einschmuggelt. Oder er ist der Geldgeber. Oder sogar der Hersteller. Ich dachte mir, das könnte der Grund für den Mord an Baxter gewesen sein. Kein zufälliger Streit. Er wurde im Gefängnis gezielt getötet, weil er zu viel wusste. Wie dem auch sei, ich habe verdeckt ermittelt… Nein, ohne Genehmigung, ganz für mich allein. Ich habe behauptet, ich würde unbedingt dieses Zeug brauchen, das Oden anbietet. Weil meine Kopfverletzung so furchtbar wehtäte.« Er spürte, dass er rot wurde. »Gott wird mir das nicht durchgehen lassen. Aber ich habe nun mal diese Narbe.«

»Und?«

»Ich wollte Lincoln beweisen, dass Baxter keineswegs unschuldig war, sondern mit Oden zusammengearbeitet und die Herstellung oder den Import von Catch finanziert hat. Dass Baxter seine Waffe vielleicht *doch* benutzt hat. Dass Menschen ihr Leben verloren haben wegen all der Scheiße, die er verzapft hat.« Pulaski schüttelte den Kopf. »Dann würde Lincoln erkennen, dass es richtig von ihm war, diese zusätzlichen Spuren zu verfolgen – und er würde seine Entscheidung vielleicht revidieren.«

»Warum …?«

»… habe ich niemandem davon erzählt und mir diese andere Geschichte ausgedacht? Was hätten Sie denn dazu gesagt? Dass ich es sein lassen soll, richtig? Eine unautorisierte verdeckte Ermittlung, bei der ich mit meinem privaten Geld Drogen gekauft habe …«

»*Wie bitte?*«

»Nur ein Mal. Ich habe einige Oxys gekauft. Fünf Minuten später habe ich sie in einem Gully entsorgt, aber der Kauf war unvermeidbar, um mir Glaubwürdigkeit zu verschaffen. Ich hatte zuvor einem kleinen Gangster einen unerlaubten Waffenbesitz durchgehen lassen, damit er für mich bürgt. Ich bewege mich hier auf einem schmalen Grat, Amelia.«

Er musterte die Akte Gutiérrez. Wie dämlich, dachte er. Warum nur habe ich das nicht vorher überprüft?

»Inzwischen bin ich nah dran, wirklich nah dran. Ich habe zweitausend Dollar für eine Spur zu diesem Oden bezahlt. Und mein Gefühl sagt mir, dass ich richtigliege.«

»Sie wissen ja, was Lincoln über Gefühle sagen würde.«

»Hat er sich denn irgendwie geäußert, seit er wieder mit dem NYPD zusammenarbeitet, um Täter 40 zu erwischen?«

»Nein. Er sagt, es habe sich nichts geändert.« Sie verzog das Gesicht. »Er arbeitet mit uns in erster Linie zusammen, um Sandy Frommers Zivilklage zu unterstützen.«

Pulaskis Miene zeigte keine Regung. »Ich wünschte, Sie hätten das hier nicht herausgefunden, Amelia. Aber nun wissen Sie Bescheid. Und ich werde nicht aufhören, das sage ich Ihnen gleich. Ich muss das zu Ende bringen. Ich will alles versuchen, damit er sich nicht zur Ruhe setzt.«

»Ost-New-York, das ist Odens Gebiet?«

»Plus Brownsville und Bed-Stuy.«

»Die gefährlichsten Teile der Stadt.«

»Gramercy Park ist genauso gefährlich, wenn man zufällig dort angeschossen wird.«

Sie lächelte. »Ich kann Ihnen das nicht ausreden?«

»Nein.«

»Dann werde ich alles darüber aus meinem Gedächtnis löschen, aber nur unter einer Bedingung. Sollten Sie nicht einwilligen, werde ich Sie melden und Ihren Hintern für einen Monat suspendieren lassen.«

»Welche Bedingung?«

»Ich will nicht, dass Sie bei dieser Sache allein sind. Falls es zu einem Treffen mit Oden kommt, wird jemand Sie begleiten. Kennen Sie jemanden, der dafür infrage käme?«

Pulaski überlegte kurz. »Ich hab da so eine Idee.«

* * *

Lincoln Rhyme wählte die Nummer von Sachs' Mobiltelefon.

Keine Antwort. Er hatte es heute schon zweimal versucht, das erste Mal ganz früh – um sechs Uhr. Und auch da hatte sie das Gespräch nicht angenommen.

Er war mit Juliette Archer und Mel Cooper im Labor. Trotz der frühen Stunde gingen sie bereits die Beweistabellen durch. Ihre Theorien und Ideen wechselten hin und her, als würden Fußballspieler sich gegenseitig den Ball vorlegen. Was ein eher unpassender Vergleich war, da zwei der Beteiligten in Rollstühlen saßen.

»Ich hab hier was«, sagte Cooper.

Rhyme fuhr zu ihm und stieß dabei fast mit Archer zusammen.

»Verzeihung.« Er sah auf den Monitor.

»Es ist der Lack, den Amelia an einem der früheren Tatorte gefunden hat. Die Analyse hat einen Markennamen ergeben.«

Braden Manufacturing, Rich-Cote.

»Das hat aber ganz schön gedauert.«

»Das Zeug wird für hochwertige Möbel benutzt«, fuhr Cooper fort. »Nicht für Böden oder sonstige Schreinerarbeiten. Es ist teuer.«

»Und in wie vielen Geschäften wird es verkauft?«, stellte Archer die naheliegende Frage.

»Das ist die schlechte Neuigkeit«, antwortete Mel Cooper. »Es handelt sich um einen der am weitesten verbreiteten Lacke auf dem Markt. Ich habe hier allein einhundertzwanzig Einzelhandelsadressen in der näheren Umgebung. An Möbelfirmen wird der Lack zudem in großen Gebinden direkt geliefert. Und zu allem Überfluss gibt es auch noch ein halbes Dutzend Großhändler, die ihn online vertreiben.«

»Bitte tragen Sie es in die Tabelle ein, ja?«, murmelte ein enttäuschter Lincoln Rhyme seiner Praktikantin zu.

Es herrschte einen Moment lang Stille.

»Ich, äh …«

»Oh, natürlich«, sagte Rhyme. »Tut mir leid. Hab ich ganz vergessen. Mel, mach du das bitte.«

Der Techniker fügte Marke und Hersteller in seiner schönen Handschrift hinzu.

»Auch wenn es viele Läden sind, werde ich dort mal nachfragen«, sagte Archer. »Mal sehen, ob jemand sich an unseren Täter erinnert.«

»Es besteht außerdem die Möglichkeit, dass er …«, fing Rhyme an.

»… ein Angestellter des Ladens ist«, fiel Archer ihm ins Wort. »Daran habe ich auch schon gedacht. Ich werde vorher lieber ein paar Erkundigungen einziehen und nach Mitarbeiterfotos suchen. Auf den Internetseiten der Geschäfte oder bei Facebook und Twitter. Vielleicht haben sie auch Softballteams oder veranstalten Wohltätigkeits- oder Blutspendeaktionen, bei denen fotografiert wurde.«

»Gut.« Rhyme fuhr wieder zu den Tafeln und musterte sie. Die Dringlichkeit war ihm bewusst. Seitdem feststand, dass der Hüter des Volkes, ihr Täter 40, ein Serientäter war, mussten sie davon ausgehen, dass er bald wieder zuschlagen würde. Das war bei solchen Kriminellen oft der Fall. Was auch immer sie motivierte, ob sexuelle Lust oder terroristischer Hass, derartig intensive Gefühle führten meistens zu einer gesteigerten Häufigkeit der Taten.

Bis morgen verbleibe ich …

Man hörte einen Schlüssel in der Haustür, sie öffnete und schloss sich, gefolgt von Schritten im vorderen Flur …

Sachs und Pulaski waren eingetroffen. Der junge Beamte kam manchmal in Uniform und manchmal in Zivil. Heute war er besonders zwanglos gekleidet: Jeans und T-Shirt. Sachs sah müde aus. Ihre Augen waren gerötet, ihre Haltung gebeugt.

»Sorry, ich bin spät dran.«

»Ich habe dich angerufen.«

»War 'ne anstrengende Nacht.« Sie warf einen Blick auf die Tabellen. »Also, wo stehen wir?«

Rhyme erzählte ihr von dem Lack und Archers derzeitiger Beschäftigung – der Suche nach einem etwaigen Käufer.

»Gibt es etwas Neues zu den Servietten?«, fragte Sachs.

»Die Zentrale hat sich noch nicht gemeldet«, erwiderte Mel Cooper.

Sie verzog das Gesicht. »Immer noch verschwunden.«

Auch Rhyme konzentrierte sich auf die Tabellen.

Die Antwort ist da …

War sie aber nicht. »*Irgendetwas* übersehen wir hier«, schimpfte Rhyme.

»*Natürlich*, Linc«, ertönte eine laute Männerstimme am Eingang. »Wie oft muss ich dir noch sagen, du sollst das große Ganze im Blick behalten. Muss ich dir denn *jedes Mal* das Händchen halten?«

Und mit diesen Worten hinkte der zerknitterte NYPD-Detective Lon Sellitto langsam in den Raum, gestützt auf einen eleganten Gehstock.

41

Während Nick Carelli darauf wartete, abgeholt zu werden, fiel sein Blick auf die Couch in seinem Wohnzimmer. Er lächelte. Nicht bloß innerlich, sondern er grinste breit.

Gestern Abend war er ganz der Gentleman geblieben. Amelia und er hatten nebeneinander auf der Couch gehockt – denn der Küchentisch war ja mit dem Papierkram zur Operation »Ich bin unschuldig« bedeckt – und das Hühnercurry gegessen. Und sie hatten die Flasche Wein geleert, bis auf den letzten Tropfen. Nick hatte einen besonders guten Wein gekauft, nachdem Amelia ihren Besuch angekündigt hatte.

Und dicht neben ihr hatte er gesessen, aber rein platonisch. Als sie mit schwerer Zunge sagte, sie könne nicht mehr fahren und wolle sich ein Taxi rufen, bot er an: »Möchtest du die Couch? Oder das Bett und ich nehme die Couch? Keine Angst, ich will dich nicht anbaggern. Du siehst einfach nur… na ja, du siehst aus, als hättest du schon vor einer Stunde einschlafen müssen.«

»Macht es dir nichts aus?«

»Nein.«

»Dann nehme ich die Couch.«

»Ich beziehe sie dir auch ganz ordentlich.«

Hatte er nicht. Doch das nachlässig übergeworfene Laken schien sie nicht zu stören, denn kurz darauf war sie eingeschlafen. Nick hatte zwei oder drei Minuten lang einfach nur ihr schönes Gesicht angestarrt. Vielleicht noch länger.

Nun zog er das Laken von der Couch, trug es ins Schlafzimmer und warf es in den Korb für die Schmutzwäsche. Dann holte er den Kissenbezug, hob ihn ans Gesicht und roch daran. Bei dem Duft ihres Shampoos zog sich sein Magen zusammen. Eigentlich hatte er den Bezug auch in die Waschmaschine stecken wollen, entschied sich jedoch anders und legte ihn auf die Kommode.

Sein Mobiltelefon meldete den Eingang einer SMS. Freddy Caruthers war eingetroffen. Nick zog seine Jacke an und verließ die Wohnung. Vor dem Gebäude stieg er zu seinem Freund in den SUV – ein Cadillac Escalade, schon älter, aber gut gepflegt. Dann nannte er Freddy eine Adresse in Queens. Der nickte und fuhr los. Auch ohne Navigationsgerät fand er sich mühelos zurecht, bog ein Dutzend Mal ab und schien die Gegend wie seine Westentasche zu kennen. Hinter dem großen Steuer des mächtigen Wagens wirkte Freddy winzig, aber aus irgendeinem Grund heute Morgen auch weniger krötenhaft als sonst.

Nick lehnte sich auf dem Ledersitz zurück und sah dabei zu, wie das Stadtbild auf dem Weg nach Osten an Schroffheit verlor. Von Bodegas und schmucklosen Mietshäusern über kleine Supermärkte und Bungalows zu größeren Einfamilienhäusern mit Rasenflächen und Gärten. In Queens lag das alles nicht weit auseinander.

Freddy gab ihm die Mappe. »Das ist alles, was ich über Jon Perone und seine Firma finden konnte. Und seine Kontakte. Der Mann ist brillant.«

Nick las und machte sich einige Notizen. Und er verglich Freddys Funde mit dem, was er selbst sich zusammengesucht hatte. Sein Herz schlug gleichmäßig. Ja, was er da beisammenhatte, könnte genau das sein, was er brauchte.

Seine Rettung. Er lächelte erneut.

Dann steckte er die Papiere in die Innentasche seiner Jacke, und die beiden Männer plauderten ein wenig. Freddy sagte, er würde die Kinder seiner Schwester am nächsten Tag ins Stadion mitnehmen.

»Zu den Mets. Sie sind zwölf und fünfzehn.«

»Die Mets?«

»Ha. Die Jungen. Ganz schöne Dickköpfe, aber nicht so sehr, wenn sie bei mir sind. Und wenn du fünfzehn bist und kein Dickschädel, dann stimmt etwas ganz und gar nicht.«

»Weißt du noch, als Peterson uns mit dem Bier im Umkleideraum erwischt hat?«

Freddy lachte. »Was hast du zu ihm gesagt? Es war … Ich weiß es nicht mehr. Aber er hat es nicht lustig gefunden.«

»Er hat gefragt: ›Was zum Teufel habt ihr hier mit Alkohol zu suchen?‹«, sagte Nick. »›Wisst ihr nicht, wie schädlich der ist?‹ Und ich hab geantwortet: ›Und warum habe ich ihn dann von Ihrer Frau bekommen?‹«

»Ja, genau! Was für ein Spruch. Er hat dir eine reingehauen, nicht wahr?«

»Nein, er hat mich bloß umgestoßen … Und mich für eine Woche suspendiert.«

Schweigend fuhren sie ein Stück weiter, während Nick in den Erinnerungen an die Schulzeit schwelgte.

»Was ist denn nun mit dir und Amelia?«, fragte Freddy dann. »Ich meine, sie ist doch mit diesem Typen zusammen, richtig?«

Nick zuckte die Achseln. »Ja, ist sie.«

»Irgendwie seltsam, meinst du nicht auch? Er ist ein Krüppel. Halt. Darf man das sagen?«

»Nein, darf man nicht.«

»Aber er ist einer, oder?«

»Behindert. Ich hab's nachgeschlagen. Behindert kann man sagen. Gehandicapt mögen sie auch nicht.«

»Worte«, sagte Freddy. »Mein Dad hat Schwarze als Farbige

bezeichnet. Was man nicht sollte. Doch heutzutage soll man sie ›Persons of Color‹ nennen, was ziemlich nah dran ist an ›Farbigen‹. Ich kapiere das alles nicht. Ihr beide wart ein hübsches Paar, du und Amelia.«

Ja, allerdings.

Nick warf einen Blick in den Außenspiegel und erschrak. »Scheiße.«

»Was ist denn?«, fragte Freddy.

»Siehst du den Wagen hinter uns?«

»Den …?«

»Den grünen, ich weiß nicht, Buick oder so. Nein, Chevy.«

»Hab ihn. Was ist mit ihm?«

»Er ist schon mehrmals genauso abgebogen wie wir.«

»Im Ernst? Was soll das? Soweit ich weiß, ist niemand hinter mir her.«

Nick sah noch einmal in den Spiegel. Und schüttelte den Kopf. »Gottverdammt.«

»Was?«

»Ich glaube, es ist Kall.«

»Wer?«

»Vinnie Kall. Das Detective-Arschloch, das Von und mir in dem Restaurant auf die Pelle gerückt ist.«

»Scheiße, er überwacht deine Wohnung. Wie billig. Den Revolver habe ich übrigens entsorgt. Den finden die nie. Und du hast nichts getan. Du könntest behaupten, nichts von der Waffe gewusst zu haben, sollte es doch noch zur Sprache kommen. Und Von hat ihm nicht seinen echten Namen genannt. Was soll das also?«

»Er ist ein Idiot, das soll das. Vielleicht will er mir einfach nur auf den Sack gehen. O Mann, er darf diese Sache mit Perone auf keinen Fall durchkreuzen. Das ist zu wichtig. Es ist für mich die einzige Möglichkeit, meine Unschuld zu beweisen.«

Er sah sich um. »He, Freddy. Gegen dich liegt nichts vor. Er hat keine Ahnung, dass du den falschen Notruf abgesetzt hast. Tu mir einen Gefallen.«

»Klar, Nick. Kein Problem.«

Nick zeigte nach vorn. »Bieg in dieses Parkhaus ab.«

»Hier?«

»Ja.«

Freddy riss das Lenkrad herum. Die Reifen quietschten. Es war das viergeschossige Parkhaus eines angeschlossenen Einkaufszentrums.

»Ich steige hier aus. Und du wartest hier dreißig oder vierzig Minuten.«

»Was hast du vor?«

»Ich werde mich durch die Läden nach draußen schleichen und mit einem Taxi zu Perone fahren. Danach treffen wir uns wieder hier. Es tut mir leid.«

»Nein, das geht in Ordnung. Ich werde in Ruhe frühstücken.« Freddy hielt neben einem der Zugänge zum Einkaufszentrum.

»Du hast Kall in dem Restaurant auch gesehen, nicht wahr?«, fragte Nick.

»Ja, ich erinnere mich an ihn.«

»Falls er ankommt und über mich reden will …«

»… werde ich sagen, ich könne jetzt nicht reden, denn ich sei mit seiner Frau verabredet.« Freddy zwinkerte ihm zu.

Nick grinste und klopfte dem kleinen Mann auf die Schulter. Dann sprang er aus dem SUV und verschwand in dem Einkaufszentrum.

* * *

In der Lobby von J&K Financial gab es kein Sicherheitspersonal, sondern nur eine profane Gegensprechanlage. Nick drückte einen Knopf und nannte seinen Namen.

Eine Pause.

»Haben Sie einen Termin?«, fragte eine Frauenstimme.

»Nein. Aber ich würde mich sehr freuen, falls Mr. Perone trotzdem ein paar Minuten erübrigen könnte. Es hat mir Algonquin Transportation zu tun.«

Wieder eine Pause. Länger als zuvor.

Der Türöffner summte dermaßen laut, dass Nick zusammenzuckte.

Er betrat einen kleinen Aufzug und dann im zweiten Stock einen überraschend hübschen Firmensitz, wenn man die Umgebung und die schmutzige Fassade des Gebäudes berücksichtigte. Wie es schien, kam Jon Perone gut über die Runden. Am Empfang saß eine schöne Frau mit mokkafarbener Haut.

Hinter ihr konnte man durch die offenen Türen in zwei Büros blicken, jeweils besetzt von einem kräftigen Mann mit kurzen bräunlichen Haaren, den muskulösen Leib in ein gebügeltes Anzughemd gehüllt. Einer der beiden war in ein Telefonat vertieft. Die Augen des anderen, in dem näheren Büro, richteten sich auf Nick. Er war der Größere der beiden und trug gelbe Hosenträger über seinem blassgrünen Hemd. Sein Blick war kühl.

Die Empfangsdame legte den Hörer ihres Festnetztelefons auf. »Mr. Perone hat jetzt Zeit für Sie.«

Nick dankte ihr. Er betrat das offenbar größte Büro der Suite, voller Bücher und Kalkulationsbögen und Geschäftsunterlagen neben Erinnerungsstücken und Fotos. Hunderten von Fotos. An der Wand, auf dem Schreibtisch, auf dem Couchtisch. Viele schienen Familienfotos zu sein.

Jon Perone stand auf. Er war kein großer Mann und besaß eine kompakte Statur. Wie eine Säule. Er trug einen grauen Anzug mit weißem Hemd und einer Krawatte von der Farbe des Meeres, das eine griechische Insel umgibt. Sein schwarzes Haar war mit Gel nach hinten gekämmt. Er hatte sich beim Rasieren geschnitten, und Nick fragte sich, ob er wohl ein altmodisches Rasiermesser benutzte. Er sah zumindest danach aus. Am rechten Handgelenk trug er ein goldenes Armband.

»Mr. Carelli.«

»Bitte nennen Sie mich Nick.«

»Ich bin Jon. Nehmen Sie Platz.«

Beide Männer ließen sich auf weichen Ledersesseln nieder. Perone musterte ihn eindringlich.

»Sie haben Algonquin Transportation erwähnt.«

»Das habe ich. Sagt der Name Ihnen etwas?«

»Die Firma ist nicht mehr im Geschäft, aber ich glaube, es war eine privat geführte Spedition.«

»Ganz recht. Sie hat im Auftrag einiger großer Hersteller Arzneimittel und Zigaretten transportiert, und zwar in neutral gehaltenen Sattelschleppern, weil ein Logo von Philip Morris oder Pfizer zu Überfällen eingeladen hätte.«

»Eine bekannte Vorgehensweise, ja. Aber was hat das mit mir zu tun?«

»Vor fünfzehn Jahren wurde ein Sattelzug der Algonquin mit einer Ladung verschreibungspflichtiger Medikamente im Wert von zwei Millionen Dollar in der Nähe einer Brücke über den Gowanuskanal überfallen.«

»Ach ja?«

»Sie wissen sehr gut, wovon ich spreche. Der Täter hat die Beute in einem Lagerhaus in Queens gebunkert, doch noch bevor er zurückkommen und sie an seine Abnehmer liefern konnte, wurde er verhaftet. Ein Bandenmitglied aus Brooklyn bekam Wind von der versteckten Ware und klaute die gesamte Lieferung. Es hat eine Weile gedauert, aber inzwischen weiß ich, dass diese Jungs für Sie gearbeitet haben.«

»Ich habe nicht die geringste Ahnung, was Sie meinen.«

»Nein? Nun, ich schon.«

Perone schwieg einen Moment lang. »Wieso sind Sie sich so sicher?«, fragte er dann.

»Weil ich diesen Überfall durchgezogen habe.« Nick ließ das kurz wirken. »Also, mein Anteil aus dem Erlös lag bei siebenhunderttausend Dollar. Die Sie mir gestohlen haben. Mit Inflation und Zinsen würde ich sagen: Sie geben mir eine Million, und wir sind quitt.«

42

»Sieh sich das einer an.« Mel Cooper grinste und fuhr sich mit der Hand durch das schüttere Haar.

Lon Sellitto kam langsam näher und nickte allen im Salon zu. Als Rhyme noch beim NYPD gearbeitet hatte, waren die beiden einige Jahre lang Partner gewesen. Nach dem Unfall hatte Sellitto dafür gesorgt, dass Rhyme im Auftrag der Abteilung für Kapitalverbrechen als forensischer Berater und Ermittler hinzugezogen wurde.

»Lon!« Pulaski war aufgesprungen und schüttelte dem Detective nun begeistert die Hand.

»Schon gut, schon gut. Reißen Sie einem alten Mann doch nicht gleich den Arm ab.« Genau genommen war Sellitto noch gar nicht so alt und fühlte sich damit auch ganz wohl.

»Kann ich Ihnen etwas bringen, Lon?«, fragte Thom, der ihn hereingelassen hatte.

»Ja, unbedingt. Falls Sie es gebacken haben, darf ich mir das nicht entgehen lassen.«

Der Betreuer lächelte. »Sonst noch jemand?«

Die anderen lehnten ab.

Sellitto war ein Schatten seiner selbst, seit ein Verbrecher ihn vor einer Weile vergiftet hatte. Er war daran beinahe gestorben und hatte seitdem eine Vielzahl von Behandlungen und Therapien über sich ergehen lassen müssen. Und er hatte im Laufe des letzten Jahres knapp zwanzig Kilo Gewicht verloren, schätzte Rhyme. Sein Haar wurde dünner und grauer, und mit seiner neuen schlankeren Linie wirkte er nur umso zerknitterter. Die Kleidung passte nicht mehr, und anstelle so mancher Fettpolster musste er sich nun mit erschlaffter Haut herumschlagen.

Nach einigen Schritten fiel Sellittos Blick auf Juliette Archer. »Was ist das hier …?« Seine Stimme erstarb.

Rhyme – und Archer – lachten. »Sag es ruhig.«

»Ich …«

Archer neigte den Kopf. »Eine Rollstuhlausstellung?«

Sellitto wurde rot, was Rhyme in all den Jahren nur wenige Male bei ihm gesehen hatte. »Ich wollte sagen: eine Versammlung. Aber Ihres ist witziger.«

Rhyme stellte die beiden einander vor.

»Ich bin Lincolns Praktikantin«, sagte sie.

Sellitto warf Rhyme einen Blick zu. »*Du*? Bist Mentor? Herrje, Juliette, na dann mal viel Glück.«

Sachs umarmte Sellitto. Sie und Rhyme sahen den Detective und seine Lebensgefährtin Rachel vergleichsweise häufig, aber da Rhyme keine Kriminalfälle mehr annahm und Sellitto schon ewig krankgeschrieben war, hatten sie lange nicht mehr zusammengearbeitet.

»Ah.« Seine Miene hellte sich auf, denn Thom brachte einen Teller Gebäck in den Salon. Sellitto griff zu. Thom reichte ihm außerdem einen Kaffee.

»Danke.«

»Sie möchten keinen Zucker, richtig?«

»Doch, möchte ich. Zwei Stück.« Sellitto hatte ursprünglich vorgehabt, sein Gewicht dadurch zu reduzieren, dass er zu seinen Donuts nur noch ungesüßten Kaffee trank. Da er nun auf andere Weise schlanker geworden war, sah er dazu keine Veranlassung mehr.

Der Detective aus der Abteilung für Kapitalverbrechen ließ den Blick kritisch durch das Labor schweifen, dessen halbe

Ausstattung von Plastikplanen verhüllt war. Dazu das Dutzend Tafeln vor der hinteren Wand. »Mein Gott, ich mach 'ne kleine Pause, und alles geht vor die Hunde.« Dann lächelte er. »Und Sie, Amelia, gehen neuerdings auf Großwildjagd, hab ich gehört. Und erlegen Rolltreppen in Einkaufszentren.«

»Was *genau* haben Sie denn gehört? Ich habe meinen Bericht jedenfalls rechtzeitig eingereicht.«

»Keine Sorge«, versicherte der Detective. »Die feiern Sie als Fräulein Findig. Und das ist noch untertrieben. Madino ist sehr angesehen – er wurde soeben für eine Stelle im Präsidium vorgemerkt –, also haben Sie einen mächtigen Verbündeten auf Ihrer Seite.«

»Das Wort ›Verbündeter‹ beinhaltet schon, dass er auf ihrer Seite ist, Lon. Du brauchst es nicht noch extra zu erwähnen«, merkte Rhyme pedantisch an.

»O Mann. Wurdest du in der Schule eigentlich regelmäßig verprügelt, Mr. Hier-Herr-Lehrer-ich-weiß-die-Antwort?«

»Lass uns doch einfach später über unwichtiges Zeug plaudern, ja? Hast du nicht vorhin das große Ganze erwähnt, Lon?«

»Ich habe gelesen, was du mir geschickt hast.«

Sellitto war der Experte, für den Rhyme die Unterlagen zum Fall Täter 40 hochgeladen hatte. Der Kriminalist lächelte, weil er erneut an die lakonische Antwort denken musste.

Wenn's denn sein muss. Morgen …

»Zunächst mal, es handelt sich um einen kranken Wichser.«

Zutreffend, aber irrelevant. »Lon?«, mahnte Rhyme hörbar ungehalten.

»Also. Was haben wir? Er ist fixiert auf diese Produkte, die wir bei uns zu Hause installieren und die sich gegen uns wenden. Was ich davon halte? Er verfolgt zwei Zielisierungen.«

»Was war das gerade?«, reagierte Rhyme automatisch.

»Ich mache mich über dich lustig, Linc. Konnte einfach

nicht widerstehen. Es ist Monate her, dass du mir mit einer Grammatiklektion auf den Sack gegangen bist.« Er sah Archer an. »Bitte verzeihen Sie mir die Ausdrucksweise.«

Sie lächelte.

»Okay«, fuhr Sellitto fort. »Er ist auf zweierlei aus. Zum einen benutzt er diese Controller, um entweder seine Aussage zu unterstreichen oder weil er reiche Leute nicht abkann, die sich diesen teuren Scheiß leisten. Diese Dinger sind die Waffe seiner Wahl. Komplett irre, aber so ist es. Ziel Nummer zwei: Selbstverteidigung. Er muss die Leute aufhalten, die hinter ihm her sind. Das heißt, uns. Nun ja, euch. Er ist jeweils vor Ort gewesen, um den Code für den Controller einzugeben, richtig?«

»Richtig«, bestätigte Archer. »Man kann den Cloud-Server von überall in der Welt aus hacken, aber er möchte offenbar in der Nähe sein. Wir glauben, es könnte dabei um ein moralisches Element gehen – damit er keine Kinder verletzt oder versehentlich ärmeren Leuten schadet, die *keine* Unsummen für ihre Bequemlichkeit ausgeben.«

»Oder das Zuschauen macht ihn an«, sagte Sachs.

»Nun, in jedem Fall könnte er beobachtet haben, wer ihm auf den Fersen ist. In erster Linie das Team der Spurensicherung, also Sie beide, Amelia und Ron.«

»Ich war auch an einem der Tatorte«, sagte Rhyme. »Als er das Büro des Mannes zerstört hat, von dem er wusste, wie man die Controller hackt.« Er verzog das Gesicht. »Und er hat bei dieser Gelegenheit Evers Whitmore gesehen.«

»Ist das ein Kollege?«, fragte Sellitto.

»Nein, ein Anwalt. Ich habe mit ihm an der Zivilklage nach dem Rolltreppenzwischenfall gearbeitet. Als wir noch nicht von einem Mord ausgegangen sind.«

Sellitto trank einen Schluck Kaffee und fügte noch ein Stück Zucker hinzu. »Euer Täter dürfte ihn ohne größere Probleme identifizieren können. Und dich auch, Linc, du bist ziemlich bekannt. Sobald er dich ausfindig gemacht hat, kennt er auch alle anderen. Ihr solltet Personenschutz beantragen. Ich kann mich darum kümmern.«

Rhyme befahl dem Computer, Whitmores Adresse und Telefonnummer auszudrucken. Sellitto warf ein, dass er die Daten von Cooper und Sachs bereits habe und die Bewachung ihrer Wohnungen in die Wege leiten würde. Archer sagte, sie halte es für unwahrscheinlich, dass Gefahr für sie bestünde, aber Rhyme wollte kein Risiko eingehen. »Ich möchte trotzdem, dass jemand bei Ihrem Bruder Position bezieht. Unwahrscheinlich heißt nicht unmöglich. Von nun an müssen wir alle davon ausgehen, dass er uns ins Visier genommen hat.«

* * *

Heute steht auf der Tagesordnung: Der Hüter des Volkes führt wieder Böses im Schilde.

Und was für ein schöner Tag es ist.

Ich habe etwas Zeit mit Alicia verbracht und sie getröstet. Dann ist sie zur Arbeit gegangen. (Sie ist eine Art Buchhalterin oder so, wenngleich ich nicht sagen könnte, wo genau sie arbeitet und was sie da macht. Sie ist jedenfalls nicht allzu angetan davon, also bin ich es auch nicht. Wir sind kein typisches Paar; unsere Leben verlaufen natürlich nicht vollständig parallel.) Ich gönne mir derweil ein erstes und dann ein zweites Frühstückssandwich am Fenster meiner Wohnung in Chelsea. Lecker und voller Salz. Mein Blutdruck ist so niedrig, dass ein Arzt mich bei einer Untersuchung mal im Scherz gefragt hat, ob ich überhaupt noch am Leben sei. Ich habe gelächelt, obwohl so etwas aus dem Mund eines Mediziners nicht wirklich witzig ist. Am liebsten hätte ich seinen Schädel geknackt, hab es dann aber doch nicht gemacht.

Ich schlinge das zweite Sandwich schnell hinunter und mache mich zum Aufbruch bereit.

Der HdV wird aber nicht sofort zuschlagen; erst muss ich noch was anderes erledigen.

Heute ziehe ich neue Klamotten an – zur Abwechslung mal keine Mütze, sodass mein kurzes blondes Haar zu sehen ist. Einen Jogginganzug, marineblau, mit Streifen an den Beinen. Und meine Schuhe. Daran lässt sich nichts drehen. Ich brauche eine Sondergröße. Meine Füße sind aus demselben Grund lang wie meine Finger und wie mein dürrer Körper insgesamt. Die Erkrankung heißt Marfan-Syndrom.

He, Vern, Klappergestell …

He, Bohnenstange …

Es nützt nichts, es den Leuten erklären zu wollen. Sie hören nicht zu, wenn ich sage: Ich hab's mir nicht ausgesucht. Gott hat mal kurz nicht aufgepasst. Oder sich einen Spaß erlaubt. Es hilft auch nicht der Hinweis, dass Abraham Lincoln einer von uns gewesen ist. Oder einfach zu fragen: Na und?

Also lässt du den Spott über dich ergehen. Die Prügel. Die Bilder, die man dir in deinen Spind schiebt.

Bis du beschließt, es nicht mehr hinzunehmen. Rotschopfs Partner, dieser Lincoln Rhyme, wurde von seinem Körper im Stich gelassen, und er kommt damit klar. Als produktives Mitglied der Gesellschaft. Gut für ihn. Ich gehe einen anderen Weg.

Mit dem Rucksack über der Schulter trete ich hinaus auf die Straße, die an diesem herrlichen Frühlingstag zu erstrahlen scheint. Komisch, wie die Welt von Schönheit erfüllt wird, wenn du dich auf einer Mission befindest.

Okay. Ich gehe nach Westen auf den Fluss zu, und je näher ich dem grauen Hudson komme, desto weiter reise ich in der Zeit zurück. Der Osten und die Mitte von Chelsea, wo ich wohne, bestehen aus Apartments, Boutiquen und schicken Restaurants, die in der *New York Times* besprochen werden. Im äußersten Westen ist es aber ein Industriegebiet – wie aus dem neunzehnten Jahrhundert, schätze ich. Ich sehe das Gebäude, nach dem ich suche. Ich bleibe stehen, ziehe mir Baumwollhandschuhe über und wähle auf dem Prepaid-Telefon eine Nummer.

»Everest Graphics«, meldet sich eine Stimme.

»Ja, Edwin Boyle, bitte. Es ist ein Notfall.«

»Oh. Bleiben Sie dran.«

Drei Minuten, ich warte geschlagene drei Minuten. Wie lange würde es wohl dauern, wenn dies *kein* Notfall wäre? Es ist ja auch keiner, aber egal.

»Hallo, hier Edwin Boyle. Wer ist da?«

»Detective Peter Falk. NYPD.« Ich schaue zwar nicht viel Fernsehen, aber *Columbo* habe ich geliebt.

»Oh. Was ist denn?«

»Ich muss Ihnen leider mitteilen, dass in Ihre Wohnung eingebrochen wurde.«

»Nein! Wer war das? Irgendwelche Junkies? Oder die Kids, die da auf der Straße abhängen?«

»Das wissen wir nicht, Sir. Wir hätten gern, dass Sie vorbeikommen und nachschauen, was alles fehlt. Wie schnell können Sie hier sein?«

»In zehn Minuten. Ich bin nicht allzu weit weg … Woher haben Sie gewusst, dass ich hier arbeite?«

Ich bin vorbereitet. »Auf dem Boden Ihrer Wohnung lagen ein paar Ihrer Visitenkarten. Es wurde alles durchwühlt.«

»Okay. Ich bin gleich da. Ich mache mich sofort auf den Weg.«

Ich trenne die Verbindung und schaue den Bürgersteig entlang. Es gibt hier nur Firmen und Handelsunternehmen. Und eine jämmerliche kleine Werbeagentur, die sich verzweifelt bemüht, cool zu wirken. Auf dem Gehweg ist praktisch nichts los. Ich ziehe mich auf die Laderampe eines leer stehenden Lagerhauses zurück. Es dauert keine drei Minuten, da eilt eine Gestalt vorbei, der Mittsechziger Edwin Boyle, Augen stur geradeaus, Miene besorgt.

Ich trete schnell vor, packe ihn am Kragen und zerre ihn in den Schatten der Laderampe.

»O mein Gott…« Er dreht sich mit großen Augen zu mir um. »Sie! Von meiner Etage! Was soll das?«

Wir sind Nachbarn, er wohnt zwei oder drei Türen weiter, aber wir haben kaum jemals ein Wort gewechselt. Uns nur hin und wieder zum Gruß zugenickt.

Auch jetzt bleibe ich stumm. Was hätte es für einen Sinn? Keine witzige Bemerkung, keine Gelegenheit zu letzten Worten. In einem solchen Moment kommen die Leute sonst noch auf Ideen. Ich versenke einfach das runde Ende des Kugelhammers in Edwins Schläfe. So wie bei Todd Williams, als wir unterwegs waren, um mit einem Drink auf unser gemeinsames Projekt anzustoßen: die Welt vor Produkten zu bewahren, die intelligenter sind, als es der Gesundheit ihrer Benutzer zuträglich ist.

Knack, knack.

Knochen bersten. Blut tritt aus.

Er liegt am Boden, windet sich, starrt ins Leere. Ich ziehe den Hammer raus – was gar nicht so einfach ist – und wiederhole die Prozedur. Und noch mal.

Das Zucken hört auf.

Ich blicke auf die Straße. Keine Passanten. Ein paar Autos, aber wir befinden uns hier tief im schützenden Schatten.

Ich ziehe den armen Edwin zu einer leeren Abstellkammer auf der leeren Laderampe des leeren Lagerhauses und öffne die verzogene Sperrholztür. Dann wuchte ich ihn hinein. Ich bücke mich und nehme ihm das Mobiltelefon ab. Es ist durch einen Zugangscode geschützt, aber das spielt keine Rolle. Ich erkenne es von letzter Nacht wieder. Alicia und ich hatten Sex auf der Couch, neben dem Aquarium. Als ich aufgeblickt habe, konnte ich auf dem Monitor meiner Überwachungskamera Edwin sehen, der vor meiner Tür unsere Geräusche aufgenommen hat, sturzbetrunken wie fast jeden Abend. Alicia habe ich kein Wort davon erzählt. Es hätte sie nur zusätzlich aufgeregt, wo sie doch ohnehin schon ständig zu kämpfen hat.

Doch ich wusste, dass ich Edwin für diese Tat die Knochen zertrümmern musste. Das war von vornherein klar. Nicht, weil man mich anhand der Aufnahme irgendwie hätte aufspüren können. Sondern weil er sich so niederträchtig verhalten hatte. Es war die Tat eines Shoppers.

Und das war Grund genug dafür, dass dieser Mann den Tod verdiente. Ich wünschte zwar, es wäre mit mehr nozizeptivem Schmerz verbunden gewesen, aber man kann nicht alles haben.

Nun knacke ich auch die Knochen seines Telefons – der Akku bei diesen Modellen ist nicht so einfach zugänglich. Die Reste entsorge ich später.

Mir fallen in der Nähe ein paar neugierige Ratten auf. Vorsichtig, aber interessiert. Keine schlechte Möglichkeit, um Spuren zu vernichten, wird mir klar. Die hungrigen Nager werden die Partikel, die der Leiche anhaften, einfach verdauen.

Ich trete wieder hinaus auf den Bürgersteig und atme tief durch. Die Luft in diesem Teil der Stadt riecht nicht so gut. Aber sie belebt.

Ein guter Tag …

Und schon bald wird er noch besser. Es ist Zeit für die Hauptveranstaltung.

* * *

»Stehen Sie auf«, sagte Jon Perone und strich sich über das tiefschwarze Haar. Diese Farbe – echt oder aus der Flasche? Vermutlich Letzteres.

Nick wusste, was gemeint war. Er zog sein T-Shirt hoch und

drehte sich langsam einmal um die eigene Achse. Dann ließ er die Hose herunter. Und die Unterhose. Perone sah hin. Beeindruckt, bestürzt? Viele Männer waren es.

Nick zog alles wieder an.

»Schalten Sie Ihr Telefon ab. Und nehmen Sie den Akku heraus.«

Nick gehorchte und legte beides auf Perones Schreibtisch.

Er schaute zur Tür. Der Mann mit den Hosenträgern stand dort. Nick fragte sich, wie lange schon.

»Geht in Ordnung, Ralph. Er ist sauber.«

Nick starrte Ralph in die Augen, bis der Mann kehrtmachte und wegging. Dann sah er wieder Perone an. »Nur zur Erklärung, Jon. Ein Freund von mir hat einen Freund von *Ihnen* ausfindig gemacht – Norman Ring, zurzeit Staatsgast für fünf bis acht Jahre oben in Hillside. Den größten Teil dieser Jahre hat er sich eingehandelt, weil er die Klappe gehalten hat, anstatt Sie ans Messer zu liefern. Ich weiß jedoch genug, um Sie beide miteinander in Verbindung zu bringen.«

»Verflucht noch mal, Mann. Scheiße.« Perones rötlicher Teint – wegen der Golfrunden und Kurzurlaube am Wochenende, schätzte Nick – wurde unter dem gefärbten Haar noch eine ganze Spur dunkler.

»Das steht alles in einem Brief, den ich bei meinem Anwalt hinterlegt habe, zu öffnen im Falle meines Ablebens oder Verschwindens. Sie verstehen, was ich sagen will, oder? Also bleiben wir doch alle ganz ruhig. Brausen nicht auf. Gehen nicht zum Angriff über. Sondern reden einfach nur übers Geschäft. Haben Sie sich je gefragt, woher die Ware gestammt hat?«

»Die Algonquin-Ladung?« Perone hatte sich ein wenig beruhigt. »Ich habe darauf gewartet, dass jemand sich melden würde. Doch das ist nie passiert. Was sollte ich machen, eine Anzeige aufgeben? Gefunden: Oxy, Perc und Propofol im Wert von zwei Millionen Dollar? Rufen Sie diese Nummer an?«

»Ist nicht schlimm. Aber nun hätte ich gern mein Geld.«

»Sie hätten sich ja nicht gleich wie der Pate höchstpersönlich aufführen müssen.«

Nick verzog das Gesicht. »Bei allem Respekt, Jon. Was ist aus dem Eigentümer des Lagerhauses geworden, in dem ich das Zeug untergebracht hatte? Stan Redman hieß er.«

Perone zögerte. »Er hatte einen Unfall. Auf einer Baustelle.«

»Soweit ich weiß, haben Sie ihn lebendig begraben, nachdem er versucht hatte, die Ware selbst an den Mann zu bringen.«

»An so etwas kann ich mich nicht erinnern.«

Nick lächelte gequält. »Nun zum Geld. Ich habe es mir verdient. Ich brauche es.«

»Ich biete Ihnen sechs.«

»Aber ich bin nicht hier, um zu verhandeln, Jon. Selbst bei dem abgezocktesten Hehler der Stadt hätten Sie mindestens fünfundfünfzig Prozent herausgeholt. Das wäre mehr als eine Million gewesen. Und ich möchte wetten, Sie haben einen anderen Weg gewählt, denn Sie kommen mir so gar nicht wie jemand vor, der gern Rabatt gewährt. Sie haben das Zeug auf der Straße verkauft. Und wahrscheinlich drei Millionen reinen Profit erzielt.«

Perone zuckte die Achseln. Was so viel hieß wie: Ja, kommt ungefähr hin.

»Also, wir machen Folgendes: Ich will eine Million. Und ich will Unterlagen, laut denen es sich um ein Darlehen handelt – von einer Firma, die sich nicht zu Ihnen oder jemand anderem mit einer Vorstrafe zurückverfolgen lässt. Gleichzeitig treffen wir eine schriftliche Nebenvereinbarung, laut der die Schuld erlassen wurde. Das Finanzamt ist mein Problem, sollte es dazu kommen.«

Perones Miene verriet widerwillige Bewunderung. »Haben Sie sonst noch irgendwelche verkackten Wünsche, Nick?«

»Ja, tatsächlich, habe ich. Und zwar hinsichtlich des Überfalls auf den Algonquin-Transport am Gowanus. Ich möchte, dass Sie auf der Straße durchsickern lassen, nicht ich sei der Täter gewesen, sondern mein Bruder Donnie.«

»Ihr Bruder? Sie verraten ihn an die Bullen?«

»Er ist tot. Es ist ihm scheißegal.«

»Was auch immer sich auf der Straße herumspricht, niemand hebt deswegen eine Verurteilung auf.«

»Das weiß ich. Ich möchte nur, dass bestimmte Leute es zu hören bekommen.«

»Ich wusste, dass diese Ladung mich irgendwann in den Arsch beißen würde«, sagte Perone. »Sind wir fertig?«

»Fast.«

»Oh, heilige Maria.«

»Es gibt einen Kerl namens Vittorio Gera. Ihm gehört ein Restaurant in Brooklyn, das nach ihm benannt ist. Vittorio's.«

»Ja?«

»Ich möchte, dass einer Ihrer Jungs ihn besucht und ihm mitteilt, dass er den Laden an mich verkaufen wird. Für die Hälfte des bisherigen Preises.«

»Und falls er ablehnt?«

»Dann soll jemand sich seine Frau und die Töchter vornehmen. Ich glaube, er hat auch Enkelkinder. Schießen Sie ein paar Fotos von denen im Park und schicken Sie sie an Vittorio. Das dürfte reichen. Ansonsten soll jemand seiner jüngsten Tochter einen Besuch abstatten. Hannah. Das ist die, die wie ein Flittchen aussieht. Fahrt mit ihr einfach mal um den Block.«

»Sie haben Stil, Nick.«

»Sie haben mich beklaut, Perone. Ihren Scheiß können Sie sich sparen.«

»Also gut. Ich bereite die Unterlagen vor.« Dann runzelte Perone die Stirn. »Wie haben Sie mich gefunden, Nick? Es kann nicht einfach gewesen sein. Ich verwische meine Spuren wirklich gut. Schon immer. Wer ist dieser Freund, von dem Sie geredet haben?«

»Freddy Caruthers.«

»Demnach könnte er mich mit der Algonquin-Ware in Verbindung bringen. Und uns beide ebenfalls.«

»Womit ich zu meiner letzten Bitte komme«, sagte Nick.

Perone nickte langsam. Seine Augen blieben auf etwas hinter Nick gerichtet, auf einen Hut an der Garderobe, einen Schmutzfleck an der Wand oder ein Foto von sich selbst beim Golfspiel im Meadowbrook Club.

Oder vielleicht auch auf nichts Spezielles.

»Freddy hat mich heute ein Stück gefahren. Ich habe ihm gesagt, ein Cop würde uns verfolgen, also sind wir ins Parkhaus des Grand Central Center abgebogen, des Einkaufszentrums. Von dort aus habe ich für den Rest des Weges ein Taxi genommen.«

»Ein Cop?«

»Nein, nein, den habe ich mir ausgedacht. Ich wollte nur, dass Freddy irgendwo sitzt und wartet.« Nick hatte sich ausgerechnet, wie dieses Treffen verlaufen würde.

»Wir können uns darum kümmern«, sagte Perone leise, drückte einen Knopf am Telefon und bat jemanden zu sich ins Büro.

Gleich darauf war Ralph wieder da, der Mann mit der breiten Brust, den extravaganten Hosenträgern und dem eisigen Blick.

»Nick Carelli, Ralph Seville.«

Einen Moment lang sahen sie sich nur in die Augen, dann reichten sie sich die Hände.

»Ich habe einen Auftrag für dich«, sagte Perone.

»Natürlich, Sir.«

Nick nahm sein Telefon vom Schreibtisch, steckte den Akku

wieder hinein und schaltete es an. Dann schickte er Freddy eine Textnachricht; er wollte die Stimme des Mannes nicht hören.

Bin auf dem Rückweg. War Kall da?

Natürlich nicht.

Nein.

Nick schrieb:

Wo bist du?

Die Antwort lautete:

Violette Ebene; beim Eingang der Filiale von Forever 21.

Nick erwiderte:

Bin in 15 Minuten da.

Von Freddy:

Alles gut gelaufen?

Nick zögerte. Dann schrieb er:

Bestens.

Nick nannte Ralph Freddys Aufenthaltsort. »Er sitzt in einem schwarzen Escalade.« Dann sah er Perone an. »Kein lebendiges Begraben oder so'n Scheiß. Kurz und schmerzlos.«

»Keine Sorge. Es geht hier nicht um eine Botschaft, sondern um Aufräumarbeiten.«

»Und er soll nicht wissen, dass ich das arrangiert habe.«

Ralph verzog das Gesicht. »Ich werd's versuchen. Aber …«

»Mehr verlange ich ja gar nicht. In seinem Telefon sind meine Nachrichten, in seinem Auto meine Fingerabdrücke.«

»Wir kümmern uns um alles.« Ralph nickte und verließ das Büro. Nick sah, dass hinten in seinem Hosenbund eine große vernickelte Automatikpistole steckte. Eines dieser Projektile würde in einer halben Stunde wohl im Kopf seines Freundes landen.

Nick stand auf. Er und Perone gaben sich die Hände. »Ich nehme ein Taxi zurück in die Stadt.«

»Nick?«, fragte Perone und hielt kurz inne. »Sind Sie daran interessiert, für mich zu arbeiten?«

»Zunächst mal möchte ich meinen Laden eröffnen, mich häuslich niederlassen und heiraten. Aber ich denke gern darüber nach.« Nick ging aus dem Büro, hob sein Telefon und wählte eine Nummer.

43

Rhyme sah gerade Amelia Sachs an, als ihr Telefon klingelte.

Sie wandte den Blick ab und zog sich in den hinteren Teil des Salons zurück, bevor sie das Gespräch annahm. Dabei wandte sie den anderen den Rücken zu. Rhyme nahm an, dass es um ihre Mutter ging. Amelias Schultern hingen herab. War alles in Ordnung? Er kannte die schwierige Vorgeschichte der beiden, wusste aber auch, dass das Verhältnis zwischen Mutter und Tochter sich im Laufe der Jahre gebessert hatte. Rose war milder geworden. Sachs ebenfalls, soweit es ihre Mutter betraf. Die Zeit vergeht, der Zorn legt sich. Entropie. Und nun natürlich die Krankheit der Frau. Er selbst wusste nur zu gut, was eine Änderung der körperlichen Verfassung alles nach sich ziehen konnte.

Doch er bekam kaum etwas von dem Gespräch mit. Schließlich verstand er »Restaurant« und »geklappt« und »Glückwunsch«. Sie klang begeistert. Dann, nachdem sie eine Weile zugehört hatte: »Ich glaube an dich.«

Nicht Rose. Wer dann?

Er richtete seine Aufmerksamkeit wieder auf die Beweistabellen und fuhr näher heran. Lon Sellitto riss ihn aus seinen Gedanken. »Hat sich beim NCIC irgendwas Ähnliches gefunden?«

»Nein«, sagte Rhyme. In der nationalen Verbrechensdatenbank gab es vierzehn Kategorien für Personen und sieben für Gegenstände. Schwerpunkte waren offene Haftbefehle sowie zusätzliche Verdachtsmomente bei einzelnen Individuen sowie gestohlene Besitztümer. Es war zwar möglich, das Profil eines bestimmten Verbrechens oder einer charakteristischen Abfolge von Straftaten mit der Datenbank zu vergleichen und so ein paar Namen eventueller Verdächtiger geliefert zu bekommen, aber eigentlich war dieses FBI-System nicht dafür ausgelegt.

»In den Medien und auf akademischen Internetseiten gibt es eine Menge Artikel und Berichte über das Hacken intelligenter Systeme«, sagte Juliette Archer. »Meistens nur um des Hackens willen. Als Hobby, sagt mein Sohn. Wegen der Herausforderung. Niemand hat bisher absichtlich ein Gerät zur Waffe umfunktioniert, wenngleich manche Hacker bereits Autos und Verkehrsampeln übernommen haben.«

»Ampeln. Das ist eine erschreckende Vorstellung«, sagte Sellitto.

»Es ist billiger, sie drahtlos zu steuern«, fuhr Archer fort. »Dann muss man nicht extra den Boden aufreißen und Kabel verlegen.«

»Das ist eine solide Recherche«, lobte Sellitto. »Sie würden einen guten Cop abgeben.«

»Der Sporttest dürfte ein Problem sein.«

»Linc sitzt auch den ganzen Tag auf seinem Hintern«, murmelte Sellitto. »Sie könnten als Beraterin arbeiten. Ihm ein wenig Konkurrenz machen. Damit er auf Draht bleibt.« Der zerknitterte Detective nahm wieder einmal die Tabellen in Augenschein. »Was ist das nur für ein seltsames Täterprofil? Womöglich Sprengstoff, aber es hat in letzter Zeit nicht geknallt. Toxine, aber es wurde niemand vergiftet. Er macht hochwertige Holzarbeiten. Was baut er eurer Meinung nach? Vitrinen oder Bücherschränke? Mit Glastüren? Vielleicht so was?«

»Nein«, sagte Rhyme. »Die Glassplitter waren alt. Und Amelia hat Glaserkitt gefunden. Ich glaube nicht, dass die Scheiben von Möbelstücken mit Kitt befestigt werden. Es muss sich um richtige Fenster handeln. Außerdem, siehst du das Gummi? Es wurde zusammen mit dem Ammoniak gefunden. Ich würde sagen, er hat ein zerbrochenes Fenster ausgetauscht und die neue Scheibe dann mit einem Gummiabzieher und einem Papierhandtuch gereinigt.« Seine Stimme wurde dabei immer leiser. »Ein Fenster.«

»Sogar Psychokiller müssen Reparaturen im Haushalt vornehmen«, sagte Pulaski. »Vermutlich hat es nichts mit dem Fall zu tun.«

»Aber er hat die Scheibe erst kürzlich ausgetauscht«, wandte Rhyme ein. »Die Partikel waren frisch und wurden vermischt mit den anderen Spuren vom Tatort gefunden. Es ist nur eine Spekulation, aber mal angenommen, man wollte in ein Haus oder Büro einbrechen …«

»Dann könnte man sich als Handwerker tarnen«, sagte Sellitto.

»Man zieht einen Overall an«, führte Sachs den Gedanken fort. »Und man hat eine neue Scheibe dabei. Man bricht ein, holt sich drinnen, was man haben will, ersetzt dann die Scheibe, säubert sie und verschwindet. Jeder zufällige Zeuge wird glauben, man sei der Hausmeister oder ein Glaser, der mit der Reparatur beauftragt wurde.«

»Und er hat sich ja auch im Theaterviertel als Handwerker verkleidet«, fügte Archer hinzu.

»Vielleicht ist er irgendwo eingebrochen, um herauszufinden, ob es dort ein Gerät gibt, in dem einer dieser Controller eingebaut ist, so ein DataWise-Ding«, sagte Sellitto.

»Das braucht er nicht«, betonte Archer. »Sein erstes Opfer, Todd Williams, hat sowohl eine Liste der entsprechenden Produkte als auch der Käufer für ihn heruntergeladen.«

»Ja, stimmt auch wieder«, sagte Sellitto.

»Würden die Splitter von Milchglas stammen, wäre das was anderes«, sagte Rhyme. »Dann könnte er stattdessen eine klare Scheibe eingesetzt haben, um sich freie Sicht auf den späteren

Tatort zu verschaffen. Aber auch die zerbrochene Scheibe war klar. Alt oder billig, aber klar. Überlegen wir weiter. Falls unser Handwerker-Szenario zutrifft und – jetzt lehnen wir uns mal weit aus dem Fenster – es tatsächlich um einen weiteren Anschlag geht, dann war er zu dem Einbruch gezwungen, weil es dort *keines* dieser intelligenten Geräte gibt.«

»Und seine Zielperson somit auch nicht auf der Kundenliste steht«, fügte Sachs hinzu. »Ein zufälliger Käufer scheidet also aus.«

»Gut«, sagte Rhyme. »Konzentrieren wir uns darauf.«

»Was ist sein Motiv?«, fragte Archer.

Rhyme schloss kurz die Augen. Dann riss er sie auf. »Er geht gegen eine Bedrohung vor. Was Lon vorhin gesagt hat. Seine *zweite* Mission. Er will diejenigen aufhalten, die hinter ihm her sind oder ihm gefährlich werden können. Uns. Vielleicht auch einen Zeugen, jemand, der ihn kennt und allmählich Verdacht schöpft. Verweist irgendetwas in den Tabellen auf ein mögliches Opfer, das nichts mit den Produkten und seinem Manifest gegen die Käufer zu tun hat?«

Er überflog die Einträge. Obwohl der Ursprung einiger Spuren noch ungeklärt war (*Queens??*), hatte alles identifiziert werden können – mit einer Ausnahme.

»Verflucht, Mel: Was, zum Teufel, ist mit dieser Pflanze? Unsere Anfrage an die Horticultural Society ist ewig her.«

»Das war erst gestern.«

»Ewig, wie ich schon sagte«, beharrte Rhyme barsch. »Ruf da an und finde es heraus.«

Cooper schlug die Nummer nach und wählte sie. »Professor Aniston? Hier ist Detective Cooper. NYPD. Ich habe Ihnen doch das Bild eines Pflanzenpartikels geschickt, der an einem Tatort gefunden wurde. Haben Sie sich schon damit beschäftigen können? Wir stehen etwas unter Zeitdruck … Sicher.« Cooper sah zu Rhyme. »Er schaut jetzt nach.«

»Was bedeutet, es hat ihn bisher wohl nicht allzu sehr gekümmert«, murmelte Rhyme womöglich lauter, als er sollte.

Dann änderte sich Coopers Körpersprache. Er notierte sich etwas auf einem Block, der neben ihm lag. »Ich hab's, vielen Dank, Professor.« Er legte auf. »Die Pflanze ist selten. Man findet sie nicht sehr oft.«

»Genau das bedeutet ›selten‹, Mel. Was ist es denn nun?«

»Das Blattfragment von einem Hibiskus. Das Seltene daran ist, es handelt sich um ein blaues Exemplar. Es dürfte nur eine begrenzte Anzahl von …«

»Mein Gott!« Sachs nahm ihr Telefon und drückte eine Kurzwahltaste. »Hier ist Detective Fünf Acht Acht Fünf. Sachs. Ich benötige Beamte in der Martin Street Vier Zwei Eins Acht, Brooklyn. Dort ist vermutlich ein Zehn-Vierunddreißig im Gange. Der Verdächtige ist männlich, weiß, eins achtundachtzig bis eins dreiundneunzig groß, achtundsechzig Kilo schwer und wahrscheinlich bewaffnet … Ich bin unterwegs.«

Sie trennte die Verbindung und schnappte sich ihre Jacke. »Das ist die Adresse meiner Mutter. Ich habe ihr einen blauen Hibiskus zum Geburtstag geschenkt. Sie hat ihn im Garten eingepflanzt, gleich neben einem Kellerfenster. Er hat sich dort irgendwie zu schaffen gemacht.«

Sachs rannte zur Tür und wählte dabei die nächste Nummer.

* * *

Eine Sicherung war herausgeflogen.

Rose Sachs befand sich im feuchten Keller ihres Stadthauses in Brooklyn. Es roch hier durchdringend nach Schimmel, und sie bahnte sich langsam einen Weg zu der Schalttafel. Langsam nicht wegen ihrer Herzerkrankung, sondern wegen des Gerümpels.

Ihr Blick schweifte über die Kartons, die Regale, die Ständer mit der in Plastik gehüllten Kleidung.

Sogar hier fühlte sie sich gut – »sogar«, weil sie gerade einem kunstvoll gewebten Spinnennetz auswich.

Gut.

Denn sie verbrachte zur Abwechslung mal etwas Zeit in ihrem eigenen Zuhause.

Sie liebte ihre Tochter und wusste zu schätzen, was Amie alles für sie tat. Doch das Mädchen – die *Frau* – war wegen der bevorstehenden Operation regelrecht zu einer Glucke geworden. Wohn bei mir, Mom. Na los. Nein, ich fahre dich. Nein, ich hole uns was zum Abendessen.

Lieb gemeint. Aber Rose war längst nicht so zerbrechlich, wie Amie tat. Nein, es war deutlich, was ihre Tochter dachte – dass Rose vielleicht nicht mehr aus der Narkose aufwachen würde, während der Chirurg Teile ihres Herzens herausschnitt und durch kleine Schläuche aus einer weniger wichtigen Region ihres Körpers ersetzte.

Die Tochter wollte so viel Zeit wie möglich mit ihrer Mutter verbringen – nur für den Fall, dass Körperteil A und Körperteil B nicht miteinander funktionierten, was Gott, nebenbei bemerkt, auch niemals so vorgesehen hatte.

Oben klingelte ihr Mobiltelefon.

Der Anrufer konnte eine Nachricht hinterlassen.

Oder Amelias Hartnäckigkeit war schlicht ihrer kompromisslosen Natur geschuldet.

Und daran bin ich nicht ganz unschuldig, dachte Rose lächelnd im Hinblick auf die turbulente Vergangenheit. Was war die Ursache ihrer Launen, ihrer Paranoia, ihres Argwohns gewesen? Dass sie geglaubt hatte, Vater und Tochter würden sich gegen die Mutter verschwören?

Nur dass es sich keineswegs um Paranoia gehandelt hatte. Die beiden *hatten* sich verschworen.

Und das völlig zu Recht. Was für ein Drachen ich gewesen bin. Aus welchem Grund auch immer… Wahrscheinlich hätte es geeignete Medikamente dafür gegeben oder Therapeuten, die ich hätte aufsuchen können. Doch das hätte ja bedeutet, Schwäche zu zeigen.

Und Schwächen hatte Rose Sachs noch nie gut akzeptieren können.

Bei diesem Gedanken empfand sie jähen Stolz. Denn die positive Folge dieser Haltung war gewesen, dass sie ihrer Tochter Stärke mitgegeben hatte. Von Herman hatte das Mädchen Herz und Humor. Von Rose die stählerne Härte.

Kompromisslos…

Das Licht hier im Keller funktionierte, aber im ersten Stock war es plötzlich erloschen. Doch warum? Rose hatte nichts eingeschaltet, kein Bügeleisen, keinen Haartrockner. Sie hatte gelesen. Und, peng, war auf einmal der Strom weg. Nun ja, das Haus war alt; vielleicht war eine der Sicherungen defekt.

Jetzt klingelte oben das Festnetztelefon – mit einem altmodischen *Ring, Ring, Ring.*

Sie hielt inne. Ach was, auch dieses Gerät besaß eine Mailbox. Vermutlich bloß irgendein Telefonverkäufer. Sie benutzte den Festnetzanschluss kaum noch, sondern meistens ihr Mobiltelefon.

Willkommen im einundzwanzigsten Jahrhundert. Was hätte Herman wohl davon gehalten?

Während sie einige Kartons zur Seite räumte, um sich einen Weg zum Sicherungskasten zu bahnen, dachte sie an Nick Carelli.

Rose nahm an, dass seine Geschichte der Wahrheit entsprach und er tatsächlich die Schuld seines Bruders auf sich genommen hatte. Das wirkte ehrenhaft, wirkte nobel. Doch wie sie bereits zu ihrer Tochter gesagt hatte: Falls er Amie wirklich geliebt hätte, wäre ihm damals nicht eine bessere Lösung eingefallen? Ein Cop musste doch verinnerlicht haben, dass man sich bei Straftaten korrekt verhielt. Ihr Mann war lebenslang Streifenbeamter gewesen und hatte zu Fuß seine Runden in mehreren Vierteln gedreht, meistens jedoch am Times Square. Er hatte seine Arbeit mit ruhiger Entschlossenheit verrichtet, niemals aggressiv. Es ging stets darum, Konflikte zu entschärfen, nicht anzufachen. Rose konnte sich nicht vorstellen, dass Herman jemals seinen Kopf für einen anderen hingehalten hätte. Denn auch wenn es im Namen einer guten Sache geschah, es wäre eine Lüge gewesen.

Ihre Lippen wurden schmal. Ein anderer Punkt: Es war falsch, falsch, falsch, dass ihre Tochter überhaupt Kontakt zu Nick hatte. Sein Blick war Rose nicht entgangen. Er wollte wieder mit Amie zusammen sein, ganz eindeutig. Rose fragte sich, was Lincoln von der Sache wusste. Sie hätte Amie geraten, Nick sofort fallen zu lassen, sogar für den Fall, dass der Bürgermeister höchstpersönlich ihm am Ende eine große, breite blaue Schärpe umhängen sollte, auf die das Wort *Begnadigung* gestickt war.

Doch so war das mit Kindern. Du brachtest sie zur Welt, formtest sie, so gut du konntest und schicktest sie dann hinaus ins Leben – geprägt durch all deine guten und schlechten Seiten.

Amie würde das Richtige tun.

Hoffte Rose.

Beim Blick auf den Sicherungskasten fiel ihr auf, dass das Fenster daneben erstaunlich sauber war. Vielleicht hatte der Gärtner es geputzt. Sie musste sich bei ihm bedanken, wenn er nächste Woche vorbeikam.

Nun sah sie einige alte Kartons, auf denen *Amelias Highschool* stand. Rose lachte leise und dachte an die verrückten Jahre zurück, in denen Amie ihre Freizeit damit zugebracht hatte, an Autos herumzuschrauben und für einige der renommiertesten Agenturen in Manhattan als Mannequin zu arbeiten. (Bei einer der Fotosessions hatte die Siebzehnjährige schwarzen Nagellack tragen müssen, nicht etwa, weil es um ein Gothic-Thema ging, sondern weil es sich als unmöglich erwies, die Schmierölreste unter ihren Nägeln zu entfernen.)

Rose beschloss, einen der Kartons nach oben mitzunehmen. Es würde bestimmt Spaß machen, darin herumzuwühlen. Sie konnten das gemeinsam tun. Vielleicht heute Abend, nach dem Essen.

Sie schob nun weitere Hindernisse beiseite, um an die Sicherungen zu gelangen.

44

Ich sitze auf einer Treppe, trage Overall und Mütze und bin mal wieder ein Handwerker, der gerade Pause macht und dabei Zeitung liest und Kaffee trinkt.

Und durch das Kellerfenster von Mrs. Rose Sachs' Stadthaus im idyllischen Brooklyn schaut. Ah, da ist sie ja.

Mein Plan hat gut funktioniert. Als ich neulich das Haus von Rotschopf ausgekundschaftet habe, nur sechs Blocks von hier entfernt, kam dort plötzlich eine ältere Frau zur Tür heraus und hat hinter sich abgeschlossen. Sie sah Rotschopf sehr ähnlich. Es musste die Mutter oder eine Tante sein. Dann bin ich ihr hierher gefolgt. Mit etwas Hilfe durch Google wurde die Beziehung endgültig geklärt.

Hallo, Mom…

Rotschopf muss aufgehalten werden und verdient eine Lektion. Das Ableben dieser Frau dürfte den Zweck trefflich erfüllen.

Rose, was für ein hübscher Name.

Und bald eine vertrocknete, tote Blume.

Ich hätte gern wieder einen meiner bewährten Controller-Exploits genutzt, aber mein gründlicher Scan erbrachte kein einziges Gerät, das darum bettelte, ins Internet gelassen zu werden, um Daten auszutauschen. Doch wie ich von meinen Holzarbeiten weiß, muss man bisweilen improvisieren. Brasilianisches Rosenholz ist gerade knapp? Dann weiche ich eben auf indisches aus. Nicht ganz so schön. Nicht ganz so üppig purpurfarben. Schneidet sich anders. Glättet sich anders. Aber man passt sich an.

Und manchmal gelingt der Kinderwagen, die Kommode, das mit Gingan bezogene Bett am Ende besser als gedacht.

Okay. Mal sehen, ob auch hier meine kleine Improvisation gelingt. Es war wirklich nicht schwierig. Ich habe die Lampe in Roses Wohnzimmer so präpariert, dass ich mit dem Signal eines Garagentoröffners einen Kurzschluss auslösen konnte. Vor einigen Minuten habe ich den Knopf des Öffners gedrückt und genau das getan. Daraufhin hat Rose sich auf den Weg in den Keller gemacht, um die Sicherung wieder einzuschalten.

Normalerweise müsste sie dazu lediglich den kleinen Schalter umlegen und – es werde Licht …

Nur dass diesmal etwas anderes passieren wird, weil ich außerdem die ins Haus führende Hauptleitung mit dem Sicherungskasten selbst verbunden habe. Die Metallklappe des Kastens steht seitdem unter 220 Volt und vielen wunderbaren, Herz anhaltenden Ampere. Auch wenn die Frau klug genug ist, auf Nummer sicher zu gehen und den Hauptschalter umzulegen, bevor sie die Sicherung zurücksetzt, muss sie dennoch zuerst die Klappe öffnen.

Und zack.

Nun trennen sie nur noch wenige Schritte von dem Sicherungskasten. Leider kann ich das letzte Stück nicht einsehen.

Aber ich weiß genau, wo sie ist. Jetzt streckt sie die Hand nach dem Griff aus …

Jawohl!

Es ist eigentlich nichts Spektakuläres passiert. Aber es hat perfekt funktioniert, denn als sie mit ihrem Körper den Stromkreis schließt, löst die Hauptsicherung aus und kappt sämtliche Stromzufuhr zu dem Haus – was ich daran erkennen kann, dass dort sämtliche Lichter schlagartig erloschen sind.

Ich bilde mir auch ein, ein lautes elektrisches Knistern gehört zu haben, aber das kann nicht sein, denn ich bin zu weit weg.

Adieu, Rose.

Ich stehe auf und entferne mich eilig.

Nachdem ich auf dieser hübschen Straße einen Block zurückgelegt habe, höre ich Sirenen, die sich nähern. Seltsam. Kommen die her? Wollen die womöglich zu mir?

Hat Rotschopf sich irgendwas zusammengereimt? Dass ich vorhatte, Edisons Zorn auf Mama herabzubeschwören?

Nein, unmöglich. Das muss ein Zufall sein.

Ich bin richtig stolz auf mich. Hast du deine Lektion gelernt, Detective Rotschopf? Mit *mir* legt man sich besser nicht an.

* * *

Was für ein Tag, was für ein Tag.

Er freute sich so dermaßen auf zu Hause.

Dr. Nathan Eagan steuerte die große Limousine durch den Verkehr auf der Henry Street in den Brooklyns Heights. Heute war nicht ganz so viel los. Gut. Er streckte sich und hörte ein Gelenk knacken. Der siebenundfünfzigjährige Chirurg war müde. Er hatte heute insgesamt sechs Stunden im OP gestanden. Zwei Gallenblasen. Ein Blinddarm sowie zwei weitere Eingriffe. Er hätte das nicht alles machen müssen. Aber der junge Kollege am Skalpell brauchte ein wenig Hilfe. Zur Medizin gehörten Diagnosen, Überweisungen und geschäftlicher Papierkram. Ein anderer Teil drehte sich jedoch um das Aufschneiden menschlicher Körper.

Der junge Assistenzarzt hatte damit so seine Probleme.

Nathan Eagan nicht.

Nun war er erschöpft. Aber auch recht zufrieden. Er fühlte sich gut und rundherum sauber. Niemand wusch sich so oft und gründlich die Hände wie Ärzte, vor allem Chirurgen. Und am Ende der Schicht – und es *war* eine Schicht, genau wie die eines Fließbandarbeiters – nahm man die heißeste aller heißen Duschen. Mit der adstringierendsten aller Seifen. Hinterher prickelte dein ganzer Körper und in deinen Ohren summte der starke Wasserstrahl nach.

Nachdem er so auch die Erinnerung an Galle und Blut weggespült hatte, schaltete er gedanklich auf Ehemann und Vater um. Und genoss die angenehme Fahrt durch einen hübschen Teil der Stadt, die er liebte. Schon bald würde er seine Frau sehen, später am Abend dann seine Tochter und sein erstes Enkelkind. Einen Jungen namens Jasper.

Hm. Jasper.

Zuerst hatte er nicht sonderlich begeistert reagiert, als seine Tochter es ihm erzählt hatte. »Jasper, wirklich? Interessant.«

Doch als er den faltigen kleinen Knuddel dann zum ersten Mal zu sehen bekam, seine winzig kleinen Finger und Zehen berührte und sich an dem verdutzten Babygrinsen freute, da war ihm jeder Name recht. Balthazar, Federico, Aslan. Sue. Völlig egal. Der Himmel war hier auf Erden, und Nathan erinnerte sich in diesem Moment, Auge in Auge mit seinem Enkel, daran, warum er einst den hippokratischen Eid abgelegt hatte. Weil das Leben kostbar und wunderbar ist. Und wertvoll genug, ihm dein eigenes Dasein zu widmen.

Eagan schaltete das Satellitenradio ein, wählte einen der gespeicherten öffentlichen Sender und lauschte dem Anfang von Terry Gross' beliebter Sendung.

»Hier ist *Fresh Air*…«

In diesem Moment fing sein Wagen an verrücktzuspielen.

Ohne jede Vorwarnung heulte der Motor auf, als hätte jemand das Gaspedal durchgetreten, und das Lämpchen des Tempomats schaltete sich von selbst ein, obwohl Eagan nicht mal in der Nähe des Schalters gewesen war. Offenbar wurde der Motor angewiesen, auf einhundertsechzig Kilometer pro Stunde zu beschleunigen.

»O Gott, nein!«

Die Nadel des Drehzahlmessers schoss in den roten Bereich, und der Wagen raste mit qualmenden Reifen los. Sein Heck flatterte wie das eines Dragsters.

Eagan schrie panisch auf und wich auf die momentan leere Gegenfahrbahn aus. Die Limousine erreichte achtzig, dann einhundert Kilometer pro Stunde. Sein Kopf wurde nach hinten gegen die Stütze gedrückt, seine Augen verloren den Fokus. Er trat mit voller Wucht auf die Bremse, aber der Vorwärtsdrang des Motors war dermaßen unerbittlich, dass es kaum einen Unterschied machte.

»Nein!« Die Panik ergriff vollständig von ihm Besitz. Wieder und wieder trat er auf das Bremspedal. Er spürte, wie ein Mittelfußknochen brach. Die Tachonadel überschritt die Einhundert, und das Auto schlingerte immer noch. Andere Fahrzeuge wichen ihm hupend aus.

Eagan drückte den Start/Stopp-Knopf des Wagens, aber der Motor behielt sein dämonisches Brüllen bei.

Denk nach!

Die Schaltung! Ja! Er stellte den Hebel der Automatik auf »Neutral« und Gott sei Dank, es funktionierte. Der Motor heulte immer noch, aber das Getriebe war nun von ihm getrennt. Eagan beugte sich vor, und der Wagen wurde langsamer, die Tachonadel wanderte nach links.

Jetzt bremsen.

Doch die Bremsanlage reagierte nicht.

»Nein, nein, nein!«, rief Eagan.

Er war vor Panik wie gelähmt und konnte nur zusehen, wie sein Auto auf eine Kreuzung mit roter Ampel zuraste. Die Fahrzeuge vor ihm wurden langsamer, der Querverkehr rollte los. Mehrere Pkw, ein Mülltransporter, ein Schulbus. Einen davon würde Eagan mit knapp achtzig Kilometern pro Stunde gleich seitlich rammen.

Ein letzter rationaler Gedanke schoss ihm durch den Kopf: Du bist tot, aber rette, wen du kannst. Triff den Laster, nicht den Bus! Nach rechts, nur ein kleines Stück! Doch seine Hände zitterten, und die Kurskorrektur brachte ihn auf direkten Kollisionskurs mit einem kleinen Toyota. Der Fahrer, ein älterer Mann, blickte ihm erschrocken entgegen und war genauso erstarrt wie Nathan Eagan.

Im letzten Moment lenkte Eagan ein wenig zur Seite und erwischte das japanische Auto am linken hinteren Kotflügel, ein gutes Stück hinter dem Fahrer.

Als Nächstes nahm er wahr, wie er wieder zu sich kam, nachdem der Airbag ihn bewusstlos geschlagen hatte. Er war in der verzogenen Karosserie eingeklemmt. Eingeklemmt, aber am Leben. Mein Gott, dachte er, ich lebe tatsächlich noch.

Draußen rannten zahllose Leute umher. Viele von ihnen filmten den Unfall mit ihren Mobiltelefonen. Arschlöcher… Hatte wenigstens *einer* der Gaffer den Anstand besessen, vorher den Notruf zu wählen?

Ja, denn nun hörte er eine Sirene. Würde er in seinem eigenen Krankenhaus landen? Vielleicht sogar bei demselben Arzt, dem er heute ausgeholfen hatte? Das wäre so paradox, dass es fast wieder lustig war.

Doch Moment mal. Mir ist so kalt. Warum?

Bin ich etwa gelähmt? Nein, ich kann noch alles spüren.

Dann erkannte Nathan Eagan, dass er das Kältegefühl einer Flüssigkeit verdankte, die sich über seinen Körper ergossen hatte. Sie musste aus dem Wrack des Toyota stammen, der nahezu in zwei Teile gerissen worden war.

Und Eagan war nun von der Taille abwärts mit Benzin durchtränkt.

45

Amelia Sachs beschleunigte auf hundertdreißig.

Das war auf dem FDR Expressway kein einfaches Unterfangen. Und es brachte ihr wütendes Hupen und zahlreiche ausgestreckte Mittelfinger ein. Sachs ignorierte die Proteste und konzentrierte sich darauf, Lücken zwischen den anderen Fahrzeugen zu finden, scharf zu bremsen und die Spuren zu wechseln. Und alles bei möglichst hoher Drehzahl. Höchstens im fünften Gang. Lieber im vierten – dem grimmigen Gang, wie sie ihn insgeheim nannte. Oder im dritten, dem Universalgang.

Wenn du in Schwung bist, kriegt dich keiner.

Und die logische Folge: Wenn du in Schwung bist, kommt keiner *davon*.

»Nein«, sagte sie in die Freisprechanlage zu dem Streifenbeamten des Reviers unweit des Hauses ihrer Mutter. »Er ist irgendwo ganz in der Nähe. Das ist seine Vorgehensweise. Er … oh, Scheiße.«

»Wie bitte, Detective?«, fragte der Officer.

Sie fing ihren schlingernden Wagen ab und überholte das andere Auto, das plötzlich gebremst hatte, um im letzten Moment die Ausfahrt anzusteuern. Weder Sachs noch der andere Fahrer waren darauf vorbereitet gewesen. Der Torino und der Taurus, entfernte Verwandte, entgingen dem potenziell tödlichen Zusammenstoß um allenfalls fünf Zentimeter.

»Dieser Täter hält sich bei seinen Anschlägen immer in der Nähe auf«, fuhr Sachs fort. »Er könnte einen vermeintlichen

Unfall inszenieren und sich rechtzeitig absetzen, aber das macht er nicht. Vermutlich hat er den Schalter betätigt und dann gewartet, bis das Opfer« – ihre Stimme stockte – »bis meine Mutter in die Falle getappt ist. Er hat nur zehn Minuten Vorsprung, und wir glauben nicht, dass er ein eigenes Auto besitzt. Er fährt viel Taxi.«

»Wir halten bereits nach ihm Ausschau, Detective. Es ist nur so, dass ...«

»Mehr Leute. Ich will mehr Leute auf der Straße. Er kann noch nicht weit sein!«

»Verstehe, Detective.«

Sie bekam nicht mit, was er sonst noch sagte, falls überhaupt. Ihre Aufmerksamkeit galt allein der Lücke zwischen zwei anderen Fahrzeugen, die eigentlich kein drittes mehr zuließ. Über den lauten Motor des Torino hinweg konnte sie nicht hören, ob es zu einer Berührung kam. Das laute Hupen aber schon. Verklagt mich doch, verklagt die Stadt, dachte sie. Und weil sie sich ärgerte, dass sie bei dem Manöver einige Sekunden eingebüßt hatte, schaltete sie herunter und fuhr abermals im roten Drehzahlbereich.

»Ich will mehr Leute vor Ort«, wiederholte sie und trennte die Verbindung. Dann sagte sie. »Anrufen, Rhyme.«

Er ging sofort dran. »Sachs. Wo steckst du?«

»Ich bin gerade auf die Brooklyn Bridge eingebogen ... Moment.«

Sie umkurvte einen Idioten auf einem dieser Liegefahrräder mit kleinem Wimpel über dem Kopf. Auf dem Brückenbelag fanden die Reifen guten Halt, und so konnte sie scharf gegenlenken und geriet kaum ins Schleudern. Der Ford richtete sich wieder auf. Dann hatte sie freie Bahn und beschleunigte erneut.

»Lon hat bereits das COC verständigt. Bis jetzt ohne Erfolg. Die U-Bahn-Stationen behalten wir auch im Blick.«

»Gut. Und … Oh, Herr im Himmel!«

Kupplung treten, Vollbremsung, vorsorglich in den zweiten Gang schalten, Handbremse ziehen und den Wagen herumrutschen lassen, um etwas Platz zu gewinnen …

»Sachs!«

Der Torino kam einen halben Meter hinter einem Taxi zum Stehen, quer zur Fahrbahn und daher teilweise auf der benachbarten Spur. Vor dem Taxi erstreckte sich ein massiver Verkehrsstau.

»Hier steht alles, Rhyme. Verdammt noch mal. Der Verkehr ist komplett zum Erliegen gekommen. Und ich bin mitten auf der Brücke. Kann Mel oder Ron mir eine freie Strecke heraussuchen, die ich nehmen kann, sobald ich das andere Ufer erreicht habe?«

»Sekunde«, sagte Rhyme und rief: »Lon, ich benötige eine möglichst verkehrsarme Route vom östlichen Ende der Brooklyn Bridge zum Haus von Amelias Mutter.«

Sachs stieg aus und spähte nach vorn. Ein regloses Meer aus Fahrzeugen.

»Wieso jetzt?«, murmelte sie. »Wieso ausgerechnet jetzt?«

Ihr Telefon summte mit einer bekannten Nummer auf dem Display. Der des Streifenbeamten, mit dem sie vor Kurzem gesprochen hatte. Sie schaltete Rhyme in den Hintergrund und nahm das Gespräch an. »Officer, was gibt's Neues?«

»Es tut mir leid, Detective. Wir haben ein Dutzend Streifenwagen losgeschickt, und ein Transporter der ESU ist auch unterwegs. Doch was komisch ist, der Verkehrsfluss ist komplett zusammengebrochen. The Heights, Carroll Gardens, Cobble Hill. Alles steht still.«

Sie seufzte. »Halten Sie mich auf dem Laufenden.« Dann schaltete sie wieder zurück zu Rhyme.

»… du da, Sachs? Kannst du …?«

»Ich bin hier, Rhyme. Was ist los?«

»Du wirst eine Weile dort festsitzen. Wie es aussieht, haben sich praktisch gleichzeitig fünf schwere Unfälle ereignet. Alle nicht weit von der Adresse deiner Mutter entfernt.«

»Scheiße«, fluchte sie. »Ich wette, das war er. Täter 40. Weißt du noch, was Rodney gesagt hat? Er kann auch Autos manipulieren, die mit diesem Controller ausgestattet sind. Und genau das hat er gemacht. Ich lasse den Wagen hier stehen und nehme die Bahn. Sag Lon, er soll eine Streife schicken, die mein Auto abholt. Der Schlüssel liegt unter der hinteren Fußmatte.«

»Alles klar.«

Sachs wechselte gar nicht erst auf den Gehweg, sondern steuerte direkt das östliche Ende der Brücke an. Zwei Bahnfahrten und einen Dauerlauf später – eine halbe Stunde – erreichte sie das Haus ihrer Mutter, stürmte ins Wohnzimmer und nickte den Beamten und Sanitätern zu. Dann hielt sie inne.

»Mom.«

»Liebling.«

Die beiden Frauen umarmten sich. Rose fühlte sich dabei für Amelia beängstigend dünn und zerbrechlich an.

Doch es ging ihr gut.

Sachs wich ein Stück zurück und nahm sie prüfend in Augenschein. Rose Sachs war blass. Vermutlich jedoch aufgrund des Schrecks. Täter 40 hatte ihr keinen körperlichen Schaden zugefügt – die Rettungssanitäter waren wegen ihrer Herzerkrankung hier. Als Vorsichtsmaßnahme.

Es wäre jedoch um ein Haar schiefgegangen. Rhyme hatte Sachs erklärt, er und das Team hätten, sobald sie von Rose als vermutlicher Zielperson wussten, auf eine Manipulation an der Elektrik getippt, denn unter den Spuren des Täters sei auch die Ummantelung eines Stromkabels gewesen.

Zunächst hätten sie nicht gewusst, was zu tun war – außer

Rose anzuweisen, das Haus zu verlassen. Aber die Frau ging nicht ans Telefon. Und die Nachbarin, die Sachs angerufen hatte, war nicht zu Hause. Während sie noch versuchten, die genaue Art des Anschlags auf Rose zu ergründen, hatte Juliette Archer gerufen: »Wir müssen das so machen wie Amelia im Theaterviertel. Die Stromzufuhr unterbrechen. Im Netz! Wir müssen dem ganzen Block den Saft abdrehen.«

Rhyme hatte Lon angewiesen, sofort dafür zu sorgen.

Und sie hatten es gerade noch rechtzeitig geschafft. Wie sich herausstellte, hatte der Täter den Sicherungskasten sabotiert, nach dem Rose gerade greifen wollte, als der Häuserblock vom Netz ging. Inzwischen wurde das Wohngebiet wieder mit Strom versorgt – Sachs wollte sich gar nicht ausmalen, wie viele Beschwerden das nach sich ziehen würde, weil Computerdaten und E-Mails verloren gegangen waren. Aber all das war zweitrangig; ihre Mutter lebte noch.

»Es tut mir leid, was passiert ist, Mom.«

»Warum wollte er mir wehtun?«

»Um mich zu treffen. Das ist zu einer Art Schachspiel zwischen ihm und mir geworden. Zug um Zug. Er muss geglaubt haben, wir würden dich nicht für ein mögliches Ziel halten. Nun wird einer dieser uniformierten Beamten mit dir zu mir nach Hause fahren und bei dir bleiben. Ich muss hier im Keller die Spuren sichern, wo er eingebrochen ist. Vielleicht ist er auch im Rest des Hauses gewesen. Kommst du eine Weile ohne mich zurecht?«

Rose nahm beide Hände ihrer Tochter. Sachs spürte, dass die Finger der Frau kein bisschen zitterten. »Selbstverständlich, es geht mir gut. Und nun mach dich an die Arbeit. Fang diesen Mistkerl.«

Sachs und einer der anwesenden Streifenbeamten mussten unwillkürlich lächeln. Tochter und Mutter umarmten sich erneut. Dann begleitete Sachs sie nach draußen zu einem der

Streifenwagen und wartete selbst auf das Eintreffen des Busses der Spurensicherung.

* * *

Ich bin jetzt zurück im Spielzimmer. Weil es hier so tröstlich ist. Ich arbeite weiter an dem Warren Skiff für meinen Bruder.

Ich fertige es aus Teak an, einer schwierigen Holzart. Dadurch ist die Herausforderung größer. Und das Endergebnis wird mich besonders stolz machen.

Im Fernsehen laufen die Nachrichten, und ich weiß nun, dass ich Rotschopfs Mutter doch nicht geröstet habe. Die Frau wurde zwar nicht namentlich erwähnt, aber man hat gemeldet, dass es heute in jenem Teil von Brooklyn zu einem kurzen Stromausfall gekommen sei. Was ohne Zweifel das Werk von Rotschopf der Shopperin war. Sie oder ihr Polizeifreund haben meinen Plan durchschaut und kurzerhand den Stecker gezogen.

Schlau. Oh, wie schrecklich schlau sie doch alle sind.

Die andere Geschichte, die heute endlos ausgewalzt wird (und die man bei der hundertsten Wiederholung nun wirklich nicht mehr »brandaktuell« nennen dürfte), dreht sich um eine Reihe schwerer Verkehrsunfälle, die wohl nur zufällig zur selben Zeit wie die Strompanne geschehen seien, denn sie hätten nichts mit ausgefallenen Ampeln zu tun gehabt. Nein, hatten sie tatsächlich nicht. Allein *moi* und der herrliche DataWise5000 waren dafür verantwortlich.

Es überrascht mich, dass noch kein cleverer Reporter auf die Idee gekommen ist, das derzeit meistdiskutierte Tatwerkzeug zur Sprache zu bringen: den Smart-Controller.

Ich war mir nicht sicher, ob mein Fluchtplan funktionieren würde, denn ich hatte noch nie versucht, einen Wagen zu hacken. Todd hatte es mir zwar gezeigt, aber zu jenem Zeitpunkt besaß dies noch keine Bedeutung für meine Mission. Ich hatte gedacht, das Cloud-System für Fahrzeuge diene lediglich Diagnosezwecken – oder falls du deinen Schlüssel verlierst, kannst du eine Nummer der Autofirma anrufen, nennst einen Code, und dann starten die Leute für dich den Wagen und entriegeln das Lenkradschloss. Aber nein, man kann alle möglichen wunderbaren Dinge beeinflussen. Den Tempomat zum Beispiel oder die Bremsen.

Das Problem war, ich konnte unmöglich wissen, welche Autos in Brooklyn mit einem DataWise ausgestattet waren. Vielleicht viele, vielleicht wenige.

Wenige, wie sich herausstellte. Als ich mich eilig von Roses Haus abgesetzt und die Sirenen gehört habe, musste ich mit unerwünschtem Besuch rechnen. Also habe ich die Umgebung nach Fahrzeug-Controllern gescannt. Nichts, nichts, nichts.

Dann endlich ein Treffer: In ungefähr einem Block Entfernung konnte ich das Resultat hören, das brachiale Aufheulen eines Motors und zehn Sekunden später das laute Knirschen von Blech.

Gefolgt von einem sofortigen Stau.

Großartig. Bei dem Gedanken muss ich sogar jetzt noch lächeln.

Einige Blocks weiter der nächste Erfolg, ein Auffahrunfall dank der von mir verursachten spontanen Vollbremsung. Eine japanische Importkarre gegen einen Zementlaster. Ratet mal, wer gewonnen hat.

Vierhundert Meter weiter, Unfall Nummer drei.

Dann einige Minuten lang nichts. Schließlich das nächste Auto, diesmal auf dem Brooklyn Queens Expressway. Eine Stretchlimo, wie ich später erfahren habe.

So. Ich habe einen hübschen neuen Trick gelernt. Wie schade, dass Rotschopf ein so antiquiertes Auto fährt. Es würde zu ihr passen, sich bei einem Verkehrsunfall die Knochen zu brechen. Nun ja, es werden sich für meine Freundin schon noch andere Möglichkeiten eröffnen.

Ich spähe durch die Lupe und begutachte das Warren Skiff. Das Boot ist fertig. Ich wickle es sorgfältig ein und stelle es beiseite. Dann widme ich mich wieder dem Tagebuch und fange an zu schreiben.

Die Abschlussparty. Von Frank und Sam und mir.

Es sind ungefähr vierzig Leute da. Die Sportler mit Anhang – und die meisten sind ganz nett. Einige sehen mich etwas ungläubig an. Aber meistens starren sie nicht. Und niemand tuschelt.

Ich lege die Musik auf – hab ewig gebraucht, mir zusammenzureimen, was für Titel wohl am besten ankommen würden –, und Sam sagt, komm mit nach hinten. Und da in dem Salon oder Arbeitszimmer ist Karen DeWitt und lächelt mich an. Ich kenne sie vom Sehen, sie ist in der elften Klasse und recht hübsch. Und ziemlich dünn, aber nicht so wie ich. Sie hat eine große Nase, aber wer bin ich, das anzumerken? Im Zimmer ist es dunkel, und sie fängt an, mich an Schulter und Arm zu berühren. Und ich denke, was ist das denn? Wobei ich natürlich weiß, was es ist, aber niemals damit gerechnet hätte, jedenfalls noch längst nicht, obwohl schon die Hälfte der Jungen in meiner Klasse flachgelegt worden ist.

Dann öffnet sie meinen Reißverschluss und macht sich mit ihrem Mund an die Arbeit.

Als ein paar andere Leute sich nähern, sagt Karen, lass uns in das Schlafzimmer da drüben gehen. Sie muss kurz pinkeln, und dann treffen wir uns da und tun es. Also warte ich einige Minuten, und sie ruft mich in das Zimmer. Es ist dunkel, aber sie hat sich ausgezogen und wartet schon, über das Bett gebeugt. Ich fange an, bin in ihr und alles.

Und dann. Nein, nein, nein – das Licht geht an. Und da

sind Sam und Frank und Karen, nur ist sie nicht diejenige auf dem Bett. Die vornübergebeugte Person ist Cindy Hanson. Und sie ist kaum bei Bewusstsein, das Laken vor ihrem Mund ganz nass, weil sie gesabbert hat.

Und Sam schießt Fotos von mir und Cindy mit einer Polaroid. Alles ist drauf – ihr von Drogen benebeltes Gesicht und mein dürrer Körper samt meinem ihr wisst schon. Es sind auch noch andere Leute da. Und lachen und lachen.

Ich nehme meine Kleidung und ziehe sie wieder an und rufe: »Was macht ihr da, was macht ihr da, was macht ihr da?«

Frank und Sam schauen sich die Fotos an und lachen immer lauter, und einer von ihnen sagt: »He, du bist als Pornostar ja eine echte Naturbegabung, Bohnenstange!«

Frank biegt sich immer noch vor Lachen, packt Cindy bei den Haaren und hebt ihren Kopf. »Gefällt es dir jetzt doch, du Schlampe?«

Da begreife ich. Sehe sie wieder vor mir, wie sie einen Monat zuvor aus Cindys Haus kommen, als ich auf meinem geheimen Heimweg bin, und wir zum ersten Mal miteinander sprechen. Cindy hatte sie zurückgewiesen. Kein Vögeln, kein Blowjob, raus aus meinem Haus. Oder so was in der Art.

Und da ist ihnen diese Idee gekommen. Als sie mich gesehen haben. Wie sie sich an Cindy Hanson rächen können.

Das »Spitze« war gelogen. Alien Quest war gelogen. Die Musik bei der Party war gelogen.

Alles, absolut alles war gelogen.

46

Amelia Sachs betrat den Salon, stellte die Kartons mit den im Haus ihrer Mutter gesicherten Spuren ab und ging sofort zu Juliette Archer. Dann schlang sie beide Arme um die überraschte Frau, sodass sich beinahe der Riemen um das linke Handgelenk von der Lehne des Storm Arrow gelöst hätte.

»Ich …«, setzte Archer an.

»Danke. Sie haben meiner Mutter das Leben gerettet.«

»Das waren wir alle gemeinsam«, sagte Archer.

»Aber Sie waren diejenige mit der entscheidenden Idee«, sagte Rhyme.

»Ich weiß nicht, wie ich Ihnen danken soll.«

Archer zuckte die Achseln, ganz ähnlich wie Lincoln Rhyme das oft tat, weil es eine der wenigen Gesten war, die er noch beherrschte.

Sachs schaute von der Praktikantin zu Rhyme. »Ihr beide seid ein gutes Team.«

Rhyme, der wie üblich nicht viel von Sentimentalitäten und dergleichen irrelevanten Dingen hielt, fragte Mel Cooper: »Wie lautet der letzte Stand?« Der Techniker beendete soeben ein Telefonat mit jemandem bei der Verkehrspolizei.

Er erklärte, es habe keine Todesopfer gegeben. Am nächsten dran sei ein Arzt gewesen, dessen Limousine das hintere Ende eines Toyota gerammt und dabei den Benzintank zerrissen hatte. Er und der andere Fahrer waren mit Sprit überschüttet worden, aber Passanten hatten sie rechtzeitig herausgezogen, bevor die beiden Autos in Flammen aufgingen. (Nur zur Sicherheit hatte der Arzt sich dann mitten auf der Straße nackt ausgezogen und die durchtränkte Kleidung von sich geworfen.)

Bei den anderen Unfällen hatte es jedoch ein halbes Dutzend Schwerverletzte gegeben.

Rhyme rief Rodney Szarnek an, um seine Meinung über den Zwischenfall einzuholen. »Kann man das Signal irgendwie zurückverfolgen?«

Der Computer-Cop setzte zu einer langen Erklärung über Mobilfunkmasten, öffentliches WLAN und virtuelle private Netze an.

»Rodney.«

»Verzeihung. Die Antwort lautet Nein.«

Rhyme trennte die Verbindung.

»Eine unglaublich mächtige Waffe«, stellte Sachs fest.

Sellitto rief aus Downtown an und meldete, alle Mitglieder des Teams – sowie ihre Familien – stünden nun unter Personenschutz. »Die Sache hat BAG-Priorität«, fügte er hinzu.

Rhyme hatte es aufgegeben, die immer neuen Abkürzungen des New York City Police Department parat haben zu wollen. »Wofür steht das?«

»Die Anordnung ist gültig, **B**is das **A**rschloch **G**eschnappt ist«, sagte Sellitto.

Archer lachte.

Sachs und Cooper packten die Beweise aus, die Amelia am Tatort eingesammelt hatte – im Garten, im eigentlichen Haus und bei einer Treppe auf der anderen Straßenseite, wo laut Zeugen ein dünner Handwerker während seiner Pause gesessen hatte, um Zeitung zu lesen und Kaffee zu trinken.

Rhyme sah sich im Raum um. »Wo, zum Teufel, steckt eigentlich der Grünschnabel?«, schimpfte er. »Arbeitet er schon wieder an diesem anderen Fall?«

»Ja«, bestätigte Sachs und nickte, ohne das weiter auszuführen.

»Könnte jemand bitte diesen Gutiérrez ausfindig machen und einfach erschießen?«

Aus irgendeinem Grund musste Sachs lächeln. Rhyme war alles andere als belustigt.

Nun führte Sachs die Spuren einzeln auf. »Viel ist es nicht. Kabel und Isolierband vom Sicherungskasten. Und das hier hat er in eine der Lampen eingebaut.« Sie hielt eine Plastiktüte hoch, in der eine kleine Platine lag. »Damit konnte er per Fernbedienung einen Kurzschluss auslösen und die Sicherung herausfliegen lassen. Um Mom nach unten zum Sicherungskasten zu locken. Partikel aus der Umgebung. Natürlich keinerlei Fingerabdrücke oder Haare außer von mir oder meiner Mutter. Ein paar Fasern. Er trägt fleischfarbene Baumwollhandschuhe.«

»Bisher hatten wir nur ein kleines Stück der Ummantelung, nun kennen wir das komplette Kabel«, sagte Cooper.

Der Kupferdraht hatte einen Durchmesser von etwa drei Millimetern.

»Das reicht für eine ziemlich hohe Voltzahl«, sagte Rhyme. »Was meinst du, Mel? Vierzig Ampere?«

»Genau, bei sechzig Grad Celsius.«

»Was ist mit dem Hersteller?«

Rhyme konnte sehen, dass die schwarze Isolierung beschriftet war.

Cooper schlug die Initialen nach. »Hendrix Cable. Eine verbreitete Marke. Wird überall verkauft.«

Rhyme schnaubte verächtlich. »Warum kaufen Täter bloß nie in Spezialgeschäften ein? … Hat er es wieder mit einer Rasierklinge abisoliert?«

»Ja.«

»Und das Klebeband?«

»Ist offenbar von guter Qualität«, sagte der Techniker und

berührte es mit einer spitzen Sonde aus Stahl. »Gute Klebekraft, dickes Gewebe. Billiges Isolierband ist meistens nur ungleichmäßig mit Klebstoff bedeckt und ziemlich dünn.«

»Verbrenn ein Stück davon. Mal sehen, ob wir die Marke herausfinden.«

Nachdem der Gaschromatograph und das Massenspektrometer ihren Zauber vollführt hatten, warf Cooper einen Blick auf die Ergebnisse und legte sie dann auf einen der großen Monitore.

»Das sieht handelsüblich aus«, sagte Archer. »Findet man diese Bestandteile nicht in jeder Art von Isolierband?«

»Es kommt auf das Mengenverhältnis an«, sagte Rhyme.

»Ich gleiche die gefundenen Mengen der jeweiligen Substanzen mit einer Datenbank ab«, erklärte Cooper. »Ein Mikrogramm mehr oder weniger kann einen großen Unterschied bedeuten. Die Antwort sollte gleich … Ah, da ist sie ja schon. Es handelt sich um einen dieser Hersteller.«

Auf dem Bildschirm stand zu lesen:

Ludlum Tape and Adhesive
Conoco Industrial Products
Hammersmith Adhesives

»Gut, gut«, murmelte Rhyme.

Sachs öffnete die Tüte mit der Platine, die für den Kurzschluss in Roses Lampe benutzt worden war. Cooper legte sie unter ein Mikroskop mit geringer Vergrößerung. Alle konzentrierten sich auf das Monitorabbild. »Das ist die Antenne«, sagte er und zeigte darauf. »Das Signal kommt herein und schließt diesen Schalter hier. Der stammt nicht aus dem Laden, sondern ursprünglich aus einem anderen Gerät. Seht ihr? Da unten? Die Leiterplatte wurde irgendwo abgetrennt. Und es steht eine Codenummer darauf.«

Rhyme hatte sie nicht erkennen können.

Cooper tippte flink die Buchstaben und Ziffern ein, ohne den Blick vom Bildschirm abzuwenden. Dann las er das Ergebnis ab.

»Ein Atlas-Garagentoröffner der Firma Home-Safe Products mit extragroßer Reichweite. Bis zu fünfzig Meter. Der Täter hat die Platine aus der Motoreinheit entfernt und den Rest einfach weggeworfen, schätze ich.«

Die verbleibenden Partikel erwiesen sich als weiteres Walnuss-Sägemehl, ein paar Glasfragmente aus Roses Haus und wieder Lederleim, wie am Tatort im Theaterviertel. Nichts davon war neu.

»Schreibt alles an die Tafel.«

TATORT: MARTIN STREET 4218, BROOKLYN

- Straftat: versuchter Anschlag.
- Verdächtiger: Täter 40.
- Opfer: Rose Sachs, unverletzt.
- Anschlagsmethode: Täter hat Sicherungskasten manipuliert, um durch elektrischen Strom zu töten.
- Spuren:
  - Keine Fingerabdrücke oder DNS.
  - Ummantelung von Hendrix Cable.
  - Wieder Lederleim, wie an früherem Tatort.
  - Walnuss-Sägemehl.
  - Glassplitter, wie an früherem Tatort (Ursprung hier).
  - Täter hat fleischfarbene Baumwollhandschuhe getragen.
  - Isolierband von einem der folgenden Hersteller:
    - Ludlum Tape and Adhesive.
    - Conoco Industrial Products.
    - Hammersmith Adhesives.
  - Atlas Garagentoröffner von Home-Safe.

»Alles handelsüblich, Mel?«, fragte Rhyme.

»Ja. Man bekommt es in hundert Geschäften hier in der Gegend. Das hilft uns nicht weiter.«

Zwei Stimmen: »Aber er musste bei dem Anschlag im Haus deiner Mutter improvisieren, Sachs.« Gleichzeitig sagte Archer: »Aber er hat den Anschlag auf Ihre Mutter nicht im Voraus geplant, Amelia.«

Rhyme lachte, weil sie schon wieder den gleichen Gedanken gehabt hatten. »Seine anderen Taten konnte er in Ruhe vorbereiten«, erklärte er dann Sachs. »Der Angriff auf deine Mutter war eine kurzfristige Entscheidung. Er hatte nicht damit gerechnet, dass du so hartnäckig sein und ihm gefährlich werden würdest. Was bedeutet, er hat das Isolierband, das Kabel, die Scheibe samt Kitt sowie den Garagentoröffner ungefähr zur selben Zeit gekauft. Wahrscheinlich sogar am selben Ort, jedenfalls das meiste davon. Es wäre schlauer gewesen, die einzelnen Käufe auf mehrere Tage oder sogar Wochen zu verteilen, aber ihm blieb keine andere Wahl. Er musste dich aufhalten.«

Archer hatte die Tabelle im Blick. »Vielleicht gilt das auch für die Teile des Brandsatzes in Downtown, mit dem er Todd Williams' Büro zerstört hat.«

»Sehr gut möglich«, sagte Rhyme. »Ich würde sagen, wir fangen mit dem Garagentoröffner an, meinst du nicht auch? – Sachs?«

»Was denn?« Sie hatte nicht zugehört, sondern eine Nachricht auf ihrem Telefon gelesen.

»Der Garagentoröffner. Besorgt euch eine Liste der Verkaufsstellen und lasst sie darauf überprüfen, ob jemand auch die anderen Gegenstände dort erworben hat. Fangt in Queens an und erweitert den Radius von dort aus.«

Sachs rief in der Abteilung für Kapitalverbrechen an und ließ ein entsprechendes Suchteam zusammenstellen. Im Anschluss an das Telefonat schickte sie den Kollegen eine Liste der Gegenstände, die Täter 40 gekauft haben könnte. Rhyme fiel auf, dass sie kurz aus dem Fenster schaute. Dann kam sie zu ihm.

»Rhyme. Hast du eine Minute?«

Eine dieser nutzlosen Formulierungen. Warum nicht einfach sagen: Ich möchte mit dir sprechen, möglichst unter vier Augen? Doch natürlich nickte er. »Klar.«

Sie zogen sich in das Wohnzimmer auf der anderen Seite des Flurs zurück. Sachs blieb einen Moment lang stumm. Er kannte sie gut. Wenn jemand sowohl privat als auch beruflich deine Partnerin ist, bleibt dir kaum etwas von ihrer Psyche verborgen. Sie legte hier keinen dramatischen Auftritt hin, sondern wog sorgfältig ihre Worte ab, so wie man die bei einer Razzia sichergestellte Drogenmenge bis auf das Gramm genau bestimmen würde, weil sich daraus die Anklagepunkte gegen den Verdächtigen ergaben. Sachs neigte in mancherlei Hinsicht durchaus zur Impulsivität. Bei Sachen, die ihr am Herzen lagen, dachte sie jedoch doppelt und dreifach nach.

Sie seufzte und drehte sich um. Dann setzte sie sich. »Ich muss mit dir über etwas reden.«

»Ja. Nur zu.«

»Ich hätte es dir schon vor ein paar Tagen erzählen können. Das habe ich aber nicht; ich weiß gar nicht genau, warum nicht. – Nick ist draußen.«

»Carelli? Dein Freund?«

»Mein Freund, ja. Er wurde aus der Haft entlassen und hat sich mit mir in Verbindung gesetzt.«

»Geht es ihm gut?«

»So ziemlich. Äußerlich jedenfalls. Ich hätte gedacht, dass man sich im Gefängnis stärker verändern würde.« Sie zuckte die Achseln, und Rhyme erkannte, dass sie diesen Punkt nicht weiter vertiefen wollte. »Es gibt da etwas, bei dem ich mir unschlüssig war, ob ich es dir anvertrauen sollte. Zunächst habe ich mich dagegen entschieden. Doch nun muss ich.«

»Nach einer solchen Einleitung bin ich aber mächtig gespannt, Sachs.«

VI

… UND MATT

Sonntag

47

Um 11.30 Uhr erzielte das Team, das nach den Käufen des Täters für den Anschlag auf Rose Sachs' Leben Ausschau hielt, einen Treffer.

Rhyme war frustriert, dass es so lange gedauert hatte, doch sie waren erst spät am Vorabend zu der Erkenntnis über den Garagentoröffner und die anderen Gegenstände gelangt, als die meisten Geschäfte längst geschlossen hatten. Und heute war Sonntag, also öffneten nur wenige zu früher Stunde.

»Diese beschissenen puritanischen Gesetze«, hatte er geflucht.

»Ich glaube nicht, dass die Puritaner daran schuld sind, wenn die Läden sonntags später öffnen, Lincoln«, hatte Ron Pulaski eingewandt, der anscheinend mal nicht am Fall Gutiérrez arbeiten musste. »Wahrscheinlich wollen die Besitzer an einem Tag der Woche einfach etwas länger schlafen.«

»Tja, aber nicht ausgerechnet dann, *wenn ich Antworten brauche.*«

Da wurde Sachs von einem ihrer Kollegen angerufen. Schon nach den ersten Worten richtete sie sich auf ihrem Stuhl ein Stück auf. »Ich lege Sie auf den Lautsprecher.«

Ein Klicken. »Ja, hallo? Hier Jim Cavanaugh, abgestellt zur Abteilung für Kapitalverbrechen.«

»Officer, ich bin Lincoln Rhyme.«

»Detective Sachs hat mir erzählt, dass Sie an dem Fall beteiligt sind. Es ist mir eine Ehre, Sir.«

»Ja, äh, danke. Also, was haben Sie?«

»Ein Geschäft auf Staten Island.«

Aha, nicht in Queens. Archer schenkte Rhyme ein gequältes Lächeln.

Mit zwei Fragezeichen ...

»Der Filialleiter sagt, ein Mann, auf den die Beschreibung des Täters zutrifft, sei vor zwei Tagen hier hereinmarschiert und habe einen Garagentoröffner verlangt, der auf eine Distanz von mindestens zehn Metern funktionieren würde. Er hat außerdem eine kleine Fensterscheibe gekauft, Glaserkitt, Isolierband und ein Stück Stromkabel. Und zwar jeweils die von Ihnen genannten Marken, soweit sie uns bekannt waren.«

Und jetzt Daumen drücken ... »Hat er mit Kreditkarte bezahlt?«, fragte Rhyme.

»Nein, in bar.«

Was auch sonst?

»Weiß der Filialleiter etwas über ihn? Wie er heißt oder wo er wohnt?«

»Das nicht, aber dafür etwas anderes, Captain.«

»›Lincoln‹ reicht völlig. Fahren Sie fort.«

»Dem Täter sind einige Werkzeuge aus dem Sonderangebot aufgefallen, und er hat sich danach erkundigt. Es waren Spezialwerkzeuge. Etwas für Fachleute.«

»Inwiefern?«, wollte Sachs wissen.

»Sie sind für den Modellbau gedacht, Sie wissen schon, kleine Flugzeuge und so. Zum Beispiel Messer, Sägen und sehr feines Sandpapier. Gekauft hat er dann einen Satz Miniaturklammern. Die hatte er schon eine Weile gesucht, denn der Laden, in dem er normalerweise einkauft, hatte sie nicht auf Lager.«

»Gut. Das ›normalerweise‹ gefällt mir. Es bedeutet, er ist dort Stammkunde. Hat er den Namen dieses anderen Geschäfts erwähnt?«

»Nein, nur dass es in Queens liegt.«

»Jemand soll mir alle Fachgeschäfte in Queens heraussuchen, und zwar sofort!«, rief Rhyme.

»Danke, Officer.« Sachs trennte die Verbindung.

Wenig später betrachteten sie auf dem größten der Monitore eine Straßenkarte von Queens. Darauf vermerkt waren insgesamt sechzehn Geschäfte für Hobbybedarf.

»Welches ist es wohl?«, murmelte Rhyme.

Sachs legte eine Hand auf die Rückenlehne seines Rollstuhls. Sie beugte sich vor und streckte den anderen Arm aus. »Das da.«

»Woher willst du das wissen?«

»Weil das White Castle in Queens, wo er nach dem Einkauf immer gegessen hat, nur drei U-Bahn-Stationen entfernt liegt.«

* * *

Crafts 4 Everyone – Hobby- und Bastelbedarf für alle Fälle wurde dem eigenen Anspruch nicht ganz gerecht.

Es gab hier weder Garn noch Blumensteckschaum und auch keine Fingerfarben.

Doch falls man Modellschiffe, Raumfahrzeuge oder Mobiliar für ein Puppenhaus bauen wollte, war man hier goldrichtig.

Es roch nach Farbe, Holz und Reinigungsmitteln, und die Regale quollen über vor Materialien und Werkzeugen. Amelia Sachs hatte noch nie so viel Dremel-Zubehör und Balsaholz auf einem Haufen gesehen. Dazu eine Menge *Star-Wars*-Figuren, -Geschöpfe und -Fahrzeuge. *Star Trek* war auch vertreten.

Hinter dem Tresen stand ein junger Mann, gut aussehend, eher wie ein Sportler als, na ja, Verkäufer in einem Laden für Sonderlinge. Sachs zeigte ihm ihre goldene Dienstmarke.

»Ja?« Wenigstens klang er wie im Stimmbruch.

Sie erklärte, sie suche nach einem Kunden, der im Zusammenhang mit einer Reihe von Straftaten vernommen werden solle. Dann beschrieb sie den Verdächtigen und fragte, ob jemand in letzter Zeit Mahagoni- und Walnussholz gekauft habe, dazu Bond-Strong-Leim und Braden Rich-Cote-Lack. Und Spezialwerkzeuge.

»Der Mann ist intelligent«, sagte Sachs. »Und kann sich gut ausdrücken.« Sie dachte an die Versuche des Täters, sich in seinen Texten unbedarfter erscheinen zu lassen, als er war.

»Tja, wissen Sie«, sagte der Verkäufer und schluckte vernehmlich, »so jemanden gibt es hier tatsächlich. Ein stiller, höflicher Typ. Ich kann mir nicht vorstellen, dass er irgendwas Ungesetzliches tun würde.«

»Wie heißt er?«

»Ich kenne nur seinen Vornamen. Vernon.«

»Er entspricht der Beschreibung?«

»Groß und dünn, ja. Irgendwie komisch.«

»Gibt es Kreditkartenbelege?«

»Er zahlt immer bar.«

»Wissen Sie vielleicht, wo er wohnt?«

»In Manhattan, in Chelsea, glaube ich. Er hat das mal erwähnt.«

»Und wie oft kommt er her?«

»Alle zwei Wochen.«

»Hat er eine Telefonnummer für Rückfragen bei Sonderbestellungen hinterlassen?«

»Nein, tut mir leid ... Jetzt, da Sie es erwähnen – er kam mir immer ein wenig paranoid vor, Sie wissen schon. Als wolle er nicht zu viel von sich preisgeben.«

Sachs reichte ihm eine Visitenkarte und bat ihn, sie zu verständigen, falls Vernon hier auftauchte. Diesmal ohne Umweg über den Notruf. Dann ging sie um einen Vater und seinen

Sohn herum, die bewundernd vor einem Schnitze-deinen-eigenen-Jedi-Schaukasten standen, verließ das Geschäft und nahm auf dem Beifahrersitz des Zivilfahrzeugs Platz, das sie hierher begleitet hatte. »Erfolg gehabt?«, fragte die Kollegin vom hiesigen Revier, eine attraktive Latina.

»Ja und nein. Der Täter heißt Vernon, den Nachnamen kennen wir noch nicht. Ich möchte, dass Sie hierbleiben für den Fall, dass er zurückkommt. Der Junge da drinnen – der Verkäufer – war dermaßen nervös, dass Vernon bei seinem Anblick sofort Verdacht schöpfen würde.«

»Kein Problem, Amelia.«

Sachs überlegte, wie man das relativ große Viertel Chelsea weiter eingrenzen könnte. Sie drehte den Computer der Kollegin zu sich und fragte die Datenbank des Grundbuchamts ab. Niemand mit dem Vornamen Vernon besaß derzeit ein Haus oder eine Wohnung in Chelsea, und die zwei Vorbesitzer dieses Namens waren viel älter als der Verdächtige und zudem beide verheiratet, was bei einem Täter dieser Art äußerst unwahrscheinlich schien. Falls der Verkäufer sich hinsichtlich des Namens nicht geirrt hatte, wohnte Vernon demnach zur Miete.

Ihr kam eine Idee: Sie ließ sich die kürzlich in Chelsea verübten Verbrechen anzeigen. Dabei stieß sie auf etwas Interessantes, einen erst gestern gemeldeten Mord in der Zweiundzwanzigsten Straße West. Ein Mann namens Edwin Boyle, angestellt bei einer Druckerei, war getötet und in der Abstellkammer eines leer stehenden Lagerhauses versteckt worden. Brieftasche und Geld trug er immer noch bei sich, nur sein Telefon fehlte. Als Todesursache war »stumpfe Gewalteinwirkung« vermerkt.

Sachs rief in der Gerichtsmedizin an und bekam sofort jemanden an den Apparat. Sie nannte ihren Namen und ihre Dienstnummer.

»Hallo, Detective«, erwiderte die Frauenstimme. »Was kann ich für Sie tun?«

»Es geht um den Mordfall Boyle von gestern in Chelsea. Können Sie mir mehr zu der stumpfen Gewalteinwirkung sagen? Was für eine Art von Waffe es gewesen ist?«

»Moment, ich sehe mal nach. Ich war bei der Obduktion nicht dabei.« Kurz darauf meldete sie sich wieder. »Ich habe die Akte vor mir. Die Verletzung hatten wir vor einer Weile schon mal. So etwas bekommt man nicht allzu oft zu Gesicht.«

»Lassen Sie mich raten: Die Mordwaffe war ein Kugelhammer«, sagte Sachs.

Die Frau lachte auf. »Sherlock Holmes, wie konnten Sie das wissen?«

* * *

»Das kann ich nicht sagen, Detective. Das Schlafzimmer hat Fensterläden. Offenbar aus Metall. Es dringt kein Signal hindurch. Kommen.«

Amelia Sachs stand neben einem ESU-Transporter ein Stück die Straße hinauf. »Und was ist mit Licht?«, fragte sie in das Mikrofon ihres Headsets.

Der Beamte der Überwachungseinheit hatte seine hoch entwickelten technischen Geräte vom gegenüberliegenden Dach aus auf die Wohnung des Verdächtigen gerichtet, ein im ersten Stock gelegenes Apartment mit zwei Schlafzimmern an der Zweiundzwanzigsten Straße West. »Negativ, Detective. Das Wärmebild gibt auch nichts her, aber bei diesen Fensterläden könnte er gerade mit seinen Freunden im Kerzenschein Poker spielen, alle rauchen Zigarren, und ich würde trotzdem nichts davon erkennen. Kommen.«

»Roger.«

Täter 40 war nicht länger namenlos. Er war identifiziert.

Vernon Griffith, fünfunddreißig, wohnhaft in New York, hatte bis vor Kurzem ein geerbtes Haus auf Long Island besessen, es inzwischen aber verkauft. Vor etwa einem Jahr war er hier in Chelsea in eine Mietwohnung gezogen. Als Jugendlicher hatte er einige Verwarnungen wegen Prügeleien auf dem Schulhof kassiert, darüber hinaus war sein Strafregister leer. Und seltsamerweise hatte er sich auch noch nie als Aktivist betätigt, bis er vor einigen Tagen als Hüter des Volkes damit angefangen hatte, unschuldige New Yorker Bürger mittels manipulierter Produkte zu ermorden.

Edwin Boyle war sein Nachbar gewesen, bis Griffith ihn aus noch unbekannten Gründen erschlagen hatte, nur ein paar Blocks entfernt und auf die gleiche geschmacklose Art wie zuvor Todd Williams.

»Wir haben alles abgeriegelt. Den ganzen Block.«

Das kam von Bo Haumann, dem Chef der Emergency Service Unit, wie das Sondereinsatzkommando des NYPD hieß. Der schlanke grauhaarige Mann mit dem kantigen Gesicht nahm nun gemeinsam mit Sachs auf seinem Laptop einen Grundriss des Hauses in Augenschein. Die Unterlagen des Department of Buildings waren schon ungefähr zehn Jahre alt, doch in New York wurden Mietwohnungen selten komplett umgestaltet, weil es den Eigentümern schlicht zu teuer war. Nur wenn sich die lukrative Möglichkeit bot, alles in Eigentumswohnungen umzuwandeln, zückten die Leute auch für derartige Baumaßnahmen ihre Scheckbücher.

»Uns bleibt kaum eine andere Wahl«, stellte Haumann fest und meinte damit, dass es eigentlich nur eine Zugriffmöglichkeit für sie gab. Das Haus hatte eine Vorder- und eine Hintertür. Griffiths Wohnung besaß nur eine Tür, die sich mitten ins Wohnzimmer öffnete. Gegenüber davon gab es zwei weitere Zimmer und rechts eine kleine Küche.

Haumann rief ein halbes Dutzend Beamte zu sich. Genau wie Sachs trugen sie taktische Ausrüstung – Helme, Handschuhe, Kevlarwesten.

Er wies auf den Bildschirm des Computers. »Drei von uns beziehen hinten Position, vier Männer gehen vorn rein und in seine Wohnung.«

»Ich bin auch dabei«, sagte Sachs.

»Vier *Personen* gehen in seine Wohnung«, korrigierte Haumann sich, was alle zum Lächeln brachte. »Einer bricht die Tür auf, die anderen stoßen in Reihe vor und sichern. Einer rechts, einer links, einer in der Mitte.«

Sie würden Heckler-&-Koch-Sturmgewehre vom Typ 416 tragen, dasselbe Modell, mit dem man Osama bin Laden getötet hatte. Ihre Variante trug die Bezeichnung D14.5RS, was sich auf die Lauflänge in Zoll bezog, also umgerechnet 36,8 Zentimeter.

Die ESU-Beamten nahmen die Instruktionen emotionslos zur Kenntnis, als würde ihr Chef ihnen mitteilen, die Kaffeepausenzeiten im Büro hätten sich geändert. Ein solcher Einsatz gehörte für sie zum Alltag. Sachs hingegen war elektrisiert und ging vollständig in dem Moment auf. Die Tatortarbeit war das eine – und Amelia mochte die intellektuelle Herausforderung, Spuren zum Leben zu erwecken. Doch *nichts* ließ sich mit einem taktischen Zugriff vergleichen. Das Hochgefühl war absolut einzigartig.

»Legen wir los«, sagte sie.

Haumann nickte, und die Teams formierten sich.

Fünf Minuten später liefen sie den Gehweg entlang und bedeuteten den Schaulustigen, sich aus dem Gebiet zu entfernen. Einer der Beamten zog mit einem Spezialwerkzeug kurzerhand den Schließzylinder aus der Vordertür, und Sachs und die anderen drei betraten das Haus, durchquerten die Eingangshalle, stiegen in den ersten Stock und folgten dem Korridor bis zu Griffiths Wohnung.

Dort brachte Sachs das Team mit erhobener Hand zum Stehen und wies auf die Videokamera über der Tür des Verdächtigen. Alle vier zogen sich ein Stück zurück, um nicht von der Linse erfasst zu werden.

»Hier Team B, wir sind in der Gasse in Position«, kam die Meldung über Funk. »Hier alles klar.«

»Roger«, bestätigte der Anführer von Team A, ein schlanker, dunkelhäutiger Mann namens Heller. Er stand neben Sachs. »Über der Tür ist eine Kamera angebracht. Wir müssen äußerst zügig vorgehen.« Die Unterredung fand im Flüsterton statt und wurde durch die hochmodernen Headsets übertragen.

Normalerweise hätten sie sich mit ihren gummibesohlten Stiefeln angeschlichen. Dann hätte der Mann mit der Ramme abgewartet, bis sein Kollege ein Endoskop unter der Tür hindurchgeschoben hätte. Nun jedoch, da der Täter eventuell *sie* beobachten würde, mussten sie im Eiltempo vorstoßen und die Wohnung stürmen.

Heller zeigte auf Sachs und nach rechts. Dann auf einen anderen Cop und nach links. Schließlich auf sich selbst, gefolgt von einer Handbewegung nach oben und unten, als würde ein Priester einen Segen erteilen. Was bedeutete, Heller würde die Mitte übernehmen.

Der Mann mit der Ramme holte sein Werkzeug aus der Leinentasche – ein ein Meter zwanzig langes Stück Eisen. Dann nickte Heller, und alle vier rannten zu Griffiths Wohnung. Die Ramme holte aus und hieb mit voller Wucht gegen die Stelle unter dem Türknauf. Die Tür knallte nach innen. Der Mann mit der Ramme wich zur Seite und nahm sein Gewehr von der Schulter.

Die anderen drei drangen ein, verteilten sich gemäß der Anweisung und schwenkten die Mündungen ihrer Waffen durch den karg möblierten Raum.

»Küche gesichert!«

»Wohnzimmer gesichert!«

Die Tür des linken Schlafzimmers stand ein Stück offen. Heller und sein Kollege stießen vor, Sachs gab ihnen Deckung. Sie betraten den kleinen Raum. »Linkes Schlafzimmer gesichert!«, rief Heller.

Dann näherten sie sich der Tür des vorderen Schlafzimmers. Es besaß ein Bolzenschloss mit Tastenfeld.

»Team A an Überwachungseinheit«, sagte Heller. »Das vordere Schlafzimmer ist verriegelt. Wir gehen gleich rein. Irgendein Lebenszeichen? Kommen.«

»Kann ich immer noch nicht sagen, Sir. Es ist zu gut abgeschirmt.«

»Verstanden.«

Heller warf einen Blick auf die Zifferntasten am Türgriff. Nach ihrem lautstarken Eindringen spielte das Überraschungsmoment keine Rolle mehr, also klopfte er einfach an. »NYPD. Ist jemand da drinnen?«

Nichts.

Noch mal.

Dann ließ er sich das Endoskop reichen. Er wollte es unter der Tür hindurchschieben, aber der Spalt war zu schmal.

Auch die Türöffnung war schmaler als die anderen und würde nur Platz für eine Person lassen. Heller wies auf sich selbst und hob den ausgestreckten Zeigefinger. Dann auf Sachs, gefolgt von zwei Fingern. Dann auf seinen Kollegen, die Nummer drei. Nun war wieder die Ramme gefragt. Der kräftige Cop ging in Position, und die anderen machten sich für die letzte Phase des Zugriffs bereit.

48

Zum Verrücktwerden. Noch kurz zuvor hatte ich ins Tagebuch geschrieben:

Der schlimmste Tag.

Damit war die Vergangenheit gemeint gewesen, *jener* Tag. Doch jetzt, heute, war genauso schlimm.

Nicht *am schlimmsten*, nein. Denn man hat mich weder verhaftet, noch wurde ich von Rotschopf und den Shoppern erschossen.

Aber ziemlich beschissen. Ich hatte gewusst, dass der Hüter des Volkes bald von der Bühne abtreten musste. Doch ich dachte, ich könnte mich aus der Stadt schleichen und anonym bleiben, mein Leben weiterführen. Nun wissen sie, wie ich heiße.

Ich ziehe zwei Rollkoffer hinter mir her und habe meinen Rucksack auf den Schultern, darin meine wichtigsten weltlichen Besitztümer. Einige meiner Miniaturen. Das Tagebuch. Ein paar Fotos. Kleidung (meine Größe ist schwer zu finden). Mein Hammer, meine wundervolle Japansäge. Einige andere Dinge.

Glück gehabt, Glück gehabt.

Es lag erst eine halbe Stunde zurück. Ich war wieder zu Hause in Chelsea und dachte über meinen nächsten Besuch bei einem Shopper nach, den ich verbrühen wollte, als ich allen Ernstes einen Anruf bekam.

»Vernon, hör zu.« Der Junge mit der krächzenden Stimme aus dem Crafts 4 Everyone.

»Was ist passiert?«, fragte ich ihn. Denn es war eindeutig etwas passiert.

»Hör mal, die Polizei war gerade hier.«

»Die Polizei?«

»Die haben sich nach den Sachen erkundigt, die du gekauft hast. Dann haben sie hier ein paar Notizen gefunden, auf denen dein Name stand. Ich habe denen aber nichts erzählt.«

Der Junge log. Es gab keinen Grund für irgendwelche Notizen mit meinem Namen. Er hatte mich verraten.

»Deinen Nachnamen haben sie nicht gefunden. Aber …«

Aber, ja.

»Danke.« Ich legte auf und fing an zu packen. Ich musste mich beeilen. Der Junge in dem Hobbyladen würde sterben, und zwar unter Qualen. Er war also doch ein Shopper. Ich hatte ihn für einen Freund gehalten. Aber dafür war später noch Zeit.

Nachdem ich meine Sachen gepackt hatte, habe ich für Rotschopf und die Shopper, die bald hier eintreffen würden, noch einige Überraschungen hinterlassen.

Nun eile ich mit gesenktem Kopf und gebeugter Haltung, um meine Klappergestell-Größe zu kaschieren, in Richtung Downtown, als wäre ich mit den zwei großen Koffern ein Tourist aus Finnland, der gerade am Busbahnhof eingetroffen ist und ein Zimmer in einer Jugendherberge braucht. Erfreulicherweise finde ich einen solchen Ort – nun ja, ein billiges Hotel, keine Jugendherberge – und trete ein. Ich erkundige mich nach den Preisen, und sobald ich an der Rezeption fertig bin, gehe ich zum Chefportier und deponiere meine Koffer bei ihm. Die fünf Dollar steckt er gierig ein, und ich gehe wieder, habe aber nur noch meinen Rucksack bei mir.

Zwanzig Minuten später erreiche ich mein Ziel, eine Wohnung nicht unähnlich der meinen, was mich traurig macht. Mein Mutterleib in Chelsea, meine Fische, mein Spielzimmer – alles dahin. Alles ruiniert. Mein ganzes Leben … Daran ist natürlich Rotschopf schuld. Ich bebe vor Zorn. Wenigstens wird jeder, der das Spielzimmer betritt, sein blaues Wunder erleben. Ich hoffe, Rotschopf steht in der ersten Reihe.

Nun schaue ich einen Moment lang an der schmutzig weißen Fassade empor, dann sehe ich mich um. Niemand beachtet mich. Ich drücke den Klingelknopf.

* * *

Der Hausmeister war in seiner Kellerwohnung und kümmerte sich zur Abwechslung mal um seinen eigenen Sanitärbereich, ein Problem mit der Klospülung, als er von oben ein dumpfes Geräusch hörte.

Dann ein Scharren.

Sal war sich nicht sicher, was er davon halten sollte. Aus irgendeinem Grund dachte er an eine riesige Krabbe aus einem Horrorfilm oder eine Spinne. Was für ein Unsinn! Er hängte die Kette in den Schwimmerhahn ein und war mit sich zufrieden. Da gab es plötzlich wieder ein Geräusch, diesmal als würde etwas herunterfallen und zerbrechen, und dann laute Stimmen.

Er richtete sich auf, trocknete sich die Hände ab und ging zum offenen Hinterfenster. Die Stimmen kamen aus der Wohnung direkt über ihm und waren mehr oder weniger deutlich zu verstehen.

»Ich … ich … Du hast, du hast das wirklich getan, Vernon?«

»Ich musste. Bitte. Wir müssen jetzt los.«

»Bist du …? – Vernon! Hör dir doch mal selbst zu!«

Alicia Morgan, die Bewohnerin von 1D, weinte. Sie zählte zu den angenehmeren Mietern. War leise, zahlte stets pünktlich. Schüchtern. Irgendwie zerbrechlich. War das ihr Freund? Sal hatte sie noch nie in Begleitung gesehen. Worum drehte sich die Auseinandersetzung? Alicia kam ihm alles andere als streitlustig vor.

Zerbrechlich …

Der Mann – offenbar ein gewisser »Vernon« – sagte nun mit zittriger Stimme: »Ich habe mich dir geöffnet! Habe private Dinge mit dir geteilt! Das habe ich noch nie mit jemandem gemacht.«

»Nicht das hier! Du hast mir nicht erzählt, dass du anderen Leuten wehtust!«

»Spielt das eine Rolle?« Die Stimme des Mannes war nicht sehr viel tiefer als ihre. Sie klang seltsam. Aber Sal konnte den Ärger darin hören. »Es ist für einen guten Zweck.«

»Vernon, mein Gott … Natürlich spielt es eine Rolle. Wie kannst du …?«

»Ich dachte, du würdest es verstehen.« Nun klang die Stimme tonlos – und dadurch nur umso bedrohlicher. »Wir waren uns ähnlich, du und ich. Wir waren uns so ähnlich. Zumindest war das der Eindruck, den du erwecken wolltest.«

»Wir kennen uns erst seit einem *Monat*, Vernon. Ein Monat. Ich bin ein einziges Mal über Nacht geblieben!«

»Das ist alles, was ich dir bedeute?« Es gab ein gewaltiges Krachen. »Du bist eine von denen«, rief der Mann. »Eine verfluchte Shopperin! Du bist kein Stück besser als die.«

Shopperin?, wunderte Sal sich. Er begriff zwar nicht so ganz, was da vor sich ging, aber die Lage schien zu eskalieren.

Alicia schluchzte nun. »Du hast mir gerade gesagt, dass du mehrere Menschen getötet hast. Und nun erwartest du, dass ich mit dir weggehe?«

Oh, verdammt … Menschen getötet? Sal zog sein Mobiltelefon aus der Tasche.

Doch noch bevor er den Notruf wählen konnte, schrie Alicia auf – nur um abrupt mit einem Ächzen zu verstummen. Dann ein weiteres dumpfes Geräusch, als sie auf dem Boden aufschlug. »Nein«, ertönte ihre Stimme. »Nicht. Bitte, Vernon, tu das nicht! Tu mir nicht weh!«

Wieder ein Schrei.

Sal rannte los, schnappte sich seinen Baseballschläger aus Aluminium, eilte aus seiner Wohnung und stürmte die Treppe empor zu Alicia. Mit seinem Generalschlüssel öffnete er die Tür und stieß sie auf. Der Knauf prallte dermaßen hart gegen die Wand, dass er einen Krater im Putz hinterließ.

Sal starrte keuchend und mit großen Augen auf den Anblick, der sich ihm bot. »Mein Gott.«

Die Mieterin lag auf dem Boden, und ein riesiger Mann ragte über ihr auf. Mindestens einen Meter neunzig oder fünfundneunzig groß, dünn, irgendwie gruselig aussehend. Er hatte sie ins Gesicht geschlagen; es war angeschwollen, und auf ihrer Wange vermischten sich Tränen und Blut. Schluchzend hatte sie die Hände gehoben, um sich zu schützen, was aber nutzlos war, denn der Kerl hatte einen Kugelhammer in der Hand und wollte ihr damit soeben den Schädel zertrümmern.

Der Angreifer wirbelte mit wildem, irrem Blick zu dem Hausmeister herum. »Wer sind Sie? Was wollen Sie hier?«

»Lass das Ding da fallen, Arschloch!«, drohte Sal und hob den Baseballschläger. Er mochte fünfzehn Zentimeter kleiner sein als der Typ, wog aber bestimmt fünfzehn Kilo mehr.

Der Angreifer kniff die Augen zusammen und schaute von dem Hausmeister zu Alicia und wieder zurück. Dann holte er plötzlich aus, und während zischend der Atem seiner Kehle entwich, schleuderte er Sal den Hammer entgegen. Der Hausmeister ließ sich auf die Knie fallen, um dem Wurfgeschoss auszuweichen. Der dürre Mann nutzte die Gelegenheit, um sich einen Rucksack zu schnappen und zum offenen Fenster auf der Rückseite zu laufen. Dort warf er den Rucksack hinaus und sprang hinterher.

* * *

Der Polizist packte die schwere Ramme, und Heller zeigte noch einmal die Reihenfolge an, in der sie Griffiths vorderes Schlafzimmer betreten würden, sobald das Schloss mit dem Tastenfeld eingeschlagen worden war. Alle nickten. Sachs stellte das Sturmgewehr ab und zog ihre Glock.

Die Wahl der Waffe oblag stets dem jeweiligen Beamten selbst. Bei beengten Verhältnissen bevorzugte Amelia eine Pistole.

Der Mann mit der Ramme holte aus. Da hob Sachs ihre Hand. »Stopp.«

Heller sah sie an.

»Wir müssen mit einer Falle rechnen. Das entspräche seiner Vorgehensweise. Lassen Sie uns lieber die da versuchen«, sagte sie und zeigte auf die offene Leinentasche. Heller schaute hin und nickte. Sein Kollege nahm die kleine Kettensäge.

Sachs zog eine Blendgranate vom Gürtel und nickte.

Der Cop startete das knatternde Werkzeug, sägte ein sechzig Zentimeter breites und doppelt so hohes Stück aus dem Türblatt und trat es nach innen. Sachs warf sofort die Granate hinterher. Nach dem ohrenbetäubenden Knall und dem Lichtblitz – die die Orientierung rauben sollten, nicht töten – ließen Heller und Sachs sich draußen auf die Knie nieder und richteten ihre Waffen und Taschenlampen in den Raum.

Und suchten alles ab.

In dem Zimmer hielt sich niemand auf.

Aber es gab tatsächlich eine Falle.

»Ah.« Heller zeigte auf einen dünnen, unter Spannung stehenden Draht, der innen am Türknauf befestigt war. Falls sie die Tür eingeschlagen hätten, wäre am anderen Ende des Drahts die untere Hälfte eines durchgeschnittenen Milchkanisters aus Plastik umgekippt und hätte ihren Inhalt, bei dem es sich um ungefähr zwei Liter Benzin zu handeln schien, auf eine glühend heiße Kochplatte geschüttet, die auf einer Werkbank am Fenster stand, dessen metallene Läden bekanntlich geschlossen waren.

Die Beamten traten nun ein, entschärften die Vorrichtung und durchsuchten noch einmal gründlich den Raum sowie das angeschlossene Badezimmer.

»Hier Team A«, funkte Heller dann Haumann an. »Die Wohnung ist gesichert. Die Zielperson war nicht anwesend. Team B, Bericht.«

»Hier Team B. Keine Vorkommnisse auf der Rückseite. Wir überprüfen die anderen Wohnungen. Kommen.«

»Roger.«

»Sachs«, hörte sie auf einmal Rhymes ruhige Stimme in ihrem Ohr. Sie war überrascht. Niemand hatte ihr gesagt, dass er auf die taktische Frequenz hinzugeschaltet worden war.

»Rhyme. Er ist weg. Geflohen. Wir hätten diesen Verkäufer aus dem Hobbyladen in Schutzhaft nehmen müssen, damit er nicht redet. Er hat Griffith gewarnt, da bin ich mir sicher.«

»Das gehört zu einer Demokratie dazu, Sachs. Du kannst nicht einfach jemanden fesseln und knebeln, auch wenn er es verdient hätte.«

»Nun«, sagte sie, »wenigstens haben wir einen praktisch unberührten Tatort. Er konnte nicht viel mitnehmen. Wir werden hier etwas finden, und dann kriegen wir ihn.«

»Mach dich an das Gitternetz, Sachs, und komm dann gleich her.«

49

Eine Stunde später stand Sachs in ihrem Tyvek-Overall schwitzend an der Schwelle von Vernon Griffiths Wohnung und las laut aus einem Notizbuch vor.

Die Gesellschaft ist das Problem. Alle wollen konsumieren und konsumieren und konsumieren, aber sie haben keine Ahnung, was das bedeutet. Wir umgeben uns mit lauter Objekten, konzentrieren uns darauf, Dinge anzusammeln. Mit anderen Worten, beim Abendessen SOLLTE es um die Menschen gehen, um die Familien, die sich am Ende eines Arbeitstages zusammenfinden und sich austauschen wollen. Es geht nicht darum, den besten Herd zu haben, die beste Küchenmaschine, den besten Mixer, den besten Kaffeevollautomaten. Uns sind diese *Dinge wichtig, nicht unsere Freunde!!! Nicht unsere Angehörigen.*

»Bist du noch da, Rhyme?«

»Halbwegs. Leeres Gewäsch. Wie bei den anderen Texten von diesem sogenannten Hüter des Volkes.«

»Das hier ist sein vollständiges Manifest. Es trägt den Titel *Der stählerne Kuss.*

Irgendwie poetisch, dachte sie.

Dann verstaute sie das Buch wieder in einer Beweismitteltüte. »Ich habe jede Menge Partikel gefunden. Und einige Unterlagen. Lon kümmert sich um die Vorgeschichte des Täters.

Griffith hat sein Elternhaus in Manhasset verkauft und scheint derzeit über keine weiteren Wohngelegenheiten zu verfügen. Die Behördendaten werden noch überprüft.«

»Gab es Fingerabdrücke von anderen Personen?«

»Vor allem von einer. Ich würde auf eine Frau oder einen kleinen Mann tippen. Wahrscheinlich aber eine Frau. Ich habe kinnlange blonde Haare gefunden. Anscheinend gefärbt, mit Spuren von Grau. Und die alternative Lichtquelle hat ergeben, dass er ein ziemlich aktives Sexualleben geführt haben dürfte. Alle Achtung.«

Dieses technische Hilfsmittel ließ ansonsten unsichtbare Körperflüssigkeiten deutlich hervortreten.

»Er hat also eine Freundin.«

»Aber nichts deutet darauf hin, dass sie hier gewohnt hat. Weder Kleidungsstücke noch Kosmetik- oder Toilettenartikel.«

»Vielleicht ist er jetzt bei ihr«, murmelte Rhyme. »Wo die wohl wohnt? Bring mir die Abdrücke so schnell wie möglich, Sachs, wir müssen sie mit IAFIS abgleichen. Ich will endlich was tun.«

»Ich bin in einer halben Stunde zurück.«

Kaum hatten sie das Gespräch beendet, klingelte ihr Telefon. Die Nummer auf dem Display war die der NYPD-Funkzentrale.

»Amelia, hier ist Jen Cotter. Ich wollte Ihnen mitteilen, dass aus Midtown West ein gewaltsamer Übergriff gemeldet wurde. Das weibliche Opfer wurde verletzt, wird aber überleben. Laut den Kollegen vor Ort hat sie als ihren Angreifer einen gewissen Vernon Griffith benannt.«

Sieh einer an. »Wie heißt das Opfer?«

»Alicia Morgan, einundvierzig. Sie kannte den Täter schon vorher, Genaueres weiß ich aber nicht.«

»Ist sie noch dort oder im Krankenhaus?«

»Noch dort, soweit ich weiß. Es ist gerade erst passiert.«

»Und der Täter?«

»Konnte fliehen.«

»Wie lautet die Adresse?«

»Neununddreißigste Straße West, Nummer vier drei zwei.«

»Verständigen Sie die Kollegen, dass ich unterwegs bin. Ich möchte mit dem Opfer sprechen. Falls die Frau unterdessen ins Krankenhaus gebracht wird, lassen Sie mich wissen, in welches.«

»Alles klar.«

Sachs setzte Rhyme über die neuesten Entwicklungen in Kenntnis und eilte zu ihrem Auto. Fünfzehn Minuten später hielten sie und Haumanns taktische Einheit vor einem fünfgeschossigen Wohnhaus an der Ecke Neununddreißigste Straße und Achte Avenue.

Es war unwahrscheinlich, dass Griffith sich noch irgendwo in der Nähe aufhielt, aber er war eindeutig labil, wenn nicht sogar psychotisch, also durfte man die Möglichkeit nicht ausschließen. Daher auch die taktische Unterstützung.

Zwei Rettungssanitäter, ein Detective und ein uniformierter Beamter standen neben einer schmalen Frau Anfang vierzig, die auf einer Rolltrage lag und einen blutigen Verband im Gesicht hatte. Ihre Augen waren vom Weinen gerötet, und in ihrer Miene las Sachs nichts als Trauer und Bestürzung.

»Alicia Morgan?«, fragte Sachs.

Die Frau nickte und verzog dann vor Schmerz das Gesicht.

»Ich bin Detective Sachs. Wie geht es Ihnen?«

Die Frau starrte sie an. »Ich … was?«

Sachs zeigte ihre Dienstmarke vor. »Wie fühlen Sie sich?«

»Es tut weh«, flüsterte sie. »Ziemlich heftig. Mir ist schwindlig.«

Sachs sah einen der Sanitäter an, einen stämmigen Afroamerikaner. »Er hat sie mindestens einmal mit der Faust geschlagen«, erklärte der Mann. »Mit voller Wucht. Wir rechnen mit einer Fraktur und einer Gehirnerschütterung. Das muss geröntgt werden. Wir fahren sie jetzt ins Krankenhaus.«

»Woher kennen Sie Vernon?«, fragte Sachs, während die Frau zum Wagen geschoben wurde.

»Wir sind ein paarmal ausgegangen. Hat er wirklich all diese Leute getötet?«

»Ja, das hat er.«

»Und mich wollte er auch umbringen«, schluchzte Alicia leise.

»Wissen Sie den Grund?«

Sie wollte den Kopf schütteln, keuchte dann aber vor Schmerz auf. »Er stand einfach vor der Tür und wollte, dass ich mit ihm weggehe. Er sagte, er sei der Kerl aus den Nachrichten. Der den Mann auf der Rolltreppe getötet hat und den anderen durch die Gasexplosion! Im ersten Moment dachte ich, das sei ein Scherz. Aber nein, er hat das ernst gemeint. Als würde es mir nichts ausmachen, dass er ein Mörder ist.« Sie schloss die Augen und verzog das Gesicht. Dann wischte sie sich vorsichtig die Tränen ab.

»Als ich mich geweigert habe, ihn zu begleiten, ist er durchgedreht. Er hat mich geschlagen und dann einen Hammer hervorgeholt. Damit hätte er mich umgebracht, wenn nicht im letzten Moment Sal aufgetaucht wäre. Unser Hausmeister. Er hatte einen Baseballschläger dabei und hat mir das Leben gerettet.«

Sachs fielen am Hals der Frau einige Narben auf, und ihr Arm war leicht verformt wie nach einem schlecht verheilten Bruch. Sie war womöglich nicht zum ersten Mal Opfer eines Übergriffs geworden. Häusliche Gewalt?, dachte Sachs.

»Besitzt Vernon ein Auto? Oder hat er Zugriff auf einen Wagen?« In New York war kein Fahrzeug auf Griffith zugelassen.

»Nein, er fährt meistens Taxi.« Und wieder wischte sie sich Tränen ab.

»Können Sie sich vorstellen, wohin er nun fliehen würde?«

Ihre großen Augen starrten Sachs an. »Er war so nett zu mir. So sanft.« Noch mehr Tränen. »Ich …«

»Alicia, es tut mir leid«, ließ Sachs nicht locker. »Ich benötige so viele Informationen wie möglich. Hat er noch andere Wohnungen oder Zufluchtsorte?«

»Er hatte ein Haus auf Long Island. In Manhasset, glaube ich. Aber das hat er verkauft. Einen anderen Ort hat er nie erwähnt. Nein, ich weiß nicht, wohin er jetzt will.«

Sie erreichten den Rettungswagen. »Detective, wir müssen uns beeilen.«

»Welches Krankenhaus?«

»Das Bellevue.«

Sachs nahm eine ihrer Visitenkarten, kreiste ihre Rufnummer ein und fügte auf der Rückseite die Telefonnummer von Rhyme hinzu. Dann gab sie die Karte Alicia. »Wenn es Ihnen etwas besser geht, möchten wir gern noch mal mit Ihnen sprechen.« Sie war überzeugt, dass die Frau Einblicke gewonnen hatte, die ihnen bei der Jagd auf den Täter helfen würden.

»Okay«, flüsterte sie. Und atmete tief durch. »Ja. Okay.«

Die Türen des Transporters klappten zu, und gleich darauf bog das Fahrzeug mit Blaulicht und Sirene in den Verkehr ein.

Sachs ging zu Bo Haumann und berichtete ihm, was sie erfahren hatte – viel war es nicht. Er konnte ihr im Gegenzug mitteilen, dass sich im näheren Umkreis keine Zeugen gefunden hatten. »Der Kerl hatte fünfzehn Minuten Vorsprung«, sagte der ESU-Mann. »Wie weit kommt man damit in der Stadt?«

»Verdammt weit«, murmelte sie.

Dann wollte Sachs den Hausmeister vernehmen, der auf der Vordertreppe saß. Sal war ein gut aussehender, glatt rasierter Italoamerikaner mit dichtem schwarzem Haar und kräftigen Muskeln. Einige Reporter schossen bereits Fotos von ihm und forderten ihn auf, mit dem Baseballschläger zu posieren, mit dessen Hilfe er den Killer vertrieben hatte. Sachs konnte sich die spöttische Schlagzeile der Boulevardpresse schon ausmalen: *Heldenhafter Hausmeister hämmert »Hüter des Volkes« hinaus!*

50

Rhyme sah Amelia Sachs die Beweise aus Vernon Griffiths Apartment hereintragen. Sie musste sich noch Alicia Morgans Wohnung und das Lagerhaus vornehmen, bei dem Griffith seinen Nachbarn namens Boyle erschlagen hatte, aber Rhyme wollte unbedingt mit der Arbeit anfangen. Die Wohnung in Chelsea war vermutlich der ergiebigste Tatort dieses Falls und konnte zum aktuellen Aufenthaltsort des Täters führen.

Sachs zog sich blaue Handschuhe über und fing an einem der Tische an, die Spuren zu sortieren.

Juliette Archer war ebenfalls anwesend, Cooper hingegen nicht. »Mel kommt in etwa zwei Stunden«, sagte Rhyme zu Sachs. »Das FBI wollte, dass er sich irgendeine Terroristensache anschaut. Aber wir können schon anfangen. Gibt's was Neues von Alicia?«

»Sie dürfte bald entlassen werden. Ein gebrochenes Jochbein, ein lockerer Zahn, eine Gehirnerschütterung. Sie ist bereit, mit uns zu reden, aber momentan noch ein wenig aufgewühlt.«

Kein Wunder, wenn dein Freund versucht, dich mit einem Hammer zu erschlagen.

Rhyme ließ den Blick über die Beweise schweifen. Im Vergleich zu den früheren Tatorten war Griffiths Apartment eine wahre Fundgrube.

»Kommen wir zuerst zu der Datenauswertung«, sagte Rhyme. »Gibt es neue Erkenntnisse zu etwaigem Grundbesitz oder regelmäßigen Reisen per Flugzeug oder Zug?«

Sachs berichtete, sie hätten bislang nichts gefunden. »Ich habe mir seine Bankdaten angeschaut und weitere Informationen über seine finanziellen Verhältnisse eingeholt. Er hat zwar das Haus auf Long Island verkauft, scheint aber keine neue Immobilie erworben zu haben. Banken, Kreditkartenfirmen, Versicherungen, das Finanzamt – ihnen allen liegt als Adresse für ihre Korrespondenz mit Griffith lediglich ein Postfach in Manhattan vor. Er hat seinen Lebensunterhalt mit dem Verkauf von selbst hergestellten Miniaturen und Puppenmöbeln verdient. Aber von seiner Wohnung aus, nicht aus einem Büro oder einer Werkstatt.«

Archer wies auf ein Stück Papier in einem der durchsichtigen Plastikumschläge hin. »Das hier könnte ein weiteres potenzielles Opfer sein. In Scarsdale.«

In dem noblen Vorort nördlich von New York City gab es zweifellos viele moderne Geräte, die mit DataWise5000-Controllern ausgestattet waren und deren reiche Eigentümer Vernon Griffiths Feindbild entsprachen.

Archer las von dem Zettel vor. »Ein Warmwasserbereiter, Marke Henderson Comfort-Zone Deluxe.«

Rhyme sah in der Datenbank der Produkte nach, die DataWise-Controller enthielten; ja, der Warmwasserbereiter gehörte dazu.

»Wie heißt die Zielperson?«

»Das geht aus der Notiz nicht hervor; hier steht nur die Adresse. Griffith wurde identifiziert, also bezweifle ich, dass er den Anschlag noch durchführen wird, doch andererseits ist er ziemlich fanatisch. Also wer weiß?« Rhyme bat Sachs, im Westchester County anzurufen und die Staatspolizei vorbeizuschicken.

»Und finde heraus, wer dort wohnt, Sachs.«

Ein Datenabgleich mit dem Grundbuchamt und der Führerscheinstelle erbrachte die Antwort. William Mayer, ein Hedgefonds-Manager. Er war ein Freund des Gouverneurs, und in einigen Artikeln über ihn wurde angedeutet, er verfolge auch eigene politische Ambitionen.

»Ein Warmwasserbereiter?«, fragte Archer. »Was hatte er damit vor? Die Temperatur massiv zu erhöhen, um jemanden unter der Dusche zu kochen? Wissen Sie noch, Todd Williams hat in seinem Blog über genau diese Möglichkeit geschrieben. Er könnte auch ein Ventil schließen und den Druck ansteigen lassen. Wenn jemand dann nachsehen will, was nicht stimmt, fliegt ihm alles um die Ohren, und er wird von neunzig Grad heißem Wasser überschüttet. Mein Gott.«

Sie fuhr näher heran und betrachtete das halbe Dutzend Plastiktüten mit Miniaturen. Möbelstücke, Kinderwagen, eine Standuhr, ein viktorianisches Haus. Jedes einzelne Stück war von hoher Qualität.

Auch Rhyme schaute sie sich an. »Er ist sehr gut. Hat er vielleicht irgendwo Unterricht genommen?«

Sachs hatte offenbar schon daran gedacht. »Ich habe Kollegen in der Zentrale damit beauftragt, Griffiths Vorleben gründlich zu durchleuchten. Eventuell stoßen sie auf den einen oder anderen Kurs, den er belegt hat. Oder auf eine Schule, die er in letzter Zeit besucht hat.« Dann runzelte sie die Stirn und nahm ein kleines Spielzeug in die Hand. »Das kommt mir irgendwie bekannt vor. Was ist das?«

Rhyme sah genauer hin. »Ein Munitionswagen, glaube ich. Wie die Artillerie ihn früher gemeinsam mit der Kanone ins Feld mitgenommen hat, als Pferdefuhrwerk. Darin waren die Kugeln und das Pulver untergebracht.«

Sachs musterte die Miniatur eindringlich. Rhyme sagte nichts mehr, sondern überließ sie ihren Gedanken. Auch Archer hielt sich mit Fragen zurück.

»Es hat mit einem Fall zu tun«, sagte Sachs schließlich, ohne die Augen abzuwenden. »Aus den letzten beiden Monaten.«

»Aber nicht Täter 40?«

»Nein.« Ihr schien etwas einzufallen. Und verflüchtigte sich dann doch wieder. Frustriert atmete sie aus. »Es kann einer von meinen Fällen gewesen sein oder einer aus unserer Abteilung, und ich habe nur einen Blick auf die Akte geworfen. Mal sehen.« Sie trug nach wie vor Handschuhe und nahm nun die zerbrechliche Miniatur aus der Tüte, um sie auf ein Stück Untersuchungspapier zu stellen, mit ihrem Telefon zu fotografieren und die Aufnahme zu verschicken. »Jemand in Queens soll die Asservatenlisten der letzten paar Monate durchgehen und nach etwas Ähnlichem Ausschau halten. Hoffentlich gibt man sich diesmal dort mehr Mühe als mit unseren verschwundenen White-Castle-Servietten.«

Sie tütete das Spielzeug wieder ein. »Okay, ihr beide macht hier weiter. Ich sichere jetzt die Spuren in Alicias Wohnung und bei dem Lagerhaus, wo er Boyle getötet hat.« Dann war sie zur Tür hinaus, und gleich darauf dröhnte der leistungsstarke Motor ihres Ford am Central Park West entlang. Rhyme glaubte, eine der großen Fensterscheiben des Salons zittern zu hören. Ein Wanderfalke blickte aus dem Nest auf dem Sims auf. Der Vogel schien sich über den Lärm zu ärgern, der anscheinend die Küken aufgeschreckt hatte.

Rhyme wandte sich noch einmal den Miniaturen zu. Warum würde ein so talentierter Mensch, der so schöne Dinge anfertigen konnte, der so geschickt war, zum Mörder werden? Die Frage war irrelevant, aber drängte sich auf.

Auch Archer, dicht neben Rhyme, war von Vernon Griffiths Werken fasziniert. »So viel Arbeit. So detailliert.« Dann herrschte kurz Schweigen. Archer setzte ihre Untersuchung fort und bewunderte einen winzigen Stuhl. »Ich hab immer viel gestrickt«, sagte sie geistesabwesend.

Rhyme war sich nicht sicher, wie er darauf reagieren sollte. »Pullover und so?«, fragte er nach kurzem Überlegen.

»Auch. Aber meistens Wandbehänge, eher künstlerisch. Wie Gobelins.«

Rhyme sah sich die Fotos aus Griffiths Wohnung an. »Landschaften?«, fragte er.

»Nein, abstrakt.«

Er nahm wahr, dass ihre Gesichtsmuskeln an Spannung verloren. Wehmut, Kummer. Rhyme rang um die richtigen Worte. »Sie könnten auf Fotografie umsteigen«, schlug er schließlich vor. »Heutzutage ist sowieso alles digital, und man muss bloß Knöpfe drücken. Oder per Sprachsteuerung betätigen. Die Hälfte der jungen Leute da draußen kriegt ihren Hintern so wenig hoch wie wir.«

»Fotografie. Das wäre eine Idee. Und wirklich eine Möglichkeit.«

»Aber es kommt nicht für Sie in Betracht«, stellte Rhyme kurz darauf fest.

»Nein«, sagte sie lächelnd. »Falls ich mit dem Trinken aufhören müsste, würde ich auch nicht auf alkoholfreien Wein oder alkoholfreies Bier umsteigen, sondern gleich auf Tee oder Cranberrysaft. Alles oder nichts. Aber es wäre der beste Tee oder Cranberrysaft, den ich auftreiben könnte.« Sie verstummte kurz. »Werden Sie je ungeduldig?«, fragte sie dann.

Er lachte auf. »Ständig.«

»Es fühlt sich an wie …«, fuhr sie fort. »Verraten Sie mir, ob es bei Ihnen auch so ist: Man kann sich nicht bewegen, also wird dein Körper die Anspannung nicht los, und sie sickert dir in den Verstand.«

»Genau so ist es.«

»Was machen *Sie* dagegen?«, fragte sie.

»Ich beschäftige mich. Halte den Verstand am Laufen.« Er neigte den Kopf. »Rätsel. Setzen Sie sich zum Ziel, Rätsel zu lösen.«

Sie atmete tief durch, verzog schmerzlich das Gesicht und

schien dann sogar Panik zu verspüren. »Ich weiß nicht, ob ich das schaffe, Lincoln. Ich weiß es wirklich nicht.« Ihre Stimme stockte.

Rhyme fragte sich, ob sie in Tränen ausbrechen würde. Sie war eigentlich nicht so nah am Wasser gebaut, schätzte er. Doch er wusste auch, dass der körperliche Zustand, in dem sie sich befand, sie an Orte trieb, die sie sich niemals hätte vorstellen können. Er selbst hatte viele Jahre benötigt, um genügend innere Stärke aufzubauen.

Und sie war noch nicht lange dabei …

Er schwenkte den Rollstuhl zu ihr herum. »Doch, Sie schaffen das. Ich würde es Ihnen sagen, falls Sie es nicht in sich hätten. Sie kennen mich inzwischen. Ich beschönige nicht. Ich lüge nicht. Sie schaffen das.«

Sie schloss die Lider und atmete einmal tief durch. Dann sah sie ihn wieder an, und der Blick ihrer bemerkenswerten blauen Augen bohrte sich in seine, die weitaus dunkler waren. »Ich nehme Sie beim Wort.«

»Unbedingt. Sie sind meine Praktikantin, wissen Sie noch? Alles, was ich sage, ist Gesetz. Und jetzt an die Arbeit.«

Der Moment verging, und sie fingen gemeinsam an, die von Sachs gesicherten Funde aus Griffiths Wohnung zu katalogisieren: Haare, eine Zahnbürste (für die DNS), stapelweise handschriftliche Aufzeichnungen, Bücher, Kleidung, Ausdrucke zum Thema Hacken und zu technischen Einzelheiten beim Eindringen in abgesicherte Netzwerke. Sogar Fotos von Fischen in einem Aquarium. (Sachs hatte den Sand am Boden nach Hinweisen durchsucht – dies war ein beliebtes Versteck –, aber nichts gefunden.) Viele der Gegenstände hatten mit seiner Erwerbstätigkeit zu tun, der Herstellung und dem Verkauf der Miniaturen: ein großer Vorrat an Holz und Metall, winzige Scharniere, Räder, Farbe, Lack, Keramikgefäße. Und viele, viele Werkzeuge. In den Regalen eines Baumarkts oder Hobbyladens hätten sie interessant gewirkt; hier jedoch nahmen die Klingen und Hämmer eine unheilvolle Ausstrahlung an.

Der stählerne Kuss …

Da sich bisher kein Hinweis auf Griffiths möglichen Aufenthaltsort ergeben hatte, konzentrierten Rhyme und Archer sich nun auf die Partikelspuren aus seiner Wohnung.

Doch nach einer halben Stunde »Staubkunde«, wie Archer ihre gemeinsame Arbeit in Anspielung auf den Kriminalisten Edmond Locard liebevoll getauft hatte, fuhr sie weg von den Umschlägen, Tüten und Objektträgern. Sie warf einen Blick auf Griffiths Notizbuch, das Manifest. Dann starrte sie eine Weile aus dem Fenster. Schließlich drehte sie sich wieder zu Rhyme um. »Wissen Sie, Lincoln, ein Teil von mir nimmt es ihm nicht ab.«

»Was denn?«

»Die Begründung für seine Taten. Er ist gegen Konsumismus. Aber *er* konsumiert doch auch. Er musste all diese Werkzeuge und Materialien für seine Arbeit kaufen. Er kauft Lebensmittel. Seine Schuhe sind Sonderanfertigungen für seine großen Füße. Das breite Warenangebot ist zu seinem Vorteil. Und er verdient seinen Lebensunterhalt durch Verkäufe. Das *ist* Konsumismus.« Ihre hübschen Augen funkelten. »Lassen Sie uns ein Experiment versuchen.«

Rhyme schaute zu den Beweismitteltüten.

»Nein, nicht so eines. Ein hypothetisches Experiment. Nehmen wir an, es gäbe in diesem Fall keine greifbaren Beweise. Eine Ausnahme von Locards Prinzip. Stellen wir uns einen Fall ohne jede physische Spur vor. Wie wäre es hiermit? Ein Mord auf dem Mond. Wir sind auf der Erde und haben keinerlei Zugriff auf die Beweise. Wir wissen, das Opfer wurde da oben ermordet. Es gibt Verdächtige. Aber das ist auch schon alles, keine Partikel, kein gar nichts. Was machen wir also? Wir können uns lediglich die Frage stellen, warum der Täter den Mord begangen hat.«

Er lächelte. Ihre Prämisse war absurd, reine Zeitverschwendung. Doch ihm gefiel ihre Begeisterung. »Reden Sie weiter.«

»Wenn dies eine epidemiologische Untersuchung wäre und wir beide es mit unbekannten Bakterien zu tun hätten, die manche Leute töten, andere aber nicht, würden wir uns fragen: Weshalb? Weil die Opfer ein fremdes Land bereist und sich dort angesteckt haben? Weil sie aufgrund einer körperlichen Eigenheit anfällig für die Krankheit sind und andere Leute nicht? Weil sie sich durch ein gewisses Verhalten den Bakterien ausgesetzt haben? Schauen wir uns doch mal *Vernons* Opfer an. Ich kaufe ihm nicht ab, dass er reiche Konsumenten wegen ihrer teuren Öfen oder Mikrowellen aufs Korn genommen hat. Haben sie sonst noch etwas gemeinsam? Denn sein Motiv für die Morde könnte erklären, wieso und woher er die Opfer kannte … und wo er sich in diesem Moment befindet. Können Sie mir folgen?«

Der Kriminalist in ihm zögerte, aber Lincoln Rhyme musste einräumen, dass der Logiker in ihm fasziniert war. »Okay. Ich spiele mit.«

51

»Wer waren die Leute, die Griffith attackiert hat?«, fragte Juliette Archer. »Abgesehen von Amelias Mutter und den Fahrern der Autos, die er gehackt hat, um seine Flucht zu decken? Seine eigentlichen Opfer? – Greg Frommer, Abe Benkoff, Joe Heady. Und das potenzielle Opfer in Scarsdale, der Hedgefonds-Manager, William Mayer.«

»Ja, was ist mit ihnen?« Rhyme war gern behilflich, aber er konnte nicht anders, als bisweilen auch den Advocatus Diaboli zu spielen.

»Okay…« Archer fuhr zu einer Stelle vor den Tabellen. »Frommer war Verkäufer in Brooklyn und freiwilliger Helfer in einem Obdachlosenheim, neben anderen Ehrenämtern. Benkoff war Etatdirektor einer Werbeagentur in Manhattan. Heady ist Schreiner für ein Theater am Broadway. Mayer hat mit Finanzen zu tun. Keiner von ihnen scheint die anderen zu kennen. Sie wohnen auch nicht nahe beieinander.« Sie schüttelte den Kopf. »Es gibt keine Verbindung.«

»Oh, halt, das ist zu voreilig«, sagte er freundlich. »Sie müssen tiefer graben.«

»Wie meinen Sie das?«

»Sie blicken nur auf die Oberfläche. Stellen Sie sich vor, diese Leute seien Partikelspuren…«

Archer verzog das Gesicht.

»Nein, nein«, tadelte Rhyme. »Jetzt folgen *Sie* mal kurz *mir*. Diese Leute sind also Partikel. Oberflächlich betrachtet ist einer aus grauem Metall, einer aus braunem Holz, einer ist eine Stofffaser, einer ein Stück von einer Pflanze. Was haben sie gemeinsam?«

Archer überlegte. »Nichts.«

»Genau. Aber bei Partikeln graben wir weiter. Welche Art Metall, welche Sorte Holz, welcher Fasertyp, welche Pflanze? Woher kommen sie, was ist der *Kontext*? Man führt die Ergebnisse zusammen, und, peng, erhält man einen gepolsterten Gartenstuhl, der unter einem Jacarandabaum steht. Und die unterschiedlichen Dinge ergeben plötzlich eine Einheit. Sie wollen die Opfer analysieren, Archer, gut, aber wir müssen diese Nachforschungen auf die gleiche Weise angehen. Details! Was sind die Details? Sie haben die gegenwärtigen Berufe genannt. Was war davor? Sehen Sie sich die Rohdaten an, die Amelia gesammelt hat. Die Tabellen sind nur Zusammenfassungen. Was ist mit früheren Wohnorten, Beschäftigungen oder was sonst noch relevant erscheinen könnte?«

Archer holte Sachs' Notizen auf den Bildschirm und fing an zu lesen.

»Bei Greg Frommer kann ich weiterhelfen«, sagte Rhyme. »Er war Marketingdirektor bei Patterson Systems in New Jersey.«

»Was ist das für eine Firma?«

Rhyme erinnerte sich daran, was der Anwalt ihm erzählt hatte. »Die stellen Einspritzanlagen her und sind einer der größten Anbieter.«

»Okay, ist notiert«, sagte Archer. »Und Abe Benkoff?«

»Amelia hat gesagt, er ist schon lange in der Werbung tätig. Seine Auftraggeber waren Lebensmittelfirmen, Fluglinien. Ich weiß nicht mehr genau.«

Archer las aus Sachs' und Pulaskis Aufzeichnungen vor. »Er war achtundfünfzig Jahre alt, Etatdirektor in der Werbebranche, ziemlich hohes Tier. Zu seinen Kunden zählten Universal

Foods, U.S. Auto, Northeast Airlines, Aggregate Computers. Er hat sein ganzes Leben lang in New York City gewohnt. In Manhattan.«

»Und Heady, der Schreiner?«, fragte Rhyme.

»Er ist in Michigan aufgewachsen und hat in Detroit am Montageband gearbeitet«, las Archer. »Ist hergezogen, um seinen Kindern und Enkeln näher zu sein. Hat den Ruhestand nicht gemocht, ist der Gewerkschaft beigetreten und hat den Job bei dem Theater bekommen.« Sie blickte von dem Computermonitor auf. »Mayer ist ein Hedgefonds-Manager. Arbeitet in Connecticut. Wohnt in Scarsdale. Ist wohlhabend. Über seine Klienten kann ich nichts finden.«

»Die Ehefrau«, sagte Rhyme.

»Wie bitte?«

»Wieso gehen wir davon aus, *er* sei das Ziel? Ist er verheiratet?«

Archer schnalzte mit der Zunge. »Verdammt. Da war ich wohl zu sexistisch.« Sie tippte eine Weile. »Valerie Mayer. Prozessanwältin an der Wall Street.«

»Wer sind ihre Mandanten?«

Wieder verstrich etwas Zeit. »Es werden keine Namen genannt. Aber sie ist auf die Vertretung von Versicherungskonzernen spezialisiert.«

Rhyme schaute auf den Monitor. Er lächelte. »Bei Valerie und ihren Mandanten müssen wir noch die weiteren Erkundigungen abwarten. Aber die anderen – die haben tatsächlich etwas gemeinsam.«

Archer verglich die Tabellen mit den Notizen. »Autos.«

»Genau! Einer von Benkoffs Kunden war U.S. Auto. Heady hat an einem Montageband gearbeitet, und ich wette, das war sein Arbeitgeber. Hat U.S. Auto Einspritzanlagen von Patterson verwendet?«

Archer nutzte die Sprachsteuerung für die Recherche. Und,

jawohl, Google vermeldete pflichtschuldigst, dass Patterson einer der wichtigsten Zulieferer von U.S. Auto gewesen sei… bis vor ungefähr fünf Jahren.

»Was in etwa dem Zeitpunkt entspricht, als Frommer die Firma verlassen hat«, flüsterte Rhyme.

»Und Valerie Mayer?«, fragte Archer.

Der Kriminalist wandte sich dem Mikrofon neben seinem Kopf zu. »Kommando, Telefon, Anrufen. Evers Whitmore«, befahl er.

Das Telefon gehorchte sofort, und nach dem zweiten Klingeln meldete sich eine Sekretärin.

»Evers Whitmore, bitte. Sofort. Es ist dringend.«

»Mr. Whitmore ist…«

»Sagen Sie ihm, Lincoln Rhyme ruft an.«

»Er ist zurzeit…«

»Vorname Lincoln, Nachname Rhyme. Und wie schon gesagt, es ist dringend.«

Eine Pause. »Einen Moment.«

Dann ertönte die Stimme des Anwalts. »Mr. Rhyme. Wie geht es Ihnen? Wie…?«

»Keine Zeit. Sie haben uns doch von einem Fall erzählt, bei dem es um eine Autofirma ging. Ein internes Memo hat besagt, es wäre billiger, Schadensersatz zu zahlen, als einen gefährlichen Defekt bei den Fahrzeugen zu beheben. War das U.S. Auto? Ich kann mich nicht mehr erinnern.«

»Ja, das stimmt. Es war U.S. Auto.«

»Valerie Mayer, eine Prozessanwältin in New York. Hat sie die Firma verteidigt?«

»Nein.«

Verdammt. Da ging sie hin, seine Theorie.

Doch dann sagte Whitmore: »Sie hat den Konzern vertreten, bei dem U.S. Auto gegen Schadensersatzforderungen *versichert* war.«

»War auch Patterson Systems beteiligt?«

»Patterson? Sie meinen die Firma, für die Mr. Frommer gearbeitet hat? Keine Ahnung. Warten Sie kurz.«

Stille. Dann kam der Anwalt zurück an den Apparat. »Ja, die Hauptklage richtete sich gegen U.S. Auto, aber Patterson hing ebenfalls mit drin. Die Beschuldigung lautete, sowohl der Autohersteller als auch der Zulieferer hätten von dem Defekt der Kraftstoffanlage gewusst und beschlossen, keine Änderungen an den Einspritzventilen und den Anschlussstellen der Motoren vorzunehmen, was die Sicherheit erhöht hätte.«

»Mr. Whitmore, *Evers*, ich benötige alles, was Sie mir zu diesem Fall schicken können.«

Eine Pause. »Tja, das ist etwas problematisch, Mr. Rhyme. Zunächst mal habe ich nicht an dem Fall gearbeitet, verfüge also über keinerlei Quellenmaterial. Außerdem haben Sie gar nicht den Platz. Oder die Zeit, um das alles zu lesen. Es gab rund um den Defekt Hunderte von Prozessen, und sie haben sich über Jahre erstreckt. Es muss sich um eine Größenordnung von zehn Millionen Dokumenten handeln, würde ich sagen. Womöglich noch mehr. Darf ich fragen, warum …?«

»Wir glauben, unser Killer – der die DataWise-Controller als Mordwaffe benutzt – hat es auf Leute abgesehen, die mit U.S. Auto zu tun hatten.«

»Oh. Ja, ich verstehe. Wurde er bei einem der Unfälle verletzt, die sich aufgrund des Defekts ereignet haben?«

»Davon gehen wir aus. Er ist immer noch auf freiem Fuß, und ich hatte gehofft, aus den Akten des Falls vielleicht ersehen zu können, wo er sich versteckt.«

»Ich werde Folgendes tun, Mr. Rhyme: Ich lasse Ihnen durch meine Mitarbeiterin alles zukommen, was ich in der juristischen Fachpresse finde, und besorge mir so viele öffentlich eingereichte Schriftsätze und Offenlegungsdokumente, wie ich auftreiben kann. Sie sollten außerdem die normalen

Medien überprüfen. Über diesen Fall wurde natürlich umfänglich berichtet.«

»Ich brauche die Unterlagen so schnell wie möglich.«

»Ich kümmere mich darum, dass es sofort erledigt wird, Mr. Rhyme.«

52

Rhyme und Archer lasen online so schnell wie nur möglich über den Fall U.S. Auto nach.

Whitmore hatte recht. Bei Google fanden sich mehr als zwölf Millionen Verweise.

Eine halbe Stunde später trafen die ersten E-Mails des Anwalts ein. Rhyme und Archer teilten die Schriftsätze und Begleitdokumente sowie die Presseberichte unter sich auf und fingen mit der Sichtung an. Es gab, wie Whitmore erwähnt hatte, unzählige Kläger, sowohl die bei den Unfällen Verletzten als auch die Angehörigen der Todesopfer, deren Fahrzeuge wegen der defekten Kraftstoffanlage vollständig in Flammen aufgegangen waren. Darüber hinaus hatten die Vorfälle zu mehr als einhundert geschäftlich begründeten Klagen geführt, in denen andere Hersteller und Zulieferer ihre entgangenen Einkünfte geltend machten. Ob nun in der grellen Berichterstattung der Boulevardpresse oder den klinisch kalten Gerichtsunterlagen – am beunruhigendsten waren die Schilderungen der zerstörten Leben. Rhyme las Aussagen über grauenhafte Schmerzen als Folge der Verbrennungen und Kollisionen, nachdem die Benzinleitungen gerissen waren. Er sah Unfallfotos von verkohlten und zerschmetterten Leichen sowie die Bilder Dutzender Kläger, die verletzt worden waren. Einige der Aufnahmen waren im Krankenhaus angefertigt worden und zeigten ihre Brand- und Schnittwunden. Andere zeigten die Menschen selbst, wie sie stoisch in den Verhandlungssaal marschierten oder das Gerichtsgebäude wieder verließen. Rhyme nahm sie sorgfältig in Augenschein und suchte nach Griffiths Namen oder Abbild für den Fall, dass er zu den Opfern oder deren Angehörigen zählte.

»Wird irgendwo jemand namens Griffith erwähnt?«, fragte er Archer. »Bei mir ist noch keiner aufgetaucht.«

»Hier auch nicht«, erwiderte Archer. »Aber ich habe erst fünfzig Seiten hinter mir – von geschätzten hunderttausend.«

»Ich führe gerade eine Suche nach dem Namen durch. Bisher ohne Erfolg.«

»Das geht *innerhalb* eines Dokuments«, sagte sie, »aber ich weiß nicht, wie man dateiübergreifend sucht.«

»Vielleicht hat Rodney ja ein Programm«, sagte er. Doch noch bevor er den Computerexperten anrufen konnte, klingelte es an der Tür. Rhyme sah auf den Monitor. Dort stand eine Frau in einer unscheinbaren zerknitterten braunen Jacke und Jeans. Ihr Gesicht war verbunden.

»Ja?«, meldete er sich.

»Sind Sie Lincoln Rhymes? Vom NYPD?«

Rhyme hatte kein Namensschild an der Tür; warum es deinen Feinden einfacher machen? Er korrigierte die Frau nicht. »Wer sind Sie denn?«

»Alicia Morgan. Eine Polizeibeamtin, Amelia Sachs, hat mich gebeten, herzukommen und eine Aussage zu machen. Über Vernon Griffith?«

Hervorragend. »Selbstverständlich. Kommen Sie herein.«

Er wies die Tür an, sich zu öffnen, und hörte kurz darauf Schritte. Sie blieben stehen.

»Hallo?«

»Wir sind hier. Zu Ihrer Linken.«

Die Frau betrat den Salon und erstarrte verblüfft beim Anblick zweier Leute in komplizierten Rollstühlen … und Laborausrüstung wie in einer universitären Forschungseinrichtung.

Sie war zierlich, attraktiv und hatte kurzes blondes Haar. Eine Sonnenbrille verdeckte zum Teil den Bluterguss, der unter dem dicken Verband hervorschaute. Sie nahm die Brille ab, und Rhyme musterte ihr lädiertes Gesicht.

»Ich bin Lincoln Rhyme. Das ist Juliette Archer.«

»Äh, hallo.«

»Danke, dass Sie gekommen sind«, sagte Archer.

Rhymes Blick wanderte zurück zu dem Computer, auf dem nach wie vor mehrere der Gerichtsdokumente geöffnet waren. Er scrollte weiter durch die Texte.

»Wie geht es Ihnen?«, fragte Archer und betrachtete die Verletzungen der Frau.

»Es ist nicht allzu schlimm.« Alicia konzentrierte sich auf das Paar im Rollstuhl. »Ein Haarriss am Jochbein. Und eine Gehirnerschütterung.«

Rhyme wandte sich nun ebenfalls der Frau zu. »Sie und Vernon sind miteinander ausgegangen?«

Sie stellte ihre Handtasche auf dem Boden ab, setzte sich auf einen der Rattansessel und zuckte zusammen. Irgendwie wirkte sie wie betäubt. »Ja, wenn man das so nennen will. Ich habe ihn vor rund einem Monat kennengelernt. Er war sehr umgänglich. Ein stiller Typ und manchmal etwas seltsam, aber er war nett zu mir. Als würde er glauben, niemand könne sich je für ihn interessieren. Wissen Sie, er sieht recht ungewöhnlich aus. Aber ich hätte nie damit gerechnet, er könnte gefährlich sein.« Sie flüsterte nun, die Augen weit aufgerissen. »Oder sogar diese Leute ermorden. Officer Sachs hat mir erzählt, was er getan hat. Ich konnte es kaum glauben. Er war so talentiert bei seinen Miniaturen. Nur…« Sie zuckte die Achseln. Und verzog wieder vor Schmerz das Gesicht. Aus ihrer Jackentasche brachte sie ein Fläschchen mit Tabletten zum Vorschein und schüttete sich zwei davon auf die Handfläche. »Haben Sie…?«, fragte sie Rhyme. Es herrschte kurz peinliche Stille.

»Haben Sie einen Assistenten? Könnte ich ein Glas Wasser bekommen?«

»Nein, er ist gerade nicht da«, sagte Archer, bevor Rhyme reagieren konnte. »Aber da drüben steht eine Flasche Wasser. Sie ist noch ungeöffnet.« Sie nickte in Richtung eines Regals.

»Danke.« Alicia stand auf, bediente sich und schluckte die beiden Pillen, offenbar ein Schmerzmittel. Dann kehrte sie zu dem Sessel zurück, blieb jedoch stehen, nahm ihre Handtasche und warf das Tablettenfläschchen hinein.

»Was ist vorhin in Ihrer Wohnung passiert?«, fragte Rhyme.

»Er ist unangekündigt bei mir aufgetaucht und wollte, dass ich mit ihm weggehe. Als ich ihn nach dem Grund gefragt habe, hat er mir seine Taten gestanden«, flüsterte sie entsetzt. »Er hat tatsächlich geglaubt, ich hätte dafür Verständnis und würde ihn unterstützen.«

»Sie hatten Glück, dass jemand in der Nähe war«, stellte Rhyme fest. »Der Hausmeister, wenn ich mich recht erinnere.«

Doch so ruhig er auch klang, so hektisch bemühte Lincoln Rhyme sich, eine Strategie zu ersinnen, die ihn und Archer am Leben erhalten würde.

Denn die Frau, die er in diesem Moment anlächelte, hatte er kurz zuvor auf einem Foto gesehen – bei einem der Zeitungsartikel zum Fall U.S. Auto. Zu dieser Seite war er nach ihrem Eintreffen zurückgescrollt. Er warf einen schnellen Blick darauf. Das Bild zeigte eine Frau in einem schwarzen Kleid, die gerade ein Gerichtsgebäude auf Long Island verließ. Auf dem Bildschirm der Überwachungskamera hatte er sie nicht erkannt, sonst hätte er sie gar nicht erst ins Haus gelassen. Als sie sich eben nach seinem Betreuer erkundigt hatte, hatte Rhyme antworten wollen, er befinde sich mit einem der Polizisten im hinteren Teil des Hauses, doch Archer hatte ihm einen Strich durch die Rechnung gemacht.

Alicia Morgan hatte U.S. Auto und Patterson Systems wegen des Todes ihres Ehemanns sowie ihrer eigenen Verletzungen verklagt – mehrerer Verbrennungen und tiefer Schnittwunden. Infolge der defekten Kraftstoffanlage war der Wagen bei einer gemeinsamen Fahrt in Brand geraten und verunglückt. Rhyme sah, dass einige Narben über den Stehkragen ihrer Bluse hinausragten.

Er konnte sich nun vorstellen, was geschehen war: Alicia hatte Vernon Griffith damit beauftragt, jeweils einen Vertreter der Leute zu ermorden, die an der Herstellung, dem Marketing und dem Verkauf des schadhaften Wagens beteiligt gewesen waren. Außerdem Valerie Mayer, die Anwältin der Verteidigung. Vielleicht hatte Alicia ihn auch nicht bezahlt, sondern verführt; Sachs' Tatortuntersuchung hatte Anzeichen für rege sexuelle Aktivität erbracht. Griffith und Alicia waren durch Vernons Enttarnung überrascht worden und hatten sich einen Trick überlegt, nämlich den vermeintlichen Überfall in Hörweite eines Zeugen, des Hausmeisters.

Und warum?

Um jeglichen Verdacht zu beseitigen, Alicia könne in die Sache verwickelt sein.

Aber was wollte sie dann hier?

Ah, natürlich. Alicia verfolgte einen eigenen Plan. Sie würde sämtliche Beweise stehlen, die ihr gefährlich werden könnten, und dann Rhyme und alle weiteren Anwesenden töten. Danach würde sie hier andere Spuren platzieren, die auf Vernon als Täter hindeuteten. Und dann würde sie sich mit dem Mann treffen und auch ihn ermorden.

Am Ende hätte Alicia Morgan damit sowohl Rache an der Autofirma genommen als auch keinerlei Repressalien zu befürchten.

Rhyme vermutete, dass sie in ihrer Handtasche eine Schusswaffe mitgebracht hatte. Da sie nun aber wusste, dass ihre Opfer im Rollstuhl saßen, würde sie wahrscheinlich eines von

Griffiths Werkzeugen für die Morde benutzen. Dadurch sähe es noch mehr danach aus, als wäre er der Täter gewesen.

Mel Cooper würde erst in einer Weile wieder hier sein, Sachs genauso, Thom in etwa zwei Stunden. Alicia hatte jede Menge Zeit für ihre Morde.

Dennoch musste er es versuchen. Rhyme sah auf die Uhr. »Amelia – Detective Sachs – müsste jede Minute zurück sein. Was Befragungen angeht, ist sie viel geübter als ich.«

Alicia reagierte kaum darauf. Womöglich hatte sie mit Sachs telefoniert und wusste, dass Rhyme log.

Rhyme schaute an ihr vorbei zu Juliette Archer. »Sie sehen müde aus.«

»Ich … äh, ja?«

»Fahren Sie nach nebenan. Versuchen Sie, ein wenig zu schlafen.« Er wandte sich an Alicia. »Miss Archers Verfassung ist weniger robust als meine. Ich möchte nicht, dass sie sich zu viel zumutet.«

Archer nickte und bewegte ihren Finger auf dem Touchpad. Der Rollstuhl wendete. »Dann nehme ich mir mal eine Auszeit, wenn Sie gestatten.«

Sie fuhr auf die Tür zu.

Alicia stellte sich ihr jedoch mit einigen schnellen Schritten in den Weg. Der Rollstuhl hielt an.

»Was … Was soll das?«, fragte Archer.

Alicia musterte sie, als sei sie eine lästige Fliege. Dann packte sie die Frau am Kragen, zerrte sie aus dem Stuhl und ließ sie zu Boden fallen. Archers Kopf schlug auf das Hartholz.

»Nein!«, rief Rhyme.

»Ich muss aufrecht sitzen!«, flehte Archer verzweifelt. »Mein Zustand, ich …«

Alicia trat ihr mit Wucht gegen den Kopf.

Archer verstummte abrupt und rührte sich nicht mehr. Ihre Augen waren geschlossen, und unter ihrem Kopf bildete sich eine Blutlache. Rhyme konnte nicht erkennen, ob sie noch atmete.

Alicia öffnete ihre Handtasche, streifte sich blaue Latexhandschuhe über, trat vor und riss die Steuerungseinheit von Rhymes Armlehne. Dann zog sie die Schiebetüren des Salons zu und schloss sie ab.

Nach kurzem Suchen holte sie schließlich ein Teppichmesser aus der Handtasche – das mit Sicherheit Vernon gehört hatte. Es steckte in einer Plastikröhre. Alicia öffnete den Deckel, ließ das Werkzeug hinausgleiten, schob die Klinge ein Stück vor und wandte sich Rhyme zu.

53

»Ich weiß über Sie Bescheid, Alicia. Wir haben die Verbindung zwischen Griffiths Opfern und dem Fall U.S. Auto erkannt. Neben einem der Zeitungsartikel war Ihr Foto abgedruckt.«

Das ließ sie innehalten. Sie neigte den Kopf und grübelte eindeutig über diesen neuen Sachverhalt nach.

»Ich habe mir von vornherein gedacht, dass Sie und Griffith den Überfall in Ihrem Apartment nur inszeniert haben«, fuhr er fort. »Sie wussten, dass der Hausmeister Sie hören konnte und einschreiten würde, um Sie zu retten. Als ich Sie hier vor der Tür gesehen habe, habe ich per Telefon einen Code abgeschickt. Eine Kurzwahl für Notfälle.«

Alicia blickte an ihm vorbei zu dem Computer. Dann öffnete sie dort das Fenster des Telefonprogramms. In den letzten zehn Minuten waren keine ausgehenden Anrufe verzeichnet, und das letzte Gespräch hatte nicht mit der Notrufzentrale oder dem NYPD stattgefunden, sondern mit Whitmores Anwaltskanzlei. Sie wählte die Nummer erneut, und am anderen Ende meldete sich, wie Rhyme über Lautsprecher mithören konnte, die sachliche Stimme der Sekretärin: »Kanzlei Whitmore, was kann ich für Sie tun?« Alicia legte auf.

Ihre Miene entspannte sich, als würde sie folgern, dass Rhyme den Zusammenhang gerade erst erkannt hatte und niemand sonst davon wusste. Sie schaute sich im Raum um. Rhyme bemerkte, dass sie für ihr Alter gut aussah. Blassblaue

Augen, Sommersprossen. Kaum Falten. Ihr Haar, blond mit grauen Strähnen, war dicht und voll. Die Narben fielen auf, minderten aber nicht ihre Attraktivität. Vernon war bestimmt Wachs in ihren Händen gewesen.

»Wo sind die Spuren, die Sie in Vernons Wohnung gesichert haben?«

Sie fürchtete offenbar, er habe dort Unterlagen über den Fall U.S. Auto gefunden – oder andere Spuren zu dem wahren Motiv, die letztlich auf sie verweisen konnten.

»Wenn ich Ihnen das sage, töten Sie uns.«

Sie runzelte die Stirn. »Natürlich. Aber ich gebe Ihnen mein Wort, dass alle anderen am Leben bleiben. Zum Beispiel Ihre Freundin Amelia – Vernon war so besessen von ihr, dass ich fast eifersüchtig geworden bin. Amelia wird nichts geschehen. Auch nicht ihrer Mutter. Oder den anderen Mitgliedern Ihres Teams. Aber Sie beide hier werden sterben. Das versteht sich von selbst.«

»Ihre Frage lässt sich nicht so einfach beantworten. Ein Teil der Beweise wird derzeit in Queens untersucht, in der Zentrale der Spurensicherung. Und …«

»Meine andere Option besteht darin, das ganze Haus niederzubrennen. Aber das wird eine Menge Aufmerksamkeit erregen, und ich könnte das eine oder andere übersehen. Sagen Sie es mir einfach.«

Rhyme schwieg.

Alicia ließ ihren Blick durch den Raum schweifen, über die Aktenschränke, Kartons voller Papier- und Plastiktüten, Regale, Instrumente. Sie ging zu einem der Schränke, öffnete ihn und sah hinein. Schloss ihn wieder und versuchte es beim nächsten. Dann überprüfte sie die großen weißen Untersuchungstische und ging den Inhalt der Kartons durch, in denen die Plastik- und Papiertüten mit den Beweisen lagen. Sie entfaltete eine große Mülltüte, deren dunkelgrüne Farbe an die

Leichensäcke der Gerichtsmedizin erinnerte, und warf einige Notizbücher und Zeitungsausschnitte hinein.

Nachdem sie alle Beweise entfernt hatte, die anscheinend auf sie und den Prozess hindeuten konnten, holte sie eine Papiertüte aus ihrer Handtasche und fing an, den Inhalt sorgfältig zu deponieren, genau wie Rhyme vorhergesehen hatte: Haare, natürlich von Griffith. Ein Fetzen Papier, zweifellos mit seinen Fingerabdrücken. Und dann – sie hatte sich vorher wirklich Gedanken gemacht – brachte sie einen von Vernons Schuhen zum Vorschein. Nicht, um ihn zurückzulassen, sondern um damit neben Rhymes Rollstuhl einige Abdrücke auf dem Boden zu fabrizieren.

»Was Ihnen und Ihrem Mann zugestoßen ist, war schrecklich«, sagte Rhyme. »Doch nichts hiervon kann das wieder in Ordnung bringen.«

»Die Kosten-Nutzen-Analyse«, herrschte sie ihn an. »Man sollte sie die Wen-kann-man-billiger-zugrunde-richten-Analyse nennen.« Als sie sich vorbeugte, um den Schuh auf den Boden zu drücken, fiel ihre Bluse nach vorn, und er konnte deutlich die ledrige, verfärbte Narbe auf ihrem Brustkorb sehen.

»In dem Artikel stand, Sie hätten Ihren Fall gewonnen.«

Rhyme fiel unwillkürlich auf, dass mehrere der Beweismitteltüten sich geöffnet hatten, als Alicia sie in den grünen Müllsack geworfen hatte. Sogar im Angesicht des Todes ärgerte er sich über die Verunreinigung der Spuren.

»Ich habe nicht gewonnen, sondern einem Vergleich zugestimmt. Und das war, bevor das Memo publik wurde. Michael, mein Mann, hatte vor dem Unfall etwas getrunken. Das spielte für den Riss im Schlauch der Einspritzanlage keine Rolle. Aber es hätte sich vor Gericht nachteilig für uns ausgewirkt. Und es gab Hinweise darauf, dass Michael *meine* Verletzungen verschlimmert hatte – er hat mich aus dem brennenden Wagen gezogen und mir dabei den Arm gebrochen, bevor er gestorben ist. Mein Anwalt sagte, die Gegenseite würde das benutzen und verdrehen… zusammen mit dem Alkohol. Die Geschworenen könnten uns vielleicht überhaupt keinen Schadensersatz zusprechen. Daher habe ich mich auf einen Vergleich eingelassen. Doch es ging mir nie um das Geld. Es ging um zwei Firmen, die meinen Mann ermordet und mich für den Rest meines Lebens entstellt hatten, ohne dafür zur Rechenschaft gezogen zu werden. Niemand wurde je angeklagt. Die Firma hat den Klägern viel Geld gezahlt, aber die Verantwortlichen konnten abends zu ihren Familien nach Hause. Mein Mann nicht. Und andere Männer, Frauen und Kinder ebenfalls nicht.«

»Greg Frommer hat die Firma verlassen und ehrenamtliche Arbeit geleistet«, sagte Rhyme. »Er hatte Schuldgefühle wegen der Einspritzanlage.«

Man hörte Rhyme an, wie wenig er selbst daran glaubte. Und man sah Alicia an, was sie davon hielt: Oh, bitte.

»Der Hüter des Volkes, das war alles Blödsinn, richtig?«

Alicia nickte. »Vernon ist nicht gerade der attraktivste Mann der Welt. Es war nicht schwierig, ihn tun zu lassen, was ich wollte. Die Leute, die verantwortlich für Michaels Tod waren, sollten auf ähnliche Weise sterben wie er und die anderen: durch Produkte. Als Folge ihrer Gier. Vernon willigte nur zu gern ein, und wir beschlossen, eine politische Tarngeschichte zu erfinden. Damit die Leute nicht an U.S. Auto denken und womöglich eine Verbindung zu mir herstellen würden.«

»Und warum haben Sie das Manifest *Der stählerne Kuss* genannt?«

»Das war seine Idee. Als Anspielung auf seine Werkzeuge, die Sägen, Messer und Meißel, glaube ich.«

»Wie haben Sie ihn kennengelernt?«

»Ich hatte diese Sache natürlich schon seit Jahren geplant. Am schwierigsten war es, einen geeigneten Kandidaten zu finden. Ich hatte den Autohersteller damals verklagt, und mein Name stand in den Gerichtsakten, also konnte ich nicht selbst jemanden töten. Eines Abends war ich zum Essen in einem Restaurant in Manhattan und wurde beim Gehen zufällig Zeugin eines Streits zwischen Vernon und irgendeinem Latino. Der Kerl hatte sich über Vernon lustig gemacht – Sie wissen ja, er ist sehr dünn. Vernon ist einfach ausgerastet. Hat den Kerl übel beleidigt und ist weggerannt. Der Latino hat ihn verfolgt. Aber Vernon war vorbereitet. Er wirbelte plötzlich herum und hat den Mann getötet. Mit einem Messer, glaube ich. Ich hatte noch nie eine solche Wut gesehen. Wie ein Hai im Blutrausch. Dann ist Vernon in ein Privattaxi gesprungen und verschwunden.

Ich konnte kaum fassen, was ich gerade gesehen hatte. Ein Mord, direkt vor meinen Augen. Das ging mir tagelang nicht aus dem Kopf. Dann wurde mir klar, dass dieser Mann mir vielleicht helfen könnte. Ich ging zurück zu dem Restaurant in Manhattan. Die Leute dort kannten zwar nicht seinen Namen, sagten mir aber, dass er ungefähr einmal pro Woche dort essen würde. Ich bin so lange hingegangen, bis ich ihn schließlich wiedergesehen habe.«

»Und dann haben Sie ihn verführt.«

»Ja, habe ich. Am nächsten Morgen habe ich ihm erzählt, ich hätte mit angesehen, wie er diesen Latino getötet hat. Das war ein gewisses Risiko, aber ich hatte ihn schon am Haken. Ich wusste, er würde alles tun, was ich wollte. Ich habe ihm versichert, ich könne den Grund für seine Tat verstehen. Der Mann hatte ihn erniedrigt. Ich sagte, auch *ich* sei erniedrigt worden – von der Autofirma, die mir den Ehemann genommen und meinen Körper durch die Unfallnarben entstellt hatte. Ich wollte Vergeltung.«

»Der Mann, der Vernon gezeigt hat, wie man die DataWise-Controller hackt, dieser Blogger, den er getötet hat, hat ihm außerdem eine Liste der Käufer der intelligenten Produkte besorgt. Und Sie haben die Liste dann nach den Namen von Leuten durchsucht, die mit U.S. Auto zu tun hatten. Richtig?«

Sie nickte. »Ich konnte nicht jeden Mitarbeiter dieser Firmen töten. Aber etwa ein halbes Dutzend sollte es schon sein. Frommer, Benkoff, Heady… und diese schmierige Anwältin, Valerie Mayer.«

»Und wie werden Sie nun Vernon Griffith umbringen?«, fragte Rhyme fast schon beiläufig.

Es schien sie nicht zu überraschen, dass er sie durchschaut hatte. »Das weiß ich noch nicht. Wahrscheinlich muss ich ihn bei lebendigem Leib verbrennen. Damit es so aussieht, als wäre ihm eine seiner eigenen Benzinfallen um die Ohren geflogen. Für einen so dürren Mann ist er erstaunlich stark.«

»Sie wissen demnach, wo er sich aufhält.«

»Nein, er wusste noch nicht, wo er sich verstecken wollte. In irgendeinem Durchgangshotel. Er würde sich melden, hat er gesagt. Und das wird er.«

»Was Ihnen und Ihrer Familie zugestoßen ist, war eine Tragödie«, sagte Rhyme. »Aber was verschafft Ihnen das hier?«

»Gerechtigkeit, Trost.«

»Man wird Ihnen auf die Schliche kommen.«

»Das glaube ich nicht.« Alicia sah auf die Uhr, näherte sich Rhyme und hob das Teppichmesser, den Blick auf seine Halsvene gerichtet. Ihre Hand war so ruhig wie die eines Metzgers oder Chirurgen.

Rhyme wandte den Blick von der Klinge ab, hob den Kopf und sagte: »Ja, nur zu. Aber kräftig. Es muss mit aller Kraft sein. Sie haben nur diese eine Gelegenheit.«

Alicia blieb stehen und runzelte verwirrt die Stirn.

Doch Rhyme sprach nicht mit ihr. Seine Augen waren auf Juliette Archer gerichtet, die sich der Frau mit unsicheren Schritten von hinten näherte und eine Untersuchungslampe hob, die einen schweren eisernen Sockel besaß. Sie bestätigte Rhymes Anweisung nun mit einem Nicken, holte aus und hämmerte Alicia die Lampe mit voller Wucht gegen den Hinterkopf.

54

Die Sanitäter gaben an, die Verletzungen der beiden Frauen seien nicht lebensbedrohlich, wenngleich es Alicia Morgan weitaus schlimmer erwischt hatte.

Sie lag mittlerweile auf der Krankenstation von Manhattans Untersuchungsgefängnis, ganz in der Nähe der Zentralaufnahme und des Gerichtsgebäudes in Downtown.

Juliette Archer saß auf einem von Rhymes Rattansesseln in seinem Salon und hatte einen Verband im Gesicht, an dessen Rand ein beachtlicher Bluterguss hervorschaute, ähnlich wie zuvor bei Alicia. Ein Rettungssanitäter versorgte derweil eine zweite Verletzung am Unterkiefer.

»Bist du noch immer nicht fertig?«, wollte Rhyme von Thom wissen, der damit beschäftigt war, die Steuerungseinheit wieder anzubringen, die Alicia von seinem Rollstuhl abgerissen hatte. »Ich meine, das dauert nun schon zehn Minuten.«

Werden Sie je ungeduldig ...?

»Ich habe dir angeboten, das von den Servicetechnikern erledigen zu lassen«, erwiderte der Betreuer ungerührt. »Erinnerst du dich noch? Aber du wolltest ja nicht bis morgen warten.«

»Das sieht doch schon gut aus. Schalt es einfach ein. Ich habe einige Anrufe zu erledigen.«

Der wütende Blick des jüngeren Mannes ließ ihn verstummen.

Drei Minuten später war Rhyme wieder einsatzbereit.

»Scheint gut zu funktionieren.« Er fuhr im Salon herum. »Das Abbiegen fühlt sich leicht anders an.«

»Ich bin dann in der Küche.«

»Danke!«, rief Rhyme seinem Betreuer hinterher.

Der Sanitäter trat einen Schritt zurück und begutachtete das Gesicht der Praktikantin. »Das meiste ist nur oberflächlich«, sagte er zu Archer. »Fühlen Sie sich benommen?«

Sie stand von dem Sessel auf und ging ein paar Schritte hin und her. »Ein bisschen, aber nicht schlimmer als üblich.« Dann setzte sie sich in ihren Storm Arrow und schnallte den linken Arm an der Lehne fest.

»Okay, das sah schon ganz gut aus«, sagte der Sanitäter. »Sie bewegen sich stabil und koordiniert.« Er musterte den elektrischen Rollstuhl und war verständlicherweise verwirrt.

Weder Rhyme noch Archer erklärten dem Mann, weshalb sie sich in einem derart ausgestatteten Rollstuhl fortbewegte, obwohl sie gar nicht querschnittsgelähmt war. Jedenfalls noch nicht. Sie hatte es Rhyme nach der ersten Seminarstunde erläutert – und Thom zu Beginn ihres Praktikums hier: Zum jetzigen Zeitpunkt war sie nur teilweise beeinträchtigt. Ja, ein Tumor umgab ihre Halswirbelsäule, doch bislang hatte er noch nicht das Rückenmark geschädigt. Archer hatte jedoch beschlossen, sich frühzeitig auf den Tag vorzubereiten, an dem die notwendigen Operationen sie höchstwahrscheinlich zu einer Querschnittsgelähmten machen würden.

Thom hatte in der Tat als ihr Betreuer *agiert*, aber nur bis zu einem gewissen Punkt. Archer ging nicht nur allein auf die Toilette, sie zog sich auch selbstständig an. Rhyme war außerdem aufgefallen, dass sie ihr goldenes Runenarmband bisweilen morgens an der einen Hand und nachmittags an der anderen trug. Sie wechselte gelegentlich die Seite, wenn das Schmuckstück ihre Haut reizte. Da es sich aber um ein Geschenk ihres Sohnes handelte, bestand sie darauf, es nie abzulegen.

Davon abgesehen war sie nur ein einziges Mal aus ihrer Rolle geschlüpft, nämlich vorhin, als sie sich schwankend erhoben hatte, um Rhyme und sich selbst das Leben zu retten.

Nachdem der Rettungssanitäter seine Sachen gepackt hatte und gegangen war, fuhr sie zu Rhyme herüber.

»Sie haben sofort geschaltet«, lobte er sie. Als er Alicia Morgan gegenüber behauptet hatte, Archers Verfassung sei schlechter als seine und sie müsse sich ausruhen, hatte Juliette im selben Moment gefolgert, dass mit der Besucherin etwas nicht stimmte – denn sie war ja längst nicht im selben Ausmaß beeinträchtigt wie Rhyme.

Archer nickte. »Ich hätte von nebenan aus sofort die Polizei verständigt.«

Rhyme seufzte. »Ich hatte nicht damit gerechnet, dass die Frau Sie so brutal angreifen würde. Ich wusste, sie wollte mich und jeden anderen hier töten, aber ich dachte, wir könnten noch etwas Zeit schinden.«

»Ich habe gesehen, wo in Ihrem Regal Amelias Zweitwaffe liegt, aber ich weiß nicht genau, wie man damit umgeht«, fügte Archer hinzu. »Und aufgrund des Tumors zittern oft meine Hände.«

»Eine Lampe muss auch weder durchgeladen noch entsichert werden«, pflichtete Rhyme ihr bei.

»Der andere Täter fehlt aber noch«, stellte Archer fest. »Alicia hat gesagt, sie wisse nicht, wo Griffith sich aufhält, und dass er sich bei ihr melden würde. Ich nehme an, wir könnten ihr Mobiltelefon überwachen.«

Rhyme schüttelte den Kopf. »Er wird ein Wegwerftelefon benutzen. Und in einigen Stunden wird er von ihrer Verhaftung erfahren und untertauchen.«

»Wo sollen wir also nach ihm suchen?«

»Na, wo wohl?«, fragte Rhyme und nickte in Richtung der Beweistabellen.

Die Antwort ist da …

55

Er würde ihr keinen Antrag machen.

Nick Carelli war in Versuchung, verspürte den fast unwiderstehlichen Drang, es einfach zu sagen. Und falls Ame ablehnte, was sie natürlich tun würde, müsste er sich zurückziehen.

Doch er würde am Ball bleiben. Wenn es lange dauerte, dann dauerte es eben lange. Aber auf die eine oder andere Weise würde er sich zurück in Amelias Herz schleichen.

Er musste an Freddys Worte denken:

Such dir 'ne Freundin, Nick. Ein Mann braucht eine Frau in seinem Leben.

Oh, das ist schon in Arbeit …

Nick war auf dem Weg nach Hause und folgte dem von Bäumen gesäumten Bürgersteig in Brooklyn, seine Sporttasche über der Schulter. Komisch, aber er hätte beinahe angefangen, eine Melodie zu pfeifen. Er verkniff es sich; genau genommen kannte er kaum jemanden mit dieser Angewohnheit (obwohl er während seiner Haft in der Zeitung von einem von Amelias Fällen gelesen hatte, bei dem der gesuchte Profikiller zugleich auch ein versierter Pfeifer war).

In seiner Sporttasche trug Nick nun ein kleines Gemälde bei sich, eingewickelt in goldenes Geschenkpapier. Es war eine Landschaft, genauer eine Stadtansicht, denn es zeigte die Brooklyn Bridge, deren Metall im Schein der frühen Morgensonne erglühte und einen Schatten in Richtung Manhattan warf. Die Malerei, die er in einer kleinen Galerie an der Henry

Street aufgetrieben hatte, ähnelte einem Bild, von dem Amelia während ihrer gemeinsamen Zeit ziemlich angetan gewesen war. Es hing damals in einer Manhattaner Galerie, und sie entdeckten es an einem kalten Sonntag nach dem Brunch. Das Ding an der leuchtend weißen Wand des prätentiösen Schuppens (SoHo; noch Fragen?) war sauteuer. Er konnte es sich unmöglich leisten. Nick zog in Erwägung, kurz vor Ladenschluss dort aufzutauchen, seine Dienstmarke zu zücken und zu behaupten, er müsse das Bild vorläufig konfiszieren, weil es gestohlen sein könne. Dann würde es aus der Asservatenkammer »verschwinden«, und dem Galeriebesitzer bliebe eine Entschuldigung und ein feuchter Händedruck. Doch es war Nick damals einfach nicht gelungen, sich einen narrensicheren Plan auszudenken.

Egal, das Bild in seiner Sporttasche war genauso hübsch. Sogar noch besser. Es war größer, und die Farben leuchteten mehr.

Es würde ihr gefallen. Ja, Nick fühlte sich gut.

Eine Melodie …

Jon Perone hatte ihm die Nachricht hinterlassen, er besorge Nick zurzeit das Geld und stelle die gefälschten Darlehensunterlagen zusammen. Nick würde sie gründlich überprüfen. Er musste sichergehen, dass alles legal aussah, damit Außenstehende – nun ja, in erster Linie sein Bewährungshelfer und *Amelia* – ihm auch glauben würden, dass alles seine Richtigkeit hatte. Er würde sie schon davon überzeugen. Und er wusste, Ame würde es ihm abkaufen. Denn er hatte ihr bereits angesehen, dass sie es glauben *wollte.*

Danach würde Vittorio, der Restaurantbesitzer, sein Angebot akzeptieren, dank der freundlichen Fürsprache durch Perone und dessen Handlanger Ralph Seville, Mr. Hosenträger. Nick würde den Laden übernehmen – neuer Anstrich, bessere Kluft für die Bedienungen –, eine Ausnahmegenehmigung für die Schanklizenz erwirken und den Namen in Carelli's Café ändern. Und Schritt für Schritt würde er dadurch in die Legalität wechseln. Seine Vergangenheit wäre vergessen. Ohne dass jemand Verdacht schöpfte.

Seine Bemühungen, die eigene Unschuld zu beweisen, würde er allmählich im Sand verlaufen lassen. Er würde Amelia, ihrer Mutter und ihren Freunden erzählen, die Spuren seien zu alt, ein Zeuge von damals sei tot, und ein anderer habe Alzheimer und könne sich an nichts mehr erinnern. Er würde ein langes Gesicht ziehen und traurig dreinblicken, weil die Suche nichts Konkretes ergeben hatte. Mist, und dabei habe ich mich so sehr bemüht…

Ame würde seine Hand nehmen und sagen, es sei in Ordnung, denn tief in ihrem Herzen wisse sie, dass er unschuldig sei. Und dank Perone hatte sie auch schon auf der Straße gehört, dass Nick den Überfall gar nicht begangen hatte. Er fühlte sich nicht wohl dabei, sie anzulügen – mit all diesem Unsinn über Delgado, der nicht mal dann als Kopf einer solchen Räuberbande hätte fungieren können, wenn sein Leben davon abgehangen hätte. Aber manches ließ sich eben nicht vermeiden.

Einen halben Block weiter dachte er mal wieder an Freddy Caruthers.

Ralph Seville, Perones Mann fürs Grobe, hatte Nick angerufen und ihm mitgeteilt, Freddys Leichnam liege im Newtown Creek, eingewickelt in Maschendraht und beschwert mit einigen großen Hanteln. Nick nahm an, dass Seville wusste, was er tat, aber er hatte sich für Freddys letzte Ruhe einen wirklich üblen Ort ausgesucht. Der Wasserlauf, der Brooklyn und Queens trennte, zählte zu den verschmutztesten Flüssen des Landes und war als Schauplatz der berüchtigten Katastrophe von Greenpoint bekannt, bei der dreimal mehr Öl in die Umwelt gelangte als bei der Havarie der *Exxon Valdez.*

Ach, Scheiße. Das mit Freddy war echt schade. Nick fühlte sich schuldig. Und dann war der Mann auch noch Vater gewesen.

Die Zwillinge sind Jungen. Außerdem haben wir ein vier- und ein fünfjähriges Mädchen …

Das tat weh.

Aber Schwund gab es nun mal immer. Nick hatte ein Recht auf Wiedergutmachung. Was ihm zugestoßen war, hatte mit Fairness nicht das Geringste zu tun – ein kleiner Überfall, ein paar Schläge mit der Pistole (der Fahrer der Zugmaschine, dem Nick eins übergebraten hatte, war zudem ein echtes Arschloch gewesen), und schon sprang das System ihm mit beiden Füßen ins Gesicht. Dabei hatte er doch nur getan, was praktisch jeder machte. Die ganze verdammte Welt kam mit allem möglichen Scheiß davon. Und was erhielt er zum Dank? Man stahl ihm so viele Jahre seines Lebens.

Es steht mir zu …

Nick wartete auf Grün und überquerte dann eine Ampelkreuzung. Die Sporttasche mit der Stadtansicht darin drückte leicht gegen seinen Rücken wie der Arm einer geliebten Person. Er stellte sich Amelia vor, ihr hübsches Gesicht, das glatte rote Haar, die vollen Lippen. Er bekam sie gar nicht mehr aus dem Kopf. Sah sie immer wieder vor sich, wie sie schlafend auf seiner Couch gelegen hatte, die Hand halb zur Faust geschlossen, der Atem flach und leise.

Er erreichte nun seinen Block und musste an jemand anders denken: Lincoln Rhyme.

Nick empfand für den Mann nichts als Respekt. Zum Teufel, wenn Rhyme damals die Überfälle untersucht hätte, wären Nick und seine Hehler schon Monate vorher aufgeflogen – mit einer deutlich längeren Liste von Anklagepunkten. Einen solchen Verstand musste man einfach bewundern.

Und Rhyme sorgte sich um Amelia. Das war gut.

Sicher, es würde hart sein, sie ihm wegzunehmen. Doch Nick tröstete sich mit dem Gedanken, dass sie den Mann natürlich nicht wirklich liebte. Wie sollte das auch möglich sein bei jemandem in diesem… na ja, Zustand? Sie war nur aus Mitleid mit ihm zusammen, ganz eindeutig. Rhyme musste sich dessen bewusst sein. Er würde darüber hinwegkommen.

Irgendwann in der Zukunft würden sie vielleicht alle gute Freunde sein können.

* * *

Amelia Sachs hatte die Untersuchung von Alicia Morgans Wohnung beendet, dabei jedoch kaum Hinweise auf Vernon Griffiths Verbleib gefunden, falls überhaupt welche. Sie war nachdenklich geworden und sann nun ausgerechnet über die Natur des Bösen nach.

Es hatte so viele unterschiedliche Gesichter.

Alicia Morgan zum Beispiel. Lincoln Rhyme hatte angerufen und ihr von den Vorfällen in seinem Haus berichtet. Alicia war der Kopf hinter den Controller-Morden. Sie wollte Rache für ein schreckliches Unrecht üben, daher schien das Böse, das sie antrieb, in eine andere Kategorie zu fallen als etwa bei einem Serienvergewaltiger oder Terroristen.

Eine weitere Spielart des Bösen wurde durch diejenigen verkörpert, die ihre Geschäftsinteressen über alles andere gestellt und beschlossen hatten, einen womöglich tödlichen Fahrzeugdefekt nicht zu beheben. Vielleicht schützte Gier sie vor ihrem Gewissen, vielleicht auch die vielen Schichten ihrer Unternehmensstruktur, so wie ein Exoskelett das flüssige Herz eines Käfers schützt. Und vielleicht hatten die Manager der Autofirma und des Zulieferers aufrichtig gehofft oder sogar sonntags in ihren blitzsauberen Vorstadtkirchen dafür gebetet, dass es nicht zum Schlimmsten kommen würde und den Leuten, die in ihren mit Technik vollgestopften und schnittigen Zeitbomben-Autos herumfuhren, ein langes, gesundes Leben vergönnt wäre.

Dann gab es Vernon Griffith, verführt – im wahrsten Sinne des Wortes – von einer Frau, die gezielt seine Schwachstellen ausgenutzt hatte.

Und was ist das *schlimmste* Übel?, fragte Amelia Sachs sich.

Sie saß gerade auf einer Couch und lehnte sich zurück gegen das abgenutzte Leder. Wo bist du, Vernon?, dachte sie. In irgendeinem Versteck, nur eine Meile von hier? Oder zehntausend?

Falls jemand ihn aufspüren konnte, dann sie selbst, Rhyme und Cooper. Oh, und Juliette Archer. Die Praktikantin. Für eine Anfängerin war sie gut, mit wachem Verstand und einer Abgeklärtheit, die so sehr an Lincoln Rhyme erinnerte. Und die in dieser seltsamen Welt der forensischen Analyse unbedingt vonnöten war. Rhyme war auch schon vor seinem Unfall ein fähiger Kriminalist gewesen, davon war Sachs überzeugt, auch wenn sie ihn damals noch nicht gekannt hatte. Aber sie glaubte, dass er erst durch die Behinderung zu einem herausragenden Vertreter seines Fachs geworden war. Juliette besaß vergleichbares Potenzial. Und vielleicht konnte auch sie es nur vollständig erschließen, falls die Operation, die ihr in einigen Monaten bevorstand, sie zur Querschnittsgelähmten machte, was nach Rhymes Angaben ziemlich wahrscheinlich war.

Ihr beide seid ein gutes Team …

Sie ließ den Blick durch das Apartment schweifen, in dem sie sich nun befand. Alles hier sah irgendwie verwaschen aus; keine der Lampen war eingeschaltet, nur von draußen fiel trübes Licht herein. Das brachte das Leben in dieser Stadt mit sich – man bekam kaum die Sonne zu sehen. Wenn einige ihrer Strahlen in einen Raum fielen, dann meistens als Spiegelung von anderen Fenstern, Wänden, Schildern, Ladenfronten und Fassaden. Die meisten Innenräume wurden nur zwei oder drei Stunden am Tag direkt durch die Sonne beleuchtet, es sei denn, man hatte genug Geld, um in luftiger Höhe wohnen zu können. Ein Leben in reflektiertem Licht, hatte Sachs das vor einer Weile mal genannt. Ein Teil der New Yorker Erfahrung.

Junge, sind wir heute aber tiefsinnig drauf.

Warum nur …?

In diesem Moment ertönte an der Wohnungstür das Klirren von Schlüsseln. Gefolgt von einem Klicken, dann von einem weiteren. In der amerikanischen Vorstadt oder auf dem Land reicht eventuell ein einziges Schloss. In den Städten, jedenfalls in New York, kommt mindestens noch ein Riegel hinzu.

Mit leisem Quietschen wurde die Tür geöffnet. Sachs zog in einer flüssigen Bewegung ihre Glock und richtete sie mit ruhiger Hand auf die Brust der Zielperson.

»Amelia.« Ein schockiertes Flüstern.

»Lass die Tasche fallen, Nick. Und leg dich mit dem Gesicht nach unten auf den Boden. Dabei will ich die ganze Zeit deine Hände sehen. Haben wir uns verstanden?«

56

In einem Feinkostgeschäft in Greenwich Village saßen zwei Pulaskis, nicht weit vom 6. Revier entfernt.

Tony Pulaski arbeitete dort, und die Zwillingsbrüder trafen sich hier ziemlich oft.

Er und Ron hatten jeder einen Kaffee vor sich stehen. Die Becher waren auffallend dickwandig, denn sie wurden in diesem schlichten Lokal meistens grob und lautstark behandelt und mussten einiges aushalten können.

Trotzdem war bei Rons Becher oben ein herzförmiges Stück abgeplatzt, und er musste bei jedem Schluck auf die scharfe Kante aufpassen.

»Also«, sagte Tony gerade, »nur damit ich das richtig verstehe. Du führst eine ungenehmigte verdeckte Ermittlung durch und kaufst mit eigenem Geld Drogen, aber nicht so richtig, weil du sie gleich wieder wegwirfst. Das alles ohne Rückendeckung durch die Abteilung für Kapitalverbrechen oder die ESU. Trifft es das ungefähr?«

»So ziemlich. Ach, und es findet im schlimmsten Teil von New York statt. Statistisch betrachtet.«

»Gut, das hat nämlich noch als Sahnehäubchen gefehlt«, stellte Tony fest.

Die Leute nahmen die Brüder oft genauer in Augenschein. Als eineiige Zwillinge in nahezu identischen Uniformen waren sie das gewohnt. An Tonys Brust prangten mehr Auszeichnungen. Er war älter.

Ganze sieben Minuten.

Amelia Sachs hatte Ron angewiesen, sich nicht ohne Begleitung mit dem Drogenbaron Oden zu treffen, um mehr über dessen Verbindung zu Baxter und diese neue Droge namens Catch herauszufinden. Die einzige Person, die Pulaski dafür einfiel, war Tony.

»Und du machst das für Lincoln?«

Ron nickte. Er brauchte nicht zu wiederholen, was Tony bereits wusste. Dass Ron nach der Kopfverletzung aus dem Polizeidienst ausgeschieden wäre, wenn Rhyme ihn nicht vom Gegenteil überzeugt hätte – indem er ihn unverblümt aufgefordert hatte, seinen Hintern hochzubekommen und sich wieder an die Arbeit zu machen. Rhyme hatte nicht die Sieh-mich-an-Karte gespielt: mich, den Krüppel, der immer noch Bösewichte fängt. Er hatte einfach gesagt: »Sie sind ein guter Cop, Grünschnabel. Und Sie können ein verflucht guter Tatortermittler werden, wenn Sie bei der Stange bleiben. Sie wissen, es gibt Leute, die sich auf Sie verlassen.«

»Wer denn?«, hatte der Beamte gefragt. »Meine Familie? Ich kann auch mit einem anderen Job Geld verdienen.«

Rhyme hatte daraufhin mit schiefem Kopf zu ihm aufgeblickt, wie nur Lincoln Rhyme das konnte, wenn die Leute einfach zu begriffsstutzig waren. »Was meinen Sie wohl? Ich rede von den Opfern, die sterben müssen, weil Sie irgendwo Öffentlichkeitsarbeit oder irgendeinen Scheiß verrichten, anstatt an einem Tatort das Gitternetz abzuschreiten. Muss ich es wirklich laut aussprechen? Kriegen Sie Ihren Arsch hoch, und machen Sie sich wieder an die Arbeit. Das. War. Mein. Letztes. Wort.«

Also hatte Ron Pulaski sich wieder an die Arbeit gemacht.

»Was hast du denn vor, wenn du diesen Oden triffst? Halt. Ist das nicht irgendein Gott oder so? Aus Deutschland?«

»Aus Skandinavien, glaube ich. Und er schreibt sich anders.«

»Aha. Also, wie sieht dein Plan aus?«

»Ich habe den Namen von einem Teenager in Erfahrung gebracht, der Odens Aufenthaltsort kennt.«

»Oden, der skandinavische Dealer.«

»Hörst du mir überhaupt zu? Ich meine es ernst.«

»Red weiter«, sagte Tony und setzte eine ernste Miene auf.

»Ich treffe mich mit Oden. Ich werde behaupten, ich hätte Baxter gekannt. Der hätte mich an Oden vermitteln wollen, wäre vorher aber aufgeflogen.«

»Vermitteln? Wofür?«

»Das ist nur für den Einstieg. Dann werde ich dieses Catch-Zeug von ihm kaufen, diese Superdroge. Ich nehme ihn fest, du kommst hinzu. Ta-daaa. Wir verhandeln. Er verrät uns, was Baxter gemacht hat, und wir lassen ihn gehen. Ich wette, Baxter hat ihn finanziert. Das erzähle ich Lincoln, und er erkennt, dass Baxter in Wahrheit echt gefährlich war. Nicht, dass er den Tod verdient hätte. Aber er war kein Unschuldslamm. Und Lincoln kehrt aus dem Ruhestand zurück.«

Tony verzog mürrisch das Gesicht. »Na, das ist ja ein toller Plan.«

Ron war eingeschnappt. »Hast du eine bessere Idee? Ich bin für jede Hilfe dankbar.«

»Das war bloß eine Feststellung. Der Plan ist eher dürftig.«

»Und?«, fragte Pulaski. »Bist du dabei?«

»Ach, was soll's?«, murmelte Tony. »Ich habe schon seit zwei Tagen weder meinen Job riskiert noch meine Pension, meinen guten Ruf oder – was noch? – ach ja, mein Leben. Wieso also nicht?«

* * *

»Was soll das?«

Nick sprach nicht mit Sachs, sondern mit der Person, die aus der Küche trat: einem schlanken afroamerikanischen Streifenbeamten, den sie sich als Verstärkung beim 84. Revier ausgeliehen hatte. Der Mann filzte Nick gründlich und verzog das Gesicht, als er in dessen Jackentasche einen hammerlosen 38er-Revolver fand, Marke Smith & Wesson.

»Ach, das. Halt. Ich kann das erklären.«

Sachs schüttelte den Kopf. Die Waffe allein reichte aus, um ihn für fünf Jahre wegzusperren. Sie hätte ihn für klüger gehalten.

»Handschellen?«

»Ja«, erwiderte Sachs.

»He, das ist doch nicht…« Nicks Stimme erstarb.

Der Beamte reichte die Waffe an Sachs weiter, fesselte Nick die Hände auf den Rücken und half ihm auf die Beine. Amelia entlud derweil den Revolver und verstaute ihn und die Patronen in jeweils einer eigenen Beweismitteltüte. Dann legte sie beides außerhalb von Nicks Reichweite auf einem Tisch ab.

»Ich wollte die melden«, behauptete Nick mit leicht schriller Stimme, was Sachs als ein Anzeichen seiner Schuld deutete. »Die Knarre. Ich wollte sie abliefern. Das ist nicht meine.«

Sachs hätte beinahe laut aufgelacht.

»Du verstehst das falsch«, fuhr er sichtlich verzweifelt fort. »Ich war unterwegs und habe den Kerl gesucht, der mir helfen konnte. Von dem ich dir erzählt habe. Der meine Unschuld beweisen konnte. Ich war in Red Hook, da steht plötzlich dieser Typ vor mir, zieht die Waffe und will mich überfallen. Ich konnte ihm die Knarre abnehmen, aber doch nicht einfach wegwerfen. Irgendein Kind hätte sie finden können.«

Sachs ignorierte die Lüge einfach. »Jon Perone«, sagte sie und wartete einen Moment lang ab.

Nick ließ keinerlei Regung erkennen.

»Als du dich mit Perone getroffen hast, hatten wir ein Team vor seiner Tür.«

Das musste Nick erst mal verdauen. »Äh, ja, Perone war

derjenige mit Informationen über Donnie«, sagte er dann. »Er wollte einige Nachforschungen anstellen, um beweisen zu können, dass ich nicht mal in der Nähe des Überfalls war …«

»Wir haben Ralph Seville umgedreht, Nick. Perones Schläger. Den ihr beide losgeschickt habt, damit er Freddy Caruthers ermordet.«

Nicks Mund stand ein kleines Stück offen. Sein Blick huschte ziellos umher. Amelia musste unwillkürlich an die Fische in Vernon Griffiths Wohnung denken.

»Zwei unserer Leute sind Seville zu dem Einkaufszentrum gefolgt, wo Freddy auf dich gewartet hat«, fuhr sie fort. »Als Seville in dem Parkhaus zuschlagen wollte, haben sie ihn festgenommen. Er hat Perone und dich verraten.«

»Aber …?«

»Seville hat Perone erzählt, er hätte Freddy beseitigt. So steht es in unserem Drehbuch. Perone weiß nicht, dass wir Seville in der Tasche haben. Freddy befindet sich vorläufig in Schutzhaft.«

Nick behielt seine Miene weiterhin unter Kontrolle. »Er lügt. Dieser Mistkerl lügt. Seville. Der ist ein heimtückisches Arschloch.«

»Genug«, flüsterte Sachs. »Es reicht.«

Da änderte Nick sich. Von einer Sekunde auf die andere. Er wurde zum Wolf. »Woher willst du denn überhaupt von Perone gewusst haben? Schwachsinn. Du bluffst hier, das ist alles.«

Sein Wutanfall überraschte sie. Seine Worte taten ihr weh. »Wir wussten, du würdest schlau sein und irgendwo die Wagen wechseln oder uns in die Irre führen. Als ich hier übernachtet habe, habe ich auf deinem Telefon eine Tracker-App installiert, sobald du eingeschlafen warst – einen elektronischen Peilsender. Damit sind wir dir zu Perone gefolgt. Für einen Durchsuchungsbefehl hat das noch nicht gereicht, denn wir konnten euer Gespräch nicht mithören. Aber Seville hat uns bestätigt, dass *du* damals den Algonquin-Transport am Gowanus überfallen und den Fahrer zusammengeschlagen hast. Donnie hatte nichts damit zu tun. Und du wolltest die Fallakten nur aus einem Grund in die Finger bekommen: um herauszufinden, wer die gestohlenen Medikamente verkauft hat, und deinen Anteil einzufordern.«

Seine Schultern sackten herab, und er verlegte sich abermals aufs Jammern. »Wenn ich wieder in den Knast muss, bin ich tot, Amelia. Entweder bringe ich mich selbst um, oder jemand erledigt mich.« Seine Stimme brach.

Sachs musterte ihn von oben bis unten. »Ich möchte nicht, dass du dorthin zurückkehrst, Nick.«

Erleichterung machte sich breit, wie bei einem weinenden Kind, das von seiner Mutter in den Arm genommen wird.

»Danke. Du musst das verstehen. Was damals passiert ist. Ich wollte das nicht. Den Überfall. Du weißt doch, Mom war krank. Donnie hatte Probleme. Und diese Ladung war versichert. Es war keine große Sache. Ehrlich.«

Sachs' Telefon summte. Sie las die Textnachricht und verschickte eine Antwort. Gleich darauf öffnete sich die Wohnungstür, und ein hochgewachsener schlanker Mann mit dunkler Haut trat ein. Er trug einen braunen Anzug mit gelbem Hemd und gewagter karmesinroter Krawatte. Die Farben vertrugen sich vielleicht nicht so ganz, aber die Kleidung saß perfekt.

»Tja, sieh einer an. Ist das zu glauben? Da haben wir Sie wohl erwischt, was?« Er strich sich mit langen Fingern über das kurze grau gesprenkelte Haar.

Nick verzog das Gesicht. »Scheiße.«

Fred Dellray, ein erfahrener Special Agent des FBI, war für mehrere Dinge bekannt. Erstens, er hatte eine Vorliebe für Philosophie, was ihm sogar eine gewisse Anerkennung in akademischen Kreisen eingebracht hatte. Zweitens, er besaß einen exotischen Geschmack, was seine Kleidung anbetraf. Und drittens, wenn ihm der Sinn danach stand, konnte er beißend ironisch sein und kostete es gehörig aus.

»Also, Mr. Nick, Sie sind mir ja ein schlimmer Finger, wenn man bedenkt, dass Sie gerade erst aus der Haft entlassen wurden.«

Nick blieb stumm.

Dellray drehte einen Stuhl um und setzte sich, sodass die Rückenlehne sich zwischen ihm und Nick befand. Dann nahm er den Mann in Augenschein, sogar noch gründlicher als zuvor Sachs.

»A-melia?«

»Fred?«

»Darf ich ihn über die Kante schubsen?«

»Tun Sie sich keinen Zwang an.«

Dellray legte die Fingerspitzen beider Hände aneinander. »Kraft der ihr vom großartigen Staat New York verliehenen Befugnisse wird Detective Sachs hier Sie aus einer Vielzahl von Gründen festnehmen. Also, *mir* zumindest fallen jede Menge Gründe ein, und ich wette, ihr auch. Pst, pst, bewegen Sie nicht Ihre Lippen, als wollten Sie Worte formen. Jetzt rede ich. Detective Sachs wird Sie festnehmen, und dann – so haben ihr Chef und mein Chef es genehmigt, und das sind *echt* hohe Tiere – werden Sie für mich arbeiten. Nennen Sie mich ruhig den großen Adler der Bundesbehörden.«

»Was soll das …?«

»Pst, pst. Ist Ihnen der Teil entgangen? Sie werden als Informant für mich tätig sein, und, oh, was für einen verlockenden Köder Sie abgeben werden. Ehemaliger Cop, ehemaliger Sträfling. Und dann werden Sie liefern. Fünf Jahre oder so, strikt nach Anweisung – die von mir kommt, und Sie möchten mich doch glücklich machen, oder? Danach wandern Sie in den Hausarrest, und wenig später steht es Ihnen frei, als

Einpacker im Supermarkt anzufangen. Sofern die da frühere Schwerverbrecher einstellen. Hm. Das muss ich wohl noch mal überprüfen.«

Dellray, einst ein verdeckter Ermittler, war heutzutage der beste Informantenführer im Nordosten der USA.

»Sie wollen Perone.« Carelli nickte.

»Hall-*o*. Den hat sein Hosenträger-Handlanger Seville uns schon auf dem Silbertablett serviert. Aber er ist bloß eine Kostprobe, ein Appetithäppchen, ein *Aperitivo*. Von ihm aus geht es vorwärts und aufwärts. Die ganze Welt steht uns offen. Nun gibt es nur eines, was ich von Ihnen hören will, nämlich: Jawohl, Sir, ich bin an Bord. Falls ich etwas anderes höre, spanne ich Ihr Leben in einen Schraubstock, wenn Sie verstehen, was ich meine. Sind wir uns einig?«

Ein Seufzen. Ein Nicken.

»Ich bin entzückt. Aber …«, sagte Dellray und sah auf einmal furchtbar wütend aus, »… ich kann Sie nicht hören, und was noch wichtiger ist, die *Mikrofone* können Sie nicht hören. Von denen es hier mehr gibt als beim *Bachelor* und *Dschungelcamp* zusammen. Also?«

»Ich mache mit. Ich bin einverstanden.«

Sachs nahm ihr Mobiltelefon und rief eine Kollegin an, die draußen in einem Zivilfahrzeug wartete. »Er kann zur Zentralaufnahme abtransportiert werden.« Dann sah sie Nick an und verlas ihm seine Rechte. »Willst du einen Anwalt?«

»Nein.«

»Kluge Entscheidung.«

Die Kollegin erschien an der Tür, eine stämmige Latina namens Rita Sanchez, die Sachs schon seit Jahren kannte. Sie nickte Amelia zu.

»Rita. Bitte bring ihn nach Downtown. Ich komme bald nach und erledige den Papierkram. Und ruf auch den Bundesstaatsanwalt an.«

Die Frau musterte Nick kühl. Sie wusste von der früheren Beziehung zwischen ihm und Amelia. »Kein Problem. Ich erledige das.« In ihrem Tonfall schwang mit: Oje, ich weiß, wie du dich fühlst, Liebes.

»Amelia!«, rief Nick an der Tür. Sanchez und der Streifenbeamte hielten inne. »Es … es tut mir leid.«

Was ist das schlimmste Übel?

Sie schaute durch ihn hindurch und nickte Detective Sanchez zu. Nick wurde aus der Wohnung geführt.

»Was ist das denn?«, fragte Fred Dellray und wies auf die Sporttasche, die Nick mitgebracht hatte.

Sachs öffnete den Reißverschluss, fand in der Tasche ein Gemälde vor und entfernte das Geschenkpapier. Oh. Sie atmete tief durch. Es ähnelte einem Bild, das sie vor vielen Jahren mal bewundert hatte. Das sie liebend gern gekauft hätte, es sich aber nicht leisten konnte. Sie erinnerte sich an den frostig kalten Sonntag und die Galerie in SoHo nach dem Brunch an der Ecke Broome Street und Broadway. Und an die folgende Nacht in ihrem gemeinsamen Apartment, als der Schnee leise gegen das Fenster klopfte, der Heizkörper klickte und sie neben Nick lag und an das Gemälde dachte. Einerseits tat es ihr leid, dass sie das Bild nicht hatte kaufen können, andererseits aber war sie in ihrem Job als Polizistin unendlich viel glücklicher, als sie es jemals bei einer lukrativeren Tätigkeit gewesen wäre, die ihr gestattet hätte, eine Kreditkarte zu zücken und das Gemälde kurzerhand mitzunehmen.

»Ich weiß es nicht«, sagte sie nun und legte das Bild zurück in die Tasche. »Keine Ahnung.«

Dann wandte sie sich ab und wischte sich eine kleine Träne aus dem rechten Augenwinkel, bevor sie sich hinsetzte, um ihren Bericht fertigzustellen.

57

»Ah, Amelia«, sagte Thom, als sie den Salon betrat. »Ein Glas Wein?«

»Ich muss noch arbeiten.«

»Bist du sicher?«

»Ja.« Sie bemerkte, dass sowohl Rhyme als auch Archer einen Whisky im Getränkehalter ihres jeweiligen Rollstuhls hatten. »Ach, weißt du was, ich nehme doch eins.«

Der Betreuer kehrte kurz darauf mit dem Wein zurück. Dabei fiel sein Blick auf die nahe Flasche Scotch. »Stopp.«

»Stopp«, wiederholte Rhyme, um die drohende Gefahr irgendwie abzuwenden. »Was soll das heißen? Ich hasse es, wenn die Leute das sagen. ›Stopp.‹ Womit soll man denn aufhören? Mit dem Bewegen? Mit dem *Atmen*? Mit dem Denken?«

»Okay, was ›stopp‹ heißen soll, ist Folgendes: Jemand hat etwas getan, das ich nicht dulden kann, das mir aber soeben erst aufgefallen ist und wogegen ich Protest einlege. Ihr habt den Alkohol geklaut.«

Archer lachte. »Er hat mir befohlen, ich solle aufstehen, hingehen und einschenken. Nein, Lincoln, ich halte nicht den Kopf für Sie hin. Ich bin nur eine kleine Praktikantin, wissen Sie noch?«

»Falls du beim ersten Glas nicht so geizig gewesen wärst, hätte gar kein Anlass dafür bestanden«, murrte Rhyme.

Thom nahm die Flasche und verließ den Salon.

»Stopp!«, rief Rhyme. »Und *so* wird das Wort korrekt benutzt.«

Der Wortwechsel brachte Sachs zum Lächeln. Dann widmete sie sich wieder den Beweisen und ging auf und ab, während sie abwechselnd die Tüten und die Tabellen betrachtete. Sie machte das oft, das Auf-und-ab-Laufen, um überschüssige Energie loszuwerden. Als Lincoln Rhyme noch dazu in der Lage gewesen war, hatte er exakt das Gleiche getan, wenn ein widerspenstiges Problem ihm keine Ruhe ließ.

Es klingelte an der Tür, und Rhyme hörte, wie Thom nach vorn eilte. Die kaum hörbare Begrüßung des Besuchers verriet ihm, um wen es sich handelte.

»Das wird aber auch Zeit«, sagte Rhyme.

Sachs nickte Mel Cooper zu, der den Salon betrat und seine Jacke auszog. Er hatte bereits von Alicia Morgan gehört, und Rhyme berichtete ihm nun von ihrer Verunreinigung der Spuren. Der Techniker zuckte die Achseln. »Wir haben schon Schlimmeres erlebt.« Sein Blick schweifte über die Beweise aus Griffiths und Morgans Wohnungen. »Gut, gut. Die werden bestimmt einige unserer Fragen beantworten.«

Rhyme war erfreut, dass Coopers Augen bei diesen Worten funkelten, als wäre er ein Goldgräber, der ein daumengroßes Nugget entdeckt hatte.

Sachs wollte sich gerade Latexhandschuhe überziehen, als ihr Telefon den Eingang einer Textnachricht meldete.

Sie las die Zeilen, verschickte eine Antwort und ging zu einem Computer. Kurz darauf öffnete sie eine E-Mail. Rhyme sah den offiziellen Briefkopf. Es war eine Fallakte aus der Zentrale der Spurensicherung des NYPD.

»Man hat gefunden, was mir von einem früheren Fall so bekannt vorgekommen ist.« Sie hielt den Munitionswagen hoch, den Vernon Griffith angefertigt hatte. Die Räder entsprachen denen auf dem Foto, das ihr soeben zugeschickt worden war.

»Alicia hat doch gesagt, sie habe Vernon kennengelernt, als er jemanden getötet hat, der ihn schikanieren wollte.«

»Richtig.«

»Ich glaube, das Opfer war Echi Rinaldo, der Drogendealer und Auslieferungsfahrer – aus dem Mordfall, bei dem ich nicht vorangekommen bin.«

»Ja, diese Spielzeugräder stimmen überein«, bestätigte Archer.

»In der Tat. Und Rinaldos Wunden könnten durchaus von einem dieser Dinger stammen.« Sie wies auf die Japansägen und Messer, die sie in Griffiths Apartment sichergestellt hatte.

»Okay, gut«, sagte Rhyme. »Ein weiterer Tatort im Zusammenhang mit Griffith. Gibt es bei *dem* Fall vielleicht etwas, das uns mehr über seinen möglichen Aufenthaltsort verraten könnte?« Er und Sachs hatten kurz gemeinsam daran gearbeitet, waren zum Zeitpunkt von Rhymes Rückzug aber noch nicht allzu weit gekommen.

Amelia fasste die Erkenntnise zusammen und fügte dann hinzu: »Am Ende ist er in ein Privattaxi gehüpft und irgendwo ins Village gefahren. Genaueres wissen wir nicht.«

»Ah«, sagte Rhyme leise und mit Blick auf die Tafel. »Das ändert den Sachverhalt ein wenig.«

»Aber das Village ist riesig«, wandte Archer ein. »Falls wir das nicht irgendwie eingrenzen können …«

»Stellen Sie stets Ihre Annahmen infrage.«

»Gern«, sagte Sachs. »Welche meinst du?«

»Dass Vernon von *Greenwich* Village gesprochen hat.«

»Welches Village gibt es denn sonst noch?«

»Middle Village.« Er sah zu Archer. »Ein Viertel in Queens.«

Sie nickte. »Woran Sie schon aufgrund des Humus und der anderen Partikel gedacht haben. Während ich skeptisch war.«

»Korrekt.«

»Ich schätze, dann hätten wir uns die zwei Fragezeichen auch sparen können.«

Sachs hatte online eine Karte von Middle Village aufgerufen. Es war kein kleines Gebiet. »Hat jemand eine Idee, wo genau er stecken könnte?«

»Ja, ich«, sagte Rhyme beim Anblick der Karte. Er musste an Juliette Archers Worte denken.

Die Antworten auf Rätsel sind immer einfach …

»Ich kann den Ort ziemlich exakt benennen.«

»Mit wie viel Abweichung?«, fragte Cooper.

»Bis auf etwa zwei Meter unter der Grasnarbe, würde ich sagen.«

* * *

Der St. John Cemetery ist die letzte Ruhestätte einer Reihe von Berühmtheiten.

Zu ihnen zählen Mario Cuomo, Geraldine Ferraro, Robert Mapplethorpe und kein Geringerer als Charles Atlas. Doch Amelia Sachs war der katholische Friedhof hauptsächlich aus beruflichen Gründen ein Begriff, könnte man sagen, denn hier lagen Dutzende der berüchtigtsten Gangster aller Zeiten begraben: Joe Colombo, Carmine Galante, Carlo Gambino, Vito Genovese, John Gotti und der Inbegriff eines Paten, Lucky Luciano.

Sachs hielt mit ihrem Torino am Eingang des Friedhofs an der Metropolitan Avenue in Middle Village. Für New Yorker Verhältnisse sah es hier geradezu idyllisch aus. Das Torhaus mit seinem Spitzturm, den Erkern, der Bleiverglasung und den Ziegelmauern, eingerahmt von gestutzten Büschen, hätte sowohl bayerische als auch elisabethanische Landbewohner an daheim erinnert.

Sie stieg aus, öffnete automatisch den Knopf ihrer Jacke und überprüfte mit einer Hand den Sitz ihrer Glock. Hätte man sie unmittelbar im Anschluss gefragt, ob sie gerade nach ihrer Waffe gegriffen hatte, sie hätte es nicht sagen können.

In der Nähe standen bereits zwei Zivilfahrzeuge des hiesigen Reviers. Sie waren absolut unauffällig, stellte Sachs erfreut fest, ohne große Antennen auf den Dächern oder Computer zwischen den Vordersitzen. Mit echten Nummernschildern und nicht etwa Behördenkennzeichen.

Ein junger Streifenbeamter nickte ihr von seinem Beobachtungspunkt am Eingang zu. Laut seinem Namensschild hieß er Keller.

»Können wir zu Fuß gehen?«, fragte Amelia.

»Ja, das ist auch besser so.«

Sie begriff, was er meinte: Auf dem weitgehend offenen Friedhofsgelände wäre ein Auto sofort aufgefallen.

»Wir sollten uns aber beeilen. Es wird bald dunkel. Die Ausgänge sind zwar alle gesichert, aber …«

Sie machten sich leise auf den Weg durch das Tor und dann die asphaltierte Fahrbahn entlang. Der Frühlingsabend war so mild wie eine Grußkarte, und es hatte sich eine Vielzahl von Besuchern eingefunden, um Blumen niederzulegen. Manche der Leute waren allein gekommen, wahrscheinlich Witwen und Witwer, die meisten von ihnen nicht mehr ganz jung. Es waren auch Paare hier und bepflanzten die Gräber ihrer Eltern oder womöglich ihrer Kinder.

Nach fünf Minuten erreichten Sachs und ihr Begleiter einen verlassenen Bereich des Friedhofs. Zwei ESU-Beamte, kräftige Männer mit Bürstenfrisur und taktischer Ausrüstung, blickten auf. Sie waren hinter einem Mausoleum in Deckung gegangen. Sachs nickte ihnen zu.

»Er ist seit einer halben Stunde hier und hat sich nicht gerührt«, berichtete einer der Männer. »Ein Kollege in Zivil hat die anderen Besucher zum Gehen veranlasst. Er hat behauptet, es gäbe hier später ein Staatsbegräbnis und wir müssten aus Sicherheitsgründen weiträumig absperren.«

Sachs schaute an ihnen vorbei zu einem Grab in ungefähr fünfzehn Metern Entfernung, vor dem auf einer Bank ein Mann saß und ihr den Rücken zuwandte.

»Haben wir andere Teams, falls er abhaut?«, fragte sie.

»Oh, keine Sorge. Da, da und da«, sagte Keller und zeigte jeweils auf die Stelle. »Der geht nirgendwohin.«

»Ist er mit einem Auto hier?«

»Nein, Detective.«

»Und bewaffnet?«

»Jedenfalls nicht sichtbar«, sagte einer der ESU-Beamten. Sein Partner schüttelte den Kopf. »Aber neben der Bank steht ein Rucksack in Reichweite.«

»Er hat etwas herausgenommen und auf den Grabstein gelegt, da, sehen Sie? Durch das Fernglas sieht es wie ein Spielzeug aus. Ein Schiff oder Boot.«

»Es ist eine Miniatur«, sagte Sachs, ohne genauer hinzusehen. »Nicht wirklich ein Spielzeug. Geben Sie mir Deckung. Ich werde ihn jetzt festnehmen.«

* * *

Vernon Griffith leistete keinen Widerstand.

Er hätte einen beachtlichen Gegner abgegeben; zwar war er wirklich dürr, aber Sachs konnte unter dem engen Hemd seine Muskeln erkennen, und er war groß, mit einer sehr langen Reichweite. Der Rucksack enthielt vermutlich einen weiteren tödlichen Kugelhammer oder vielleicht auch eine Klinge oder Säge wie diejenigen, die sie in Chelsea gefunden hatte.

Der stählerne Kuss…

Das jähe Auftauchen der Polizei hatte ihn eindeutig überrascht, aber nachdem er im ersten Moment halb aufgestanden war, ließ er sich wieder auf die Bank sinken und hob seine bemerkenswert langen Hände. Keller wies ihn an, sich zunächst auf die Knie zu begeben und dann flach auf den Boden zu legen. Dort wurden ihm Handschellen angelegt und sowohl er als auch der Rucksack durchsucht. Keine Pistolen, keine Hämmer, nichts, das sich als Waffe geeignet hätte.

Sachs nahm an, dass er in Gedanken an seinen Bruder Peter versunken gewesen war, vor dessen Grab er hier saß. Womöglich hatte Griffith auch geglaubt, ein echtes Gespräch mit dem Toten zu führen, je nach religiöser Überzeugung.

Oder seine Überlegungen waren eher weltlicher Natur gewesen. Was sollte er nun tun? Nach den Ereignissen der letzten Tage gab es für ihn viel zu bedenken.

Sobald man ihm auf die Beine geholfen hatte, nahmen die beiden ESU-Beamten ihn in die Mitte und begleiteten ihn und Sachs zum Gebäude der Friedhofsverwaltung. Dort wurde Griffith auf eine weitere Bank gesetzt, diesmal geschmückt von einer mit Grünspan überzogenen Taube. Sie warteten auf die Ankunft des Gefangenentransporters; auf der Rückbank eines der Zivilfahrzeuge hätten für Griffith ziemlich beengte Verhältnisse geherrscht. Außerdem hatte er Menschen auf so clevere und perfide Weise geschadet, dass man ihn nicht hinter sich sitzen haben wollte, erst recht nicht in einem Ford Torino, Handschellen hin oder her.

Sachs nahm neben ihm Platz. Sie holte ihr Aufzeichnungsgerät aus der Tasche, schaltete es ein, verlas Griffith seine Rechte und fragte ihn, ob er alles verstanden habe.

»Ja, sicher.«

Griffith hatte lange Finger, passend zu seinen Füßen, deren Größe sie natürlich schon kannten. Auch sein Gesicht war länglich, darüber hinaus aber blass, bartlos und nichtssagend. Seine Augen waren nussbraun.

»Wir wissen, dass Alicia Morgan Sie dazu gebracht hat, mehrere Personen zu töten, die im weiteren Sinne mit der Firma U.S. Auto zu tun hatten. In einem defekten Fahrzeug dieses Herstellers ist vor Jahren ihr Ehemann ums Leben gekommen«, fuhr Sachs fort. »Aber wir würden gern mehr wissen. Werden Sie mit uns reden?«

Er nickte.

»Könnten Sie das bitte laut aussprechen?«

»Oh, Verzeihung. Ja.«

»Schildern Sie mir mit Ihren eigenen Worten, was passiert ist. Miss Morgan hat meinem Partner einige Dinge erzählt, aber nicht alles. Ich würde es gern von Ihnen hören.«

Er nickte und beschrieb ohne Zögern, wie Alicia an ihn herangetreten war, nachdem sie mit angesehen hatte, dass er auf offener Straße einen Mann tötete. »Der Kerl hat mich angegriffen«, betonte er.

Sachs erinnerte sich an Rhymes Aussage, Griffith habe Rinaldo angestachelt. Doch sie nickte ermutigend.

»Sie haben gesagt, ich sollte für Alicia die Shopper töten, die das Auto gebaut und verkauft haben, in dem ihr Mann gestorben ist.«

Shopper?, fragte Sachs sich.

»Aber ich habe es getan, weil ich ihr helfen wollte. Sie hatte durch den Unfall Verbrennungen und Schnitte erlitten und war für immer verändert worden. Deshalb war ich einverstanden.«

»Sie wollte, dass die ihrer Meinung nach Verantwortlichen durch ein Produkt getötet wurden?«

»Durch Dinge, ja. Denn auch ihr Mann war durch ein Ding getötet und sie selbst verletzt worden.«

»Erzählen Sie mir von Todd Williams.«

Er bestätigte, was sie geahnt hatten. Dass Williams, der digitale Aktivist, ein begnadeter Hacker gewesen war und Griffith beigebracht hatte, wie man die DataWise5000-Controller manipulieren konnte. Und dass er dann als vermeintlicher Mitarbeiter einer Werbeagentur die entsprechenden Produkt- und Kundendatenbanken gekauft hatte.

Griffith fügte hinzu, er und Alicia hätten die Listen daraufhin nach Personen durchsucht, die früher bei U.S. Auto gearbeitet hatten, bei dem Zulieferer der Einspritzanlage, bei der für die Anzeigen verantwortlichen Werbeagentur und bei den Kanzleien der Verteidiger. »Greg Frommer, Benkoff, Joe Heady. Und die Versicherungsanwältin in Westchester.«

»Und danach? Wohin wollten Sie und Alicia gehen?«

»Keine Ahnung. Vielleicht aufs Land. Besser noch nach Kanada. Das alles ist so schnell geschehen. Wir hatten keine konkreten Pläne geschmiedet. Wie haben Sie mich hier gefunden? Ich habe Alicia nie von meinem Bruder erzählt.«

»Das hängt mit einem älteren Fall zusammen«, erklärte Sachs. »Der Mann, den Sie getötet haben, hieß Echi Rinaldo.«

»Der Shopper.«

Schon wieder dieser Begriff.

»Er war ein Drogendealer«, sagte Sachs.

»Ich weiß. Ich habe es hinterher in der Zeitung gelesen. Aber dennoch: Wie haben Sie das angestellt?«

»Der Fall wurde mir übertragen. Eine der am Tatort gesicherten Spuren war ein Rad von einem Spielzeug. In Ihrer Wohnung in Chelsea stand ein kleiner Munitionswagen. Er hatte die gleichen Räder.«

Griffith nickte. »Ich hatte für Peter einen solchen Wagen gemacht.« Er sah in die ungefähre Richtung des Grabes. »Ich hatte ihn an dem Abend bei mir. Als ich aus dem Restaurant kam, wollte ich eigentlich herkommen und den Wagen auf sein Grab stellen.« Er erschauderte vor Abscheu oder Wut. »Der Kerl hat ihn zerbrochen.«

»Rinaldo?«

Ein Nicken. »Er war auf dem Rückweg zu seinem Lieferwagen und hat nicht nach vorn geschaut. Daher ist er mit mir zusammengestoßen, und der kleine Munitionswagen wurde zerdrückt. Ich habe ihm hinterhergerufen, und er hat mich verfolgt. Dann habe ich ihn getötet.« Griffith schüttelte den Kopf. »Doch ich weiß immer noch nicht, wie Sie mich hier gefunden haben.«

Sachs erklärte es ihm: Sobald die Verbindung zwischen Vernon und Rinaldo erkannt und Rhyme zudem auf Middle Village gekommen war, gehörte nicht mehr viel dazu, die an den diversen Tatorten gesicherten Spuren diesem berühmten Friedhof zuzuordnen – der Humus, die großen Mengen Dünger und Pestizide oder Herbizide und nicht zuletzt das Phenol, ein Bestandteil von Einbalsamierungsflüssigkeit.

Bis auf etwa zwei Meter unter der Grasnarbe, würde ich sagen …

Ein Anruf ergab, dass Peter Griffith, Vernons Bruder, hier bestattet war. Sachs hatte den Direktor gefragt, ob man Vernon beim Besuch des Grabes gesehen habe. Der Mann hatte erwidert, darüber würde niemand Buch führen, doch es habe bei dieser Grabstelle einige seltsame Vorfälle gegeben: Jemand hinterlasse dort immer wieder überaus kunstvoll gefertigte Miniaturmöbel oder -spielzeuge. Die meisten würden offenbar von anderen Besuchern mitgenommen. Einige würden bei ihm abgegeben, und er bewahre sie auf für den Fall, dass jemand sie zurückhaben wolle. Das alles habe das Zeug zu einer urbanen Legende: Miniaturen und ein Friedhof.

»Als er noch am Leben war, hat Peter sich immer so gefreut, wenn ich etwas für ihn angefertigt habe. Am meisten natürlich über Sachen für Jungen. Mittelalterliche Waffen, Tische und Thronsessel für Burgen. Katapulte und Belagerungstürme. Kanonen und Munitionswagen. Das Boot hätte ihm auch gefallen, das Warren Skiff. Auf seinem Grabstein. Wo ist es?«

»In einer Beweismitteltüte.« Sachs fühlte sich genötigt hinzuzufügen: »Wir werden gut darauf achtgeben.«

»Und dann haben Sie das Grab beobachtet?«

»Ganz recht.«

Sachs hatte gesehen, dass sein Bruder im Alter von nur zwanzig Jahren gestorben war. Sie erwähnte dies nun und fragte: »Was ist ihm zugestoßen?«

»Die Shopper.«

»Dieses Wort haben Sie schon mehrmals gebraucht. Was meinen Sie damit?«

Griffith blickte zu seinem Rucksack. »Darin ist ein Tagebuch. Es gehört meinem Bruder. Er hat es auf einen MP3-Player gesprochen, und ich habe es nach und nach abgeschrieben. Eines Tages wollte ich es veröffentlichen. Peter hat ein paar bemerkenswerte Dinge gesagt. Über das Leben, über Beziehungen, über die Menschen.«

Sachs nahm das in Leder gebundene Buch heraus. Es umfasste mühelos fünfhundert Seiten.

»In Manhasset, auf der Highschool, haben einige der coolen Kids sich mit ihm angefreundet«, fuhr Griffith fort. »Er dachte, sie würden es ernst meinen. Aber nein, sie haben ihn bloß benutzt, um sich an einem Mädchen zu rächen, das nicht mit ihnen schlafen wollte. Sie haben sie unter Drogen gesetzt, Peter dazu gebracht, sie für ein anderes Mädchen zu halten, und ihn dann mit ihr im Bett fotografiert. Während er, Sie wissen schon.«

»Haben sie die Bilder online gepostet?«

»Nein, damals gab es noch keine Telefone mit Kameras. Sie haben Polaroidbilder geschossen und in der Schule herumgereicht.« Er nickte in Richtung des Buches mit dem abgegriffenen Lederumschlag. »Lesen Sie den letzten Eintrag.«

Sachs blätterte bis zu der entsprechenden Seite.

Manche Dinge wird man nicht mehr los. Nie wieder. Erst dachte ich, es würde gehen. Das habe ich wirklich geglaubt. Ich habe mir eingeredet, ich bräuchte keine Freunde wie Sam und Frank. Sie sind Idioten, völlig wertlos. Sie sind Abfall. So schlimm wie Dano oder Butler. Eigentlich sogar noch schlimmer, denn sie sagen das eine und tun dann das andere. Sie sind es nicht mal wert, dass ich an sie denke. Aber das funktioniert nicht.

Und niemand hat mir geglaubt, dass ich nicht wusste, dass es Cindy war. Alle in der Schule, auch bei der Polizei, sie alle haben gedacht, ich hätte das geplant.

Es gab keine Anklage, aber das ist egal. Mein Status als Freak wurde felsenfest zementiert.

Vern ist ausgerastet und wollte sie töten. Mein Bruder war schon immer so jähzornig und wollte sich an jedem rächen, der ihn oder mich schikaniert hat. Mom und Dad mussten ihn stets im Auge behalten. Wegen seiner Shopper, er wollte es den Shoppern heimzahlen.

Nach allem, was mit Frank und Sam und Cindy passiert ist und was danach kam, bin ich nicht wütend wie Vern, sondern einfach nur müde. Ich ertrage die Blicke nicht mehr, die Zettel in meinem Spind. Cindys Freunde spucken mich an. Sie ist nicht mehr da. Sie und ihre Familie sind weggezogen.

So müde.

Ich muss schlafen. Ich muss unbedingt schlafen.

»Er hat sich umgebracht?«

»Nicht direkt. Sonst hätte man ihn hier nicht beisetzen können. Es ist ein katholischer Friedhof. Aber er hat sich massiv betrunken, ist mit seinem Wagen auf die Route Fünfundzwanzig gefahren und hat das Gaspedal durchgetreten. Beim Einschlag hatte er hundertsechzig Kilometer pro Stunde drauf. Da war er zwanzig Jahre alt.«

»Und ›Shopper‹? Worauf bezieht sich das?«

»Peter und ich haben einen anderen Körperbau, sehen anders aus. Es heißt Marfan-Syndrom.«

Sachs war diese Bezeichnung nicht geläufig. Sie nahm an, dass er deswegen so groß und unverhältnismäßig dünn war und lange Hände und Füße hatte. In ihren Augen sah er nicht allzu seltsam aus, sondern war lediglich von ungewöhnlicher Statur. Aber für die Maulhelden in der Schule war das mit Sicherheit Anlass genug, ihren Mitschüler zu drangsalieren.

»Wir wurden oft verspottet«, fuhr Griffith fort. »Wir beide. Kinder sind grausam. Jemand, der so hübsch ist wie Sie, kann sich das bestimmt nicht vorstellen.«

Doch, konnte sie. Als Halbwüchsige war Sachs, die mit ihrem jungenhaften Auftreten und ihrem Konkurrenzdenken alle männlichen Mitschüler in den Schatten stellte, oft zur Zielscheibe der anderen geworden. Und später, in der Modeindustrie, hatte man sie herablassend behandelt, weil sie eine Frau war. Das Gleiche passierte, als sie Polizistin wurde ... und aus dem gleichen Grund.

»Die meisten Jungen werden beim Sport gehänselt«, sagte er. »Bei mir war es die ›Shop Class‹, der Werkunterricht. Es fing alles damit an, dass ich mich in der achten Klasse in ein Mädchen verliebt hatte. Ich hörte, sie hätte ein großes Puppenhaus. Und während all die anderen Jungen Bücherregale und Fußabstreifer zusammengezimmert haben, habe ich für sie einen Chippendale-Sekretär gebaut. Fünfzehn Zentimeter hoch. Perfekt.« Seine braunen Augen leuchteten auf. »Er war wirklich *perfekt*. Meine Mitschüler haben mich dafür durch den Wolf gedreht. ›Die Bohnenstange spielt mit Puppen. Das Klappergestell ist ein Mädchen.‹« Er schüttelte den Kopf. »Ich habe den Sekretär trotzdem fertiggestellt. Als ich ihn Sarah gegeben habe, hat sie mich so komisch angeschaut, Sie wissen schon. Wenn man etwas ausgesprochen Nettes für jemanden tut, und der will es nicht oder weiß damit nichts anzufangen … und ist peinlich berührt. ›Danke‹, hat sie gesagt, als würde sie sich bei einer Kellnerin bedanken. Ich habe nie wieder mit ihr geredet.«

Das war es also. Nicht »Shopper« wie die Käufer von Produkten. Sondern wie die Schüler der »Shop Class«.

»Und die Leute, die für den defekten Wagen verantwortlich waren, in dem Alicia und ihr Mann verunglückt sind, haben Sie sich auch als Shopper vorgestellt?«

»Das waren sie. Rücksichtslos und arrogant. Nur auf sich selbst bedacht. Sie haben diese Autos verkauft, obwohl sie wussten, wie gefährlich die sind. Geld, es ging ihnen nur ums Geld.«

»Sie müssen Ihren Bruder sehr geliebt haben.«

»Ich habe mein altes Telefon behalten mit all den Nachrichten, die er mir auf der Mailbox hinterlassen hat. Die höre ich mir immer wieder an. Das ist ein gewisser Trost.« Er sah sie an. »In diesem Leben muss man doch jeden Trost nehmen, den man finden kann, meinen Sie nicht auch?«

Sachs ahnte, wie die Antwort auf ihre nächste Frage lauten würde. »Diese Jungen, die Ihren Bruder und das Mädchen fotografiert haben – was ist aus ihnen geworden?«

»Oh, das ist der Grund, weshalb ich in die Wohnung in Chelsea gezogen bin. Weil es von da aus einfacher sein würde, sie aufzuspüren und zu töten. Sie haben beide hier in der Stadt gearbeitet. Sam habe ich aufgeschlitzt, und Frank habe ich erschlagen. Die Leichen liegen in einem Teich bei Newark. Falls Sie möchten, kann ich Ihnen noch mehr über die zwei erzählen. Sie hatte vor, mich zu töten, nicht wahr? Alicia.«

Sachs zögerte.

Früher oder später würde die Geschichte ohnehin herauskommen. »Ja, Vernon. Es tut mir leid.«

Die Resignation war ihm anzusehen. »Ich wusste es. Ich

meine, tief im Innern habe ich gewusst, dass sie mich benutzt. Eine Frau will, dass du mehrere Leute für sie ermordest, und bittet dich einfach darum, nachdem sie mit dir geschlafen hat.« Ein Achselzucken. »Was habe ich erwartet? Aber manchmal *lässt* man sich benutzen, weil… nun ja, einfach so. Weil man einsam ist oder was auch immer. Wir alle zahlen auf die eine oder andere Weise für Liebe.« Und wieder sah er sie fragend an. »Sie sind nett zu mir. Obwohl ich versucht habe, Ihre Mutter umzubringen. Ich glaube, Sie sind doch keine Shopperin. Ich habe Sie die ganze Zeit für eine gehalten. Aber Sie sind keine.« Er hielt kurz inne. »Darf ich Ihnen etwas geben?«

»Was denn?«

»In dem Rucksack ist noch ein Buch.«

Sie sah hinein und fand einen schmalen Band. »Das hier?«

»Ja.«

The Nutshell Studies of Unexplained Death.

Sie blätterte darin und betrachtete die Bilder der Tatortminiaturen. Sachs hatte noch nie etwas Vergleichbares gesehen. Die Erschafferin der Dioramen hieß Frances Glessner Lee. Beim Anblick einer winzigen Puppe, die als Leiche in einer Küche lag, lachte Amelia leise auf.

»Sie können es behalten. Ich möchte es Ihnen schenken.«

»Wir dürfen keine Geschenke annehmen. Das verstehen Sie sicher.«

»Oh. Warum denn nicht?«

Sie lächelte. »Keine Ahnung. Eine Polizeivorschrift. Aber so ist es nun mal.«

»Na gut. Vielleicht kaufen Sie sich ja ein eigenes Exemplar, nachdem Sie nun von dem Buch wissen.«

»Das werde ich machen, Vernon.«

Zwei uniformierte Beamte näherten sich. »Detective.«

»Tom«, sprach sie den größeren der beiden an.

»Der Bus ist hier.«

»Wir bringen Sie jetzt in die Aufnahme«, sagte sie zu Griffith. »Sie werden uns keine Schwierigkeiten machen, oder?«

»Nein.«

Sachs glaubte ihm.

58

»Er ist da drin.«

Ron Pulaski sah von dem Jungen, der nicht älter als fünfzehn sein konnte, zu dem Gebäude, auf das der Teenager zeigte. Der Schuppen sah übel aus, schlimmer als die meisten anderen Häuser im Osten New Yorks. Vor Kurzem hatten Ron und seine Kinder sich den *Hobbit* angeschaut, und an einem Punkt waren die Zwerge und Bilbo auf eine Höhle zugegangen. Daran erinnerte ihn dieser Ort. Einer dieser alten Steinkästen, braun wie getrocknetes Blut, mit Fenstern so schwarz und hohl wie die Augen einer Leiche. Einige der Scheiben waren eingeschlagen, andere wiesen Einschusslöcher auf.

Das düstere, abstoßende Gemäuer schien die angemessene Kulisse für Odens Drogenhandel zu sein. Vielleicht wurde das berüchtigte Catch hier auch hergestellt. Die Droge aller Drogen.

Oder die Produktion fand woanders statt, und hier folterte er lediglich seine Konkurrenten oder vermeintliche Spitzel.

»Ist er allein?«, fragte Ron.

»Weiß ich nicht.« Der Junge hatte seine braunen Augen weit aufgerissen und sah sich hektisch auf der Straße um. Ron trug mal wieder Zivilkleidung – wie immer während seiner Rettet-Lincoln-Rhyme-Mission –, sah aber trotzdem genau nach dem aus, was er war: ein weißer Cop in einem schwarzen Viertel, der irgendwie nach verdecktem Ermittler roch. Er zwang sich dazu, nicht über seine Schulter in die Gasse zu schauen, wo Tony mit gezogener Pistole wartete.

»Ist Oden bewaffnet?«, fragte er den Jungen.

»Hör mal, Mann, gib mir einfach meine Kohle, klar?«

»Ich zahle dir einen Tausender. Trägt Oden eine Waffe?«

»Das hier ist nicht meine Gegend. Ich kenne weder diesen Oden noch seine Leute. Ich weiß nur, dass Alpho im Richie's für dich gebürgt hat. Er hat gesagt, es ist gutes Geld für mich drin, wenn ich diesen Oden finde. Und ich habe gehört, dass er da in diesem Gebäude hockt. Mehr weiß ich nicht. Ehrlich. Und du bist auch wirklich kein Cop?«

»Ich bin kein Cop.«

»Okay, ich hab meinen Teil erfüllt. Jetzt her mit dem Geld.«

Pulaski griff in die Tasche und schloss die Hand um das Gehalt einer ganzen Woche – in Fünfern, damit die Rolle aus Geldscheinen ordentlich was hermachte.

»Stopp«, warnte der Junge plötzlich.

»Was soll das denn heißen?«

»Gib mir das Geld noch nicht.« Als hätte der Cop während des Gottesdienstes gerülpst.

Ron seufzte. »Du hast doch gerade noch gesagt …«

»Warte, warte …«

Er schaute sich um.

Ron ebenfalls. Was, zum Teufel, war hier los?

Dann entdeckte er die drei jungen Männer – zwei Latinos, ein Schwarzer –, die auf der anderen Straßenseite in ihre Richtung kamen, rauchend, lachend. Andernorts wären sie in dem Alter vielleicht schon aufs College gegangen, hier hingegen besuchten sie womöglich noch die Highschool oder hatten die Schule komplett abgebrochen.

»Halt, halt … Nein, nein, sieh nicht die an, sieh mich an.«

Ron seufzte erneut. »Was willst du …?«

»Okay. Jetzt gib her. Die Kohle.«

Ron reichte ihm das Geld. Der Junge griff in die Tasche und gab ihm eine zerdrückte Schachtel Zigaretten.

Ron runzelte die Stirn. »Was ist da drin? Ich will hier kein Dope kaufen. Ich will bloß mit Oden reden.«

»Da sind Zigaretten drin, Mann. Nimm einfach die Schachtel und steck sie ein, als wäre es Crack für dreitausend Dollar. Vorsicht. Versteck sie. Jetzt!«

Ah. Ron verstand. Der Junge wollte es nach einem Drogendeal aussehen lassen. Um seinen Ruf zu untermauern. Ron warf einen Blick auf die andere Straßenseite. Die drei Jungen hatten es gesehen. Sie ließen sich nichts anmerken und gingen einfach weiter.

Ron wandte sich wieder dem Gebäude zu. »Okay, dieser Oden. In welcher Wohnung ist er?«

»Keine Ahnung. Ich weiß nur, er ist in diesem Haus. Wenn ich du wäre, würde ich unten anfangen und mich nach oben vorarbeiten.«

Ron ging los.

»He.«

»Was ist?«

»Meine Zigaretten.«

»Die habe ich doch gerade gekauft.« Er zerdrückte die Schachtel und warf sie in den Rinnstein. »Gib es auf, die sind nicht gut für dich.«

»Ach, Scheiße, Mann.«

Nachdem der Junge verschwunden war, gesellte Tony sich zu Ron. Auch er trug Zivilkleidung – schwarze Jeans, T-Shirt, graue Lederjacke, eine Mütze der Yankees mit dem Schirm nach hinten. Gemeinsam steuerten sie die Gasse neben dem Orkhöhlen-Gebäude an.

»Was geht da drinnen vor?«

»Keine Ahnung. Der Junge schwört, Oden sei da. Na ja, geschworen hat er es nicht. Er *glaubt* es. Und eine andere Spur haben wir nicht. Also Daumen drücken.«

»Sieht wie ein Meth-Haus aus.«

Ron hoffte, dass es das nicht war. Meth- und Crack-Junkies konnten zur echten Gefahr werden. Die Drogen verliehen ihnen ungeahnte Kräfte und verwirrten gleichzeitig ihren Verstand. Falls Ron und Tony Glück hatten, verkaufte Oden nicht an Endkunden, sondern nur an Großhändler. Vielleicht hatte auch Charles Baxter zu seinen Abnehmern gezählt, der Kerl, den Rhyme hinter Gitter gebracht hatte. Die Broker und Wall-Street-Anwälte mussten schließlich irgendwo ihr Heroin und Koks herbekommen.

»Falls er dealt, wird er nicht allein sein, und jeder dort wird eine Waffe tragen«, sagte Tony. »Hast du den Jungen danach gefragt?«

»Ja, hab ich. Aber er wusste nichts.«

Keine Ahnung …

»Wir sind seit vierzig Minuten hier, ohne dass jemand das Haus betreten oder verlassen hätte«, fuhr Ron fort. »Ich glaube, wir haben Glück.«

»Ach ja?«, fragte Tony. »Könnte es nicht sein, dass Oden, seine drei Leute und ihre AK-Siebenundvierziger vor *fünf*undvierzig Minuten hier eingetroffen sind?«

»Tony.«

»Ich meine ja nur. Okay. Wir gehen rein.«

Er öffnete den Reißverschluss seiner Jacke, um besser an die Glock im Holster gelangen zu können. Tony sah seinen Bruder an. »Wo ist deine Waffe?«

»Am Knöchel.«

»Nein. Im Hosenbund.«

Pulaski zögerte und zog dann das Bein seiner Jeans ein Stück hoch. Er nahm die Bodyguard und steckte sie in die Tasche zum Rest des Geldes. Sein Bruder nickte. Die winzige 380er hätte im Hosenbund eventuell keinen Halt gefunden, sondern wäre heruntergefallen oder Ron in den Schritt gerutscht.

Tony berührte ihn am Arm. »Ein letztes Mal: Du bist dir sicher, diese Sache ist es wert?«

Ron lächelte.

Dann stiegen sie gemeinsam die Stufen zu Odens Gebäude empor. Die Haustür war unverschlossen. Genau genommen hatte sie überhaupt kein Schloss mehr, sondern an dessen Stelle nur noch ein gähnendes Loch.

»Welche Wohnung?«

Keine Ahnung …

Ron schüttelte den Kopf.

Aber sie mussten nicht lange suchen. Im ersten Stock hing an einer der hinteren Wohnungen ein handgeschriebenes Namensschild unter dem Klingelknopf, der in der Mitte der verschrammten roten Tür angebracht war.

O'Denne.

Unter anderen Umständen hätte Ron gelacht. Der Drogendealer war Ire, kein Skandinavier.

Tony nahm neben der Tür Aufstellung.

Ron nicht. Wenn jemand durch den Türspion schaut und niemanden auf dem Korridor sieht, weiß er sofort, dass die Besucher Polizisten sind. Ron setzte eine reglose Miene auf und klingelte. Er schwitzte. Doch zum Abwischen der Stirn war es zu spät.

Einen Moment lang herrschte Stille, dann näherten sich drinnen Schritte.

»Wer ist da?«, fragte eine barsche Stimme.

»Ich heiße Ron. Ich war ein Freund von Baxter. Charles Baxter.«

Im Licht, das unter der Tür hindurchfiel, bewegte sich ein Schatten. Zog O'Denne gerade eine Waffe aus der Tasche und überlegte, ob er einfach durch die Tür feuern sollte? In der eigenen Wohnung schien das keine so gute Idee zu sein. Doch dann wurde Ron klar, dass O'Denne womöglich labil war und nicht logisch dachte. Und was die Nachbarn anging – sie waren vermutlich daran gewöhnt, hier öfter mal Schüsse zu hören, und würden sie einfach ignorieren.

»Was wollen Sie?«

»Wissen Sie, dass Charles tot ist?«

»Was wollen Sie?«

»Er hat mir von Ihnen erzählt. Ich möchte da anknüpfen, wo er aufgehört hat.«

Auf der anderen Seite der Tür ertönte ein Klicken.

Spannte er die Waffe? Oder ent-spannte er sie?

Doch wie sich herausstellte, war es nur das erste von mehreren Schlössern, die geöffnet wurden.

Ron griff nach seiner Waffe. Tony hob die Glock.

Die Tür schwang auf, und Ron sah einen Mann vor sich stehen, von hinten beleuchtet durch eine billige Lampe mit zerrissenem Schirm.

Rons Schultern sackten herab. O Mann, dachte er. Was mache ich denn jetzt?

59

Lincoln Rhyme hörte, wie die Haustür sich öffnete und wieder schloss. Schritte kamen näher.

»Es ist Amelia«, sagte Juliette Archer. Sie waren im Salon.

»Sie erkennen es am Geräusch. Gut. Ja, Ihr Gehör, Ihr Sehvermögen und Ihr Geruchssinn werden sich verbessern. Manche Ärzte zweifeln das zwar an, aber ich habe Experimente durchgeführt und bin überzeugt, dass es stimmt. Es gilt übrigens auch für Ihren Geschmack, sofern Sie Ihre gustatorische Wahrnehmung nicht durch zu viel Whisky abtöten.«

»Meine was? Gustatorisch?«

»Von lateinisch *gustare*, was kosten oder schmecken heißt.«

»Oh. Nun ja, im Leben kommt es immer auf das richtige Maß an, nicht wahr?«

Amelia Sachs trat ein und nickte ihnen zu.

»Hat Griffith gestanden?«, fragte Rhyme.

»Mehr oder weniger.« Sie setzte sich und erzählte ihm die Geschichte von zwei schikanierten Brüdern – was den jüngeren in den Tod trieb – und der zunehmenden Instabilität und Rachsucht des älteren. Griffiths Angaben passten genau zu dem, was Alicia Morgan ihnen erzählt hatte.

»›Shopper‹«, wiederholte Archer danach. »Darauf wäre ich nie gekommen.«

Während Rhyme im Allgemeinen nicht viel auf die mentale Verfassung eines Täters gab, musste er sich nun im Stillen eingestehen, dass Vernon Griffith unter all den Gegenspielern, mit denen er es je zu tun bekommen hatte, zu den komplexeren Vertretern zählte.

»Nicht unsympathisch«, fügte Sachs hinzu.

Und nahm Rhyme damit die Worte aus dem Mund.

Sie erklärte, es werde vermutlich zu einer Verfahrensabsprache kommen. »Ihm ist klar, dass wir ihn festgenagelt haben. Er will nicht dagegen angehen.« Sie lächelte. »Er hat mich gefragt, ob man ihm im Gefängnis wohl erlauben wird, Möbelstücke herzustellen.«

Rhyme bezweifelte, dass man einem Mörder den Zugang zu Sägen und Hämmern gestatten würde. Der Mann musste sich wahrscheinlich damit begnügen, Nummernschilder zu pressen.

Dann betrachtete er die Beweistabellen und sann darüber nach, dass die zwei vermeintlich so verschiedenen Fälle sich als enge Verwandte herausgestellt hatten: *Frommer gegen Midwest Conveyance* und *Das Volk von New York gegen Vernon Griffith* und nun auch *gegen Alicia Morgan.*

Sachs »desarmierte« sich (das Verb hatte mal in einem NYPD-Memo über Sicherheitsmaßnahmen beim Umgang mit Schusswaffen gestanden; sie und Rhyme hatten schallend darüber gelacht). Dann schenkte sie sich einen Kaffee aus der Kanne ein, die Thom in der Ecke bereitgestellt hatte, und setzte sich. Gerade als sie den ersten Schluck trank, meldete ihr Telefon den Eingang einer Nachricht. Sachs las und lachte auf. »Die Spurensicherung in Queens hat die vermissten Servietten gefunden. Die aus dem White Castle.«

»Die hatte ich ganz vergessen«, sagte Archer.

»Ich nicht, aber ich hatte sie schon abgeschrieben«, sagte Rhyme. »Und?«

»Keine Fingerabdrücke, keine DNS-Spuren«, las Sachs vor. »Dafür der positive Nachweis eines gesüßten Getränks auf Milchbasis, dessen Zusammensetzung auf die Restaurantkette White Castle verweist.«

»Aber stand nicht…«, setzte Archer an.

»…der Aufdruck *White Castle* auf den Servietten? Doch, allerdings.«

»Das bringt unser Beruf – und nun auch Ihrer, Archer – so mit sich«, sagte Rhyme. »Wir haben jeden Tag mit fehlenden Beweisen zu tun, mit Spuren, die kontaminiert oder nie richtig identifiziert wurden. Mit völlig abwegigen Schlussfolgerungen. Oder Schlussfolgerungen, die alles andere als zwingend sind. Mit übersehenen Hinweisen. Ich könnte mir vorstellen, so was kommt auch in der Epidemiologie vor.«

»Oh, ja. Die Kinder mit Myopie, wissen Sie noch?« Sie erzählte Amelia Sachs die Geschichte von der Studie, die fälschlich davon ausgegangen war, dass Kinder, die bei eingeschaltetem Licht schlafen, deswegen kurzsichtig werden.

Amelia Sachs nickte. »Ich habe neulich einen Bericht im Radio gehört – dass die Leute früher geglaubt haben, Maden würden sich von selbst im Fleisch bilden. Die Einzelheiten weiß ich nicht mehr.«

»Ja«, sagte Archer. »Der Gegenbeweis wurde durch Francesco Redi erbracht, einen Wissenschaftler des siebzehnten Jahrhunderts. Er war der Vater der experimentellen Biologie. Der Irrglaube lag daran, dass Fliegeneier zu klein sind, um sie mit bloßem Auge erkennen zu können.«

Sachs nahm die Tafeln in Augenschein, offenbar den Teil über die Zivilklage. »Dein ursprünglicher Fall, der von Mrs. Frommer – wird sie irgendeinen Schadensersatz erhalten?«

»Das ist mehr als zweifelhaft.« Rhyme erklärte, sie könne wegen des Todes von Greg Frommer lediglich Alicia Morgan und Vernon Griffith verklagen. Whitmore überprüfe derzeit deren Finanzen, aber keiner der beiden scheine über ein nennenswertes Vermögen zu verfügen.

Archers Telefon klingelte. »Abheben«, befahl sie.

»He, Jule. Ich bin's.«

»Randy. Lincoln und Amelia sind auch hier.«

Ihr Bruder.

Es wurden Grüße ausgetauscht.

»Ich bin in zehn Minuten da.«

»Wir haben den Fall abgeschlossen«, sagte sie.

»Im Ernst? Mensch, da bin ich aber beeindruckt. Billy ist bestimmt schon ganz wild auf die Einzelheiten. Unter uns gesagt, er ist begeistert, dass seine Mom ein Cop werden will. Er zeichnet sogar schon einen Comic mit dir als Heldin. Aber das weißt du nicht von mir. Es soll eine Überraschung sein. Okay. Ich stecke mitten im Verkehr und habe keine Freisprecheinrichtung. Verrate es nicht der Polizei. Ha!«

Sie trennten die Verbindung.

Archer sah nicht Rhyme, sondern Sachs an. »Als ich mich für Lincolns Seminar eingetragen habe, hatte ich natürlich schon von Ihnen gehört, Amelia. Jeder, der die großen Kriminalfälle New Yorks verfolgt, kennt Ihren Namen. Sie sind ›der Hammer‹, wie mein Sohn sagen würde. Ich hätte ›berühmt‹ gewählt, aber, na ja, ›der Hammer‹ passt auch ganz gut. Ich wusste, dass Sie und Lincoln zusammenarbeiten, aber nicht, dass Sie beide auch privat ein Paar sind. Das habe ich erst in den letzten Tagen erfahren.«

»Wir sind schon lange Partner. Beruflich und privat«, sagte Sachs lächelnd.

»Ich war mir nicht sicher, was mich erwarten würde. Aber Sie sind wie jedes andere Paar. Glücklich, traurig, verärgert.«

Rhyme kicherte. »Klar, wir streiten uns auch. Seit einigen Wochen sogar ziemlich heftig.«

Sachs lächelte nun nicht mehr. »Ich bin sauer, dass er keine Kriminalfälle mehr bearbeiten will.«

»Und *ich* bin sauer, dass sie darüber sauer ist.«

»Und er hat mir meinen Kriminaltechniker geklaut«, fügte sie hinzu.

»Du hast ihn doch wieder zurückbekommen«, nörgelte Rhyme.

»Als ich meine Diagnose bekam, habe ich beschlossen, ich würde allein leben«, sagte Archer. »Oh, gemäß der Sorgerechtsvereinbarung teilweise mit Billy und natürlich mit einem Betreuer – jemandem wie Thom. Obwohl ich nicht weiß, ob es einen wie ihn ein zweites Mal gibt. Er ist ein echter Schatz.«

Rhyme schaute zur Tür. »Es gibt keinen Besseren. Aber das bleibt unter uns.«

Archer lächelte kokett. »Als ob er das nicht wüsste. Jedenfalls – ich hatte beschlossen, nie mehr in einer Beziehung zu leben, nicht mal mehr daran zu denken. Ich würde mir einen neuen Beruf suchen, einen erfüllenden Beruf, eine Herausforderung. Und meinen Sohn so gut wie möglich großziehen. Ich würde Freunde haben, die mit einer Querschnittslähmung umgehen können. Das war zwar nicht das Leben, das ich geplant oder mir gewünscht hatte, aber ein anständiges Leben. Und dann – ist es nicht seltsam, wie das Schicksal so spielt? – habe ich jemanden kennengelernt. Das war vor ungefähr drei Monaten, kurz nachdem der Neurologe mir bestätigt hatte, dass die Behinderung wahrscheinlich so gravierend ausfallen würde wie befürchtet. Brad hieß er. Getroffen habe ich ihn auf der Geburtstagsparty meines Sohnes. Ein alleinerziehender Vater. Und Arzt. Es hat richtig gefunkt zwischen uns. Ich habe ihm von vornherein von dem Tumor und der Operation erzählt. Er ist Kardiologe, kennt sich aber gut genug aus. Es schien ihm egal zu sein, und wir sind eine Weile miteinander ausgegangen.«

»Aber dann haben Sie es beendet«, sagte Sachs.

»Ja, habe ich. In etwa einem Jahr werde ich vermutlich ein regloser Krüppel sein. Er geht joggen und segeln. Die Kombination dürfte bei einem Datingportal wohl kaum als sonderlich Erfolg versprechend gelten, oder? Meine Entscheidung hat Brad ziemlich mitgenommen. Aber ich wusste, so war es am besten. Für uns beide.« Sie lachte leise auf. »Ahnen Sie, worauf ich hinauswill?«

Rhyme nicht. Nicht im Entferntesten. Aber ihm fiel auf, dass Sachs lächelte.

»Dann habe ich Sie zusammen erlebt«, fuhr Archer fort. »Und ich fing an zu glauben, dass ich womöglich einen Fehler begangen hatte. Gestern Abend habe ich ihn angerufen. Nächstes Wochenende treffen wir uns. Wer weiß? In sechs Monaten sind wir vielleicht miteinander verlobt. So wie Sie. Haben Sie schon ein Datum festgelegt?«

Sachs schüttelte den Kopf. »Noch nicht. Aber bald.«

Archer lächelte. »Hat er Ihnen einen romantischen Antrag gemacht?«

»Ich konnte ja wohl kaum vor ihr niederknien, oder?«, murmelte Rhyme.

»Seine Worte waren so ungefähr: ›Es scheinen weder objektive noch praktische Gründe gegen eine Ehe zu sprechen. Wie beurteilst du den Sachverhalt?‹«, sagte Sachs.

Archer lachte.

Rhyme runzelte die Stirn. »Was gibt es da zu lachen? Ich habe eine akkurate Bewertung der Situation abgegeben, verbunden mit der Bitte um weitere Daten, die bei der Entscheidungsfindung hilfreich sein könnten. Für mich war das vollkommen logisch.«

Archer sah auf Sachs' linke Hand. »Mir ist Ihr Ring aufgefallen. Wunderschön.«

Sachs hielt ihren Ringfinger hoch und brachte den zwei Karat schweren blauen Stein zur Geltung. »Den hat Lincoln ausgesucht. Er stammt aus Australien.«

»Ein Saphir?«

»Nein, ein Diamant.«

»Nicht besonders wertvoll«, fügte Rhyme analytisch hinzu.

»Aber selten. Ein Klasse zwei-b. Ich war von der Farbe fasziniert. Das Blau stammt von Bor-Einschlüssen. Ein Halbleiter, nebenbei bemerkt. Kein anderer Diamant hat diese Eigenschaft.«

»Machen Sie eine Hochzeitsreise?«

»Ich hatte an Nassau gedacht«, sagte Rhyme. »Bei meinem letzten Aufenthalt auf den Bahamas wurde ich fast erschossen und bin beinahe ertrunken, beides innerhalb von fünf Minuten. Ich würde dort gern etwas Zeit unter angenehmeren Umständen verbringen. Und einen Freund besuchen. Seine Frau macht hervorragende frittierte Meeresschnecken.«

»Ich erwarte eine Einladung zu der Hochzeit.«

Sachs neigte den Kopf. »Es gibt noch ein paar freie Plätze bei der Feier.«

»Ich komme gern, wenn ich darf.«

Es klingelte an der Tür. Rhyme sah auf den Monitor. Archers Bruder war da, um sie abzuholen. Thom ließ Randy herein. Er nickte Rhyme und Sachs zum Gruß zu und eilte zu seiner Schwester. »Geht es dir gut, Jule? Was ist mit deinem Gesicht?«

»Nein, nein, schon in Ordnung. Nur ein kleiner blauer Fleck.«

Archer wandte sich mit ihrem Rollstuhl Rhyme zu. »Ich werde jetzt noch einmal aus meiner Rolle schlüpfen.«

Er hob eine Augenbraue.

Sie stand auf, ging zu Rhyme und schloss ihn in die Arme, ganz fest. Jedenfalls folgerte er das, denn er konnte den Druck nicht spüren. Dann umarmte sie auch Sachs, bevor sie wieder in dem Storm Arrow Platz nahm und zur Tür fuhr, gefolgt von ihrem Bruder.

»Seien Sie morgen früh pünktlich«, rief Rhyme ihr hinterher.

Er lachte, als sie den linken Arm hob und den Daumen emporreckte.

Als die beiden gegangen waren, wandte er sich an Sachs. »Ich habe mit deiner Mom gesprochen. Sie ist guter Dinge. Wann findet die Operation statt?«

»Morgen Nachmittag.«

Er musterte ihr blasses Gesicht, während sie aus dem Fenster blickte. »Und die andere Sache?« Er meinte Nick. Sachs hatte Rhyme am Vorabend alles über Carellis Wiederauftauchen erzählt – und über ihren Verdacht. Und dass sie bei Nick übernachtet hatte, um eine Tracker-App auf seinem Telefon zu installieren.

Nach einer solchen Einleitung bin ich aber mächtig gespannt, Sachs…

Im ersten Moment reagierte sie nicht, sondern schaute reglos hinaus auf den Central Park.

»Es war so wie befürchtet. Sogar noch schlimmer. Er hat nicht nur versucht, jemanden ermorden zu lassen, er hat auch bis zuletzt eiskalt gelogen. Und er hatte einen Revolver in der Tasche.«

Rhyme verzog das Gesicht und schüttelte den Kopf. »Das tut mir leid.«

»Fred wird ihn eine Weile für sich arbeiten lassen. Nachdem er mit Nicks Hilfe ein paar größere Fische gefangen hat, lässt er ihn gehen.«

»Eines hast du mir nicht erzählt, Sachs.«

Der Rattansessel gab das charakteristische Knarren von sich, als sie sich Rhyme zuwandte. Amelia neigte den Kopf und strich ihr Haar zurück. Rhyme mochte es, wenn sie es offen trug, nicht hochgesteckt.

»Was denn?«

»*Warum* hast du überhaupt erst Verdacht geschöpft? Alles, was Nick dir erzählt und wie er sich verhalten hat… klang glaubwürdig. Zumindest für mich.«

Sie überlegte kurz. »Es war Intuition. Ich weiß, wie sehr du das Wort hasst. Aber so war es nun mal. Ich konnte es nicht genau benennen, aber irgendetwas an ihm hat nicht gestimmt. Mom hat mich auf die richtige Spur gebracht. Nick hat behauptet, er habe die Schuld seines Bruders auf sich genommen. Aber sie meinte, wenn ich ihm wirklich etwas bedeutet hätte, hätte er so etwas nie getan. Nick war ein dekorierter Cop mit untadeligem Ruf. Er hätte sich für seinen Bruder bei der Staatsanwaltschaft einsetzen und Donnie zu einem reduzierten Strafmaß und einem Drogenentzug während der Haft verhelfen können. Und er hätte Delgado hochnehmen können – dessen angebliche Beteiligung war übrigens eine Lüge. Aber er hätte niemals so einfach seinen Kopf hingehalten.« Sie lächelte, und ihre vollen, ungeschminkten Lippen verzogen sich zu einem leichten Halbmond. »Ich hatte nicht den Hauch eines Beweises, bloß ein Bauchgefühl.«

»Nein«, widersprach Rhyme. »Nicht im Bauch. Im Herzen. Das ist manchmal besser als jeder Beweis.«

Sie sah ihn ungläubig an.

»Aber das habe ich nie gesagt, Sachs. Niemals, hörst du?«

»Ich mache mich lieber mal auf den Weg zu Mom.« Sie küsste ihn leidenschaftlich. »Hoffentlich wird sie schnell wieder gesund. Ich vermisse es, hier zu schlafen.«

»Ich vermisse es auch, Sachs. Und wie.«

60

Rhyme blickte von seinem Monitor auf. Er spielte gerade Schach gegen ein schlaues, aber weitgehend fantasieloses Computerprogramm.

»Kommen Sie herein«, forderte er den Besucher auf, der sich im Eingang des Salons herumdrückte. Und an den Computer gerichtet: »Weiße Königin nach e7. Schach.«

Das musste die Software erst mal verdauen. Rhyme fuhr ein Stück zurück und wandte sich Ron Pulaski zu. »Wo haben Sie gesteckt, Grünschnabel? Sie haben den Höhepunkt, das Crescendo, die Auflösung des Falls Griffith verpasst. Jetzt treffen Sie zur Coda ein. Wie öde.«

»Na ja, da war doch dieser andere Fall. Ich habe gemultitaskt.«

»Wie können Sie unserer Sprache so etwas antun, Pulaski?«

»Lincoln, wir leben in der Ära der …«

»Falls Sie nun sagen ›sprachlichen Beliebigkeit‹, wird mich das nicht glücklich machen.«

»… der, äh, Ära der Computer, die nicht nur alle Lebensbereiche durchdringt, sondern sich natürlich auch auf unsere Sprache auswirkt. *Das* wollte ich sagen.«

Rhyme lachte leise auf. Der Junge hatte gelernt, sich zu wehren. Gut so.

Doch er sah auch, dass Pulaski etwas auf dem Herzen hatte. »Haben Sie schon mit Amelia gesprochen? Wegen Griffith?«, fragte Rhyme.

Ron nickte und setzte sich auf einen der Rattansessel. »Traurige Figur, traurige Geschichte.«

»Wohl wahr. Doch in den Augen des Gesetzes ist Rache als Motiv genauso wenig hinnehmbar wie sexuelle Lust oder Terrorismus. Und jetzt genug der Vorrede. Der Fall ist abgeschlossen und kann daher nicht der Grund für Ihre Anwesenheit sein. Also, was gibt's?«

Die Augen des jungen Beamten ruhten auf einer Miniaturkommode von Griffith. Dann betrachtete er einen kleinen Küchentisch, bis es anscheinend an der Zeit war, den Mund aufzumachen.

»Dieser andere Fall.«

»Gutiérrez.«

Pulaski sah ihn an. »So, wie Sie das gerade gesagt haben, wissen Sie, dass es nicht um Gutiérrez ging, Lincoln.«

»Ich habe es vermutet. Es war nicht schwierig.«

»Jenny nennt mich leicht durchschaubar.«

»Ja, zum Teil sind Sie das, Grünschnabel. Aber das ist nichts Schlechtes.«

Pulaski schien es egal zu sein, ob das gut oder schlecht war. »Dieser andere Fall …«

»Reden Sie weiter.«

»Es war der Fall *Baxter.*« Verbunden mit einem überflüssigen Blick in die Ecke, in der die Tafeln ihnen den Rücken zukehrten.

Damit hatte Rhyme nicht gerechnet. Mögliche Erklärungen nahmen in seinem Kopf Gestalt an, doch vorläufig hatte sein Kollege das Wort, nicht Rhyme.

»Ich bin die Unterlagen des Falls durchgegangen. Ich weiß, er war abgeschlossen, aber ich habe sie mir trotzdem vorgenommen. Und ich bin auf ein paar offene Fragen gestoßen.«

Rhyme dachte daran, was Archer ihn gefragt hatte: Warum

hatte Baxter einen auswärtigen Lagerraum gemietet und ihn dann den Ermittlern verschwiegen?

»Und die wären?«, fragte Rhyme.

»Nun, ein Punkt war besonders interessant. In den Notizen der Detectives standen die Namen aller Personen, mit denen Baxter im Laufe des letzten Jahres zu tun gehabt hatte. Unter anderem jemand namens Oden.«

»Noch nie gehört.«

»Die Notiz bezog sich auf eine mündliche Aussage, und der Detective hat den Namen als O-D-E-N festgehalten. Wie sich herausgestellt hat, müsste es eigentlich O-Apostroph-D-E-N-N-E heißen.«

»Ein Ire, kein falsch buchstabierter nordischer Gott«, sagte Rhyme.

»Ich habe mich umgehört und weiter die Akte durchsucht. Viel gebracht hat es nicht. Aber ich bin auf das Gerücht gestoßen, dieser O'Denne würde mit der Drogenszene von Brooklyn in Verbindung stehen. Angeblich sei er verantwortlich für irgendeinen neuen synthetischen Stoff, über den auf der Straße gesprochen wurde. Das Zeug sollte Catch heißen. Aber die Ermittler sind der Spur nie nachgegangen, weil Baxter vorher …«

»Sie können es ruhig aussprechen, Grünschnabel. Weil er gestorben ist.«

»Richtig. Aber *ich* habe es gemacht. *Ich* bin der Sache nachgegangen.«

»Inoffiziell?«

»Gewissermaßen.«

»Sie ist gewissermaßen schwanger?«

»Am Ende habe ich erfahren, O'Denne halte sich im Osten New Yorks auf. Wieso sollte Baxter – ein Finanzhai – etwas mit diesem Gangster im Osten New Yorks zu tun gehabt haben? Ich bin also zu O'Denne gegangen, um herauszufinden …«

»… ob Baxter mehr war als nur ein Betrüger.«

»Genau. Ich wollte beweisen, dass er der Geldgeber hinter dieser neuen Droge war. Dass er die Waffe, die Sie gefunden haben, tatsächlich benutzt hatte, um Leute zu töten. Vergessen Sie nicht, Lincoln, die Beweislage war unklar. Es gab Fragen. Womöglich war er *doch* gefährlich.«

»Denn dann wäre es richtig gewesen, ihn in den Zellentrakt mit den Gewaltverbrechern zu sperren«, stellte Rhyme leise fest.

Pulaski nickte. »Und Sie wären *nicht* für den Tod eines *Unschuldigen* verantwortlich; Sie hätten einfach einen üblen Mistkerl hinter Gitter gebracht. Und falls ich das beweisen könnte, würden Sie Ihren Ruhestand noch mal überdenken. Denn der ist wirklich eine bescheuerte Idee, Lincoln.«

Rhyme lachte leise auf. »Nun, da haben wir ja regelrecht eine Vierundsechzigtausend-Dollar-Frage, Grünschnabel. Und wie lautet die Antwort?«

»Mein Bruder und ich haben O'Denne im Osten von Brooklyn aufgespürt.«

Rhyme zog eine Augenbraue hoch.

»Er ist ein Priester, Lincoln.«

»Ein …«

»Father Francis Xavier O'Denne. Er leitet eine Ambulanz in Brownsville. Und die Droge, mit der er in Verbindung steht?« Er schüttelte mit grimmigem Lächeln den Kopf. »Eine neue Form von Methadon zur Behandlung der Süchtigen. Nicht das Mittel heißt Catch, sondern Father O'Dennes Einrichtung: Community Action Treatment Center for Hope.« Pulaski seufzte. »Und Baxter? Der war ein großzügiger Spender, der die Arbeit dort unterstützt hat.«

Die Waffe *war* demnach die von Baxters Vater und nichts als ein Andenken gewesen. Die Schmauchspuren stammten von irgendeinem Zwanzigdollarschein, die Drogenreste auch. Das Waffenöl war auf das Sportgeschäft zurückzuführen, in dem

Baxter seinem Sohn das letzte Geschenk gekauft hatte, das dieser je von seinem Vater erhalten würde.

»Und auch das sollte ich Ihnen erzählen, Lincoln: Die Ambulanz muss eventuell schließen, es sei denn, Father O'Denne findet neue Unterstützer.«

»Ich bin also nicht nur für den Tod eines unschuldigen Mannes verantwortlich, sondern habe auch verhindert, dass Leute – eine Vielzahl sogar – von der Straße geholt werden und irgendwann ein produktives Leben führen können.«

»Scheiße. Ich wollte nur helfen, Lincoln. Damit Sie Ihren Job wieder aufnehmen. Aber … tja, das ist dabei herausgekommen.«

So ist das nun mal mit der Wissenschaft; man kann die Fakten nicht ignorieren.

Rhyme wendete den Rollstuhl und betrachtete erneut die winzigen Möbelstücke, die Vernon Griffith so sorgfältig und makellos gefertigt hatte.

»Wie dem auch sei«, sagte Pulaski. »Ich verstehe es nun.«

»Was verstehen Sie?«

»Weshalb Sie dies tun. Sich zurückziehen. Falls mir das passiert wäre, würde ich vermutlich genauso handeln. Die Polizei verlassen und mir eine neue Beschäftigung suchen.«

Rhyme wandte den Blick nicht von Vernon Griffiths Miniaturen ab. »Schlechte Wahl«, stieß er hervor.

»Ich … Was?«

»Wegen eines vergeigten Falls den Dienst zu quittieren – eine durch und durch schlechte Idee.«

Pulaski runzelte die Stirn. »Lincoln, ich kann Ihnen nicht folgen. Was wollen Sie sagen?«

»Wissen Sie, mit wem ich vor einer Stunde gesprochen habe?«

»Keine Ahnung.«

»Mit Lon Sellitto. Ich habe ihn gefragt, ob es derzeit Fälle gibt, bei denen er etwas Hilfe gebrauchen könnte.«

»Fälle? Kriminalfälle?«

»Als ich zuletzt nachgesehen habe, war Lon kein Sozialarbeiter, Grünschnabel. *Natürlich* Kriminalfälle.« Er wandte sich mit seinem Rollstuhl wieder dem jungen Beamten zu.

»Äh, ich hoffe, Sie können verstehen, dass ich ein wenig verwirrt bin.«

»Ein törichtes Beharren ist der Kobold schmaler Geister.«

»Ich mag Emerson auch, Lincoln. Und ich glaube, es heißt ›der Kobold kleiner Geister‹.«

Ja? Vermutlich. Rhyme nickte bestätigend.

»Doch schlauer bin ich jetzt trotzdem nicht.«

Lincoln Rhyme nahm an, die Antwort lautete folgendermaßen: Falls du alle Argumente gelten lässt, die dagegen sprechen, dass du tust, wovon du weißt, dass es deine Bestimmung ist, bist du total – das Wort gefiel ihm – paralysiert. Was schlicht bedeutet, dass du jede Stimme in deinem Innern ignorieren musst, die verlangt, du solltest aufgeben, in den Ruhestand gehen, zögern, innehalten oder infrage stellen. Ganz egal, ob der Auslöser eine falsch interpretierte Spur ist, ein Gefühl von Erschöpfung, das zum Ausruhen verleitet, oder der Schock, dass ein Mann tot in einem Grab liegt, das du ihm gedankenlos geschaufelt hast.

Aber er sagte: »Ich weiß es nicht, Grünschnabel. Ich habe nicht die geringste Ahnung. Doch so ist es nun mal. Ich brauche Sie morgen früh hier. Sie und Amelia. Wir müssen den Fall Täter 40 auch formal abschließen und dann sehen, was Lon für uns hat.«

»Sicher, Lincoln. Gut.«

Als Pulaski den Raum verließ, war sein Gesicht gerötet, und er strahlte vor lauter Freude.

Was eine Miene war, der sich nach Rhymes Ansicht jedermann tunlichst enthalten sollte.

VII
PLAN A

Montag

61

Es klingelte an der Tür, und Rhyme sah auf den Monitor. Lon Sellitto und sein Gehstock.

Thom ging nach vorn und ließ den Detective ein. Rhyme fiel auf, dass Sellitto direkt auf ihn und Sachs zuging und die Kekse ignorierte, die Thom vorhin gebacken hatte; es duftete immer noch nach heißer Butter und Zimt. Wenigstens warf er einen bedauernden Blick auf das Gebäck; vielleicht hatte er in den letzten Tagen ein oder zwei Pfund zugenommen, und der alte Lon Sellitto, der ständig irgendeine Diät in Angriff nahm, war wieder da.

»Hallo.« Ein Nicken in Richtung Thom, dann bewegte er sich steifbeinig zu einem der Sessel, Schritt für hörbaren Schritt, der Stock lautlos auf seiner abgenutzten Gummispitze. »Linc, Amelia.«

Sachs nickte. Sie war hergekommen, um die Beweise aus der Anfangszeit des Falls Täter 40 abzuladen – die man bisher in Queens gelagert hatte. Nach dem Vorfall mit den White-Castle-Servietten hatte sie befürchtet, das eine oder andere Stück könne eventuell verloren gehen. Daher hatte sie am frühen Morgen persönlich die Asservatenkammer aufgesucht und alles zu Rhyme gebracht.

Sie würde nicht lange bleiben; in wenigen Stunden musste sie Rose zu ihrer Operation ins Krankenhaus fahren.

»Nichts?«, fragte Thom den Detective. »Nicht mal einen Kaffee?«

»Nein, danke.« Er wich ihren Blicken aus.

Hm. Rhyme musterte Sellittos Gesicht. Irgendwas war nicht in Ordnung.

»Diese Rolltreppe. Die solltest du bei dir im Flur lassen, Linc. So hat man immer sofort ein Gesprächsthema.«

Oder kann vom eigentlichen Thema ablenken, dachte Rhyme. Er war ungeduldig. Die Beweise mussten ordnungsgemäß erfasst werden. Er hatte einen Termin mit dem Staatsanwalt, der Griffith und Morgan anklagen würde, und Mel Cooper würde auch bald eintreffen.

»Was ist los, Lon?«

»Okay, ich sag's euch.«

Rhyme sah ihn weiterhin an. Doch Sellittos Blick war nun auf Sachs gerichtet.

Sie hörte auf, die Beweismitteltüten zu sortieren, und zog die engen Latexhandschuhe aus. Dann pustete sie auf ihre Finger. Rhyme hatte schon seit Jahren nicht mehr die Erleichterung verspürt, die diese kleine Handlung mit sich brachte, nachdem man stundenlang in den Handschuhen gesteckt hatte, aber er konnte sich noch sehr gut an das Gefühl erinnern.

»Sprechen Sie weiter, Lon.« Amelia Sachs redete ungern um den heißen Brei herum – zumindest wenn es um schlechte Neuigkeiten ging. Rhyme fiel auf, dass gute Neuigkeiten sie auch weniger zu interessieren schienen.

»Sie sind suspendiert.«

»Was?«

»Scheiße, was soll *das* denn?«, fluchte Rhyme.

»Es gibt ein Problem an der Police Plaza Nummer eins.«

Sachs schloss die Augen. »Weil ich die Story habe durchsickern lassen, richtig? Über die Smart-Controller. Ohne das vorher mit der Führungsetage abzuklären. Aber ich musste, Lon.«

»Das ist doch Schwachsinn«, sagte Rhyme. »Sie hat damit wahrscheinlich Leben gerettet. Manche Firmen haben ihre Server heruntergefahren, und Griffith konnte nicht mehr dort eindringen.«

Sellittos teigiges Gesicht blickte verwirrt drein. »Wovon redet ihr da?«

Sachs berichtete ihm von dem geheimen Treffen mit dem Reporter, der daraufhin in einem Artikel enthüllt hatte, dass manche Firmen aus finanziellen Gründen zögerten, ihre Cloud-Server vorübergehend vom Netz zu nehmen, um die neuen CIR-Sicherheitsupdates zu installieren.

Sellitto verdrehte kurz die Augen. »Was auch immer. Aber das ist es nicht. Tut mir leid, Amelia. Das kommt von Madino.«

Rhyme erinnerte sich. Das war der Captain vom 84. Revier, der die Schusswaffenkommission einberufen hatte, nachdem Sachs eine Kugel in den Motor der Rolltreppe jagen musste, um hoffentlich Greg Frommers Leben zu retten.

»Einige Reporter haben Wind von der Sache bekommen.«

»Und mir hat er erzählt, sie hätten Ruhe gegeben.«

»Nun, jedenfalls nicht lange. Heutzutage ist es eine große Sache, wenn ein Cop seine Pistole abfeuert.«

»Auf unbewaffnete Kids, ja«, herrschte Rhyme ihn an. »Nicht auf eine Maschine.«

Sellitto hob beide Hände. »Bitte, Linc. Ich bin nur der Bote.«

Rhyme musste an sein Gespräch mit Sachs zurückdenken.

Solange kein Reporter auf die Idee kommt, sich mit Storys über Polizeischüsse in Einkaufszentren profilieren zu wollen, droht mir wohl keine Gefahr.

Ich glaube, diese journalistische Unterkategorie gibt es gar nicht …

Zu dem Zeitpunkt war es ihm wie ein Scherz vorgekommen.

»Reden Sie weiter«, bat Sachs.

»Die Reporter wollten von ihm unbedingt wissen, was im Einzelnen vorgefallen ist und wer daran beteiligt war. Sie haben gedroht, über seinen Kopf hinweg zu handeln.«

Sie lächelte humorlos. »Und er hat befürchtet, sein schickes neues Büro im Präsidium könnte gefährdet sein, falls er mich nicht den Wölfen zum Fraß vorwirft.«

»Ja, darauf läuft es wohl hinaus.«

»Wie schlimm?«, murmelte sie.

»Drei Monate, ohne Bezahlung. Es tut mir leid, Amelia. Ich muss Ihnen nun Waffe und Dienstmarke abnehmen wie in einem albernen Spielfilm.« Die ganze Angelegenheit schien ihm aufrichtig zuwider zu sein.

Sie seufzte und übergab ihm beides. »Ich werde dagegen angehen. Zuerst spreche ich mit einem Anwalt von der Gewerkschaft.«

»Das können Sie natürlich tun.« Sellittos Stimme klang mehr als ausweichend.

Sie sah ihn durchdringend an. »Aber?«

»Ich würde Ihnen raten: Schlucken Sie es runter und schauen Sie nach vorn. Madino könnte Ihnen mächtig zusetzen.«

»Und ich ihm ebenso.«

Einen Moment lang herrschte Stille. Dann schien Sachs sich allmählich zu erinnern, wie die harsche Realität beim NYPD – und jeder anderen Behörde – aussah, und auf ihrem Gesicht machte sich Resignation breit.

»In ein paar Monaten haben alle es vergessen, und Sie sind wieder auf der Höhe«, fuhr Sellitto fort. »Wenn Sie sich wehren, ziehen Sie die Sache automatisch in die Länge. Und damit auch die Berichterstattung in den Medien. Das wird gar nicht gern gesehen, und Sie könnten für lange Zeit auf dem Abstellgleis landen. Sie wissen doch, wie das System funktioniert, Amelia.«

»Das ist zum Kotzen und entbehrt jeder Grundlage, Lon«, schimpfte Rhyme verächtlich.

»Ich weiß das, du weißt das, und *die* wissen das. Mit dem Unterschied, dass es denen egal ist.«

»Aber wir haben im Fall Griffith/Morgan noch nicht alle Formalitäten erledigt«, sagte Amelia.

»Die Suspendierung gilt ab sofort.«

Sie zog den Laborkittel aus und streifte ihr dunkelgraues Sportsakko über, dessen Schnitt sowohl ihrer Figur schmeichelte als auch im Dienst die Glock 17 verbarg. Echte Schneiderkunst, hatte Rhyme immer gedacht.

»Eigentlich kein schlechter Zeitpunkt«, sagte sie, und man konnte ihr das Achselzucken regelrecht anhören. »Das gibt mir die Gelegenheit, mich in den nächsten Wochen besser um Mom zu kümmern. Vielleicht stellt es sich noch als Segen heraus.«

Doch das war es natürlich nicht. Und Rhyme konnte ihr mühelos ansehen, dass auch sie nicht im Mindesten daran glaubte. Ihr stand ein ödes, gereiztes Vierteljahr bevor, und sie war deswegen stinkwütend. Das wusste er, weil er sich unter diesen Umständen genauso gefühlt hätte. Wir sind dazu da, um zu arbeiten – Hunde, Pferde, Menschen. Wenn man uns das nimmt, erniedrigt man uns, bisweilen unwiderruflich.

»Und jetzt muss ich sie ins Krankenhaus fahren.« Sachs ging hinaus.

Rhyme hörte, wie die Haustür sich schloss. Wenig später sprang der große Motor ihres Torino an. Es überraschte ihn nicht, dass sie behutsam beschleunigte. Amelia Sachs fuhr nur aus Freude schnell, niemals aus Wut.

62

Im ersten Moment erkannte Rhyme nicht, wer da gerade seinen Salon betrat.

Verärgert sah er Thom an. Warum hatte der Betreuer ihn nicht vor dem Fremden gewarnt?

Doch dann begriff er: Es handelte sich um Evers Whitmore, den steifen, zurückhaltenden Rechtsanwalt mit der präzisen Handschrift und dem noch exakteren Auftreten.

Die verzögerte Identifikation hatte einen Grund: Der Mann war inkognito hier. Er trug eine graue Wollhose, ein blau kariertes Hemd ohne Krawatte und eine grüne Strickjacke. (Letztere hätte Rhyme sofort den richtigen Hinweis geben müssen, denn ihre drei Knöpfe waren alle geschlossen, sodass er wie der Vater aus einer Sitcom der Fünfzigerjahre wirkte, der geduldig die schelmischen, aber gutmütigen Streiche seiner Kinder ertrug.) Auf dem Kopf hatte Whitmore eine Golfmütze, leuchtend grün und gelb.

»Mr. Rhyme.«

»Mr. Whitmore.« Rhyme hatte aufgegeben, es mit dem Vornamen zu versuchen.

Dem Anwalt war nicht entgangen, wie erstaunt Rhyme seine Kleidung gemustert hatte. »In einer Stunde bin ich als Fußballtrainer meiner Söhne gefragt.«

»Oh, Sie haben Familie. Das wusste ich gar nicht.«

»Ich trage meistens keinen Ehering, weil er der gegnerischen Partei etwas über mich verraten könnte. Ich selbst würde das Privatleben eines anderen Anwalts niemals taktisch verwenden, aber manche Leute haben da weniger Skrupel. Was für Sie sicherlich keine Überraschung sein dürfte.«

»Sie sprachen von Söhnen?«

»Töchter habe ich auch. Je drei.«

Sieh einer an.

»Die Jungen sind Drillinge und spielen alle im selben Team. Oft zur Verwirrung der gegnerischen Mannschaft.« Er lächelte. Zum ersten Mal? Wie dem auch sei, es war ein kleines Lächeln und dauerte nur kurz.

»Wo ist Detective Sachs?« Whitmore schaute sich um.

»Im Krankenhaus. Ihre Mutter hat eine Bypass-Operation.«

»Oh. Haben Sie schon etwas gehört?«

Rhyme schüttelte den Kopf. »Aber die alte Dame hat Mumm. Falls das für eine gute Prognose von Belang sein sollte.«

»Wenn Sie mit Detective Sachs sprechen, richten Sie ihr bitte meine besten Wünsche aus. Und ebenso ihrer Mutter.«

»Das mache ich gern.«

»Soweit ich weiß, ist es hier zu einer Konfrontation mit der Täterin gekommen.«

»Das stimmt. Mir ist nichts passiert, aber Juliette Archer wurde leicht verletzt.«

Ohne zuvor die Knöpfe seiner Strickjacke zu öffnen, nahm der Mann in tadelloser Haltung auf einem der Sessel Platz, legte sich den mitgebrachten Aktenkoffer auf die Knie, ließ die beiden Verschlussklammern aufspringen und klappte den Deckel hoch.

»Ich fürchte, ich habe schlechte Neuigkeiten. Mein Privatdetektiv hat einen gründlichen Blick auf die Finanzen von Alicia Morgan und Vernon Griffith geworfen. Die Frau besitzt ein Sparkonto mit ungefähr vierzigtausend Dollar darauf, und der Mann hat etwa einhundertsiebenundfünfzigtausend Dollar in Anlagen sowie einen Rentenplan – aber der ist vor Zugriffen durch Gläubiger geschützt.«

»Zusammen also knapp zweihunderttausend Dollar.«

»Ich werde eine entsprechende Klage einreichen, aber sofern es noch andere Kläger gibt – und die wird es geben, das dürfen Sie mir glauben –, muss der Betrag zwischen allen anspruchsberechtigten Überlebenden und Angehörigen aufgeteilt werden. Abe Benkoffs Frau. Todd Williams' Familie. Auch der Schreiner, der in dem Broadway-Theater verletzt wurde.«

»Und all die Leute, deren Leben ruiniert ist, weil sie sich nie wieder auf eine Rolltreppe trauen werden«, fügte Rhyme hinzu und spielte damit auf die Trittbrettfahrer an, die Juliette Archer sofort vermutet und Whitmore kurz darauf bestätigt hatte, eine lange Schlange vermeintlich traumatisierter Bittsteller.

»Abzüglich meiner Gebühren wird Mrs. Frommer am Ende ein Scheck über höchstens zwanzigtausend Dollar bleiben«, fuhr der Anwalt fort.

Zu schicken an die Adresse einer Garage in Schenectady.

Whitmore legte einige Dokumente auf einen nahen Couchtisch, vermutlich die erwähnten Finanzanalysen seines Ermittlers, sorgfältig geordnet. Rhyme wusste nicht, aus welchem Grund. Er glaubte dem Anwalt, dass sein Mann gute Arbeit geleistet und korrekte Zahlen geliefert hatte. Ein Beweis war nicht nötig.

»So«, sagte Whitmore und rückte die Papiere noch etwas akkurater zurecht. »Wir werden uns also an Plan A halten müssen.«

»Plan A.«

Rhyme konnte sich nicht entsinnen, dass sie eine Abfolge konkreter Pläne entworfen hätten, aber nach dem Bankrott von Midwest Conveyance und der fehlenden Schuld von CIR Microsystems war er davon ausgegangen, dass nur noch das Vermögen der Mordkomplizen für eine Schadensersatzforderung infrage kam – mit einem kargen Resultat, wie soeben gehört.

Genau das gab Rhyme dem Anwalt zu verstehen, und Whitmore war daraufhin sichtlich verwirrt. »Nein, Mr. Rhyme. Das war Plan *B*. Unser erster Ansatz – die Produkthaftung des Herstellers – ist stets eine Möglichkeit geblieben. Hier.« Er schob eines der Dokumente nach vorn, die er ausgepackt hatte. Rhyme fuhr näher an den Tisch heran, um es zu lesen. Er sah, dass es sich keineswegs um eine Finanzanalyse handelte.

An den
SUPREME COURT DES STAATES NEW YORK
KINGS COUNTY

KLAGE
Geschäftszeichen:

der Klägerin: Sandra Margaret Frommer

gegen

die Beklagte: CIR Microsystems, Inc.

---

wegen:

Mit seiner rechten Hand blätterte Rhyme unbeholfen durch den umfangreichen Schriftsatz. Eine zweite, gleichlautende Klage aufgrund von Fahrlässigkeit mit Todesfolge wurde im Namen ihres Sohnes eingereicht und eine dritte im Namen von Greg Frommer selbst, für die erlittenen Qualen in der letzten Viertelstunde seines Lebens. Begleitet von vielen, vielen Unterlagen.

Die geforderte Schadensersatzsumme belief sich auf fünfzig Millionen Dollar.

Rhyme blickte von den Papieren auf. »Aber… ich dachte, der Hersteller des Controllers könne nicht verklagt werden.«

»Und wie kommen Sie darauf?«

Rhyme zuckte die Achseln. »Vernon Griffith war…«

»… ein beeinflussender Faktor?«

»Ja.«

»Ah, aber ein *vorhersehbarer* beeinflussender Faktor, gegen den man sich hätte absichern müssen. Das mitwirkende Verschulden ergibt sich aus der Multiplikation der Wahrscheinlichkeit einer Verletzung mit der Schwere dieser Verletzung im Vergleich zu den Kosten einer vorbeugenden Verhinderung. Richter Learned Hand, Zweites Bundesberufungsgericht, *Die Vereinigten Staaten gegen Carroll Company.* Unter Anwendung dieser Vorgabe vertrete ich die Position, dass die Wahrscheinlichkeit, dass ein intelligentes Produkt gehackt wird, überaus hoch ist in Anbetracht der Zahl, Findigkeit und Motivation heutiger Hacker. Zweitens kann die daraus resultierende Verletzung extrem schwerwiegend sein. Mr. Frommer und Abe Benkoff sind tot – *res ipsa loquitur.* Und, drittens, die finanzielle Belastung durch adäquate Vorsichtsmaßnahmen wäre minimal gewesen. CIR hätte mühelos für *automatische* Sicherheitsupdates sorgen können, wie sie selbst zugegeben haben und ab jetzt ja auch umsetzen. Die Firma hätte vorhersehen müssen, dass ein Hacker ernsthaften Schaden anrichten würde, und sie hätte es mit Leichtigkeit verhindern können. Daher hat CIR sich der Fahrlässigkeit mit Todesfolge schuldig gemacht. Ich werde außerdem anführen, dass die Controller im Sinne der strikten Produkthaftung defekt sind. Ihr Mitarbeiter hat mir erklärt – und ich lasse das durch Sachverständige konkret verifizieren –, dass die Software in diesen intelligenten Produkten antiquiert ist.«

Das stimmte. Rodney Szarnek hatte gesagt, es sei für die Smart-Controller-Firmen billiger und einfacher, alte, leicht angreifbare Software zu benutzen abzüglich gewisser Funktionen, als neue Programme zu entwickeln. So könnten sie nicht nur Geld sparen, sondern ihre Produkte auch früher auf den Markt bringen.

Die Spam-Mails verschickenden Kühlschränke …

»Damit hätten wir also Fahrlässigkeit und strikte Produkthaftung. Wahrscheinlich füge ich noch den Verstoß gegen die implizite Garantie hinzu. Wenn man einen wohlhabenden Gegner verklagt, sollte man keine Möglichkeit auslassen.«

»Sie werden natürlich einen Vergleich anstreben.«

»Ja. CIR weiß, dass ich all die anderen Fälle anführen würde – Mr. Benkoffs Herd, die Mikrowelle in dem Theater, die manipulierten Autos. Ein öffentliches Gerichtsverfahren wäre für die Firma ein PR-Albtraum. Und ich könnte die Geschworenen dazu bringen, sie mit Strafschadensersatzzahlungen ordentlich zur Ader, wenn nicht sogar ausbluten zu lassen. Wie ein Vampir.«

Ah, der so ernsthafte Anwalt hatte also doch einen Sinn für Humor.

»Fünfzig Millionen werde ich nicht herausholen können, aber es dürfte dennoch ein beachtlicher Betrag werden. Was mich zum Anlass meines Besuches hier bringt. Hinsichtlich der Beweislage benötige ich von Ihnen etwas Unterstützung, bevor ich die Klage an Mr. Frost, den Anwalt von CIR, schicke und mit den Verhandlungen beginne.«

Eine Pause.

»Ich fürchte, ich kann Ihnen dabei nicht behilflich sein.«

»Nein? Darf ich fragen, warum nicht?«

»Ich helfe der Staatsanwaltschaft bei der Vorbereitung der Anklage. Falls ich weiterhin auch für Sie arbeiten würde, gäbe es einen Interessenkonflikt.«

»Ich verstehe. Natürlich. Wie bedauerlich. Aber Sie haben recht, ich möchte auf keinen Fall die Zivilklage gefährden.«

»Eben.«

»Dennoch ist es sehr wichtig, dass wir uns im Vorfeld so gewissenhaft wie möglich aufstellen. Der Fall, den wir der Beklagten präsentieren, darf keinerlei Lücken aufweisen. Und dafür sind die Beweise absolut unabdingbar. Ich brauche einen Experten. Fällt Ihnen jemand ein, Mr. Rhyme? Irgendjemand?«

* * *

»Hallo, Rose.«

Die ältere Frau öffnete die Augen. »Lincoln. Du kommst zu Besuch. Wie schön, dich zu sehen.«

Sie hob den Arm, in dem keine Kanüle steckte, und strich sich mit der Hand über das Haar, obwohl es perfekt saß. Amelia Sachs hatte dafür gesorgt, nachdem sie und Rhyme vor einer Weile im Aufwachraum eingetroffen waren.

»Wo ist Amie?«

»Sie spricht mit dem Arzt darüber, wann du nach Hause kommst. Und was du dort tun darfst und was nicht.«

»Ich soll schon morgen mit dem Gehen anfangen. Wer hätte das gedacht? Die schneiden dich auf, reparieren deine Pumpe… und schicken dich zu einem Marathon. Das ist nicht fair. Ich will gefälligst eine Zeit lang bemitleidet werden.«

Rose sah nicht so blass aus, wie er erwartet hatte. Sie wirkte sogar gesünder als zuvor. Wegen der verbesserten Blutzirkulation, vermutete Rhyme. Er musste kurz an Alicia Morgan denken. Ein kleiner, obskurer Gegenstand, ein Bauteil im Auto der Familie, hatte ihr Leben für immer zum Schlechteren verändert. Und hier im Krankenhaus hatten kleine, obskure Gegenstände soeben ein Leben um Jahre verlängert, das ansonsten jederzeit abrupt hätte enden können. Auch Rhyme selbst war nur dank einer ganzen Vielzahl von *Dingen* noch am Leben und einsatzfähig.

Dann brachte dieser überdrehte Gedankengang ihn zum Lächeln. Er war hier, um seine zukünftige Schwiegermutter zu besuchen.

Rose hatte ein gutes Zimmer erwischt. Man konnte von hier aus einen Park auf der anderen Straßenseite sehen, jedenfalls teilweise. Rhyme machte eine Bemerkung darüber.

Die Frau schaute zum Fenster hinaus. »Ja, das ist wirklich ganz hübsch. Obwohl ich gestehen muss, dass es mir noch nie um die Aussicht gegangen ist. Was *in* den Zimmern passiert, ist viel interessanter, glaubst du nicht auch?«

Da war er mit ihr völlig einer Meinung.

Er erkundigte sich weder nach ihrem Befinden noch nach dem Krankenhausessen oder einem der anderen unwichtigen Punkte, nach denen Patienten von ihren Besuchern fast automatisch gefragt wurden. Rhyme war aufgefallen, dass auf ihrem Nachttisch eines der Bücher von Stephen Hawking lag. Er hatte es vor einigen Jahren gelesen. Sie fingen eine lebhafte Diskussion über die Urknalltheorie an.

Ein Pfleger trat ein, gut aussehend, kräftig, mit ausgeprägtem karibischem Akzent.

»Mrs. Sachs. Ah, Sie haben einen berühmten Besucher.«

Rhyme hätte am liebsten genervt das Gesicht verzogen, aber um Roses willen nickte er einfach und lächelte.

Der Mann sah nach ihr, überprüfte den Verband und die Zugänge.

»Das sieht gut aus, sehr gut sogar.«

»Und Mr. Herrando weiß, wovon er spricht«, sagte Rose. »So, Lincoln, ich glaube, ich muss mich etwas ausruhen.«

»Na klar. Wir kommen morgen wieder.«

Rhyme fuhr hinaus und weiter zum Schwesternzimmer, wo Sachs soeben ein Telefonat beendete.

»Es geht ihr gut«, sagte er. »Sie schläft jetzt.«

»Ich schaue nur mal zur Tür hinein.«

Sachs betrat das Zimmer ihrer Mutter und kehrte gleich darauf zu Rhyme zurück.

»Wie ein Baby.«

Gemeinsam gingen und fuhren Sachs und Rhyme dann den Korridor hinunter. Nicht, dass es ihm viel ausgemacht hätte, aber Rhyme registrierte keinen einzigen schiefen Blick in seine Richtung, ganz im Gegensatz zu seinen Erfahrungen auf den Straßen der Stadt. Hier drinnen war jemand in einem komplizierten Rollstuhl völlig alltäglich. Nichts Besonderes, nichts, das man anstarren müsste. Ganz im Gegenteil, *er* war mobil und konnte mit seiner Begleiterin zügig den Flur passieren; viele der Menschen in den halbdunklen, stillen Zimmern, an denen sie vorbeikamen, hatten deutlich weniger Glück.

In regione caecorum rex est luscus, dachte er.

Im Land der Blinden ist der Einäugige König.

Seite an Seite durchquerten sie nun den geschäftigen Eingangsbereich und gelangten hinaus in den bewölkten Frühlingsnachmittag, wo sie den Van auf einem der Behindertenparkplätze zurückgelassen hatten.

»Also«, sagte Rhyme. »Hast du dir schon Gedanken gemacht, was du mit deinem dreimonatigen Zwangsurlaub anfangen willst?«

»Außer stinksauer zu sein?«

»Ja, abgesehen davon.«

»Ich werde mich um Mom kümmern. An dem Torino schrauben. Draußen auf dem Schießstand stapelweise Papier durchlöchern. Und mit dem Kochen anfangen.«

»Kochen?«

»Okay, das nicht.«

Sie erreichten den Van.

»Ich habe so das Gefühl, du verfolgst eine bestimmte Zielisierung«, sagte Sachs.

Rhyme lachte. Ach, Lon Sellitto… was würden wir nur ohne ihn anfangen?

»Evers Whitmore hat mich aufgesucht, der Anwalt. Wie du weißt, kann ich im Fall Frommer nicht mehr mit ihm zusammenarbeiten, weil es aufgrund meiner Tätigkeit für die Staatsanwaltschaft einen Interessenkonflikt bedeuten würde.«

»Worauf willst du hinaus, Rhyme?«

»Ich möchte dich um einen Gefallen bitten, Sachs. Deine erste Reaktion wird sein, ihn mir abzuschlagen, aber hör mich bitte bis zu Ende an.«

»Das kommt mir irgendwie bekannt vor.«

Seine Augenbraue hob sich. »Hörst du mich bis zu Ende an?«

Sachs legte ihre Hand auf seine. »Einverstanden.«